U0140855

实时监测桥梁寿命预测理论及应用

周建庭　杨建喜　梁宗保　著

科学出版社

北　京

内 容 简 介

本书系统阐述了基于桥梁实时健康监测系统的寿命预测理论、方法和应用。主要内容包括桥梁结构动力分析原理、桥梁健康监测系统方案设计、桥梁健康监测信息预处理、基于混沌时间序列的结构响应信息的非线性分析、基于桥梁健康监测信息的结构抗力衰变特征分析、桥梁营运期随机荷载效应及其演化规律、桥梁营运使用寿命评估与预测研究。

本书可供从事土木工程和工程力学研究、设计和管理以及信息科学研究的广大科技人员及铁道、机械、电子、通信等专业相关专业人员参考，也可作为土木工程、结构动力学、信息科学等专业研究生和高年级本科生的学习参考书。

图书在版编目（CIP）数据

实时监测桥梁寿命预测理论及应用/周建庭，杨建喜，梁宗保著.—北京：科学出版社，2010.5
ISBN 978-7-03-027387-1

Ⅰ.①实… Ⅱ.①周…②杨…③梁… Ⅲ.①桥梁结构-检测-研究 Ⅳ.①U446

中国版本图书馆 CIP 数据核字（2010）第 077609 号

责任编辑：杨岭 张珏　封面设计：陈思思

科学出版社 出版
北京东黄城根北街 16 号
邮政编码：100717
http://www.sciencep.com

四川煤田地质制图印刷厂印刷
科学出版社发行　各地新华书店经销

*

2010 年 5 月第 一 版　　开本：787×1092　1/16
2010 年 5 月第一次印刷　　印张：19.25
印数：1—1 000　　　　　　字数：450 千字

定价：59.00 元

前　言

桥梁是确保公路畅通的咽喉，而其承载能力和通行能力，更是沟通全线的关键。我国大型桥梁的设计基准期是 100 年。然而，实践中往往由于桥梁设计时考虑因素欠周全，设计标准偏低，施工时受到材料、几何尺寸等不定性影响，营运过程中未跟上科学、合理的养护措施，加上材料与结构的自然老化、使用环境变化，且受到超重车辆、偶然荷载的破坏作用……在这些因素作用下，桥梁的使用寿命受到了严峻的挑战，容易引发灾难性的突发事故。为了确保桥梁营运安全，利用现代电子、通信、信息、结构工程等多学科融合技术，对在役桥梁进行实时监测、安全评估以及寿命预测成为当前桥梁安全领域研究的热点和难点。

随着桥梁长期监测硬件条件发展，获取可靠、稳定的桥梁长期监测信息成为现实。由此，从基于实时监测信息及桥梁施工阶段的材料、几何尺寸、计算模式不定性中获取相关参数，以此为基础，充分运用数学、信息、力学手段，可以达到建立基于实时监测的桥梁安全评估和寿命预测模式的目的。

本书 8 章内容较系统的阐述了信息论、非线性分析、混沌以及时间序列在桥梁实时监测安全评估和寿命预测中应用的理论和工程应用过程。第 1 章详细介绍了桥梁健康监测的背景、意义以及桥梁安全评估和寿命预测研究的现状和发展。第 2 章全面总结、分析了结构动力学中的模态识别、结构物理参数识别以及桥梁结构动力学监测的基本原理。第 3 章详细分析了利用现代通信、电子、信息等技术构建的桥梁健康监测系统的方案以及方案设计中所涉及的传感器优化布设、测点相关性的分析等内容。第 4 章全面总结了桥梁健康监测信息预处理的的基本理论及工程应用流程。第 5 章对混沌动力学和时间序列的基本理论进行了全面总结，同时详细分析了桥梁监测响应信息的混沌特性，提出了混沌时间序列在桥梁安全评估中应用的发展方向。第 6 章在总结结构本构理论的基础上，详细介绍了结构抗力特征因子以及利用多种特征因子完成桥梁结构抗力评估的理论和应用流程。第 7 章在总结小波理论的基础上详细介绍了基于实时监测信息进行结构荷载效应提取的方法和工程应用。第 8 章详细介绍了利用人工智能算法、结构物理参数识别、模式识别以及最优停时理论进行桥梁营运期使用寿命评估和预测的理论和应用。

本书的研究工作先后得到了国家自然科学基金（50608072、50878219）、西部交通科技项目（200731895041、200831895076）、教育部新世纪优秀人才资助计划（NCET−08−0931）、重庆市杰出青年基金（2008BA6038）、重庆市重大科技攻关项目（CSTC2009AB6149、CSTC2009AB6148）等项目的资助；同时得到了韩逢庆、蓝章礼、胡必锦、陈悦等同志的大力帮助；另外，本书参考并引用了国内外有关专家的研究成果。在此对上述项目单位、提供帮助的同志及相关专家表示感谢！

本书总结了作者关于在役桥梁实时监测寿命评估和预测的成果，提出了一些较前沿的研究思路和方向，其中一些观点仅代表作者当前对上述问题的认识，有待进一步的补充、完善和提高。由此，本书中难免存在不足乃至错误之处，敬请读者予以批评和指正。

目 录

第1章 绪 论

1.1 桥梁结构健康监测的背景及意义

桥梁是确保公路畅通的咽喉，而其承载能力和通行能力，更是沟通全线的关键。我国大型桥梁的设计基准期是 100 年，然而，实践中往往由于桥梁设计时考虑因素欠周全，设计标准偏低，施工时受到材料、几何尺寸等不定性影响；营运过程中未跟上科学、合理的养护措施；加上材料与结构的自然老化、使用环境的变化，且受到超重车辆、偶然荷载的破坏作用等，在这些因素的共同作用下，桥梁的使用寿命受到了严峻的挑战。

2001 年 11 月 7 日，曾被评为四川十大标志性建筑、号称"亚洲第一拱"的长江上游宜宾市南门大桥的 17 对承重钢缆吊杆中的 4 对（8 根）突然断裂，导致大桥两端发生坍塌，造成 3 车坠江、1 船被毁、2 人死亡、2 人失踪、多人受伤的悲剧。该桥建成通车至垮塌事故发生不到 12 年。武汉长江大桥建成使用至今已有 47 年，先后被过往的船舶撞击 73 次，桥梁的安全性和剩余寿命令人担忧。交通系统在长江中下游首座自行设计的湖北境内的黄石长江大桥自 1995 年 12 月开通至今，桥梁结构裂缝众多，已经有非常明显的不可恢复的永久性变形，并且发生船只碰桥事故数十起，船只碰撞对桥梁造成较大损伤，桥梁的安全问题令人担忧，该桥目前的使用时间仅为 15 年。北京西直门立交桥，使用不到 19 年，就已报废重建。一些钢管砼桥梁使用不到 10 年，便因损害加剧而需进行加固处治甚至是拆除重建。

另一方面，桥梁这一公路咽喉，一旦垮塌，后果不堪设想：1999 年重庆綦江彩虹桥悲剧，给重庆市留下了惨痛的教训；2000 年宁波招宝山大桥的意外断塌，使数亿元的投资付诸东流；1994 年韩国汉江圣水大桥的断裂，波及韩国政界；2001 年葡萄牙 70 余人丧生的垮桥事件，造成交通部部长引咎辞职。

沉痛的教训使人们认识到，桥梁的安全性不仅仅只是其一年两载的建造期间的质量控制问题，更是其数十年服役期间的安全性评价、鉴定、剩余寿命预测与维护、加固处治、管理问题。然而，根据公路普查结果，我国建成的 32 万座各类公路桥梁中，已查出危桥 1 万余座，更有 1/3 以上的桥梁存在结构性缺陷或不同程度的功能失效隐患。可见，桥梁的安全性和使用寿命问题是我国大跨径桥梁的"心病"，科学、实时评价桥梁的安全性并自动预报桥梁的剩余寿命意义重大。

（a）重庆綦江彩虹桥

（b）辽河大桥

（c）美国密西西比河大桥 　　　　　　　　　　　（d）九江大桥

图1.1　国内外重大桥梁垮塌事故

　　随着交通事业的快速发展，大跨度及超大跨度的桥梁被大量兴建，作为交通网络关键节点的桥梁，其安全性、耐久性和适用性是大家一直关心的问题。这些桥梁在建造和运营过程中，受到各种荷载、自然环境的作用以及材料本身的退化影响，桥梁结构将不可避免的出现各种损伤。面对日益复杂的桥梁结构以及庞大的桥梁规模，传统的养护管理方法越来越不能满足要求。为了能够及时了解桥梁安全运营情况，对有病害的桥梁采取相应的技术措施进行维护，有必要发展新的养护管理方法——监测技术及相应的评估理论和方法，桥梁结构健康监测系统正是在这样一种情况下应运而生的[1]。

由于大型桥梁的力学和结构特点以及所处的特定环境，在大桥设计阶段完全掌握和预测结构的力学特性和行为是非常困难的。结构理论分析往往基于理想化的有限元离散模型，并且分析时常以很多假定条件为前提，这些常常与实际的真实条件不相符。因此，通过桥梁健康监测所获得的数据来推求实际结构动力和静力行为具有重要意义。

合理保守的设计是结构安全的根本保证，但是限于当前对大型复杂结构的认知程度，人们对许多未知因素都不能准确预测和有效控制，只有借助先进的检测手段来了解桥梁的安全状况。传统的桥梁保障体系以人工定期检测为主要特征，测试手段虽然较20 世纪七八十年代有了长足进步，但其固有缺陷依然存在。人工检测需要预先知道损伤发生的大概位置，不易发现某些重要结构的内部损伤，无法检查人员和设备难以到达的部位，而且检查结果需要专业人员解释判断，带有很大主观性。此外，人工检测周期长，不能应付突发事件，难以为桥梁管理部门及时提供决策依据。

结构健康监测系统是集结构监测、系统辨识和结构评估于一体的综合监测系统。Housner 等人将结构健康监测系统定义为[2]：一种从营运状态的结构中获取并处理数据，评估结构的主要性能指标（如可靠度、耐久性等）的有效方法。它结合了无损检测和结构特性分析（包括结构响应），目的是为了诊断结构中是否有损伤发生，判断损伤的位置，估计损伤的程度以及损伤对结构将造成的后果。根据上述定义，结构健康监测系统可以划分为[3] 在线测试、实时分析、损伤诊断、状态评估以及维护决策等五个部分。

结构健康监测技术的兴起为桥梁的安全保障另辟蹊径，可以彻底克服人工检测的滞后性和低效性。其方法主要是运用现代传感技术与通信技术，通过实时获取结构状态和环境信息的各种数据，监测桥梁运营阶段的结构响应与动态行为，并依靠智能分析软件评估桥梁结构的安全状态。桥梁健康监测的意义主要有以下几个方面[4]：

（1）可以实时掌握桥梁现场的交通状况，有利于桥梁管理部门进行合理的交通管制。

（2）可以及早发现桥梁病害，确定桥梁损伤部位并进行定性和定量分析，在突发事件之后还可以评估桥梁的剩余寿命，为维修养护和管理决策提供依据和指导。

（3）可以在桥梁运营状况严重异常时触发预警信号，有效预防安全事故，保障人民生命财产的安全。

（4）可以验证桥梁结构的设计模型和计算假定，提高人们对大型复杂结构的认识，为实现桥梁结构的"虚拟设计"奠定基础。

作为基础设施的桥梁工程，其建设规模越来越大，造价越来越高，在国民经济和社会生活中起着举足轻重的作用越来越突出。在气候、环境等自然因素的作用和日益增加的交通量及重车、超重车过桥数量的不断增加的情况下，对已有桥梁特别是对交通运输有重大影响的大跨径桥梁进行必要的监测和相应的养护，对于确保桥梁安全运营，延长桥梁的使用寿命是十分必要的。

1.2 桥梁健康监测系统的发展及应用现状

1.2.1 桥梁健康监测的发展历程[5]

传统上，桥梁结构健康状况评估是通过人工目测检查或借助于便携式仪器测量得到的信息进行的。但人工检查方法在实际应用中有很大的局限性，美国联邦公路委员会的最近调查表明，由人工目测检查做出的评估结果有 56% 是不恰当的。传统检测方式的不足之处主要表现在[6]：①需要大量人力、物力和财力，并有诸多检查盲点；②主观性强，难于量化；③缺少整体性；④影响正常交通运行；⑤周期长，实时性差。

因此，为把握桥梁结构在运营期间的承载能力、运营状态，保证桥梁结构的安全性、适用性和耐久性，需要建立桥梁结构健康监测，加强对桥梁健康状况的监测和评估。

构建桥梁健康监测系统的关键问题是：如何根据安装在桥梁上的传感器系统采集到的桥梁静态与动态数据来分析评估桥梁的健康状况及进行寿命预测。简单地说，它包含了三方面的内容：

（1）可靠而长期连续性工作的传感器的选择与安装、定位。

（2）数据的长距离传输、误差噪音的分析消除，以及海量数据的存储、管理，并实现网络共享。

（3）对采集到的数据进行处理分析，对桥梁的健康状况进行实时分析评估和完成寿命的预测，并能做出预警报告。

大型桥梁健康监测力求对桥梁结构进行整体行为的实时监控和结构状态的智能化评估。在结构经过长期使用或遭遇突发灾害之后，通过测定其关键性能指标，获取反映结构状况的信息，分析其是否受到损伤，可否继续使用以及预测剩余寿命等。这对确保桥梁的运营安全，及早发现桥梁病害，延长桥梁的使用寿命起着积极的作用。

桥梁的安全检测始于 20 世纪 50 年代，而 1967 年 12 月俄亥俄河上的一起导致 46 人丧生的桥梁倒塌事故促使美国于 1971 年制定了国家桥梁检测标准（NBIS），用于全面指导桥梁检测的各个环节。20 世纪 80 年代后，国外已有为数不少的大型桥梁建立了较为完备的健康监测系统。

威斯康星州一座已有 65 年历史的提升式桥 Michigan Street Bridge，安装了世界上第一套全桥远程监测系统，以监测将达到设计寿命的该桥梁裂缝的扩展情况和其他状态的变化。FHWA 资助研究的无线桥梁整体评估与监测系统（Wireless Global Bridge Evaluation and Monitoring System）包括位移、应变、转角、加速度等项目的测量。

直到 90 年代光纤传感器产品得以在土木工程领域应用以后，特别是光纤光栅传感器在这一领域的应用实现了监测系统的长期稳定和有效性，推动了桥梁健康监测技术的长足进步，这时才开始真正意义上的桥梁在线长期健康监测。

在欧洲，Smartec 公司将长标距的光纤应变传感器应用于多座大桥，长期监测这些桥梁的关键部位应变历程曲线，据此判断结构的安全耐久性，取得很好的应用成果。

1996 年，瑞士的 Samuel Vurpillot 等人对 Versoix 桥进行了以光纤传感器为主的实时监测，整个监测系统由传感器和信息处理器两个部分组成，利用该系统已成功地对五座桥梁进行了实时监测。同年瑞典在 Winterther 的 Storchen Brucke 斜拉桥上应用光纤传感器成功地解决了斜拉桥索力的长期实时监测问题。

1999 年夏，美国新墨西哥 Las Cruces10 号州际高速公路的一座钢结构桥梁上安装了 120 个光纤光栅温度传感器，创造了单座桥梁上使用该类传感器最多的纪录。佛蒙特大学的一个研究小组用光纤光栅传感器远距离监测沃特伯里佛蒙特钢结构大桥，这些研究取得了良好的效果，并有力地推动了桥梁工程科学的发展。

我国桥梁健康监测工作起步相对较晚，始于上世纪 90 年代末，究其原因主要是由于观念、资金、测试技术和监测手段的落后。随着我国改革开放的不断深入，对外经济、文化、科学技术等方面交流的不断扩大，综合国力的不断增强，交通基础设施和大型桥梁的建设得到了前所未有的关注，基础建设的投入迅速增加。多次桥梁垮塌的事故给桥梁工程技术人员和管理部门敲响了警钟，桥梁健康监测的意义和作用已逐步为桥梁建设者、设计人员和管理人员所认识。同时测试技术和监测手段的全面提高和更新，桥梁监测的软、硬件条件都发生了很大的改变，使得我国的桥梁健康监测成为可能。

1.2.2 桥梁健康监测系统的应用现状[7]

自英国早在 80 年代后期，对爱尔兰的新 Foyle 桥安装了长期监测仪器和自动数据采集系统，以校验大桥的设计、测量和研究车辆、风和温度荷载对大桥动力响应的影响，并试图探索出一套有效的、可应用于其他类似桥梁的长期监测系统以来。近年来许多国家都开始在一些新建（或在建）和既有大型桥梁中建立结构健康监测系统。

随着桥梁结构健康监测技术的发展，以及为了掌握大桥更多的信息，特别是初始状态信息，在 20 世纪 90 年代以后新建的国内外大型桥梁，一般都安装有长期结构健康监测系统，图 1.2 详细绘出几座代表性桥梁传感器布置示意图。根据监测的目的不同，各个桥梁测试的内容也不同，现列举国内外一些著名桥梁介绍如下：

（1）韩国 Seohae 桥，Youngjong 桥：建成后分别安装了结构健康监测系统，监测内容包括结构的静动态性能和环境荷载，其中 Seohae 桥安装了各种类型传感器 120 个，Youngjong 桥安装各种类型传感器 380 个。

（2）英国的 Flintshire 桥：为确保该桥在施工过程和运营过程的安全，安装了一套长期健康监测系统。该系统监测的内容包括风速监测、预应力张拉束的工作环境监测、应力状态监测、拉索索力监测、整体动力特性监测、加速度监测等。

（3）丹麦 Great Belt East 桥：为评估该桥结构整体性、耐久性和可靠性，COWI 公司为该桥设计一套多达 1000 个传感器的监测系统。该系统监测的内容包括主缆、吊杆和索夹的应力；桥面箱梁的加速度、应力、支撑处的位移；下部结构的腐蚀监测、桥墩的倾角、桥塔混凝土应变；基础的土质监测；气候监测等。

（4）日本明石海峡大桥：为证实在强风和地震时的设计假定和有关参数的取值，以及为确定该桥在温度变化和受其他条件影响的变形特性，安装了包括地震仪、风速计、加速度计、速度计、全球卫星定位系统（GPS）、测量主梁边缘位移的位移计、测量调

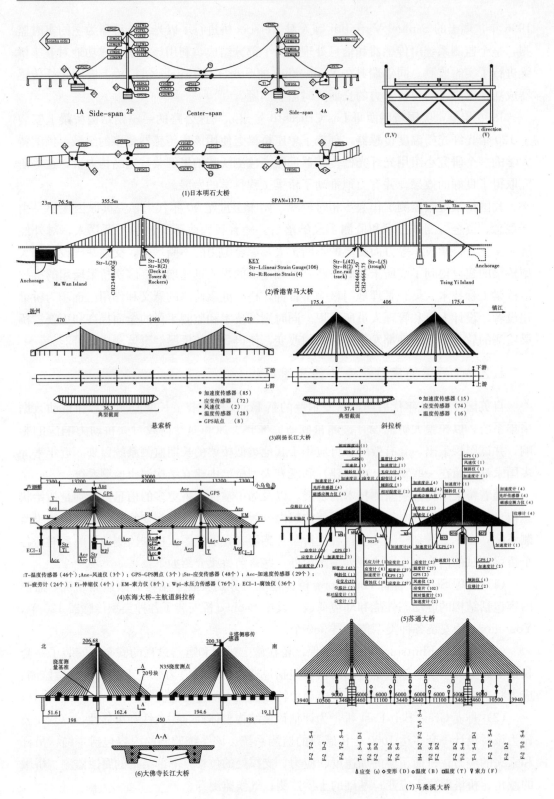

图 1.2　代表性大跨度桥梁监测传感器布置示意图[8~14]

质阻尼器（TMD）的位移计及温度计等传感器的监测系统，参见图 1.2（1）。

(5) 哥伦比亚 Pereira—Dosquebradas 桥：建成后政府用约 150 万美元建立结构静动态健康监测系统。该系统包括加速度计、位移计、倾角仪、温度计、腐蚀传感器等各类传感器 300 多个。

(6) 香港青马大桥、汲水门桥和汀九桥：由于索支撑桥对风比较敏感，香港路政署于 1998 年在三桥上安装了保证桥梁运营阶段安全的"风和结构健康监测系统"（WASHMS）。其硬件设施十分完善，包括传感器系统、数据采集和传输系统、数据存储管理系统等。该系统安装了 GPS、风速风向仪、加速度计、位移计、应变计、地震仪、温度计、动态地磅等各类传感器 774 个，参见图 1.2 （2）。该系统是目前世界上投资最大、规模最大的桥梁健康监测系统之一。

(7) 加拿大 Confedration 桥：1997 年建成，因为世界上当时还没有一种规范或标准能涵盖该桥的设计标准，于是实施一套综合监测计划，以便对桥梁在冰荷载作用下的性能，桥梁的短期和长期变形，温度应力，车辆荷载及荷载组合，在风和地震荷载下的动力响应以及环境对桥梁的腐蚀进行研究。监测系统所用的加速度计、应变计、倾斜计、水荷载传感器以及热电偶等各种传感器 740 个。

(8) 美国 Commodore Barry 桥：安装的长期健康监测系统内容包括桥面的加速度、桥墩和桥面的倾角、桥面的温度、环境引起的应变、活载引起的应变、图像监测系统、大气环境、风速测量、车辆荷载测量、位移测量等。该系统总共有 100 多个数据通道，这些通道的数据分别来自应变仪、加速度计及摄像头，并以 Lab View 为平台进行了集成。

(9) 中国湛江海湾大桥[15]：该桥的健康监测系统是目前国内第一座在设计阶段就考虑健康监测系统的项目，也是第一座由设计单位与科研单位合作进行健康监测系统设计的项目。此系统从动力和静力两方面桥梁结构进行监测，实现数据采集、分析处理以及对当前桥梁结构的异常行为自动诊断，进行安全性评估和多级预警，并提供相关信息给交通监控系统实施交通控制。

(10) 中国苏通大桥[12]：因考虑该桥结构规模宏大，其结构健康监测系统中传感器将有超声风速仪、车速车轴仪、全球定位系统、加速度传感器等 16 类。包括由 788 个各类传感器所构成上部结构固定式传感器系统，由 16 只高精度加速度传感器构成的便携式传感器系统及包含 636 只传感器的基础监测传感器系统，传感器总数达到 1440 只，参见图 1.2 （5）。

(11) 中国润扬长江公路大桥：该大桥健康监测与安全评估系统由传感器子系统、数据采集子系统、数据通信与传输子系统、数据处理与管理子系统、结构损伤预警子系统、结构损伤评估子系统和结构安全评定子系统等七个子系统组成。润扬大桥结构健康监测系统主要对南汊悬索桥的主缆、吊索，北汊斜拉桥的斜拉索，主梁和索塔的几何状态、静动力响应、大桥所处的自然环境、交通荷载状况等进行实时在线监测，参见图 1.2 （3）。主要监测项目包括：①缆索：斜拉桥拉索索力监测、斜拉索的振动监测。悬索桥主缆内力监测、振动监测、吊索内力监测、振动监测。②主梁：主梁线形监测、应力监测、振动监测和温度监测。③索塔：索塔位移与沉降、索塔的振动监测和索塔的温度监测。④特殊结构设计：悬索桥中央扣连接处的应力监测。⑤交通荷载监测：各个车道车辆荷载和车流量的监测。⑥环境状态的监测：环境风监测（风速、风向）、地面运动的监测和水流冲刷监测等。

（12）东海大桥：监测内容：环境监测、大气温度、风、腐蚀、水文波浪、桥墩基础冲刷状况；结构特性监测结构静力影响系数、结构动力特性；结构静动态响应监测整体结构几何变形、构件应力变化及分布状况、斜拉索索力状况、钢构件疲劳状况、桥墩沉降状况。传感器布置如下：结构空间变形主控制点；环境和荷载参数测量的位置对结构的应力或位移有较大的影响时；外部风力荷载主要监控点；可对结构总体温度进行监控的控制点；最大应力分布及变化 的位置或构件；索力应力幅值变化最大的斜拉索；对结构受力模式可能产生影响的部位 特殊部位（如钢—混凝土连接部位等）。健康监测系统由 5 个子系统组成：传感器系统；数据采集和传输系统；数据处理和控制系统；结构健康评估系统；维护系统。传感器系统将采集各类信号传输到附近的工作站；工作站根据需要对各类信号进行解调和预处理，并通过传输系统将传感器的信息送到数据处理和控制系统；数据处理和控制系统对数据进行处理、结果显示、存档和数据入库等；结构健康评估系统对监测数据进行在线评估及离线评估检查与维护系统对系统进行定期维护检查。传感器系统包括：超声式（机械式）风速仪、大气温度计、结构温度计、GIS系统、振弦式应变计、EM索力仪、伺服式加速度传感器、腐蚀仪、水压力传感器、近海波浪仪及海流计。主航道斜拉桥共布设传感器 266 个，8 座桥梁共布设传感器 561个，参见图 1.2（4）。

另有我国在建桥之初就设置健康监测系统的桥梁还有：芜湖长江大桥、江阴长江大桥、东海大桥等等。其中广州虎门大桥、上海徐浦大桥、江阴长江大桥及润扬长江大桥等在施工阶段也已安装用于健康监测的传感设备，以备运营期间的实时监测。与新建桥梁一样，很多既有（旧）大型桥梁也安装了长期的结构健康监测系统，具有代表性的主要有：

（1）韩国 Nambae 桥、Jindo 桥：为监测结构的整体性，分别建立了包括监测索力、桥塔倾斜、主梁振动、应力等项目的监测系统。两桥监测系统的各类传感器总数分别为66 和 110 个。

（2）美国的 Vincent Thomas 桥：1980 年，作为地震加固工程的一部分，该桥安装26 个加速度传感器用于监测在突发地震时的结构响应。自系统安装以来，该实时触发的数据采集系统共记录两次地震下的响应（1987 年的 Whittier—Narrows 地震和 1994年的 Northridge 地震）。

（3）美国的 Ironton—Russell 桥：在 1996 年的一次检测中发现许多钢节点有腐蚀现象。为对该桥的健康状态作出客观的评价，安装一套长期监测系统以观察结构关键构件的应力变化。

（4）意大利 Colle Isarco Viaduct 桥：为监测其结构的变形、位移，评价结构的耐久性，于 1999 年建成健康监测系统，该系统包括各类应变计、位移计、温度计等各类传感器约 300 个。

（5）中国南京长江大桥：于 1968 年建成，为确保该大桥的安全运营和评估大桥的健康状态，在铁道部的资助下，中南大学与上海铁路局合作在该桥建成健康监测系统，该系统包括应变计、温度计、加速度计、拾振器、风速仪、轨道衡、地震仪等各类传感器 150 多个。该系统为我国第一个铁路桥梁（以监测铁路荷载响应为主）结构健康监测系统，在实时信号采集、大量数据实时分析处理以及钢桥疲劳寿命评估等方面取得一定的突破。

随着桥梁健康监测技术的发展，并综合现代传感技术、网络通讯技术、信号处理与分析、数据管理方法、计算机视觉、知识挖掘、预测技术、结构分析理论和决策理论等多个领域的知识，极大地提高了预测评估的可靠性。

1.3　桥梁结构的安全性评价与寿命预测的发展

1.3.1　常规工程结构耐久性、使用寿命预测研究现状及分析

桥梁建成之后，如何对桥梁的实际品质进行鉴定是业主最关心的问题。飞机、轮船、汽车等批量生产的机构设备，可以通过破坏性原型实验来检验设计目标的满足程度。桥梁等建筑结构属于单件生产，不可能进行破坏性试验，因此，非破坏性检验技术受到了特别的关注[17]。我国颁布的《工业厂房可靠性鉴定标准》和《混凝土公路桥梁可靠性鉴定规程》中采用的是传统的损伤检测方法。这种巡回目测的方式简单方便，但是缺陷也是显而易见的：①要预先知道损伤发生的大概位置；②一些重要的结构内部及人员、设备不易到达的损伤不易被检测评定；③设备多而昂贵，检测结果不直观，需专业人员的专门知识解释；④检查过程太长，不能应付突发事件及突然性的损伤破坏；⑤检测时结构停止工作运行，对社会、经济效益造成影响；⑥不能定量给出结构的剩余强度。因此，这些方法对大型复杂结构是不实用的，而且均无法定量给出整体结构的受损程度。由于对成桥质量目前尚缺乏严格系统的量化检验方法，结果使一些劣质工程得不到及时发现和处理，轻则增加了日后的桥梁维修保养成本，加重国家和地方政府财政负担，重则很快发生桥毁人亡的惨剧。

对桥梁结构的安全性评价与全寿命进行预测分析具有十分重要的意义。准确预测桥梁结构的使用寿命，必将对国民经济与社会发展起到巨大的促进作用。首先，为施工质量控制与工程风险管理提供新理论。施工期桥梁结构抗力是寿命评估的基本依据，据此可以确定桥梁工程结构的时变抗力界限，从而提高工程风险管理水平。其次，对在服役桥梁工程结构的功能评估与维修提供时变分析方法。随着我国众多跨海、跨江等重大桥梁工程项目的实施，研究桥梁结构在施工、使用及老化阶段的安全性与耐久性显得尤其重要。再次，对抗震防灾有重大意义。考虑桥梁结构的多因素影响机制、地震荷载、时变结构与岩土介质间复杂的相互作用机理，可以科学地模拟时变结构体系在地震作用下的失效模式。最后，可以完善桥梁工程结构耐久性与全寿命设计方法。将时间变量作为重要的随机变量，是时变可靠度设计的重要标志。

早在 20 世纪 40 年代，国外已着手结构耐久性的研究。国内于 20 世纪 60 年代开始对混凝土的碳化和钢筋锈蚀等耐久性基础理论的研究。对桥梁而言，国际上对其安全性、耐久性和使用寿命的讨论已近 30 年。特别在世纪之交，国际桥协组织了两次较大

规模的国际会议，一是 1999 年的"为未来的结构（Structure for the Future）——质量搜索（The Search for the Quality）"，二是 2001 年的"安全、风险和可靠性（Safe, Risk and Reliability）——工程进展（Trends in Engineering）"。同济大学教授范立础院士在会上更是指出要加强"桥梁工程的安全性、耐久性、使用寿命及风险评估研究"。但是，长期以来国内外工程结构全寿命的系统研究进展不大，究其原因是该研究所涉及的学科甚广、难度极大，属世界难题之一。

国内外学者采用多元统计方法、模糊数学理论、神经网络技术等各种不同的方法对机械设备、仪器仪表、自动化装置等系统的寿命进行了深入的研究，并取得的了很多优秀的研究成果。总的来说，结构耐久性的研究大致可分为两个层次：①从材料机理上研究结构的老化、损伤及主要因素。②从结构全局出发，以对材料的耐久性研究为基础，研究耐久性设计、评估、维修决策与优化等一系列应用问题。由于混凝土碳化、钢筋锈蚀和混凝土冻融破坏是导致结构破坏、抗力降低的主要因素，他们成为近期研究的重点，处于应力状态下的混凝土碳化过程，冻融循环作用下混凝土宏观损伤模型的研究，均取得了一些研究成果。在钢筋锈蚀方面，研究主要集中在锈蚀钢筋的力学性能、钢筋锈蚀量的预测、裂缝对锈蚀的影响等方面。其主要成果如下：混凝土碳化深度计算模型通过快速碳化试验，建立了综合考虑粉煤灰掺量、养护龄期、荷载率、环境温度等多因素的寿命预测模型，在对大桥的箱梁和索塔进行了使用寿命预测，提出了提高大掺量粉煤灰混凝土寿命的实施措施；而混凝土的碳化寿命预测模型，主要是基于 Fick 定律的推导，即碳化深度与碳化时间的平方根成比例；中国建科院建立了多系数的碳化深度预测公式，Jiang 等考虑了湿度、W/B、水泥掺量建立了大掺量粉煤灰混凝土的碳化模型，Jung 等考虑了温度、湿度，基于钢筋锈蚀建立了碳化寿命预测公式，而东南大学的刘志勇博士提出了冻融累计损伤的幂函数模型。

而在桥梁的使用寿命的预测研究中，前些年的研究工作都是基于混凝土结构的剩余寿命来做的，它包括码头、房屋、大型工程等研究领域，桥梁只是作为其中的一个研究方向作了一些初步探讨。如较早的 Kameda（1975）和 Wen（1977）研究了荷载与抗力的衰减问题，Melchers（1994）研究了结构的静力时变可靠度，Wood（1997）研究了混凝土的长期衰减性，Somerville（1998）研究了混凝土桥梁结构的全寿命设计方法，结构环境影响服役期预测，Mark（2001）等人研究了基于可靠度的钢筋混凝土在役结构的建造与使用荷载的影响。在国内率先开展系统结构寿命预测领域研究工作的是北京科技大学的路育民教授，他在中国石油天然气集团公司九五攻关项目"含缺陷管道剩余强度评价方法研究"、"含缺陷管道剩余寿命预测方法研究"，技术开发项目"管道安全评估软件的集成和应用"和国家 973 项目二级课题"材料腐蚀寿命预测方法研究"，以及许多油田横向项目的资助下，带领其研究梯队针对我国油气管道的现状对油气管道剩余寿命预测方法的进行了大量的研究，建立了我国油气管道剩余强度评价和剩余寿命预测的方法、软件及其数据库，并在十四条管线的安全评价方面得到应用，取得了重大的经济效益和良好的社会效益。得益于这个启发，国内的学者开始对桥梁的寿命预测进行研究：李田和刘西拉教授于 1998 开始研究混凝土可靠度设计的影响因素指标，给出了一些影响混凝土结构的影响指标；1999 年，李桂青教授研究了影响工程结构可靠度的主要问题；王光远教授则于 2000 年提出了时变力学的新概念，改变了传统的基于不变力学理论支持的结构工程使用寿命预测模型的结构；2002 年洪乃丰博士在此基础上研究了钢筋混凝土基础设施的腐蚀与全寿命经济问题；2002 年吴大宏博士、赵人达教授提出了基于遗传算法的砼桥梁耐久性优化设计；2004 年，索清辉博士、钱永久教授以现行公路桥梁设计载荷为基础，采用后继服役期超越评估荷载的概率等于使用期超越设计荷载概率的原则，给出了现有公路桥梁结构可靠性评估师可变荷载取值的修正系数，利用时变安全可靠度理论，对现有结构的剩余寿命进行了评估。但存在的缺点是需要对可变荷载取值进行不断的修正，来适应不同结构的需要。为了克服这个问题，浙江树人大学的许均陶教授（2005）和他的研究生研究了钢筋混凝土桥梁在整体腐蚀和局部腐蚀同裂缝扩展的组合效应下截面刚度与服役时间关系，为桥梁剩余寿命的预测提出了理论指导。这些研究成果的主要思想都认为影响工程结构的主要因素是材料，承载能力以及应力大小，但遗憾的是很少考虑环境因素对结构的影响。2005 年，长安大学贺拴海教授从砼结构的材料耐久性和在役桥梁的荷载特点出发，提出了按结构可靠性分析的步骤。根据著名混凝土专家美国加州大学伯克利分校的 P. K. Mehta 教授的研究，混凝土结构破坏的原因首先是钢筋腐蚀，其次是冻害。与此同时，据美国 1988 年的统计，当年钢筋混凝土腐蚀破坏的修复费为 2500 亿美元，其中桥梁修复费为 1550 亿美元，是这些桥初建费用的 4 倍。在我国因腐蚀引起的结构破坏问题同样严重，80 年代交通部曾组织有关单位对沿海码头展开调查，据 1980 年有关单位对华南地区沿海码头的调查结果，80％以上的码头发生了严重或较严重的钢筋锈蚀破坏，出现破坏的码头有的距建成时间仅 5～10 年，对华东及北方地区沿海码头调查也得到类似结果。此外，在我国的西部存在大范围的盐渍土，北方地区的冻融环境，均使钢筋混凝土结构面临严重的耐久性问题。为了克服这个问题，国内外学者对于混凝土结构的环境影响进行了一些初步的研究，主要采用的方法是：①专家系统法；②应用统计物理模型；③年限检验；④数学建模。这些方法充分考了桥梁的结构寿命预测中环境的影响，也取得了比较好的成果。但是，对于桥梁结构的寿命衰减来说，影响它寿命预测的因素不仅仅包含着环境因素，而应该是混凝土腐蚀、钢筋锈蚀、环境的影响等多种因素的集合，也就是说，在桥梁结构寿命预测模型理论与实践研究中，所研究的应该不是局部或者部分的寿命预测，而应该是整个桥梁结构的全寿命预测，而这方面的研究工作国内外都没有涉及到，也还没有一个统一的标准来执行，以往的研究存在着严重不足，主要体现如下：

（1）由于实时监测手段未跟上，桥梁使用寿命预测就变得极为困难，混凝土使用寿命预测方面的定量工作做得不够。

（2）混凝土寿命定量评估工作进行得比较零散，还没有形成一个框架体系。

（3）不利条件作用下桥梁的侵蚀机理束缚了人们思维，从细观甚至微观的机理角度去构建桥梁寿命评估体系模型的难度很大，前景堪忧。

（4）实际工程应用目前是缺少既可靠又方便的相关理论。

1.3.2 基于远程实时监测的使用寿命预测理论研究相关前期工作

为了保证桥梁的安全，国内外都在积极研究桥梁远程智能监测与评价系统。在国内，同济大学、哈尔滨工业大学、武汉理工大学、武汉大学、东南大学在硬件与评价软件两方面均取得了令人鼓舞的研究成果。由重庆大学、重庆交通学院（现已更名为重庆交通大学）联合组成的课题组，经过了近十年的艰苦研究，并发挥自身在传感技术、精密测试、自动化仪器方面的优势，紧密结合大型工程进行远程无损监测的实际，对大型工程远程无损监测技术的各个方面行了深入研究，研制出了挠度、变形、振动、应变、应力传感以及数据采集与远程传输等仪器。在此基础上，攻克了大型工程构造远程无损监测技术工程应用的技术瓶颈，在系统的实际应用上取得了突破性进展，并在广州虎门大桥模型破坏试验实时监测、重庆红槽房高速公路桥状态远程无损自动检测、芜湖长江大桥钢桁梁模型结构实验、宜昌长江大桥环道疲劳试验等工程实践中经受住了考验。特别是 2005 年完成的于 2002 年 3 月国家科技部下达的"大型桥梁安全远程实时监测成套技术开发示范"项目，以一座大跨径斜拉桥（主跨 360m）、一座大跨径连续刚构桥（主跨 240m）和一座高墩弯坡斜桥的集群监测为依托，在桥梁监测信息获取、安全评价方面取得了突破性进展，获得了 10 余项具有自主知识产权的研究成果，被专家组鉴定为"项目成果解决了桥梁安全监测中的关键技术问题，实现了地域分散且桥型不同的三座大型桥梁的集群安全监测，如图 1.3 所示。查新报告表明，上述研究成果未见国内外文献有完全相同的报道。项目成果达到了国际先进水平，具有良好的应用前景。"

图 1.3　大型桥梁的集群安全监测

　　值得一提的是，在上述研究成果中，项目组在基于远程监测的桥梁安全评价方面，首次提出基于可靠性理论的桥梁远程监测系统的安全评价创新理论与技术。将静态、离线的工程结构的可靠性设计方法，移植至动态、在线的基于远程监测的桥梁结构可靠性评价，取得了良好的实际工程应用效果。例如，基于实时挠度监测的刚构桥安全可靠性评价结果如图 1.4 所示。

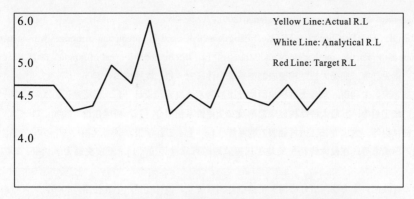

图1.4 基于实时挠度监测的刚构桥安全可靠性评价结果

取得上述研究成果后，可为本项目的研究提供积极的保障，具体表现在以下两个方面：

（1）通过新型传感系统，提供了客观反映桥梁力学性态的监测信息，包括挠度、应力等几个方面。这些信息的获取，为桥梁结构抗力衰变规律的研究提供了可靠的保障。

（2）基于可靠性理论的桥梁远程监测安全评价系统的实现，为基于实时监测的桥梁使用寿命预测模式的构建打下了坚实的基础。

综上所述，桥梁的安全性和使用寿命问题是我国大跨径桥梁的"心病"，建立在役桥梁基于实时监测的使用寿命预测理论意义重大。在以往的桥梁耐久性和使用寿命预测研究中，寿命预测方面的定量工作做得不够，且寿命定量评估工作进行得比较零散，还没有形成一个框架体系，实际工程应用目前是缺少既可靠又方便的相关理论。随着桥梁长期监测硬件条件的跟上，可获取可靠、稳定的桥梁长期监测信息。在这种情况下，从基于远程监测的信息及桥梁施工阶段的材料、几何尺寸、计算模式不定性中获取相关参数，以此为基础，充分运用数学、力学手段，可望达到建立基于实时监测的桥梁用寿命预测模式的目的。项目研究成果对提升我国桥梁的养护水平，保证桥梁的安全营运，减少桥梁常规荷载试验开支均具有积极的现实意义，应用前景广阔。

参 考 文 献

[1] 王晖. 大跨预应力混凝土斜拉桥健康监测评估管理系统的开发与研究 [D]. 天津：浙江大学，2006，2.

[2] Housner G W，Bergman L A，Caughey T K，et al. Structural Control：Past，Present and Future [J]. Joural of Engineering Mechanics，1997，123（2）：897~971.

[3] 李爱群，丁幼亮. 工程结构损伤预警理论及其应用 [M]. 北京：科学出版社，2007.

[4] 朱秋红. 大型桥梁健康监测自动化及安全评估的研究 [D]. 南京：南京理工大学，2005，6.

[5] 石永. 光纤传感桥梁长期健康监测数据采集系统研究 [D]. 武汉：武汉理工大学，2005.

[6] 李娟霞. 桥梁健康监测系统及数据融合技术研究 [D]. 兰州：兰州理工大学，2008，5.

[7] 何旭辉. 南京长江大桥结构健康监测及其关键技术研究 [D]. 长沙：中南大学，2004.

[8] Sunargo S，Yoshimasa M，et al. Long span bridge health-monitoring system in Japan [J]. Health monitoring

and management of civil infrstructure systems，2001：122－128.

［9］Z X Li，T H T Chan，J M Ko. Fatigue analysis and life prediction of bridges with structural health monitoring data－Part I：methodology and strategy ［J］. International journal of fatigue，2003：112－116.

［10］缪长青，李爱群等. 润扬大桥结构健康监测系统设计研究 ［J］. 世界桥梁，2006：63－66.

［11］张敏，杨志芳，朱利明. 东海大桥桥梁结构健康监测系统研究与设计 ［J］. 桥梁建设，2006：67－70.

［12］董学武，张宇封等. 苏通大桥结构健康监测及安全评价系统简介 ［J］. 桥梁建设，2006：71－73.

［13］朱永，符欲梅等. 大佛寺长江大桥健康监测系统 ［J］. 土木工程学报，2005（10）：35－70.

［14］周建庭，向毓志等. 在役大跨径桥梁基于远程监测的可靠性评价 ［J］. 重庆交通大学学报，2007，26（4）：32－35.

［15］尹仕健，曹映泓，张海明. 湛江海湾大桥健康监测系统及其设计 ［J］. 中外公路，2006，26（5）：102－105.

［16］倪宝艳. 桥梁监测安全预警系统的研究与开发 ［D］. 合肥：合肥工业大学，2007，11.

第 2 章　桥梁结构动力监测原理

2.1　概　述

随着桥梁结构健康监测系统应用的不断深入，系统将采集到在环境激励下的结构响应的大量历史数据。在这些庞大的海量数据中，既包含了结构在各种荷载下的响应信息，也包含了结构性能劣化的效应信息，因此必然包含了反映结构安全状态的特征信息。鉴于此，如何通过对这种海量数据的统计分析，从中提取有关结构安全的特征信息，挖掘结构性能的演变规律，从而实现结构安全的有效评价，已经越来越得到人们的关注和重视。

桥梁结构健康监测其本质即是获取结构在车辆、人群以及环境等荷载的作用下结构由于荷载激励所引起的振动的实时响应特征信号，如挠度、位移、加速度等。所以，研究基于桥梁健康监测的结构安全评估及预测就必须清楚结构振动的机理。同时，从桥梁结构健康监测数据来获取结构状态信息以及寿命预测的过程就是从监测的结构动力响应数据按照结构自身的模型特点完成结构固有参数的辨识，此部分主要包括结构模态参数识别和结构物理参数识别两个部分。

由此，本章就桥梁健康监测动力响应机理以及结构状态评估中的模态参数、物理参数的辨识进行详细分析，为后续章节所开展的各项研究奠定理论基础。

2.2　结构系统动力计算

随着科技的进步、交通建设的大发展，桥梁建设事业取得了巨大的成就。由先前的中小跨径桥梁，发展到现在的大桥、特大桥的工程举不胜举，如今港珠澳跨海大桥工程也在拟建当中。但是，跨径增大的背后也隐藏着突出的问题，如对大型桥梁的实时监测来准确评价该桥梁的运营情况，这一基本问题还未得到有效的解决。一座已建的大型桥梁，除了受到自身重量外，还要承受外部荷载，如汽车、风、地震等动荷载的影响。结构在受到随时间变化的动荷载作用时与静荷载作用时所表现出的力学本质完全不同，无论是在设计阶段还是在使用阶段，常常需要准确而迅速地分析或预测它们的动力特性[1]。常见的动力特性参数有自振频率、自振周期、振型等。在动力荷载作用下使工程结构产生不容忽视的加速度，根据达朗伯原理在分析时必须考虑惯性力的影响，这时结构将发生振动,各种量值均随时间而变化。就位移来说,在动力荷载作用下,动力位移值较静力位移值显著不同,通常称最大动力位移值与最大静力位移值之比为位移动力系数[2]。这一系数的引入,在动力效应理解层面上给学者们带来了极大的方便。

以往公路桥梁的车辆振动研究并非很成熟,对斜拉桥在汽车荷载作用下的动力作用研究更是非常少。先前的设计规范对移动荷载的处理,就是简单的在荷载重量的基础上乘以冲击系数作为静力荷载加到桥跨结构上去的。基于从桥跨结构的动力响应分析角度而言,冲击系数源于三个方面[3],理想的移动荷载作用桥面引起桥跨结构的振动,引起动力放大;车辆自身的振动使其加载在桥面上的力也有一定的波动;实际的桥面不平整引起车辆跳动造成的冲击作用。

新规范采用了结构基频来计算桥梁结构的冲击系数,汽车荷载的冲击系数表示为

$$\eta = \frac{Y_{d\max}}{Y_{j\max}} \tag{2.1}$$

式中,$Y_{d\max}$是在汽车过桥时实测得的效应时间历程曲线上最大动力效应处量取的最大动力效应;$Y_{j\max}$是在效应时间历程曲线上最大静力效应处量取的最大静力效应。

这一过程充分说明了,结构动力特性在动荷载分析过程中的作用至关重要。经过学者们的进一步研究,已证明考虑时程分析过程的动力效应更科学、更合理,当然这也为结构的设计与安全状况的评估提供了一道安全屏障。

2.2.1 单自由度系统

单自由度(single degree-of-freedom,简称 SDOF)系统是只能沿单一路径运动的系统,可以简化成一个线性弹簧-质量-阻尼器的系统[4],如图 2.1 所示。

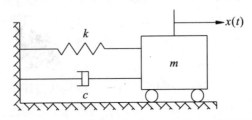

图 2.1 结构动力分析中单自由度体系力学模型

(1)单自由度系统自由振动运动微分方程为

$$m\ddot{x} + c\dot{x} + kx = 0 \tag{2.2}$$

式中,m 是结构总质量;c 是结构阻尼;k 是线性弹簧。

将式(2.2)两边同时除以 m,运动微分方程变为

$$\ddot{x} + 2\zeta\omega_0\dot{x} + \omega_0^2 x = 0 \tag{2.3}$$

式中,$\omega_0 = \sqrt{\dfrac{k}{m}}$ 是仅与结构性质有关,为结构的固有频率;$\zeta = \dfrac{c}{c_r} = \dfrac{c}{2\sqrt{mk}}$ 是阻尼比,引用的 $c_r = 2\sqrt{mk}$ 被认为是临界阻尼。

式(2.3)为一个二阶齐次常微分方程,设解的形式如下,即

$$x(t) = Ae^{st} \tag{2.4}$$

将式(2.4)代入式(2.3),得到特征方程为

$$s^2 + 2\zeta\omega_0 s + \omega_0^2 = 0 \tag{2.5}$$

求解上式有

$$x(t) = A_1 e^{\lambda_1 t} + A_2 e^{\lambda_2 t} \qquad (\zeta \neq 1)$$
$$x(t) = (A_1 + A_2 t) e^{-\omega_0 t} \qquad (\zeta = 1) \tag{2.6}$$

其中

$$\lambda_1 = -\zeta\omega_0 + \omega_0\sqrt{\zeta^2 - 1}$$
$$\lambda_2 = -\zeta\omega_0 - \omega_0\sqrt{\zeta^2 - 1}$$

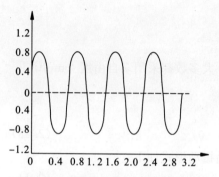 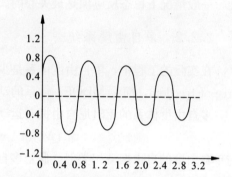

图 2.2 无阻尼 SDOF 系统的响应　　　图 2.3 有阻尼 SDOF 系统的响应（$\zeta = 0.02$）

（2）单自由度系统强迫振动运动微分方程[5]

简谐荷载作用下其运动方程表达式为

$$m\ddot{x} + c\dot{x} + kx = p_0 \sin\omega t \tag{2.7}$$

将上式两边同时除以 m，c 用阻尼比来代替，其表达式为 $c = 2m\omega_n\zeta$，式（2.7）可化为

$$\ddot{x} + 2\zeta\omega_n\dot{x} + \omega_n^2 x = \frac{p_0}{m}\sin\omega t \tag{2.8}$$

齐次方程的通解 x_c 对应于有阻尼自由振动反应，并设 $\zeta < 1$，则

$$x_c(t) = e^{-\zeta\omega_n t}(A\cos\omega_D t + B\sin\omega_D t) \tag{2.9}$$

式中，$\omega_D = \omega_n\sqrt{1-\zeta^2}$ 为有阻尼体系的自振频率。

运动微分方程的特解 x_p 可以设为如下形式

$$x_p(t) = C\cos\omega t + D\sin\omega t \tag{2.10}$$

将式（2.10）代入运动方程（2.8），有

$$[(\omega_n^2 - \omega^2)C - 2\zeta\omega_n\omega D]\sin\omega t + [2\zeta\omega_n\omega C + (\omega_n^2 - \omega^2)D]\cos\omega t = \frac{p_0}{m}\sin\omega t$$

$$\tag{2.11}$$

由时间的任意性，可得如下两个关于系数 C 和 D 的联立方程

$$[1 - (\omega/\omega_n)^2]C - (2\zeta\omega/\omega_n)D = x_{st}$$
$$(2\zeta\omega/\omega_n)C + [1 - (\omega/\omega_n)^2]D = 0$$

解上式得

$$C = x_{st}\frac{1 - (\omega/\omega_n)^2}{[1 - (\omega/\omega_n)^2]^2 + [2\zeta(\omega/\omega_n)]^2}$$

$$D = x_{st} \frac{-2\zeta\omega/\omega_n}{[1-(\omega/\omega_n)^2]^2 + [2\zeta(\omega/\omega_n)]^2}$$

式中，$x_{st} = \frac{p_0}{k}$ 称之为等效静位移。

运动方程的全解为

$$x(t) = x_c + x_p = e^{-\zeta\omega_n t}(A\cos\omega_D t + B\sin\omega_D t) + C\sin\omega t + D\cos\omega t \quad (2.12)$$

我们很容易注意到，式（2.12）包含了瞬态反应项、稳态反应项。由于阻尼的存在，瞬态反应项很快衰减为零，最后结构的反应仅有由外荷载直接引起的稳态反应，因此，一般情况下稳态反应项是最关心的。

2.2.2　多自由度系统[5]

在实际的工程中，单自由度体系是少之又少的，大多数都采用多自由度（multi-degree-of-freedom，简称 MDOF）体系的动力模型。

多自由度体系的无阻尼自由振动运动方程

$$[M]\{\ddot{x}\} + [K]\{x\} = \{0\} \quad (2.13)$$

与单自由度的自由振动相类似，假定多自由度的自由振动形式如下

$$\{x(t)\} = \{\varphi\}\sin(\omega t + \theta) \quad (2.14)$$

将式（2.14）代入式（2.13），得

$$-\omega^2[M]\{\varphi\}\sin(\omega t + \theta) + [K]\{\varphi\}\sin(\omega t + \theta) = \{0\} \quad (2.15)$$

式（2.15）简化，得

$$([K] - \omega^2[M])\{\varphi\} = \{0\} \quad (2.16)$$

由（2.16）式可得到上述无阻尼多自由度体系的特征方程为

$$|[K] - \omega^2[M]| = 0 \quad (2.17)$$

求解式（2.17）得到的 ω^2 只与该结构的刚度矩阵 $[K]$ 和质量矩阵 $[M]$ 有关，故 ω 被称之为固有频率。与此同时，将 ω^2 的值代入式（2.16）求得的 $\{\varphi\}$ 被称为振型模态。

由于该体系有多个自由度（假设个数为 N），则可以求得 N 个 ω^2，即 N 个频率（ω_1，ω_2，$\cdots$，ω_n），相应的也就存在 N 个振型（$\{\varphi\}_1$，$\{\varphi\}_2$，$\cdots$，$\{\varphi\}_n$）。用得到的参数频率和振型，根据式（2.14），就可以计算出式（2.13）用 ω 和 $\{\varphi\}$ 线性组合形式的通解，表达形式[6]如下

$$x_i = \{\varphi_1^i\}\sin(\omega_1 t + \varphi_1) + \{\varphi_2^i\}\sin(\omega_2 t + \varphi_2) + \cdots + \{\varphi_n^i\}\sin(\omega_n t + \varphi_n)$$

$$(2.18)$$

例　求图 2.4（a）所示三层钢刚架的自振频率和振型。

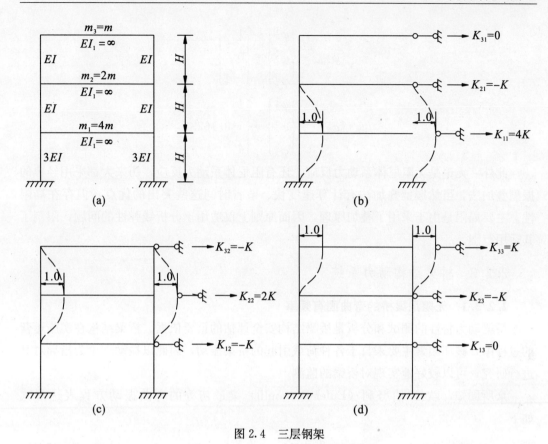

图 2.4　三层钢架

解:

（1）求刚度矩阵 $[K]$

设 $K = 24EI/H^3$，则各刚度矩阵系数分别如图 2.4（b）、（c）、（d）所示，由此可以形成刚度矩阵 $[K]$。

（2）求自振频率将刚度矩阵 $[K]$ 及质量矩阵

$$[M] = \begin{bmatrix} 4m & 0 & 0 \\ 0 & 2m & 0 \\ 0 & 0 & m \end{bmatrix}$$

代入频率方程（2.17），即可求得三个自振频率

$$\omega_1 = 0.458\sqrt{\frac{k}{m}}, \quad \omega_2 = \sqrt{\frac{k}{m}}, \quad \omega_3 = 1.338\sqrt{\frac{k}{m}}$$

（3）求主振型

将 ω_1 代入振型方程（2.16），并令 $\varphi_1^1 = 1$，得第一振型为

$$\{\varphi_1\} = \begin{Bmatrix} \varphi_1^1 \\ \varphi_1^2 \\ \varphi_1^3 \end{Bmatrix} = \begin{Bmatrix} 1 \\ 3.1623 \\ 4 \end{Bmatrix}$$

同理，可得第二、第三振型为

$$\{\varphi_2\} = \begin{Bmatrix} \varphi_2^1 \\ \varphi_2^2 \\ \varphi_2^3 \end{Bmatrix} = \begin{Bmatrix} 1 \\ 0 \\ -1 \end{Bmatrix}$$

$$\{\varphi_3\} = \begin{Bmatrix} \varphi_3^1 \\ \varphi_3^2 \\ \varphi_3^3 \end{Bmatrix} = \begin{Bmatrix} 1 \\ -3.1623 \\ 4 \end{Bmatrix}$$

此外，无论是无阻尼体系动力反应，还有阻尼体系动力反应，历来大都采用经典的振型叠加法，虽然振型叠加法有计算速度快、节省时间这些突出的优点，但存在局限性。主要局限是由于采用了叠加原理，因而原则上仅适用于分析线弹性的问题，限制了其适用范围。

2.2.3 桥梁结构动力系统

2.2.3.1 无阻尼梁桥的弯曲固有频率

桥梁动力特性的测试和分析是桥梁结构安全评估的重要依据。桥梁结构在实施运营的过程中，破坏因素主要来自于各种荷载引起的桥梁振动，因此以振动理论为指导对其进行研究，可以较好地实现对桥梁的监测[2]。

众所周知，欧拉-伯努利（Euler-Bernoulli）梁最初等的弯曲振动方程表达形式如下

$$m(x)\ddot{y} + \frac{\partial^2}{\partial x^2}\Big[EI(x)\frac{\partial^2 y}{\partial x^2} \Big] = p(x,t) \tag{2.19}$$

在式（2.19）中，$p(x,t)=0$ 且 EI 和 m 均为常量时，则有

$$EI\frac{\partial^4 y}{\partial x^4} + m\ddot{y} = 0 \tag{2.20}$$

在求解过程中，可用变量分离法求解上式，令

$$y(x,t) = \varphi(x)q(t) \tag{2.21}$$

将式（2.21）代入式（2.20），有

$$EI\frac{d^4\varphi(x)}{dx^4}q(t) + m\ddot{q}(t)\varphi(x) = 0 \tag{2.22}$$

式（2.22）可化为

$$\frac{\varphi^4(x)}{\varphi(x)} + \frac{m\ddot{q}(t)}{EIq(t)} = 0 \tag{2.23}$$

因为上式的第一项仅是 x 的函数，第二项仅是 t 的函数，所以只有每一项都等于一个常数时，对于任意的 x 和 t，式（2.23）才能满足，于是有

$$\frac{\varphi^4(x)}{\varphi(x)} = C = -\frac{m\ddot{q}(t)}{EIq(t)} \tag{2.24}$$

由振动学可知，C 是个正实数，令 $C = \alpha^4$，式（2.24）可分成

$$\left. \begin{aligned} \frac{d^4\varphi(x)}{dx^4} - \alpha^4\varphi(x) &= 0 \\ \ddot{q}(t) + \omega^2 q(t) &= 0 \end{aligned} \right\} \tag{2.25}$$

式中，$\omega^2 = \dfrac{\alpha^4 EI}{m}$，则

$$\alpha^4 = \frac{\omega^2 m}{EI} \qquad (2.26)$$

由式（2.25）的第二式，得方程的解为

$$q(t) = C_1 \cos\omega t + C_2 \sin\omega t = A\sin(\omega t + \theta) \qquad (2.27)$$

式中，C_1 和 C_2（或 A 和 θ）是常数，可由梁振动的初始条件确定。

令 $\varphi(x) = B e^{rx}$，代入式（2.25）的第一式，有

$$(r^4 - \alpha^4) B e^{rx} = 0 \qquad (2.28)$$

由此可得

$$r_{1,2} = \pm\alpha, \quad r_{3,4} = \pm i\alpha$$

将上述四个根代入 $\varphi(x) = B e^{rx}$，有

$$\varphi(x) = B_1 e^{i\alpha x} + B_2 e^{-i\alpha x} + B_3 e^{\alpha x} + B_4 e^{-\alpha x} \qquad (2.29)$$

用三角函数及双曲函数表示为

$$\varphi(x) = A_1 \sin\alpha x + A_2 \cos\alpha x + A_3 \sinh\alpha x + A_4 \cosh\alpha x \qquad (2.30)$$

上式中的四个常数 A_i（$i=1, 2, 3, 4$）由边界条件确定。

对于连续梁的弯曲固有振动，用任何精确方法进行连续梁的振动分析都是非常冗繁的过程，这主要是由于振型函数在数学分析上比较复杂而不便于计算。

图 2.5 表示连续梁的一般情形，假设连续梁每跨具有均匀分布的质量和刚度。按艾勒尔-伯努利（Euler-Bernoulli）梁理论，式（2.30）可应用于任意支承条件的梁跨，第 S 跨的第 n 阶振型函数为：

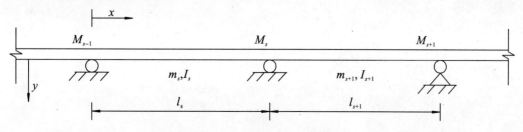

图 2.5　连续梁的符号约定

$$\varphi_{ns}(x) = A_{ns}\sin\alpha_{ns}x + B_{ns}\cos\alpha_{ns}x + C_{ns}\sinh\alpha_{ns}x + D_{ns}\cosh\alpha_{ns}x \qquad (2.31)$$

同时

$$\left.\begin{array}{l} \varphi'_{ns}(x) = \alpha_{ns}(A_{ns}\cos\alpha_{ns}x - B_{ns}\sin\alpha_{ns}x + C_{ns}\cosh\alpha_{ns}x + D_{ns}\sinh\alpha_{ns}x) \\[2mm] \varphi''_{ns}(x) = \alpha_{ns}^2(-A_{ns}\sin\alpha_{ns}x - B_{ns}\cos\alpha_{ns}x + C_{ns}\sinh\alpha_{ns}x + D_{ns}\cosh\alpha_{ns}x) \end{array}\right\} \quad (2.32)$$

式中，φ'_{ns}，φ''_{ns} 是 $\varphi_{ns}(x)$ 对 x 的一阶和二阶导数，且

$$\alpha_{ns} = \sqrt[4]{\frac{m_s \omega_n^2}{EI_s}}$$

两相邻跨梁应满足下述边界条件

$$\left.\begin{array}{l} \varphi_{ns}(0) = 0 \\ \varphi_{ns}(l_s) = 0 \\ \varphi'_{ns}(l_s) = \varphi'_{n(s+1)}(0) \\ EI\varphi''_{ns}(l_s) = EI_{s+1}\varphi''_{n(s+1)}(0) = -M_{ns} \\ \varphi_{n(s+1)}(0) = 0 \end{array}\right\} \tag{2.33}$$

即在振型中，支点的挠度为零，而且相邻跨在共同支点处的斜率和弯矩必须相等。将式（2.31）和式（2.32）代入式（2.33），得

$$B_{ns} + D_{ns} = 0 \tag{2.34}$$

$$A_{ns}\sin\alpha_{ns}l_s + B_{ns}\cos\alpha_{ns}l_s + C_{ns}\sin h\alpha_{ns}l_s + D_{ns}\cos h\alpha_{ns}l_s = 0 \tag{2.35}$$

$$A_{ns}\cos\alpha_{ns}l_s - B_{ns}\sin\alpha_{ns}l_s + C_{ns}\cosh\alpha_{ns}l_s + D_{ns}\sinh\alpha_{ns}l_s = \frac{\alpha_{n(s+1)}}{\alpha_{ns}}\left[A_{n(s+1)} + C_{n(s+1)}\right] \tag{2.36}$$

$$-A_{ns}\sin\alpha_{ns}l_s - B_{ns}\cos\alpha_{ns}l_s + C_{ns}\sinh\alpha_{ns}l_s + D_{ns}\cosh\alpha_{ns}l_s = \frac{\alpha_{n(s+1)}^2}{\alpha_{ns}^2}\frac{I_{s+1}}{I_s}\left[-B_{n(s+1)} + D_{n(s+1)}\right] \tag{2.37}$$

$$B_{n(s+1)} + D_{n(s+1)} = 0 \tag{2.38}$$

将式（2.35）和式（2.37 相加和相减，并且将式（2.38）代入则有

$$C_{ns}\sinh\alpha_{ns}l_s - B_{ns}\cosh\alpha_{ns}l_s = -B_{n(s+1)}\frac{\alpha_{n(s+1)}^2}{\alpha_{ns}^2}\frac{I_{s+1}}{I_s} \tag{2.39}$$

$$A_{ns}\sin\alpha_{ns}l_s + B_{ns}\cos\alpha_{ns}l_s = B_{n(s+1)}\frac{\alpha_{n(s+1)}^2}{\alpha_{ns}^2}\frac{I_{s+1}}{I_s} \tag{2.40}$$

于是，可得

$$\left.\begin{array}{l} A_{ns} = \dfrac{-B_{ns}\cos\alpha_{ns}l_s + B_{n(s+1)}\dfrac{\alpha_{n(s+1)}^2}{\alpha_{ns}^2}\dfrac{I_{s+1}}{I_s}}{\sin\alpha_{ns}l_s} \\[4mm] C_{ns} = \dfrac{B_{ns}\cosh\alpha_{ns}l_s - B_{n(s+1)}\dfrac{\alpha_{n(s+1)}^2}{\alpha_{ns}^2}\dfrac{I_{s+1}}{I_s}}{\sinh\alpha_{ns}l_s} \end{array}\right\} \tag{2.41}$$

将式（2.41）中的两式相加，得

$$A_{ns} + C_{ns} = B_{ns}G_{ns} - B_{n(s+1)}\frac{\alpha_{n(s+1)}^2}{\alpha_{ns}^2}\frac{I_{s+1}}{I_s}H_{ns} \tag{2.42}$$

式中

$$\left.\begin{array}{l} G_{ns} = ctanh\alpha_{ns}l_s - ctg\alpha_{ns}l_s \\ H_{ns} = csch\alpha_{ns}l_s - csc\alpha_{ns}l_s \end{array}\right\} \tag{2.43}$$

将式（2.42）中的下脚标 s 均增加 1，并将所得的 $A_{n(s+1)} + C_{n(s+1)}$ 代入式（2.36）的右边，式（2.41）及 $D_{ns} = -B_{ns}$ 代入式（2.36）的左边，整理后得

$$B_{ns}H_{ns} - B_{n(s+1)}\left[\frac{\alpha_{n(s+1)}^2}{\alpha_{ns}^2}\frac{I_{s+1}}{I_s}G_{ns} + \frac{\alpha_{n(s+1)}}{\alpha_{ns}}G_{n(s+1)}\right] + B_{n(s+2)}\frac{\alpha_{n(s+2)}^2}{\alpha_{ns}\alpha_{n(s+1)}}\frac{I_{s+2}}{I_{s+1}}H_{n(s+1)} = 0 \tag{2.44}$$

由式（2.33）第四式，可得

$$M_{ns} = -EI_{s+1}\left[-B_{n(s+1)} + D_{n(s+1)}\right]\alpha_{n(s+1)}^2 \tag{2.45}$$

将 $D_{n(s+1)} = -B_{n(s+1)}$ 代入式（2.45）可得

$$B_{n(s+1)} = \frac{M_{ns}}{2EI_{s+1}\alpha_{n(s+1)}^2} \tag{2.46}$$

最后，将式（2.45）以及相应的下脚标 s 增 1 和减 1 的式子代入式（2.44），约去公因子后，得到

$$M_{n(s-1)}\frac{H_{ns}l_s}{\alpha_{ns}l_s I_s} - M_{ns}\left[\frac{G_{ns}l_s}{\alpha_{ns}l_s I_s} + \frac{G_{n(s+1)}l_{s+1}}{\alpha_{n(s+1)}l_{s+1} I_{s+1}}\right] + M_{n(s+1)}\frac{H_{n(s+1)}l_{s+1}}{\alpha_{n(s+1)}l_{s+1} I_{s+1}} = 0 \tag{2.47}$$

式（2.47）是用于计算连续梁固有振动频率的三弯矩方程，它相当于静力分析中所用的三弯矩方程，可应用于每一对相邻的桥跨。如果边跨端部是铰结的，则该点的弯矩取为零；如果端部是固结的，$M_{n(s-1)}$ 就是固端弯矩，同时在边支点以外取虚构梁跨的 EI 为无限大。

用式（2.47）对于每个内支点弯矩均可写出一个方程，全部支点形成一组联立方程式。这些 $\{M\}$ 就是按该振型固有振动时产生的弯矩，不能唯一确定其值。但是，为了使任意振动成为可能，$\{M\}$ 的系数行列式比为零。展开即得连续梁的固有振动频率方程，其根是 $\alpha_{ns}l_s$ 值，与 ω_n 直接相关，求得频率后，就可将每个根依次代入式（2.34）～（2.38）的边界方程中确定振型，此时需要的方程数目比所计算的系数数目少 1。

2.2.3.2　带阻尼的梁桥弯曲振动

考虑到实际情况和计算上的方便，在梁桥振动中通常以一种作用性质的阻尼，即使振动幅值按指数衰减的阻尼来代表桥梁的全部阻尼，这种阻尼相当于与振动速度成正比的黏性阻尼。下面就具有这种阻尼的梁桥弯曲固有振动作个介绍。

在梁桥的固有振动方程（2.20）中，引入与速度 $\dot{y}$ 成正比的阻尼力 $c\dot{y}$，则有

$$EI\frac{\partial^4 y}{\partial x^4} + c\dot{y} + m\ddot{y} = 0 \tag{2.48}$$

令

$$y(x,t) = \varphi(x)q(t)$$

分离变量后，方程（2.48）变为

$$EI\frac{d^4\varphi(x)}{dx^4}q(x) + \left[c\dot{q}(t) + m\ddot{q}(t)\right]\varphi(x) = 0 \tag{2.49}$$

或

$$\left.\begin{array}{l} \dfrac{d^4\varphi(x)}{dx^4} - \alpha^4\varphi(x) = 0 \\[2mm] \ddot{q}(t) + 2\beta\dot{q}(t) + \omega^2 q(t) = 0 \end{array}\right\} \tag{2.50}$$

$$\omega^2 = \frac{\alpha^4 EI}{m} \text{ 或 } \alpha^4 = \frac{\omega^2 m}{EI} \tag{2.51}$$

式中，$\beta = \dfrac{c}{2m}$，称为黏性阻尼衰减系数。

式（2.49）第一式的解同（2.30），第二式的解则为

$$q(t) = A e^{-\beta t} \sin(\omega_d t + \theta) \qquad (2.52)$$

式中，$\omega_d = \sqrt{\omega^2 - \beta^2}$ 称为带阻尼的固有振动频率；A 和 θ 是由初始条件确定的系数。

须说明的是，式（2.52）与单自由度带阻尼振动不同，式（2.52）只是连续体系振动中的某一阶自由振动响应，它取决于由式（2.30）和边界条件确定的固有振动频率和相应的振型函数 $\varphi(x)$。

对于有阻尼梁的强迫振动，同样将梁桥结构的总阻尼简化为黏性阻尼 c，将方程（2.19）左边加上阻尼力 $c\dot{y}$ 一项，即得梁的振动方程为

$$m(x)\ddot{y} + c\dot{y} + \frac{\partial^2}{\partial x^2}\Big[EI(x) \frac{\partial^2 y}{\partial x^2} \Big] = p(x,t) \qquad (2.53)$$

设梁的动挠度为

$$y(x,t) = \sum_{i=1}^{\infty} \varphi_i(x) q_i(t) \qquad (2.54)$$

将上式代入式（2.53），得

$$\sum_{i=1}^{\infty} m(x)\varphi_i(x)\ddot{q}_i(t) + \sum_{i=1}^{\infty} c\varphi_i(x)\dot{q}_i(t) + \sum_{i=1}^{\infty} \frac{d^2}{dx^2}\Big[EI(x) \frac{d^2\varphi_i(x)}{dx^2} \Big] q_i(t) = p(x,t)$$
$$(2.55)$$

利用振型的正交性，将上式两边同乘以 $\varphi_n(x)dx$，然后对 x 自 0 到 l 积分，有

$$\ddot{q}_n(t) + \Big[\sum_{i=1}^{\infty} \dot{q}_i(t) \int_0^l c\varphi_i(x)\varphi_n(x)dx \Big/ \int_0^l m(x)\varphi_n^2(x)dx \Big] + \omega_n^2 q_n(t) = Q_n(t)$$
$$(n = 1,2,3,\cdots) \qquad (2.56)$$

式中，

$$\omega_n^2 = \frac{\int_0^l \varphi_n(x) \dfrac{d^2}{dx^2}\Big[EI(x) \dfrac{d^2\varphi_n(x)}{dx^2} \Big] dx}{\int_0^l m(x)\varphi_n^2(x)dx} = \frac{\int_0^l EI(x)\Big[\dfrac{d^2\varphi_n(x)}{dx^2} \Big]^2 dx}{\int_0^l m(x)\varphi_n^2(x)dx} \qquad (2.57)$$

$$Q_n(t) = \frac{\int_0^l \varphi_n(x) p(x,t) dx}{\int_0^l m(x)\varphi_n^2(x)dx} \qquad (2.58)$$

式中，ω_n 是梁的固有频率；$Q_n(t)$ 是分布激扰力 $p(x,t)$ 作用下相应于广义坐标 $q_n(t)$ 的广义激扰力。

现假设 $c = 2\beta m(x)$，β 为常数。由振型正交性，式（2.56）左边第二项可写成

$$\sum_{i=1}^{\infty} \dot{q}_i(t) \int_0^l 2\beta m(x)\varphi_i(x)\varphi_n(x)dx \Big/ \int_0^l m(x)\varphi_n^2(x)dx$$

$$= \dot{q}_n(t) \int_0^l m(x)\varphi_n^2(x)dx \cdot 2\beta \Big/ \int_0^l m(x)\varphi_n^2(x)dx = 2\beta\dot{q}_n(t) \qquad (2.59)$$

则式（2.56）可写成

$$\ddot{q}_n(t) + 2\beta\dot{q}_n(t) + \omega_n^2 q_n(t) = Q_n(t) \qquad (2.60)$$

再令

$$\zeta_n = \frac{\beta}{\omega_n} \qquad (2.61)$$

则式（2.60）变为

$$\ddot{q}_n(t) + 2\zeta_n\omega_n\dot{q}_n(t) + \omega_n^2 q_n(t) = Q_n(t) \quad (n = 1, 2, 3, \cdots) \tag{2.62}$$

式中，ζ_n 是第 n 阶阻尼比。

仿单自由度体系振动方程的解，有

$$q_n(t) = \exp(-\zeta_n\omega_n t)\left[q_{n0}\cos\omega_{nd}t + \frac{\dot{q}_{n0} + \zeta_n\omega_n q_{n0}}{\omega_{nd}}\sin\omega_{nd}t\right]$$

$$+ \frac{1}{\omega_{nd}}\int_0^t \exp[-\zeta_n\omega_n(t-\tau)]Q_n(\tau)\omega_{nd}(t-\tau)d\tau \tag{2.63}$$

式中，$\omega_{nd} = \sqrt{1-\zeta_n^2}\omega_n$，为带阻尼的固有振动频率。

初始值 q_{n0} 及 $\dot{q}_{n0}$ 的计算表达式如下

$$q_{n0} = \frac{\int_0^l m(x)\varphi_n(x)y_0(x)dx}{\int_0^l m(x)\varphi_n^2(x)dx} \tag{2.64}$$

$$\dot{q}_{n0} = \frac{\int_0^l m(x)\varphi_n(x)\dot{y}_0(x)dx}{\int_0^l m(x)\varphi_n^2(x)dx} \tag{2.65}$$

且

$$y_0(x) = \sum_{n=1}^{\infty}\varphi_n(x)q_n(0) = \sum_{n=1}^{\infty}\varphi_n(x)q_{n0}$$

最后可得前 N 个振型叠加的近似解为

$$y(x,t) = \sum_{n=1}^{N}\varphi_n(x)q_n(t) \tag{2.66}$$

2.3　结构模态参数识别

结构实时的动力分析和讨论，不光要用到动力学的基本理论知识，还要了解到动力特性参数的一些基本特点，这就涉及到了结构模态参数的识别技术。

在动力分析方面，结构的振动是必须要考虑的，而振动的幅值可以是位移、速度、加速度、力或者应变等其他一些物理量。讨论一个实际工程结构的振动问题时，总是要对该结构进行简化提取主要的因素来建立力学模型，下面就单自由度和多自由度进行简要的论述。

2.3.1　单自由度系统传递函数、频响函数及参数识别[7,8]

单自由度系统运动微分方程进行拉普拉斯变换，得

$$X(s) = F(s)H_d(s) \tag{2.67}$$

式中，$X(s)$、$F(s)$ 分别为结构上发生的位移 $x(t)$ 和结构上作用的外力 $f(t)$ 经过拉普拉斯变换而来，$X(s) = \int_0^{\infty}e^{-st}x(t)dt, F(s) = \int_0^{\infty}e^{-st}f(t)dt$。而其中

$$H_d(s) = \frac{1}{m(s^2 + 2\zeta\omega_0 s + \omega_0^2)} \qquad (2.68)$$

上式被称为单自由度系统的位移传递函数。同时，由拉氏变换性质可得，单自由度系统初态为静止时，其速度和加速度传递函数分别为

$$H_v(s) = sH_d(s) = \frac{s}{m(s^2 + 2\zeta\omega_0 s + \omega_0^2)} \qquad (2.69)$$

$$H_a(s) = s^2 H_d(s) = \frac{s^2}{m(s^2 + 2\zeta\omega_0 s + \omega_0^2)} \qquad (2.70)$$

同样，对单自由度系统运动微分方程进行傅里叶变换，可得

$$X(\omega) = F(\omega)H_d(\omega) \qquad (2.71)$$

其中，$X(\omega)$、$F(\omega)$ 分别为结构上发生的位移 $x(t)$ 和结构上作用的外力 $f(t)$ 经过傅里叶变换而来，$X(\omega) = \int_{-\infty}^{\infty} x(t)\mathrm{e}^{-\mathrm{j}\omega t}\,\mathrm{d}t$、$F(\omega) = \int_{-\infty}^{\infty} f(t)\mathrm{e}^{-\mathrm{j}\omega t}\,\mathrm{d}t$，且 j 为单位虚数。

$$H_d(\omega) = \frac{1}{m(\omega_0^2 - \omega^2 + 2\mathrm{j}\zeta\omega_0\omega)} \qquad (2.72)$$

上式被称为单自由度系统的位移频响函数。同理，在系统初态静止时，速度和加速度频响函数可表示为

$$H_v(\omega) = \mathrm{j}\omega H_d(\omega) = \frac{\mathrm{j}\omega}{m(\omega_0^2 - \omega^2 + 2\mathrm{j}\zeta\omega_0\omega)} \qquad (2.73)$$

$$H_a(\omega) = -\omega^2 H_d(\omega) = \frac{-\omega^2}{m(\omega_0^2 - \omega^2 + 2\mathrm{j}\zeta\omega_0\omega)} \qquad (2.74)$$

因频响函数 $H(\omega)$ 为复函数，故可用幅值-相位的方程表达，即

$$H(\omega) = |H(\omega)|\mathrm{e}^{\mathrm{j}\theta(\omega)} \qquad (2.75)$$

式中，$|H(\omega)|$ 与 $\theta(\omega)$ 分别为频响函数的幅值和相位，即

$$|H(\omega)| = \frac{1}{m\sqrt{(\omega_0^2 - \omega^2)^2 + (2\zeta\omega_0\omega)^2}} \qquad (2.76)$$

$$\theta(\omega) = \tan^{-1}\frac{2\zeta\omega_0\omega}{\omega_0^2 - \omega^2} \qquad (2.77)$$

式 (2.76) 代表的幅频特性曲线如图 2.6 所示。

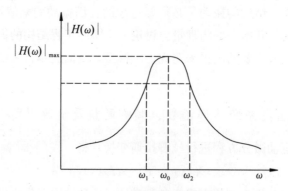

图 2.6　单自由度的幅频特性曲线

幅频特性曲线所对应的圆频率 ω_0' 及阻尼比的计算采用幅值法，其具体计算过程

如下。

令

$$\frac{d\,|H(\omega)|}{d\omega} = 0 \tag{2.78}$$

得

$$-(\omega_0^2 - \omega^2) + 2\zeta^2 \omega_0^2 = 0 \tag{2.79}$$

由上式解得

$$\omega_0' = \omega = \omega_0 \sqrt{1 - 2\zeta^2} \tag{2.80}$$

一般工程结构的阻尼比都很小（$\zeta \leqslant 0.1$），则

$$\omega_0' \approx \omega_0 \tag{2.81}$$

由此可见，由幅频特性曲线峰值所对应的频率可确定结构的自振圆频率。

为确定结构的阻尼比，先采用常用的半功率点法，即要求幅频特性曲线满足方程

$$\frac{1}{m\sqrt{(\omega_0^2 - \omega^2)^2 + (2\zeta\omega_0\omega)^2}} = \frac{1}{\sqrt{2}}\,|H(\omega)|_{\max} \tag{2.82}$$

式中，$|H(\omega)|_{\max} = \dfrac{1}{2m\zeta\omega_0^2\sqrt{1-\zeta^2}}$。

方程（2.82）的解为

$$\omega_1 = \omega_0\sqrt{1-2\zeta} = (1-\zeta)\omega_0$$
$$\omega_2 = \omega_0\sqrt{1+2\zeta} = (1+\zeta)\omega_0 \tag{2.83}$$

则阻尼比为

$$\zeta = \frac{\omega_2 - \omega_1}{2\omega_0} \tag{2.84}$$

2.3.2 多自由度系统传递函数和频响函数[7]

对于多自由度系统，其运动微分方程可表示为

$$[M]\{\ddot{x}(t)\} + [C]\{\dot{x}(t)\} + [K]\{x(t)\} = \{f(t)\} \tag{2.85}$$

对上式进行拉普拉斯变换，得

$$([M]s^2 + [C]s + [K])\{X(s)\} = \{F(s)\} \tag{2.86}$$

式中，$\{X(s)\}$、$\{F(s)\}$分别为结构的位移向量$\{x(t)\}$和激振力向量$\{f(t)\}$的拉普拉斯变换。

由式（2.86）得

$$\{X(s)\} = [H_d(s)]\{F(s)\} \tag{2.87}$$

其中

$$[H_d(s)] = ([M]s^2 + [C]s + [K])^{-1} \tag{2.88}$$

式（2.88）被称为结构的位移传递函数矩阵。

当结构为比例阻尼体系时，由振型的正交性，得

$$\text{diag}(M_i) = [\Phi]^{\mathrm{T}}[M][\Phi]$$
$$\text{diag}(C_i) = [\Phi]^{\mathrm{T}}[C][\Phi]$$

$$\text{diag}(K_i) = [\Phi]^{\text{T}}[K][\Phi] \tag{2.89}$$

式中，$[\Phi]$ 是由结构各阶振型向量 $\{\varphi_i\}$ ($i=1, 2, \cdots, N$) 组成的振型矩阵，

$$[\Phi] = [\{\varphi_1\}, \{\varphi_2\}, \cdots, \{\varphi_N\}]$$

M_i，C_i，K_i ($i=1, 2, \cdots, N$) 分别是结构的 i 阶模态质量、模态阻尼和模态刚度；diag( ) 表示对角阵。

由式 (2.89) 可得

$$[M] = ([\Phi]^{\text{T}})^{-1} \text{diag}(M_i)([\Phi])^{-1}$$

$$[C] = ([\Phi]^{\text{T}})^{-1} \text{diag}(C_i)([\Phi])^{-1}$$

$$[K] = ([\Phi]^{\text{T}})^{-1} \text{diag}(K_i)([\Phi])^{-1} \tag{2.90}$$

将式 (2.90) 代入式 (2.88) 得

$$
\begin{aligned}
[H_d(s)] &= [([\Phi]^{\text{T}})^{-1} \text{diag}(M_i s^2 + C_i s + K_i)([\Phi])^{-1}]^{-1} \\
&= [\Phi] \text{diag}(1/(M_i s^2 + C_i s + K_i))[\Phi]^{\text{T}} \\
&= \sum_{i=1}^{N} \frac{\{\varphi_i\}\{\varphi_i\}^{\text{T}}}{M_i s^2 + C_i s + K_i} \\
&= \sum_{i=1}^{N} \frac{\{\varphi_i\}\{\varphi_i\}^{\text{T}}}{M_i(s^2 + 2\zeta_i\omega_i s + \omega_i^2)}
\end{aligned}
\tag{2.91}
$$

式中，ω_i 是结构的 i 阶模态圆频率，$\omega_i = \sqrt{\dfrac{K_i}{M_i}}$；$\zeta_i$ 是结构的 i 阶模态阻尼比，$\zeta_i = \dfrac{C_i}{2M_i\omega_i}$。

同样，可由拉普拉斯变换性质得结构初态静止时的结构速度、加速度的位移传递函数矩阵

$$[H_v(s)] = \sum_{i=1}^{N} \frac{s\{\varphi_i\}\{\varphi_i\}^{\text{T}}}{M_i(s^2 + 2\zeta_i\omega_i s + \omega_i^2)} \tag{2.92}$$

$$[H_a(s)] = \sum_{i=1}^{N} \frac{s^2\{\varphi_i\}\{\varphi_i\}^{\text{T}}}{M_i(s^2 + 2\zeta_i\omega_i s + \omega_i^2)} \tag{2.93}$$

位移传递函数矩阵的任一元素 $H^{pq}(s)$ 表示 q 点激励、p 点拾振的传递函数，其表达式为（以位移传递函数为例）

$$[H_d(s)] = \sum_{i=1}^{N} \frac{\varphi_{pi}\varphi_{qi}}{M_i(s^2 + 2\zeta_i\omega_i s + \omega_i^2)} \tag{2.94}$$

式中，φ_{pi}，φ_{qi} 分别是结构 i 阶振型在位置 p 和 q 处的坐标。

令 $s = \text{j}\omega$ ($\text{j} = \sqrt{-1}$)，可得结构位移、速度和加速度频响函数矩阵为

$$[H_d(\omega)] = [H_d(s)]|_{s=\text{j}\omega} \sum_{i=1}^{N} \frac{\{\varphi_i\}\{\varphi_i\}^{\text{T}}}{M_i(\omega_i^2 - \omega^2 + 2\text{j}\zeta_i\omega_i\omega)} \tag{2.95}$$

$$[H_v(\omega)] = [H_v(s)]|_{s=\text{j}\omega} \sum_{i=1}^{N} \frac{\text{j}\omega\{\varphi_i\}\{\varphi_i\}^{\text{T}}}{M_i(\omega_i^2 - \omega^2 + 2\text{j}\zeta_i\omega_i\omega)} \tag{2.96}$$

$$[H_a(\omega)] = [H_a(s)]|_{s=\text{j}\omega} \sum_{i=1}^{N} \frac{-\omega^2\{\varphi_i\}\{\varphi_i\}^{\text{T}}}{M_i(\omega_i^2 - \omega^2 + 2\text{j}\zeta_i\omega_i\omega)} \tag{2.97}$$

2.3.3　结构模态模态参数辩识[7-9]

根据研究模态分析的手段和方法不同，模态分析技术为理论模态分析（Analytical Modal Analysis）与试验模态分析（Experimental Modal Analysis）两种。理论模态分析或称模态分析的理论过程，是指以线性振动理论为基础，研究激励、系统、响应三者的关系。因此，理论模态分析实际上是一种理论建模过程，属于结构动力学的正问题。

试验模态分析，又称模态分析的实验过程，是一种试验建模过程，属于结构动力学的逆问题。首先，试验测得激励和响应的时间历程，运用数字信号处理技术求得频响函数（传递函数）或脉冲响应函数，得到系统的非参数模型；其次，运用参数识别方法，求得系统模态参数；最后，如果有必要，进一步确定系统的物理参数。因此，试验模态分析是采用实验与理论分析相结合的方法来识别系统的模态参数（模态频率、模态阻尼、振型）的过程。模态参数识别是试验模态分析的核心。

模态参数识别分为频率模态参数识别和时域模态参数识别。以频响函数为基础的参数识别称为频率参数识别，以时域信号为基础的参数识别称为时域参数识别。频域识别采用的输入数据是实测信号的频响函数，如：在计算单自由度系统模态参数涉及到的幅值法，此外还有分量法、导纳圆拟合法、最小二乘迭代法、加权最小二乘迭代法、有理分式多项式法和正交多项式法。而时域识别采用的则是自由振动响应或脉冲响应函数，主要方法有 NExT 法、ITD 法、STD 法、复指数法（Prony 法）、ARMA 模型时域分析法、随即子空间法和特征系统实现法（ERA 法）等，下面就环境激励的结构模态参数识别进行描述。

2.3.3.1　基于环境激励的结构模态参数识别[10]

"环境激励"是指自然激励或者不刻意进行下的人类行为激励，前者如：海浪对船舶的拍击，大地脉动、地震波对工程结构的作用，风载荷对楼、塔、桥梁的激励，路面对运行中的激扰，大气对高速飞行中的飞机、火箭的激励，尾流对火箭、飞船在外太空飞行时的作用等等；后者如：火车、车辆对桥梁的作用，人流量大的天桥上行人对天桥的激励，某种情况下超高层大楼高层上大质量物体的移动冲击等等。对工程结构进行实际测量所得的响应信号，包括以上两种激励的信号特征，一般而言，自然激励是环境激励的主要作用形式。

传统的结构试验模态分析，是建立在系统的输入和输出信号可以测量得出的基础上，对这两者进行数学处理而得到频率响应函数或者传递函数，再根据这些函数从力学公式中推到出系统的频率、振型、模态阻尼。这种模态测试技术，在小尺寸的机械类结构或者尺寸虽然较大但是材料组成单一（可以有效地进行模态子结构拼接）的飞机、轮船等结构上获得了很大的成功，但是对于组成材料多样、边界条件复杂、尺寸庞大的大型工程结构，传统的模态识别技术往往难以实现。首先是难以对结构施加有效的、可控的、可测的人为激励，比如对一座超过千米的大桥，难以做到有效激励。其次是试验成本浩大，需要布置大量低频率传感器（由于现场环境恶劣，往往是一次有效试验该类仪器耗用量巨大），必须对结构进行一定的隔绝，如封闭大桥、楼、工作塔等，测量时间的限制也往往导致不能测得足够数量的数据。第三，不能够识别工作环境下的模态参数，也不能做到在线安全运行监测和在线健康状况评估，比如铁路大桥，当质量、动量较大的火车通过时，系统（桥梁—火车）的模态参数与常态下有显然区别。第四，人为激励作用下大型工程结构的各测点上，其测试信号的信噪比不高，由于工程结构尺寸庞大，激励器作用的激励分布到各点上微弱，与环境激励相比差别有限，发生迭加和耦合，造成相干函数数值偏低的结果。第五，由于以上的因素，造成实现该类试验的技术要求和经济成本非常高，是一个复杂的系统工程，必须是经验丰富的专家主持才可以有效测量。

由上述说明可知，传统的试验模态方法难以在大型工程结构参数识别上有效地广泛应用，因此对大型工程结构检测来说，环境激励下模态参数识别方法的研究和应用就显得尤其突出。环境激励下系统模态参数识别的基本特点是，在非人为控制激励源下，仅根据系统响应进行结构的模态参数识别，这个特点决定了运用该方法识别参数时的优缺点，其相对于传统模态参数识别方法的优点如下：

（1）有效地识别出了大型工程结构的一些模态参数，如结构的振型，这一点对于由于无法施加人工有效激励，从而无法识别这些结构的模态参数的传统方法而言，是一个长足的进步，破解了一些亟待解决的工程问题。

（2）仅仅根据工程结构在环境激励下的响应数据，就可以进行模态参数识别，不需要对跨度大的桥梁（如巨型斜拉索桥）、工作塔（如电视转播塔）、高坝、摩天大厦、高速运转中的大型旋转机械等进行人为激励。以上这些结构，有的是难以在不损伤局部结构下进行有效激励，有的是虽然能够施加有效激励，但是施加激励后不满足边界条件或者工况要求。

（3）便捷迅速，经济性强。由于不需要施加人工激励，节省了激励设备的携带、安装、调试等费用、时间和相应工作人员的费用。采用传统的模态识别方法，随着结构尺寸增大等因素，选用的激励元件、传感器件等仪器昂贵，而且调试时间和激励时间增加，造成了检测费用的高昂。

（4）不打断工程结构的正常工作。环境激励包括自然激励和非刻意下的人为激励，这些激励已经足够进行结构的模态参数识别，这对许多大型工程结构至关重要，如某些矿山箕斗高塔，塔室内运转的大型卷扬设备，产生的激励使高塔产生具有明显振幅的振动，这种工况下的环境激励能够使结构的参数识别测试顺利进行。桥梁、炼钢高炉、大型水电站、核电站等大型工程结构，经济上或者安全上不允许打断正常工作，环境激励参数识别方法可以有效识别其模态参数。

（5）能够在不损伤结构的情况下，进行大型工程结构的在线安全监测和健康状况检测。对即将达到设计年限的铁路大桥进行寿命评估时，采用传统的模态测试方法，对结构施加的人为激励信号，显然不如正常运行中，火车对桥梁的冲击载荷有效、可靠。对于各种类型的结构，传统的模态测试方法一般存在损伤结构或者产生附加质量的可能性。

（6）由于（5）中所述原因，环境激励模态参数识别方法可以为工程结构的主动控制提供实时反馈信息。结构在工况条件下发生的模态参数信息变化，通过转化后可以反映出结构的位移、速度和加速度等变化，根据这类反馈的信息与初始阀值作比较，从而改变结构的刚度质量、阻尼分布来控制这类变化，达到主动控制的目的。

环境激励下的参数识别方法具有以上优点，使它在土木建筑、航空航天、造船、汽车机床制造等行业得到了广泛有效地运用，但是，环境激励毕竟是一种不可控、不可精确测量难以运用合适的数学公式来表达的一种激励源，是一种"黑箱"元素。返回到力学公式上看就是"输入—系统—输出"中的前两项都是未知量，这给理论上和实际应用中的选用标准问题开辟了一个新的研究领域，国内外学者在这个领域中做出了许多建设性的贡献。

环境激励下的工程结构参数识别，国外的研究可以追溯到 20 世纪 60 年代，Clarkson B L 等运用相关函数分析研究了随机激励下小阻尼结构的响应，Crawford R 等应用环境激励研究了楼房的固有频率的确定，等等。在以后的几十年内，环境激励法取得了长足的进展许多学者提出了一系列的识别方法并在工程中应用。1969 年，Akaike H 首次提出了 ARMA（Auto Regressive MovieAverage）法进行了白噪声激励下的模态参数识别；根据频响函数在固有频率附近出现峰值的原理出现了峰值拾取法，该方法难以识别密集模态；频域分解法对响应功率谱进行奇异值分解，把功率谱对应于多阶模态的单自由度系统功率谱组，是对峰值拾取法的一种改进；1973 年，Ibrahim S K 提出了 Ibrahim 方法，在时域内利用结构的响应信息来识别结构的模态参数，后来 Ibrahim 本人及其他人对该方法进行了多次修改，形成了著名的 ITD 方法；1973 年，Cole 在进行航天飞机结构试验中提出了随机减量法（Random Decrement Technique），而后，Ibrahim，Vandiver J K，Dunwoody A B 等扩展了该方法并从数学上论述了随机减量法；James G H 等在 1993 年提出了利用相关函数代替脉冲响应函数的 NexT（Natural Excitation Technique）方法，并在 1995 年给出了用相关函数代替脉冲响应进行环境激励下模态参数识别的理论根据；1995 年，Peeters B，Roeck G，等提出了基于离散状态空间方程的随机子空间法 SSI（Stochastic Subspace Identification）；1996 年以来，对环境激励信号的认识从白噪声信号扩展到一般随机信号，同时在频域内和时域内对结构进行模态参数识别，如 1996 年 Hammond J K 等讨论了应用时频分析方法对非平稳随机信号进行分析。

在国内，20 世纪 80 年代，杨叔子等人应用时间序列方法，对机械故障诊断和模式识别等做了研究；环境激励下的结构模态参数识别方法的研究，国内开始于 90 年代后期，大量的研究成果出现在 2000 年以后。

环境激励下模态参数识别方法主要有峰值拾取法和频域分解法、时间序列分析法、环境激励技术法、随机减量技术、随机子空间法、Ibraham 法、连续型子空间分解识别技术、EMD 法对非白噪声信号下模态参数识别技术等。其中，最主要常用方法是环境激励（NexT）和随机子空间（SSI）。

（1）环境激励（NexT）[7]

自然激励技术（Natural Excitation Technique）是由美国 SADIA 国家实验室的 James 等人在 1993 年最先提出的，并在两年后给出了完整的理论根据，该方法成功地应用于汽轮机叶片在工作状况下的模态参数识别，是一种有效地利用结构在所处的工况环境下进行模态参数识别的技术。假设结构所处的环境激励为白噪声，NexT 法是利用两个测量响应点之间的互相关函数和脉冲响应函数有相似的数学表达式，在求得两个响应点之间的互相关函数后，从而可以运用时域中的模态参数识别方法。

对自由度为 N 的线性系统，当系统的 k 点受到力 $f_k(t)$ 的激励，系统 i 点的响应 $x_{ik}(t)$ 可表示为

$$x_{ik}(t) = \sum_{r=1}^{2N} \varphi_{ir} a_{kr} \int_{-\infty}^{t} e^{\lambda_r(t-p)} f_k(p) \mathrm{d}p \qquad (2.98)$$

式中，φ_{ir} 为第 i 点的第 r 阶振型；a_{kr} 为仅同激励点 k 和模态阶次 r 有关的常熟项。

当系统的 k 对点受到单位脉冲激励时，就得到系统 i 点的脉冲响应 $h_{ik}(t)$，可表示为

$$h_{ik}(t) = \sum_{r=1}^{2N} \varphi_{ir} a_{kr} e^{\lambda_r t} \qquad (2.99)$$

对系统 k 点输入力 $f_k(t)$ 进行激励，系统 i 点和 j 点测试得到的响应分别为 $x_{ik}(t)$ 和 $x_{jk}(t)$，这两个响应的互相关函数的表达式可写成

$$R_{ijk}(\tau) = E(x_{ik}(t+\tau) x_{jk}(t))$$

$$= \sum_{r=1}^{2N} \sum_{s=1}^{2N} \varphi_{ir} \varphi_{js} a_{kr} a_{ks} \int_{-\infty}^{t} \int_{-\infty}^{t+\tau} e^{\lambda_r(t+\tau-p)} e^{\lambda_s(t-q)} E[f_k(p) f_k(q)] \mathrm{d}p \mathrm{d}q \qquad (2.100)$$

假定激励 $f(t)$ 是理想白噪声，根据相关函数的定义，则有

$$E[f_k(p) f_k(q)] = a_k \delta(p-q) \qquad (2.101)$$

式中，$\delta(t)$ 为脉冲函数；a_k 为仅同激励点 k 有关的常数项。

将式（2.101）代入式（2.100）并积分，得到

$$R_{ijk}(\tau) = \sum_{r=1}^{2N} \sum_{s=1}^{2N} \varphi_{ir} \varphi_{js} a_{kr} a_{ks} a_k \int_{-\infty}^{t} e^{\lambda_r(t+\tau-p)} e^{\lambda_s(t-p)} \mathrm{d}p \qquad (2.102)$$

对式（2.102）的积分部分进行化简，得

$$-\frac{e^{\lambda_r \tau}}{\lambda_r + \lambda_s} = \int_{-\infty}^{t} e^{\lambda_r(t+\tau-p)} e^{\lambda_s(t-p)} \mathrm{d}p \qquad (2.103)$$

将式（2.103）代入式（2.102），得

$$R_{ijk}(\tau) = \sum_{r=1}^{2N} \sum_{s=1}^{2N} \varphi_{ir} \varphi_{js} a_{kr} a_{ks} a_k \left(-\frac{e^{\lambda_r \tau}}{\lambda_r + \lambda_s}\right) \qquad (2.104)$$

对式（2.104）做进一步的化简，经整理后得

$$R_{ijk}(\tau) = \sum_{r=1}^{2N} b_{jr} \varphi_{ir} e^{\lambda_r \tau} \qquad (2.105)$$

其中

$$b_{jr} = \sum_{s=1}^{2N} \varphi_{js} a_{kr} a_{ks} a_k \left(-\frac{1}{\lambda_r + \lambda_s}\right) \qquad (2.106)$$

式中，b_{jr} 为仅同参考点 j 和模态阶次 r 有关的常数项。

将式（2.105）与式（2.99）进行对照比较，可以看出，线性系统在白噪声激励下两点响应的互相关函数和脉冲激励下的脉冲响应的数学表达式在形式上是完全一致的，互相关函数确实可以表征为一系列复指数函数的叠加的形式。在这点上，相关函数具有和系统的脉冲响应函数同样的性质。同时，各测点的同阶模态振型乘以同一因子时，并不改变模态振型的特征。因此，互相关函数可以用于基于时域的模态参数识别中，用来

代替脉冲响应函数，并与传统的模态识别方法结合起来进行环境激励下的参数识别。

NExT 法识别模态参数的步骤是：首先进行采样；然后对采样数据进行自相关和互相关计算，需要选取测量点作为参考点；最后将计算的相关函数作为脉冲响应函数，利用传统的模态识别方法进行参数识别，对于单输入多输出采用 IDT 法或单参考点复指数法（SRCE）；对于多输入多输出可采用参考点复指数法或特征系统实现法。

目前 NexT 法已经广泛运用于桥梁、汽轮车、飞机和汽车的工作模态参数识别。

（2）随机子空间（SSI）

随机子空间识别（SSI）方法是 1995 年以来国内外模态分析的专家和学者讨论的一个热点。1995 年，Van Overschee 和 De Moor 提出基于离散状态空间方程的随机空间方法。它充分利用了矩阵 QR 分解，奇异值分解 SVD，最小二乘方法等非常强大的数学工具，使得该方法理论非常完善和算法非常强大，可以非常有效地进行环境振动激励下参数识别。

多自由度系统的结构动力学方程

$$M\ddot{x}(t) + C\dot{x}(t) + Kx(t) = F(t) = Au(t) \tag{2.107}$$

式中，M、C、K 分别是结构的质量、阻尼和刚度矩阵；$F(t)$ 是随机激励；A 是输入矩阵，表示激励力的位置；$u(t)$ 是测试时间对应的输入向量。

实际测量中，系统的噪声添加，对式（2.107）进行模态缩减、采样离散化后可以得到系统的离散状态空间方程

$$\begin{aligned} x_{k+1} &= Bx_k + u_k \\ y_{k+1} &= Cx_k + v_k \end{aligned} \tag{2.108}$$

式中，x_k 是系统离散的状态向量，$2N$ 维向量；y_k 是系统的测量数据向量，N 维输出向量，N 为测量点数；u_k 是输入的白噪声（过程噪声向量等），均值为零；v_k 是输出的白噪声（测量噪声向量等），均值为零；B 是 $2N \times 2N$ 阶的输入状态矩阵；C 是 $2N \times 2N$ 阶的输出矩阵。

输出响应的相关函数 R_k 为

$$\begin{aligned} R_k &= E(y_{k+m}y_k)^{\mathrm{T}} \\ G &= E(x_{k+1}y_k) \end{aligned} \tag{2.109}$$

其中，$\cdot^T$ 表示对矩阵的转置。对于 $p \geqslant q \geqslant n$，建立 Hankel 矩阵

$$H_{pq} = \begin{bmatrix} R_1 & R_2 & \cdots & R_q \\ R_2 & R_3 & \cdots & R_{q+1} \\ \vdots & \vdots & \vdots & \vdots \\ R_p & R_{p+1} & \cdots & R_{p+q+1} \end{bmatrix} \tag{2.110}$$

对上式进行分解可得到

$$H_{pq} = O_p C_q \tag{2.111}$$

式中，O_p 是 p 阶观测矩阵；C_q 是 q 阶可控矩阵。

$$O_p = \begin{bmatrix} C \\ CB \\ \vdots \\ CB^{p-1} \end{bmatrix}, C_q = (G) \tag{2.112}$$

为了得到 O_p 和 C_q 矩阵，对上式进行奇异值分解（SVD）

$$H_{pq} = USV^T = (R_1)\begin{bmatrix} S_1 & 0 \\ 0 & S_2 \end{bmatrix}\begin{bmatrix} V_1^T \\ V_2^T \end{bmatrix} \tag{2.113}$$

式中，U、V 是正交矩阵；S 是对角阵，由相应递增特征值构成；R_1 是 S_1 所对应的左特征向量矩阵；R_2 是 S_2 所对应的左特征向量矩阵；S_1 是对角矩阵，由系统的特征值组成，并且特征值 λ_i 按照递增排列；S_2 是对角矩阵，有噪声的特征值组成；V_1 是 S_1 所对应的右特征向量矩阵；V_2 是 S_2 所对应的右特征向量矩阵。

当系统处于平稳随机激励下，噪声特征值组成的对角矩阵即 S_2 为零矩阵，因此式（2.113）可以化成

$$H_{pq} = R_1 S_1 V_1^T \tag{2.114}$$

比较式（2.111）和式（2.114）可以得到

$$O_p = R_1 S_1^{1/2}, C_q = S_1^{1/2} V_1^T \tag{2.115}$$

求出 O_p、C_q 阵以后，对于 B 阵和 C 阵的求解，根据式（2.112）有

$$C = EO_p$$
$$B = C^{-1} FO_p \tag{2.116}$$

式中，$E = (I_p, O_p, \cdots, O_p)$；$F = (O_p, I_p, \cdots, O_p)$。

随机子空间系统参数识别方法识别出系统矩阵 B、C 后，根据模态参数与系统模型之间的关系，对结构进行模态分析，可以进一步得到结构的模态参数。对系统矩阵 B 作特征值分解，得到模态参数

$$B = \Psi \wedge \Psi^{-1} \tag{2.117}$$

其中，$\wedge = \text{diag}(\lambda_i)$，$i = 1, 2, \cdots, n$；$\lambda_i$ 是离散系统的特征值；$\Psi \in C^{n \times n}$ 是系统的特征向量矩阵。

矩阵 B 的特征值与振动系统的特征值 λ_i^c 关系为

$$\lambda_i^c = \frac{1}{\Delta t} \ln \lambda_i \tag{2.118}$$

式中，Δt 是采样时间间隔值。

系统的固有频率 ω_i 和模态阻尼 ξ_i 为

$$\lambda_i^c, \bar{\lambda}_i^c = -\xi_i \omega_i \pm j\omega_i \sqrt{1 - \xi_i^2} \tag{2.119}$$

式中，j 为单位虚数；λ_i^c，$\bar{\lambda}_i^c$ 互为共轭转置。

系统的振型为

$$\varphi = C\Psi \tag{2.120}$$

随机子空间识别作为模态参数识别的时域算法，直接工作于时域数据，因此，噪音是一个不可避免的问题。与所有的时域算法一样，目前对随机子空间识别系统定阶讨论还不多，目前还没有使用的方法和工具选取 Hankel 矩阵的 p、q 值问题和系统状态空间方程的阶数。在实际应用中，更是还停留在基于经验参数试选的层次上。

随机子空间识别算法的基本假定是将输入假定为白噪声随机输入，这种假定与结构的实际情况有一定的出入。此外随机子空间识别方法的理论基础是时域的状态空间方程，而系统的状态空间方程仅适用于线性系统。

文献［11］提出了广义随机子空间方法，它是用结构响应之间的相关函数构造一般矩阵，该矩阵是 Hankel 矩阵和 Skew 矩阵的线性组合。广义随机子空间方法对噪声有较好的鲁棒性。然而它还是没有解决模型定阶和随机子空间识别的基本假定问题，仅是数学模型的改进。

（3）非平稳随机激励模态下工程结构模态识别

前面讨论的环境模态参数识别，是基于：环境激励输入信号是一种平稳随机信号，在这个前提下进行参数识别。在测量结构输出响应时，需要对环境激励信号进行预先测评，由于这种测评需要一定的时间，而环境激励信号是一种随机信号，因此不能保证在下一时刻，即进行响应信号测试时环境激励仍然是平稳随机信号；并且，如果所测得的激励信号具有明显的非平稳随机过程的性质，此时仍然采用白噪声模型下的环境激励参数识别方法显然会带来较大的误差。实际上，测试时间内结构受环境激励的随机作用往往很短，平稳性假设往往不能成立，而且现在的大型工程结构，如大跨径桥梁，其跨度和柔度越来越大，基本自振周期现已达到十几秒之多，和阵风的持续时间是一个数量级，对于这样的大跨度桥梁，采用平稳随机过程模式进行参数识别，可能有相当大的误差存在，因此，把环境激励下的激励信号力学假定条件减弱，建立新的数学模式进行结构参数识别显得更加贴近工程实际。在随机信号下结构模态参数识别方法有相关函数识别法、时频联合分析法等。非平稳激励下的线性结构模态参数识别方法和应用的研究，相对平稳随机激励下的研究，其边界条件和初始条件等约束条件进一步放松，更加贴近真实的工况条件，因此也具有更高的可信度，是大型工程模态参数识别研究的发展趋势，对大型工程结构的优化设计、健康监测、主动（半主动）控制等方面具有重要的意义。

2.4　结构物理参数的识别[8]*

2.4.1　模态转换理论的频率识别法

结构物理参数识别的模态转换理论是指利用实测结构的模态参数（固有频率和振型），通过求解结构动力特征值的反问题识别结构物理参数的方法。识别准则是：由结构模型所计算的结构模型与实测结构模态一致。

模态转换识别理论或方法，按识别对象是结构物理特征矩阵（如质量矩阵和刚度矩阵）还是结构物理特等征参数（如弹性模量、构件截面尺寸、刚度矩阵元素），可分为矩阵型识别法和参数型识别法。矩阵型识别法按是否以结构分析为基础，又可分为矩阵型直接识别法和矩阵型修正识别法。参数型识别法按所建立的参数方程是线性方程还是非线性方程，是否需要迭代求解，又可分为参数型直接识别法和参数型迭代识别法。

---

* 为读者阅读方便，将李国强等所著的《工程结构动力检测理论与应用》一书中的一部分摘选在此。

2.4.1.1 矩阵型识别法

1. 参数基准及质量矩阵和振型的修正

参数基准是指认为作为基准的参数是准确的，以其作为参考标准修正其他数据。

通过实测，一般可获得 N 自由度结构的前 n 阶模态频率 $[\omega_T^2] = \mathrm{diag}(\omega_1^2, \omega_2^2, \cdots, \omega_n^2)$ 和振型 $[\varphi_T] = \mathrm{diag}[\{\varphi_1\}, \{\varphi_2\}, \cdots, \{\varphi_n\}]$。这里 $[\omega_T^2]$ 为 $n \times n$ 阶对称矩阵，$[\varphi_T]$ 为 $N \times n$ 阶矩阵。通过结构分析（如有限元分析），可获得结构质量矩阵 $[M_A]$ 和刚度矩阵 $[K_A]$。一般认为实测所获得的 $[\omega_T^2]$ 是准确的，但 $[\varphi_T]$ 精度稍差。结构分析所获 $[M_A]$ 较准确，但 $[K_A]$ 较难符合实际要求。因此，进行结构物理参数（重点是刚度参数）识别时，有两种参数基准：

（1）以 $[\omega^2] = [\omega_T^2]$，$[\varphi] = [\varphi_T]$ 为参数基准，先修正 $[M_A]$（或直接识别质量矩阵 $[M]$），再修正或识别刚度矩阵或刚度参数。

（2）以 $[\omega^2] = [\omega_T^2]$，$[M] = [M_A]$ 为参数基准，先修正 $[\varphi_T]$，再修正或识别刚度矩阵或刚度参数。

2. 质量矩阵的修正

当以实测振型为参考基准时，可依据振型关于质量矩阵的正交条件修正质量矩阵。将 $[\varphi]$ 关于 $[M_A]$ 进行规一化处理后，令

$$[m_A] = [\varphi]^{\mathrm{T}}[M_A][\varphi] \tag{2.121}$$

如 $[m_A]$ 为单位矩阵 $[I]$，则说明振型关于 $[M_A]$ 的正交条件满足，无需修正 $[M_A]$。否则，需修正质量矩阵。设修正后的质量矩阵为 $[M]$

$$[M] = [M_A] + [\Delta M] \tag{2.122}$$

其中 $[\Delta M]$ 为修正量。则 $[M]$ 需满足

$$[\varphi]^{\mathrm{T}}[M][\varphi] = [\varphi]^{\mathrm{T}}([M_A] + [\Delta M])[\varphi] = [I] \tag{2.123}$$

于是

$$[\varphi]^{\mathrm{T}}[\Delta M][\varphi] = [I] - [m_A] \tag{2.124}$$

由于 $[\varphi]$ 不是方阵，$[\varphi]^{-1}$ 不存在，因而有无限多个满足式（2.124）的 $[\Delta M]$ 的解。另外由于理论分析（例如有限元方法）所得的 $[M_A]$ 应是质量矩阵的较好估计，因此最有意义的 $[\Delta M]$ 的解应是修正量最小的解。为此取加权欧拉范数

$$\varepsilon = \|[M_A]^{-1/2}[\Delta M][M_A]^{-1/2}\| \tag{2.125}$$

采用 Lagrange 乘子法求解如下优化问题：$\min(\varepsilon)$ 为约束条件，解式（2.124）。

得到 $[\Delta M]$ 的解为

$$[\Delta M] = [M_A][\varphi][m_A]^{-1}([I] - [m_A])[m_A]^{-1}[\varphi]^{\mathrm{T}}[M_A] \tag{2.126}$$

则修正后的质量矩阵为

$$[M] = [M_A] + [M_A][\varphi][m_A]^{-1} \cdot ([I] - [m_A])[m_A]^{-1}[\varphi]^{\mathrm{T}}[M_A] \tag{2.127}$$

3. 振型的扩充

对于自由度较多的结构，常常只在部分自由度位置布置测点，故只能得到振型在部分坐标上的实测分量。为确定未测量坐标上的振型分量，可假定实测频率 ω_{Ti} 和振型 $\{\varphi_{Ti}\}$ 满足如下特征方程

$$([K_A] - \omega_{Ti}^2[M_A])\{\varphi_{Ti}\} = \{0\} \tag{2.128}$$

将上式进行分块得

$$\left[\begin{bmatrix} [K_{Ayy}] & [K_{AyN}] \\ [K_{ANy}] & [K_{ANN}] \end{bmatrix} - \omega_{Ti}^2 \begin{bmatrix} [M_{Ayy}] & [M_{AyN}] \\ [M_{ANy}] & [M_{ANN}] \end{bmatrix}\right] \{\varphi_{Ti}\} = \{0\} \qquad (2.129)$$

设 $\{\varphi_{Tiy}\}$ 和 $\{\varphi_{TiN}\}$ 分别为振型向量 $\{\varphi_{Ti}\}$ 的实测分量和未测分量。则由上式可解得

$$\{\varphi_{TiN}\} = -([K_{ANN}] - \omega_{Ti}^2[M_{ANN}])^{-1} \cdot ([K_{ANy}] - \omega_{Ti}^2[M_{ANy}])^{-1}\{\varphi_{Tiy}\}$$

$$(2.130)$$

4. 振型的修正

（1）方法 I

理论上，振型矩阵 $[\varphi]$ 应满足如下正交条件

$$[\varphi]^T[M][\varphi] = [I] \qquad (2.131)$$

而实测振型矩阵 $[\varphi]^T$ 可能有一定的误差

$$[\varphi_T] = [\varphi][C] \qquad (2.132)$$

使得

$$[R] = [\varphi_T]^T[M][\varphi_T] = [C]^T[\varphi]^T[M][\varphi][C] = [C]^T[C] \qquad (2.133)$$

不为单位矩阵。

为修正振型矩阵，将 $[C]$ 表示成

$$[C] = [I] + [\delta] \qquad (2.134)$$

条件 1：当振型误差不大时

$$[R] = ([I] + [\delta])^T([I] + [\delta]) = [I] + [\delta] + [\delta]^T \qquad (2.135)$$

上式略去了二阶量。将 $[\delta]$ 分解成对称矩阵与反对称矩阵两部分，即

$$[\delta] = [\alpha] + [\beta] \qquad (2.136)$$

其中

$$[\alpha] = [\alpha]^T \qquad (2.137)$$

$$[\beta] = -[\beta]^T \qquad (2.138)$$

则

$$[\delta] + [\delta]^T = [\alpha] + [\beta] + [\alpha] - [\beta] = 2[\alpha] \qquad (2.139)$$

因此

$$[R] = [I] + [\delta] + [\delta]^T = [I] + 2[\alpha] \qquad (2.140)$$

所以

$$[\alpha] = ([R] - [I])/2 \qquad (2.141)$$

可见，误差矩阵中 $[\delta]$ 的对称部分可唯一确定，而反对称部分却不能确定。

有关文献指出，如果振型的误差主要是由模态密集造成的，则 $[\delta]$ 中的反对称部分对结构刚度识别的影响较小，故仅用 $[C]=[I]+[\alpha]$ 修正振型矩阵，可满足结构刚度参数识别的精度要求。

条件 2：当振型误差较大时，假定误差为对称误差，则

$$[\delta] = [\delta]^T \qquad (2.142)$$

因此

$$[R] = [C]^T[C] = [C]^2 = ([I] + [\delta])^2 \qquad (2.143)$$

令

$$[R] = [I] + [S] \tag{2.144}$$

则

$$2[\delta] + [\delta]^2 = [S] \tag{2.145}$$

故

$$[\delta] = [S](2[I] + [\delta])^{-1} \tag{2.146}$$

由此得修正振型的迭代公式为

$$[\varphi]_{m+1} = [\varphi]_m [C]_{m+1}^{-1} \tag{2.147}$$

其中

$$[C]_{m+1} = [I] + [\delta]_{m+1} \tag{2.148}$$

$$[\delta]_{m+1} = [S]_m (2[I] + [\delta]_m)^{-1} \tag{2.149}$$

$$[S]_m = [\varphi]_m^{\mathrm{T}} [M][\varphi]_m - [I] \tag{2.150}$$

取

$$[\varphi]_0 = [\varphi_T]; \quad [\delta]_0 = [0]$$

(2) 方法 Ⅱ

在方法 Ⅰ 的讨论中已知，振型的误差包括能唯一确定的对称误差和不能唯一确定的反对称误差，因而振型的修正不唯一。为能唯一确定修正的振型，可采用振型修正量最小准则。为此取如下加权欧拉范数

$$\varepsilon = \|[M_A]^{1/2}([\tilde{\varphi}] - [\tilde{\varphi}_T])\| = \sum_{i=1}^{N} \sum_{k=1}^{n} \sum_{j=1}^{N} [m_{ij}^{1/2}(\tilde{\varphi}_{jk} - \tilde{\varphi}_{Tjk})^2] \tag{2.151}$$

式中，$[\tilde{\varphi}_T] = [\{\tilde{\varphi}_{T1}\}, \{\tilde{\varphi}_{T2}\}, \cdots, \{\tilde{\varphi}_{Tn}\}]$ 为 $[\varphi_T]$ 规一化后的振型矩阵。

$$[\tilde{\varphi}_{Ti}] = [\{\tilde{\varphi}_{T1}\}, \{\tilde{\varphi}_{T2}\}, \cdots, \{\tilde{\varphi}_{Tn}\}] = \{\tilde{\varphi}_{Ti}\}(\{\tilde{\varphi}_{Ti}\}^{\mathrm{T}}[M]\{\tilde{\varphi}_{Ti}\})^{-1/2} \tag{2.152}$$

采用 Lagrange 乘子法求使 ε 最小的解，其 Lagrange 函数为

$$\eta = \varepsilon + |[\beta]([\tilde{\varphi}]^{\mathrm{T}}[M][\tilde{\varphi}] - [I])| \tag{2.153}$$

式中，$[\beta]$ 为 Lagrange 乘子矩阵。令

$$\frac{\partial \eta}{\partial [\tilde{\varphi}]} = [0] \tag{2.154}$$

可得 $[\tilde{\varphi}]$ 的解为

$$[\tilde{\varphi}] = [\tilde{\varphi_T}]([\tilde{\varphi}]^{\mathrm{T}}[M][\tilde{\varphi}_T])^{-1/2} \tag{2.155}$$

相关文献对式 (2.151) 定义的加权欧拉范数又进行了改进，取

$$\varepsilon = \|[M_A]^{1/2}([\tilde{\varphi}] - [\tilde{\varphi}_T])[\alpha]\| \tag{2.156}$$

式中，$[\alpha]$ 为对角矩阵，矩对角元素 $\alpha_i (>0)$ 的相对值越大，表明对实测的振型 $\{\varphi_{Ti}\}$ 信任度越高。此时修正振型的解为

$$[\tilde{\varphi}] = [\tilde{\varphi}_T][\alpha]([\alpha]^{\mathrm{T}}[\tilde{\varphi}_T][M][\tilde{\varphi}_T][\alpha])^{-1/2} \tag{2.157}$$

2.4.1.2 矩阵型直接识别法

利用结构的全部或部分模态信息识别结构刚度或质量矩阵的方法化称为结构物理参数的矩阵型直接识别法。

1. 由完全模态识别结构的刚度矩阵

如已知结构的全部固有频率 $[\omega^2]$ 和振型 $[\varphi]$，则以质量矩阵 $[M]$ 为基准，可按下列方法识别刚度矩阵。

$$[\varphi]^T[M][\varphi] = [I] \tag{2.158}$$

则

$$[\varphi]^{-1} = [\varphi]^T[M] \tag{2.159}$$

由特征方程

$$[K][\varphi] = [M][\varphi][\omega^2] \tag{2.160}$$

将式（2.159）两端后乘式（2.160）两端得

$$[K] = [M][\varphi][\omega^2][\varphi]^T[M] \tag{2.161}$$

将式（2.160）的两端前边乘柔度矩阵 $[F] = [K]^{-1}$ 和后边乘 $[\omega^{-2}] = [\omega^{-2}]^{-1}$ 得

$$[\varphi][\omega^{-2}] = [F][M][\varphi] \tag{2.162}$$

将式（2.159）的两端交叉后乘式（2.162）的两端得

$$[\varphi][\omega^{-2}][\varphi]^T[M] = [F][M] \tag{2.163}$$

则

$$[F] = [\varphi][\omega^{-2}][\varphi]^T \tag{2.164}$$

由于实际一般仅能测出结构的前 n 阶模态，如仍采用式（2.161）、式（2.164）识别结构刚度矩阵和柔度矩阵，则会产生模态截断误差。由于结构固有频率 ω 随结构模态阶数的增加而增长，按式（2.164）所识别的结构柔度矩阵将此式（2.161）所识别的结构刚度矩阵模态的截断误差小。

2. 由部分模态识别结构的刚度矩阵

对于 $[J] = [M]^{-1/2}[K][M]^{-1/2}$ 对称的三对角矩阵，称之为 Jacobi 矩阵。Jacobi 矩阵特征值反问题的求解对实际工程结构比较有意义，其主要解决的问题有：（1）已知原结构和去掉结构顶层后的全部固有频率，求结构物理参数（刚度和质量参数）；（2）已知原结构和结构顶部附加（或减少）质量（或刚度）后的全部固有频率，求结构物理参数；（3）已知结构的任意两阶模态（频率和振型），求结构物理参数；（4）已知原结构和结构顶层质量或刚度改变后的任意一阶模态，求结构物理参数。

此外，将结构质量矩阵构造为对角矩阵时，$[A] = [M]^{-1/2}[K][M]^{-1/2}$ 与 $[K]$ 矩阵具有同样的对称带状特性。其解决的问题有：（1）给定原结构和分别约束 1 个，2 个，…，n 个自由度结构的全部固有频率，求结构的物理参数；（2）对给定结构的任意 $n+1$ 阶频率和振型，求结构的物理参数。

2.4.1.3　矩阵型修正识别法

1. 最小修正量法

已知分析所获 N 自由度结构的质量矩阵 $[M_A]$ 和刚度矩阵 $[K_A]$，以及实测所获得前 n 阶固有频率 $[\omega^2] = [\omega_T^2] = \mathrm{diag}(\omega_1^2, \omega_2^2, \omega_3^2, \cdots, \omega_n^2)$ 和振型 $[\varphi_T] = [\{\varphi_{T1}\}, \cdots, \{\varphi_{Tn}\}]$，识别结构的实际质量和刚度矩阵。

一般认为采用有限元等理论方法进行结构分析，所获得的结构质量矩阵和刚度矩阵是实际结构物理参数特征的较好估计。满足实测结构模态要求的结构物理参数的解可能有很多，而最好的解应在 $[M_A]$ 和 $[K_A]$ 附近。因此，可采用与物理分析所得结构物理参数差值最小的解作为结构真实物理参数的解。以此为原则，采用下面的方法来修正刚度矩阵（质量矩阵的修正见式（2.127））。

修正的刚度矩阵 $[K]$ 应满足

$$[K][\varphi] = [M][\varphi][\omega^2] \tag{2.165}$$

取加权欧拉范数

$$\varepsilon = \frac{1}{2}\|[M]^{-1/2}([K]-[K_A])[M]^{-1/2}\| \tag{2.166}$$

采用 Lagrange 乘子法求解如下优化问题，$\min(\varepsilon)$ 约束条件：$[K]=[K]^T$。解得

$$\begin{aligned}[K] = {}& [K_A] - [K_A][\varphi][\varphi]^T[M] - [M][\varphi][\varphi]^T[K_A] \\ & + [M][\varphi][\varphi]^T[K_A][\varphi][\varphi]^T[M] \\ & + [M][\varphi][\omega^2][\varphi]^T[M] \end{aligned} \tag{2.167}$$

用以上方法获得修正的质量矩阵 $[M]$ 和刚度矩阵 $[K]$ 后，检查它们是否满足

$$[R] = [K][\varphi] - [M][\varphi][\omega^2] = [0] \tag{2.168}$$

若 $\|[R]\| \leqslant EPS$（允许误差），则修正停止；否则 $[K]$、$[M]$ 将作为新的 $[K_A]$、$[M_A]$，重复上述步骤进行迭代，直至满足预定的精度 EPS 为止。

2. 摄动法

问题的提出

已知：$[K_A]$、$[M_A]$、$[\Lambda_A]$、$[\varphi_A]$、$[\Lambda_T]$、$[\varphi_T]$

基准：$[\Lambda] = [\Lambda_T]$，$[\varphi] = [\varphi_T]$

目标：修正 $[K_A]$、$[M_A]$ 到实际 $[K]$、$[M]$

其中 $[K_A]$、$[M_A]$ 表示分析所获的结构刚度矩阵和质量矩阵（$N \times N$ 阶）；$[\Lambda_A]$、$[\varphi_A]$、$[\Lambda_T]$、$[\varphi_T]$ 分别为分析和实测所得的结构前 n 阶频率和振型矩阵，这里 $[\Lambda_A]=[\omega_A^2][\Lambda_T]=[\omega_T^2]$，$[\Lambda_A]=[\omega_T^2]$ 为 $n \times n$ 阶对角矩阵，$[\varphi_A]$、$[\Lambda_T]$ 为 $N \times n$ 阶矩阵（$n \leqslant N$）。

摄动法应用的条件：当结构物理参数有较小的变化时（摄动），所引起的结构模态参数的变化也较小。

因此，当实测结构模态与分析结果相差较小时，可认

$$[M] = [M_A] + [\Delta M] \tag{2.169}$$

$$[K] = [K_A] + [\Delta K] \tag{2.170}$$

式中，Δ 表示小变化量。

质量矩阵和刚度矩阵引起的模态参数变化为

$$[\varphi] = [\varphi_A] + [\Delta\varphi] + [\Delta^2\varphi] + \cdots \tag{2.171}$$

$$[\Lambda] = [\Lambda_A] + [\Delta\Lambda] + [\Delta^2\Lambda] + \cdots \tag{2.172}$$

忽略高阶小量，则有

$$[\varphi] = [\varphi_A] + [\Delta\varphi] \tag{2.173}$$

$$[\Lambda] = [\Lambda_A] + [\Delta\Lambda] \tag{2.174}$$

问题的解法

令

$$\{\Delta\varphi_i\} = a_{i1}\{\varphi_1\} + a_{i2}\{\varphi_2\} + \cdots + a_{in}\{\varphi_n\} \tag{2.175}$$

则

$$\{\Delta\varphi\} = [\varphi][\alpha] \tag{2.176}$$

因 $N > n$，可采用最小二乘法求解 $[\alpha]$

$$[\alpha] = ([\varphi]^T[\varphi])^{-1}[\varphi]^T[\Delta\varphi] \tag{2.177}$$

将式 (2.169)、(2.170)、(2.173)、(2.174) 和 (2.175) 代入如下正交条件

$$[\varphi]^T[M][\varphi] = [I], [\varphi]^T[K][\varphi] = [\Lambda]$$

$N > n$ 忽略高阶小量后得

$$[\alpha]^T + [\alpha] = -[\varphi_A]^T[\Delta M][\varphi_A] \tag{2.178}$$

$$[\Delta\Lambda] = [\Lambda_A][\alpha] + [\alpha]^T[\Lambda_A] + [\varphi]^T[\Delta K][\varphi_A] \tag{2.179}$$

将式 (2.178) 和 (2.179) 展开，可分别得到 $n(n+1)/2$ 个一次联立方程。如 $[\Delta M]$、$[\Delta K]$ 中的未知元素小于或等于 $n(n+1)/2$，则可采用最小二乘法，由式 (2.178) 和 (2.179) 唯一确定 $[\Delta M]$、$[\Delta K]$。

当取 $[M] = [M_A]$ 和 $[\varphi] = [\varphi_A]$ 时，利用摄动关系导出了刚度矩阵 $[K]$ 的修正公式

$$[K] = [K_A] + [M][\varphi_A]([\Lambda]^T - [\Lambda_A]^T)[\varphi_A][M] \tag{2.180}$$

此外，对 $[A] = [M]^{-1/2}[K][M]^{-1/2}$ 的标准特征方程，则可采用模态约束下实对称矩阵最佳逼近问题及加法和乘法反问题来处理。模态约束下实对称矩阵最佳逼近是已知结构分析所得的物理参数和实测所得前 n 阶频率及振型，求修正的结构物理参数，使修正结构的模态逼近与实测模态一致，且修正结构的物理参数与结构分析的物理参数最逼近。加法和乘法反问题在已知结构分析所得的物理参数和实测所得的全部固有频率，通过加法方法和乘法方法对分析所得的物理参数进行修正，使修正后结构物理参数的特征值与实测频率一致。

2.4.1.4　参数型直接识别法

Newmark 法

由实测的前 n 阶频率 ω_i 和振型 $\{\varphi_i\}$ ($i = 1, 2, \cdots, n$)，直接识别刚度矩阵 $[K]$、质量矩阵 $[M]$ 和阻尼矩阵 $[C]$ 中的元素 M_{ij}，K_{ij} 和 C_{ij} ($i = 1, 2, \cdots, N$)。

由正交关系有

$$\{\varphi_i\}^T[M]\{\varphi_j\} = 0 \qquad i \neq j, j = 1, 2, \cdots, n \tag{2.181}$$

由特征方程有

$$([K] - \omega_i^2[M])\{\varphi_i\} = \{0\} \qquad i = 1, 2, \cdots, n \tag{2.182}$$

由对称性有

$$[M] = [M]^T, \qquad [K] = [K]^T \tag{2.183}$$

对于 N 自由度结构，$[M]$，$[K]$ 的独立元素均为 $N(N+1)/2$，而式 (2.181) 的方程数为 $n(n+1)/2$，式 (2.182) 的方程数为 N_n。

为使方程有确定解，要求方程个数大于或等于未知量个数。而由于测试技术的限制，能获得的模态参数的阶数一般远小于结构的自由度数。为利用式 (2.181)、式

（2.182）求解$[M]$和$[K]$，需利用结构知识设法用较少的未知量表达$[M]$和$[K]$（注意应为线性关系）。例如，很多情况下$[M]$为对角矩阵，未知量仅有 N 个；再如，当用层刚度表达剪切型结构的刚度矩阵时，未知量也仅为 N 个。

由式（2.181）确定$[M]$时，需补充一个数据。这个数据可以是结构总质量或 M_{ii} 中的任意一个。将式（2.181）展开改写为：

$$[A]\{x\} = \{B\} \tag{2.184}$$

式中，$\{x\}$ 为$[M]$中的未知元素或参量；$[A]$、$[B]$ 为相应的已知系数矩阵和右端向量。

当式（2.184）包含的方程数大于或等于未知量个数时，式（2.184）的加权最小二乘解为

$$\{x\} = ([A]^\mathrm{T}[M][A])^{-1}[A]^\mathrm{T}[W]\{B\} \tag{2.185}$$

式中，$[W]$ 为加权对角矩阵，其中各对角元素值（>0）的大小表示式（2.185）中的各方程的重要或信任度。

由式（2.181）解得$[M]$后，代入式（2.182）按式（2.185）的方式可求解$[K]$。而阻尼矩阵$[C]$也可采用最小二乘法并利用下列公式求解

$$(2\xi_i\omega_i[M] - [C])\{\varPhi_i\} = 0 \quad (i = 1,2,\cdots,n) \tag{2.186}$$

$$[C] = [C]^\mathrm{T} \tag{2.187}$$

式中，ξ_i 为 i 结构阶模态阻尼比。

为减少待识别的结构物理参数，相关文献提出将刚度矩阵表示为

$$[K] = [K_1] + [K_2] \tag{2.188}$$

式中，$[K_1]$为结构构件所组成的刚度矩阵，可由有限元理论方法确定；$[K_2]$为非结构构件及其他因素组成的刚度矩阵，由识别确定。由于非结构构件的影响主要由结构相对变形引起，因此可按剪切型模式形成$[K_2]$，即$[K_2]$为三对角矩阵，未知元素为 $2N-1$ 个。

此外，还有 Ibrahim 法，求解过程见相关文献。

2.4.1.5 参数型迭代识别法

以雅克比迭代识别法为例，其介绍如下。

1. 模态参数与物理参数的关系

设结构待识别的物理参数为 $\{r\} = [r_1, r_2, \cdots, r_p]^\mathrm{T}$，结构的质量矩阵和刚度矩阵将为 $\{r\}$ 的函数，分别记为$[M(r)]$与$[K(r)]$。由于质量矩阵和刚度矩阵需满足特征方程

$$[K(r)]\{\varphi_i\} = \lambda_i[M(r)]\{\varphi_i\} \quad (i = 1,2,\cdots,n) \tag{2.189}$$

所以$\{\varphi_i\}$，λ_i 也将是$\{r\}$的函数。令

$$\{y\} = \left\{ \begin{array}{c} \{\varphi\} \\ \{\lambda\} \end{array} \right\} \tag{2.190}$$

其中

$$\{\varphi\} = [\{\varphi_1\}^\mathrm{T}, \{\varphi_2\}^\mathrm{T}, \cdots, \{\varphi_n\}^\mathrm{T}]^\mathrm{T} \tag{2.191}$$

$$\{\lambda\} = [\lambda_1, \lambda_2, \cdots, \lambda_n]^\mathrm{T} \tag{2.192}$$

将 $\{y\}$ 用 $\{r\}$ 的 Taylor 级数展开，仅取前两项得

$$\{y\} = \{y\}_a + [T]_a(\{r\} - \{r\}_a) \tag{2.193}$$

式中，$\{r\}_a$ 为结构物理参数的先验估计值；$\{y\}_a$、$\{T\}_a$ 为相应于 $\{r\} = \{r\}_a$ 时的 $\{y\}$ 和 $[T]$；$[T]$ 为雅克比矩阵：

$$[T] = [B][A] \tag{2.194}$$

$$[B] = \begin{bmatrix} \dfrac{\partial\{\lambda\}}{\partial[K]} & \dfrac{\partial\{\lambda\}}{\partial[M]} \\ \dfrac{\partial\{\varphi\}}{\partial[K]} & \dfrac{\partial\{\varphi\}}{\partial[K]} \end{bmatrix} \tag{2.195}$$

$$[A] = \begin{bmatrix} \dfrac{\partial\{K\}}{\partial[r]} \\ \dfrac{\partial\{M\}}{\partial[r]} \end{bmatrix} \tag{2.196}$$

式中，$[B]$ 的子矩阵分别为固有频率对质量矩阵和刚度矩阵元素的偏导数。例如

$$\left[\frac{\partial\{\lambda\}}{\partial[K]}\right] = \begin{bmatrix} \dfrac{\partial\lambda_1}{\partial K_{11}} & \dfrac{\partial\lambda_1}{\partial K_{12}} & \cdots & \dfrac{\partial\lambda_1}{\partial K_{NN}} \\ \dfrac{\partial\lambda_2}{\partial K_{11}} & \dfrac{\partial\lambda_2}{\partial K_{12}} & \cdots & \dfrac{\partial\lambda_2}{\partial K_{NN}} \\ \cdots & \cdots & \cdots & \cdots \\ \dfrac{\partial\lambda_n}{\partial K_{11}} & \dfrac{\partial\lambda_n}{\partial K_{12}} & \cdots & \dfrac{\partial\lambda_n}{\partial K_{NN}} \end{bmatrix} \tag{2.197}$$

矩阵 $[A]$ 中的子矩阵是质量矩阵和刚度矩阵的元素对结构参数的偏导数矩阵。例如

$$\left[\frac{\partial\{K\}}{\partial[r]}\right] = \begin{bmatrix} \dfrac{\partial K_{11}}{\partial r_1} & \dfrac{\partial K_{11}}{\partial r_2} & \cdots & \dfrac{\partial K_{11}}{\partial r_p} \\ \dfrac{\partial K_{12}}{\partial r_1} & \dfrac{\partial K_{12}}{\partial r_2} & \cdots & \dfrac{\partial K_{12}}{\partial r_p} \\ \cdots & \cdots & \cdots & \cdots \\ \dfrac{\partial K_{NN}}{\partial r_1} & \dfrac{\partial K_{NN}}{\partial r_2} & \cdots & \dfrac{\partial K_{NN}}{\partial r_p} \end{bmatrix} \tag{2.198}$$

已知

$$\frac{\partial\lambda_i}{\partial K_{rs}} = \frac{\varphi_{ri}\varphi_{si}}{M_i} \tag{2.199}$$

$$\frac{\partial\lambda_i}{\partial M_{rs}} = -\lambda_i\frac{\varphi_{ri}\varphi_{si}}{M_i} \tag{2.200}$$

其中

$$M_i = \{\varphi_i\}^{\mathrm{T}}[M]\{\varphi_i\} \tag{2.201}$$

以及

$$\frac{\partial\varphi_{ij}}{\partial K_{rs}} = \sum_{i=1}^{N}\frac{\varphi_{il}\varphi_{rl}}{\lambda_j - \lambda_l}(1 - \delta_{lj}) \tag{2.202}$$

$$\frac{\partial\varphi_{ij}}{\partial M_{rs}} = \sum_{i=1}^{N}\left[\frac{(\delta_{lj} - 1)\lambda_j\varphi_{il}\varphi_{rl}\varphi_{sj}}{\lambda_j - \lambda_l} - \frac{\varphi_{il}\varphi_{rl}\varphi_{sj}}{2}\delta_{lj}\right] \tag{2.203}$$

其中

$$\delta_{lj} = \begin{cases} 1 & l = j \\ 0 & l \neq j \end{cases} \tag{2.204}$$

将式 (2.193) 改写为

$$\{\Delta y\} = [T]_a \{\Delta r\} \tag{2.205}$$

式中

$$\{\Delta y\} = \{y\} - [y]_a \tag{2.206}$$

$$\{\Delta r\} = \{r\} - [r]_a \tag{2.207}$$

2. 求解方程 $\{\Delta y\} = \{T\}_a \{\Delta r\}$ 的各种方法

式 (2.205) 有 $s = n(1+N)$ 个方程可用于求解 p 个结构未知量。

(1) $s = p$ 情形

此时方程组 (2.205) 的方程数等于未知参数的个数，则容易得到 $\{\Delta r\}$ 的解为

$$\{\Delta r^*\} = [T]_a^{-1} \{\Delta y\} \tag{2.208}$$

(2) $s < p$ 情形

此时方程个数少于未知参数个数，方程为不定方程，$\{\Delta r\}$ 的解将不唯一。然而最有意义的解是使 $\|\Delta r\|$ 最小（即对结构的先验或理论估计参数的修正最小）的解，其表达式为

$$\{\Delta r^*\} = [T]_a^{\mathrm{T}}([T]_a [T]_a^{\mathrm{T}})^{-1} \{\Delta y\} \tag{2.209}$$

基于类似的概念，有关文献给出了此情形下 $\{\Delta r\}$ 的另一种解法。

定义：

$$Q = \Delta r_1^2 + \Delta r_2^2 + \cdots + \Delta r_s^2$$

寻求一组参数 Δr_i ($i = 1, 2, \cdots, p$)，使其满足式 (2.205)，又使 Q 最小。

由式 (2.205) 知，Δr_i ($i = 1, 2, \cdots, p$) 将是 Δr_j ($j = s+1, \cdots, p$) 的函数，所以 Q 也是 Δr_j ($j = s+1, \cdots, p$) 的函数。令

$$\frac{\partial Q}{\partial r_{s+1}} = \frac{\partial Q}{\partial r_{s+2}} = \cdots = \frac{\partial Q}{\partial r_p} = 0 \tag{2.210}$$

可使 Q 最小。

式 (2.205) 有 s 个方程，式 (2.210) 有 $p-s$ 个方程，联合式 (2.205)、式 (2.210) 共有 p 个方程，可确定 p 个未知数参数 $\{\Delta r\}$。

(3) $s > p$ 情形

通常情况下，方程 (2.205) 的方程数 s 大于未知参量数 p，此时方程 (2.210) 无解。为获得方程在某种意义下的解，需采用一定的准则。

①最小二乘准则

该准则认为结构模型和量测的数据均是确定的。

设 $\{\Delta y^*\} = [T]_a \{\Delta r^*\}$ 为真值 $\{\Delta y\}$ 的估计值，它们间的误差为

$$\{E\} = \{\Delta y\} - \{\Delta y^*\} = \{\Delta y\} - [T]_a \{\Delta r^*\}$$

求使如下目标函数（或误差函数）

$$e = \{E\}^{\mathrm{T}} \{E\} \tag{2.211}$$

最小的解。

为此令

$$\frac{\partial e}{\partial \{\Delta r^*\}} = -2[T]_a^T \{\Delta y\} + 2[T]_a^T [T]_a \{\Delta r^*\} = \{0\} \qquad (2.212)$$

可得

$$\{\Delta r^*\} = ([T]_a^T [T]_a)^{-1} [T]_a^T \{\Delta y\} \qquad (2.213)$$

②加权最小二乘准则

该准则认为结构模型是确定的，而量测数据是随机的。

为此取如下目标函数

$$e = \{E\}^T [\sigma_\varepsilon]^{-1} \{E\} \qquad (2.214)$$

式中，$[\sigma_\varepsilon]$ 为量测误差的方差矩阵。如果各量测间的误差统计无差，则 $[\sigma_\varepsilon]$ 为一对角阵。因此，式（2.214）的意义是：对于量测误差方差较小的量，取较大的权重；反之，对量测误差方差较大的量，取较小的权重。

为使目标函数最小。令

$$\frac{\partial e}{\partial \{\Delta r^*\}} = -2[T]_a^T [\sigma_\varepsilon]^{-1} \{\Delta y\} + 2[T]_a^T [\sigma_\varepsilon]^{-1} [T]_a \{\Delta r^*\} = \{0\} \qquad (2.215)$$

则

$$\{\Delta r^*\} = ([T]_a^T [\sigma_\varepsilon]^{-1} [T]_a)^{-1} [T]_a^T [\sigma_\varepsilon]^{-1} \{\Delta y\} \qquad (2.216)$$

③统计最小二乘准则

该准则认为结构模型和量测数据均是随机的。

假定结构参数 $\{r\}$ 服从正态分布的随机向量，则其均值向量为

$$\{\mu_r\} = E(r) \qquad (2.217)$$

方差矩阵为

$$[\sigma_r] = E[(\{r\} - \{\mu_r\})(\{r\} - \{\mu_r\})^T] \qquad (2.218)$$

则 $\{\Delta r\}$ 的均值向量和方差矩阵为

$$\{\mu_{\Delta r}\} = \{0\} \qquad (2.219)$$

$$\{\sigma_{\Delta r}\} = \{\sigma_r\} \qquad (2.220)$$

当量测包含有随机误差（可用向量 $\{\varepsilon\}$ 表示）时，式（2.205）可改写为

$$\{\Delta y\} = [T]_a \{\Delta r\} + \{\varepsilon\} \qquad (2.221)$$

可设误差 $\{\varepsilon\}$ 是均值为 $\{0\}$、方差为 $[\sigma_\varepsilon]$ 的正态随机向量。则由式（2.221）可知，$\{\Delta y\}$ 也将是正态随机向量。可认为 $\{\varepsilon\}$ 与 $\{\Delta y\}$ 统计无关，则 $\{\Delta y\}$ 的均值向量和方差矩阵分别为

$$\{\mu_{\Delta y}\} = \{0\} \qquad (2.222)$$

$$\{\sigma_{\Delta y}\} = [T]_a [\sigma_r] [T]_a^T + [\sigma_\varepsilon] \qquad (2.223)$$

$\{\Delta y\}$ 与 $\{\Delta r\}$ 的协方差矩阵为

$$[C_{yr}] = E[\{\Delta y\} \{\Delta r\}^T] = [T]_a [\sigma_r] \qquad (2.224)$$

识别的目标应是：在测量的 $\{y\} = [\{\lambda\}^T, \{\varphi\}^T]^T$ 和结构参数 $\{r\}$ 的先验估计基础上，寻求 $\{\Delta r\}$ 的线性无偏估计，即

$$\{\Delta r^*\} = [G]\{\Delta y\} \tag{2.225}$$

其中$[G]$应使$\{\Delta r^*\}$与其真值$\{\Delta r\}$间的方差最小。令

$$[\sigma_r^*] = E[(\{\Delta r^*\} - \{\Delta r\})(\{\Delta r^*\} - \{\Delta r\})^T]$$

$$= [G][\sigma_{\Delta y}][G]^T - [G][C_{yr}] - [C_{yr}]^T[G]^T + [\sigma_{rr}] \tag{2.226}$$

由

$$\frac{\partial[\sigma_r^*]}{\partial[G]} = 0 \tag{2.227}$$

可得

$$[G] = [C_{yr}]^T[\sigma_{\Delta y}]^{-1} \tag{2.228}$$

将式（2.223）、式（2.224）代入式（2.228）再代入式（2.225）得

$$\{\Delta r^*\} = [\sigma_r][T]_a([T]_a[\sigma_r][T]^T + [\sigma_\varepsilon])^{-1}\{\Delta y\} \tag{2.229}$$

将式（2.228）代入式（2.226）得

$$[\sigma_r^*] = [\sigma_r] - [\sigma_r][T]_a^T([T]_a^T[\sigma_r][T]_a^T + [\sigma_\varepsilon])^{-1}[T]_a[\sigma_r] \tag{2.230}$$

相关文献指出，$\{\Delta r^*\}$的解也可取如下目标函数

$$e = (\{\Delta y^*\} - [T]_a\{\Delta r^*\})^T[\sigma_\varepsilon]^{-1}(\{\Delta y\} - [T]_a\{\Delta r^*\}) + \{\Delta r^*\}^T[\sigma_r]\{\Delta r^*\} \tag{2.231}$$

取到最小获得。令

$$\frac{\partial e}{\partial\{\Delta r^*\}} = \{0\}$$

可得

$$\{\Delta r^*\} = ([T]_a^T[\sigma_\varepsilon]^{-1}[T]_a + [\sigma_r]^{-1})^{-1}[T]_a^T[\sigma_\varepsilon]^{-1}\{\Delta y\} \tag{2.232}$$

式（2.229）与式（2.232）应是等价的。

④改进的统计最小二乘准则

统计最小二乘准则所定义的误差函数式（2.231）由两部分组成。进行仔细分析发现，其中的第二部分是误差函数的主要部分，这一事实会使求解收敛速度减慢，甚至求解发散。为此相关文献建议采用如下误差函数

$$\{e\} = (\{\Delta y\} - [T]_a\{\Delta r^*\})^T[\sigma_\varepsilon]^{-1}(\{\Delta y\} - [T]_a\{\Delta r^*\}) + \beta\{\Delta r^*\}^T[\sigma_r]^{-1}\{\Delta r^*\} \tag{2.233}$$

式中，β为一权重系数，在求解的每次迭代过程中β可改变。

令$\partial e/\partial\{\Delta r^*\}^T = \{0\}$，可得

$$\{\Delta r^*\} = \beta^{-1}[\sigma_r][T]_a^T(\beta^{-1}[T]_a[\sigma_r][T]_a^T + [\sigma_\varepsilon]^{-1})\{\Delta y\} \tag{2.234}$$

此时，$\{\Delta r^*\}$的方程矩阵为

$$\{\sigma_r^*\} = [\sigma_r] - \beta^{-1}[\sigma_r][T]_a^T(\beta^{-1}[T]_a[\sigma_r][T]_a^T + [\sigma_\varepsilon])^{-1}[T]_a[\sigma_r] \tag{2.235}$$

3. 求解迭代过程

解得修正参数后，即可确定新的质量矩阵$[M(r^*)]$和刚度矩阵$[K(r^*)]$，进而确定相应的模态参数$\{\lambda^*\}$，$\{\varphi^*\}$。如果$\{\lambda^*\}$，$\{\varphi^*\}$与实测结果$\{\lambda\}$，$\{\varphi\}$很接近，则可停止计算；否则需用$\{\lambda^*\}$，$\{\varphi^*\}$替代$\{\lambda\}_a$，$\{\varphi\}_a$进行下一步计算。

以$s > p$情形统计最小二乘准则方法为例，其迭代求解就算公式为

$$\{r\}_{m+1} = \{r\}_m + [\sigma_r]_m [T_r]_m^{\mathrm{T}} ([T]_m [\sigma_r]_m [T_r]_m^{\mathrm{T}} + [\sigma_\varepsilon])^{-1} (\{y\} - \{y\}_m) \qquad (2.236)$$

$$\{\sigma_r\}_{m+1} = \{\sigma_r\}_m + [\sigma_r]_m [T_r]_m^{\mathrm{T}} ([T]_m [\sigma_r]_m [T_r]_m^{\mathrm{T}} + [\sigma_\varepsilon])^{-1} [T]_m [\sigma_r]_m \qquad (2.237)$$

式中，下标 m 表示第 m 步迭代计算，$m=0$ 表示取先验估计值；$\{y\}$ 为结构的实测模态参数，$\{y\}_m$ 为 $\{r\} = \{r\}_m$ 时结构的计算模态参数，当 $\|\{r\}_{m+1} - \{r\}_m\|$ 小于允许误差时，迭代可停止。

2.4.2　动力复合反演的时域识别法

结构动力系统研究包含三类基本问题：分析问题、参数识别问题与荷载反演问题。设 S 代表所研究的结构系统，U 代表系统输入（激励），Y 代表系统输出（响应），θ 代表系统力学参数，则分析问题是指在系统 S 的数学力学模型已知条件下，根据系统输入 U 与系统力学参数 θ 求取系统输出（即系统响应）Y 的工作；参数识别问题则是指在已知系统输入 U 与系统输出 Y 的测量数据条件下，根据所取定的数学力学模型确立其中具体参数 θ 的工作；而依据系统输出 Y、系统力学参数 θ 以及系统的数学力学模型 S 求取系统输入（即系统激励）信息的工作，一般称为荷载反演问题。显然，经典的结构动力系统研究主要致力于解决完备信息条件下的问题。

在实际工程问题中，结构动力信息往往具有不完备性。例如，在结构分析问题中，某些结构力学参数可能因为约束条件或边界条件不清晰而具有不确定性。

在参数识别问题中，结构的激励信息与动力响应测量信息可能因为测量手段与测试成本的限制而缺失；在荷载反演问题中，则可能不知道或不能准确地知道结构的物理力学参数。因此，需要研究不完备信息条件下的分析问题、参数识别问题与荷载反演问题。动力复合反演问题即指系统输入信息与系统输出信息均不完备情况下的结构参数识别问题或结构力学参数未知条件下的荷载反演问题。

在研究工作中，我们给出了结构动力复合反演问题的一般提法[7]。即，若定义 $\wp_u$，$\wp_\theta$，$\wp_y$ 为系统输入、系统参数及系统输出的信息集合空间；δ_u，δ_θ，δ_y 为对应 $\wp_u$，$\wp_\theta$，$\wp_y$ 的信息完备性指标，δ 的值域为 $[0,1]$。$\delta=1$ 时称 $\wp$ 为完备空间（或理想信息空间）；$\delta=0$ 时称 $\wp$ 为零空间，即 $\wp=\varphi$。在牛顿动力系统中：

若已知 $\delta_u=1$，$\delta_\theta=1$，$\delta_y=0$，求 $\wp_y$ 的问题对应于分析问题；

若已知 $\delta_u=1$，$\delta_\theta=0$，$\delta_y=1$，求 $\wp_\theta$ 的问题对应于参数识别问题；

若已知 $\delta_u=0$，$\delta_\theta=1$，$\delta_y=1$，求 $\wp_u$ 的问题对应于荷载反演问题。

而当 $0<\delta_u<1$，$0\leqslant\delta_\theta<1$，$\delta_y=1$，求 $\wp_\theta$ 与 $\wp_u$，则称为第一类复合反演问题；

当 $0<\delta_u\leqslant1$，$0\leqslant\delta_\theta<1$，$0<\delta_y<1$，求 $\wp_\theta$ 与 $\wp_u$，称为第二类复合反演问题。

复合反演概念的提出，提供了一种以综合而不是分离的方式看到动力学系统反问题的观点。

在结构的动力检测中，设目标结构可由如下动力方程表示

$$M\ddot{Y} + C\dot{Y} + KY = F(t) \qquad (2.238)$$

应用传统的参数识别算法识别结构参数 M，C，K 时，要求结构系统的输入 $F(t)$ 及所有自由度处的动力响应 Y，$\dot{Y}$，$\ddot{Y}$ 均为已知；而求反演系统输入 $F(t)$ 时，则要求结构参数矩阵 M，C，K 和所有自由度处的动力响应 Y，$\dot{Y}$，$\ddot{Y}$ 均为已知。然而，在实

际结构的动力检测中，往往无法测量输入 $F(t)$ 的时间历程，同时，受测试技术成本的限制，通常也不可能记录结构有所自由度处的动力信息。因此，需要在系统输入未知和部分未知、系统响应仅有部分已知（如仅有加速度测量值 $\ddot{Y}$）的条件下，完成系统的参数识别或荷载反演任务。显然，这类问题属于动力复合反演问题。根据目前的研究成果，我们把问题的论述范围限定在以下几个部分：

(1) 部分输入未知时的结构物理参数识别；

(2) 基底输入未知时的结构物理参数识别；

(3) 风荷载未知时的结构物理参数识别；

(4) 第二类复合反演问题求解初步。

2.4.2.1　部分输入未知时的结构物理参数识别

1. 工程背景与识别算法

在一些结构的动力检测中，常常只对结果的部分作用力时程有准确地了解。例如，在采用激振器的某一层上作用有外荷载，而其余各层上的作用力为零。多层厂房因某些楼层安装动力设备而引起振动，也属于此种类型。又如固定式海洋平台结构的动力测试，当风力作用较小时，只有平台水下部分受到海浪力的作用，而水面以上部分结构的外作用力近似为零。对这部分输入可确知而部分输入未知的动力检测问题，文献[4] 提出了一类基于最小二乘法的结构物理参数识别方法，并称之为全量补偿法。方法的具体内容论述如下。

考虑由前述结构动力方程，设外力作用向量 F 由两部分组成

$$F = [F_k, F_u]^\mathrm{T} \tag{2.239}$$

式中，F_k 为时程信息已知的外力作用部分；F_u 为时程信息未知的外力作用部分。

利用基于有限元列式的参数识别模型，可将式（2.238）所示的结构动力方程转化为

$$F_j = H_j \theta \tag{2.240}$$

令

$$P = (F_1, F_2, \cdots, F_N)^\mathrm{T} \tag{2.241}$$

$$H = (H_1, H_2, \cdots, H_N)^\mathrm{T} \tag{2.242}$$

可得参数识别方程

$$P = H\theta \tag{2.243}$$

式中，矩阵 H 由结构动力响应信息构成；θ 为待识别参数向量。

根据式（2.239）与（2.240），显然存在

$$P = [P_k, P_u]^\mathrm{T} \tag{2.244}$$

式中，下标 k，u 含义同式（2.239）。

补偿法的基本思想是，先假定系统参数已知，计算 P 的估计值，然后利用已知部分的激励时程信息对 P 中的对应部分进行等量替代，进而利用最小二乘法识别准则得到新的系统参数估计值，通过反复迭代计算，最终获得系统参数和未知输入信息的最优估计值。显然，全补偿法所解决的问题属于动力复合反演问题。

若以符号"～"表示估计值，"∧"表示修正值，则全量补偿法的基本计算步骤

如下：

(1) 任意给定结构参数的初值 $\tilde{\theta}_0$；

(2) 利用式（2.243）计算

$$\tilde{P}_0 = H\tilde{\theta}_0 \tag{2.245}$$

根据式（2.244）可得，$\tilde{P}_0 = [\tilde{P}_k, \ \tilde{P}_u]^{\mathrm{T}}$；

(3) 用已知部分的激励时程信息 P_k 替代其估计值 $\tilde{P}_k$，得到修正系统输入：

$$\hat{P}_0 = [P_k, \tilde{P}_u]^{\mathrm{T}} \tag{2.246}$$

(4) 利用最小二乘法识别准则，由 $\hat{P}_0$，H 计算结构参数新的估计值：

$$\tilde{\theta}_i = (H^T H)^{-1} H^T \hat{P}_0 \tag{2.247}$$

(5) 比较 $\tilde{\theta}_{i-1}, \tilde{\theta}_i$ 若满足收敛条件，则取本步的计算估计值 $\tilde{\theta}$ 及为最终计算结构；否则，以步骤 4 的识别结果 $\tilde{\theta}_i$ 为新的参数初值，重复步骤 2~4 直至收敛。

2. 算法收敛证明

不失一般性，设识别计算的估计输入 $\tilde{P}$ 由真实输入 P_R 和输入估计误差 E 两部分组成

$$\tilde{P} = P_R + \tilde{E} \tag{2.248}$$

若记采样时的点总数为 M，则 $\tilde{P} = [\tilde{P}_1, \ \tilde{P}_2, \ \cdots, \ \tilde{P}_M]^{\mathrm{T}}$。为方便记，引入以下符号

$$E_i = [S_1, S_2, \cdots, S_M]^{\mathrm{T}}$$
$$S_k = [e_1, e_2, \cdots, e_N] \tag{2.249}$$

式中，E_i 是第 i 步迭代计算的输入估计误差，向量 S_k 为时点 t_k 处的输入估计误差子集合；e_i 是 j 自由度处的输入估计误差；N 是结构自由度数。

进一步，设全部已知输入信息处的自由度构成集合 T_k，全部未知输入处的自由度构成集合 T_u，则对任一时点，由估计参数计算出的估计输入的误差为

$$\tilde{S}_k = (\tilde{S}_{k \in T_k}, \tilde{S}_{k \in T_u}) \tag{2.250}$$

经全量替换后得到的修正估计输入的误差为

$$\hat{S}_k = (0, \tilde{S}_{k \in T_u}) \tag{2.251}$$

对 $\hat{S}_k$，$\tilde{S}_k$ 的每一个元素进行分析是不方便的，因此可讨论向量 $\tilde{S}_k$，$\hat{S}_k$ 的范数。

注意到向量 X 的 1-范数定义为

$$\|X\|_1 = \sum_{i=1}^{n} |x_i| \tag{2.252}$$

则对比式（2.250）、式（2.251）易知，对于任意一点均存在

$$\|\hat{S}_k\|_1 < \|\tilde{S}_k\|_1 \tag{2.253}$$

显然，对于全部的采样过程，必有

$$\|\hat{E}_k\|_1 < \|\tilde{E}_k\|_1 \tag{2.254}$$

上式表明，第 i 步识别计算中，定量替代后估计输入误差的总体水平比替代前小。

若记参数的估计值为

$$\tilde{\theta} = \theta + \Delta\theta \tag{2.255}$$

式中，θ 为参数系统的真值；$\Delta\theta$ 为参数估计偏差。

根据最小二乘识别准则，对于给定的系统输入及第 i 步得到的修正后输入向量 $\hat{P}_i$，应有下式成立

$$J = (\hat{P}_i - H\tilde{\theta}_{i+1})^{\mathrm{T}}(\hat{P}_i - H\tilde{\theta}_{i+1}) \rightarrow \min \tag{2.256}$$

将式(2.248)和 (2.255)代入上式可导出

$$(\tilde{E}_i - H\Delta\theta_{i+1})^{\mathrm{T}}(\tilde{E}_i - H\Delta\theta_{i+1}) \rightarrow \min \tag{2.257}$$

另一方面

$$\tilde{P}_{i+1} = H\tilde{\theta}_{i+1} = H(\theta + \Delta\theta_{i+1}) = P_R + H\Delta\theta_{i+1} \tag{2.258}$$

$$\tilde{P}_i = P_R + \hat{E}_i \tag{2.259}$$

显然

$$\tilde{P}_i - \tilde{P}_{i+1} = \hat{E}_i - H\Delta\theta_{i+1} = \varepsilon_i \tag{2.260}$$

对比式 (2.257) 可知 $\varepsilon_i^T \varepsilon_i \rightarrow \min$。意味着在已知 $\hat{P}_i$ 的条件下，$\Delta\theta_{i+1}$ 的选取循着使 $H\Delta\theta_{i+1}$ 最接近 $\hat{E}_i$ 的规则进行。这一规则也等同于使 $\tilde{P}_{i+1}$ 尽可能接近于 $\hat{P}_i$。因此参数识别准则使 $\hat{P}_i$ 向 $\hat{P}_{i+1}$ 的转变阶段不会产生较大的误差。事实上，由于

$$\tilde{P}_{i+1} = P_R + \tilde{E}_{i+1} \tag{2.261}$$

所以存在

$$\tilde{E}_{i+1} = H\Delta\theta_{i+1} \tag{2.262}$$

结合 (2.260) 与 (2.261) 两式，显然可知 $J \rightarrow \min$ 的实质是使

$$(\hat{E}_i - \tilde{E}_{i+1})^{\mathrm{T}}(\hat{E}_i - \tilde{E}_{i+1}) \rightarrow \min \tag{2.263}$$

换句话说，最小二乘准则使 $\tilde{E}_{i+1} \rightarrow \hat{E}_i$。根据向量 1-范数，将有

$$\|\hat{E}_i\|_1 \Leftrightarrow \|\tilde{E}_{i+1}\|_1 \tag{2.264}$$

式中，$\Leftrightarrow$ 表示 1-范数等价。

综上所述，在第 i 步识别计算中，式 (2.254) 表明修正过程中使估计输入的误差下降，而式 (2.264) 表明参数识别过程基本不改变误差的大小。于是，随着迭代次数 $L \rightarrow \infty$，必有 $\tilde{E} \rightarrow 0$，注意到式 (2.248) 的关系可知

$$\tilde{P} \xrightarrow{L \rightarrow \infty} P_R \tag{2.265}$$

相应地，在 $\tilde{P}$ 收敛于 P_R 的前提下，根据最小二乘准则，存在

$$\tilde{\theta} \xrightarrow{L \rightarrow \infty} \theta \tag{2.266}$$

上述证明结论可简单描述为：随着迭代次数的增加，反演输入将趋于真实输入，识

别参数将趋于真实参数。

2.4.2.2　基底输入未知时的结构物理参数识别

1. 工程背景与识别算法

结构在常时激励下的动力响应信息，是借以进行结构动力检测的重要基础之一。自然环境下的常时激励类型包括地动脉、风、海浪等。通常，这些激励的确切时程信息是很难观测，甚至在现有技术条件下所无法观察的。然而，由于不同的激励类型具有不同的物理、力学性质，将这些激励的物理。力学性质作为一类辅助条件引入到结构物理参数识别过程中，就形成了构造求解复合反演问题算法的又一途径。

在结构动力检测工作中，还可能遇到要求判定结构在遭遇强烈地震后的损伤程度问题。结构的地震动输入与地动脉输入同属于基底输入。本节具体介绍基底输入未知时的结构物理参数识别算法。

结构承受基底输入(地震动、地脉动)作用时，式（2.238）中应为：

$$F = -MI\ddot{x}_g(t) \tag{2.267}$$

式中，M 是结构质量矩阵；I 是与 M 同阶的单位阵；$\ddot{x}_g(t)$ 是地面运动加速度时程。

分析式（2.267）可知，由地面运动引起的结构上的等效激振力具有如下特性：在任一时刻，计算结构自由度上等效激振力的地面运动加速度相同。因此，在任一采样时刻各质点上的等效激振力组成了一个相关集合。利用这一条件，有关文献发展了一类统计平均算法，初步解决了基底输入未知时的结构物理参数识别问题。

为使描述更加具体，考虑一有 N 个自由度的集中质量结构模型，其结构动力方程服从式（2.238）及式（2.267）。利用基于有限单元的系统参数表示方法，不难给出参数识别的标准格式

$$F = H\theta \tag{2.268}$$

其中

$$F(t) = [f_1(t), f_2(t), \cdots, f_N(t)]^T \tag{2.269}$$

$$f_i(t) = -m_i\ddot{x}_g(t) \quad (i = 1, \cdots, N) \tag{2.270}$$

式中，m_i 是第 i 个质点的集中质量。

引入规格化变换系数

$$\beta_i = -m_i \tag{2.271}$$

显然，存在

$$\frac{f_i(t)}{\beta_i} \equiv \ddot{x}_g(t) \quad (i = 1, \cdots, N) \tag{2.272}$$

在另一方面，由估计值 $\tilde{\theta}$ 经式（2.268）计算的估计输入为

$$\tilde{F}(t) = [\tilde{f}_1(t), \tilde{f}_2(t), \cdots, \tilde{f}_N(t)]^T \tag{2.273}$$

若 $\tilde{\theta}$ 不是真实值，则 $f_i(t)/\beta_i$ 将不满足式（2.268）。即由于估计参数 $\tilde{\theta}$ 与真实数的偏差，由各 $f_i(t)/\beta_i$ 所计算出的不同时刻不同质点处的地面运动加速度 $\ddot{x}_g$ 的值不相等，这与基底输入下结构动力方程的力学性质矛盾。因此，关于 $\tilde{F}$ 引入规格化并进行统计

平均运算，即取

$$\widetilde{P}(t) = \frac{1}{N} \sum_{i=1}^{N} \frac{f_i(t)}{\beta_i} \tag{2.274}$$

$\overline{P}(t)$ 的实质是 $\overline{\ddot{x}}_g(t)$。对 $\overline{P}(t)$ 施行上述规格化变换的逆变换，即有修正估计输入

$$f_i(t) = \beta_i \widetilde{P}(t) = -m_i \ddot{\overline{x}}_g(t) \quad (i = 1, 2, \cdots, N) \tag{2.275}$$

修正后的输入向量为

$$\hat{F}(t) = [\hat{f}_1(t), \hat{f}_2(t), \cdots, \hat{f}_N(t)]^{\mathrm{T}} \tag{2.276}$$

下节将证明：$\hat{F}(t)$ 将比 $\widetilde{F}(t)$ 更接近真实输入。

由此，对于基地输入未知的情形求解复合反演问题的统计平均法计算过程为：由识别参数的初始假定值 $\widetilde{\theta}_0$，计算输入向量的估计值 $\widetilde{F}$；对于估计输入进行规格化变换，再对变换向量集合做统计平均运算，以统计平均值的逆变换作为修正的输入向量 $\hat{F}$ 的各分量；由 $\hat{F}$ 可利用最小二乘法计算出识别参数估计值；重复上述过程直至两次识别参数的差值满足给定的精度为止。

2. 算法收敛性证明

不失一般性，设估计输入向量 $\widetilde{F}$ 为

$$\widetilde{F} = (1 + \widetilde{E})F \tag{2.277}$$

式中，E 是 F 的相对估计误差，若 $\widetilde{E} \to 0$，则估计输入 $\widetilde{F}$ 将趋于真实输入 F，估计参数 $\widetilde{\theta}$ 亦将趋于真实参数 θ。

应用矩阵的 1-范数进行矩阵或向量的比较是方便的。根据前述算法，可以证明

$$\|\widetilde{E}_l\|_1 = \|\hat{E}_l\|_1 \Leftrightarrow \|\widetilde{E}_{l+1}\|_1 \tag{2.278}$$

式中，l 是迭代计算序数；符号 $(\sim)$ 表示估计值；符号 $(\wedge)$ 表示修正值；而 $\Leftrightarrow$ 则表示 1-范数等价。因此，式（2.278）意味着每一步统计平均修正中，输入估计误差不变，即 $\|\hat{E}_l\|_1 < \|\widetilde{E}_l\|_1$；而在每一步参数识别计算中，输入估计误差不变，即 $\|\hat{E}_l\|_1 \Leftrightarrow \|\widetilde{E}_{l+1}\|_1$。于是，随着迭代次数的增加，估计误差 $\widetilde{E}$ 将逐渐趋于零。

（1）$\|\hat{E}_l\|_1 < \|\widetilde{E}_l\|_1$ 的证明

设 F_i 是结构第 i 自由度的真实输入，$\widetilde{F}_i$ 是 F_i 的预估值，不失一般性，有

$$\widetilde{F}_i = F_i + \delta_i \tag{2.279}$$

式中，δ_i 是关于 F_i 的绝对估计误差。

引入（2.271）所示的变换系数，有变换荷载

$$P_i = \frac{F_i + \delta_i}{\beta_i} \tag{2.280}$$

变换荷载集合的统计平均值为

$$P_i = \frac{1}{N}\sum_{i=1}^{N} P_i = \frac{1}{N}\Big[\sum_{i=1}^{N}\frac{1}{\beta_i}F_i + \sum_{i=1}^{N}\frac{1}{\beta_i}\delta_i\Big] \tag{2.281}$$

而修正输入

$$\hat{F}_i = \beta_i \bar{P} = \frac{\beta_i}{N}\sum_{i=1}^{N}\frac{1}{\beta_i}F_i + \frac{\beta_i}{N}\sum_{i=1}^{N}\frac{1}{\beta_i}\delta_i \tag{2.282}$$

由于

$$\frac{\beta_i}{N}\sum_{i=1}^{N}\frac{1}{\beta_i}F_i = \frac{\beta_i}{N}\sum_{i=1}^{N}F_N = F_i$$

$$\frac{\beta_i}{N}\sum_{i=1}^{N}\frac{1}{\beta_i}\delta_i = \frac{F_i}{F_N}\frac{1}{N}\sum_{i=1}^{N}\frac{F_N}{F_i}\delta_i = \frac{F_i}{N}\sum_{i=1}^{N}\frac{\delta_i}{F_i}$$

因此，有

$$\hat{F}_i = F_i\Big[1 + \frac{1}{N}\sum_{i=1}^{N}\frac{\delta_i}{F_i}\Big] \tag{2.283}$$

定义修正估计值的相对误差为

$$\hat{E}_i = \frac{\hat{F}_i - F_i}{F_i} \tag{2.284}$$

则显然有

$$\hat{E}_i = \frac{1}{N}\sum_{i=1}^{N}\frac{\delta_i}{F_i} \tag{2.285}$$

类似地，式（2.279）可转化为

$$\frac{\delta_i}{F_i} = \frac{\hat{F}_i - F_i}{F_i} = \hat{E}_i \tag{2.286}$$

因此有

$$\hat{E}_i = \frac{1}{N}\sum_{i=1}^{N}\hat{E}_i \tag{2.287}$$

定义结构所有自由度的相对误差集合为下列向量

$$\tilde{E} = (\tilde{E}_1, \tilde{E}_2, \cdots, \tilde{E}_N) \tag{2.288}$$

$$\hat{E} = (\hat{E}_1, \hat{E}_2, \cdots, \hat{E}_N) \tag{2.289}$$

上述误差向量的 1-范数为

$$\|\tilde{E}\|_1 = \sum_{i=1}^{N}|\tilde{E}_i| \tag{2.290}$$

$$\|\tilde{E}\|_1 = \sum_{i=1}^{N}|\tilde{E}_i| = \sum_{i=1}^{N}\Big|\frac{1}{N}\sum_{i=1}^{N}\tilde{E}_i\Big| = \Big|\sum_{i=1}^{N}\tilde{E}_i\Big| \tag{2.291}$$

显然，存在

$$\Big|\sum_{i=1}^{N}\tilde{E}_i\Big| \le \sum_{i=1}^{N}|\tilde{E}_i| \tag{2.292}$$

此即

$$\|\hat{E}_l\|_1 \le \|\tilde{E}_l\|_1 \tag{2.293}$$

当修正前误差向量的各分量符号不同时，上式中的"≤"将变为"<"。设采样时

点为 m，则相对误差向量的各分量符号相同的概率将随着 $m \to \infty$ 而趋于零。因而，存在

$$\| \hat{E}_l \|_1 < \| \tilde{E}_l \|_1 \tag{2.294}$$

(2) $\| \hat{E}_l \|_1 \Leftrightarrow \| \tilde{E}_{l+1} \|_1$ 的证明

记参数的估计值为

$$\tilde{\theta} = \theta + \Delta\theta \tag{2.295}$$

式中，θ 为系统的真值；$\Delta\theta$ 为参数估计偏差。

根据最小二乘法识别准则，在第 l 步的参数识别计算中，$\tilde{\theta}_l$ 应使残差平方和最小，即有

$$J = (\hat{F}_l - H\tilde{\theta}_{l+1})^{\mathrm{T}} (\hat{F}_l - H\tilde{\theta}_{l+1}) \longrightarrow \min \tag{2.296}$$

注意到式 (2.279) 和 (2.295)，上式转化为

$$(\tilde{\delta}_l - H\theta_{l+1})^{\mathrm{T}} (\tilde{\delta}_l - H\theta_{l+1}) \longrightarrow \min \tag{2.297}$$

另一方面，由于

$$F_{l+1} = H\tilde{\theta}_{l+1} = H(\theta_{l+1} + \Delta\theta_{l+1}) = F + H\Delta\theta_{l+1} \tag{2.298}$$

$$\hat{F}_l = F + \tilde{\delta}_l \tag{2.299}$$

则有

$$\hat{F}_l - \tilde{F}_{l+1} = \hat{\delta}_l - H\Delta\theta_{l+1} = \varepsilon_i \tag{2.300}$$

对比式 (2.297) 可知 $\varepsilon_i^{\mathrm{T}}\varepsilon_i \to \min$。这意味着在已知 $\hat{F}_l$ 的条件下，$\Delta\theta_{l+1}$ 的选取是循着使 $H\Delta\theta_{l+1}$ 最接近 $\tilde{\delta}_l$ 的规则进行的。这一规则也等同于使 $\tilde{F}_{l+1}$ 尽可能接近于 $\tilde{F}_l$。

事实上，由于

$$\tilde{F}_{i+1} = F + \tilde{\delta}_{i+1} \tag{2.301}$$

所以存在

$$\tilde{\delta}_{i+1} = H\Delta\theta_{i+1} \tag{2.302}$$

于是有

$$(\hat{\delta}_l - \delta\tilde{}_{l+1})^{\mathrm{T}} (\hat{\delta}_l - \tilde{\delta}_{l+1}) \to \min \tag{2.303}$$

换句话说，最小二乘法准则使 $\tilde{\delta}_{l+1} \to \hat{\delta}_l$。注意到绝对误差与相对误差的等价性，根据向量 1-范数，将有

$$\| \hat{E}_l \|_1 \Leftrightarrow \| \tilde{E}_{l+1} \|_1 \tag{2.304}$$

式中，$\Leftrightarrow$ 表示 1-范数等价。

综合上述，在第 l 步识别计算中，式 (2.294) 表明修正过程使估计输入的误差下降，而式 (2.304) 表明参数识别过程中不改变估计输入误差的大小。从而，反演输入将趋于真实输入，识别参数将趋于真实参数。

2.4.2.3　不完备测量信息的重构

在结构响应测量信息完备的前提下，以上所介绍的方法原则上已经解决了一般有限元模型在常见动力荷载时的复合反演问题。然而，结构物理参数识别应用中的另一个主要困难，恰恰来自结构响应信息量的不足。在此介绍当今所取得的若干最新研究成果。

1. 微分算子变换方法

在实际工程结构的动力检测中，由于测试设备及测试成本的限制，往往只能测量结构的某一个状态量（如加速度响应或位移响应）的过程。而前述系统识别算法一般要求同一测量点处的状态信息是完备的，即位移、速度、加速度响应均已知。为了在工程实际中有效地应用结构识别方法，需要考虑不完备测量信息的重构（或称为状态信息的重建）问题。

当测量的量为位移时，通过将原始的动力响应记录变换到另一空间内，可以实现状态信息的重建。然后，在变换空间内完成动力系统的参数识别，就是动力系统的微分算子变换方法。

对于动力方程

$$M\ddot{Y} + C\dot{Y} + KY = F \tag{2.305}$$

考虑如下二阶微分算子

$$L = \tilde{m}\frac{d^2}{dt^2} + \tilde{c}\frac{d}{dt} + \tilde{k} \tag{2.306}$$

式中，$\tilde{m}$、$\tilde{c}$、$\tilde{k}$ 为基于系统参数初始估计值的拟质量、拟阻尼与拟刚度矩阵。

设算子 L 的逆算子 L^{-1} 存在，则可对式（2.305）作用此逆算子，从而给出

$$L^{-1}(M\ddot{Y} + C\dot{Y} + KY) = L^{-1}(F) \tag{2.307}$$

定义

$$X = L^{-1}(Y), X_1 = L^{-1}(\dot{Y})$$
$$X_2 = L^{-1}(\ddot{Y}), F_z = L^{-1}(F) \tag{2.308}$$

注意到

$$X_1 = L^{-1}(\dot{Y}) = \frac{d}{dt}L^{-1}(Y) = \dot{X}$$

$$X_2 = L^{-1}(\ddot{Y}) = \frac{d}{dt}L^{-1}(\dot{Y}) = \ddot{X} \tag{2.309}$$

则可在经过算子变换后的空间中得到如下的系统动力方程

$$M\ddot{X} + C\dot{X} + KX = F_z \tag{2.310}$$

设方程（2.305）的初始条件为

$$Y(0) = Y_0, \dot{Y}(0) = \dot{Y}_0 \tag{2.311}$$

式中，Y_0 与 $\dot{Y}_0$ 为系统的初始状态向量。将微分算子的逆算子作用于上式后有

$$L^{-1}(Y(0)) = L^{-1}(Y_0) = X(0)$$
$$L^{-1}(\dot{Y}(0)) = L^{-1}(\dot{Y}_0) = \dot{X}(0) \tag{2.312}$$

于是，式（2.310）中的 X、$\dot{X}$、$\ddot{X}$ 可以由下述方程解出

$$\tilde{m}\ddot{X} + \tilde{c}\dot{X} + \tilde{k}X = Y \tag{2.313}$$

$$X(0) = \tilde{k}^{-1}Y_0, \dot{X}(0) = \tilde{k}^{-1}\dot{Y}_0 \tag{2.314}$$

而 F_Z 则可由下式得到

$$\widetilde{m}\ddot{F}_Z + \widetilde{c}\dot{F}_Z + \widetilde{k}F_Z = F \tag{2.315}$$

$$F_Z(0) = \dot{F}_Z(0) = 0 \tag{2.316}$$

当仅对原系统的位移响应量进行观测时，可以通过微分算子变换的手段求得变换空间中的速度和加速度响应，进而识别系统的动力参数。实际计算中，可以通过算子迭代的方式进行，即以前一轮识别参数为基础形成新的微分算子，以达到不断降低信号噪声、提高识别精度的目的。

2. 积分算子变换方法

当仅对原系统的加速度响应量进行观测时，为了获得速度响应与位移响应量，通常采用积分法或 FFT 变换的方法来实现。但积分法会遇到初始速度未知的问题，而 FFT 变换方法则会遇到初相位问题。因此，积分法或 FFT 变换方法均不能理想地解决重建位移、速度测量时程的问题。利用任意两个时刻加速度响应的差与初值无关的特性，构造了一类变换方法，在变换空间直接求解结构的动力方程。根据此方法的特点，称为积分算子变换方法。

结构在任一时刻 j 的加速度响应可表示为第 i 时刻的加速度值与 i 到 j 时刻加速度响应的变化值的和，即

$$\ddot{x}_j = \ddot{x}_i + \ddot{x}_{i,j} \tag{2.317}$$

式中，$\ddot{x}_i$ 是 i 时刻结构的加速度响应；$\ddot{x}_{i,j}$ 是 i 到 j 时刻加速度响应的变化。

为了描述方便，不妨视 i 时刻为 0 时刻，式（2.317）可表示为

$$\ddot{x}(t) = \ddot{x}(0) + \Delta\ddot{x}(t) \tag{2.318}$$

注意，上式中的 0 时刻只是一种方便的标记，可以代表用于进行识别计算的任一时刻。

由式（2.318）积分得

$$x(t) = \int_0^t\int_0^\epsilon \ddot{x}(t)dtd\epsilon + t\dot{x}(0) + x(0) \tag{2.319}$$

上式中，$x(0)$，$\dot{x}(0)$ 分别代表前述任意 0 时刻结构的位移及速度响应。

结构在 $t = t_1$ 时刻的运动方程为

$$M\ddot{x}(t_1) + C\dot{x}(t_1) + Kx(t_1) = F(t_1) \tag{2.320}$$

由式（2.318）和式（2.319）计算出结构 t_1 时刻的响应 $x(t_1)$，$\dot{x}(t_1)$，$\ddot{x}(t_1)$，并代入到式（2.320）中，整理得

$$M\Delta\ddot{x}(t_1) + C\int_0^{t_1}\ddot{x}(t)dt + K\int_0^{t_1}\int_0^\epsilon \ddot{x}(t)dtd\epsilon + Kt_1\dot{x}(0)$$

$$= f(t_1) - M\ddot{x}(0) - C\dot{x}(0) - Kx(0)$$

$$= F(t_1) - F(0) \tag{2.321}$$

同理，当 $t = t_2 = \alpha t_1$ 时，则下式成立

$$M\Delta\ddot{x}(t_2) + C\int_0^{t_2}\ddot{x}(t)dt + K\int_0^{t_2}\int_0^\epsilon \ddot{x}(t)dtd\epsilon + K\alpha t_1\dot{x}(0)$$

$$= f(\alpha t_1) - M\ddot{x}(0) - C\dot{x}(0) - Kx(0)$$

$$= F(\alpha t_1) - F(0) \tag{2.322}$$

在式（2.321）两端乘以 α 后减去式（2.322），并注意到 $\Delta\ddot{x}(t) = \ddot{x}(t) - \ddot{x}(0)$，便

可得到变换空间内的运动方程为

$$M\ddot{y}(t) + C\dot{y}(t) + Ky(t) = F(t) \tag{2.323}$$

上式中，$y(t)$，$\dot{y}(t)$，$\ddot{y}(t)$ 为变换空间内的状态变量，其定义为

$$\ddot{y}(t_1) = \alpha\ddot{x}(t_1) - \ddot{x}(\alpha t_1) - (\alpha - 1)\ddot{x}(0) \tag{2.324}$$

$$\dot{y}(t_1) = \alpha\int_0^{t_1}\ddot{x}(t)dt - \int_0^{\alpha t_1}\ddot{x}(t)dt \tag{2.325}$$

$$y(t_1) = \alpha\int_0^{t_1}\int_0^{\varepsilon}\ddot{x}(t)dtd\varepsilon - \int_0^{\alpha t_1}\int_0^{\varepsilon}\ddot{x}(t)dtd\varepsilon \tag{2.326}$$

$$F(t_1) = \alpha F(t_1) - F(\alpha t_1) - (\alpha - 1)F(0) \tag{2.327}$$

由于 $\dot{y}(t)$，$y(t)$ 由式（2.325）和式（2.326）积分求得，因此称按此法导出的方程（2.323）为积分算子变换方程。根据上述各式，可以在各给定时段 $(t, t+t_1)$ 内离散递推计算变换状态量 $y(t)$，$\dot{y}(t)$，$\ddot{y}(t)$ 和 $F(t)$。在利用上述各式求变换空间内的状态变量时，无需 $x(0)$ 和 $\dot{x}(0)$ 的信息，变换后的 $y(t)$，$\dot{y}(t)$，$\ddot{y}(t)$ 同样满足运动方程，所以可由式（2.323）识别结构参数。

3. 结构转角信息的重构

由于结构的转角信息难于测量，给结构识别算法的实际应用造成了很大的障碍。目前，大部分结构识别算法的研究主要集中在剪切型结构。模型，一个重要的原因就是在转角信息处理上的困难。因此，解决结构转角信息的计算问题，是从理论研究走向实际应用的关键性一步。针对此问题，研究了利用矩阵 QR 分解由水平位移测量值计算结构转角信息的方法。此方法无需预估结构的参数，因此具有一定的实用价值。

设一般多自由度结构的动力运动方程，可用下式表示

$$\begin{bmatrix} M & \\ & J \end{bmatrix}\begin{Bmatrix} \ddot{x} \\ \ddot{\varphi} \end{Bmatrix} + \begin{bmatrix} C_{xx} & C_{x\varphi} \\ C_{\varphi x} & C_{\varphi\varphi} \end{bmatrix}\begin{Bmatrix} \dot{x} \\ \dot{\varphi} \end{Bmatrix} + \begin{bmatrix} K_{xx} & K_{x\varphi} \\ K_{\varphi x} & K_{\varphi\varphi} \end{bmatrix}\begin{Bmatrix} x \\ \varphi \end{Bmatrix} = \begin{Bmatrix} f(t) \\ 0 \end{Bmatrix} \tag{2.328}$$

为推导方便，不妨令系统阻尼矩阵为 $C = \alpha_0 K$，α_0 由结构的第一振型阻尼确定；x 为结构各节点的平动位移，φ 为结构各节点的转角。展开式（2.328）后有

$$M\ddot{x} + \alpha_0 K_{xx}\dot{x} + \alpha_0 K_{x\varphi}\dot{\varphi} + K_{xx}x + K_{x\varphi}\varphi = f(t) \tag{2.329}$$

$$J\ddot{\varphi} + \alpha_0 K_{\varphi x}\dot{x} + \alpha_0 K_{\varphi\varphi}\dot{\varphi} + K_{\varphi x}x + K_{\varphi\varphi}\varphi = 0 \tag{2.330}$$

若忽略转角方向的惯性力和阻尼力，则由式（2.330）可得

$$K_{\varphi x}x + K_{\varphi\varphi}\varphi = 0 \tag{2.331}$$

解上式可得

$$\varphi = -K_{\varphi\varphi}^{-1}K_{x\varphi}x \tag{2.332}$$

式（2.332）是结构动力分析中为减少自由度而采用的静力凝聚法的典型方程，它给出了位移与转角之间的关系。然而，在系统识别中，由于在矩阵 $K_{\varphi\varphi}$ 及 $K_{\varphi x}$ 中包含有待识别参数，因此事实上无法直接由实测的位移信息 x 计算转角响应 φ。

研究发现，利用本章提出的"虚拟结构"方法，可以导出一种不含有待识别参数的位移～转角关系式。

根据有限单元法原理，方程（2.328）中结构的总刚度矩阵 K 是由结构单元的贡献矩阵叠加而成的，即

$$K = \sum_{i=1}^{n} b_i \bar{K}_i \tag{2.333}$$

式中，b_i 为单元 i 提取的待识别参数因子；$\bar{K}_i$ 为提取因子 b_i 后单元 i 整体坐标系下的单元刚度贡献矩阵。

显然，对总刚度矩阵的各分块矩阵同样有

$$K_{\varphi x} = \sum_{i=1}^{n} b_i \bar{K}_{\varphi x}^{(i)} \tag{2.334}$$

$$K_{\varphi\varphi} = \sum_{i=1}^{n} b_i \bar{K}_{\varphi\varphi}^{(i)} \tag{2.335}$$

令

$$B = (b_1 I_n, b_2 I_n, \cdots, b_n I_n) \tag{2.336}$$

$$\bar{K}_{\varphi x} = (K_{\varphi x}^{(1)}, K_{\varphi x}^{(2)}, \cdots, K_{\varphi x}^{(n)})^{\mathrm{T}} \tag{2.337}$$

$$\bar{K}_{\varphi\varphi} = (K_{\varphi\varphi}^{(1)}, K_{\varphi\varphi}^{(2)}, \cdots, K_{\varphi\varphi}^{(n)})^{\mathrm{T}} \tag{2.338}$$

式（2.336）中，I_n 是 $n \times n$ 阶单位矩阵。由此有

$$K_{\varphi x} = B\bar{K}_{\varphi x} \tag{2.339}$$

$$K_{\varphi\varphi} = B\bar{K}_{\varphi\varphi} \tag{2.340}$$

将上两式代入式（2.332）后得

$$\varphi = -(B\bar{K}_{\varphi\varphi})^{-1} B\bar{K}_{\varphi x} x \tag{2.341}$$

对 $\bar{K}_{\varphi\varphi}$ 作 QR 分解

$$\bar{K}_{\varphi\varphi} = QR \tag{2.342}$$

式中，Q 是 $m \times n$ 阶实矩阵；R 是 n 阶非奇异上三角矩阵。

将式（2.342）代入式（2.339）得

$$K_{\varphi\varphi} = BQR = \bar{Q}R \tag{2.343}$$

上式表明：$\bar{Q} = BQ$ 实际上为 $K_{\varphi\varphi}$ 的 QR 分解结果，因此 BQ 必为非奇异矩阵。因此，可注意到 Q 矩阵的性质，则以式（2.342）代入式（2.341）有

$$\begin{aligned}
\varphi &= -(BQR)^{-1} B \bar{K}_{\varphi x} x \\
&= -R^{-1}(BQ)^{-1} BQ Q^{\mathrm{T}} \bar{K}_{\varphi x} x \\
&= -R^{-1} Q^{+} \bar{K}_{\varphi x} x
\end{aligned} \tag{2.344}$$

式中，Q^{+} 是 Q 的广义逆。在上式中，已经不包含有待求参数 b_i，而且方程右端的各项均已知或可求。此式即为基于 QR 分解的结构位移~转角关系式。

对式（2.344）两边取一阶导数，可得

$$\dot{\varphi} = -R^{-1} Q^{\mathrm{T}} \bar{K}_{\varphi x} \dot{x} \tag{2.345}$$

由于 QR 方法具有不需预估结构参数的优点，因此可以应用此方法由结构的水平位移测量值计算结构的转角响应，从而完成转角信息的重建工作。

第二类复合反演问题可以，分为两类：（1）输入已知的情况；（2）输入未知的情况。对于第一种情况，若可以利用前述状态信息重建方法建立完备的状态信息，则第二类复合反演问题将转化为一般的参数识别问题，直接利用本章所述的各类物理参数识别方法，即可得到结构参数识别结果。对于输入未知的第二种情况，则可利用前述状态

信息重建方法与前述的第一类复合反演算法给出问题的解答。由于本书所述第一类复合反演算法事实上是建立在一般的参数识别算法基础上的，因此对于一般的第二类复合反演问题即上述情况二，问题的求解要求综合利用状态信息重建方法、参数识别算法和统计平均（或全量补偿）思想。

2.5   桥梁结构动力学监测

2.5.1   桥梁结构动力学特性测试

桥梁结构在实施运营的过程中，破坏因素主要来自于各种荷载引起的桥梁动，因此，以振动理论作为指导对其进行研究，可以较好地实现对桥梁的监测在得到桥梁自振特性参数的基础上，利用自振特性参数研究大跨度桥梁状态识理论，建立大桥实时监测系统，对运营中的桥梁进行实时监测或定期检测，尽快发现结构的异常和病害以便及时引起警觉，避免发生重大事故，造成巨大经济失和不良社会影响。目前，关于桥梁健康实时监测系统其主要就包含了结构动力和静力两方面的结构实时响应监测，其目的也在于充分利用结构动力、静力的信息更准确的完成结构实时安全评估。

针对不同桥型，桥梁动力学特性测试方法很多，但究其原理，可以归纳为如下三大类：

（1）自由振动衰减法

原理：给结构一个初位移或初速度使结构产生振动，因结构的自振特性只与它本身的刚度、质量和材料等固有形式有关，故无论施加何种方式的力，初位或初速度有多大都没有关系，只要能激发起结构的振动并能测到它的自由振动减曲线，通过对该曲线线路分析处理，就可以得到一些自振特性参数。

实测框图如图 2.7 所示

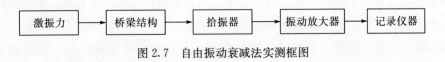

图 2.7   自由振动衰减法实测框图

优点：自由振动衰减法的优点是激励形式可以多变，比较容易实现，对于这些只要求得到结构基本频率的测试是很方便的，对测试仪器的要求也不高。

（2）强迫振动法

原理：利用激振器械对结构进行连续正弦扫描，根据共振效应，当扫描频率与结构的某一频率相一致时，结构振幅会明显增大，用仪器测出定过程，绘出率—幅值曲线，通过曲线可以得到结构的自振特性参数。

实测框图如图 2.8 所示

图 2.8   强迫振动法实测框图

优点：强迫振动法的优点是方法可靠，激出来的自振特性参数精神比较高。以上两种方法的共同缺点是：不但需要提供相应设施对桥梁结构按照一定期进行激振，而且由于要求所测参数连续反映桥梁结构情况，所以周期尽可能短，实施起来较为烦琐。

（3）环境随机振动法

原理：桥梁结构在自然环境（如地脉动、风、水流等）振动影响下，会产生随机振动，利用测振仪器测得桥上的这种随机响应信号，通过数据处理和分析可求得结构的自振特性参数。

假定：

①认为桥梁结构的振动系统属多输入系统，系统的输入和响应是各态历过程，即结构的自振行性与时间初始无关，而且当样本足够时，单个样本的特能反映所有样本的牲，在比较平稳的地脉动和风荷载情况下，这个假定是成立的；

②假设环境随机激励信号是白噪声信号，这个假定一般不容易满足，但桥梁结构拾振器振动放大器记录仪器在数据分析中主要是利用半功率声带宽内的数据，所以只要激励谱比较平坦，且在桥梁谐振半功率带宽及其附近的一定范围内激励信号分别为白谱就行了，这样的假设是比较容易满足的；

③假设各附阻尼很小，各阶频率分开，即各模态之间的耦合很小，可以忽略。

桥梁结构（特别是大型桥梁）基本能满足上述条件。这样就可以利用响应峰值确定频率和振型，可以用半功率带宽法求阻尼，从而确定桥梁结构自振特征参数。

优点：

①不用任何激振设备或手段；

②照随机数据分析要求确定记录时间和方式；

③靠数据处理技术达到目的。

2.5.2 桥梁健康监测动力学特征应用

桥梁结构在承受车辆、人群、风力和地震等动荷载作用下产生振动，桥梁结构由于地震、严重超载、撞击、金属的疲劳与腐蚀，或施工缺陷等因素都可引起结构损伤，可导致结构刚度降低，使静、动态特征发生变化，并带来桥梁承载能力下降及稳定性不足，成为安全隐患。因此桥梁在动力荷载作用下的受力分析、桥梁安全状态评估等成为一项重要研究内容。

影响桥梁振动的因素复杂，仅靠理论分析不能满足工程应用的需要，还需用理论分析和实验测试相结合的方法解决。传统的在封闭交通情况进行的动荷载试验能够成为桥梁结构动力特征试验获取的重要手段，同时也取得了一定的成果。荷载试验检测桥梁对于新桥投入使用前或桥梁受到意外损伤时的安全性评估具有积极的意义。然而其存在以下三个方面的不足：一是具有间断性，仅能对桥梁作荷载试验时的安全状态做出评估，但对两次荷载试验检测间隙期间的安全状态却不能保证；二是需中断交通；三是重复花费大量的人力、物力、财力。由此，利用现代电子、通讯、信息科学等技术的桥梁结构健康监测系统就可以在不中断交通、人工干预最小的情况下完成结构所需要的动力响应的监测并由此获得结构动力学特征。

桥梁的动力特性（振动频率、振型及阻尼比）是评价桥梁承载力状态的重要参数，随着我国公路桥梁检验评定制度的推行，桥梁的动力特性将越来越受到重视。桥梁的动载试验可划分为三类基本问题：测定桥梁荷载的动力特性（数值、方向频率等）、测定桥梁结构的动力特性（振动频率、振型及阻尼比等）、测定桥梁在动荷载作用下的响应（动位移、动应力等）。桥梁结构的动力特性（振动频率、振型及阻尼比）取决于结构本身的材料特性及结构刚度、质量及其分布规律。动力特性的确定是进行结构动力反应计算、抗震和抗风稳定性分析的前提。它还是结构总体状态的一种表征。另外，由于桥梁结构在营运期受到的外部荷载包括车辆动荷载、风、温度、地脉动等多种荷载，而这些荷载都不易被准确监测，而且成分复杂，所以，对于营运期桥梁健康监测考虑外部的激励一般采用环境激励的模式进行分析。

通过监测系统采集来自各种传感器的物理、力学信息，再凭借数据处理程序及力学分析方法来实时地识别结构当前工作状态，做出对结构局部损伤的位置和程度的识别，进而做出结构的安全性评估，这是目前已经成为研究热点话题。由于结构的局部损伤及整体性能劣化在一定程度上能够反应为结构动力特性的变化，因此通过结构振动响应的测量信息来识别结构的模态参数，进而可以根据模态参数的变化识别到结构的损伤及结构的安全状态[13]。

结构在长期的运营过程容易造成基本的物理特征参数，如质量矩阵及刚度矩阵的改变；同样，对动力特征参数，如频率、振型以及模态阻尼产生影响。基于物理特征参数来判断结构是否还满足安全性的要求，目前发展起来的方法大都是依据动力反应的结果，按照一定的系统模型和准则来得到参数的识别值的，具体运用时常用的方法有频率识别法和时域识别法[8]。目前这种用结构物理参数来识别结构变化的位置和变化程度，增加了识别的难度。此外，结构的局部损伤往往对结构的整体性影响很小，加上结构动力响应测量结果的影响，使得以结构整体为对象的分析非常的困难，有时甚至得不到准确的结果。至于动力特征参数安全性评价，很多学者都是根据已有的结构振动数据，建立一种有效的识别模式，找出能对安全性评价反应较敏感的参数进行研究。在具体的实施过程中，不同的研究人员因研究的侧重点不同，分别衍生出了众多的思路和实施步骤。

根据以上结构动力学原理、结构模态参数识别以及结构物理参数识别的分析，桥梁结构健康监测及安全评估系统中对结构进行结构计算分析和安全评估主要是先从结构振动监测信息中获得结构的动力模态参数，再通过结构物理参数识别方法获得结构物理参数（刚度等），最后，根据这些由实测获得结构物理参数与结构设计的物理参数进行比对从而获得结构的状态评估以及寿命分析和预测。

2.6　小结

基于桥梁结构健康监测的在役桥梁安全评估及寿命预测问题其核心就是通过对监测获取的结构动力响应的海量数据中提取有关结构安全的特征信息，挖掘结构性能的演变规律，从而实现结构安全的有效评价和寿命预测。所以，分析结构动力响应机理成为研究结构监测和安全评估的基础。

目前，能够较好刻画结构状态及其演化规律的结构固有参数主要有结构的模态参数和物理参数两种。而对于在役营运的桥梁而言，环境激励下的结构模态参数识别成为研究的重点，针对这个问题本章就模态参数识别的方法进行了系统分析，尤其是针对环境激励下的结构模态参数识别法（随机子空间法等）进行应用桥梁结构的详细分析。另外，本章也针对结构物理参数识别方法进行了系统分析，由于桥梁结构营运过程中其外部输入的不确定性，所以，本章就物理参数识别重点分析了未知外部输入情况的识别进行了详细分析，并结合广义 Kalman 滤波进行了应用步骤的说明。

总之，本章是本书研究内容的理论基础，后续章节的研究过程均围绕本章所提出的理论及方法展开。

参 考 文 献

[1] 吴国荣. 一种求解动力响应的新方法 [J]. 振动与冲击. 2006, 25 (4)：146—148.

[2] 郑家树, 左东. 多自由度结构受冲击时的动力响应 [J]. 西南民族大学学报·自然科学版, 2007, 33 (2)：392—396.

[3] 刘峰. 以移动荷载瞬态动力响应分析某斜拉桥的动力特性 [J]. 应用与技术·科技成果纵横, 2008, 2.

[4] 三田 彰（日本）. 结构健康监测动力学 [J]. 西安：西安交通大学出版社, 2004.

[5] 刘晶波, 杜修力. 结构动力学 [M]. 第 1 版. 北京：机械工业出版社, 2007.

[6] 刘晶锟. 结构力学（下册）. 第 4 版. 北京：高等教育出版社, 2004.

[7] 王济, 胡晓. MATLAB 在振动信号处理中的应用 [M]. 北京：中国水利水电出版社, 知识产权出版社, 2006.

[8] 李国强, 李杰. 工程结构动力检测理论与应用 [M]. 北京：科学出版社, 2002.

[9] 张笑华. 结构环境振动模态参数识别随机子空间方法与应用 [D]. 福州：福州大学. 2005, 12.

[10] 徐士代. 环境激励下工程结构模态参数识别 [D]. 江苏：东南大学. 2006, 4.

[11] 李中付. 环境激励下线性结构模态参数辨识 [D]. 上海：上海交通大学. 2001.

[12] 高维成, 刘伟, 邹经湘. 基于结构振动参数变化的损伤探测方法综述 [J]. 振动与冲击, 2004, 23 (4)：1—6.

[13] 淡丹辉, 孙利民. 在线监测环境下土木结构的模态识别研究 [J]. 地震工程与工程振动, 2004, 24 (3)：82—88.

第3章 桥梁健康实时监测系统方案设计

3.1 桥梁健康实时监测信息采集系统研究及应用

3.1.1 总体设计原则

1. 目的与功能的主辅原则

监测系统的设计应该以建立该系统的目的和功能为主导性原则，建立健康监测系统的目的确定后，则系统的监测项目和仪器系统就可基本确定。一般而言，建立桥梁健康监测系统的主要目的是掌握结构的运营安全状况，因此健康监测系统的设计应首先考虑以结构安全性为主的监测原则，是能够关乎结构安全与否的重点监测内容，而其他目的则为辅助性的。

2. 功能与成本最优原则

健康监测系统的成本通常比较大，其成本一般由三大部分组成：结构仿真分析费用、仪器系统费用及处理软件费用。结构仿真分析部分费用一般较小，但其意义重大。仪器系统是健康监测系统成本的主要部分，监测项目及传感器数量越多，监测信息就越全面，从而系统成本就越高；反之则降低系统成本，但同时可能会因为监测信息不足而使监测数据有效性减小。所以为使系统成本更合理，有必要对功能与成本进行优化，使用最小的投资，获得最大的有效监测信息。信息处理软件费用，其主要功能是对巨量信息进行解释、存储、传输及初步评价等，该部分费用相对也比较小。

3. 系统性和可靠性原则

监测分析、仿真计算、工程经验有机结合，也只有用系统分析原理，使测点之间、监测项目之间能相互结合，从而提高整个系统的监测功效；监测系统最基本的要求是可靠性，而整个系统的可靠性取决于所组成的各种仪器的可靠性、监测网络的布置及设计的统筹安排和施工上的配合等因素。

4. 关键部件优先与兼顾全面性原则

关键部件是指各种原因导致的可能破坏区、变形敏感区及结构的关键部位，这些关键部件都必须重点监测。但也应考虑全面性，考虑对结构整体性进行监测，例如基础的总体安全性监控等。

5. 可换性与可扩展性原则

由于监测周期长，传感器不可避免地会随着使用寿命出现性能下降直至不可用的情况，因此设计中有针对性地考虑系统的可更换性、易维护和完整性的基础上，具有可换性与可扩展性，便于后续系统的维护和升级。

6. 实时与定期监测结合原则

根据监测目的、功能与成本优化确定监测项目后，应该考虑的是实时监测与定期监测分别设置的原则。由于监测项目的不同，有些项目不必长期实时监测，但其监测频率又远高于人工监测，这时可考虑采用定期监测，以减少后期维护成本和数据处理压力。

3.1.2 桥梁健康实时监测内容的选择

3.1.2.1 桥梁工作环境监测

1. 桥址处风场特性监测[1]

通过桥址处的风向、风速的观测，获得桥梁不同部位的风场特性，根据实测资料，结合与气象部门提供资料的比较，根据桥梁的风致振动响应监测结构在自然风场中的行为及其抗风稳定性，为分析结构的响应及大桥状态评估提供依据。

2. 环境温度及桥梁温度分布监测

通过对桥梁温度场以及桥梁各部分温度分布状况的监测，可为桥梁设计中温度影响的计算分析提供原始依据。对不同温度状态下桥梁的工作状态变化，如桥梁变形、应力变化等进行比较和定量分析，对桥梁在实际温度作用下的安全性作出评价，并对桥梁设计理论的验证和完善均有积极意义。

3. 交通车辆荷载信息监测

记录桥梁经受的各种交通荷载信息及其历程（如过桥车辆的轴重、速度等），

掌握车辆的轴重、轴距、轴数、车速等变化情况，通过对车辆荷载监测资料的分析可以比对设计荷载规范进行校核。另外，通过荷载谱的分析可以为桥梁结构分析和疲劳荷载谱的制定提供荷载参数。

4. 地震荷载及船舶撞击荷载

监测方式通常采用长期信号实时触发，通过设置信号触发阀值大小，当地震波或船舶撞击信号大小超过设定阀值时，系统自动采样。通过对桥址处地面运动情况和船舶撞击桥墩情况的监测，为桥梁进行受震作用的响应分析积累资料，为分析桥梁的工作环境、评价行车安全状况提供依据。

5. 其他

通过对桥址处相对湿度、空气酸碱性等环境的监测，掌握桥梁结构混凝土的碳化、钢筋的锈蚀等结构功能老化规律，为桥梁的耐久性评价提供依据。

3.1.2.2 桥梁结构整体性能监测

1. 桥梁几何线型监测

在恒载作用下梁桥的梁轴线位置、拱桥的拱轴线位置、斜拉桥和悬索桥的主梁和索塔的轴线位置以及活载作用下轴线位置的变化是衡量桥梁是否处于健康状态的重要标志。通常温度变化、意外荷载作用以及混凝土收缩徐变等因素都会引起桥梁轴线位置的

变化（包括桥塔和锚台的沉降和倾斜、主缆和加劲梁的线型变化等）。如果桥梁轴线对设计位置的偏离超过规定值，则桥梁的内力分布甚至行车性能就会受到严重的影响。一般监测项目包括：主梁挠度和转角、拱轴线型、索塔轴线、墩台变位等。

2. 桥梁主构件受力监测

桥梁主要承载构件的受力监测是所有桥梁健康监测系统中必不可少的部分，通过实时监测了解结构在活载、温度等各种荷载作用下的应力或内力状态，为结构损伤识别、疲劳损伤寿命评估和结构状态评估提供依据。同时，通过控制测点上的应力（应变）状态的变异，检查结构是否有损坏或潜在的损坏。一般监测项目包括：主梁、主拱等应力，斜拉索、悬索桥的主缆与吊索等索力，拱桥吊杆拉力等。

3. 桥梁结构振动监测

桥梁振动特性是表征桥梁结构整体状态的重要参量，与桥梁结构的刚度、质量及其分布直接相关，定期对桥梁结构的振动特性进行测量能从整体上把握桥梁结构的运行状态。

4. 其他监测项目

支座反力监测：有助于了解结构整体受力状态，并且有助于在结构分析时对边界条件的假定。行车舒适性与安全性监测：如轮重减载率、脱轨系数、冲击系数等。

3.1.2.3 桥梁结构局部性能监测

1. 特殊构件受力监测

由于桥梁温差变化、结构局部缺陷或损伤引起的局部应力变化、混凝土的收缩、徐变引起的应力重分布以及受车辆荷载直接作用的桥面板应力变化规律等仍难以用分析的方法求得精确解。可以通过用监测的方法来获悉桥梁控制部位的受力情况。

2. 重要构件振动监测

斜拉索振动、吊杆振动、桥面振动等。

3. 结构材质耐久性监测

利用现代无损检测技术对桥梁的结构材料如混凝土、钢材等的强度及损伤情况检测，解决可靠性评估中的抗力检测问题。如：斜拉桥拉索的腐蚀、混凝土开裂导致的钢筋锈蚀、高强螺栓等连接件的疲劳损坏等结构局部损伤，根据其发生的部位及严重程度，了解桥梁结构的健康状态。

4. 桥梁附属设施监测

桥面铺装、伸缩缝、桥面排水系统、照明设备等。

3.1.3 主要参数的监测方法

根据以上监测内容，结合目前普遍认同的主要监测参数，介绍其典型的监测方法。主要包括挠度、应变、索力等的监测。

3.1.3.1 挠度/位移监测方法

1. 全站仪法

全站仪又称全站型电子速测仪。该仪器采用先进的技术将电子测距、电子测角、电子计算和数据存储系统融为一体，极大地方便广大测绘工作人员野外作业。全站仪可以迅速测定空间点坐标，在大地测量、工程放样中被广泛使用。近年来，全站仪也不断被用在大型桥梁空间变位（挠度/偏摆）测量领域。

全站仪测试时，将棱镜安于桥梁被测点，从全站仪发出的红外线，经棱镜反射后又被它接收到，通过测出发出光到接收到返回光这段时间，就可以得到桥梁被测点与全站仪之间的距离，只有发出的光束对准棱镜，全站仪才能接收到反射回来的光束，因此，需要同时测出棱镜相对于全站仪的水平方位角和垂直角，以全站仪所处的点为空间坐标原点，即可确定空间任一点位置坐标。全站仪测定一个目标棱镜空间位置后，会自动切换到下一个目标棱镜，再测得距离、水平角和垂直角，确定位置后，继续切换到下一个目标，这样循环扫描便可依次获得不同时刻各个点的空间坐标，各点在竖直方向不同时刻空间位置的变化反映出桥梁挠度/位移的变化。

全站仪对单个测点定位的简化数学模型，如图 3.1 所示。

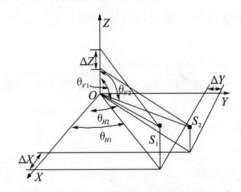

图 3.1　全站仪空间定位简化数学模型

在图 3.1 中，以全站仪所在位置为测量坐标原点，垂直于桥梁轴线为 X 轴，平行于桥梁轴线为 Y 轴，垂直于桥面竖直向上为 Z 轴。假定空间某点 S，从 t_1 时刻 S_1 (X_1, Y_1, Z_1) 移动至 t_2 时刻 $S_2(X_2, Y_2, Z_2)$，则 S 点空间位置变化情况如下：

$$\begin{cases} \Delta X = X_2 - X_1 = S_2 \cdot \sin\theta_{V2} \cdot \cos\theta_{V2} - S_1 \cdot \sin\theta_{V1} \cdot \cos\theta_{H1} \\ \Delta Y = Y_2 - Y_1 = S_2 \cdot \sin\theta_{V2} \cdot \sin\theta_{H2} - S_1 \cdot \sin\theta_{V1} \cdot \sin\theta_{H1} \\ \Delta Z = Z_2 - Z_1 = S_2 \cdot \cos\theta_{V2} - S_1 \cdot \cos\theta_{V1} \end{cases} \quad (3.1)$$

式中，S_1，S_2 分别代表 S_1，S_2 与原点（全站仪）之间的距离；θ_{V1}，θ_{V2} 分别是 S_1，S_2 的天顶角；θ_{H1}，θ_{H2} 分别是 S_1，S_2 的水平角。

在桥梁挠度/位移测量中，利用全站仪获取的主要是目标点在 Z 轴方向上的变化量，ΔZ 反映的就是桥梁挠度变化大小。由于全站仪具有很高的测距和测角精度，因此，测得的桥梁挠度/变形精度比较高，根据误差合成公式，可以计算出得到的挠度精度

$$\sigma = \sqrt{(\cos\theta_{V2})^2 \cdot \sigma_{S_2}^2 + (S_2 \cdot \sin\theta_{V2})^2 \cdot \sigma_{\theta_{V2}}^2 + (\cos\theta_{V1})^2 \cdot \sigma_{S_1}^2 + (S_1 \cdot \sin\theta_{V1})^2 \cdot \sigma_{\theta_{V1}}^2}$$

$$(3.2)$$

在桥梁挠度测量工程应用中，通常 $S_1 \approx S_2$。对于同一个全站仪来说，$\sigma_{S_1} = \sigma_{S_2}$，$\sigma_{\theta_{V1}} = \sigma_{\theta_{V2}}$，令 $t = \cos^2\theta_{V1} + \cos^2\theta_{V2}$，则公式（3.2），可简化为

$$\sigma = \sqrt{(\sigma_{S_1}^2 - S_1^2 \cdot \sigma_{\theta_{V1}}^2) \cdot t + 2S_1^2 \cdot \sigma_{\theta_{V1}}^2} \quad (3.3)$$

假定 $S_1 = 500\text{m}$，对于大型桥梁，这种设定是合理的，以高精度的 PENTAX PTS-V2 全站仪为例，其测角精度和测距精度分别达到 $\pm 2'$ 和 $\pm(2\text{ mm} + 2\text{ ppmD})$，当 $t = 0$ 时，即 $\theta_{V1} \approx \theta_{V2} = \dfrac{\pi}{2}$，在实际测量中，棱镜和全站仪位于同一水平面是可能的，而挠度的变化量以 1 m 为极限值，换算角度后 $\theta_{V1} \approx \theta_{V2}$ 也是合理的，最后得到挠度的精度 $\sigma = 6.86\text{ mm}$。

高度的智能化、较大的测程和很高的测量精度是全站仪独一无二的特点。现今，全站仪已发展到第四代电脑化全站仪，智能化和自动化已经实现；借助棱镜，可以精确测量到三、四千米的距离；其较高的测角精度和测距精度保证了测量结果的可靠性。毫无疑问，全站仪完全可以实现现场的自动测量，但如果用于桥梁的长期测量还存在一定的问题：首先是有些桥梁的振动频率较高，而全站仪速测最快也只有 0.3 秒/次，显然不能满足此类桥梁的动态测量要求；其次，要满足桥梁的实时测量，如果采取扫描方式，则必须保证扫描频率大于桥梁振动频率，如不满足此条件，只有采取点对点测量，成本势必将会大大增加；另外，光学器件易受灰尘污染，影响测量效果，即使现在已经出现了免棱镜自动跟踪全站仪，但采用机械扫描方式，速度不可能太快。综合全站仪测量的优缺点，可见，全站仪可用于各种桥梁挠度的短期的自动测量。

2. 倾角仪法

倾角仪是在回转摆上利用电容传感技术和无源伺服技术构成的高灵敏度抗振动干扰的倾角测量仪器，倾角仪的电压输出与所处平面的转角大小成正比。倾角仪测角原理如图 3.2 所示。当倾角仪所在的平面处于水平位置时，则倾角仪测得的倾角 $\theta = 0$，图 3.2（a）所示。当倾角仪所在平面发生了 θ' 的倾斜，此时倾角仪测得的倾角为 θ，从图 3.2（b）中，显然可以得到 $\theta = \theta'$，说明倾角仪可以真实地反映出所在平面的倾斜角度大小。

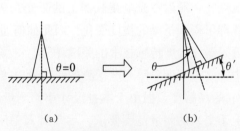

（a）　　　　　　　　　（b）

图 3.2　倾角仪测量平面倾斜原理

正是基于上述倾角仪测量平面倾斜的原理，采用倾角仪可以实现桥梁挠度测量：沿桥梁轴线方向，依次在桥面布设多个倾角仪，测出各测点的倾角值，根据约束条件，采用必要的软件处理，通过分段曲线拟合或分跨最小二乘方法，得到桥梁挠度方程所描述出来的曲线。无论是分段曲线拟合或是分跨最小二乘法，这两种方法在未对测量结果进行处理前都会造成测量误差积累，必须对误差做合理的分配和处理，才能求得可靠的挠度值，得到连续、光滑倾角曲线和曲率曲线。用分跨最小二乘法求得桥梁挠度曲线是比较合理的，工程应用更广。

设被测桥梁有 m 跨（$m = 1$ 则为单跨桥），第 i 跨布有 k 个倾角仪，其挠度曲线为

y_i，如图 3.3 所示。通过倾角仪输出的电压可以直接得到的 θ_1，θ_2，… θ_{k-1}，θ_k，利用这 k 个已知值，采用最小二乘法求出 y_i 方程中基函数的常数的一组最佳解，就可得到该跨的挠度曲线 y_i，将各跨桥梁的挠度曲线累加起来，得到所测桥梁的挠度曲线方程

$$y(x) = \sum_1^m y_i \tag{3.4}$$

倾角仪法测量桥梁挠度具有测量精度高，根据许多工程实测的结果，最后得到的挠度最大相对误差为 ±4.26%；测量不受天气等环境条件，不会对交通造成大的影响；既可用于静态挠度测量也适合于动态挠度测量，但动态测试会受到各倾角仪相位差、倾角仪的瞬时反映以及零漂的影响。由于被测桥梁结构各异，在实际桥梁的挠度测试时，没有一个测量方法适合于所有的桥梁，该方法也存在一定的局限性：仅适合于能够进行数学建模的简支桥梁；为拟合出一定精度的挠度曲线，对测点布置的个数有要求，并需要对挠度曲线进行合理优化。从应用来说，倾角仪法比较适合刚构结构的中大型桥梁挠度测量。

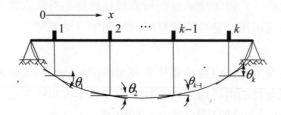

图 3.3　倾角仪测量桥梁挠度原理图

3. 激光法

图 3.4 是激光挠度/变形测量原理图。利用激光良好的方向性，固定在桥梁被测点的激光器随着桥梁的挠度变化，照射在光电接收器上的激光光斑中心也随之发生改变，通过获取光斑的中心位置即可得到桥梁的挠度变化。因此如何通过性能良好的接收器件准确获取光斑的中心位置是激光挠度传感技术的关键环节。

在早期的测量应用中，常采用四象限光电探测器作为光电接收器，尽管四象限光电探测器可以达到 0.01 mm 的高精度，但由于本身尺寸小，测量范围只有数毫米，无法满足桥梁挠度测量数百上千毫米的测量范围要求。后来有人采用 CCD 阵列来替代四象限光电探测器，在保证测量精度的基础上，将测量量程提高到数十毫米；也有采用扩展型光电二极管阵列和拼接技术，大大提高了激光挠度测量的范围。

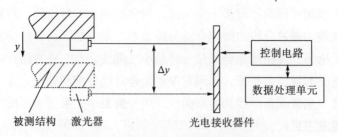

图 3.4　激光挠度/变形测量原理图

激光法测量桥梁挠度具有很高的测量精度，可达到 0.1 mm，完全能满足自动、实时测量。但本身也具有不可克服的缺点：因为激光器所在位置的变化不仅会使激光器发生平动，也可能出现激光器扭动，在扭动时，投射到光电探测器上的激光光斑将不能正确反映挠度情况；在某些情况下，外界强光会对光电接收阵列上的激光光斑信号转换带来影响；在较近的距离可以保证一定的精度，如果距离太远，光斑的发散和大气湍流造成的光束抖动会大大影响到测量精度；激光易受外界环境如尘土、雾、雨水等影响。另外，激光法的精度还受限于激光光斑中心的定位精度，如果光斑中心定位的算法不够好，则在光线变化时，可能存在精度不稳定，误差较大，运算复杂等不足。所以，激光挠度测量方法在实际工程测量中受到了一定的限制。尽管激光器本身的缺陷限制了其在大跨度桥梁挠度测量的应用，但在中小型跨度不大的桥梁挠度测量方面仍可达到一定测量精度。

4. 成像法

光电成像测量桥梁挠度/位移的原理主要是通过光学系统将发光物体成像在像平面上，在像平面上装上光敏接受面阵就可以得到发光物体像的信息，并根据像位置的变化得出发光物体的位移。

图 3.5 中，在桥梁 4 的测试点上安装一个测试靶 3，在靶上制作一个光学标志点，通过光学系统 2 把标志点成像在 CCD 的接收面 1 上，当桥梁在动载作用下产生振动时，测试靶也随之发生振动，通过测出靶上光标点在 CCD 接收面上成像位置的变化值，就可以得到桥梁振动的位移值。

已知光标像在面阵上的位移为 y'，则可得到实际桥梁被测点的挠度值 y

$$y = y'/\beta \tag{3.5}$$

式中，β 为光学系统垂轴放大率，$\beta = l'/l$，无量纲；l 为光标距镜头的距离（mm）；l' 为镜头至成像平面的距离（mm）。

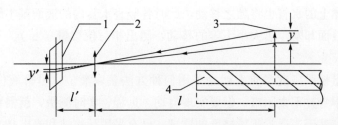

图 3.5　成像挠度测量原理图

这种测量方法可以实现对桥梁动、静态挠度测量，也可以得到桥梁横向位移，测量范围很大，能满足实时、长期、自动测量要求。不过，由于成像系统本身固有的缺陷，即存在着测量距离与分辨率之间的矛盾，表现在：随着测量距离 l 的增大，系统能分辨出发光标志点最小位移 y 的能力下减；同时，不同的气候条件对成像质量也有影响，会给测量结果造成一定的误差。光电图像挠度/位移测量系统由于具有诸多优点，适合中大型桥梁动静挠度自动测量。该方法发展较快，目前在国内已有比较成熟的产品，如北京光电技术研究所生产的光电图像检测仪已在实际工程中得到了很好的应用，与此同时，国内外不少著名的院校在图像位移测量方面也做了大量的相关研究，像华中科技大学胡建军等用图像处理技术进行了结构动态位移监测的研究、美国新墨西哥州大学 Ken White 博士利用成像技术研究预应力混凝土桥和刚构桥的变形等等。

5. 连通管法

连通管在地震测量中是一项相当成熟的测量垂直位移的技术，由于成本较低，安装简便，证明是测量单桩静载试验垂直沉降的一种有效方法。利用连通管测量垂直位移的可行性，与现代液位测量技术相结合，便形成了一种新的挠度测量方法。图 3.6 和图 3.7 分别表示其测量布局图和原理图。

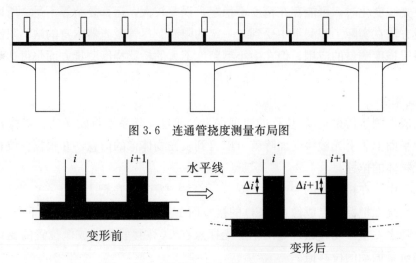

图 3.6　连通管挠度测量布局图

图 3.7　连通管挠度测量原理图

连通管法测量桥梁挠度的基本原理是沿桥梁梁体纵向铺设一根水管，在需要被监测的点开一个竖直水管，且与水平管相通，各相连通的竖直管内液面保持在同一水平面，在岸基处必须开一个竖直水管，以其液位作为各点测量的基准。当桥梁梁体发生变形时，固定在梁体上的水管也将随之移动，此时各竖直水管内的液面基本维持不变，但各竖直水管相对液面却发生了大小不等的移动，测出相对位移量（Δi），即可获得各被测点的挠度值。

连通管测量桥梁挠度本质上就是采用何种方法获取液位。尽管液位传感器有很多种，获取液位本身并不太困难，但要实现自动、远程、实时测量，就需要寻求新的液位传感器。目前，基于连通管测量挠度的原理，已有采用超声波和光电技术探测液位的方法用于现代大型桥梁的挠度监测。

利用连通管法测量桥梁挠度，可以实现自动、实时远程测量，测量精度有的也可以达到毫米级，不受天气环境影响，同时，可以方便地增加或减少测点个数。但该方法存在一个突出的问题：对于预拱的桥梁，跨中与岸基的高度差比较大，要让管中的液面维持在自然状态下同一水平，则必须要在两边岸基上架设很高的支撑架，传感器安装困难，同时由于铺设的水管较长，水的阻尼很大，频响差，无法实现桥梁动挠度的测量。如果动态测量要求不高，连通管法可以对各种类型的桥梁静态挠度进行长期测量，监控桥梁整体结构随时间的变化量。

6. GPS 法

GPS (Global Position System) 作为新一代卫星导航与定位系统，不仅具有全球性、全天候、连续的精密三维导航与定位能力，而且具有良好的抗干扰性和保密性。近年来，利用 GPS 的精密定位技术，在大型桥梁挠度/变形监测中已引起广泛关注，并已有成功的工程案例。

图 3.8 是 GPS 测量桥梁位移/变形原理图。利用 GPS 进行桥梁挠度测量时，用一台接收机（基站）安在参考点（岸基）上固定不动，另一台接收机（用户站）设在桥梁变形较大的点，两台接收机同步观测四颗及以上的卫星，以确定变形点相对岸基的位置。只要实时知道变形点相对参考点的位置，就可以直接反映出桥梁被测点的空间位置变化。

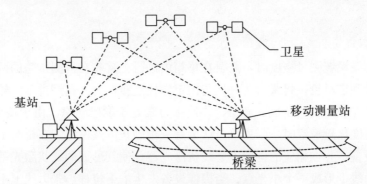

图 3.8　GPS 挠度测量原理图

在实际测量中，由于存在卫星轨道误差、时钟误差、SA 影响、大气影响等，常采用差分定位原理以获取精确的定位结果。利用相位差分实时测量时，GPS 精度在垂直方向上约为 20mm，在水平方向大约为 10mm。

目前采用的 GPS 还无法进行较高精度的变形测量，上述提到在竖直方向上达到的 20mm 精度也是经过复杂的处理，花费很长的时间才得到的结果，根本不能满足实时测量要求。而且 GPS 价格昂贵，由于 GPS 采用的是电磁波测距原理，大气折射对 GPS 观测结果所产生的影响，往往都要超过 GPS 精密导航和定位所容许的精度范围，无法满足更高精度的测量要求。另外，根据加拿大自然资源部相关团队的测算，由于维护问题，目前的全球卫星定位系统 GPS 将从 2010 年起开始逐年降低精度。美国政府最新报告也警告称，美国空军因为严重超支和技术问题，无法按照既定日子更新和发送新一代卫星，由美国空军管理的全球定位系统（GPS）已经不再可靠并"接近崩溃"。

尽管 GPS 在测量精度和实时性方面存在不足，但其超大的测量范围，基站布设的灵活性，决定了 GPS 在一些投资巨大的特大型跨江海悬索桥的挠度测量领域具有其他方法无可比拟的优势。

7. 张力线法

张力线法是一种成本低、安装方便的新型挠度测量方法。系统由摄像设备、固定螺栓、定滑轮、重锤和张力线、以及线状激光器和背景屏组成。如图 3.9。

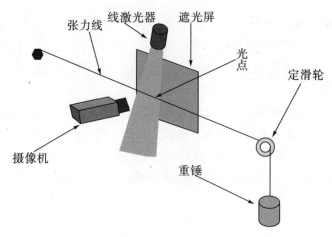

图 3.9　张力线挠度测量系统原理

利用张力线系统测量挠度时，需要在桥箱内进行。首先在待测桥跨的两侧桥墩分别安装固定螺栓和定滑轮，将张力线一端与固定螺栓连接，另一端绕过定滑轮并与重锤牢固相连，重锤在张力线的拉拽下悬空，并使张力线处于绷紧状态。由于桥墩保持不动，因此在环境温度比较稳定时，张力线可认为是一根静止的参考线。在桥跨上需要测试的点安装摄像设备，并在相应的位置安装线状激光器，使其形成的线状激光基本与张力线垂直并在张力线上形成一个小光点。当摄像设备发生上下位移，张力线上不动的光点通过摄像设备形成的图像将发生相应的变化，通过对图像中光点位置进行采集和运算，算出桥梁的挠度。

由于张力线距离摄像设备距离近，相应的光点中心寻找、计算等工作量少，因此测量速度快，测量精度可优于±0.1mm，并量程较大，可达数十厘米，同时，能够根据需要布置多个摄像设备对多个待测点的挠度变化进行检测和监测，可对桥梁的动挠度和静挠度进行监测。但是张力线系统也存在明显的一些缺陷：如由于张力线本身的强度原因不可能张拉得过长，因此，对于跨度超过 300 米的特大型桥梁使用较困难；张力线不能布置在有风的环境下，当有风活载时，张力线会产生自摆动，严重影响测量的精度；另外，由于张力线的长短受温度影响，虽然有重锤张拉，在温度变化时，张力线会发生上下位移，因此，在温度变化大时，应进行必要的温度补偿。

随着桥梁的安全日益受到重视，自动化测量将占据主导地位。为了便于今后使用，表 3.1 将国内外目前正在使用的几种挠度/变形测量方法的测量精度、适合测量的方式、测量寿命及适用的桥型进行了一个对比。利用该表，可以对不同要求的桥梁挠度/变形测量提供一些指导性的建议。

表 3.1　几种挠度/变形自动测量方法的对比

测量方法	测量精度	动态/静态测量	测量寿命	适用桥型
全站仪法	厘米级/毫米级	静态	短期	各种桥梁
倾角仪法	厘米级以下	动态/静态	长期	大型刚构桥
GPS法	厘米级	静态	长期	各种超大型桥

（续表）

测量方法	测量精度	动态/静态测量	测量寿命	适用桥型
激光挠度测量	毫米级以下	动态/静态	长期	中、小型刚构桥
连通管挠度测量	毫米级以下	静态	长期	各种桥梁
光电图像挠度/位移测量	厘米级/毫米级	动态/静态	长期	大型及以下大跨度桥梁
张力线挠度测量	毫米级以下	动态/静态	长期	中、小型刚构桥

3.1.3.2　应变监测方法

结构内应力是桥梁健康状态的一个重要评价指标，也是桥梁健康监测的重要内容之一。但由于电阻应变片和钢弦式应变计等传统检测手段难以实现长期监测，目前已逐渐被更有优势的光纤传感器所替代。光纤传感器的工作原理为：当光波在光纤中传播时，表征光波的特征参量（如振幅、相位、偏振态、波长及模式等）因外界因素（如温度、压力、位移、转动等）的作用会直接或间接地发生变化，通过测量光波的特征参量就可以得到作用在光纤外面的物理量的大小，从而可将光纤用作传感元件来探测各种物理量。同传统的电传感器相比，光纤传感器具有以下特点：

（1）体积小、重量轻、灵敏度高、耗电少；

（2）不受电磁场的干扰，信号在传输过程中抗电磁干扰能力强；

（3）绝缘性能好，可以很方便测量高压设备的各种参数；

（4）防爆性能好，适合于易燃、易爆对象的参数测量；

（5）便于复用，便于成网，有利于与现有光通信技术结合，组成遥测网和光纤传感网络。

把光纤传感器嵌入到桥梁结构中，实现对各种参量的长期监测是比较理想的方法。目前采用较多的是光纤法布里-珀罗传感器（Optical Fiber Fabry-Perot Sensor，简称光纤 F-P 传感器）和光纤布喇格光栅传感器（Optical Fiber Bragg Grating Sensor，简称 FBG 传感器）。前者主要用于局部应力的测试，后者则用于分布应力监测。

1. 光纤 F-P 传感器

是目前历史最长、技术最为成熟、应用最为普遍的一种光纤传感器。它是在光纤内制造出两个高反射膜层，从而形成一个腔长为 L 的微腔，如图 3.10 所示。

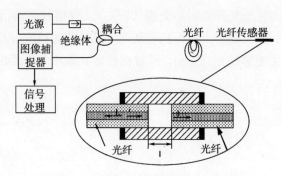

图 3.10　光纤 F-P 传感器原理示意图

当相干光束沿光纤入射到此微腔时，光在微腔的两端面反射后沿原路返回、并相遇而产生干涉，其干涉输出信号与此微腔的长度有关。当外界参量（力、变形、位移、温度、电压、电流、磁场……）以一定方式作用于此微腔，使其腔长 L 发生变化，导致其干涉输出信号也发生相应变化。根据此原理，就可以从干涉信号的变化导出微腔的长度、乃至外界参量的变化，实现各种参量的传感。例如，将光纤 F-P 腔直接固定在变形对象上，则对象的微小变形就直接传递给 F-P 腔，导致输出光的变化，从而形成光纤 F-P 应变/应力/压力/振动等传感器；将光纤 F-P 腔固定在热膨胀系数线性度好的热膨胀材料上，使腔长随热膨胀材料的伸缩而变化，则构成了光纤 F-P 温度传感器；若将光纤 F-P 腔固定在磁致伸缩材料上，则构成了光纤 F-P 磁场传感器；若将光纤 F-P 腔固定在电致伸缩材料上，则构成了光纤 F-P 电压传感器等等。

根据多光束干涉原理，当两端面之间的介质为空气时，反射光和透射光的光强分别为

$$I_r(\lambda) = \frac{2R\left[1 - \cos\left(\frac{4\pi}{\lambda}L\right)\right]}{1 + R^2 - 2R\cos\left(\frac{4\pi}{\lambda}L\right)}I_0(\lambda) \tag{3.6}$$

$$I_t(\lambda) = \frac{(1-R)^2}{1 + R^2 - 2R\cos\left(\frac{4\pi}{\lambda}L\right)}I_0(\lambda) \tag{3.7}$$

式中，R 为 F-P 腔两端面的反射率；$I_0(\lambda)$ 为入射光强；L 为 F-P 腔的腔长；λ 为光波长。

对光纤 F-P 传感器来说，一般采用反射输出信号，这样，传感器只有一个输入输出端口，结构非常简单。

F-P 传感器主要优点在于：只用一根光纤就可以实现传感与传光两种功能，光路体积小，调整较为方便；由于只有很短的腔体感受外界环境的变化，它的抗干扰能力高；测量灵敏度高，整个系统调整简单、价格相对较低，非常适合大型混凝土结构健康监测传感器的性能要求。

2. FBG 传感器

光纤光栅传感器是利用掺杂光纤的紫外光敏特性，将呈空间周期性的强紫外激光照射掺杂光纤、使掺杂光纤的纤芯形成折射率沿轴向周期性分布，从而得到一种芯内位相光栅，即光纤光栅，亦称为光纤布喇格光栅（FBG）。根据布喇格衍射原理，当多种波长的光束由光纤入射到光纤光栅上时，只有某一个波长的光被反射并沿原路返回，其余所有波长的光都无损失地穿过光纤光栅继续往前传输，如图 3.11 所示。

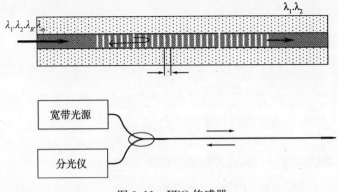

图 3.11　FBG 传感器

被反射的那一个波长称为布喇格波长 λ_B，它由光纤光栅的栅距 Λ 及有效折射率 $\bar{n}$ 决定：

$$\lambda_B = 2 \cdot \bar{n} \cdot \Lambda \tag{3.8}$$

当外界参量引起 FBG 的栅距 Λ 或有效折射率 $\bar{n}$ 产生变化时，被光纤光栅反射的布喇格波长 λ_B 亦产生相应变化；因此通过求出被光纤光栅反射回的光波长变化量 $\Delta\lambda_B$ 就可以求出被测量的变化值。FBG 的可复用性强，采用多个光纤光栅传感器，可以构成分布式光纤传感网络。然而，目前制作的光纤布喇格光栅稳定性不太好，会随着时间漂移而变化，因而长期监测能力有待进一步考验。

3.1.3.3　索力监测方法

索力的变化是衡量钢缆索结构是否处于正常营运状态的重要标志。如果实际索力偏离了设计索力，不仅会使钢缆索之间产生偏载（偏载是导致钢缆索断裂的主要原因之一），也会使索塔和主梁产生弯矩。通过对钢缆索索力的在线监测，不仅获得钢缆索索力的动态变化趋势，为总体上评价钢缆索的技术状况提供依据，同时也能在一定程度上发现拉索的锚固系统、防护系统是否完好，钢索是否发生锈蚀等，为钢缆索的及时维护提供客观依据。

目前，国内外钢缆索的索力监测技术一般采用 4 种方法：（1）油压表法；（2）压力传感器法；（3）频率法；（4）磁弹效应法。

但由于油压表法和压力传感器法均为测定拉索锚头处的拉力，不能适用于已建成桥梁和长期监测。以下仅介绍频率法和磁弹效应法。

1.　频率法（振动法）

利用索的力学参数可建立索的结构模型，对模型进行模态分析可得到索力与频率的关系。图 3.12 表示钢缆索及其坐标系，现假定：（1）垂跨比 $\delta = d/l$ 很小（$\delta \ll 1$）；（2）拉索只在 xoy 平面内振动，其在 x 方向的运动很小，可忽略不计，另设在 y 方向的挠度为 $u(x, t)$；（3）当垂跨比 $\delta = d/l$ 小于 1/6 时，用抛物线代替悬链线具有足够的精度，于是拉索的形状可用抛物线来表示。

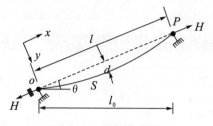

图 3.12　斜拉索模型

钢缆索在张紧的状态下，其自由振动方程为

$$EI\frac{\partial^4 u}{\partial x^4} - T\frac{\partial^2 u}{\partial x^2} + \rho\frac{\partial^2 u}{\partial t^2} = 0 \tag{3.9}$$

式中，x 为沿缆索方向坐标；$u(x, t)$ 为缆索上各点在时刻 t 的横向位移（即 y 方向位移）；EI 为缆索的抗弯刚度；T 为索拉力；ρ 为缆索的线密度。

上述方程，对于不同的边界条件，模型得到不同的解，其对应的索力计算公式的精度也不同。假定缆索的边界条件为两端铰接，则上述方程的解为

$$T = \frac{4\rho L^2 f_n^2}{n^2} - \frac{n^2\pi^2 EI}{L^2} \tag{3.10}$$

式中，n 为缆索自振频率的阶数，$n = 1, 2, 3, \cdots$；f_n 为缆索的第 n 阶自振频率；L 为缆索的计算索长。

如果忽略缆索弯曲刚度的影响，式（3.10）变为

$$T = \frac{4\rho L^2 f_n^2}{n^2} \tag{3.11}$$

所以，利用精密拾振器，拾取拉索在环境振动激励下的振动信号，经过滤波、放大和频谱分析，再根据频谱图来确定拉索的第 n 阶自振频率 f_n，利用（3.11）式确定索力。通常的拾振器为压电薄膜（如 PVDF 压电薄膜）加速度传感器。

在钢缆索某一位置装上加速度传感器，如图 3.13，在环境（风，交通，地脉动等）激励下，传感器将拾取缆索的环境随机激励响应信号，通过数据采集系统进行数据采集，运用参数识别理论、最优估计理论获取钢缆索模态参数，利用式（3.10）或式（3.11），即可计算出索力大小。

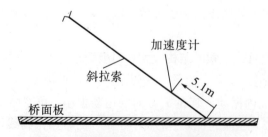

图 3.13　刚缆索装上加速度传感器示意图

加速度传感器安装过程中不需要粘贴，比 PVDF 压电薄膜应用更方便、更经济，是目前应用最广泛的一种用来拾取钢缆索振动信号的方法。但该传感器对低频响应差，缆索表面的保护 PE 外套对测量结果影响很大。

使用频率法测定索力，可以实现索力的在线动态监测，是钢缆索结构索力健康监测的有效方法之一，该方法为间接测量法，传感器使用寿命长，利用现有的仪器及分析手段，测定频率精度可达到 0.005Hz。

实际上，索力和频率的关系式（3.10）或式（3.11）是要受钢缆索的垂度、斜度和边界条件的影响，索的边界条件实际上是介于铰支和固支之间，较为接近固支的情况。一般，在不考虑垂度和斜度影响时，当抗弯刚度为零，两种边界条件下索力的计算结果是一致的。考虑垂度、斜度和抗弯刚度影响时，两种边界条件下索力的计算结果将有所不同。分析表明，若索长大于 40m，两种边界条件下计算的索力一般将超过 5%，同时，利用频谱图自动求解第 n 阶自振频率或相邻两阶的频率差 Δf 也是很困难的，更致命的是，有时安装处根本就没有第 n 阶自振频率出现，这对后面的信号分析处理带来麻烦。所以频率法测定索力，得出的结果与拾振器的安装位置，钢索是否起振，被测钢索的跨度、垂度、斜度及边界条件等多种因素有关，模型的建立和求解很复杂，不能实现全天候监测。

2. 磁弹效应法

磁弹效应法是近十年才发展起来的用于测定钢缆索索力、监测拉索锈蚀的非破坏性方法。其基本原理是：将钢缆索置于一磁场环境中，索将被磁化，由铁磁材料典型的磁滞曲线（图 3.14）可知，磁导率是钢缆索磁化后磁通量密度与磁场强度的比值，它与材料的受力、温度和磁场强度有关。当钢索的应力发生变化时，磁滞曲线将随之变化，磁导率 μ 将变化。所以可以利用放在索中的小型精密电磁传感器，测定磁导率的变化，就可以推算出拉索的应力变化，当然这也与工作点 P 的选取有关。

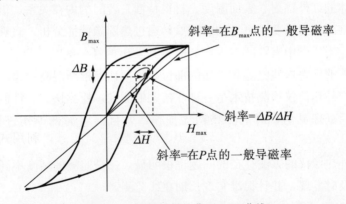

图 3.14　铁磁材料的典型 B-H 曲线

磁弹效应法监测索力目前还处于探讨之中，这种方法的研究主要集中在捷克斯洛伐克、日本、和美国等一些研究机构里。捷克斯洛伐克的 Dynamag 公司（New technology for civil engineering）已开始将这种方法应用于各种钢结构应力和斜拉桥的索力监测，包括中国的江阴长江大桥和南京长江二桥的索力检测。

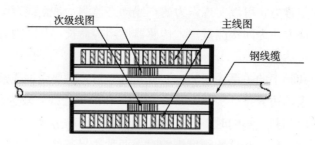

图 3.15　磁弹传感器套筒式磁路结构

磁弹效应法为非接触方法，磁弹索力传感器具有输出功率大、信号强、结构简单、使用寿命长（可达 50 年）、过载保护能力强和动态响应好等优点，不仅适合于静态测量，而且适用于动态在线索力测量，并能实现全天候适时采样，同时钢缆索表面的防腐层和保护塑料套管对测量结果无影响，并且还可以测试钢索的腐蚀状况，是钢索健康监测最具潜力的最新方法。但是该方法的测量结果与钢缆索的材料、形状、大小以及所处的温度环境和磁路结构密切相关，套筒式结构（图 3.15）只适合在建钢缆索结构的索力测量，对于已建成的钢缆索结构只能采用现场绕制，但现场绕线，现场标定和温度补偿相当困难。目前对于每种给定的铁磁材料，只能在实验室标定其磁电特性和温度补偿曲线，然后测试用该种材料和同类材料制造的钢缆索索力，测试结果与工作点的选取有关，需确定最佳工作点等缺点。

3.1.3.4　裂纹的检测与监测方法

1. 红外热像仪检测技术

是依据物体的红外辐射、表面温度、材料特性三者间的内在关系，借助红外热像仪把来自目标的红外辐射转变为可见的热图像，通过热图像特征分析，直观地了解物体的表面温度分布。当桥梁中有缝隙或损伤的时，其发出的红外线与周围的红外线不一致，形成的热图像能够反映这些缝隙和损伤的部位，进而达到推断混凝土梁内部结构和表面状态的目的。红外热像仪检测技术是一种非接触的测量，检测快速、性能稳定，同时设备比较轻便，后处理灵活，对被测结构无损伤，是目前对局部损伤进行检测的常用方法。

不过，红外热像仪的方法存在的问题也很明显，一是监测的精度不高，对于很细的裂纹可能不能及时发现，并且很难实现长期在线监测。

2. 神经脉络仿生裂纹监测方法

该方法将一张导线网紧密粘贴于桥梁的重要部位，当裂纹发生并达到一定宽度时，粘贴于裂纹处的导线将被拉断，通过中间处理器判断哪些导线被拉断从而确定裂纹的大致位置和长度，如图 3.16 所示。

图 3.16　神经脉络仿生裂纹监测装置

利用该方法可对桥梁裂纹进行长期监测，制造成本比较低，但也存在粘贴要求高，只能一次性使用，无法测量裂纹宽度，热膨胀率不一致等问题。

3．超声波检测方法

由于超声波具有激发容易、检测工艺简单、操作方便、价格便宜等优点，在土木设施的状态检测中的应用有着较广泛的前景。超声波是一种频率高于人耳能听到的频率（20Hz~20kHz）的声波。由于超声波是一种波，因此它在传输过程中服从波的传输规律。例如：超声波在材料中保持直线行进；在两种不同材料的界面处发生反射；传播速度服从波的传输定理：$\nu = \lambda f$。由于上述规律，超声波在裂缝处会发生反射、折射等现象，根据反射、折射的结果可判断是否存在裂纹，以及裂纹的大致深度。

超声波检测方法在裂纹深度的检测上具有其他方法不可比拟的优势，但是，该方法在长期监测上仍然很难实现，检测速度慢，信号处理复杂，在直观重现裂缝情况等问题上还有明显问题。

4．视频裂缝监测方法

随着数字图像获取技术、数字图像处理技术、模式识别技术的迅速进步，视频器材价格的不断下降，计算机运算能力的不断提升，智能识别与视觉重现能力的增强，一些研究人员已开始研究应用视频采集技术来实现桥梁裂缝的监测问题。虽然视频采集技术只能对桥梁结构的表面进行监测，但其却有其他监测技术难以比拟的优点，即成本低、容易进行长期监测、重用性高、直观显示、无损测量等。

不过，由于在安装、图像处理、数据存储、大图像拼接等方面目前能采取的方法还非常有限，该方法在短期内使用还比较困难。另外，视频监测方法仅能监测桥梁表面存在的缺陷，对于内部的隐裂纹无法进行观察。

3.1.3.5　变质的检测方法

在变质的检测中使用较多的有超声波检测技术、雷达检测技术。

1．超声波检测方法

与裂纹检测类似，超声波检测工艺简单、操作方便、价格便宜等优点，因此在土木设施的状态检测中的应用有着较广泛的前景。

由于超声波在介质材料中行进的速度愈快，则介质材料的坚硬性愈强；反之，则介质材料愈松软。而介质材料的坚硬性实质上也反映了该种材料强度的高低，因此材料强度愈高，波速应愈大；材料强度愈低，则波速应愈小。因此，波速对于水泥材料变质的检测十分有用，知道了波速，也就知道了材料强度。波速法已成为检测水泥结构状态的最基本的方法之一，有时也用该方法检测裂纹。实践证明，超声波频率愈高，检测分辨率愈高，检测精度愈高。

2. 雷达检测技术

检测材料变质的另一个重要技术是雷达检测技术。该技术具有无损、快速、简易、精度高等优点，我国于 20 世纪 90 年代开始应用于公路工程施工和养护质量的监控以及水泥路面路基状态检测中。

雷达检测技术实质上是一种高频电磁波发射与接收技术。雷达波由自身激振产生，直接向土木结构发射射频电磁波，通过波的反射与接收获得材料的采样信号，再经过硬件、软件及图文显示系统得到检测结果。雷达所用的采样频率一般为数 MHz，而发射与接收的射频频率有的要达到 GHz 以上。雷达波虽然频率很高、波长很短，但同样遵守波的传播规律，也有入射、反射、折射与衰变等传播特点。雷达检测是利用高频电磁波以宽频带短脉冲的形式，由置于结构表面的发射天线发送入高频电磁脉冲，结构层可以根据其电磁特性如介电常数来区分，当相邻的结构层材料的电磁特性不同时，就会在其界面间影响射频信号的传播，发生透射和反射。一部分电磁波能量被界面反射回来，另一部分能量会继续穿透界面而进入下一层介质材料。电磁波在传播过程中，每遇到不同的结构层就会在层间界面发生透射和反射。由于介质材料对电磁波信号有损耗。所以透射的雷达信号会越来越弱。各界面反射电磁波由天线中的接收器接收，并由主机记录，利用采样技术将其转化为数字信号进行处理。通过对电磁波反射信号的时频特征、振幅特征、相位特征等进行分析和数据处理，得到结构剖面图像，获得结构内部的介电常数、层厚、空洞等。

3.2 桥梁健康监测传感器布设优化方法

3.2.1 传感器优化布置原则

在桥梁结构的模型试验、现场检测和长期健康监测过程中，有关测试传感器在结构中的优化布置问题已越来越受到人们的重视。为了确保监测系统的测试和辩识结果的准确性和正确性，进行传感器的最优数目选择和测点定位优化设计是必要的。基于随机振动的大跨度桥梁的健康监测技术，其有效性首先建立在模态试验的好坏上，而传感器的类型，数量和安装位置对试验结果起决定作用。由于客观因素的制约，传感器的数量总是有限的，如何安排有限数量的传感器从噪声信号中实现对结构状态改变信息的最优采集，是大跨度桥梁健康监测的关键技术之一。振动模态试验的传感器布设问题最早是在轨道航天器的动态控制与系统识别中得到广泛研究。最为人们熟知的方法也许是 Kammer 提出的有效独立法（effective independence algorithm），他采用 Fisher 信息阵使感兴趣的模态向量尽可能地线性无关，从而在试验数据中采集到最大的模态反应信息，

Guyan 模型缩减法也是一种常用的测点选择方法，通过刚度（静力缩减）或质量（动力缩减）子矩阵构成的转换矩阵，可以把那些对模态反应起主要作用的自由度保留下来作为测点的位置。如果选择恰当，静力缩减将能较好地保留低阶振型，而动力缩减则将可以较好地保存高阶振型。清华大学土木系在利用遗传算法寻找加速度传感器最优布点中，把测取的变形能最大作为遗传进化的适应值（fitness）。

同济大学桥梁工程系在 Came 等人工作的基础上，认为选择的测点位置应使所有模态向量的内积具有较小的余弦值，并探讨了这种思路在结构健康监测中的应用。总之，大型桥梁健康监测系统传感器的布设方案通常依据以下优化设计准则。

1. 识别（传递）误差最小准则

该准则的要点是通过连续对传感器网络进行调整，逐步消除那些对目标参量的独立性贡献最小的自由度，以使目标的空间分辨率达到最佳程度，直至识别（传递）目标的误差达到最小值，从而使配置的传感器网络所获得的目标识别误差最小。

2. 模型缩减准则

在模型缩减中通常将结构的自由度区分为主要自由度和次要自由度，缩减以后的模型应保留主要自由度而去掉次要自由度。将传感器布设于这些主要自由度对应的位置上，测得的结构效应或响应能较好地反应结构的动、静力特性。

3. 插值拟合准则

传感器优化配置的目的是为了利用有限测点的效应（对动力而言为响应）来获得未测点位的响应。这时可采用插值拟合的方法获得目标点（未测点位）的响应，为了得到最佳效果，可采用插值拟合的误差最小原则来配置传感器。

4. 模态应变能准则

其基本思想是具有较大模态应变能的自由度上的响应也比较大，将传感器配置于这些自由度所对应的位置上将有利于参数的识别。

3.2.2　基于遗传算法的传感器优化布设方法

1. 遗传算法简介

遗传算法 GA（Genetic Algorithms）是一类借鉴生物自然选择和自然遗传机制的随机搜索算法，它将问题的求解表示成"染色体"（用计算机编程时，一般是用二进制码串表示），从而构成一个"染色体"群，将它们置于问题的"环境"中，根据适者生存的原则，从中选择出适应环境的"染色体"进行复制，即通过选择（selection）、交叉（crossover）、变异（mutation）操作产生新的一代最适应环境的"染色体"群，如此循环往复，使群体中最优个体的适应度和平均适应度均不断提高，直至最优个体的适应度达到某一限值或最优个体的适应度和群体的平均适应度均不再提高，则迭代过程结束。

遗传算法对其目标函数既不要求连续，也不要求可微，仅要求可以计算，它的搜索始终遍及整个解空间，容易得到全局中最优解[2~6]，尤其适用于处理传统搜索方法难于解决的复杂问题和非线性问题。

应该指出的是，遗传算法虽然可以实现均衡的搜索，并且在许多复杂问题的求解中往往能得到满意的结果，但是该算法的全局优化收敛性的理论分析尚有待解决。目前普遍认为，标准遗传算法并不能保证全局最优收敛。但是，在一定的约束条件下，遗传算法可以实现这一点。

针对上述情况，需要在编码、适应度函数和遗传操作等设计中考虑抑制未成熟收敛的对策：（1）提高变异概率；（2）调整选择概率；（3）适应度函数定标（scaling）；（4）维持群体中个体的多样性。这些对策的效果各不相同，为了有效地克服未成熟收敛现象，有时要在进化过程中分阶段使用或交替使用。

清华大学李戈等人通过提高变异概率对标准遗传算法进行改进，提出了基于四分之二择优模式的广义遗传算法，并将其用于香港青马大桥的传感器优化布设，取得了较好的效果。其实，为了保证遗传算法的全局收敛，最简单的方法就是采用存优选择策略。

2. 广义遗传算法的特点

广义遗传算法采用了四分之二选择的方式。四分之二的选择是指每一次选择都允许父辈中的优良个体和子代中的优良个体一同进入下一轮的竞争环境，也就是由两个父代经过交叉或变异产生两个新的子代，把这两个父代和两个子代按照适应度来进行选择和淘汰产生两个新的子代进入下一代。此举确保了算法的迭代稳定性，并使其具备实现局部最优化的功能。广义遗传算法借助于基因的多点变异操作为主，以基因交叉为辅的策略，实现了从一个局部最优状态向下一个更好的局部最优状态的转移，使算法获得全局最优。

在进化程序上，广义遗传算法和典型遗传算法有所不同。经典遗传算法的进化程序为：双亲选择→基因交叉→基因突变→生存选择→下一代解群。广义遗传算法的进化程序为：双亲选择→基因交叉→一家四口→四分之二生存选择→基因突变→一家四口→四分之二生存选择→下一代解群。

与经典的遗传算法相比，广义遗传算法有如下鲜明特征：

（1）选择细分为父辈挑选和生存选择两种。父辈挑选采用不放回随机抽样，以确保交配池中每个父辈在子代中均有繁衍的机会；生存选择采用允许父辈中的优良个体进入下一轮竞争的四分之二择优模式。两种选择方式的协同操作确保了进化过程的局部稳定性。

（2）在进化过程的每一次循环，交叉和变异操作作为一必然事件而非或然事件。

（3）主群的稳定作为进化过程的收敛准则，使算法的收敛性有了明确的判据。主群就是由适应度值高的串组成的集合，主群的稳定也就是指这个集合内的串保持相对稳定。适应度最大的串为群首，以主群的稳定作为进化的收敛准则比以群首作为进化的收敛准则好。

（4）将进化过程分为渐进和骤变两个阶段。渐进阶段，主要通过交叉和选择进化；骤变阶段，主要通过变异和选择进化。

（5）交叉和变异的顺序及方式依赖于解群所处的环境。渐进阶段采用单点或少点交叉和变异，顺序为先交叉后变异；骤变阶段采用多点交叉和变异，顺序为先变异后交叉。

（6）整个进化过程以渐进为主，骤变为辅。当进化过程局部收敛，则自动由渐进方式转换为骤变方式，一旦群首被换则自动由骤变方式转换为渐进方式。

3. 用广义遗传算法选择桥梁健康监测系统中传感器的最优布点

遗传算法在搜索进化的过程中直接用适应度函数值来评估串或解群的优劣，以此作为以后遗传操作的依据，因此，适应度函数的选取在遗传算法十分重要，将直接影响到能否得到问题的最优解。

考虑到目前桥梁健康监测系统中用得最多的两种传感器：加速度计和应变片，并考虑到桥梁结构的特点，在用遗传算法选择传感器的最优布点时，可以参考清华大学土木系的做法，选择如下的三种适应度函数。

设计算所用振型（也称位移模态）为 $\Phi = [\varphi_1, \varphi_2, \ldots, \varphi_n]$（取 n 个振型）。

结构模型的自由度为 N，故 φ_n 必为 N 维向量。系统自由度数为 N 个，其中 m 个测点，$O = N - m$ 个非测点，则第一个适应度函数定义为：

$$f_1 = \sum_{i=1}^{n} \sum_{j=1}^{n} \left| \sum_{r \in 0} \varphi_{ri} \varphi_{rj} \right|$$

式中，φ_{rj} 是第 j 阶振型第 r 分量；$r \in 0$ 表示 r 限于全部非测点。这种适应度值越小越好。

f_1 适合于桥梁或桥塔中一个构件的单向位移模态的最优测点选择。它选择的是位移最大的一群点。显然，由于同一构件不同方向（如加劲梁竖向和横向）的刚度不同，或者不同构件（如桥塔和加劲梁）的刚度不同，其位移分量有数量级的差异。因此，f_1 只适用于相同截面构件单一方向的反应。

为了寻找各方向、各部位测点的联合最优布置，第二种应变则是基于变形能的概念定义的：

$$f_2 = \sum_{i=1}^{n} \sum_{j=1}^{n} \sum_{r,s \in m} \sum_{r,s \in m} |\varphi_{ri} k_{rs} \varphi_{sj}|$$

式中，k_{ij} 是第 i 点与第 j 点间的刚度影响系数；$r, s \in m$ 表示 r 和 s 限于全部测点。适应度 f_2 越大越好。

上述两种适应度函数适用于选择加速度计的最优布点，下面讨论应变片的最优布点。由于梁柱最外层纤维的应变正比于梁柱的曲率，故可使用曲率模态来寻找应变片的最优布点。为了考虑变截面梁柱上应变片的最优布点，第三种适应度函数是由弯曲变形能来定义的，梁的曲率可以由位移的二次中差商求得。

记曲率模态为 $\Phi' = [\varphi_1', \varphi_2', \ldots, \varphi_n']$（取 n 个振型）。第三个适应度函数为

$$f_3 = \sum_{i=1}^{n} \sum_{j=1}^{n} \sum_{r \in 0} (EI)_r \varphi^{ri} \varphi^{rj}$$

式中，E 是梁柱的弹性模量；I 是梁柱的截面惯性矩。适应度 f_3 越小越好。

清华大学土木系用上述方法选择青马桥上的传感器最优布点，取得了较好的效果。

此外，还有基于模态向量理论的传感器最优布设方法，对已建成的大型桥梁而言，其模态评价标准与有限元计算模型存在较大误差，实际工程运用中是否可行值得验证。而遗传算法由于不存在基于有限元方法的模态计算，也不存在先验知识的获取，应该是较为切实可行的。

3.3 典型桥梁安全远程实时监测集群系统

为了保证桥梁的安全，需对其做出及时、客观、科学的安全性评估。为了达到安全性评估的目的，通常有两种做法：即荷载试验检测和长期健康监测。荷载试验检测即通过等效标准车队作用于桥梁上，获取相应挠度、应变等指标，结合车辆动荷载作用下测得的动力特性、动力反映等指标，予以综合评定桥梁的承载力。荷载试验检测桥梁对于新桥投入使用前或桥梁受到意外损伤时的安全性评估具有积极的意义。

桥梁的健康监测技术是要发展一种最小人工干预的结构健康的在线实时连续监测、检查与损伤探测的自动化系统，能够通过局域网络或远程中心，自动地报告结构状态。它与传统的无损检测技术（Nondestructive Evaluation，简称 NDE）不同，通常 NDE 技术运用直接测量确定结构的物理状态，无需历史记录数据，诊断结果很大程度取决于测量设备的分辨率和精度。而 SHM 技术是根据结构在同一位置上不同时间的测量的变化来识别结构的状态，因此历史数据至关重要。识别的精度强烈依赖于传感器和解释算法。可以说，健康监测将目前广泛采用的离线、静态、被动的损伤检测，转变为在线、动态、实时的监测与控制，这将导致工程结构安全监控；减灾防灾领域的一场革命。

显然，桥梁健康监测技术是一个跨学科的综合性技术，它包括工程结构、动力学、信号处理、传感技术、通讯技术、材料学、模式识别等多方面的知识。桥梁健康监测系统的组成包括以下几个方面：

（1）传感系统。用于将待测物理量转变为电信号。

（2）数据采集和处理系统。一般安装于待测结构中，采集传感系统的数据并进行初步处理。

（3）通信系统。将采集并处理过的数据传输到监控中心。

（4）监控中心和报警设备。利用具备诊断功能的软硬件对接收到的数据进行诊断，判断损伤的发生、位置、程度，对结构健康状况做出评估，如发现异常，发出报警信息。

系统工作流程见图 3.17。在完成单座桥梁监测系统的基础上，为了适应工程管养单位的管理要求，可以构建远程集群的桥梁监测系统，由此完成管养单位若干座桥的集中监测和管理。具体部署如图 3.18 所示。

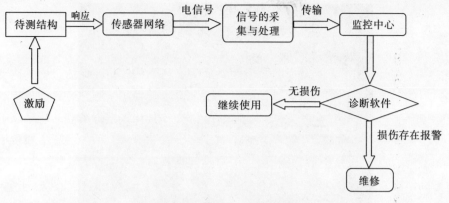

图 3.17　健康监测系统工程流程

图 3.18　桥梁远程集群监测系统

3.3.1　马桑溪长江大桥健康监测系统

重庆马桑溪长江大桥是国道主干线渝湛高速公路上桥至界石段最大的控制项目，是从长江上游进入重庆主城区的第一座标志性建筑，也是重庆高速公路上最宽的一座跨江大桥，1998 年 10 月开工，2001 年 12 月正式通车。正桥为三跨双塔双索面漂浮体混凝土斜拉桥，其三跨跨度为：180m+360m+180m，桥面宽 36m，双向六车道，主梁为预应力钢筋混凝土分离式三角形混凝土梁，梁中心高度 3.0m，梁宽 28.4m。全桥由两个"人"字形索塔通过 118 对斜拉索支撑，呈扇形分布，塔全高 160 余米。设计荷载为汽—超 20，挂—120。其结构外观如图 3.19 所示。

马桑溪长江大桥为重庆环线高速公路上的重点控制工程，承担着繁重的交通任务，为改善重庆交通，打开西南出海通道，促进重庆经济腾飞，发挥了巨大作用。同时，马桑溪大桥采用了多项国际上较为先进的施工技术和施工工艺，创造了国际上罕见的高速度施工记录。因此，无论从其控制地位还是工程价值考虑，对马桑溪长江大桥进行健康监测都具有十分重要的意义。

图 3.19 马桑溪长江大桥

3.3.1.1 马桑溪长江大桥健康监测系统

1. 监测参数及监测系统总体情况

根据桥梁结构的力学性能分析，马桑溪长江大桥所需监测的主要参数确定为结构应变、主梁挠度、主塔变形、拉索索力以及主梁温度、环境湿度等。同时，根据监测的具体要求，进一步确定传感器的类型、数量、精度、测量范围等，具体见表 3.2。

表 3.2 监测参数、传感器类型及数量、性能参数

	监测参数	传感器类型	数量	量程	分辨力
1	主梁及塔底应变	光纤 F-P 应变传感器	44	$750\mu\varepsilon$	$1\mu\varepsilon$
2	主梁/主塔温度	数字式温度传感器	35	80℃	0.5℃
3	主梁挠度	自标定光电挠度传感器	18	900mm	3.3 mm
4	主塔二维变形	激光挠度传感器	4	900mm	1.1 mm
5	主梁内外湿度	湿度传感器	4	100%RH	2%RH
6	拉索索力	超缓变加速度传感器	4	0.1~2000Hz	0.01Hz

从功能上看，整个监测系统可分为测量系统、本地控制及数据预处理系统以及远程控制和管理系统，如图 3.20 所示。其中，测量系统由应变传感子系统、温度传感子系统、变形传感子系统和索力测量子系统构成，各种传感器根据各自的功能分别安装于大

桥主梁、拉索和两个主塔上,以测量各种参数。本地控制及数据预处理系统由两台计算机及相应软件组成,分别安装于两个主塔内。远程控制和管理系统安装于一个远离测量现场的监测中心内,通过高速公路 SDH 专用通信网络控制现场参数的测量、接收桥梁状态数据以及桥梁健康分析评估等。下面介绍应变、挠度和温度传感系统。

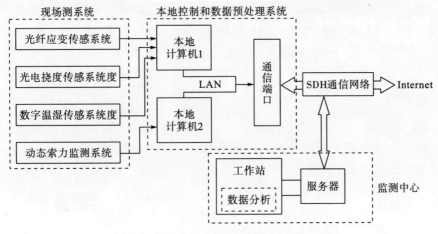

图 3.20　马桑溪长江大桥健康监测系统示意图

2. 应变监测系统

在土木结构领域,常用电阻应变片和振式应变计来测量结构的应变,但这种电类测量仪器由于其本身固有的缺点,通常只能用来进行短期的应变测量。相对这种传统的传感器而言,光纤 F-P 传感器因其具有体积小、抗干扰能力强、稳定性好、精度高等突出特点,已被广泛应用于大型民用工程结构如桥梁、建筑、大坝等的各种结构参量的长期监测,其具体工作原理见"3.1.3.2 应变监测方法"所述。

3. 应变传感系统

根据监测要求,应变传感系统的工作方法为:在马桑溪长江大桥主梁的 9 个断面上布置应变传感器共 36 个,每个断面的上、下箱梁安装 4 只表贴式光纤应变传感器以测量相应位置的应变,如图 3.21 所示。每个断面的 4 只应变传感器的信号通过一条共用的 4 芯光缆连接至主塔内的解调系统并进一步送至本地计算机内进行预处理。此外,在每个主塔的根部分别安装 4 只光纤 F-P 应变传感器以测量主塔相应位置的应变情况。应变传感系统的原理,如图 3.22 所示。

4. 挠度监测系统

马桑溪长江大桥主跨宽度达 360m,为典型的特大型斜拉桥,其主梁跨中的最大挠度接近 1m。由于主梁跨中的最大挠度已超出激光挠度计的测量范围,为满足此大范围、高精度的测量要求,同时为了避免在每次测量时需进行人工标定,采用自标定光电图像挠度测量系统。它是一种以成像法为基础并采用自标定技术的挠度测量系统,其测量原理如"3.1.3.1 挠度／位移监测方法"中的"4. 成像法"所述。

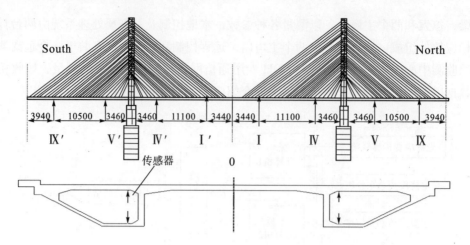

图 3.21 光纤 F-P 应变传感器布置断面及断面内的安装位置图

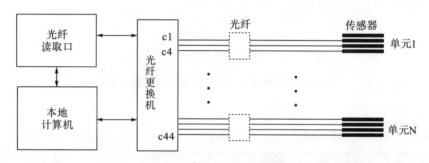

图 3.22 应变传感系统原理图

式（3.5）中 y' 为成像面阵上两点之间的像素数，为了确定其实际距离，从而计算结构的挠度 y，必须知道每个像素所代表的实际尺寸（标定）。为了避免每次测量前的重复标定，采用了测量中自标定技术。其原理为：测量标靶采用一黑色底版的矩形灯箱，并在其上平行固定两个亮度及稳定性均较好的日光灯作为光源，两光源沿竖直方向上的距离 C_Y 在测量前可以精确测定，如图 3.23 所示。采集成像在光敏接受面阵上的光源像点信号，经图像卡转换后，得到一幅具有不同灰度等级的图像，图像大小为 $W \times H$ (pixels)，假设 $A[i, j]$ 代表第 i 行第 j 列的像素灰度值，利用重心法可计算出光源在图像上的重心坐标 (X, Y)

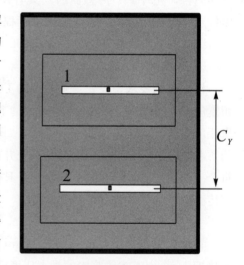

图 3.23 双光源光标靶

$$X = \frac{\sum_{i=1}^{W}\sum_{j=1}^{H} A[i,j] * i}{\sum_{i=1}^{W}\sum_{j=1}^{H} A[i,j]}, Y = \frac{\sum_{i=1}^{W}\sum_{j=1}^{H} A[i,j] * j}{\sum_{i=1}^{W}\sum_{j=1}^{H} A[i,j]} \tag{3.12}$$

　　实际测量时，在桥梁主梁自重和动载荷的双重作用下，桥梁轴线在 Y 方向常会发生较大的形变，判断这种形变是否超出安全界限，主要是参考竖直方向上挠度的大小，所以在实际处理时，重点是计算光源重心在 Y 方向上的坐标变化。

　　根据重心公式（3.12），每采集一幅图像，就可以分别求出每个光源在图片上的重心坐标 Y_1、Y_2，由此得到两光源重心在 Y 方向上相距的像素个数，也就能够准确确定单个像素所代表的实际物理量

$$\delta = \frac{C_Y}{\Delta Y} = \frac{C_Y}{|Y_1 - Y_2|} \tag{3.13}$$

　　双光源自标定成像测量法在测量时，无需对不同物距的测点进行测量前一一标定，能够实现测量过程的自标定，而且在长期测量过程中，镜头松动带来的测量误差也由于测量过程的实时标定而被消除掉，从而实现高精度的测量。

　　在实际测量时，以两光源重心的中点作为测点在图像上的位置，以图像左上角作为二维坐标系的原点，根据（3.14）可分别计算出变形前后测点在图像上的坐标值，二者差值即可反映出桥梁测点处的挠度变化情况。

$$y_c = \frac{C_Y}{|Y_1 - Y_2|} \cdot \frac{Y_1 + Y_2}{2} \tag{3.14}$$

　　在挠度传感子系统中，分别在主跨的 5 个断面、边跨的各 2 个断面处，在箱梁的翼梁外缘处，上、下游各安装一只带电源器防雷设备的测量标靶（图 3.24），而在南北两塔横梁上，与每只测量标靶相对地安装带电源器防雷设备的特种自标定数字摄像机，两者要求能无遮挡地对视。摄像机、测量标靶各有 18 只。此外，本系统挠度的单点采集频率可超过 5Hz，故主梁跨中的动态特性可通过安装在跨中的挠度传感器进行观测。

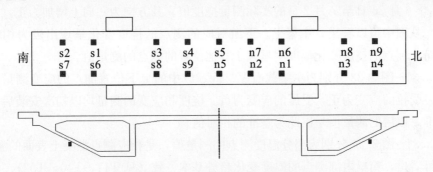

图 3.24　主梁挠度测点布置及断面内测量标志安装示意图

5. 温度监测系统

　　由桥梁的结构特性和材料特性分析可知，结构应变和挠度均与温度的变化十分密切。特别是对于大型的混凝土桥梁而言，温度是引起桥梁变形和应力变化的主要荷载之一。在测量结构应力和变形时，必须考虑温度因素的影响，否则，就无法正确计算其中的温度效应，也就不能准确评价桥梁结构的安全状况。因此，在桥梁健康监测中，温度是重要的监测参数之一。

　　在本系统中，采用了 35 只数字式一体化温度传感器。其中，4 只布置于主塔根部与光纤应变传感器相同的断面位置；而主梁上的温度传感器则全部布置于 2 个边跨的跨

中断面及主梁安装光纤应变传感器的九个断面内。具体而言，在主跨与边跨的跨中共三个断面内，每个断面安装 5 只；其余的八个断面，每个断面安装 2 只。

其中，一个数字式一体化温度传感器集成了单片机、多路 A/D 转换器以及温度探头，可实现 8 个测点的温度监测。为了实现对整座桥梁的温度监测，可利用工业 RS-485 总线进行远程传输。温度监测的系统框图如图 3.25 所示。

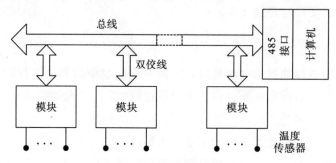

图 3.25　温度测量系统框图

3.3.1.2　主要监测数据及软件评价结果

马桑溪长江大桥健康监测系统于 2004 年 12 月正式投入运行，至今已有将近一年多的时间。经过这一段时间的考验表明，整个系统的运行正常，各传感器能正确采集相应的结构状态数据，并通过远程网络实现了桥梁结构的在线监测和安全评价。以下是部分测点的监测数据及用软件进行安全评价的部分结果。

1. 主要监测数据

图 3.26~图 3.30 分别为挠度测点 s1 和 s6、s4 和 s9、s5 和 n5、n6 和 n1、n9 和 n4 从 2005 年 6 月 25 日至 7 月 2 日的实际测量挠度值。其方向为：向上增加为正，向下增加为负。从图中可以看出，主梁上、下游对应的测点的挠度变化呈现出极为相似的趋势，而跨中测点的挠度变化幅度明显大于其他位置的测点的测量值。

图 3.31~图 3.33 分别为主梁截面 V、IV、O 中的上下位置测点的应变测量值，其方向为：受拉的应变为正，受压的应变为负。挠度和应变的测量均以初次安装后的标定值为基准，以后的测量值是以此为基准的相对值。

图 3.34~图 3.36 分别为部分温度测点的测量值，是相应测点混凝土表面的温度值。从图中可看出，箱梁内部测点的温度变化趋势基本一致（见 T11，T40，T52），昼夜温度的变化幅度较平缓，而箱梁顶板上缘各测点的温度变化趋势也很相似（见 T13，T43，T63，T31，T91），只是昼夜温度的变化幅度较大。

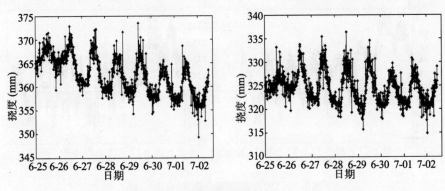

图 3.26 边跨截面测点挠度（s1、s6）

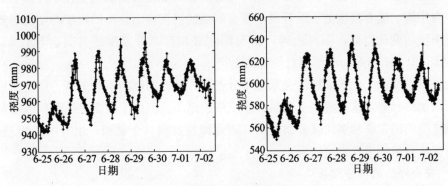

图 3.27 中跨截面测点挠度（s4、s9）

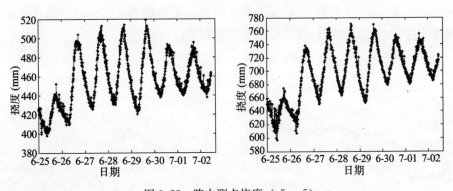

图 3.28 跨中测点挠度（s5、s5）

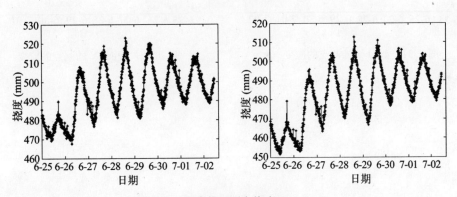

图 3.29 边跨截面测点挠度（n6、n1）

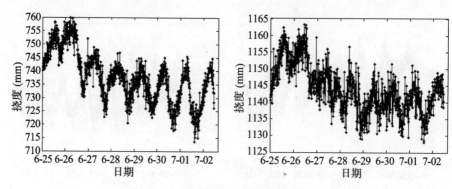

图 3.30　边跨截面测点挠度（n9、n4）

从所有测量结果来看，挠度的变化与相应位置的温度测量值的变化呈现密切的相关关系。在中跨，随着温度的不断升高，所有测点的挠度均出现不同程度的增大趋势，即主梁有下挠的变化趋势，而在边跨，情况则刚好相反，即温度的升高会导致 s1、s2、s6、s7 及 n3、n4、n8、n9 等测点位置的上挠。

此外，应变的变化与温度的关系也十分密切，随着温度的不断上升，应变测量值也有不断增加的趋势，这是混凝土受热膨胀变形的结果。但由于应变是一个局部变量，而且影响应变的因素非常多，又非常复杂，因此即使在同一个截面，也有可能相差很大。这种情况从测量结果图也可以看出。

2. 安全评价的部分结果

一个具体的评价过程为：以跨中截面测点为例，选择挠度 n5、应变 30（也可以多选其它测点）从 2005 年 6 月 25 日至 7 月 2 日的测量数据为基础信息。通过预处理后，获得挠度、应变的活载效应以及劣化效应信息作为评价量信息。

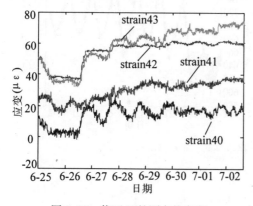

图 3.31　截面 V 的测点的应变

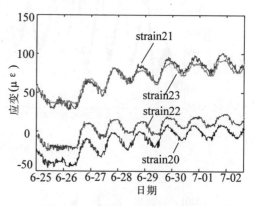

图 3.32　截面 IV 的测点的应变

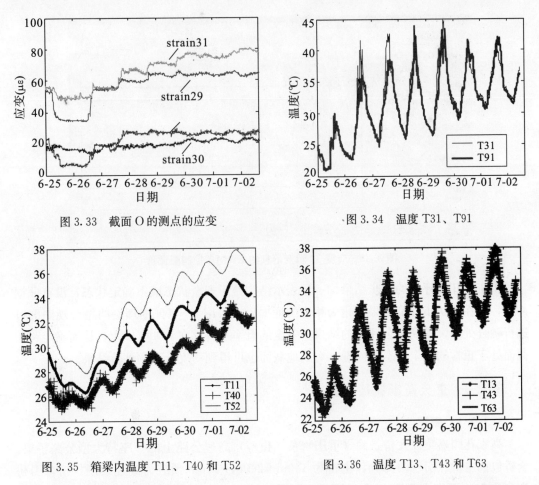

图 3.33　截面 O 的测点的应变

图 3.34　温度 T31、T91

图 3.35　箱梁内温度 T11、T40 和 T52

图 3.36　温度 T13、T43 和 T63

　　然后，即可通过相应的 EWMA 控制图及统计指标进行评价。其初步评价结果见图 3.37 和图 3.38（由于这些结果均已在相应章节出现，下面只列出其中的一部分作为示例）。

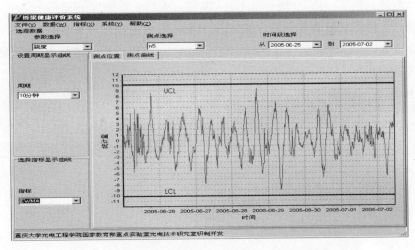

图 3.37　挠度 n5 瞬变信息的 EWMA 控制图评价

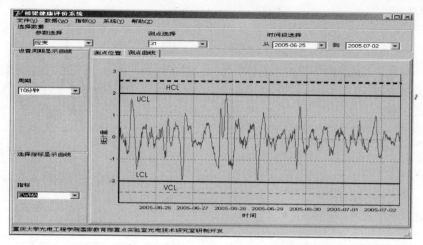

图 3.38　应变 30 瞬变信息的 EWMA 控制图评价

　　由于这几种评价的初步结果均一致表示结构处于安全状态或不确定状态，没有证据冲突，故在将初步评价结果转化为相应的证据后，采用 D-S 证据理论的融合规则即可进行融合处理，得到综合评价的结果：安全的概率一直都在 0.993 以上，从而确定跨中截面处于正常的安全状态。同理，对其他截面也可得到"安全"的评价结果。

3.3.2　重庆高家花园大桥

3.3.2.1　概述

　　高家花园嘉陵江大桥是渝（重庆）长（长寿）高速公路上的一座特大型公路桥梁。全桥包括主桥、引桥两部分，主桥为 140m＋240m＋140m 预应力砼连续刚构桥，引桥为 8 孔 50m 预应力砼简支 T 型梁桥，主桥为双向分离的两座独立桥梁，桥面净空为：3m（人行道）＋11.5m（车行道）＋1.5m（分隔带）＋11.5m（车行道）＋3m（人行道），实桥如图 3.39 所示。

　　设计荷载：汽车：超 20 级，挂车：120 级，人群：$3.5kN/m^2$。

　　材料：主桥箱梁及墩身采用 50 号砼，其轴心设计抗压强度 $Ra＝28.5MPa$、轴心设计抗拉强度 $R_L＝2.45MPa$、弹性模量 $E_h＝3.5×10^4MPa$；桥面铺装为 40 号聚酯纤维防水砼。普通钢筋有 I 级和 II 级两种；纵向预应力采用 Φ15.24mm 钢绞线，顶板横向预应力采用 Φ12.7mm 钢绞线。

图 3.39　高家花园大桥

3.3.2.2　桥梁监测系统的设置

鉴于下面几方面的目的考虑：

（1）对大桥主要构件进行监测，同时对其工作环境进行监测，为桥梁维护提供依据。

（2）监测大桥主梁主要截面位置是否出现损坏及累积损伤的程度。

（3）对桥梁结构的健康状况和安全可靠性进行评估，并应用于研究，预测其剩余使用寿命。

2004 年 1 月开始对高家花园大桥 12 个主要关键截面进行远程监测，测试数据以每 10 分钟自动采集所得。因所有测试设备均在桥梁建成后安装，故测试数据不能反映安装前的影响量（如恒载、预应力等）引起的结构行为，只反映后期车辆荷载、外界环境等效应。具体该桥监测测点布置如图 3.40 所示。

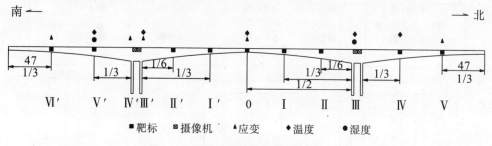

图 3.40　高家花园大桥测点布置示意图

应变测试采用的主要设备是重庆大学研制的光纤 F-P 应变传感器，本次安装有 20 只，沿桥纵向和横向布置如图 3.41 所示。

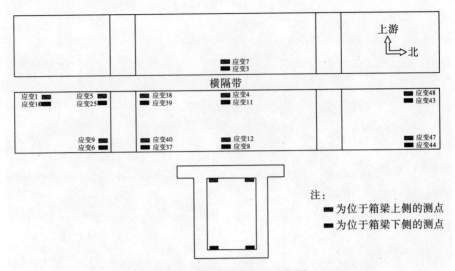

图 3.41　应变测点布置平面图

挠度监测点都设在上游幅，下游幅不设监测点，共 9 个断面、10 个测点，具体布置如图 3.42 所示。

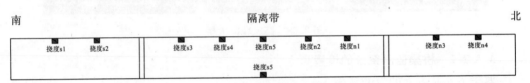

图 3.42　挠度测点布置平面图

温度传感器在主跨的跨中及两个跨根，两个边跨的 1/3 跨五个断面处，分别安装一只温度传感器，共 15 只；2 只湿度传感器，分别在箱内、箱外各一只。其布置如图3.43 所示。

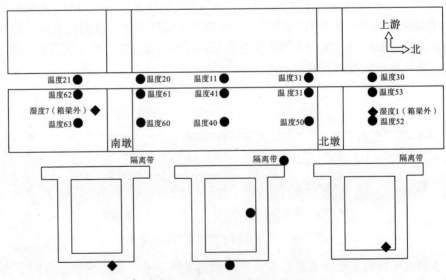

图 3.43　温湿度测点布置平面图

3.3.2.3　监测数据的提取及分析

监测系统所获取的结构响应信息是一个复合数值，它包含有结构的衰变效应、温度效应及活载效应。由于各个效应的变化快慢不一，即它们具有不同的时间尺度，桥梁结构响应的变化必然具有多尺度的特点。如车辆活动荷载和风的作用尺度较短，引起的结构响应变化较快，而温度变化引起的效应变化较慢；同时结构突然破损会导致响应的突然变化，环境侵蚀、结构材料的性能下降等更长尺度的因素所导致的结构响应变化则更缓慢。

下面通过对两处监测应变和挠度值的时程曲线（如图 3.44～图 3.47 所示）来分析提取响应数据的特点。

由图 3.44 可以看出：监测数据中包含着丰富的信息，并明显体现出多尺度的特点；由于每隔 10 分钟采集一次数据，每天可采集 144 个样本值，从应变、挠度监测值上看出时程曲线的周期性很强；在一个大尺度上又有许多小尺度的信息；从应变时程曲线上还可发现每日荷载效应高峰值段，而挠度更能找出荷载的极值点时间；从曲线上也间接说明了温度效应的影响是比较大的。

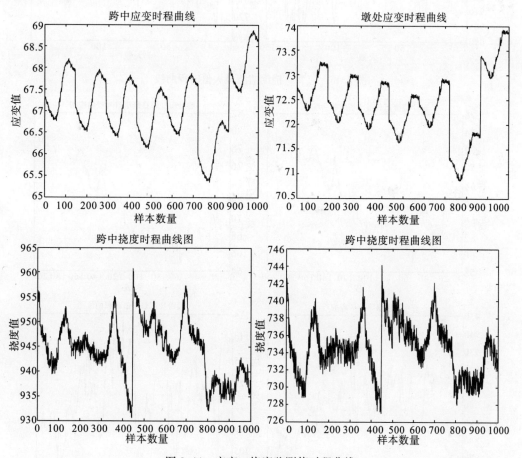

图 3.44　应变、挠度监测值时程曲线

由图 3.45 和 3.46 可以看出：挠度日极值的变化比应变日极值的变化更敏感；由于每天的温度变化较大，有很大的随机性，应变、挠度日极值的时程曲线周期性不明确；

每天监测极值的变化主要可能由环境尤其温度、风等作用效应引起的。

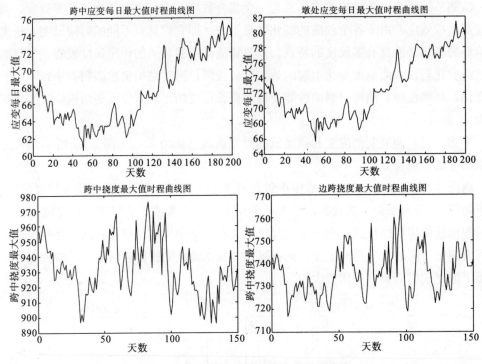

图 3.45　应变、挠度监测最大值时程曲线

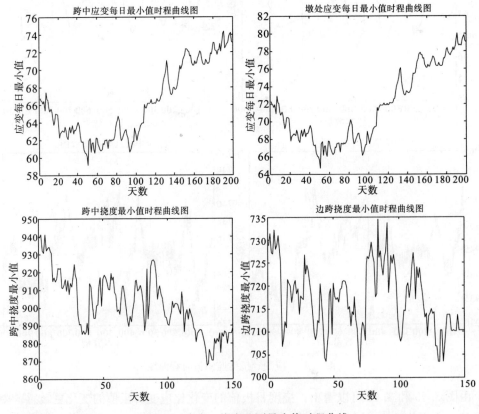

图 3.46　应变、挠度监测最小值时程曲线

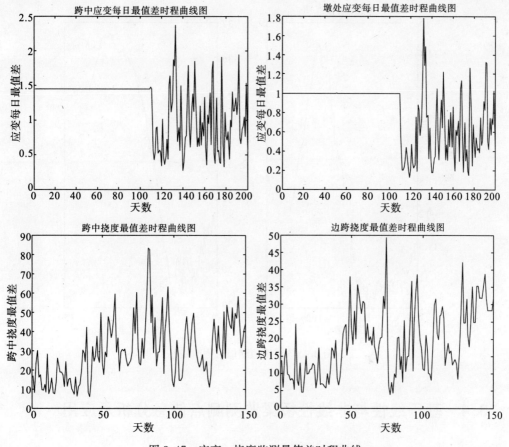

图 3.47　应变、挠度监测最值差时程曲线

由图 3.47 可以看出：应变日最值差波动幅度较小，监测前 100 天的数值差几乎没有变动，可能主要由误差引起的，间接说明应变监测的准确性不高；挠度日最值差较大，更能体现挠度监测值的多尺度特点；应变、挠度的最值差反映出荷载日变化量随机性较强。

为了解温度效应的日变化趋势，随机抽取冬天和夏天某一日的温度时程曲线进行分析，如图 3.48 所示。

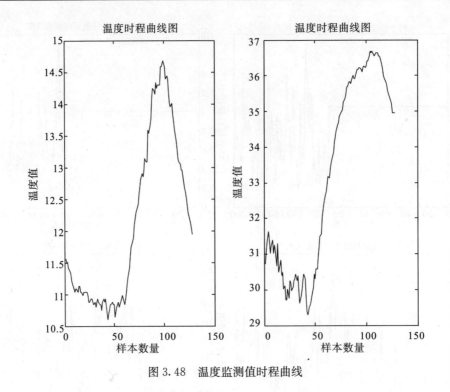

图 3.48　温度监测值时程曲线

3.4　基于线性与非线性桥梁监测测点信息分析及应用

3.4.1　桥梁健康监测测点关联特性

布设在桥梁结构不同位置的各类传感器以及这些传感器获取的结构在环境荷载状态下的各种反应参数比如挠度、应变、温度等信息构成了基于结构动力响应的桥梁健康监测系统，通过该系统可以进行桥梁远程健康评价和损伤识别。

进行结构健康评估时对于不同测点的信息需要进行精确融合才能较准确完成对结构的评估。选取哪些不同位置的测点进行融合来完成整体结构评估，就需要能够对不同耦合情况的测点间的关系进行刻画，从而提供测点分组依据。

作为同一整体结构的不同监测部位，其本质属于桥梁结构的大系统，各个监测部位在外部环境荷载作用下所产生的反应必然存在某种联系或相关性，绝对不是孤立的。这种相关性蕴含着结构本身力学层面的本质关系。所以，分析多传感器测点间相关关系不仅是直接分析测点数据间的在时间演变过程中的相关性，同时更是间接揭示结构不同部位在结构力学层面上的相关性[7]随时间推演的演化规律。

3.4.2　基于时延转移熵与时延互信息的测点非线性关联特性分析

由于结构在服役过程中受到风、车辆、人群、温度、地震等外部因素的激励，在这些激励中一般含有相当程度的随机成分，来自各种途径的噪声对激励和响应均有一定的污染，通常在短期内可视这些激励和响应为平稳随机过程。进行中长期的结构健康监测时，由于结构损伤累积及结构材料劣化，至少结构的响应不应被视为平稳过程[7]。传统时间序列方法相关性分析方法都是通过线性手段进行研究，忽略了实时监测信息中的非线性特征[8]。由此，利用信息论方法就能够很好的考虑监测数据间的非线性关系。同时，由于结构监测数据受到多种因素的影响，不同因素所产生的是不同尺度的响应，一般的方法需要从原始监测信号中分离这些不同尺度的响应。利用时延互信息和时延转移熵的信息理论分析结构的非线性特性就不需要从原始数据中分离非损伤引起的变动（如温度等）——这些对结构潜在的线性或非线性本质没有影响的信息。因此，上述信息论方法在实际工程应用中很有价值。

3.4.2.1　基于核密度估计的时延互信息分析

1. 时延互信息

假设时间序列是平稳的：$p(x_i(n)) = p(x_i(n+k)) \equiv p(x_i)$，为了从单个观察时间序列估计概率密度，我们需要假设平稳性和各态遍历性，

$$I(x_i;x_j) = \iint p(x_i,x_j) \log_2 \left(\frac{p(x_i,x_j)}{p(x_i)p(x_j)} \right) dx_i dx_j \tag{3.15}$$

为了研究信息如何在 i 和 j 点转移，可以加入时延互信息的方法，

$$I(x_i;x_j,T) = \iint p(x_i,x_j(T)) \log_2 \left(\frac{p(x_i,x_j(T))}{p(x_i)p(x_j(T))} \right) dx_i dx_j \tag{3.16}$$

式中，$T = m-n$，m、n 分别为 i、j 点样本起点。

假如信息从 i 流向 j 则在 $T > 0$ 的地方出现一个峰值，如果信息从 j 流向 i 则峰值出现在 $T < 0$ 的地方。同时，为了表示方便，可以将上式表示为熵的形式

$$\begin{aligned}
I(x_i;x_j,T) = & \iint p(x_i,x_j(T)) \log_2 (p(x_i,x_j(T))) dx_i dx_j(T) \\
& - \int p(x_i) \log_2 (p(x_i)) dx_i - \int p(x_j(T)) \log_2 (p(x_j(T))) dx_j(T)
\end{aligned}$$

$$\tag{3.17}$$

2. 核密度估计

基于时间序列进行互信息计算时，重点是利用数据序列估计各类概率密度。其中核密度估计是一种常用的有效方法。

对于桥梁结构健康监测而言，大型桥梁结构是一个长寿命系统，其抗力衰变和结构变化都是长周期过程，由此，桥梁振动响应数据在长周期内均值衰变、方差增大的不平稳信号，而在一定短时间周期内（如 3 个月）其数据应该表现出平稳、各态遍历的特性。由此，在平稳、各态遍历的情况下密度估计为

$$\hat{p}(x(n),\varepsilon) = \frac{1}{N-2t-1} \sum_{\substack{m=1 \\ |m-n|>t}}^{N} \Theta(\varepsilon - \| x(n) - x(m) \|) \tag{3.18}$$

其中

$$\Theta(\varepsilon - \| x(n) - x(m) \|) = \begin{cases} 1: \varepsilon - \| x(n) - x(m) \| \geqslant 0 \\ 0: \varepsilon - \| x(n) - x(m) \| < 0 \end{cases}$$

由此

$$\int p(x(n)) \log_2 p(x(n)) \approx \frac{1}{N} \sum_n \log_2 (\hat{p}(x(n),\varepsilon)) \tag{3.19}$$

式中，$\|\cdot\|$ 表示向量范数运算；t 是泰勒窗参数（序列马氏阶次）；ε 是窗宽度。

利用以上简化的核密度估计方法，向量 $x(n)$ 的熵可以近似表达为

$$\int p(x(n))\log_2(p(x(n))) \approx \frac{1}{N}\sum_n \log_2(\hat{p}(x(n))) \tag{3.20}$$

可得互信息和转移熵的估计公式

$$\hat{I}(x_i,x_j,T,\varepsilon) = \frac{1}{N}\sum\{\log_2(\hat{p}(x_i(n),x_j(n+T),\varepsilon))$$

$$-\log_2(\hat{p}(x_i(n),\varepsilon)) - \log_2(\hat{p}(x_j(n+T),\varepsilon))\} \tag{3.21}$$

对于前面所提到的互信息和转移熵即可采用以上估计的方式进行求解。

3.4.2.2　基于核密度估计的时延转移熵分析

假如随机变量在离散的 $n+1$ 个点上的概率是前面 k 个值的条件概率，这个系统的动力性可以被表述成 k 阶 Markov 链。考虑两个过程 x_i 和 x_j，x_j 如何影响 x_i 的转移概率。即 x_i 在 $n+1$ 时刻的概率和前面 k 个值有关，同时也与 x_j 的前 l 个值有关。

$$T(x_i(1)\mid x_i^{(k)},x_j^l) = \iiint p(x_i(1),x_i^{(k)},x_j^{(l)}(T))\log_2(\frac{p(x_i(1)\mid x_i^{(k)},x_j^{(l)}(T))}{p(x_i(1)\mid x_i^{(k)})})$$

$$dx_i(1)dx_i^{(k)}dx_j^{(l)}(T) \tag{3.22}$$

根据上节所讨论的核密度估计形式转移熵可用下式表示

$$\hat{T}(x_i(1)\mid x_i,x_j(T),\varepsilon) = \frac{1}{N}\sum\{\log_2(\hat{p}(x_i(n+1),x_i(n),x_j(n+T),\varepsilon))$$

$$+\log_2(\hat{p}(x_i(n),\varepsilon)) - \log_2(\hat{p}(x_i(n+1),x_i(n),\varepsilon))$$

$$-\log_2(\hat{p}(x_i(n),x_j(n+T),\varepsilon))\} \tag{3.23}$$

应用转移熵能够得到一个随机过程对另一个随机过程动态影响程度即信息流的方向和程度的量化指标。信息理论的手段从不同结构不同位置的信息熵来测量结构的动态性。转移熵描述了 $x_j(n+T)$ 对 $x_i(n)$ 的动力特性贡献的程度。

传统信号处理方法如频响函数等都假定系统固有线性关系，这些方法都不能很好的描述信号的非线性特征。然而，结构动力特性只有通过非线性才能够更精确的刻画。故此，对于大跨径桥梁健康监测的时间序列振动响应信号进行结构损伤、抗力衰变、健康状况进行评估而言，为了更加精确的进行评估就必须考虑监测信号的非线性关系。

其中，为了验证信息论方法在桥梁健康监测中的应用情况，选择重庆马桑溪大桥的挠度测点进行试验分析，挠度部署图如图 3.49。

图 3.49　马桑溪大桥挠度监测部署图

由挠度部署图可以看出，挠度 s1、s6 桥梁主塔外侧同一控制截面的监测点，根据结构力学理论这两点振动为高度耦合关系。而挠度 s1、s3 为主塔两侧不同控制截面的监测点，此两点耦合程度较弱。

3.4.2.3　基于实时监测数据的截面测点非线性关系分析

互信息与转移熵都是从不同角度对结构各测点非线性关系进行刻画的，使用互信息去衡量耦合性存在一个潜在的问题：不明显过程的动力性。比起互信息在乎联合概率，转移熵更关注条件概率密度。故此，本试验只从转移熵的角度进行验证，互信息类似。

1. 同一监测截面测点非线性关系分析

利用以上的分析对马桑溪大桥挠度 s1、s3、s6 三个点计算其对应的时延转移熵，另监测数据 s1、s3、s6 时间序列分别为 $x_1(t)$、$x_3(t)$、$x_6(t)$。$T(x_1(t)，x_6(t))$ 表示 $x_6(t)$ 到 $x_1(t)$ 的时延转移熵，四幅图分别在每个序列考虑 6、7、8、9 阶马氏链，参见图 3.50。

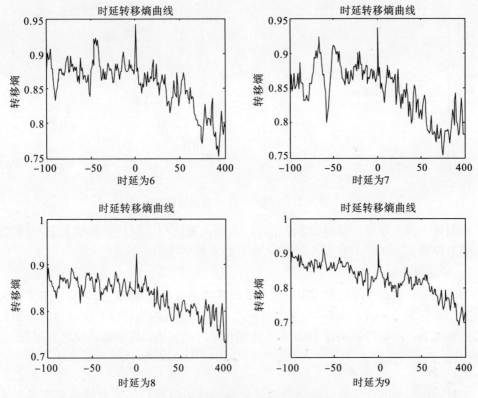

图 3.50　挠度 s1 与 s6 时延转移熵

可以得到如下结论：（1）在 $T=0$ 处均出现一个峰值：在不考虑时延情况下同一监测截面两点间贡献最小；（2）随着 T 的增加熵均减小，$x_6(t)$ 的历史数据对 $x_1(t)$ 的当前数据贡献程度增大；（3）当序列自身马氏阶次越高 $x_6(t)$ 对 $x_1(t)$ 的贡献越大，由此也验证了两个相互贡献的序列自身的马氏阶次越高对方也应该越高，更能体现相互的紧密性。另外，根据试验在进一步增大序列的马氏阶次转移熵出现异常。故此，本试验也说明在采样为 1 小时的情况下，桥梁监测数据的马氏阶次在 6-9 阶比较合适。

2. 不同监测截面非线性分析

$x_1(t)$ 与 $x_3(t)$ 处于桥梁墩两侧，属于不同监测截面，时延转移熵计算结果，如图 3.51。

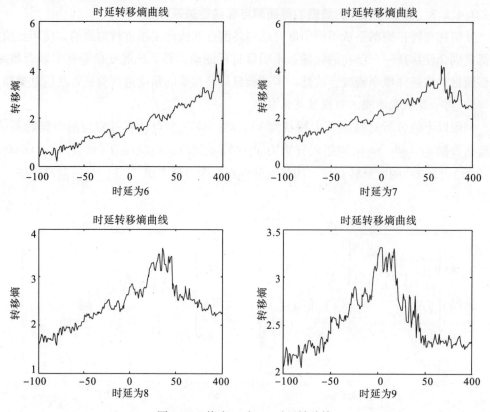

图 3.51　挠度 s1 与 s3 时延转移熵

　　根据以上两个图可以得到如下结论：（1）同一截面测点间相互贡献大于不同截面；（2）随着序列 $x_1(t)$ 的马氏阶次越高 $x_6(t)$ 对其贡献越小。

3. 时延敏感性

　　为了更准确直观表示监测点间的时延非线性耦合程度，利用时延转移熵本文定义时延敏感性指标 $S(x_i(n)，x_j(n+T))$ 如下式，其值越大说明 $x_i(n)$ 在与自己历史数据有关的情况下，随着对 $x_j(n)$ 时延非线性耦合对时延敏感程度越高，反之则越低。

$$S(x_i(n), x_j(n+T)) = \frac{\Delta T(x_i(n), x_j(n+T))}{\Delta T} \tag{3.24}$$

　　在时间序列中的计算可以通过对时延转移熵曲线进行最小平方拟合求其斜率来完成。本文对不同监测截面 s1，s3，s6 分别进行计算（表 3.3），得到整体而言 s1，s3 间对时延比较敏感，这样符合耦合程度低的测点间彼此间历史贡献越低的基本常识。

表 3.3　不同截面测点时延敏感性指标

	$t=6$		$t=7$		$t=8$		$t=9$	
T	$T<0$	$T>0$	$T<0$	$T>0$	$T<0$	$T>0$	$T<0$	$T>0$
s1，s6	−2e−4	4e−4	3e−4	−2e−4	3e−4	−43e−4	−7e−4	−52e−4
s1，s3	11e−3	2e−2	1e−2	7e−3	9e−3	−8e−3	9e−3	−1e−2

3.4.3　基于线性相关性的桥梁监测多传感器测点间关联分析

　　在桥梁结构健康实时监测系统的众多测点作为同一整体结构的不同监测部位，其本质属于桥梁结构的大系统，各个监测部位在外部环境荷载作用下所产生的反应必然存在某种联系或相关性，绝对不是相互孤立。这种相关性蕴含着结构本身力学层面的本质关系，所以，分析多传感器测点间相关关系不仅是直接分析测点数据间的在时间演变过程中的相关性，同时更是间接揭示结构不同部位在结构力学层面上的相关性随时间推演的演化规律。

3.4.3.1　桥梁结构不同测点相关性分析

相关性是反应事物间相互影响、相互作用关系的统计分析特性。相关性从相关程度和方向上可以分为：正相关、负相关和不相关。从相关性的复杂性上可分为：线性相关、非线性相关。而对于桥梁系统的相关性不仅表现在内部子系统之间、子系统与整体之间，也表现在桥梁与外部环境的相互作用，可分为：环境关联性、结构关联性、位置相关性、时间关联性、类别关联性[7]。

桥梁健康监测测点作为桥梁整个系统不同部位结构响应的采集对象，其必然存在相互之间的互相影响、互相作用的关系。利用测点间的相关性统计特性必然对于测点间数据的相互修正、规律分析等具有一定的价值。

3.4.3.2　桥梁监测测点数据性态分析

由于桥梁是以一种设计寿命较长，系统演化缓慢，从短期看其监测系统响应一般为稳定系统，而在较长周期内由于结构疲劳或损伤系统将演化为非稳定系统。对于稳定系统就可以对其监测点的惯性进行线性分析。而对非线性相关性的分析则需要从较长周期内对结构响应的非稳定特性分析。但针对桥梁阶段性的评估和分析角度出发，开展测点的线性相关性更符合工程实际需要。

本文选择重庆马桑溪大桥的挠度测点进行试验分析，该大桥自 2005 年 12 月正式进行实时监测至今，已取得大量的测点响应数据。挠度部署图，如图 3.52 所示。

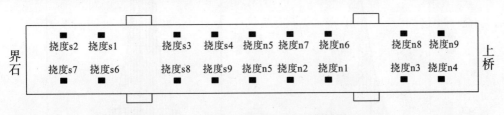

图 3.52　马桑溪大桥挠度监测部署图

由挠度部署图可以看出，挠度 s1 与 s6、s2、s7 桥梁主塔外侧同一控制截面的监测点，根据结构力学理论这两点振动为高度耦合关系即较强的相关性。而挠度 s1 与 s3 等其他测点为主塔两侧不同控制截面的监测点，此两点耦合程度较弱即相关性较低。

3.4.3.4　测点监测数据预分析

测点相关性分析的理论基础是数理统计，为了准确把握数据的性态、符合统计方法的特点，就必须对测点数据异常值等进行预处理。

针对桥梁监测多传感器数据利用散点图进行异常值的发现，图 3.53 为 s1、s2、s7、s6 测点两两数据的散点图。

从图 3.53 可以看出，各个测点间在寻求相关性时均存在一定的异常值，整体而言 s1 与其他测点的相关数据明显比较集中，异常数据较少，表现出较好的相关性态。

由此，在进行相关性分析时，首先可根据散点图初步判定测点间的相关性状况，同时对于异常数据可进行有效剔除，为下一步的分析研究奠定基础。

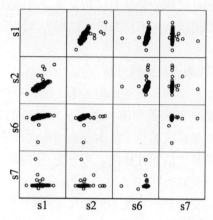

图 3.53　s1、s2、s7 和 s6 测点散点图

使用统计手段进行测点相关性分析，不同分布性态的数据所使用的统计分析手段就有所不同，所以必须先对测点数据进行分布性态的判定。使用直方图可以分析变量的统计分布情况。图 3.54 所示为 s1 点分别 1、2、3、4 个月监测数据直方图。从图 3.54 可以看出，s1 点监测数据在 1、2 个月范围分析，其符合正态分布，再长时间跨度的分布形态已经发生变化。此种情形符合关于桥梁监测线性与非线性的特性，同时也说明在进行桥梁监测信息进行测点相关性分析时应选择 1 个月的周期最合适。

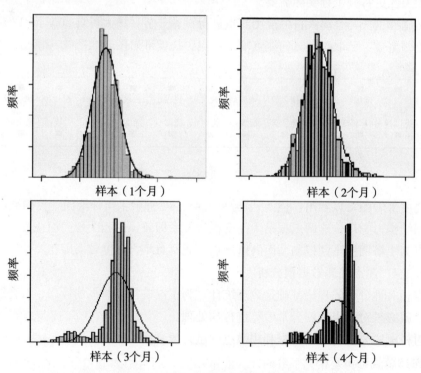

图 3.54　测点 s1 的直方图（示意图）

3.4.3.4　相关性分析模型及应用

1. 相关性分析模型

假设对某监测系统 N 个测点进行相关性分析，取其中任意两个测点序列 X 和 Y，在时间周期 T 内每个测点采样 M 个，X 记为 $x_i(1 \leqslant i \leqslant M)$，$Y$ 记为 $y_i(1 \leqslant i \leqslant M)$。$X$ 和 Y 序列的方差分别如以下三式所示：

$$l_{XX} = \sum_{i=1}^{M} (x_i - E(X))^2 / (M-1) \tag{3.25}$$

式中，l_{XX} 为 X 的方差；$E(X)$ 为 X 序列的期望。

$$l_{YY} = \sum_{i=1}^{M} (y_i - E(Y))^2 / (M-1) \tag{3.26}$$

式中，l_{YY} 为 Y 的方差；$E(Y)$ 为 Y 序列的期望。

$$l_{XY} = \sum_{i=1}^{M} (x_i - E(X))(y_i - E(Y)) / (M-1) \tag{3.27}$$

式中，l_{XY} 为序列 X 和 Y 的协方差。

显然，协方差可以反映两个变量相关性的大小，但由于协方差的大小与 X 和 Y 得纲量有关，不同问题中的协方差不可直接比较。因此需要对其进行标化，如公式 (3.28) 所示

$$r' = l_{XY}^2 / l_{XX} l_{YY} \tag{3.28}$$

此指标可以称为决定系数，取值范围在 0 到 1 之间，取值的大小就反应了两个序列相关性的大小。但此指标却无法反应序列相关的方向。由此，通过 (3.29) 式可以将上述指标进一步发展为不仅可以表示相关性的程度也可以反映相关性的方向。

$$r = l_{XY} / \sqrt{l_{XX} l_{YY}} \tag{3.29}$$

由此，r 的取值就反应了两个测点间的相关性程度：$|r|$ 越大相关程度越高，反之越小，$r > 0$ 为正相关、$r < 0$ 为负相关。如图 3.55 所示。

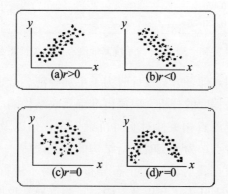

图 3.55　相关系数反应的测点关系

以上模型也被称为 Pearson 系数模型。在使用上述方法进行相关性分析时对于样本中存在的极端值对积差相关系数的计算影响很大，而且需要变量呈正态分布[7]。由此，可以利用前面的散点图、直方图进行测点异常值、相关性预处理以及分布性态的判定，然后利用相关性模型进行分析。

为了适用于非正态分布可以使用秩相关分析即 Spearman 方法，其模型就是将 Pearson 模型中的 X、Y 用秩次代替。由此，两个连续变量间呈线性相关时，且两变量服从联合正态分布，使用 Pearson 积差相关系数。若不满足积差相关分析的适用条件时，使用 Spearman 秩相关系数来描述。Spearman 相关系数又称秩相关系数，是利用两变量的秩次大小作线性相关分析，对原始变量的分布不作要求，属于非参数统计方法，适用范围要广些。对于服从 Pearson 相关系数的数据亦可计算 Spearman 相关系数，但统计效能要低一些。

另外，Kendall 等级相关系数也可用于两个分类变量均为有序分类的情况。对相关的有序变量进行非参数相关检验；取值范围在 $-1\sim1$ 之间。

2. 相关性应用

针对马桑溪大桥挠度 s1、s2、s6、s7 等测点 2005 年 12 月 3 日～2006 年 1 月 2 日的监测数据分别采用 Pearson、Spearman 和 Kendall 系数分别进行试验分析。

试验结果如图 3.56 所示。由图 3.56 可得如下结论：

（1）s1 点与 s6 测点相关性程非常高、与 s2 测点相关性高、与 s7 相关性中等，其符合结构测点布置的理论基础；

（2）三种指标在一个月周期的数据上进行相关性分析一致性较好，其符合相关性分析模型的统计分析特点。

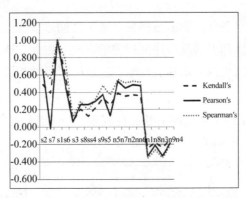

图 3.56 测点 s1 与系统其他测点的相关性系数

桥梁健康监测系统测点部署方案设计时为了更加经济、合理的部署测点，就需要结合结构力学进行测点关联程度的分析，以便更准确反映结构响应。另外，对于已部署监测系统的桥梁而言，判定测点相关性对实时桥梁安全评估以及数据处理都具有重要作用。根据桥梁自身结构特点，为了实时进行结构的安全评估，一般选择一定周期内的数据，而一般周期内测点数据具有较好的正态分布性态易于进行线性的相关性分析。由此，本文使用统计分析原理开展了利用散点图进行测点异常数据预分析、利用直方图进行测点数据分布性态的判定以及 Pearson、Spearman、Kendall 系数进行测点相关性分析的工作，比较全面的就桥梁监测测点相关性问题进行了分析和实验研究，对进行桥梁实时健康监测具有一定的工程价值，主要结论如下：

（1）测点间的相关性一定程度上蕴含了测点间的某种结构力学层面的相互关系，一般意义下测点间相关系数将在一个合理的范围内变化。由此，测点间关系的异常变化有可能是传感器、通讯故障，同时桥梁结构出现导致测点间力学关系变化的损伤或疲劳也同样导致测点相关系数改变。由此，在保证传感器和通讯正常的情况下，可以利用模式识别等方法对桥梁结构损伤或疲劳进行识别。

（2）根据测点间的相关系数进行回归分析，分析测点间数据的拟合关系，由此，在利用相关度较高的测点间进行相互修正，以及在某测点出现故障无有效数据时可以利用相关测点的数据进行补充。

3.5　桥梁监测测点相关性在结构安全评估和预测中的应用

根据测点部署的结构受力截面可以将传感器进行分组若干组，再前述线性、非线性的方法来进行识别这些传感器的相互关系从而完成对桥梁监测传感器相互关系的评价，在此，应用的思路应该是在同一个时间周期内，对于具有演变趋势高度一致的传感器可以认为是一组。从力学角度可以认为处在一个力学单元中的若干构件在同样荷载的效应下，其监测数据应该一致的增大或减少。但在实际的监测环境中，由于监测同步的问题导致所考察数据存在一定的相对时延，由此，在实践中可以考虑：

（1）通过先进的数据同步手段使得数据尽量同步。比如 GPS 同步技术，目前该技术已成功应用于东海大桥监测系统。每个站点与一个 GPS 接收装置连接，接收装置接收 GPS 同步信号，进而发送至站点内的 PXI 模块。GPS 同步信号用以确保整个分布式系统的数据采集的严格同步。GPS 系统由每 12 小时围绕地球旋转一周的 24 个人造卫星组成。其中，每一个人造卫星都拥有一个精度为 10~13 秒的板上原子时钟。GPS 的人造卫星以 1.5 GHz 的载波频率连续发送其空间坐标以及时间信息。特别地，该时间信息可以用于精确地关联、触发和时间标记测量数据。

（2）通过实验分析确定监测数据时延值。如本章前面所讨论的时延非线性分析中考察非线性特征演变与时延值关系的敏感性，从而获得合适的时延值。

在进行多测点监测信息的分析和研究中，时延问题必须要进行认真考虑。通过上述的硬件设备或信息分析的手段进行合适时延分析为后续进行基于监测信息的抗力评估以及寿命预测等奠定了基础。

3.5.1　基于测点相关性的结构安全可靠度评估

假如被监测结构没有严重的损伤，则通过计算所得的传感器相互关系和传感器所监测的部位相互关系应该符合力学原理。这种力学原理（动力学、弹塑性等）的近似描述可以通过多项式函数下式的表达来描述

$$S_{ij} = \begin{bmatrix} a_{ij} b_{ij} c_{ij} \end{bmatrix} \cdot \begin{bmatrix} 1 \\ S_j \\ S_j^2 \end{bmatrix} \tag{3.30}$$

式中，右边向量包括 m 个传感器所监测的数据，$j = 1, \ldots, m$。这些 m 个传感器的数据可以来计算在 i 位置的样本 S_{ij} 的值。用于预测结构性能的 i 位置的样本不一定与 m 个传感器的分组有关。这个公式是关于二阶多项式的映射。这种方法考虑了两个传感器

间非线性的影响情况。上式中的映射系数可以通过：（1）在不同荷载情况下测试 i 样本位置和相关的 j 映射传感器位置的监测数据；（2）在不同荷载情况下通过力学计算来获得。最后对于测试数据进行最小二乘曲线进行拟合从而获得映射系数。

在确定映射系数后，上式提供了通过应用监测 j 位置的物理量来计算在 i 中 m 个样本。通过在 i 位置上的 m 个样本来计算：（1）一个监测过程中 i 位置的所有监测数据的均值和方差；（2）i 位置在监测周期 M 中极值的均值和方差。

$$\mu_{Mi} = E(S_{ij})$$

$$\sigma_{Mi} = \sqrt{\frac{1}{m-1}\sum_{j=1}^{m}(\mu_{Mi} - S_{ij})^2} \tag{3.31}$$

由此可利用可靠度理论进行可靠度指标的计算。

3.5.2　基于相关度的结构损伤识别

桥梁健康监测测点相关性的基础是结构的不同构件间的力学关系。当结构构件及其连接在健康与非健康状态下，由于结构构件自身及连接关系发生变化必然导致基于测点监测数据分析的测点间的相关性系数发生变化。由此，可以根据前述的线性与非线性测点相关性分析构建评价指标来反映结构安全的演变。

将某测点作为参考点，分析其与其他所有测点的相关系数，以此相关系数作为属性，构建结构健康与非健康状态下的属性集合，进行机器分类学习。据此不仅能够对健康与非健康进行识别，同时可以就在非健康情况下表现最为突出的异常相关系数作为结构损伤最严重的部位，由此也识别了损伤部位。此方法的缺点在于无法对结构损伤的程度进行衡量。

设 r_{ij} 为测点 i 与 j 之间的相关系数，i，$j = 1$，2，$\cdots$，n。所有测点的健康状态由下式获得：

$$\begin{aligned}
D &= (d_1,\ d_2,\ \cdots,\ d_n)^{\mathrm{T}} = F((r_{ij})_{n\times n}) \\
&= \begin{cases} f_1(r_{11},\ r_{12},\ \cdots,\ r_{1n}) \\ f_2(r_{21},\ r_{22},\ \cdots,\ r_{2n}) \\ \cdots\cdots \\ f_n(r_{n1},\ r_{n2},\ \cdots,\ r_{nn}) \end{cases}
\end{aligned}$$

式中，d_i 表示测点 i 的健康状态，$d_i = \begin{cases} 1, & \text{损伤} \\ 0, & \text{健康} \end{cases}$；$f_i(r_{i1},\ r_{i2},\ \cdots,\ r_{in})$ 是健康状态分类器，是通过对健康与非健康状态下的数据集合进行机器学习之后获得的。

假设在测点 i 与 j 均为健康的情况下，其相关系数 r_{ij} 的正常波动范围区间为 A_{ij}，则当 r_{ij} 超出 A_{ij} 的范围较大时，测点 i 与 j 至少有一个出现损伤。

以测点 1 为例，如果 $r_{ij}(i\neq 1,\ j\neq 1)$ 都在正常波动范围内，而 r_{11}，r_{12}，$\cdots$，r_{1n} 中有部分超出允许范围，则 $d_1 = f_1(r_{11},\ r_{12},\ \cdots,\ r_{1n}) = 1$，表明测点 1 有损伤。按照此法，能够确定任意多个测点是否损伤。

如果 $f_i(r_{i1},\ r_{i2},\ \cdots,\ r_{in})$ 是介于 $0\sim1$ 之间的连续曲线，则可以在一定程度上确定测点损伤的等级。

假设结构损伤划分成 5 个等级，依次为：健康、轻微损伤、中等损伤、较大损伤和重度损伤，按照模糊理论，将 5 个等级的隶属度取为：0/健康、0.2/轻微损伤、0.5/中等损伤、0.7/较大损伤、0.9/重度损伤。

以测点 1 为例，如果 $d_1 = f_1(r_{11}, r_{12}, \cdots, r_{1n}) = 0.25$，表明测点 1 有轻微损伤；如果 $d_1 = 0.85$，表明测点 1 有严重损伤；如果 $d_1 = 0.05$，表明测点 1 有损伤的征兆，值得关注。

3.6　小结

桥梁结构健康监测系统是一套涉及电子、通讯、信息以及结构力学等多学科知识的综合应用体系。它主要研究内容包括研制精确的数据采集设备（传感器）、可靠稳定的数据通讯网络、有效的测点部署方案等。本章首先分析了桥梁结构健康系统方案设计的原则、方法以及挠度、应变、加速度等结构动力响应信息采集设备的原理，并列举了目前常用的结构监测设备及其原理。

另外，由于桥梁结构体量大、结构复杂，为了更有效的完成桥梁结构的监测一般都需要大量的测点部署，但从经济的角度考虑，就需要一种优化的测点部署方案，本章对利用遗传算法等进行桥梁监测测点部署优化进行了详细分析，对工程实践具有一定实用价值。同时，本章对重庆马桑溪长江斜拉大桥和高家花园连续刚构桥部署的健康监测系统进行了详细的分析，并对从两座桥梁所获取的数据情况进行了全面介绍，为大型在役桥梁开展结构健康监测提供了重要的实践样本。

桥梁监测测点部署方案的优化问题是桥梁结构健康监测系统平衡监测内容与经济性的关键技术，目前开展的基于遗传等算法的测点相关性分析相对较好地能够对测点进行优化，但其基于模态参数进行的优化方式存在工程实践的较大误差。本章利用相关性理论对测点监测信息进行的测点线性、非线性相关性的分析，不仅能够对已部署测点的相关性程度进行了科学的描述，同时提出了利用测点相关性进行测点优化和结构状态分析的研究思路，为进一步开展测点优化和结构状态分析研究提供了有价值的思考。

参 考 文 献

[1] 兰海，史家钧. 大跨斜拉桥结构的综合监测 [J]. 结构工程师，2000 (2)：5—11.

[2] 陈根社，陈新梅. 遗传算法的研究与进展 [J]. 信息与控制，1994，23 (4)：215—220.

[3] 云庆夏，黄光球等著. 遗传算法和遗传规划 [M]. 北京：冶金工业出版社，1997.

[4] 陈国良，王煦法等著. 遗传算法及其应用 [M]. 北京人民邮电出版社，1996.

[5] 张晓绩等. 一种新的优化搜索算法—遗传算法 [J]. 控制理论与应用，1995，12 (3) 265—271.

[6] 吴大宏，赵人达. 基于遗传算法与神经网络的桥梁结构健康监测系统研究初探 [J]. 四川建筑科学研究，2002 (3)：4—6.

[7] 张文彤，闫洁. SPSS统计分析基础教程 [M]. 北京：高等教育出版社，2004.

第4章 桥梁健康监测信息的预处理

4.1 概　述

监测信息是桥梁集群监测系统的核心和关键。现场采集系统控制传感器采集的原始监测信息不能直接提供给安全评价系统使用，必须经过一系列的处理，才能保证安全评估结果的可靠性和准确性。

智能化是集群中心系统的主要特点之一，主要体现在对原始监测信息的智能处理上，彻底消除人工数据处理的滞后性和低效性。

4.2　海量数据处理

4.2.1　海量数据

目前，在越来越多的科学、生产、工程等领域，例如生物、医学、天文学、高能物理、全球气候模拟等等，每天产生的数据正在以爆炸性的趋势迅速增长，数据量已经达到 TB 级，并且将很快达到 PB 级。大尺寸数据集已逐渐成为一种重要的数据资源。

例如，我国的国家天文台在 2001 年时观测到的数据总量为 550G，2002 年这个数字已经达到 4.5T。而如果用巡天望远镜以"1"分辨率在单一波段对全天进行观测，一次的观测数据量就约为 1TB[1]！欧洲空间局管理的地球观察卫星，每天会大约下传 100G 的图像。在桥梁健康监测特别是特大型桥梁集群的监测中，由于采用了数以千计的传感器进行长期的数据采集，其累计的数据量也是极为惊人的。例如香港青马大桥、汲水门大桥和汀九大桥的集群监测中，每年就产生了超过 500G 的数据量[2]。

以上所说的巨大数据量通常称为海量数据，并被定义为数据量过大，数据格式复杂，数据中的随机情况多，不便于分类和处理的数据。

4.2.2　海量数据的特点[3]

通过对各个领域海量数据的生产、处理、加工、检索等过程的综合分析，我们发现海量数据有以下几个共同的特点：

（1）数据量非常庞大。由上述海量数据的具体实例可以看出，目前许多领域所要面对的数据其数据量已经达到 TB 级，并且将很快达到 PB 级。这给现存的大容量、高性能存储设备提出了巨大的挑战。

（2）资源的分布性。随着数据规模的迅速扩大，数据以及与数据相关的各种资源也逐渐呈现出一种分布性的趋势。首先，数据资源的分布性。数据量的增长速度已经远远超过了存储能力的增长速度，现有的存储设备已经不能满足海量数据的存储需求。即使在目前的状况下，高性能计算机可以满足部分领域海量数据的存储需求，但是其价格相当昂贵，运行成本，维护成本也非常高，操作复杂，难以被推广应用。相比于高性能计算机，磁盘、磁带等存储设备虽然存储容量较低，但易于购买、维护，而且价格也容易让人接受。因此大部分机构选择磁盘或磁带作为主要的存储设备，将数据由早期的集中式存储改为分布式存储。其次，存储资源的分布性。数据量的增长使得单一的存储资源无法满足其存储需求，只有集成多个分布的存储资源的存储能力，构成大容量的虚拟存储设备，才能实现对海量数据有效地存储和管理。另外，集中式存储在数据访问、数据处理以及安全性等方面都有可能构成瓶颈，因此将数据分布在不同的地理位置进行存储，既可以提高数据访问和处理的效率，同时还能够提高数据的安全性。

（3）资源的异构性。首先，数据资源的异构性。不同的领域、不同的行业在数据获取阶段所采用的设备、手段和方式都千差万别，取得的数据在数据形态、数据结构上也各不相同。例如遥感领域的实验数据大部分是以图像的形式存在；而在流体力学的分析中，数据则由上百个表示不同属性的参数组成，例如时间、温度、压力等；即使同一领域也可能包含有来自多种数据源的数据。以上因素导致了对数据的访问、分析和处理方法多种多样，造成了数据资源的异构性。其次，存储设备的异构性。物理存储设备之间也具有很大的差异性。例如专门用于高性能计算的大型服务器在存储结构，数据类型的定义，数据的访问和管理方式等方面与普通的微机是截然不同的。再次，管理系统的异构性。数据管理系统也各不相同。有些数据以文件的形式存储在磁盘或磁带上，而有些则存放在数据库管理系统中。文件系统本身又可以分为 windows 环境下的 FAT32，NTFS 和 UNIX/LINUX 环境下的 EXT2，另外还有分布式文件系统，层次式文件系统等许多其他系统。数据库管理系统同样也包含有关系、层次、网状以及面向对象等多种类型，以及 Oracle，SQLServer，DB2 等多种产品。此外，还有访问协议的异构性。数据的存储方式、存储位置以及所处的网络结构之间所存在的差异造成了访问数据时遵循的访问协议也是不相同的。

综上所述，数据量的迅速增长，数据资源、存储资源、用户资源的分布性和异构性，以及数据密集型应用的逐渐增多，共同导致了海量数据对存储能力，计算能力，处理能力的许多新的高性能的需求。

4.2.3　海量数据管理的需求

目前海量数据在存储、管理、访问和分析等方面所遇到的问题以及面临的挑战主要包括以下几点[4~6]：

（1）分布性要求。资源的分布性使得传统的集中式数据管理方式无论在技术上还是数据使用策略上都已经不能满足海量数据的要求，必须采取分布式策略对现有的各种资源实行统一的管理。

（2）共享性要求。同一领域内部以及不同领域之间的相互合作已经逐渐成为一种趋势，甚至一种必然，因此要求数据资源、存储资源以及计算资源具有高度的共享性，使得其他用户可以从中受益。

（3）协同性要求。由于数据密集型应用或计算密集型应用在任务执行时往往需要上百甚至上千台机器，海量的数据，以及非常多的用户，因此如何执行任务调度过程中资源的分配与协调，使各分布异构的资源可以在一个协同的环境中相互协作，也是要解决的一个问题。

（4）动态性要求。在广域、分布的环境下资源会随时地、动态地发生变化，这种变化应该能够及时地通知数据管理系统，使得系统可以根据资源的改变相应地调整资源的分配以及任务的调度。

（5）透明性要求。为了使用户对已有的应用程序尽量减少改动，或者在开发新的应用程序时尽量减少工作量，数据管理系统应该具有高度的透明性，屏蔽底层结构的异构性，以及不同的数据资源、存储资源在访问方式和访问协议上存在的差异性，为应用程序提供一个统一的访问接口。

（6）高效性要求。许多应用，特别是交互式的应用，对于响应时间往往有比较严格的要求，因此应用程序所需要的数据应该在尽可能短的时间内被找到并且传送到指定的位置。这就对数据的访问以及传输效率提出了较高的要求，尤其是当数据量非常庞大的时候。

（7）安全性要求。在网络传输的过程中，数据的安全性和可靠性必须得到保证，只要这样，才能够保证后面的数据分析和处理可以取得正确的结果。

4.2.4 海量数据的处理方法

对海量数据的处理，明确切实可行的处理方法和流程最为关键。在建立处理模型时要充分考虑到海量数据数据量大、数据格式复杂的特点，建立优秀的处理模型。优秀的处理模型应该是处理中最快的，便于扩展的，便于处理更大的数据量的，便于实施的，等等。

（1）选用优秀的数据库工具。数据库系统阶段始于 20 世纪 60 年代末。硬件方面，磁盘技术取得重要进展，成本低、容量大、速度快的磁盘逐步占领市场，为新的数据管理技术的产生和发展提供了物质条件。数据库系统管理的数据具有以下特点[3]：

①实现数据共享。数据共享允许多个用户同时存取数据而不相互影响；数据库不仅为当前的用户服务，也可以为将来的新用户服务；同时还可以使用多种语言完成与数据库的接口，数据的共享性得到了大大的提高。

②实现数据独立。应用程序不必随数据存储结构的改变而变动。无论是数据的物理存储格式和组织方法的改变，还是数据库逻辑结构的变化，都不会影响到用户的应用程序，从而提高了数据处理系统的稳定性，减少了程序维护的复杂度。

③数据冗余度降低。用户的逻辑数据文件和具体的物理数据文件不必一一对应，存在着"多对一"的重叠关系，降低了数据的冗余程度，有效地节省了存储资源。同时由

于数据只有一个物理备份，也避免了数据访问时的不一致性，对数据的维护变得更加简单。

④数据的安全性提高。数据库技术加入了安全保密机制，可以防止对数据的非法存取。集中控制的策略有利于保证数据的完整性和一致性。另外数据库还采取了一系列的措施来实现对数据库破坏的恢复。所有这些都使得数据的安全性得到了保障。

自从数据库管理技术产生以来，以其对数据管理的高效性、共享性、安全性等性能，在许多领域都取得了广泛的应用。但是随着人们数据获取手段的进一步丰富和提高，所获得的数据量与数据精度都急剧升高，产生了海量数据。这些海量数据所表现出的新的数据特征为现有的数据管理技术提出了巨大的挑战。

现在的数据库工具厂家比较多，处理海量数据对所使用的数据库工具要求比较高，一般使用 Oracle 或者 DB2，微软公司最近发布的 SQL Server 2005 性能也不错。另外在 BI 领域：数据库，数据仓库，多维数据库，数据挖掘等相关工具也要进行选择，像好的 ETL 工具和好的 OLAP 工具都十分必要，例如 Informatic、Eassbase 等等。笔者在实际数据分析项目中，对每天 6000 万条的日志数据进行处理，使用 SQL Server 2000 需要花费 6 小时，而使用 SQL Server 2005 只需要花费 3 小时。

（2）编写优良的程序代码。处理数据离不开优秀的程序代码，尤其在进行复杂数据处理时，必须使用程序。好的程序代码对数据的处理至关重要，这不仅仅是数据处理准确度的问题，更是数据处理效率的问题。良好的程序代码应该包含好的算法、好的处理流程、好的效率、好的异常处理机制等等。

（3）对海量数据进行分区操作。对海量数据进行分区操作十分必要，例如针对按年份存取的数据，我们可以按年进行分区，不同的数据库有不同的分区方式，不过处理机制大体相同。例如 SQL Server 的数据库分区是将不同的数据存于不同的文件组下，而不同的文件组存于不同的磁盘分区下，这样将数据分散开，减小磁盘 I/O，减小了系统负荷，而且还可以将日志、索引存放于不同的分区下。

（4）建立广泛的索引。对海量的数据处理，对大表建立索引是必行的，建立索引要考虑到具体情况，例如针对大表的分组、排序等字段，都要建立相应索引，一般还可以建立复合索引，对经常插入的表则建立索引时要小心。笔者在处理数据时，曾经在一个 ETL 流程中，当插入表时，首先删除索引，插入完毕，建立索引，并实施聚合操作，聚合完成后，再次插入前还是删除索引，所以索引要用到好的时机，索引的填充因子和聚集、非聚集索引都要考虑。

（5）提高硬件条件，加大 CPU 和内存。对海量数据数据处理，必须考虑硬件条件，使用高配置服务器的。硬件条件包括加大内存，加入更多更强劲的 CPU，加大硬盘空间等等。笔者在处理 2TB 数据时，使用的是 4 个 CPU，16GB 内存，发现有时还会出现内存不足现象，需要进行其他方面的优化，如果这时没有足够的硬件条件做支撑，是万万不行的。

（6）建立缓存机制和加大虚拟内存。当数据量增加时，一般的处理工具都要考虑到缓存问题。缓存大小设置的好坏也关系到数据处理的成败，例如，笔者在处理 2 亿条数据聚合操作时，缓存设置为 10 万条/Buffer，这对于这个级别的数据量是可行的。同时，如果系统资源有限，内存提示不足，则可以靠增加虚拟内存来解决。笔者在实际项目中曾经遇到针对 18 亿条的数据进行处理，内存为 1GB，1 个 P4 2.4G 的 CPU，对这么大的数据量进行聚合操作是有问题的，提示内存不足，后来采用了加大虚拟内存的方法来解决，在 6 块磁盘分区上分别建立了 6 个 4096M 的磁盘分区，用于虚拟内存，这样虚拟的内存则增加为 4096×6+1024＝25600M，解决了数据处理中的内存不足问题。

（7）分批处理。海量数据处理难是因为数据量大，那么解决海量数据处理难的问题其中一个技巧是减少数据量。可以对海量数据分批处理，处理后的数据再进行合并操作，这样逐个击破，有利于小数据量的处理，不至于面对大数据量带来的问题。但这种方法也要因时因势进行，如果不允许拆分数据，还需要另想办法。不过一般按天、月、年等存储的数据，都可以采用先分后合的方法，对数据进行分开处理。

（8）使用临时表和中间表。数据量增加时，处理中要考虑提前汇总。这样做的目的是化整为零，大表变小表，分块处理完成后，再利用一定的规则进行合并，处理过程中的临时表的使用和中间结果的保存都非常重要，对于超海量的数据，如果大表处理不了，只能拆分为多个小表。如果处理过程中需要多步汇总操作，可按汇总步骤一步步来。

（9）定制强大的清洗规则和出错处理机制。海量数据中存在着不一致性，极有可能在某处出现的瑕疵。例如，同样的数据中的时间字段，有的可能为非标准的时间，出现的原因可能为应用程序的错误或系统的错误等等。在进行数据处理时，必须制定强大的数据清洗规则和出错处理机制。

（10）使用采样数据，进行数据挖掘。基于海量数据的数据挖掘正在逐步兴起，面对着超海量的数据，一般的挖掘软件或算法往往采用数据抽样的方式进行处理，这样的误差不会很大，大大提高了处理效率和处理的成功率。一般采样时要注意数据的完整性，防止过大的偏差。笔者曾经对 1 亿 2 千万行的表数据进行采样，抽取出 400 万行，经测试软件测试处理的误差仅为千分之五，客户可以接受。

还有一些方法，需要在不同的情况和场合下运用，例如使用代理键等操作，这样的好处是加快了聚合时间，因为对数值型的聚合比对字符型的聚合快得多。类似的情况需要针对不同的需求进行处理。

对在桥梁健康监测中形成的海量数据，可采用以上方法的一种或几种进行组合处理，以期取得最好的效果。

4.3 数据失真的处理

4.3.1 监测信息数据失真的提出

桥梁结构健康监测技术及系统是为了满足桥梁健康的实时监测需要而产生的，系统规模、复杂性远远超出了传统的桥梁结构安全荷载实验单一监测设备的能力范围。因此，其数据失真问题表现尤为突出。

首先，在桥梁结构健康监测系统的信息获取环节，前端的信息获取环节是由多种类型的传感器以及相关仪器设备组成的硬件系统为主，因此它们的正常使用寿命与一般常规电子仪器一样只有几年；而在桥梁恶劣的野外环境（频繁振动、交变受力，高尘、高湿、高低温变化、高腐蚀性环境等)下，它们会受到各种外界干扰，大大加剧了其性能的衰退。

其次，传感器系统采集的信息在传输到安全评价的过程中，外部噪声干扰和信道白噪声也会使得数据在传输过程中产生失真。

此外，在桥梁结构健康监测系统的安全评价环节，一些不可预知的因素，如在数据存储过程中数据误操作、数据存储故障或计算机病毒影响等，也有可能导致数据失真。

桥梁结构健康监测系统中所有数据失真问题，大多是由信息获取环节的硬件设备造成的。据美国"智能维护系统中心"研究表明，一般系统 40％以上的故障警报皆是由于传感器系统自身的故障而产生的误报警[7~8]。要用这些只有短短几年使用寿命的仪器设备去监测具有数十、上百年服役年限的桥梁，两者之间就存在巨大的寿命差距，一旦监测仪器设备出现故障或失效，它将无法保证为后续的安全评价提供客观、正确、无误的原始信息，从而会对桥梁结构健康监测的最终评价结果产生严重影响，导致对桥梁结构事故预兆的漏报或误报，甚至使整个系统失去作用。因此，硬件监测仪器设备自身的可靠性及使用寿命问题，导致了桥梁结构监测系统一系列的数据失真与变异问题。

数据失真问题也不仅仅存在于桥梁结构健康监测系统的硬件监测仪器设备中，在其他所有的故障诊断系统中都存在，是所有故障诊断系统的共性问题。

因此，解决传感器系统产生的原始信息失真问题，是桥梁结构健康监测系统以及其他故障诊断系统共同面临的重大科学技术问题。

4.3.2　数据失真的特点

数据失真问题贯穿了桥梁结构健康监测系统所有环节，表现形式千差万别，其特点如下：

(1) 数据失真的普遍性。数据失真现象在桥梁结构健康监测系统所有环节，所有的软件、硬件上都可能产生，包括硬件的每一个传感器、每一个电子器件，以及软件上的每一个软件模块、每一条指令等，是所有智能结构系统的共性问题。

(2) 数据失真表现的多样性。数据失真的表现形式呈现多种多样的特点，可以从多个角度来划分，如从数据失真源来分，可以为传感器故障、软件故障、外部干扰；从数据失真产生的环节，可以分为信息获取环节、安全评价环节；从数据失真表现特征上，可以分为单点失真数据和连续数据段失真等。单点数据还可以从数据失真表现特征上分为粗大值、微小异常两种类型。连续失真数据段大多是由于传感器故障产生，可以从数据失真来源上分为由于传感器漂移、精度下降、完全损坏，以及其他因素引起的数据失真。

(3) 数据失真表现的复杂性。数据失真的多样性说明了桥梁结构健康监测系统的复杂性，包括数据失真识别复杂，数据失真恢复复杂，数据失真源的确定复杂，以及数据失真维护策略的复杂。数据失真复杂性正是由于桥梁是一个复杂的结构，对其监测的桥梁结构健康监测系统也是一个复杂的系统。

4.3.3　数据失真的分类与表现形式[9]

如果把桥梁结构健康监测系统作为一个响应系统，所有影响因素作为响应系统的输入，结构参数作为响应系统的输出，即桥梁结构数据的响应函数表达式为

$$R = F(X) \tag{4.1}$$

式中，X 表示桥梁系统的输入如荷载、温度、风速等；R 表示函数输出，如挠度、应变、位移、加速度等；F 表示函数，它取决于组成系统的对象及其之间的关系等。其中，X 可以进一步表示为向量，即 $X = (x_1, x_2, x_3)$，x_1 为桥梁结构参数理想数据，主要是指在只考虑荷载、桥梁结构状况、参数类型（挠度、应变、位移、加速度等）及传感器位置而不考虑其他外部环境因素的情况下获得的数据；x_2 为系统的环境因素如温度、湿度、风等对测量数据的影响；x_3 为一些其他因素的影响，包括一些传感器故障、外部干扰源，或一些不可抗拒的因素，通常情况下 $x_3 \to 0$。因此，x_1，x_2 的任何异常变化都可能使得桥梁结构数据的输出失真。

从桥梁结构数据的响应函数可以看出，数据失真问题主要是 x_3 引起的。而 x_3 中的传感器故障、外部干扰都属于不可避免的因素，所以，桥梁结构健康监测系统的数据失真问题也是不可避免的，并贯穿了桥梁结构健康监测系统所有环节，表现形式也呈现千差万别。通常情况下，将那些实际数据曲线与理想数据特性不符合的数据认为是失真数据，包括一些很容易识别的粗大值或杂乱无章的数据，以及一些在表象上是很难划分，但是不符合桥梁结构力学特性的数据。因此，在现有的桥梁结构健康监测系统领域，数据失真的确认是依靠信息学科和结构工程的专家来共同肯定。

数据失真的表现形式可以从多个角度来划分。如从数据失真源来分，可分为传感器故障的数据失真和外部干扰的数据失真；从数据失真产生的环节，可以分为信息获取环节的数据失真和安全评价环节的数据失真；从数据失真的表现形式上，可以分为单点失真数据和连续失真数据段。本文主要从数据失真的表现形式上研究数据失真问题。

4.3.3.1　单点失真数据

单点失真数据也称为孤立点数据失真或奇异点，是所有的仪器仪表硬件设备中常见的现象，在桥梁结构状态健康监测系统中也经常出现。由于确认数据的失真比较复杂，因此，如果能确认哪些数据是真实的，则剩余的就是失真数据。所以真实单点数据形式化描述为：设桥梁结构状态健康监测系统中第 i 个测量点在时间段 T 采集了 m 个数据，其数据序列表示为：x_{i1}，x_{i2}，$\cdots$，x_{im}，则其中的某个数据点 x_{in} 为真实数据的条件为

$$f_1(t) \leqslant x_{in} \leqslant f_2(t) \tag{4.2}$$

式中，$f_1(t)$，$f_2(t)$ 是 x_{in} 在时间 t 点的上下阈值函数.

在桥梁结构状态健康监测系统中，导致单点数据失真的主要原因是传感器性能降低或传感器系统在数据采集过程中受到外部环境的干扰。

单点数据失真的表现形式多种多样，通常情况下，数据单点失真主要是根据数据是否在阈值范围内来判定。在桥梁结构健康监测系统中，测量点的阈值是由结构力学理论如有限元分析理论等分析给出的，如果某测量点的数据超过了阈值，则认为桥梁结构出现了问题。但是，如果某测量点的数据虽然超过了阈值，而桥梁结构是正常的，则可以

认定是数据失真。此外，如果某测量点的数据即使在阈值范围内，但不符合该测量点的数据特性，也可以认为该点数据失真。所以，判断给测量点数据单点失真可形式描述如下。

设桥梁结构状态健康监测系统中第 i 个传感器在时间段 T 采集了 m 个数据，其数据序列表示为：x_{i1}，x_{i2}，$\cdots$，x_{im}，在桥梁结构正常时，其中某个数据点 x_{in} 为单点失真的条件为

$$x_{in} \leqslant F_1 \text{ 或 } x_{in} \geqslant F_2 \tag{4.3}$$

式中，F_1，F_2 为阈值（一般为常数，但可以随便时间调整）。

如图 4.1 为桥梁结构状态健康监测系统挠度 s1 数据曲线，监测时间从 2006 年 1 月 1 日到 2006 年 6 月 30 日，其中，两条直线为该测量点的阈值线（依据有限元分析计算），阈值范围为 275 到 298。该桥梁结构在这一时间段，专家检测是正常的。所以，认定超出阈值的数据为失真数据，其中圆圈内为超过阈值的单点失真值。

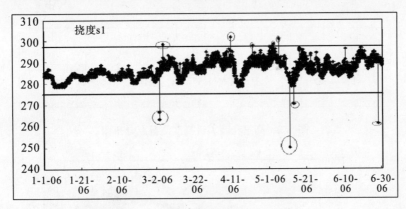

图 4.1　超过阈值的数据失真示例

4.3.3.2　连续失真数据段

连续数据段失真的情况比单点数据失真的情况复杂多了。一般对测量点在时间上相邻的数据进行认定，如果时间上连续的数据都为失真，则可以认定是连续数据段失真。由于确认数据失真的情况很复杂，因此，如果能确认什么数据是真实的数据。那剩余的就是失真数据。所以真实数据段形式化描述如下。

设桥梁结构状态健康监测系统中第 i 个传感器在时间段 T 采集了 m 个数据，其数据序列表示为：x_{i1}，x_{i2}，$\cdots$，x_{im}，则其中的某个数据点为真实数据的条件为

$$f_1(t) \leqslant x_{in}, x_{i(n+1)}, x_{i(n+1)} \leqslant f_2(t) \tag{4.4}$$

其中，$f_1(t)$、$f_2(t)$ 为 x_{in} 在时间 t 点的上下阈值函数。

失真数据由下式给出

$$x_{ik} = x_{ik}^* + p_k \xi_j \tag{4.5}$$

式中，x_{ik}^* 是理想输出数据；p_k 是失真项；ξ_j 是一个单位范数向量，除了第 j 个元素以外，其所有的其他元素都为零。

与前面单点数据失真分析类似，如果在桥梁结构正常的情况下，某测量点的连续数据段超过了阈值范围，很显然可以确定其为失真数据段。但是，除了这种情况外，更多

的连续失真的数据段是在阈值范围内，连续数据段失真的表现形式多种多样，主要有以下几种：

（1）数据段漂移。在桥梁结构状态健康监测系统中，由于测量点设置之间的对称性，结构数据之间呈现很强的关联性，在数据段前期测量点关联性保持不变，但在后来连续数据段的关联性出现了明显的漂移。从图 4.2 所示高家花园挠度测量点分布图可以看出，挠度测量点挠度 5（北）和挠度 5（南）安装测量点位置上接近，都处于桥梁的跨中位置，图 4.3 的测量数据曲线也反映出二者在数据曲线上相当接近，特别是在2006 年前，数据曲线几乎重叠。

但是，在 2006 年后，二者出现了较大的差异，挠度 5（南）有向下的趋势，出现了数据段漂移的情况，经过技术人员对桥梁结构检测，排除了该测量点桥梁结构异常的情况，在对传感器基准进行调整后，两者之间的重叠性又很高了。

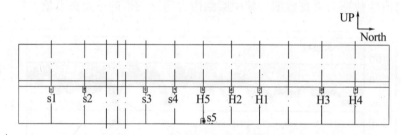

图 4.2　高家花园大桥挠度测量点分布图

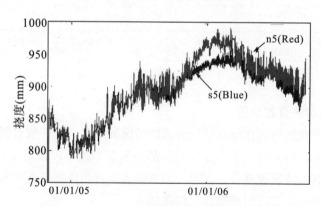

图 4.3　高家花园大桥挠度测量曲线（n5，s5）

（2）数据变化频率异常。数据在早期保持一定的变化趋势和特性，但是在后期的工作过程中，桥梁结构仍然保持安全的情况下，其数据变化频率异常。数据变化趋缓现象一般是由于传感器系统的精度下降引起的。在硬件监测仪器设备完全失效之前，有一个性能衰退从量变到质变的过程，在此过程中其输出的数据会逐渐从正常到不正常，从而在上述数据漂移之外会逐渐出现一些不真实的失真数据。对于不同的种类、不同工作状态的传感器及仪器设备，其在不同时间产生的数据失真度是不同的，且随着硬件监测仪器设备的蜕化程度加剧，整个失真的程度与频度会逐渐加剧直至某个传感器或仪器彻底失效。

如图 4.4 为索力监测的加速度传感器 n1 的 3 天数据，其中，红色圆圈内的数据在相邻的时间上，连续 3 次保持不变，经过技术人员对桥梁结构检测，排除了该测量点桥梁结构异常的情况，确认为是由于仪器精度下降导致数据失真，更换设备后数据恢复正常。

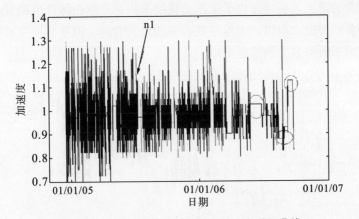

图 4.4　马桑溪大桥索力监测的加速度时程曲线

（3）数据段为恒定值。数据在早期保持一定的变化趋势和特性，但是在后期的工作过程中，桥梁结构仍然保持安全的情况下，数据输出值为恒定值。导致数据段突然为恒定值原因，一般是由于传感器已经完全损坏，使得传感器系统没有输出值（恒定值一般为传感器数据采集模块给的一个固定值）。如下图为应变传感器的 3 天数据，其中，红色圆圈内为是由于仪器损坏后导致数据失真，使得数据一直输出为 50，而经过技术人员对桥梁结构检测，排除了该测量点桥梁结构异常的情况，所以，确认为该段数据为失真数据，在之后的数据为技术人员修复传感器后，数据恢复正常输出的情况。

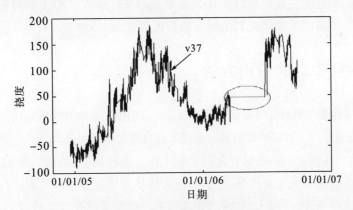

图 4.5　某应变测量数据曲线

（4）数据段突然跳变。在确认桥梁结构仍然保持安全的情况下，数据段突然出现一个较大的跳变，跳变后的数据与以前的数据保持着同样的数据特性。数据段出现突然跳变的原因，主要是由于在部分传感器或仪器设备出现故障或失效时，为保障整个结构健康监测系统继续正常运行，必须对故障或失效仪器进行维护修理或更换，修理、更换之后的传感器或仪器的灵敏度、初始状态一般都与原传感器存在差异，因此其输出数据会与原先的数据产生较大的差异，这个差异信息混入输出信息中送给后续分析环节后，往往也可能被误认为是桥梁结构陡然突变的事故先兆。

　　如下图为桥梁健康监测系统挠度 n6 的数据曲线，在 2005 年 12 月 3 日 10 点 30 分使得数据出现了大约 60mm 的跳变，而经过技术人员对桥梁结构检测，排除了该测量点桥梁结构异常的情况，确定是由于采用的挠度采集是光电图像挠度测量系统，其测量点的摄像头被移动造成，所以，虽然这些数据段是失真的，但是，只是需要调整传感器的基准，或者对于数据基准调整也可以。

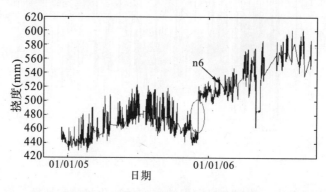

图 4.6　马桑溪大桥挠度 n6 的数据曲线

　　（5）杂乱。除了前面的四种情况，还有许多连续失真数据段没有任何规律可循，数据曲线杂乱，出现明显的失真，或有些数据段经过专家分析确定为不符合结构数据的力学特性或其他数据特性的失真数据段。

　　综上所述，桥梁结构健康监测系统中数据失真的表现形式多样，传感器失效的引起的失真信息、结构故障产生的失常信息、外界干扰引起的异常信息混杂在一起，单一的任何理论和方法都是无法简单地将失真数据划分出来，所以，相比其他智能结构系统，桥梁结构健康监测系统中数据失真的研究显得尤为复杂。

4.4　数据失真的识别方法

　　在桥梁结构健康监测系统的安全评价环节，单点数据失真和连续数据段失真是其中最主要的数据失真表现形式。从事桥梁结构状态健康监测技术研究的信息学科的研究人员，从数字信号处理角度已经做了一些数据失真识别的工作，如使用 3σ 方法、格拉布斯方法、Q 检验法等方法来识别单点失真数据[10~13]；使用频域分析方法来对数据进行滤波（高通、低通、带通）处理等等。但是，这些方法都没有考虑桥梁结构对象特性，在实践应用过程中，可能将结构失常的数据当作失真数据，也可能将失真的数据当为正常数据，所以，单一的统计特性方法或滤波技术是无法很好地实现从海量数据中识别失真数据的。根据桥梁结构健康监测系统工程实践的实际情况，需要确定其研究的前提条件：

　　（1）在同一时间，只有单个或少数几个测量点数据失真；

　　（2）数据异常的三种形式：传感器失效的引起的失真信息、结构故障产生的失常信息、外界干扰引起的异常信息；

　　（3）单个传感器故障只是使得对应输出的数据失真，而其他传感器的数据不受到影响；而结构故障产生的失常信息和外界干扰引起的异常信息都表现在相应的几个关联的传感器的输出数据上。

4.4.1　单点数据失真的识别

1. 基于关联稳态方程[14~19]的识别算法

基于关联稳定方程识别桥梁结构数据单点数据失真方法，就是考虑的是结构数据之间的关联特性，其算法思想为：首先，选取待识别数据段前面的一大段数据（以月为单位，数据量最好不低于 500）作为分析样本，并对原始数据进行标准化处理；然后，利用标准化后的数据建立主元模型，进行主成分分析，计算主成分系数，方差贡献率，协方差矩阵的特征值和 Hotelling T^2 统计量；接着，再根据协方差矩阵特征值确定主元个数（累计特征值不低于 90%），计算 SPE 统计量控制限和 T^2 控制限制；最后，对待识别的数据进行主成分分析，依据公式确定失真数据点位置 P1(P1 为失真数据点位置的集合)。

依据前面的分析，选取从 2006 年 4 月 1 日到 2006 年 5 月 18 日的挠度数据段中 1144 个正常运行样本，先进行标准化，然后建立主元模型。主元个数的保留采用累积方差百分比法来确定，结果如图 4.7(a) 所示。从图中可知，保留 4 个主元建立主元模型就可以解释约 90.96% 的数据变化。因此选取主元个数 l 为 4。再计算 SPE 统计量控制限和 T^2 控制限制，当检验水平为 0.95 时的报警控制：

$$SPE_a = 0.2557, T^2 = 18.0037$$

接着，利用上面建立的主元模型对时间段 2006 年 5 月 19−21 日的挠度数据进行主成分分析。SPE 和 T^2 的变化情况如图 4.7（b）、（c）所示。从 SPE 和 T^2 图中可以看出，失真数据点位置为 33，49，59，66。

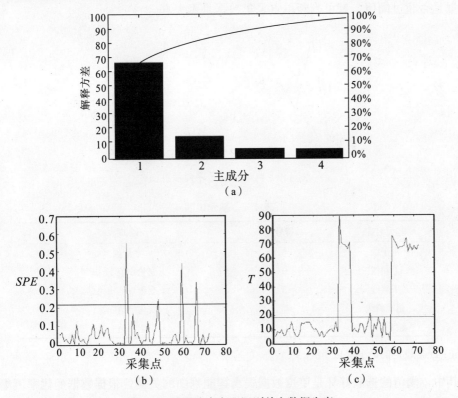

图 4.7　关联稳态方程识别单点数据失真

从图 4.8 可以看出明显有一部分点偏离了大部分点聚集的地方，这也形象地说明有异常出现。

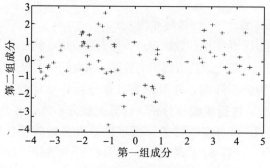

图 4.8　主成分分析点图

根据前面理论分析，单点数据失真的识别不仅仅是考虑数据的统计特性，还应将统计特性与桥梁数据特性结合起来，即将基于数据变化率的方法和基于关联稳定方程的方法结合起来，才能提高单点数据失真的识别率。

2. 基于数据变化率的识别算法

对于大型结构而言，结构的自重是影响参数变化的主要原因，很多参数测点曲线的变化趋势缓慢，即数据变化率（在单位时间内数据值变化的大小）比较小。如图 4.9 和表 4.1，将一系列采集数据描述成一系列基元组成的序列[20]，只有在跳变数据处，变化率才会出现一个畸变值。因此，通过寻找参数缓变数据的变化率阈值，智能在线检测采集数据是否超过阈值，就可判断单点采集数据是否失真。

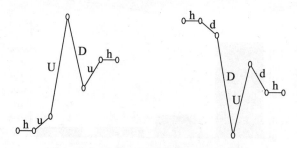

图 4.9　典型的基元序列示意图

表 4.1　基元说明

基元名称	符号	说明
水平线	h	常量段
上斜线	u	｜变化率值｜$<\Delta$
下斜线	d	｜变化率值｜$<\Delta$
超上斜线	U	｜变化率值｜$\geqslant\Delta$
超下斜线	D	｜变化率值｜$\geqslant\Delta$

注：Δ 是设定的最小变化率值。

其中，阈值的选取好坏是单点数据失真智能判断的关键。根据数据变化率值集中在某一区域内的特点，采用聚类分析法寻找阈值：选取一段典型的数据段（既很好地反映参数变化规律，又不包含异常数据），将其变化率的均值作为聚类中心，根据各个数据与聚类中心的欧式距离的最大值和参数自身的安全系数确定阈值。

具体实现如下。

首先，设某一传感器采集到的典型数据序列为 $X = \{x_1, x_2, \cdots, x_i, \cdots, x_n\}$，和 $T = \{t_1, t_2, \cdots, t_i, \cdots, t_n\}$，$x_i$ 为 t_i 时刻采集到的数据。得到 t_i 时刻数据变化率为

$$y_i = \frac{x_i - x_{i-1}}{t_i - t_{i-1}} \ (i = 2, 3, \cdots, n) \tag{4.6}$$

然后，以计算得到的数据变化率序列作为样本集：$Y = \{y_2, y_3, \cdots, y_i, \cdots, y_n\}$ $(i = 2, 3, \cdots, n)$，得到聚类中心值 M

$$M = \frac{1}{n} \sum_{i=2}^{n} |y_i| \tag{4.7}$$

根据欧氏距离的定义，则采集数据变化率与聚类中心的距离为

$$P_i(y_i, M) \overset{\text{def}}{=} \|y_i - M\| \tag{4.8}$$

得到欧氏距离数据组 $P = \{p_2, p_3, \cdots, p_i, \cdots, p_n\}$，$(i = 2, 3, \cdots, n)$。

因此，确定阈值 Δ

$$\Delta = g \cdot \max(P) \tag{4.9}$$

式中，g 为参数的安全系数。

因此，当某一是可采集到的数据为 z_i 时，计算它的变化率为 r_i，则

$$\begin{cases} w_i = -1 & |r_i - M| > \Delta \quad \text{失真数据} \\ w_i = 1 & |r_i - M| < \Delta \quad \text{正常数据} \end{cases} \tag{4.10}$$

式中，w_i 为数据状态值，当 $w_i = -1$ 时，采集数据 z_i 失真；否则 $w_i = 1$，数据正常，可以直接提供给后续的结构评估。

不过在有些时候，传感器采集数据产生突变是正常现象，可能是由于外界环境（如温度突变、外加载荷等）等引起，此时应该依据安装在结构类似位置的传感器采集数据变化规律相似原理，综合进行判断。以下选取一段典型的采集数据序列来确定阈值，然后进行实时单点采集数据是否失真的智能在线判断。

由于静态采集数据的时间间隔一般最少为 10min，因此选取 1440 个典型数据（最少包含一天的数据变化规律）用于阈值确定。

选择向家坡立交桥的墩梁错位变形数据，采集间隔为 10 分钟，时间段为 2004-4-16 0：10～2004-4-26 0：00，如图 4.10(a)。根据式（4.6）计算数据变化率如图 4.10(b) 所示，根据式(4.7) 得到聚类中心 $M = -0.00013333$，然后根据式(4.8)欧式距离曲线如图 4.10(c)。从图中可以看出欧式距离曲线的最大值为 0.035，而参数的安全系数为 1.5，因此阈值 $\Delta = 1.5 \times 0.035 = 0.05$。

选择时间段 2004-5-14 0：00～2004-5-19 10：00 的实测数据序列验证 [图 4.11 (a)]，采集时间间隔为 60min，其中包含两个由于传输不稳定导致单点失真数据。根据式(4.6)计算实测数据变化率曲线如图 4.11(b) 所示，根据式(4.7)欧式距离曲线如图 4.11(c) 所示，根据式(4.10)计算实测数据状态曲线如图 4.11(d) 所示。从图 4.11(d) 中可以看出，判断出两个单点失真数据，与实际情况相同。

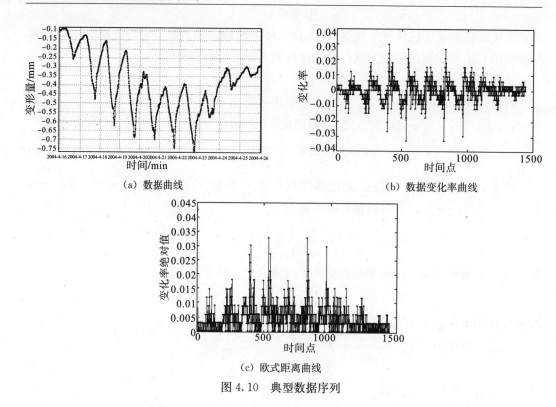

(a) 数据曲线　　　　　　　　　(b) 数据变化率曲线

(c) 欧式距离曲线

图 4.10　典型数据序列

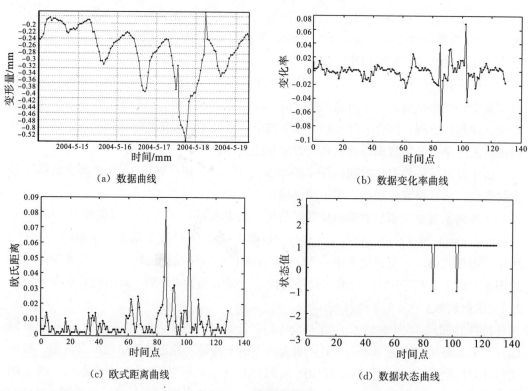

(a) 数据曲线　　　　　　　　　(b) 数据变化率曲线

(c) 欧式距离曲线　　　　　　　(d) 数据状态曲线

图 4.11　实测数据序列

4.4.2　连续数据失真判断

如图 4.12 为桥梁监测系统采集的实际数据。从图中可以看出，安装在类似结构位置的同类型传感器的测量曲线是相似的。相关系数表示了两个信号的相似程度，而且仅表示相似程度，消除了信号幅度的影响。因此，可以根据两信号的相关系数大小来衡量两能量有限信号波形的相似程度。

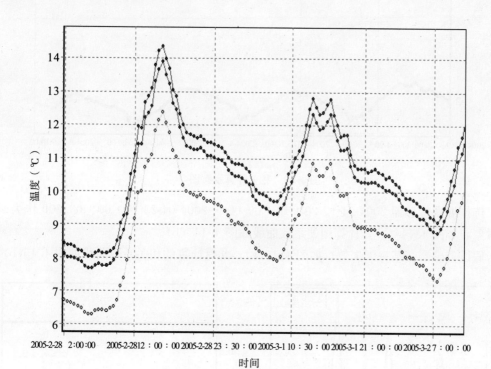

图 4.12　温度参数的数据曲线

假定 $x(t)$，$y(t)$ 是实的能量有限信号，根据信号系统中相关系数 ρ_{xy} 的定义

$$\rho_{xy} = \frac{\int_{-\infty}^{\infty} x(t) y(t) \mathrm{d}t}{\left[\int_{-\infty}^{\infty} x^2(t) \mathrm{d}t \cdot \int_{-\infty}^{\infty} y^2(t) \mathrm{d}t \right]^{1/2}} \tag{4.11}$$

当两信号波形完全不相似时，它们的幅度取值和出现时刻是相互独立、彼此不相关，相关系数 $\rho_{xy} = 0$；而当两信号波形完全相似时，其相关系数 ρ_{xy} 为 1；当两信号波形部分相似时，相关系数 ρ_{xy} 的值界于 0 到 1 之间[21]。因此可以通过计算三个或三个以上传感器采集数据的俩俩相关系数，判断连续数据是否失真。

如图 4.13，以一天的数据 144 个点为一单元，将矩形框不断地往后面移动，就可以得到某一点处的相关系数值。当某一传感器发生在某一段时间内采集的数据与另两个传感器采集的数据规律不相同时，说明此时传感器已经发生一定的失效，此时相关系数将会大大的降低。在进行安全评价时，根据正常曲线相关系数值得范围可以确定采集数据是否为连续失真数据。

矩形框表示两个能量有限的信号被用来进行相关分析的区域

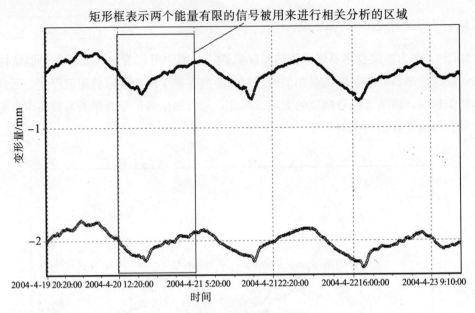

图 4.13　相关计算示意图

选择温度传感器 2004-04-19 20：10：00.000～2004-04-23 10：00：00.000 作为研究对象，如图 4.14（a）。计算相关系数曲线如图 4.14（b）。

假设传感器 2 某一天失效，如图 4.15(a)，此时计算的相关系数曲线如图 4.15(b)。

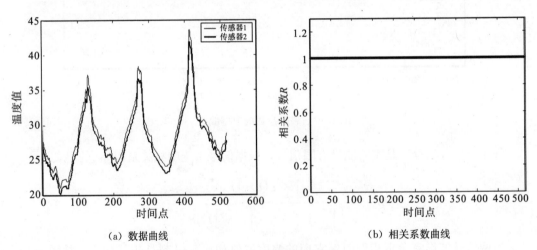

（a）数据曲线　　　　　　　　　　　（b）相关系数曲线

图 4.14　正常数据序列

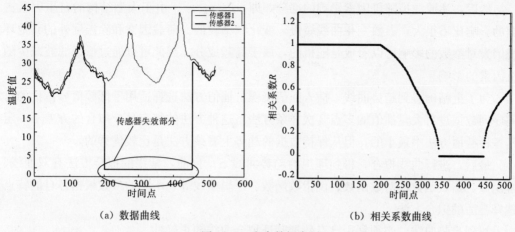

（a）数据曲线　　　　　　　　　　（b）相关系数曲线

图 4.15　失真数据序列

从图 4.15（b）可以看出，相关系数随着失效数据的不断增多而不断减小。因此可以根据相关系统判断连续数据是否失真。

注意，因为用寿命只有几年或几十年的电子仪器设备去监测具有上百年服役年限的桥梁，传感器失效现象是不可避免的，因此，相关系数的计算不仅能够判断连续数据是否失真，而且能够评估传感器状态，计算传感器采集数据对安全评价的权重，增强安全评价结果的可靠性。

4.5　数据失真的修复

4.5.1　趋势曲线修复法[22]

1. 基本思想

进行残缺数据的修复必须首先找到参数的趋势曲线，根据趋势曲线经过计算可以得到任一时刻点的理论采集数据值。

（1）求解趋势曲线。

由于对于大型结构而言，桥梁本身的自重是引起结构参数变化的主要因素，而温度影响也不可忽视，其他影响因素（如荷载作用等）可以完全看成是随机作用影响。因此，实际被测参数数据 y 可以分解为三个部分：参数自身变化趋势数值 S、温度影响的数值 T 以及随机因素影响（如何载作用、除温度外的环境作用等）的数值 e。即 $y = T + S + e$。

求解趋势曲线 S 可以通过剔除实测数据 y 中包含的温度影响数据 T 和随机因素影响数值 e。即 $S = y - (T + e)$。详细说明如下。

首先，通过已测的温度数据和参数数据，剔除参数数据中受温度影响的部分，即 $y_1 = y - T$。注意，一般温度对不同的参数影响的规律是不同的。在大多数情况下，用硬件补偿的方法难以取得满意的结果。因此，可以将温度作为自变量，参数作为因变量，画出参数测点数据随温度值变化曲线后，根据某一分析方法（如线性回归分析）找出温度和参数的关系函数，剔除温度的影响。

　　然后，滤波滤掉随机因素影响的部分，即 $y_2 = y_1 - e$。由于大型结构的自重因素占据的影响比重很大，参数变化曲线缓慢，变化频率较低。荷载因素和除温度外的其他环境因素对参数的影响可以看成是随机的，属于高频成分。因此可以通过低通滤波减少随机因素的影响。

　　为了更精确得到趋势曲线，插入插值步骤。插值方法选择适用于低频信号占优的时间序列数据进行大量插值的多点 3 次样条方法。这种方法的特点是：拟合的方差不一定是各种插值方法中最小的，但从保持数据的趋势上看该方法是比较优秀的。

　　最后，进行曲线拟合，得到理想的趋势曲线 S。目前，常用的拟合方法有双曲线、幂函数、指数函数、对数函数、倒指数函数、逻辑曲线等。不同的参数根据各自的特点选择合适的拟合方法。

　　找到趋势曲线，必须利用已有数据验证拟合曲线的正确性。

　　（2）计算参数理论采集值。

　　找到趋势曲线 S 后，求解某一时刻缺失的采集数据就可以根据趋势曲线的计算值 S 和温度影响的数值 T 得到理论采集值 $y' = T + S$，此时理论采集值 y' 和实际采集值 y 之间相差随机因素影响的数值 e，虽然有误差的存在，但两者接近，满足安全评价系统的要求。

　　2. 实例分析

　　选取实际采集的 2004.4.29～2005.4.21 时间段的墩梁错位数据和温度变化数据作为分析的对象。由于断电原因，中间部分出现了数据缺失。如图 4.16 为已有的温度数据和位移数据。

　　从图 4.16 可以看出，温度和错位数据接近线性关系，为了剔除温度的影响，设 y 为线性位移传感器测得的错位变形数据，x 为同一时间内测得的温度数据。则实验数据的回归方程为 $y = a + bx$，其中 a 和 b 为回归系数。将两段时间段分别经过 Matlab 拟合后得到的曲线为

$$\begin{cases} y = 4.5498 - 0.2765x & \text{第一段时间} \\ y = 10.2048 - 0.2862x & \text{第二段时间} \end{cases} \tag{4.12}$$

　　从式（4.12）可知，拟合曲线的斜率基本是相同的（存在误差的影响），这说明温度上升或下降某一确定值引起的位移变化是相同的，即 $T = b \cdot \Delta x$，b 为拟合曲线的斜率，T 为由于温度影响的位移变化数值，Δx 为温度变化的数值。因此，温度变化引起的位移变化完全可以看成为线性关系。

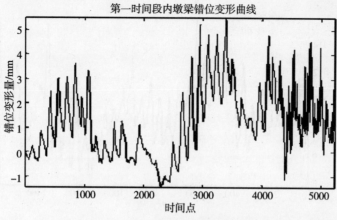

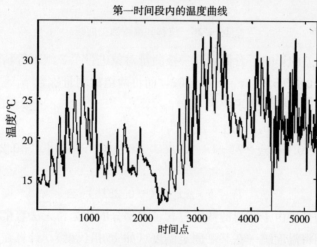

（a）第一段时间

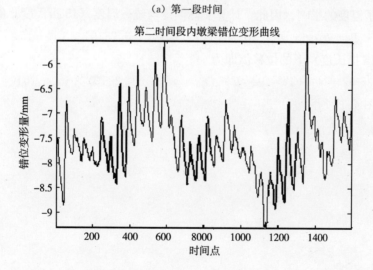

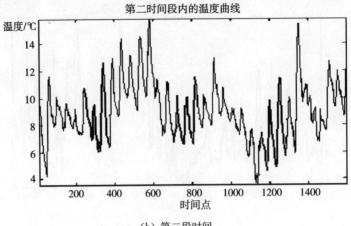

(b) 第二段时间

图 4.16 位移和温度数据曲线

为了减少误差的影响，看做对同一被测量对象进行了 2 组不等精度的测量，得到两个测量值 $b_1 = -0.2765$ 和 $b_2 = -0.2862$，而将两组的测量次数 $p_1 = 71$ 和 $p_2 = 60$ 来确定权的大小，所以斜率 b 的求解为

$$
\begin{aligned}
b &= (p_1 b_1 + p_2 b_2)/(p_1 + p_2) \\
&= [(-0.2765) \times 71 + (-0.2862) \times 60)/(71 + 60)] = -0.2810 \quad (4.13)
\end{aligned}
$$

所以

$$T = b \cdot \Delta x = (-0.2810) \cdot \Delta x \quad (4.14)$$

值得考虑的是，由于获得的数据包含了三部分的数据，无法直接将温度实际影响的数值剔除，采用将温度统一在某一固定温度（如 15 摄氏度），计算在这一温度下的位移数据则排除了温度的影响。因此，计算实际温度与统一温度（15 摄氏度）的差值，即

$$T = b \cdot \Delta x = (-0.2810) \cdot \Delta x = (-0.2810) \times (x - 15) \quad (4.15)$$

统一温度（15 摄氏度）下的位移值即为

$$y_1 = y - T = y - b \cdot \Delta x = y - (-0.2810) \times (x - 15) \quad (4.16)$$

得到曲线如图 4.17 所示。

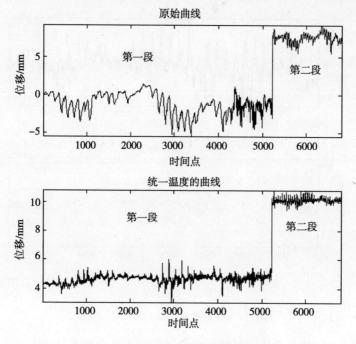

图 4.17 温度统一前后位移数据对比

从图 4.17 可知，将温度统一在 15 摄氏度后，明显将温度影响剔除。但也可以看出存在很多跳变，这些跳变是由于环境因素或荷载作用引起的，必须进行剔除。剔除随机因素影响之前必须保证采集时间间隔的相同。由于已有数据的采集时间间隔分别为 10min、60min、30min，取时间间隔公分母 60min，进行取点。10min 时间间隔的数据隔 6 个取一个，60min 时间间隔的数据全取，30min 隔两个取一个，且取的时间点尽量在整点附近（增加一个小时，横坐标值增加 1）。完成采集时间间隔的统一后，采用低通滤波器滤掉随机因素影响。滤波前后曲线如下图 4.18 所示。

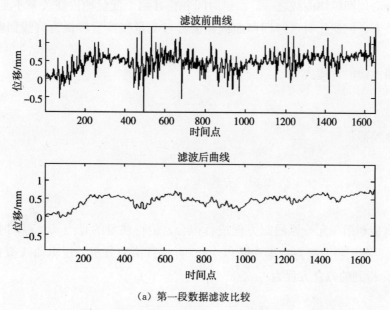

（a）第一段数据滤波比较

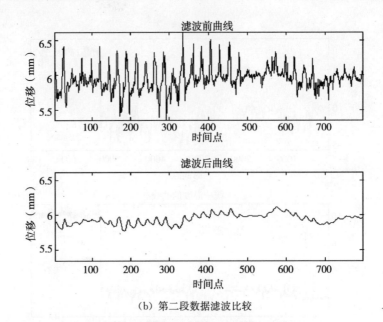

(b) 第二段数据滤波比较

图 4.18　数据滤波曲线前后对比（续）

为了更好地得到趋势曲线，对缺失数据进行多点 3 次样条插值方法。它的基本做法是：只进行一个数据点的插值。如果连续缺失 N 个数据点，则要进行 N 次插值计算，每次插值计算都是采用 3 次样条插值方法。由于 3 次样条插值方法的严密性，这样计算出的插值点不会造成大的失真，能较好的保证曲线的性质。采用该方法不会使时间序列中的周期信号受损，因为根据采样定理，采用的插值区间满足各个选定点之间间隔和插值点之间间隔相等，同时就保证了取样间隔与奈奎斯特频率之间的关系。而采用其他插值方法，该条件很难满足。

完成数据插值后，选择拟合方式。比较各种曲线特性，选择逻辑曲线拟合，因为逻辑曲线是寿命周期规律曲线之一。由于时间和位移两个变量的内在关系不是线性关系，而是曲线关系，因此此时求解回归曲线需要经过变量变换后转换为直线回归方程进行求解。

由逻辑曲线的方程式

$$y = \frac{1}{a + be^{-x}} \tag{4.17}$$

进行式子变换后得到

$$1/y = a + be^{-x} \tag{4.18}$$

令 $Y = 1/y$，$X = e^{-x}$，则可以得到一元线性方程

$$Y = a + bX \tag{4.19}$$

可以直接利用一元线性回归方程进行拟合。值得注意的是当 $x > 746$ 时，e^{-x} 几乎为 0，因此，我们将时间点数据先除以 1000 再进行拟和分析。逻辑曲线拟合图形如图 4.19 所示。得到的拟合方程为

$$y = \frac{1}{0.1652 + 3.0144e^{-x}} \tag{4.20}$$

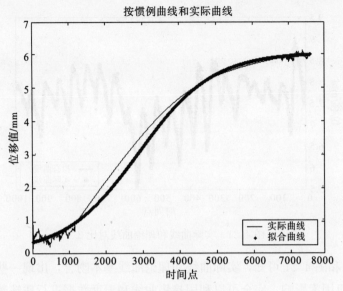

图 4.19　逻辑曲线拟合

用相关指数 R^2 和残余标准差 σ 作为综合衡量拟合曲线效果好坏的指标。R^2 越大（越接近 1），表明所配的曲线越好。σ 越小，说明拟合效果的精度越高。实际逻辑曲线拟合的 $R^2 = 0.9577$，$\sigma = 0.4202$，满足要求。

为了检验拟合曲线的正确性，我们取时间间隔为 10 min 的以 2004-4-19 15：00 开始的 1000 个点，将实际测量曲线同理论拟合曲线与温度影响曲线相加后得到的曲线进行对比（图 4.20）。

另取时间间隔为 30 min 的以 2005-1-27 11：50：00 开始的 1000 个点。将实际测量曲线同理论拟合曲线与温度影响曲线相加后得到的曲线进行对比（图 4.21）。

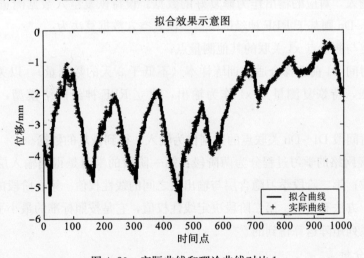

图 4.20　实际曲线和理论曲线对比 1

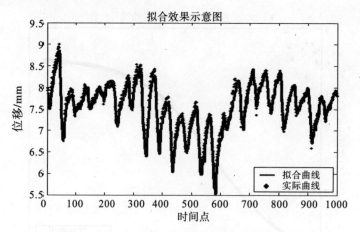

图 4.21 实际曲线和理论曲线对比 2

由图 4.20 和图 4.21 可知，实际曲线和理论曲线基本吻合，出现一些跳动，可能是由于荷载等随机因素影响，完全可以利用趋势曲线和温度数据进行残缺数据的修补。

4.5.2 神经网络修复法[9]

1. 基本思想

在前面的叙述中，已经充分分析了结构数据之间的关联性和关联度定义。空穴数据恢复思想就是基于对挠度测量点关联分析基础上，利用 RBF 神经网络强大的函数逼近能力来保证恢复数据的精度。取待恢复空穴数据时域上附近的数据（局部正常的数据）作为训练样本：以待修复的测量点为输出，和它相关联的测量点为输入，进行 RBF 神经网络样本训练，最后，将待修复时间段上关联测量点数据作为已训练完毕的 RBF 神经网络模型输入，对应的输出作为修复好的数据。设待恢复空穴数据测量点为 x1，时间范围为 D1~Dn 则基于 RBF 神经网络模型恢复空穴数据算法为：

（1）确定与测量点 x1 关联的其他测量点；

（2）在时间 D1 前选择合适的训练样本（不低于 3 天的数据量），以关联测量点的数据作为输入，待恢复测量点 x1 作为输出，建立 RBF 神经网络模型，并确定学习参数；

（3）以时间段 D1~Dn 关联点的数据作为输入，得到恢复的数据。

RBF 神经网络的学习过程分为两阶段：第一阶段的学习是得到输入层与隐层之间的径向基函数；第二阶段学习隐含层与输出层之间的线性权值。第一阶段的训练是一个聚类的过程，方法有很多。第二阶段决定线性权值，它是按照标准的最小平方准则得到的是通过一系列矩阵运算得到的[23~27]。

2. 实例分析

从重庆马桑溪长江大桥结构健康监测系数据库中提取其中 20 个挠度测量点的约 26000 条数据记录（6 个月的数据，传感器采样频率为一个小时 6 次），这些数据是得到桥梁结构工程和信息学科专家分析后认可的正确数据。由前面桥梁测量点关联分析可知，样本数据选择为一个合理水平，关联分析结果才可靠。所以，根据关联度模型公式，计算所有测量点之间的关联度，可以得到 20×20 个关联度数值，为了研究问题的方便，这里仅以挠度 n1 测量点为研究对象。其中，表 4.2 为挠度 n1 和其他挠度测量点之间的关联度。

从表 4.2 中可以看出，与测量点 n1 最关联点为 n2，其值为 0.991716，该值说明了测量点 n1 和 n2 之间紧密正相关，变换趋势基本一致，具有很相似的数据曲线，而测量点 s2 与测量点 n1 之间是负相关，变化趋势刚好相反（图 4.22）。

表 4.2　挠度测点关联度示意

n1	n2	n3	n4	n5	n6
1	0.991716	−0.67849	0.51179	0.96016	0.944783
n7	n8	n9	n10	s1	
0.905855	0.42109	−0.34483	0.23837		0.92401
s2	s3	s4	s5	s6	s7
−0.93749	0.604885	0.568773	0.92089	−0.87059	−0.87311
s8	s9	s10			
0.947106	0.949134	−0.639			

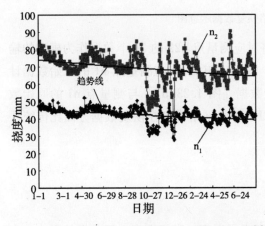
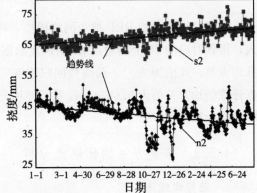

图 4.22　测点数据相关示意

为了验证 RBF 方法恢复数据的可行性，任意选取测量点 n1 的一段数据（600 个）[图 4.23(a)]，并从中删除了 20 个数据[图 4.23 (b)]，将测量点 n22 的数据作为输入，测量点 n1 的数据作为输出，建立一个单输入单输出的 RBF 神经网络模型（以剩余 580 个数据样本作为训练样本，按照前述学习方法来调整权值）。

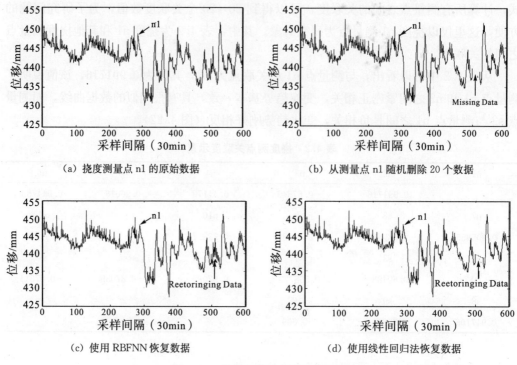

(a) 挠度测量点 n1 的原始数据　　　　　(b) 从测量点 n1 随机删除 20 个数据

(c) 使用 RBFNN 恢复数据　　　　　(d) 使用线性回归法恢复数据

图 4.23　神经网络恢复数据示意图

按照已经建立的 RBF 神经网络模型，将对应测量点 n22 的 20 个数据作为模型的输入，得到对应的 20 个测量点 n1 的恢复数据 [图 4.23(c)]，与测量点 n1 的原始数据计算均方差，其值为 $2e^{-9}$，而线性回归法恢复数据 [图 4.23(d)] 与测量点 n1 的原始数据计算的均方差值为 0.6974，说明了使用 RBF 神经网络模型在恢复数据方面比传统法有更好的数据精度[28~31]。

4.5.3　修复方法的优缺点分析

1. 趋势曲线法

基于趋势曲线恢复空穴数据的方法充分考虑了温度、随机因素对于数据的影响，在恢复某些测量点的空穴数据上可以得到很高的精度，有一定的实用性。但是，其缺点也很明显。

（1）对温度、随机因素的剔除不是很精确。模型的建立都是局限在一个比较理想化的前提条件下，如对温度的影响的剔除考虑的是 15℃，然而，每天温度的变化都有 10℃ 左右，如果用一个统一的温度来剔除，并不符合实际情况；随机因素的情况就更加复杂，如环境干扰产生的变化与桥梁结构受力的变化相混在一起，单纯地通过过滤是很难区别开来。

（2）三次样条插值方法不完全适合。桥梁结构健康监测系统采集得到结构数据影响因素是很复杂的。而三次样条插值方法不过是一种纯粹的数学理论方法来恢复空穴数据，完全没有考虑时域上桥梁结构的受力情况。

（3）拟合曲线方程很难确定。结构数据在时域上是非线性的，只是个别结构数据在一小段时间内可以看作线性关系，所以很难选择合适的拟合曲线方程。

2. 神经网络法

在基于桥梁测量点关联分析的基础上，使用正常工作测量点的监测数据，去恢复相关联的其他测量点的异常数据，建立单输入（也可以多输入）单输出的 RBF 神经网络模型，并利用 RBF 神经网络强大数据逼近特性来恢复在时域上非线性挠度数据的方法，在理论和实践上都是可行的，并能保证恢复数据的精度。相比均值法、样条插值法等去恢复空穴数据的方法而言有更大的应用性，也充分考虑了数据在时间上的关联性。

但是，RBF 神经网络模型也不是在任何情况条件下都可以建立的，样本选择的不合理，训练过程中可能会使得建立的神经网络模型不收敛，也就是模型建立失效。所以，在工程实践中还需要其他方法对此进行补充完善。

4.6　数据换算处理

数据换算是桥梁健康监测中必不可少的一环，它将传感器的采集信号转换为桥梁需要测量的参数的实际数值，以便能够进行桥梁结构的安全评价和寿命预测等后续处理。一般可用软件运行于集群中心采集软件系统后台，实现自动换算处理的功能。这种数据换算处理方法简单可以归纳为：

第一步，了解结构参数的测量要求，确定换算处理的最终形式；

第二步，分析传感器的测量原理，观察传感器测量输出的信号和参数的测量要求之间有什么关系；

第三步，根据安装方式，进行换算公式推导，完成根据传感器输出值确定结构参数值的数据处理。

显然，不同的桥梁结构、不同参数和不同传感器的选择以及不同安装方式均可能导致数据换算的处理方法不同，因此必须根据实际情况进行换算处理。

下面以向家坡立交桥的墩梁错位变形参数的数据换算作为实例说明数据换算处理方法。

1. 测量要求

由于向家坡立交桥 IV 匝道的 12 号墩为常规钢筋混凝土双圆柱墩，与主梁为简支连接，因此梁体容易滑动，与桥墩产生相对位移，即产生墩梁错位现象。如果错位过大，或脱离设计范围，桥梁将产生危险。所以，在 12 号墩顶与梁体之间安装位移传感器，测量墩梁之间产生的相对位移。考虑到实际的变形，要求测量切向和法向的墩梁错位。

2. 测量原理

位移传感器的功能是把机械运动转换成可以计量、记录或传送的电信号。根据测量要求，选择德国 FSG 拉线式位移传感器。它的测量原理是：将位移传感器安装在固定位置上，拉绳缚在移动物体上。拉绳直线运动和移动物体运动轴线对准。运动发生时，拉绳伸展和收缩。一个内部弹簧保证拉绳的张紧度不变。带螺纹的轮毂带动精密旋转感应器旋转，输出一个与拉绳移动距离成比例的电信号。测量输出电信号就可以得出运动物体的位移。

因此，在安装两个或以上的位移传感器后，通过读取传感器的输出电信号，进行相应的换算，就可以得到切向和法向的墩梁错位值。

3. 换算公式推导

如果两个位移传感器分别安装在切向和法向两个方向，则只要找到输出电信号与实际错位值之间的比例关系，通过相乘换算就实现两者之间的转换。但是由于这种安装方式必须保证拉线方向垂直，不但安装困难，而且误差很大。因此根据现场条件和测量要求，实际安装如图 4.24 所示。简化安装图为计算示意图，参见图 4.25，x 轴向代表法向，y 轴向代表切向。

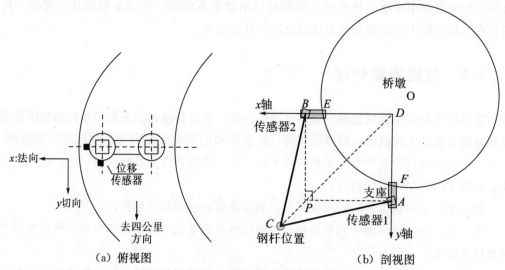

（a）俯视图　　　　　　　　　　　　（b）剖视图

图 4.24　向家坡墩梁错位传感器的安装示意图

由于两个位移传感器分别安装在 B、A 两点，两传感器的挂钩固定在 C 点。安装保证 $BD \perp AD$，即 $BP \perp AP$。因此，可以在直角三角形中寻找传感器的拉线变化与实际错位值之间的转换关系，才能实现通过输出电信号测量桥梁墩梁错位参数的目的。

首先假设

$$x_0 = DB \quad \Delta x_C = BC_x \quad L_{C1} = AC$$
$$y_0 = DA \quad \Delta y_C = AC_y \quad L_{C2} = BC$$

其中，x_0、y_0 为传感器初始安装时位置与垂直交点之间的距离。Δx_c，Δy_c 为传感器拉线在法向和切向的分量。L_{C1}、L_{C2} 是两传感器的有效线长和外加拉线（为了减少误差，外接一定长度拉线）的总和。

因此，在直角三角形 CBC_x、CAC_y 中

$$\begin{cases} \Delta x_C^2 + (y_0 + \Delta y_C)^2 = L_{C2}^2 \\ \Delta y_C^2 + (x_0 + \Delta x_C)^2 = L_{C1}^2 \end{cases} \tag{4.21}$$

计算得

$$\begin{cases} \Delta x_C = \dfrac{-x_0(S - L) + y_0 \sqrt{4SL_{C1}^2 - (L + S)^2}}{2S} \\ \Delta y_C = \dfrac{-y_0(S + L) + x_0 \sqrt{4SL_{C1}^2 - (L + S)^2}}{2S} \end{cases} \tag{4.22}$$

式中，$S = x_0^2 + y_0^2$，$L = L_{C1}^2 - L_{C2}^2$

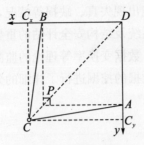

图 4.25　计算示意图

因此，用式(4.22)计算出任一时刻法向和切向的传感器拉线长度减去初始长度，即为桥梁墩梁法向和切向的实际变形值 Δx_R、Δx_T

$$在法向:\begin{cases} \Delta x_R = \Delta x_C - \Delta x_0 \\ 在切向:\Delta x_T = \Delta y_C - \Delta y_0 \end{cases} \tag{4.23}$$

式中，Δx_0、Δy_0 分别是初始安装时的传感器 2 和传感器 1 在法向、切向两个方向分量。

通过式（4.22）和式（4.23）得到：计算实际变形值 Δx_R、Δx_T，必须已知 x_0、y_0、Δx_0、Δy_0 以及 L_{C1}、L_{C2}。

又由于传感器的输出电压与拉线总长之间的关系如式 4.24。

$$\begin{cases} L_{C1} = U_1 \times 50 + l_1 \\ L_{C2} = U_2 \times 50 + l_2 \end{cases} \tag{4.24}$$

式中，l_1、l_2 分别是传感器 1 和传感器 2 的外接拉线线长；U_1、U_2 分别是传感器 1 和传感器 2 的测得输出电压值，$U_1 \times 50$、$U_1 \times 50$ 为传感器拉线的有效线长。

在安装时测得

$$\begin{cases} x_0 = 793.3 \text{ mm} \\ y_0 = 860.7 \text{ mm} \end{cases}, \begin{cases} l_1 = 816.2 \text{ mm} \\ l_2 = 753 \text{ mm} \end{cases}, \begin{cases} \Delta x_0 = 238.1 \text{ mm} \\ \Delta y_0 = 152.9 \text{ mm} \end{cases}$$

这样，当在 $2005 - 11 - 29$ $19：20：00$ 时刻，读取两传感器的输出电压 $U_1 = 4.445V$，$U_2 = 5.719V$ 时，换算得到实际法向和切向方向的位移值为（注意：负值表示方向与坐标轴的正向相反）。

在法向：$\Delta x_R = \Delta x_C - \Delta x_0 = (234 - 238.1)\text{mm} = -4.1\text{mm}$

在切向：$\Delta x_T = \Delta y_C - \Delta y_0 = (151.5 - 152.9)\text{mm} = -1.7 \text{ mm}$

因此，实现了利用位移传感器测量墩梁错位变形值，完成了数据换算处理。

4.7　小结

由于对大型桥梁的实时监测，得到的第一手资料就是海量的监测数据。要对浩如烟海的数据进行分析研究，判断该桥梁是否满足功能性、经济性、可行性和安全性的要求，就必须寻求一种适用、高效、可行的方法能够对数据的准确性、有效性进行分析。桥梁结构健康监测系统由大量传感器、通讯网络组成的复杂系统，其运行在桥梁所处的自然环境中，由于硬件设备自身的稳定性以及寿命限制和网络传输的外界干扰等原因，整个系统所采集到的数据就可能出现失真、缺损等情况，由此有效识别数据的失真以及修复失真是整个桥梁健康监测系统及结构安全评估的重要基础。

本章就基于关联稳态方程、数据变换率等理论的监测数据的失真识别以及失真处理进行了详细分析，同时对海量数据的挖掘进行了详细的分析研究，为工程实践提供了有益的参考。

参 考 文 献

[1] 崔辰州. 虚拟天文台——网格技术最好的试验场 [J]. 北京：中国计算机报，2004，9.

[2] 都志辉等. 网格计算 [M]. 北京：清华大学出版社，2002.

[3] 刘艳丽. 基于数据网格的海量数据管理若干关键技术研究 [D]. 北京：中国科学院，2005，6.

[4] C Baru, R Moore, A Rajasekar, et al. The SDSC storage resource broker. In Proceedings of CASCON' 98 Conference, Dec. 1998, Toronto, Canada.

[5] Ian Foster, Carl Kesselman. GriPhyN/PPDG Data Grid Architecture, Toolkit, and Roadmap (Version 2), Technical Report GriPhyN−2001−15, www. griphyn. org.

[6] Arcot R, Michael W, Reagan W. Moore, WayneSchroeder, Data Grid Federation, PDPTA, Las Vegas NV, June 2004−Special Session on New Trends in Distributed Data Access.

[7] S K. Hot Technologies [J]. Fortune Magazine, June 24，2002：162.

[8] IMS Center. Web Site：www. imscenter. net.

[9] 胡顺仁. 桥梁结构健康监测系统中安全评价环节的差错控制研究 [D]. 重庆：重庆大学，2007，4.

[10] 张俊平. 桥梁检测 [M]. 北京：人民交通出版社，2002.

[11] 陈仲生. Matlab7.0 的统计信息处理 [M]. 湖南：湖南科学技术出版社，2005.

[12] Hample F R, Roncheai E M, Rousseeuw P J. Stahel WA Robust Statistics：The Approach Based on Influeuce function [J]. New York：John Wiley&Sons.

[13] 滕素珍，冯敬海著. 数理统计学（第四版）[M]. 大连：大连理工大学出版社，2005.

[14] Hotelling H. Analysis of a complex of statistical variables into principal components [J]. Journal of Educational Psychology, 1933, 24：417−441, 498−5201.

[15] Alan V, Alan S, Willsky S. Hamid Nawab. Signals and Systems, Second Edition [M]. Beijing：Pubblishing House of Electronics Industry, 2002. 8：314−317.

[16] Tippingme B. Probabilistic principal component analysis [J]. Journal of the Royal Statistical Society, Series. B, 1999, 61 (3)：611−621.

[17] Haykins. Neural Networks：A Comprehensive Foundation, 2nd Edition [M]. New Jersey：Pearson Education Inc, 1999.

[18] R A Johnson. Applied Multivariate Statistical Analysis, 4th ED [M]. Prentice Hall, NJ, 1998.

[19] 赵成燕，刘爱伦. 基于改进 PCA 的故障检测与诊断方法 [J]. 上海：石油化工自动化，2006.

[20] 吴逸飞 译. 模式识别——原理、方法及应用 [M]. 北京：清华大学出版社，2002.11.

[21] 唐晓初. 信号检测技术 [M]. 重庆：重庆大学出版社，2003.9.

[22] 童艳群. 桥梁集群中心数据采集处理软件系统的设计与开发 [D]. 重庆：重庆大学，2003.9.

[23] 从爽. 面向 Matlab 工具箱的神经网络理论与应用 [M]. 合肥：中国科学技术大学出版社，1998.

[24] 胡顺仁等. 神经网络应用技术 [M]. 长沙：国防科技大学出版社，2003.

［25］许东，吴铮. 基于 MATLAB 6.x 的系统分析与设计［M］. 西安：西安电子科技大学出版社，2002.

［26］飞思科技产品研发中心编著. 神经网络理论与 MATLAB 7 实现［M］. 北京：电子工业出版社，2005.

［27］董长虹. Matlab 神经网络与应用［M］. 北京：国防工业出版社，2005.

［28］胡顺仁，等. 基于 RBF 神经网络的桥梁挠度数据恢复研究［J］. 北京：仪器仪表学报，2006（12）：1605—1608.

［29］胡顺仁，陈伟民，符欲梅. 基于神经网络的不可靠数据恢复研究［J］. 北京：计算机仿真，2007（8）.

［30］Hu S, Chen W, Fu Y, Research of bridge deflection restoring based on correlation analysis and RBF neural networks. The international conference on mechanical transmissions（ICMT'2006），Chongqing, China, Sept. 26—30，2006：1670—1673.

［31］Shunren Hu, Weimin Chen, Research of trustless deflection correcting based on neural networks. 2006：Sixth International Conference on Intelligent Systems Design and Applications. Jinann Shandong, China, October 16—18，2006：3—6.

第 5 章 基于混沌时间序列的结构响应信息非线性分析

将桥梁监测数据看作非线性动力信号，该信号随时间演化构成时间序列。时间序列分析在数学、物理、化学、生物、医学、信息科学、经济学等领域的研究中起了非常重要的作用。线性方法是一种完美漂亮的工具，用它来研究时间序列，有时可以得到令人满意的结果。但更多的时候，由于大自然非线性的本质，采集到的时间序列都是非线性的，线性工具最多只能给出近似的结果。要真实地反映出这些非线性时间序列的本质，就必须使用非线性工具。上世纪下半叶，非线性科学得到了蓬勃发展，其中包括混沌、分形等前沿科学，这正为利用非线性工具来研究时间序列提供了契机。可以用来研究时间序列的非线性工具有许多种，而其中非线性动力学方法则是近年来兴起的一个重要分支。

桥梁结构作为复杂的力学模型，受到结构形式、材料、外部环境等多种因素的影响，在实际营运过程中必然存在高度的非线性特征。传统的关于桥梁结构的分析一般采用线性分析手段，导致在结构营运期的评估存在较大误差，为了更准确地反应结构的本质，引入非线性分析手段成为发展的趋势。

另外，桥梁健康实时监测系统采集到的桥梁营运期的实时响应信息是按照固定采样周期记录结构营运期动力活动的重要资料，具有时间序列的本质特点。由此，可以通过实时监测的桥梁响应数据使用时间序列的分析手段来揭示桥梁自身的本质特性。

5.1 混沌动力学概述

非线性科学是一门研究非线性现象共性的基础学科。被誉为 20 世纪自然科学中的"三大革命之一"，与量子力学和相对论具有相同的地位。非线性科学的研究涉及对确定与随机、有序与无序、偶然与必然、量变与质变、整体与局部等数学范畴和哲学概念的再认识。一般来说，非线性科学的主题包括：混沌（chaos）、分叉（bifurcation）、分形（fractal）、孤粒子（soliton）和复杂性（complexity）[1]。

5.1.1 混沌基本理论[2]

混沌动力学是复杂性科学的一个重要分支，也是近三十年来的一个热门学科。混沌是指发生在确定性系统中的貌似随机的不规则运动。一个确定性理论描述的系统，其行为却表现为不确定性、不可重复、不可预测，这就是混沌现象。混沌是非线性系统的固有特性，是非线性系统普遍存在的现象，牛顿确定性理论能够处理的多为线性系统，而线性系统大都由非线性系统简化而来。因此，在现实生活和实际工程技术问题中，混沌是无处不在的。

混沌现象最初是由美国气象学家洛伦茨，在 20 世纪 60 年代初研究天气预报中大气流动问题时偶然发现的。1963 年，洛伦茨在《大气科学》杂志上发表了"决定性的非周期流"一文，指出在气候不能精确重演与长期天气预报者无能为力之间必然存在着一种联系，这就是非周期与不可预见性之间的联系。他还发现了混沌现象"对初始条件的极端敏感性"。这可以生动的用"蝴蝶效应"来比喻：在做气象预报时，只要一只蝴蝶扇一下翅膀，这一扰动，就可能在很远的另一个地方造成非常大的差异甚至引起风暴，将使长时间的预测无法进行。

许多其他学者为混沌理论的进展做出了不可磨灭的贡献。美国数学家 J. York 在 1975 年的论文"周期 3 则混沌"中首先引入了"混沌"这个名称。1971 年法国科学家罗尔和托根斯从数学观点提出纳维－斯托克司方程出现湍流解的机制，揭示了准周期进入湍流的道路，首次揭示了相空间中存在奇异吸引子，这是现代科学最有力的发现之一。1976 年美国生物学家梅在对季节性繁殖的昆虫的年虫口的模拟研究中首次揭示了通过倍周期分岔达到混沌这一途径。1978 年，美国物理学家费根鲍姆重新对梅的虫口模型进行计算机数值实验时，发现了称之为费根鲍姆常数的两个常数。这就引起了数学物理界的广泛关注。与此同时，Mandelbrot 用分形几何来描述一大类复杂无规则的几何对象，使奇异吸引子具有分数维，推进了混沌理论的研究。20 世纪 70 年代后期科学家们在许多确定性系统中发现混沌现象。

在确定性的系统中发现混沌，改变了人们过去一直认为宇宙是一个可以预测的系统的看法。用决定论的方程，找不到稳定的模式，得到的却是随机的结果，彻底打破了拉普拉斯决定论式的"因果决定论可预测度"的幻想。而混沌理论则研究如何把复杂的非稳定性事件控制到稳定状态。

混沌理论作为一个科学理论具有三个关键概念，或者说是三个特性：初值敏感性、分形和奇异吸引子。

（1）初值敏感性（蝴蝶效应）。混沌现象揭示了现实世界不可捉摸的复杂性，从而给科学决定论以打击。混沌理论指出的某些系统，只要初始条件稍有偏差或微小的扰动，则会使得系统的最终状态出现巨大的差异。因此混沌系统的长期演化行为是不可预测的。这一点常常被通俗地称为蝴蝶效应。

（2）分形。分形是著名数学家 Mandelbrot 创立的分形几何理论中的重要概念。意为系统在不同标度下具有自相似性质。自相似性意味着递归，即在一个模式内部还有一个模式，可产生出具有结构和规则的隐蔽的有序模式。

（3）奇异吸引子。吸引子是系统被吸引并最终固定于某一状态的性态。有三种不同的吸引子控制和限制物体的运动程度：点吸引子、极限环吸引子和奇异吸引子（即混沌吸引子或洛伦兹吸引子）。点吸引子与极限环吸引子都起着限制的作用，使系统产生静态的、平衡的特征，故也称收敛性吸引子。奇异吸引子使系统偏离收敛吸引子的区域，诱发不同形态。它具有复杂的拉伸、折叠与伸缩的结构，可以使指数型发散保持在有限的空间中；它使系统变为非预设模式，从而使系统成为不可预测性的。

5.1.2 混沌系统识别[3]

天然存在的系统（物理系统、化学系统或生物系统）能呈现混沌，这一点目前已得到普遍共识，并引起了许多学者在实验室里或在自然状况下对混沌识别进行尝试。现今用来识别混沌方法主要有三种：利用功率波、相空间重构和 Lyapunov 指数法。其中应用较为广泛的是第三种方法。

1. Lyapunov 指数

Lyapunov 指数是有关非线性动力学中定量刻划复杂动力学性态的最常用的一个量，用来量度动力学性态的规则性程度。由于混沌系统的初值敏感性，那些初始状态比较接近的轨迹总体上会指数发散，Lyapunov 指数描述了这种轨迹收敛或发散的比率，当一个系统中同时存在正的和负的 Lyapunov 指数时，便意味着混沌的存在。

在一个 n 维动力系统中 $x_{n+1} = F(x_n)$，初始两点迭代后是分离的，还是靠拢的，关键取决于导数 $\left|\dfrac{dF}{dx}\right|$ 的值。若 $\left|\dfrac{dF}{dx}\right| > 1$ 则迭代使两点分开；若 $\left|\dfrac{dF}{dx}\right| < 1$ 则迭代使两点靠拢。在不断迭代过程中，$\left|\dfrac{dF}{dx}\right|$ 的值也随之而变化，使两点时而分开时而靠拢。为了表示从整体上看相邻状态的分离的情况，必须对时间取平均。因此，设平均每次迭代引起的指数分离中的指数为 λ，于是原来相距为 ε 的两点经过 n 次迭代后相距为

$$\varepsilon e^{n\lambda(x_0)} = \left| F^n(x_0 + \varepsilon) - F^n(x_0) \right| \tag{5.1}$$

取极限 $\varepsilon \to 0$，$n \to \infty$，式（5.1）变为

$$\lambda(x_0) = \lim_{n \to \infty} \lim_{\varepsilon \to 0} \frac{1}{n} \ln \left| \frac{F^n(x_0 + \varepsilon) - F^n(x_0)}{\varepsilon} \right| = \lim_{n \to \infty} \frac{1}{n} \ln \left| \frac{dF^n(x)}{dx} \right|_{x=x_0} \tag{5.2}$$

式(5.2)通过变形计算可简化为

$$\lambda = \lim_{n \to \infty} \frac{1}{n} \sum_{i=0}^{n-1} \ln \left| \frac{dF(x)}{dx} \right|_{x=x_i} \tag{5.3}$$

式(5.3)中的 λ 与初始值的选取没有关系，称为原动力系统的 Lyapunov 指数，它表示系统在多次迭代中平均每次迭代引起的指数分离中的指数。

由此，若 $\lambda < 0$ 则意味着相邻点最终要靠拢合并成一点，这对应于稳定的不动点和周期运动；若 $\lambda > 0$ 则意味着相邻点最终要分离，这对应于轨道的局部不稳定，如果轨道还有整体的稳定因素（如整体有界、耗散、存在捕捉区域等），则在此作用下反复折叠形成混沌吸引子。所以，$\lambda > 0$ 可作为系统混沌行为的一个判据。

对于一般的 n 维动力系统，定义 Lyapunov 指数如下：

设 F 是 $R^n \to R^n$ 上的映射，决定一个 n 维离散动力系统

$$x_{n+1} = F(x_n) \tag{5.4}$$

将系统的初始条件取为一个无穷小的 n 维的球，由于演变过程中的自然变形，球将变为椭球。将椭球的所有主轴按其长度顺序排列，那么第 i 个 Lyapunov 指数根据第 i 个主轴的长度 $P_i(n)$ 的增加速率定义为

$$\sigma_i = \lim_{n \to \infty} \frac{1}{n} \ln \left[\frac{P_i(n)}{P_i(0)} \right], (i = 1, 2, \cdots, n) \tag{5.5}$$

这样 Lyapunov 指数是与相空间的轨线收缩或扩张的性质相关联的，在 Lyapunov 指数小于零的方向上轨道收缩，运动稳定，对于初始条件不敏感；而在 Lyapunov 指数为正的方向上，轨道迅速分离，对初值敏感。

由此，可通过最大 Lyapunov 指数来进行系统混沌性的判定。

2. 分数维数

奇异吸引子是轨道在相空间中经过无数次靠拢和分离、来回拉伸与折叠形成的几何图形，具有无穷层次的自相似结构。由于耗散系统在相空间上收缩，使奇异吸引子维数小于相空间的维数。故奇异吸引子的几何性质，可以通过研究它的空间维数来确定。由于其组成部分与整体有某种方式的相似，称为分形。分形的特点是分数维，它由 Mandelbrot 在 20 世纪 70 年代创立。

分数维数包括：Hausdoff 维数、关联维数、自相似维数、盒维数、Lyapunov 维数、信息维数、点形维数。

以上是混沌系统的特征量，在实际中基于时间序列的混沌分析时需要进行混沌时间序列的判别。目前判别方法主要有：功率谱方法、主分量分析、Poincare 截面法、Lyapunov 指数法、C-C 方法、局部可变神经网络法、指数衰减法、频闪法、代替数据法。

一般对于混沌系统定性和定量分析的方法主要有：

(1) 直接观测法。这种方法是根据动力学系统的数值运算结果，画出相空间中相轨迹随时间的变化图，以及状态变量随时间的历程图。通过对比，分析和综合以确定解得分岔和混沌现象。在相空间中，周期运动对应于封闭曲线，混沌运动对应于一定区域内随机分离的永不封闭的轨迹（奇异吸引子）。利用这种方法可确定分岔点和普适常数。

(2) 分频采样法。对周期外力作用下的非线性振子，研究其倍周期分岔和混沌现象，可采用分频采样法。该方法是试验物理学中闪烁采样法的推广。为避免复杂运动在相空间中轨迹混乱不清。可以只限于观察隔一定时间间隔（称为采样周期）在相空间的代表点（称为采样点），这样原来在相空间的连续轨迹就被一系列离散点所代表。分频采样法目前是辨认长周期混沌带的最有效的方法。

对于受迫振动，采样周期常取为外控力周期，如果采样点只是在一定区域内密集的点而且具有层次结构，则此伪随机运动便是混沌。

(3) 庞加莱截面法。其基本思想是在多维相空间 (x_1, dx_1/dt, x_2, dx_2/dt, $\cdots$, x_n, dx_n/dt) 中适当选取一截面，在此截面上某一对共扼变量如 (x_1, dx_1/dt) 取固定值，称此截面为 Poincar 截面。

观测运动轨迹与此截面的截点(Poincare 点)，设它们依次为 P_0, P_1, $\cdots$, P_n。原来相空间的连续轨迹在 Poincare 截面上便表现为一些离散点之间的映射 $P_{n+1} = TP_n$。由它们可得到关于运动特性的信息。如不考虑初始阶段的暂态过渡过程，只考虑 Poincare 截面的稳态图像，当 Poincare 截面上只有一个不动点和少数离散点时，可判定运动是周期的；当 Poincare 截面上是一封闭曲线时，可判定运动是准周期的；当 Poincare 截面上是成片的密集点，且有层次结构时，可判定运动处于混沌状态。

（4）赝相空间法。当对数学模型未知的动力系统的混沌特征分析时，分频采样法和庞加莱截面法就不适用了。而且，在试验过程中，有时只便于对某一变量进行测量，这时可利用测得的时间序列重构相空间。嵌入定理解决了怎样才能从这单一的时间系列建立和描述有限维的吸引子及重构动力系统这一问题。重构相空间即赝相空间法的位数即嵌入维数应满足 $m \geqslant 2n+1$，其中，n 为相空间的真实维数。设测得的时间序列表示为 $\{x(k), k=1, 2, \cdots, N\}$，适当选取一时间延迟量 tau，其中 tau 为采样周期的整数倍。取 $x(k)$，$x(k+tau)$，$\cdots$，$x(k+(m-1)tau)$ 为坐标轴，画出赝相空间轨迹。

上述重构吸引子的过程相当于将时间序列 $\{x(k)\}$ 映射到 m 维的欧式空间 R^m 中，并希望 R^m 空间的点能保持原有未知吸引子的拓扑特性。赝相空间法虽然是用一个变量在不同时刻的值构成相空间，但动力系统的一个变量的变化自然跟此变量与系统的其他变量的相互关系有关，即此变量随时间的变化隐含着整个系统状态的演化规律。对于定态，通过这种方法得到的结果仍是一定点；对于周期运动，结果是有限个点；而对于混沌系统，所得到的结果便是一些具有一定分布形式或结构的离散点。

（5）Lyapunov 指数。混沌系统的基本特点就是系统对初始值的极端敏感性，两个相差无几的初值所产生的轨迹，随着时间的推移按指数方式分离，Lyapunov 指数就是定量的描述这一现象的量。

Lyapunov 指数是衡量系统动力学特性的一个重要定量指标，它表征了系统在相空间中相邻轨道间收敛或发散的平均指数率。对于系统是否存在动力学混沌，可以从最大 Lyapunov 指数是否大于零非常直观的判断出来：一个正的 Lyapunov 指数，意味着在系统相空间中，无论初始两条轨线的间距多么小，其差别都会随着时间的演化而成指数率的增加以致达到无法预测，这就是混沌现象。

Lyapunov 指数的和表征了椭球体积的增长率或减小率，对 Hamilton 系统，Lyapunov 指数的和为零；对耗散系统，Lyapunov 指数的和为负。如果耗散系统的吸引子是一个不动点，那么所有的 Lyapunov 指数通常是负的。如果是一个简单的 m 维流形（$m=1$ 或 $m=2$ 分别为一个曲线或一个面），那么，前 m 个 Lyapunov 指数是零，其余的 Lyapunov 指数为负。不管系统是不是耗散的，只要 $\lambda_1 > 0$ 就会出现混沌。

微分动力系统 Lyapunov 指数的性质。对于一维（单变量）情形，吸引子只可能是不动点（稳定定态）。此时 λ 是负的。对于二维情形，吸引子或者是不动点或者是极限环。对于不动点，任意方向的 δx_i，都要收缩，故这时两个 Lyapunov 指数都应该是负的，即对于不动点，$(\lambda_1, \lambda_2) = (-, -)$。至于极限环，如果取 δx_i 始终是垂直于环线的方向，它一定要收缩，此时 $\lambda < 0$；当取 δx_i 沿轨道切线方向，它既不增大也不缩小，可以想象，这时 $\lambda = 0$。事实上，所有不终止于定点而又有界的轨道（或吸引子）都至少有一个 Lyapunov 指数等于零，它表示沿轨线的切线方向既无扩展又无收缩的趋势。所以极限环的 Lyapunov 指数是 $(\lambda_1, \lambda_2) = (0, -)$。

在三维情形下有

$(\lambda_1, \lambda_2, \lambda_3) = (-, -, -)$：稳定不动点；

$(\lambda_1, \lambda_2, \lambda_3) = (0, -, -)$：极限环；

$(\lambda_1, \lambda_2, \lambda_3) = (0, 0, -)$：二维环面；

$(\lambda_1, \lambda_2, \lambda_3) = (+, +, 0)$：不稳极限环；

$(\lambda_1, \lambda_2, \lambda_3) = (+, 0, 0)$：不稳二维环面；

$(\lambda_1, \lambda_2, \lambda_3) = (+, 0, -)$：奇异吸引子。

Lyapunov 指数小于零，则意味着相邻点最终要靠拢合并成一点，这对应于稳定的不动点和周期运动；若指数大于零，则意味着相邻点最终要分离，这对应于轨道的局部不稳定，如果轨道还有整体的稳定因素（如整体有界、耗散、存在捕捉区域等），则在此作用下反复折叠并形成混沌吸引子。指数越大，说明混沌特性越明显，混沌程度越高。

（6）功率谱分析法。周期运动在功率谱中对应尖锋，混沌的特征是谱中出现"噪声背景"和宽锋。它是研究系统从分岔走向混沌的重要方法。在很多实际问题中（尤其是对非线性电路的研究）常常只给出观测到的离散的时间序列 X_1, X_2, X_3, $\cdots$, X_n。那么如何从这些时间序列中提取前述的四种吸引子（零维不动点、一维极限环、二维环面、奇异吸引子）的不同状态的信息呢？可以运用数学上已经严格证明的结论，即拟合。将 N 个采样值加上周期条件 $X_{n+i} = X_i$，则自关联函数（即离散卷积）为 C_j，然后对 C_j 完成离散傅氏变换，计算傅氏系数。P_k 说明第 k 个频率分量对 X_i 的贡献，这就是功率谱的定义。当采用快速傅氏变换算法后，可直接由 X_i 作快速傅氏变换，得到系数。然后计算 P_k'，由许多组 $\{X_i\}$ 得一批 $\{P_k'\}$，求平均后即趋近前面定义的功率谱 P_k。从功率谱上，四种吸引子是容易区分的，周期函数，功率谱是分离的离散谱；准周期函数，各频率中间的间隔分布不像周期函数那样有规律；混沌的功率谱，表现为"噪声背景"及宽锋。考虑到实际计算中，数据只能取有限个，谱也总以有限分辨度表示出来，从物理实验和数值计算的角度看，一个周期十分长的解和一个混沌解是难于区分的，这也正是功率谱研究的主要弊端。

5.2　时间序列

自然界以及社会生活中的各种事物都在运动、变化和发展中，将这些按时间顺序记录下来的数据就形成了各种各样的时间序列。时间序列记录下了对象随时间演化过程的相关信息，其必然蕴含对象发展规律等有用信息。对时间序列进行相关研究和分析就可以揭示事物运动、变化和发展的内在规律，对人们正确认识事物并由此做出科学决策提供重要的依据。

时间序列就是按时间顺序排列的一系列被观测数据，其观测值按固定的时间间隔采样。根据第三章关于桥梁健康监测系统的分析，其按照一定频率对桥梁结构实时响应数据进行采集，并将此响应数据传输至中心数据库。整个过程记录了桥梁随时间演化过程的结构反应的数据。由此，可以认为桥梁结构监测系统所形成的监测信息按测点形成了反应结构响应的时间序列，对该序列进行有效的分析必然能够揭示桥梁演化规律。

5.2.1　时间序列组成及分解

通过结构实时响应所监测的结构反应数据，大多数情况不是真实的结构振动信号，或者说与真实的振动信号之间存在一定的误差，所以，未经分析处理、修正，直接采用测试得到的振动信号往往会产生误差，有时甚至得出错误的结论。

桥梁健康监测系统通过传感器、放大器或中间变换器和数据采集仪器对监测点的振动状态进行信号采集由于各种原因必然在输出过程中夹杂着各种不需要的成分。这样就需要对监测到的信号进行初步加工处理，修正波形的畸变，剔除混杂在信号中的噪声和干扰，削弱信号的多余内容，强化突出感兴趣的部分，使其结果尽可能还原实际的振动信号。对这些由时程振动信号构成的时间序列进行初步加工，一般有分析其信号组成并分解或剔除趋势项、用平滑处理来消除混杂于信号中的高频噪声干扰等。

5.2.1.1 消除时间序列趋势项

时间序列一般由四个部分构成[4]，即长期趋势或趋势变化、季节变动或季节性变化、循环变动或循环变化、不规则变动或随机变动。

（1）长期趋势就是数据依时间变化而逐渐增加或减少的长期变化的趋势，它用于反映时间序列的一般变化方向，其时间序列图形显示是在较长时间间隔上的数据变化。这种变化反映为一种趋势曲线。确定趋势曲线的典型方法为加权平均方法和最小二乘法。

趋势分量求法。先求出移动平均序列，记为 TC，再确定趋势分量 T。在求趋势分量 T 之前，首先要观察其趋势特征。可以通过对原时间序列 Y 或移动平均序列 TC 的观察而获得初步信息。趋势可分为线性和非线性两种。

以线性趋势求趋势分量 T。用移动平均 TC 对时间 t 进行回归，回归模型是

$$TC = \beta_0 + \beta_1 t + \mu \tag{5.6}$$

则 TC 的线性拟合值 $\hat{TC}$ 就是趋势分量 T。式中，β_0 和 β_1 为回归系数，μ 为误差。

$$TC = \hat{\beta}_0 + \hat{\beta}_1 t + \hat{\mu} = \hat{TC} + \hat{\mu} \tag{5.7}$$

式中，$\hat{\beta}_0$ 和 $\hat{\beta}_1$ 为线性拟合系数；$\hat{\mu}$ 为误差。则

$$T = \hat{TC} = \hat{\beta}_0 + \hat{\beta}_1 t \tag{5.8}$$

（2）时间序列数据常常表现出一些周期性，称为季节性。时间序列的季节变动指固定一段时间内呈现固定的规则变动。它反映的是时间段内数据重复出现的规律。

求季节指数可分为三个步骤进行：

①用移动平均法平滑序列，所得结果为趋势循环分量 TC；

②用趋势循环分量 TC 除序列值 Y，得季节不规则分量，$T/TC = SI$；

③用相同期的 SI 分量全部值的平均数，有时也可以用这些全部值的中位数（这样可以避免极端不规则值的影响），作为季节因子 S 的初步值。

（3）循环变动主要指趋势曲线在长时间内呈现摆动的现象。循环变动可以是也可以不是周期变化的，即在等时间间隔之间，循环不需要沿着同样的模式演进，或沿着趋势线如钟摆般的循环变动。通常一个时间序列的循环是由其他多个小规模的时间序列循环组合而成的；用移动平均法平滑序列，所得结果为趋势循环分量 TC。用回归方法求出趋势分量 T。用 T 除 TC 得循环分量 C

$$C = \frac{TC}{T} \tag{5.9}$$

（4）不规则变动所关心的是变量变动的不可预测性。它反映的是由于随机或偶然事件引起的间断点处的变化。不规则变动时在时间序列中将长期趋势、季节变动以及循环变动等成分分离后，所剩下的随机状况部分，在数据拟合时，应先剔除不规则变动，然后再进行拟合。

不规则分量求法。用 S 除 SI，可求出 $I = SI/S$。用 T 与 S 相结合的方法对时间序列 Y 进行预测：用回归函数预测 T，再与 S 相乘，即可用来预测 Y。例如预测 $t+1$ 期 Y 的值，$\hat{Y}_{t+1} = T_{t+1} S_{t+1}$ 调整的时间序列（非季节时间序列）$YSA = \dfrac{Y}{S}$。YSA 是从 Y 中剔除了季节分量（因子），所以称其为调整的时间序列。

一般而言，长期趋势、季节变动以及循环变动都受到规则性因素的影响，可以利用一般的分析方法进行分析、处理和预测；而不规则变动属于随机性的，具有不可预见性。

另外，时间序列分解步骤可归纳如下：

（1）通过数据平滑（如 k 期移动平均）把原序列 Y 分离为 TC 和 SI（数据减少 $k-1$）。

$$TC = \frac{y_t + y_{t+1} + \cdots + y_{t+k+1}}{k} \quad (t = 1, 2, \cdots, T-k+1) \tag{5.10}$$

（2）通过利用趋势循环分量（TC）对时间 t 拟合，求出长期趋势 T。

$$T = \overset{\wedge}{TC} = \overset{\wedge}{\beta_0} + \overset{\wedge}{\beta_1} t \tag{5.11}$$

用 T 除 TC，求出循环分量 C（$C = TC/T$），从而把 TC 分离为 T 和 C。

（3）用季节不规则分量 SI 各周期中相同期的值的平均数并进行调整之后作为 S 分量值。

（4）用 S 除季节不规则分量 SI，求出不规则分量 I，从而把 SI 分离为 S 和 I。

$$I = \frac{SI}{S} \tag{5.12}$$

（5）用 T 和 S 两个分量对 Y_t 进行预测。

桥梁健康监测所获得的监测数据构成的时间序列成为揭示桥梁状态演化的重要素材。在此，以马桑溪大桥的监测信息为研究对象，利用时间序列的有关方法完成对监测信息的分解。绘制时间序列时程图如图 5.1，由图可以看出桥梁监测的数据整体呈周期运动的规律（波纹线），通过时间序列提取其趋势项可以发现该序列整体有上升或下降的趋势（直线）。

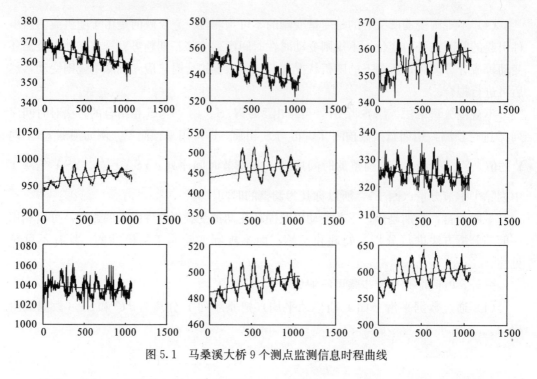

图 5.1 马桑溪大桥 9 个测点监测信息时程曲线

另外，我们对马桑溪大桥边跨 S1 测点提取其趋势项（左图），并得到监测信息去掉趋势项后的数据（右图）。

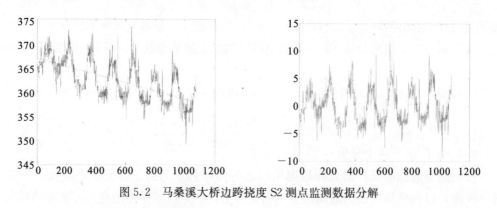

图 5.2 马桑溪大桥边跨挠度 S2 测点监测数据分解

5.2.1.2 时间序列平滑处理

通过数据采集器采样得到的振动信号数据往往叠加有噪声信号。噪声信号除了有 50Hz 的工频及其倍频等周期性的干扰信号外，还有不规则的随机干扰信号。由于随机干扰信号的频带较宽，有时高频成分所占比例还很大，使得采集到离散数据很不光滑。为了削弱干扰信号的影响，提高时间序列曲线的光滑度就需要对时间序列进行平滑处理。

另外，数据平滑还可以消除信号的不规则趋势项。在数据采集时可能由于仪器受到某些意外的干扰，造成个别测点的采样信号产生偏离基线、形状又很不规则的趋势项。可以通过平滑方法消除信号的不规则趋势项。

平均法平滑。

$$y_i = \sum_{n=-N}^{N} h_n x_{i-n} \quad (i = 1, 2, \cdots, m) \tag{5.13}$$

式中，x 为时间序列；y 为平滑后结果；m 为时间序列长度；h 为加权平均因子，若将上式看作一个滤波公式，h 还可以称为滤波因子。

加权平均因子必须满足 $\sum_{n=-N}^{N} h_n = 1$。对于简单平均法 $h_n = 1/(2N+1)(n = 0, 1, 2, \cdots, N)$，即

$$y_i = \frac{1}{2N+1} \sum_{n=-N}^{N} x_{i-n} \tag{5.14}$$

对于加权平均法，若做五点加权平均（$N=2$），可取

$$\{h\} = (h_{-2}, h_{-1}, h_0, h_1, h_2) = \frac{1}{9}(1, 2, 3, 2, 1) \tag{5.15}$$

利用最小二乘法原理对离散数据进行线性平滑的方法称为直线滑动平均法。

依然以马桑溪大桥挠度监测信息的时间序列为对象进行平滑处理。

由这些平滑的信息可以发现，时间序列时程曲线剔除了一些异常值，使得整个时间序列更好的反应结构响应的演变状态。

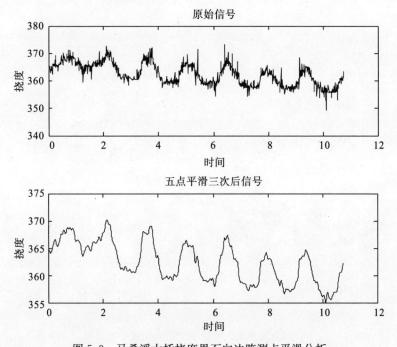

图 5.3　马桑溪大桥挠度界石向边跨测点平滑分析

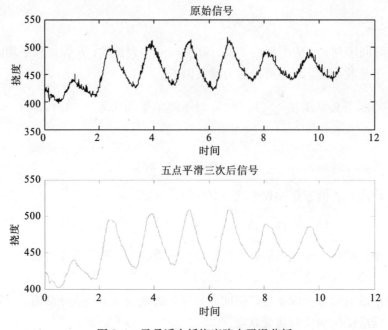

图 5.4　马桑溪大桥挠度跨中平滑分析

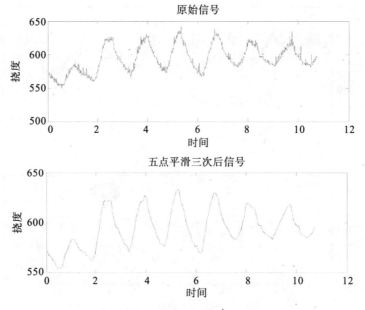

图 5.5　马桑溪大桥挠度上桥向挠度平滑分析

5.2.2　信号的奇异性检测与消噪

信号中的奇异点及不规则的突变部分往往携带比较重要的信息，是信号的重要特征之一。因此如果能检测出这些突变点的位置及突变程度将具有重要意义，其检测方法可用于数据压缩、模式识别、边缘检测等很多重要领域。长期以来，Fourier 变换是研究信号奇异性的主要工具，其方法是研究信号在 Fourier 变换域的衰减程度来推断此信号是否具有奇异性及奇异性的大小。但是，由于 Fourier 变换单纯进行频率分析，不具有空间变量的定位功能，缺乏空间局部性，它只能确定一个信号奇异性的整体性质，而难以确定奇异点在空间的位置及分布情况。而小波函数具有"自适应"及"变焦"特性，能进行空间局部化分析，对突变信号的突变性即突变点的位置及突变度大小的分析更加有效。

5.2.2.1　奇异性的基本概念及检测[5.6]

在数学上，称无限次可导函数是光滑的或无奇异性的，而某点间断或某阶导数不连续则称该点具有奇异性，而函数的局部奇异性是用 Lipschitz 指数来刻画的。

Lipschitz 指数是数学上表征函数局部特征的一种度量方法。称 $f(x)$ 在 x_0 处的 Lipschitz 指数为 α，若函数 $x(t)$ 在 t_0 附近具有如下性质

$$|f(x_0+h)-P_n(h)| \leqslant A|h|^\alpha \quad (n<\alpha\leqslant n+1) \tag{5.16}$$

式中，h 是一个充分小的量；$P_n(h)$ 是 n 次多项式。

事实上，$P_n(h)$ 就是 $f(x)$ 在 x_0 点作 Taylor 级数展开的前 n 项

$$f(x)=f(x_0)+a_1h+a_2h^2+\cdots+a_nh^n+O(h^{n+1})=P_n(h)+O(h^{n+1})$$

$$\tag{5.17}$$

Lipschitz 指数 α 反映了函数 $f(x)$ 与 n 次多项式 $P_n(h)$ 比较时的光滑程度。

一般的，函数在某一点的 Lipschitz 指数越大，该点的奇异性就越小，该点的光滑度就越大；反之，该点的奇异性就越大，该点的光滑度就越小。如果 $x(t)$ 在 t_0 可导，则该点的 Lipschitz 指数必大于 1；如果 $x(t)$ 在 t_0 连续但不可导，则该点的 Lipschitz 指数必等于 1；如果 $x(t)$ 在 t_0 点不连续且值有限，则 Lipschitz 指数大于 0 且小于 1。如果 (5.16) 式对所有 $x_0\in(a,b)$ 均成立，且 $x_0+h\in(a,b)$，则称 $f(x)$ 在 (a,b) 上是一致 Lipschitz α 的。

利用小波变换分析信号奇异性时，主要利用小波变换模极大值的位置和幅值信息为信号的奇异点定位和分类。小波变换的模极大值的定义如下：

定义 5.1　在某一尺度 a_0 下，如果存在一点 (a_0,b_0) 使得 $\dfrac{\partial W_f(a_0,b_0)}{\partial b}=0$，则称点 (a_0,b_0) 是局部极值点，且 $\dfrac{\partial W_f(a_0,b_0)}{\partial b}=0$ 在 $b=b_0$ 上有一个零点。如果对 b_0 的某一邻域内的任意点 b 有 $|W_f(a_0,b)|\leqslant|W_f(a_0,b_0)|$，则称 (a_0,b_0) 为小波变换的模极大值点。尺度空间 (a,b) 中所有模极大值点的连线称为极大值线。

小波变换的模极大值与函数的奇异性之间有如下关系：

定理 5.1 假设基本小波 $\psi(t)$ 具有紧支撑和 n 次可微。若 $f(t)\in L^2(R)$，其一个小波定义变换定义域 $[a,b]$，$\alpha<n$，对所有 $t\in[a,b]$，所有 $W_xf(t)$ 的模极大值在由 $|W_xf(t)|\leqslant Ks^\alpha$ 所定义的内部，则在所有 $t\in[a,b]$，$f(t)$ 是一致 Lipschitz α 的。

定理 5.2　函数 $f(t)$ 在 $t\in[a,b]$ 域内一致 Lipschitz α，当且仅当存在一个与 $\psi(t)$ 有关的常数 $K>0$ 时使：$|W_sf(t)|\leqslant Ks^\alpha$。

当采用二进小波变换时，$s=2^j$，上式变为

$$W_{2^j}f(t)\leqslant K2^{j\alpha}$$

对上式两边同时以 2 为底数求对数，得到

$$\log_2 |Wf(2^j,t)| \leqslant \log_2(K) + j\alpha \tag{5.18}$$

上式中的 $j\alpha$ 把小波变换的尺度特征 j 与 Lipschitz 指数 α 联系起来。上式给出了小波变换的对数值随尺度 j 的变换规律。此规律从小波变换的极值上表现的最为明显：

当 $\alpha > 0$ 时，小波变换的极大值将随尺度（也就是 j）的增大而增大；

当 $\alpha < 0$ 时，小波变换的极大值将随尺度的增大而减小；

当 $\alpha = 0$ 时，也就是对阶情况，小波变换的极大值不随尺度的改变而改变。

假定在两个连续的二进尺度 j 和 $j+1$ 上，上式均取等式，可得：

$$\alpha = \log_2 |Wf(2^{j+1},t)| - \log_2 |Wf(2^j,t)| \tag{5.19}$$

由此可见，α 描述了在某一奇异点 t_0 的领域内信号 $f(t)$ 在二进小波所定义的一系列等 Q 频带内能量的变化趋势：

当 $\alpha > 0$ 时，表示 t_0 领域内信号从 2^j 尺度到 2^{j+1} 尺度能量呈增加趋势；

当 $\alpha < 0$ 时，表示 t_0 领域内信号从 2^j 尺度到 2^{j+1} 呈衰减趋势。

若选择的特征尺度 $j = m$，$m+1$，…，$m+n$，根据上式可计算出 n 个 Lipschitz 指数，取平均值代表所有特征尺度上的 Lipschitz 指数。所以特征尺度范围不能过大，否则其大尺度与小尺度的 Lipschitz 指数相互抵消，无法对奇异性分类。

综上所述，利用小波变换分析信号的奇异点时，主要是利用一般信号与突变信号能量分布的不同频带为奇异点定位，利用能量在频带内的不同分配情况来区分奇异点类型。因而，利用小波方检测信号的奇异点的一般方法是：对信号进行多尺度分析，在信号出现突变时，其小波变换后的系数具有模量极大值，从而可以通过模量极大值的确定来检测奇异点的位置。

5.2.2.2 小波消噪的基本原理

一般的，一个含噪声的一维信号的模型可以以简单地表示为

$$s(t) = f(t) + \sigma \cdot \varepsilon(t) \qquad (t = 0,1,2,\cdots,n-1)$$

式中，$f(t)$ 表示真实信号；$\varepsilon(t)$ 表示噪声；$s(t)$ 表示含噪信号。通常假设 $\{\varepsilon(t)\}$ 是白噪声序列，即相互独立同分布的且具有零均值（$E\varepsilon_t = 0$）和有限方差（$E\varepsilon_t^2 = \sigma^2$）的随机序列。

在应用中，有用信号通常表现为低频信号或较平稳的信号，噪声信号则表现为高频信号，所以消噪过程可以按以下方法进行处理。

首先对实际信号进行小波分解，选择小波并确定分解层次为 N，则噪声部分通常包含在高频中。然后对小波分解的高频系数进行门限阈值量化处理。最后根据小波分解的第 N 层低频系数和经过量化的 $1 \sim N$ 层高频系数进行小波重构，达到消除噪声的目的，即抑制信号的噪声，在实际信号中恢复真实信号。

目前，小波消噪的方法大概可以分为三大类：

（1）基于小波变换模极大值原理提出的交替投影（AP）算法。即根据信号和噪声在小波变换各尺度上的不同传播特性，剔除由噪声产生的模极大值点，保留信号所对应的模极大值点，然后重构小波系数，进而恢复信号。基本的操作过程可概括为：首先对含噪信号进行二进小波变换，一般分为 $4 \sim 5$ 个尺度，求出每个尺度的小波变换系数的模极大值，然后从最大尺度开始，选取阈值，若极值点对应的幅值的绝对值小于阈值，

则去掉该极值点，否则予以保留，最后将每一个尺度保留下来的极值点利用适当的方法重构小波系数，进行信号恢复。

（2）根据小波变换后相邻尺度间小波系数的相关性进行重构信号。基本原理是信号经过小波变换后，其小波系数在各尺度上有较强的相关性，尤其在信号的边缘附近，而噪声所对应的小波系数在尺度间却没有明显的相关性。

（3）阈值消噪。该方法首先对含噪信号直接进行小波变换，得到一组小波系数，然后选取适当的阈值，对小波系数进行阈值处理。一般认为，信号对应的小波系数包含有信号的重要信息，幅值较大的，予以保留，噪声对应的小波系数幅值较小，可以剔除。常用的阈值消噪方法有软阈值法和硬阈值法。

总结上述三种方法的原理可得，进行小波变换消除噪声的过程分为 3 个基本步骤：

（1）小波分解：选择要分解的级数 j 及所采用的小波函数，对给定的信号进行分解；

（2）细节（高频）系数的处理：对于从 1 到 j 的每一级，对细节系数选择不同的消噪原理进行修改或处理；

（3）信号重建：在原来得到的第 N 级离散逼近信号（低频）系数和修改后的第 1 级到第 j 级离散细节系数的基础上重建信号。

5.2.2.3 实时监测信息的小波变换消噪应用

以马桑溪大桥 2005 年 12 月 26 日起监测的挠度信息为样本对其进行小波变换消噪处理。结果如以下图所示：

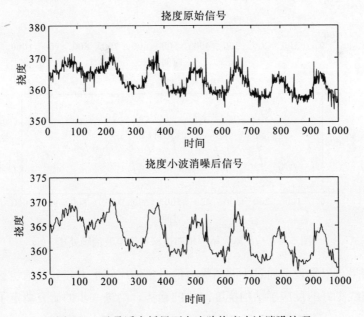

图 5.6 马桑溪大桥界石向边跨挠度小波消噪处理

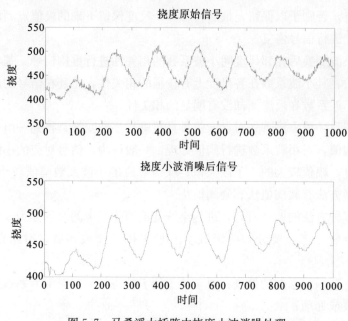

图 5.7　马桑溪大桥跨中挠度小波消噪处理

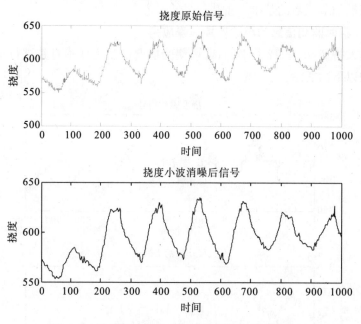

图 5.8　马桑溪大桥上桥向边跨挠度小波消噪处理

从以上结果可以发现，通过小波消噪后信号整体比较平滑，异常值也被过滤，整体信号的时程曲线更好的反应了结构挠度演化的趋势，给进一步的研究奠定了基础。

5.2.3　时间序列的时频特性分析

信号总是有能量的，特别是，产生信号要消耗多少能量是一个重要问题。信号本身就是时间序列，所以对于时间序列的分析完全可以借鉴信号的相关分析手段。其中，时频特征分析是揭示时间序列本质特性的重要手段，主要包括傅立叶变化、能量谱密度、平均频率和宽带。

5.2.3.1　时间序列时域处理方法

在桥梁健康监测系统中，由于设备或测试环境的限制，有的物理量往往需要通过对采集到的其他物理量进行转换处理才能够得到。如通过采集到的位移经转换处理可以得到速度以及加速度。

常用的转换处理方法有积分和微分。信号的积分和微分可以在时域内实现，如采用梯形求积的数值积分法和中心差分的数值微分法。积分和微分还可以在频域里实现，其基本原理是，首先将需要积分或微分的信号作傅立叶变换，然后将变换结果在频域里进行积分或微分运算，最后经傅立叶逆变换得到积分或微分后的时域信号。

根据傅立叶拟变换公式，加速度信号在任一频率的傅立叶分量可以表达为

$$a(t) = A\mathrm{e}^{j\omega t} \tag{5.20}$$

式中，$a(t)$ 是加速度信号在频率 ω 的傅立叶分量；A 是对应 $a(t)$ 的系数；j 是虚数。

初速度分量为 0 时，对加速度信号分量的时间积分可以得出速度信号分量，即

$$v(t) = \int_0^t a(\tau)d\tau = \int_0^t A\mathrm{e}^{j\omega t}d\tau = \frac{A}{j\omega}\mathrm{e}^{j\omega t} = V\mathrm{e}^{j\omega t} \tag{5.21}$$

式中，$v(t)$ 是速要度信号在频率 ω 的傅立叶分量；V 是对应 $v(t)$ 的系数。于是，一次积分在频域里关系式为

$$V = \frac{A}{j\omega} \tag{5.22}$$

初速度和初位移分量均为 0 时，对加速度信号的傅立叶分量两次积分可得位移分量

$$\begin{aligned}
x(t) &= \int_0^t \left[\int_0^\tau a(\lambda)d\lambda\right]d\tau \\
&= \int_0^t V\mathrm{e}^{j\omega t}d\tau \\
&= \frac{V}{j\omega}\mathrm{e}^{j\omega t} \\
&= -\frac{A}{\omega^2}\mathrm{e}^{j\omega t} \\
&= X\mathrm{e}^{j\omega t}
\end{aligned} \tag{5.23}$$

式中，$x(t)$ 是速度信号在频率 ω 的傅立叶分量；X 是对应 $x(t)$ 的系数。于是两次积分在频域里关系式为

$$X = -\frac{A}{\omega^2} \tag{5.24}$$

同理，一次微分和两次微分在频域里关系式分别为

$$时域：a = \frac{dv}{dt}，频域：A = j\omega V$$

$$时域：a = \frac{d^2v}{dt^2}，频域：A = -\omega^2 X$$

将所有不同频率的傅立叶分量按积分或微分在频域里按关系式运算后，再进行傅立叶逆变换就能得出响应的积分或微分的信号。

在这里，我们以马桑溪大桥挠度监测信息作两次微分处理得到其相应的加速度，具

体结果见下图。

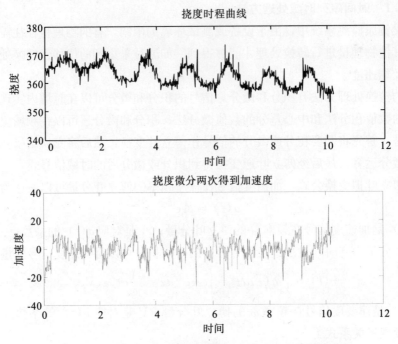

图 5.9　马桑溪大桥界石向边跨挠度及频域微分计算加速度

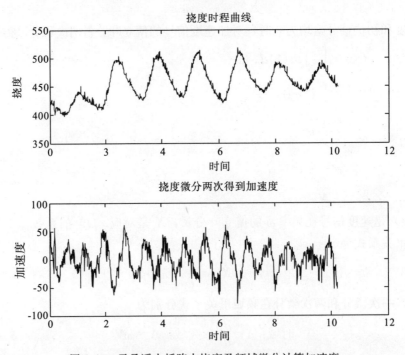

图 5.10　马桑溪大桥跨中挠度及频域微分计算加速度

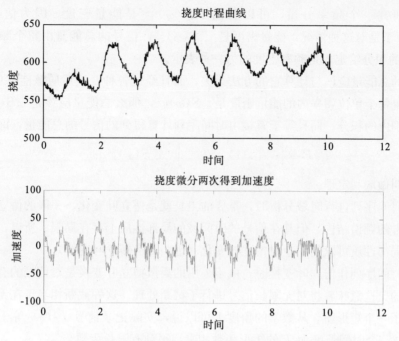

图 5.11　马桑溪大桥上桥向边跨挠度及频域微分计算加速度

5.2.3.2　时间序列频域处理方法

在进行桥梁健康监测时, 桥梁结构的动力特性, 诸如白噪声、大地脉动或脉动风等随机波经常会被用来作为激振信号, 结构上测到的振动响应信号中包含着大量的随机成分, 特别是对于振动强度较低的地脉动或脉动风的激励方式, 随机成分通常会在响应信号中占有较大的比例, 也就是说响应信号的信噪比较低。

即使是正弦扫频信号或锤击等确定性的信号进行激振, 由于诸如激振设备、激振能量、测量仪器、结构本身等多方面的原因, 测试得到的响应信号中都或多或少包含一定的随机成分。

随机振动频域特性的主要统计参数是功率谱密度函数以及由功率谱密度函数派生出来的频响函数和相干函数等。

通过傅立叶变换, 信号可以用不同的频率的正弦波展开:

$$s(t) = \frac{1}{2\pi} \int_{-\infty}^{+\infty} S(\omega) e^{j\omega t} d\omega \tag{5.25}$$

即这个波形由简单正弦波 $e^{j\omega t}$ 相加组成, 每个正弦波都有一个频率 ω 和用系数 $S(\omega)$ 表示的有关的量。$S(\omega)$ 可由信号得到, 即

$$S(\omega) = \frac{1}{2\pi} \int_{-\infty}^{+\infty} s(t) e^{j\omega t} dt \tag{5.26}$$

将 $S(\omega)$ 称为信号 $s(t)$ 的频谱或者傅立叶变化。因为 $S(\omega)$ 和 $s(t)$ 是唯一相关的, 所以可以把频谱 $S(\omega)$ 看做在频域、频率空间或者频率表示的信号。

另外, 可以把频谱平方 $|S(\omega)|^2$ 作为每单位频率内的能量密度, 即 $|S(\omega)|^2$ 是在频率 ω 时, 每单位频率内的能量或者强度 (能量密度频谱)。那么, $|S(\omega)|^2 \Delta \omega$ 就是在频率 ω 时, 在频率间隔 $\Delta \omega$ 内的部分能量。

通过研究一个频率分量，可以看出 $|S(\omega)|^2$ 是能量密度。因为信号能量是 $|s(t)|^2$，于是对这种情况，能量密度是 $|S(\omega)|^2$。信号的总能量由整个频率范围内 $|S(\omega)|^2$ 的积分给定，是频率密度的另一种表示。

信号的总能量应该与计算它的方法无关，而且经过各种变换后应该能够保持守恒。因此，如果每个单位频率内的能量密度是 $|S(\omega)|^2$，那么总能量应该是 $|S(\omega)|^2$ 在整个频率范围内的积分，而且等于直接由时间序列计算得到的信号的总能量，即

$$E = \int_{-\infty}^{+\infty} |s(t)|^2 dt = \int_{-\infty}^{+\infty} |S(\omega)|^2 d\omega \tag{5.27}$$

上式通常叫做瑞利定理。

在对时间序列进行时域分析时，重要的工具就是傅立叶变化，一般的傅立叶变化能够揭示信号的频谱结构，但其在信号的时间域的局部性质上存在局限。所以，为了考察时间序列局部性质可以使用短时傅立叶变化（也叫加窗傅立叶变换）。

在对时间序列作傅立叶变换时，由于采用的离散傅立叶变换是对信号的有限长样本函数进行的，这意味着将对无限长信号进行了截断处理。这种截断相当于在无限的时域区间上加了一个矩形窗。从数学的角度上可以说，实际记录信号 $x_T(t)$ 等于无限长信号 $x(t)$ 与一个时间长度为 T 的矩形函数相乘，得到有限长函数

$$x_T(t) = \omega_T(t) x(t) \tag{5.28}$$

其中

$$\omega_T(t) = \begin{cases} 1(0 \leqslant t \leqslant T) \\ 0(t > T) \end{cases}$$

矩形窗函数 $\omega_T(t)$ 的傅立叶变换为

$$W_T(\omega) = 2T \frac{\sin(\omega T)}{\omega T} \tag{5.29}$$

由傅立叶变换性质可知，$x_T(t)$ 的傅立叶变换 $X_T(\omega)$ 是 $x(t)$ 的傅立叶变换 $X(\omega)$ 与 $\omega_T(t)$ 的傅立叶变换 $W_T(\omega)$ 的卷积。其结果导致傅立叶变换的计算值 $X_T(\omega)$ 与真值 $X(\omega)$ 之间产生较大的差异，这种差异称为谱泄露，也称为吉布斯现象。为了降低由于谱泄露带来的影响，既可以采用尽量加大采样长度方法，也可以采用不同形状的时间窗函数，使时间序列在截断处不是突然归零，而是逐渐过渡到零。窗函数选择的原则是窗函数旁瓣尽可能小，而窗函数主瓣带宽尽可能窄。窗函数一般有矩形窗、汉宁窗、海明窗、布莱克曼窗等等。

对于桥梁健康监测而言，采集数据一直实时进行，所以关于样本的大小，一般可以认为为无穷大。所以，对于桥梁监测数据进行傅立叶变换是为了降低谱泄露问题，就需要选择合适的窗函数。

以马桑溪大桥挠度监测信息为研究对象，分别采用一般傅立叶变换、细化傅立叶变化等方法对其频谱等进行分析，参见图 5.12～5.14，以便从中得到对结构抗力状态以及荷载效应的有效特征。

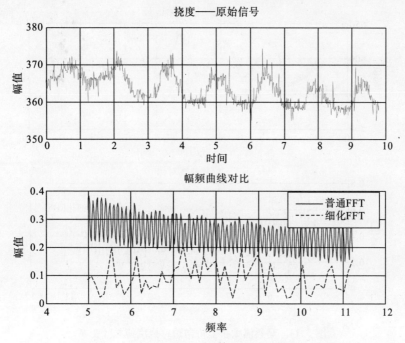

图 5.12　马桑溪大桥界石向边跨挠度傅立叶变换

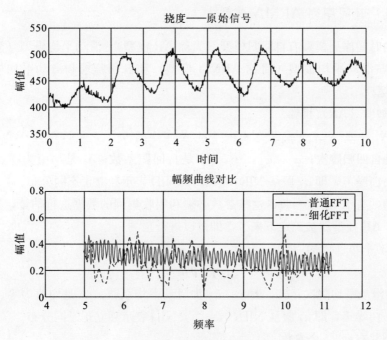

图 5.13　马桑溪大桥跨中挠度傅立叶变换

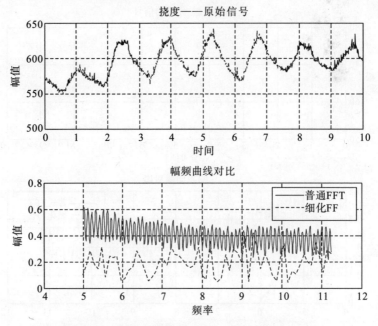

图 5.14 马桑溪大桥上桥向边跨挠度傅立叶变换

5.2.4 时间序列 ARMA 模型[4]

常用的时间序列模型有自回归模型（简称 AR 模型）、滑动平均模型（简称 MA 模型）、自回归滑动平均模型（简称 ARMA 模型）和自回归求和滑动平均模型（简称 ARIMA 模型）。

1. 自回归（AR）模型

$$X_t = \varphi_1 X_{t-1} + \varphi_2 X_{t-2} + \cdots + \varphi_p X_{t-p} + a_t \qquad (t = 1,2,3,\cdots,N) \qquad (5.30)$$

式中，p 是自回归阶次；φ_1，φ_2，$\cdots$，φ_p 是自回归系数；a_t 是均值为零、方差为 σ_a^2 的正态分布白噪声，即 a_t 服从 $\mathrm{NID}(0，\sigma_a^2)$，NID 表示独立正态同分布。

此模型共有 $p + 1$ 个参数，这些参数必须利用收集到的数据进行估计，当这些参数被给出后，AR 模型就被确定下来了，即可以进行预测。

2. 滑动平均（MA）模型

$$X_t = a_t - \theta_1 a_{t-1} - \theta_2 a_{t-2} - \cdots - \theta_q a_{t-q} \qquad (5.31)$$

式中，q 为滑动平均阶次；θ_1，$\theta_2 \cdots$，θ_q 为滑动平均系数；a_t 是均值为零、方差为 σ_a^2 的正态分布白噪声，即 a_t 服从 $\mathrm{NID}(0，\sigma_a^2)$，NID 表示独立正态同分布。

此模型共有 $q + 1$ 个参数。

3. 自回归滑动平均（ARMA）模型

$$X_t - \varphi_1 X_{t-1} - \varphi_2 X_{t-2} - \cdots - \varphi_p X_{t-p} = a_t - \theta_1 a_{t-1} - \theta_2 a_{t-2} - \cdots - \theta_q a_{t-q} \qquad (5.32)$$

式中，p 和 q 分别是自回归阶次和滑动平均阶次；φ_1，φ_2，$\cdots$，φ_p 和 θ_1，θ_2，$\cdots$，θ_q 分别是自回归部分和滑动平均部分的系数。

若采用多项式 $\varphi(B)$ 和 $\theta(B)$，上式可以写成

$$\varphi(B)X_t = \theta(B)a_t \qquad (5.33)$$

此模型共有 $p+q+1$ 个系数。

4. 自回归求和滑动平均（ARIMA）模型

$$\varphi(B)(1-B)^d X_t = \theta(B)a_t \tag{5.34}$$

ARIMA 模型是将序列经过 d 阶差分后用 ARMA 模型来描述的。

ARIMA $(p, d, q) \times (P, D, Q)^s$ 模型，如下

$$\varphi(B)(1-B)^d \Phi(B^s)(1-B^s)^D = \theta(B)\Theta(B^s)a_t \tag{5.35}$$

式中，$(P, D, Q)^s$ 为季节部分，描述的是不同周期的相同点之间的相关关系；(p, d, q) 描述的是同一周期不同点之间的相关关系。上式是线性随机时间序列模型的最一般的数学表达，只要 p, d, q, P, D, Q, s 取不同的数值就可以构造出各种时间序列模型。

AR 模型、MA 模型、ARMA 模型主要表达平稳时间序列，而 ARIMA 模型可以表达非平稳时间序列。

桥梁监测系统受多种因素的影响，并由上面数据特征的分析知，监测信息的时间序列呈季节、循环等非平稳状态。这时就需要对时间序列进行差分来消除这些使序列不平稳的成分，而使其变成平稳的时间序列，并估计 ARMA 模型，然后对得到的平稳时间序列利用自回归过程和滑动平均过程，以及样本自相关系数、样本自偏相关系数等数据，对模型进行辨识、估计和预报。估计之后再转变该模型，使之适应于差分之前的序列模型。

自回归移动平均 ARMA(p, q) 模型可以表示为

$$X_t = \varphi_1 X_{t-1} + \varphi_2 X_{t-2} + \cdots + \varphi_p X_{t-p} - \theta_1 \varepsilon_{t-1} - \theta_2 \varepsilon_{t-2} - \cdots - \theta_q \varepsilon_{t-q} \tag{5.36}$$

式中，p 和 q 是模型的自回归阶数和移动平均阶数；θ，φ 是不为零的待定系数；ε_t 是独立的误差项；X_t 是平稳、正态、零均值的时间序列。

ARMA(p, q) 模型为有限参数线性模型，只要确定出有限个参数 $p, q, \varphi_1, \cdots, \varphi_p, \theta_1, \cdots, \theta_q$ 和 σ^2 的值，模型也就完全确定。用它来对数据进行拟合，考察数据内在的统计特征以及做最佳预报时数学上的分析处理都是比较方便的。其谱密度是有理谱密度，而连续谱密度可以用有理谱密度来逼近，并能达到理想的近似程度。

下面确定该模型的阶数。

ACI 准则，即最小信息准则，同时给出 ARMA 模型阶数和参数的最佳估计，适用于样本数据较少的问题。目的是判断预测目标的发展过程与哪一个随机过程最为接近。因为只有当样本量足够大时，样本的自相关函数才非常接近原时间序列的自相关函数。具体运用时，在规定范围内使模型阶数由低到高，分别计算 ACI 值，最后确定使其值最小的阶数，就是模型的合适阶数。

模型参数最大似然估计时，$ACI = (n-d)\log\sigma^2 + 2(p+q+2)$

模型参数最小二乘估计时，$ACI = (n-d)\log\sigma^2 + (p+q+1)\log n$

式中，n 为样本数；σ^2 为拟合残差平方和；d、p、q 为参数。p、q 范围上限当 n 较小时取 n 的比例，当 n 较大时取 $\log n$ 的倍数。实际应用中 p、q 一般不超过 2。

也可从预测值与监测已有值的相关性选择合适的阶数，监测值所在的时刻与预测时刻相差的越远，它们之间的相关程度越差，通过选择不同阶数预测对比，最终选择适

用于选择模型的阶数。

以马桑溪大桥挠度监测信息构建响应的 ARMA 模型，对其进行相应分析。分析结果如图 5.15~5.17。

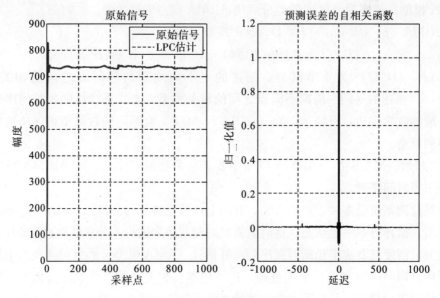

图 5.15　三阶预测模型图示

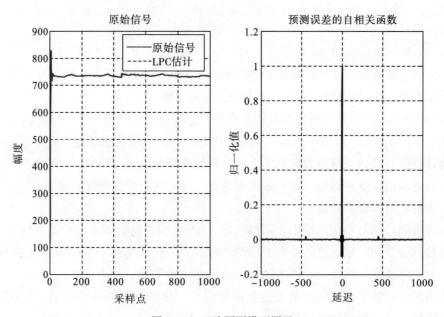

图 5.16　四阶预测模型图示

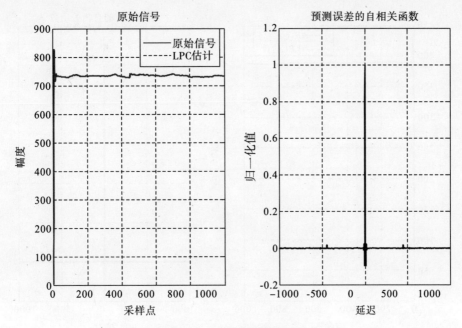

图 5.17　五阶预测模型图示

从图 5.15~5.17 可以看出：当采集的样本数量较少时，预测的数值相对真实监测值误差比较大，随着采集样本量的增加，预测数值的走向越接近真实值；预测误差自相关函数的归一化值趋势基本上一样，延迟较短，间接说明了采用的阶数不必要那么高就可以达到预测要求；鉴于监测信息丰富、量大，采用五阶利用的数据更充分，下面对不同位置挠度预测的分析皆采用五阶 ARMA 模型。

图 5.18~5.21 列出了四个监测位置的挠度预测图示，并在表 5.1 给出 n1、n2、n3、n5 点的五阶预测函数。

表 5.1　不同阶数预测函数表达式

阶数	预测函数表达式
三阶	$X_t = -2.6304X_{t-1} + 2.4240X_{t-2} - 0.7936X_{t-3}$ $-3.5654\varepsilon_t - 16.9097\varepsilon_{t-1} - 32.8086\varepsilon_{t-2} - 33.0677\varepsilon_{t-3}$
四阶	$X_t = -3.0574X_{t-1} + 3.6724X_{t-2} - 2.0742X_{t-3} + 0.4592X_{t-4}$ $-3.5654\varepsilon_t - 15.3871\varepsilon_{t-1} - 26.0336\varepsilon_{t-2} - 21.4719\varepsilon_{t-3} + 8.4126\varepsilon_{t-4}$
五阶	$X_t = -3.5479X_{t-1} + 5.2319X_{t-2} - 4.0320X_{t-3} + 1.6201X_{t-4} - 0.2721X_{t-5}$ $-3.5654\varepsilon_t - 13.6385\varepsilon_{t-1} - 18.7009\varepsilon_{t-2} - 9.7222\varepsilon_{t-3} + 0.1268\varepsilon_{t-4} + 1.3831\varepsilon_{t-5}$

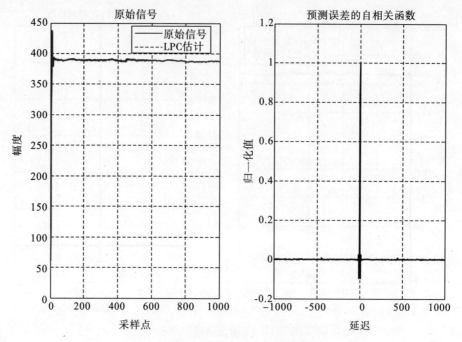

图 5.18　n1 监测数据预测模型图示

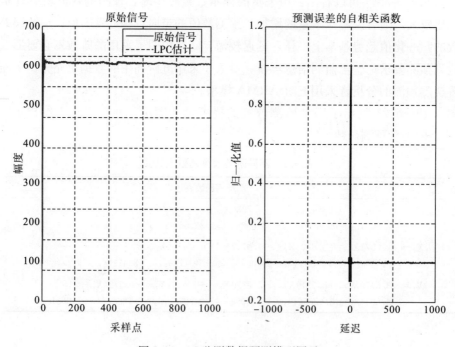

图 5.19　n2 监测数据预测模型图示

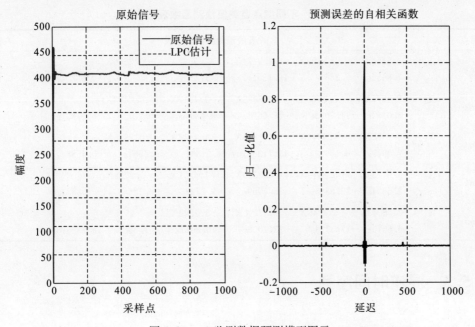

图 5.20　n3 监测数据预测模型图示

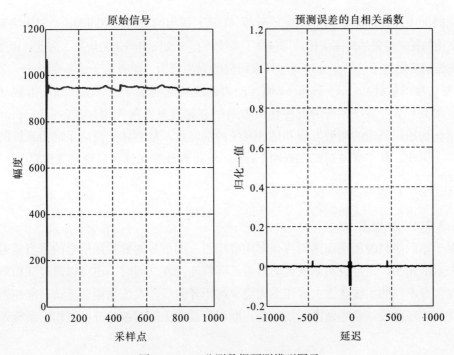

图 5.21　n5 监测数据预测模型图示

由图 5.18～5.21，可以看出：它们的预测总体趋势比较平缓，跨中 n5 点预测函数曲线波动较大，预测误差的自相关函数归一化值明显不同于其他。

表 5.2　不同测点监测值预测函数表达式

测点	五阶预测函数表达式
n1	$X_t = -3.5180X_{t-1} + 5.1389X_{t-2} - 3.9174X_{t-3} + 1.5532X_{t-4} - 0.2566X_{t-5}$ $-1.8936\varepsilon_t - 7.2863\varepsilon_{t-1} - 10.1292\varepsilon_{t-2} - 5.5131\varepsilon_{t-3} - 0.2250\varepsilon_{t-4} + 0.6229\varepsilon_{t-5}$
n2	$X_t = -3.4877X_{t-1} + 5.0465X_{t-2} - 3.8073X_{t-3} + 1.4917X_{t-4} - 0.2433X_{t-5}$ $-3.0157\varepsilon_t - 11.7063\varepsilon_{t-1} - 16.5621\varepsilon_{t-2} - 9.4894\varepsilon_{t-3} - 0.9271\varepsilon_{t-4} + 0.7837\varepsilon_{t-5}$
n3	$X_t = -3.4675X_{t-1} + 4.9844X_{t-2} - 3.7321X_{t-3} + 1.4488X_{t-4} - 0.2336X_{t-5}$ $-2.0979\varepsilon_t - 8.1890\varepsilon_{t-1} - 11.7136\varepsilon_{t-2} - 6.9144\varepsilon_{t-3} - 0.5561\varepsilon_{t-4} + 0.4588\varepsilon_{t-5}$
n4	$X_t = -3.5479X_{t-1} + 5.2319X_{t-2} - 4.0320X_{t-3} + 1.6201X_{t-4} - 0.2721X_{t-5}$ $-3.5654\varepsilon_t - 13.6385\varepsilon_{t-1} - 18.7009\varepsilon_{t-2} - 9.7222\varepsilon_{t-3} + 0.1268\varepsilon_{t-4} + 1.3831\varepsilon_{t-5}$
n5	$X_t = -3.6004X_{t-1} + 5.3940X_{t-2} - 4.2290X_{t-3} + 1.7329X_{t-4} - 0.2975X_{t-5}$ $-4.6079\varepsilon_t - 17.3729\varepsilon_{t-1} - 23.1006\varepsilon_{t-2} - 10.8017\varepsilon_{t-3} + 1.5887\varepsilon_{t-4} + 2.3518\varepsilon_{t-5}$

5.3　混沌时间序列

5.3.1　基本理论

从时间序列研究混沌，始于 Packard 等（1980）提出的重构相空间理论。对于决定系统长期演化的任一变量的时间演化，均包含了系统所有变量长期演化的信息。因此，可通过决定系统长期演化的任一单变量时间序列来研究的混沌行为。而吸引子的不变量——关联维（系统复杂度的估计）、Kolmogorov 熵（动力系统的混沌水平）、Lyapunov 指数（系统的特征指数）等在表征系统的混沌性质方面一直起着重要的作用。其中，Lyapunov 指数，量化初始闭轨道的指数发散和估计系统的混沌量，从整体上反应了动力系统的混沌量水平。因此，基于混沌时间序列的 Lyapunov 指数计算和预测显得尤其重要。

5.3.2　计算混沌特征参数[7]

5.3.2.1　准相图

对于离散序列的相平面图而言，常用准相图，即信号的导数用信号的适当延迟来代替所表示的相图，定性说明系统运动是否具有混沌特性。同时，也可以通过准相图形状的变化区分不同的系统状态：准相图为简单的闭环曲线，系统做周期运动；准相图为自身相交的闭环曲线，系统做准周期运动；准相图具有无限精细的分形结构，系统做混沌运动。

对于一个时间序列 $\{x_i\}$（$i=1, 2, \cdots, N_0$），准相图具有 $x_i \sim x_{i+k}$ 点对的平面结构，k 为时滞。对于不同的时滞 k，准相图将有形状差异。适当地选择 k 值，使得准相图具有较好的区分能力。

5.3.2.2　Poincare 截面

重构的相空间一般是高维空间，难以直观表示，另外还要考虑信号序列中存在噪音使得信号特征模糊化，为此，将奇异吸引子投影到 R^m 中能充分反映原系统动力特性相轨道的基上。对时间序列重构相空间，构造协方差矩阵并计算该矩阵的特征值及对应的特征向量，选择此时最大的两个特征值所对应的特征向量为主轴，将奇异吸引子投影到这两个主轴构成的平面上，该平面上的投影吸引子图像即为奇异吸引子的 Poincare 截面。Poincare 截面是奇异吸引子在相空间中的某一横断面，可以反映奇异吸分子的特性，包含了所研究系统最主要的动力特征，并可抑制噪音。Poincare 截面与系统运动状态之间的关系是：若截面显示的点集非有限或非闭环，则系统运动是混沌的。

5.3.2.3　关联维数 D_2

由于混沌系统具有某种意义上的自相似性，因此对混沌吸引子的描述往往采用分形几何学的方法，其中最有代表性的是关联维数，它能够定量描述事物内部结构的复杂程度。求解关联维数的算法一直是混沌与分形理论中研究的一个重要问题，许多研究者都从关联维数的定义式出发，对标准算法进行了不同程度的改进。

1. 传统的 G-P 算法

1983 年，Grassberger 和 Procaccia 提出了从时间序列计算吸引子关联维数的 G-P 算法。

由向量集 $\{x_j \,|\, j=1,2,3,\cdots,p\,|\}$ 的 p 个向量中任选一个基准向量 X_i，计算其余 $p-1$ 个向量至 X_i 的距离

$$r_{ij} = \|X_{ij}\| = \sum_{l=0}^{p-1} |X_i - X_l| \tag{5.37}$$

对所有的 $X_i (i=1, 2, 3, \cdots, p)$ 重复这一过程，得到如下关联积分

$$C_m(\varepsilon) = \frac{2}{p(p-1)} \sum_{i,j=1}^{p} \theta(\varepsilon - \|X_{ij}\|) \tag{5.38}$$

式中，$\theta(u)$ 是 Heaviside 函数，$\theta(u) = \{1,\ u \geqslant 0$ 或 $0,\ u<0\}$；ε 是无标度观测尺度，$\varepsilon \to 0$ 的过程中按照费根鲍姆常数 α 衰减，即

$$\alpha = \lim_{n \to \infty} \frac{\varepsilon_n}{\varepsilon_{n+1}} = 2.502907875\cdots \tag{5.39}$$

当 ε 充分小时，式 (5.38) 逼近下式：

$$\ln C_m(\varepsilon) = \ln C + D(m)\ln\varepsilon \tag{5.40}$$

则相空间 R^m 中奇异吸引子的关联维 D_2 可以表示为

$$D_2 = \lim_{m \to \infty, \varepsilon \to 0} [\partial \ln C_m(\varepsilon)/\partial \ln\varepsilon] \tag{5.41}$$

在实际应用过程中，一般是通过按费根鲍姆常数 α 衰减无标度观测尺度 ε，作出 $\ln C(\varepsilon) \propto \ln\varepsilon$ 曲线，对其用直线拟合后的直线斜率即为所求的相空间的关联维数。

混沌系数的关联维数为一个正的分数。D_2 的不同值对应着不同的系统状态：$D_2 = 1$，系统做周期运动；$D_2 = 2$，系统做准周期运动；$D_2 > 2$ 或 D_2 不为整数，系统做混沌运动。故通过计算关联维 D_2 也可对系统运动状态作出明确的分类。实际操作中先通过作 Poincare 截面时的步骤得到最小嵌入相空维数 m，之后按式 (5.39) 的费根鲍姆常数 α 规律衰减无标度观测尺度 ε，作出 $\ln C(\varepsilon) \sim \ln\varepsilon$ 曲线，对其用直线拟合后的直线斜率即为相空间 R^m 中奇异吸引子的关联维。

2. 改进的 G-P 算法

虽然传统的 G-P 算法是目前工程上应用最多的算法，然而这一算法有着许多不合

理之处。在传统 G-P 算法中，向量间距离按式（5.37）计算，对于每一个 m，都要计算 $p(p-1)/2$ 个点间距离，其中包含了较多的重复计算。为了简化计算，可采用另外两种点间距离

$$r_{ij} = \sum_{l=0}^{m-1} | x_{i+l\tau} - x_{j+l\tau} | \tag{5.42}$$

$$r_{ij} = \max \{ | x_{i+l\tau} - x_{j+l\tau} |, 0 \leqslant l \leqslant m-1 \} \tag{5.43}$$

实际上，式（5.37）给出的是 R^m 球形域，而式（5.42）、式（5.43）给出的分别是 R^m 菱形域和方形域，它们都是 R^m 中的凸集，这三种距离相互拓扑等价，实质相同，但式（5.42）和（5.43）不仅公式相对简单，而且主要计算很少量的点间距离，其余均可由递推公式求得，可大大减少计算时间。相应的递推公式为

$$\begin{aligned} r_{i+\tau, j+\tau} &= \sum_{l=0}^{m-1} | x_{i+(l+1)\tau} - x_{j+(l+1)\tau} | \\ &= r_{ij} - | x_i - x_j | + | x_{i+m\tau} - x_{j+n\tau} | \end{aligned} \tag{5.44}$$

对所有的向量重复上述过程，得到所有点的间距，进而可以计算出系统的关联维数。

5.3.2.4 Kolmogorow 熵

Kolmogorow 熵（简称 K 熵）是表征系统无序程度的重要测度，它代表了系统信息的损失程度。

因为

$$C_m(\varepsilon) \sim \lim_{m \to \infty, \varepsilon \to 0} \left[\varepsilon^{D_2} \exp(m\tau K) \right] \tag{5.45}$$

两边取对数有

$$\ln C_m(\varepsilon) \sim \lim_{m \to \infty, \varepsilon \to 0} (D_2 \ln \varepsilon - m\tau K) \tag{5.46}$$

对充分大的相空间维数 m 和充分小的无标度观测尺度 ε，当 D_2 不再变化时，有

$$\ln C_{m+1}(\varepsilon) \sim \lim_{m \to \infty, \varepsilon \to 0} (D_2 \ln \varepsilon - (m+1)\tau K) \tag{5.47}$$

式（5.46）减式（5.47）得

$$K = \lim_{m \to \infty, \varepsilon \to 0} \frac{1}{\tau} \ln \frac{C_m(\varepsilon)}{C_{m+1}(\varepsilon)} \tag{5.48}$$

K 熵的不同值对应着不同的系统状态：$K=0$，系统做周期运动；$K>0$，系统做混沌运动；$K \to \infty$，系统做随机运动。故通过计算 K 熵即可对系统运动状态作出定性的分类。

5.3.2.5 最大 Lyapunov 指数

Lyapunov 指数 λ_i 是刻画奇异吸引子性质的一种测度和统计量。Lyapunov 指数是针对系统的运动轨道而言的。在 m 维离散系统中存在 m 个 Lyapunov 指数，正的 Lyapunov 指数表明在该维方向，系统运动轨道迅速分离，长时间行为对初始条件敏感，系统的运动是混沌的。因此，若最大 Lyapunov 指数 $\lambda_{max} > 0$，则系统一定存在混沌。

1. 最大 Lyapunov 指数一般算法

实际操作时采用长度演化法计算最大 Lyapunov 指数 λ_{max}。设建成的相空间由向量集 $\{X_j\}$ 构成

$$\{X_j\} \in [X_1^T, X_2^T, X_3^T, \cdots, X_p^T]^T \tag{5.49}$$

定义向量 X_x 与向量 X_{xx} 的距离在某时刻 t_k 时长度最小

$$\rho(t_k) = \{|X_x - X_{xx}|, xx \in (1, p-1), x \in (1, p-1)\} \tag{5.50}$$

按长度演化法，当演化步长为 i 时，定义向量 X_{x+i} 与向量 X_{xx+i} 的距离在某一时刻 t_k 的下一时刻 t_k' 时长度最小

$$\rho(t_k') = \{|X_{x+i} - X_{xx+i}|, xx \in (1, p-1), x \in (1, p-1), i \in (1, 2, 3, \cdots)\} \tag{5.51}$$

遍历向量集 $\{X_j\}$，得到最大 Lyapunov 指数

$$\lambda_{\max} = \lim_{t \to \infty} \frac{1}{q \cdot \Delta t} \sum_{k=1}^{q} \log_2 \frac{\rho(t_k')}{\rho(t_k)} \tag{5.52}$$

式中，q 是演化的步数；Δt 是采样时间间隔。

2. 最大 Lyapunov 指数改进算法

改进算法主要是对重构轨道中的每个点寻找其最近的邻域。为了保证邻域点对沿着不同的轨道运动，最近邻域点间必须有短暂的分离。此处取分离间隔为 $w = T / \Delta t$，其中，T 为用 FFT 计算出的序列平均周期；Δt 为序列的采样周期。假定 $d_i(0)$ 为第 i 个点到其最近邻域的距离，即

$$d_i(0) = \max_k \|X_i - X_j\| \quad (|i - j| > w) \tag{5.53}$$

对相空间中的每个点，计算出该点临近点对的 k 个离散时间步后的距离

$$d_i(k) = \|X_{i+k} - X_{j+k}\| \quad (k = 1, 2, \cdots, \min(n-i, n-j)) \tag{5.54}$$

假定第 i 个最近邻点近似以最大 Lyapunov 指数的速率指数发散，即 $d_i(k) = C_i e^{\lambda_1(k\Delta t)}$，其中，$C_i$ 为初始的分离距离常数。对其两边取对数，得

$$\ln d_i(k) = \ln C_i + \lambda_1(k\Delta t) \quad (i = 1, 2, \cdots, n) \tag{5.55}$$

式（5.55）代表一簇近似平行线，每个方程具有斜率为 λ_1，用最小二乘法拟合即可得到最大 Lyapunov 指数 $\lambda_{\max}$。

综上可知，关联维数、Kolmogorov 熵、Lyapunov 指数不仅表征了系统的混沌特征，而且从宏观上对混沌吸引子进行了刻画。关联维数反映了混沌系统的自相似性；K 熵则反映了系统的混沌程度；Lyapunov 指数反应了混沌系统对初始条件的敏感依赖性，它们是混沌系统的必要特征。

此外频谱也是最常用的"验收"混沌的办法。对被测时间序列进行 FFT 变换或作某种意义（功率或幅度）下的谱分析，如果结果显示频谱定常且连续，不离散不分立，并可重视，则可以确定这种时间序列的解是混沌的，而不是拟周期解。

具体计算机程序流程，如图 5.22 所示。

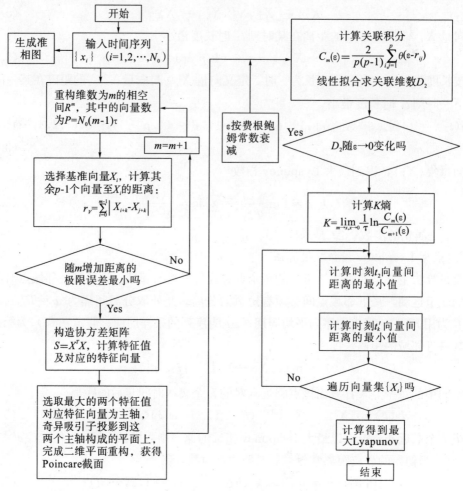

图 5.22　最大 Lyapunov 指数计算流程图

5.4　桥梁结构实时响应时间序列的混沌性分析

5.4.1　桥梁结构的非线性

桥梁是由多种材料、不同结构组合而成的复杂系统。桥梁结构系统的要素、结构、功能及环境的简要示意图。桥梁结构系统是桥梁工程大系统的一个子系统，不同的桥梁结构体系又构成各个更低层次的子系统。要素中的各种基本构件也构成一个层面上的系统，有其自身的要素、结构、功能和环境。

桥梁结构系统整体不等于部分之和。单个基本构件，比如单个梁构件，是无法实现跨越峡谷甚至海峡的目的的，而多个构件按照一定的构造规则组成悬索桥或斜拉桥就可以实现。结构系统的整体功能取决于构件单元、结构体系和环境状况，其中起决定性的是系统的结构，通常只有大跨斜拉桥和悬索桥才能作为跨海大桥的候选桥型，对抗震性能要求较高的地区，应选用抗震性能较好的结构系统，如连续刚构、斜拉桥等，或对连续梁等桥型进行结构的改进，设计支座单元，达到减震目的。

耗散结构理论认为，在远离平衡状态的非平衡区内，在非线性的非平衡作用下系统演化方向是不确定的，系统的平衡可能失稳，发生突变或分叉，系统呈现出新的结构稳定状态。这种结构是一种非平衡的结构，接受环境注入系统的负熵流才能稳定。桥梁的非线性行为同样体现了这一思想，桥梁的失稳为系统突变所致，地震荷载作用下的桥梁系统的延性抗震性能也是结构非线性性能的体现。

各种车辆通过桥梁时，引起桥梁振动。这时，桥梁结构物不仅承受静力的作用，还要承受移动车辆荷载以及桥梁和车辆的振动惯性力的作用。车辆动力作用引起桥梁上部结构的振动可能使结构构件产生疲劳，降低其强度和稳定性；桥梁振动过大可能会对桥上车辆的运行安全和稳定性产生影响，当移动车辆荷载的动力变化频率与桥梁结构固有频率相等或接近时，引起的共振可能会使车桥动力响应加剧，产生意外的破坏。因此，车辆桥梁动力相互作用问题成为桥梁振动领域中一个重要的研究课题，在国内外都受到了特别的重视。Bogaert Van 等国内外许多学者[8~13]对于梁承受各种移动集中力、集中质量荷载作用下的动力响应进行了大量的研究指出梁结构在承受各种动力荷载作用下的挠度都比静荷载时大，不能忽视各种移动荷载对梁的动力冲击作用。

在系统与控制理论中，主要研究动力学系统。桥梁结构在动力荷载作用下，表现为不确定性的随机系统，其非线性行为受到越来越多的关注和研究。尤其在桥梁的抗震和抗风领域，近年来从传统的抗震抗风设计思路发展到结构控制思想。目前的结构控制方式主要有被动控制、主动控制和混合控制，被动控制是通过支座、阻尼器等装置来消耗输入系统的外部环境能量；主动控制的基本思想是通过主动施加外部能量来抵消和消耗环境输入能量，使偏高平衡状态的系统在新的注入能量流作用下找到平衡。

P. S. Symonds 对一个具有两个自由度的梁构件模型在瞬时冲击荷载作用下的弹塑性反应进行了分维研究，计算得自相似维数为 0.78，表明位移反应图对冲击荷载标度具有独立性。

另外，根据相关研究针对斜拉桥进行的结构分析与传统的连续梁和桁架桥的结构分析相比较，几何非线性的影响尤为突出，影响因素也多，特别是特大跨径的斜拉桥，由于斜拉索较长，所以斜拉索自重产生的垂度较大，斜拉索的伸长量与斜拉索内拉力不成正比关系。整个结构的几何变形也大，大变形问题很突出，上弯矩和轴向力的相互作用等因素的影响，使得大跨径斜拉桥的几何非线性分析显得较为复杂。具体来说，斜拉桥几何非线性主要来源于以下四个方面[14]：

（1）由于梁、索、塔的尺寸增大，作用的荷载相应加大，变形也随之而增加，因而要考虑小挠度的大应变问题，特别是梁和拉索；

（2）新型材料的采用、温度效应等不可忽略的物理因素也使得斜拉桥问题的非线性必须考虑；

（3）梁、塔的耦合作用，在斜拉桥中，塔和主梁都是弯压构件，弯曲变形与压缩变形之间的耦合所产生的作用也是引起非线性的一个重要因素；

（4）斜拉索自身垂度的影响。

正是由于以上四点，斜拉桥问题呈现出非线性和耦合作用。

5.4.2　基于 Melnikov 方法的桥梁结构混沌临界分析

5.4.2.1　桥梁结构振动模型

任何结构都可以抽象成由质量、阻尼、刚度矩阵组成的力学系统的数学模型，当结构作有阻尼受迫害振动时，其振动方程可以写成如下的式子

$$[M]\{\ddot{x}\} + [C]\{\dot{x}\} + [K]\{x\} = \{F(t)\} \tag{5.56}$$

式中，$[M]$、$[C]$、$[K]$ 分别是质量矩阵、阻尼矩阵、刚度矩阵；$\{\ddot{x}\}$、$\{\dot{x}\}$、$\{x\}$ 分别是加速度向量、速度向量、位移向量；$\{F(t)\}$ 是载荷向量（激励阵）。

此模型为多自由度结构振动模型，其中质量等参数矩阵的阶次即为结构的自由度。（注意：其中外部激励为随机荷载）

针对以上模型，在第二章已进行了基于结构动力学的分析，关于模型的详细分析参考第二章。下面利用 Melnikov 方法分析出发生混沌运动的临界条件。

5.4.2.2　Melnikov 方法

在众多混沌判据中，Melnikov 方法[13]具有重要地位，它十分适用于研究 Hamilton 系统在弱周期策动激励下的混沌运动。应用 Melnikov 方法可以确定混沌出现的阈值及物理条件，并给出混沌运动不变集存在性的解析条件，这对于研究自治可积系统周期扰动下的混沌性质并控制混沌具有理论指导意义。Melnikov 方法的基本思想是将动力系统归结为平面上 的一个 Poincare 映射是否存在横截同宿轨道或异宿轨道的数学条件，给出一类非线性动力系统 Smale 马蹄变换意义下出现混沌现象的判据。应用解析 Melnikov 方法的许多实际问题可 以归结为讨论带有弱周期扰动项的具有同宿轨道或异宿轨道的二阶常微分方程，包括本文中的具有周期性负荷扰动的简单电力系统的数学模型。对于这类系统，利用一定的数学技巧，就可以建立二维 Poincare 映射，如果此映射存在 Smale 马蹄变换性质，则此映射可能是一个具有混沌属性的不变集。

5.4.2.3　基于 Melnikov 方法的桥梁混沌临界分析

Melnikov 方法是用来判定特定种类非线性系统中何时出现 Smale 意义下的混沌的解析方法，已经在随机动力系统的混沌运动分析中得到了比较广泛的应用[16,17]。尤其在机械振动混沌性分析以及损伤识别领域应用较为成熟。

由此，可以通过理论层面的数学分析可以进行桥梁结构的混沌性判定。但由于桥梁结构产生的振动为多自由度振动，其数学模型如式（5.56）所示，目前对其进行分析存在极大困难。在此，以斜拉桥拉索为研究对象说明此方法的可行性。

考虑一端固定，一端运动的弹性斜拉索，如图 5.23 所示，分析斜拉索的混沌运动[12]。

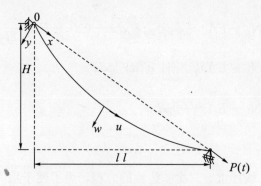

图 5.23　弹性斜拉索的约化一维模型

$$\frac{\partial}{\partial x}\{[(N_0 - EA)\frac{dx}{ds} + \frac{1}{\sqrt{1 + y_x^2}}EA](1 + u_x)\} = \rho A u_{tt} \qquad (5.57)$$

$$\frac{\partial}{\partial x}\{[(N_0 - EA)\frac{dx}{ds} + \frac{1}{\sqrt{1 + y_x^2}}EA](w_x + y_x)\} = \rho A w_{tt} \qquad (5.58)$$

其中

$$\frac{dx}{ds} = \frac{1}{\sqrt{(1 + u_x)^2 + (w_x + y_x)^2}} \approx 1 - e - \frac{1}{2}y_x^2$$

$$e = u_x - u_x^2 + \frac{1}{2}w_x^2 + y_x w_x \qquad (5.59)$$

对上图所示的可动边界弹性斜拉索的边界条件可以写成

$$\begin{cases} u = P(t) \\ w = 0 \end{cases} (x = 0), \quad \begin{cases} u_{xx} = 0 \\ w_{xx} = 0 \end{cases} (x = l_0) \qquad (5.60)$$

约化后可以得到

$$w_{tt} + \frac{1}{\rho A}\frac{\partial}{\partial x}\{(N_0 - EA)w_x[\frac{P(t)}{l} + \frac{1}{l}\int_0^l (\frac{1}{2}w_x^2 + y_x w_x)dx]$$

$$- \frac{1}{\rho A}\frac{\partial}{\partial x}[N_0(1 - \frac{y_x^2}{2})w_x]\} + \frac{1}{\rho A}\frac{\partial}{\partial x}\{(N_0 - EA)y_x[\frac{P(t)}{l}$$

$$+ \frac{1}{l}\int_0^l (\frac{1}{2}w_x^2 + y_x w_x)dx]\} = 0$$

$$(5.61)$$

对于方程（5.61）式，设解的形式可以写成

$$w(x, t) = \sum_{n=0}^{\infty} u_n \sin(\frac{n\pi x}{l}) \qquad (5.62)$$

对于一个特定的 n，对于方程进行 Galerkin 积分，可以得到

$$\ddot{u}_n(t) + a_{2n}u_n(t) + a_{3n}P(t)u_n(t) + a_{4n}u_n^2(t) + a_{5n}u_n^3(t) = a_{6n}P(t) \qquad (5.63)$$

其中

$$a_{1n} = \int_0^l \rho A \varphi^2 dx$$

$$a_{2n} = \frac{1}{a_{1n}}\int_0^l \frac{\partial}{\partial x}[-N_0(1 - \frac{y_x^2}{2})\varphi_x + (N_0 - EA)\frac{y_x}{2l}\int_0^l \varphi_x^2 dx]\varphi dx$$

$$a_{3n} = \frac{1}{a_{1n}}\int_0^l \frac{\partial}{\partial x}[(N_0 - EA)\frac{1}{l}\varphi_x]\varphi dx$$

$$a_{4n} = \frac{1}{a_{1n}} \int_0^l \frac{\partial}{\partial x} \left[(N_0 - EA) \frac{1}{l} \varphi_x \int_0^l y_x \varphi_x dx + (N_0 - EA) \frac{y_x}{2l} \int_0^l \varphi_x^2 dx \right] \varphi dx$$

$$a_{5n} = \frac{1}{a_{1n}} \int_0^l \frac{\partial}{\partial x} \left[(N_0 - EA) \varphi_x \frac{1}{2l} \int_0^l \varphi_x^2 dx \right] \varphi dx$$

$$a_{6n} = \frac{1}{a_{1n}} \int_0^l \frac{\partial}{\partial x} \left[(N_0 - EA) \frac{y_x}{l} \right] \varphi dx$$

$$\varphi(x) = \sin\left(\frac{n\pi x}{l}\right)$$

上式是一个既有二次非线性也有三次非线性的方程，为了便于用 Melnikov 方程进行混沌分析，引入自变量变换

$$x = u_n(t) + a_{4n}/3a_{5n}, \quad t^* = \Omega t, \quad \Omega^2 = a_{2n} - a_{4n}^2/3a_{5n} \tag{5.64}$$

经过变换，同时引入阻尼，并假设边界条件可以写成 $p(t) = p_0 \cos(\omega t)$，可以得到下式（为了研究的方便，把 * 号去掉）

$$\ddot{x} + (1 + \varepsilon\beta \cos \omega t)x + \varepsilon\delta\dot{x} = \varepsilon\gamma\cos\omega t \tag{5.65}$$

式中，

$$\varepsilon\delta = a_{5n}p_0/\Omega^2$$

$$\varepsilon\gamma = (a_{6n} + a_{3n}a_{4n}/3a_{5n}) \, p_0/\Omega^2$$

$$\varepsilon\beta = a_{3n}p_0/\Omega^2$$

$$w = \bar{w}/\Omega$$

(5.65) 式中的常数项已经忽略了。这是一个具有周期外激励和周期参数激励的 Duffing 方程，同时可以看到二次项已经消去。

$$\begin{cases} \dot{x} = y \\ \dot{y} = -x + \varepsilon(-\alpha x^3 - \beta x \cos wt + \gamma \cos wt) - \varepsilon^2\delta y \end{cases} \tag{5.66}$$

在这里，就 $w \approx 1$ 主共振进行分析。也就是外力主共振同时存在，对这种情形，引入 $\varepsilon\Omega = \omega^2 - 1$，$\varepsilon\upsilon = \omega - n_i\omega$。其中 $n_i = i^2$。作如下可逆的 Vanderpol 变换

$$\begin{bmatrix} u \\ v \end{bmatrix} = \begin{bmatrix} \cos \omega t & -\omega^{-1} \sin \omega t \\ -\sin \omega t & -\omega^{-1} \cos \omega t \end{bmatrix} \begin{bmatrix} x \\ y \end{bmatrix} \tag{5.67}$$

(5.66) 式可简化为

$$\begin{bmatrix} \dot{u} \\ \dot{v} \end{bmatrix} = \{ -\frac{\varepsilon}{\omega} [\Omega(u \cos \omega t - v \sin \omega t) - \alpha(u \cos \omega t - v \sin \omega t)^3 - \beta(u \cos \omega t - v \sin \omega t)$$

$$(\cos n_i\omega t \cos \varepsilon\upsilon t - \sin n_i\omega t \sin \varepsilon\upsilon t) + r \cos \omega t]$$

$$+ \varepsilon^2\delta(u \sin \omega t + v \cos \omega t) + r \cos \omega t] \} \begin{bmatrix} \sin \omega t \\ \cos \omega t \end{bmatrix} \tag{5.68}$$

式中，$i = 1, 2$。利用参考文献[18]中的二阶平均法，可以得到

$$\dot{u} = \frac{\varepsilon}{2\omega} [\Omega v - \frac{3}{4}\alpha(u^2 + v^2)v] + \frac{\varepsilon^2}{2\omega} [-2\delta\omega u + (\frac{\Omega^2}{4\omega^2} + \frac{\beta^2}{6\omega^2})v - \frac{3\alpha r}{8\omega^2}uv$$

$$- \frac{3\Omega\alpha}{4\omega^2}(u^2 + v^2)v + \frac{51\alpha^2}{128\omega^2}(u^2 + v^2)v + \frac{\beta^2}{4\omega^2}(u \sin 2\varepsilon\upsilon t - v \cos 2\varepsilon\upsilon t)] \tag{5.69}$$

$$\dot{v} = \frac{\varepsilon}{2\omega}\left[-\Omega u + \frac{3}{4}\alpha(u^2+v^2)v - r\right] + \frac{\varepsilon^2}{2\omega}\left[-2\delta\omega v - \left(\frac{\Omega^2}{4\omega^2} + \frac{\beta^2}{6\omega^2}\right)u\right.$$

$$+\frac{3\alpha r}{16\omega^2}(3u^2+v^2) + \frac{3\Omega\alpha}{4\omega^2}(u^2+v^2)u - \frac{51\alpha^2}{128\omega^2}(u^2+v^2)u$$

$$\left.-\frac{\beta^2}{4\omega^2}(u\cos 2\varepsilon vt + v\sin 2\varepsilon vt) - \frac{\Omega r}{4\omega^2}\right] \tag{5.70}$$

按照二阶平均法的思想，作变换

$$t = \varepsilon t/2\omega$$

$$J = \frac{1}{2}(u^2+v^2)$$

$$\varphi = \mathrm{arctg}\left(\frac{v}{u}\right) \tag{5.71}$$

就可得到

$$\dot{J} = -r\sqrt{2J}\sin\varphi + \varepsilon\left[-2\delta\omega J - \frac{\Omega r}{4\omega^2}\sqrt{2J}\sin\varphi + \frac{3\alpha r}{16\omega^2}(\sqrt[3]{4J^2})\sin\varphi\right.$$

$$\left.+\frac{\beta^2}{2\omega^2}J\sin(2v_0 t - 2\varphi)\right] \tag{5.72}$$

$$\dot{\varphi} = -\Omega + \frac{3}{2}\alpha J - \frac{r\cos\varphi}{\sqrt{2J}} + \varepsilon\left[-\left(\frac{\Omega^2}{4\omega^2} + \frac{\beta^2}{6\omega^2}\right) + \frac{9\alpha R}{16\omega^2}\sqrt{2J}\cos\varphi + \frac{3\Omega\alpha}{2\omega^2}J\right.$$

$$\left.-\frac{51\alpha^2}{32\omega^2}J^2 - \frac{\Omega r\cos\varphi}{4\omega^2\sqrt{2J}} - \frac{\beta^2}{4\omega^2}\cos(2v_0 t - 2\varphi)\right] \tag{5.73}$$

式中，$v_0 = 2\omega v$。当 $\varepsilon = 0$ 时，（5.72）式和（5.73）式为 Hamilton 系统

$$\begin{cases} \dot{J} = -r\sqrt{2J}\sin\varphi \\ \dot{\varphi} = -\Omega + \frac{3}{2}\alpha J - \frac{r\cos\varphi}{\sqrt{2J}} \end{cases} \tag{5.74}$$

其 Hamilton 为

$$H(\dot{J},\dot{\varphi}) = -\Omega\dot{J} + \frac{3}{4}\alpha\dot{J}^2 - r\sqrt{2J}\cos\dot{\varphi} \tag{5.75}$$

如果 $\alpha > 0$，$\Omega > 0$ 和 $0 < r < \frac{4}{9}\sqrt{\Omega^3/\alpha}$。此时系统有两个中心，$(j_1, \pi)$ 和 $(j_3, 0)$ 以及一个双曲鞍点 (j_2, π)，其中 $0 < j_1 < j_2 < j_3$ 为下列方程的三个根

$$x^3 - 2\left(\frac{2\Omega}{3\alpha}\right)x^2 + \left(\frac{2\Omega}{3\alpha}\right)x - 3\left(\frac{r}{3\alpha}\right)^2 = 0 \tag{5.76}$$

则系统存在两条连接双曲鞍点的同宿轨道 $\Gamma_\pm = \{(J_\pm(t), \varphi_\pm(t) \mid t \in R)\}$，表达式为

$$J_\pm = \pm\frac{2r_+ r_-}{(r_+-r_-)\cosh\alpha t \pm (r_+-r_-)} + j_2 \tag{5.77}$$

$$\varphi_\pm = \arccos\left[\frac{1}{r\sqrt{2J_\pm}}\left(-\Omega J_\pm + \frac{3}{4}\alpha J_\pm^2 - H_0\right)\right] \tag{5.78}$$

其中 $\alpha = \sqrt{-r_+ r_-}$，$r_\pm = 2(k \pm \sqrt{2kj_2})$，$k = 2\Omega/3\alpha - j_2$，$H_0 = H(j_2, \pi)$。利用参考文献[19]提供的计算 Melnikov 函数方法，有

$$M_{\pm}(t) = \frac{\beta^2}{\omega^2}\sin(2v_0 t_0)A_{\pm}(\alpha,r,\Omega,v_0) + \alpha\omega B_{\pm}(\alpha,r,\Omega) \qquad (5.79)$$

其中

$$A_{\pm}(\alpha,r,\Omega,v_0) = \frac{1}{2}\int_{-\infty}^{+\infty}\left[\frac{1}{2}r\sqrt{2J_{\pm}}\sin\varphi(\sin 2v_0 t - 2\varphi_{\pm}) - \right.$$
$$\left.(-\Omega + \frac{3}{2}\alpha J_{\pm} - \frac{r\cos\varphi_{\pm}}{\sqrt{2J_{\pm}}})J_{\pm}\cos(2v_0 t - 2\varphi_{\pm})\right]dt \qquad (5.80)$$

$$B_{\pm}(\alpha,r,\Omega,v_0) = 2\int_{-\infty}^{+\infty}(-\Omega + \frac{3}{2}\alpha J_{\pm} - \frac{r\cos\varphi_{\pm}}{\sqrt{2J_{\pm}}})J_{\pm}\,dt \qquad (5.81)$$

上式中的 $A_{\pm}(\alpha,r,\Omega,v_0)$ 和 $B_{\pm}(\alpha,r,\Omega,v_0)$ 可以用留数方法来求解。

所以可以得到系统产生高维马蹄变换下的混沌的参数条件

$$\frac{\beta^2}{\delta\omega^2} > \left|\frac{B_{\pm}(\alpha,r,\Omega,v_0)}{A_{\pm}(\alpha,r,\Omega,v_0)}\right| = R_{\pm}(\alpha,r,\Omega,v_0) \qquad (5.82)$$

针对振动模型按相关数学方法进行分析其混沌性是进行混沌性分析的理论基础。桥梁在营运期环境激烈下的混沌非线性特性进行了相关说明，由于桥梁结构的多自由度、参数较多以及边界条件复杂，对整体桥梁或大型构件进行混沌的理论证明将成为未来研究的重点。

5.4.3 桥梁健康实时监测时间序列

5.4.3.1 监测响应时间序列

开展关于桥梁营运期在环境荷载情况下的混沌性分析，主要是基于：①桥梁结构作为复杂的大体量结构体，随着结构疲劳损伤等自身及荷载变化的外部情形的演变，结构在短期内的动力响应基本可以视为平稳过程，而从长期角度考虑必然为非稳定过程。对于结构自身的描述也必然是非线性的；②基于结构振动响应的结构安全性分析和寿命预测就是基于结构对外部荷载的响应，而此响应即为结构振动所产生，振动的机理就是结构力学的分析。根据目前关于机构振动的研究看，未来结构振动的研究的重点也就在于振动的非线性、混沌性等。

时间序列是按时间顺序的一组数字序列。时间序列分析就是利用这组数列，应用数理统计方法加以处理，以预测未来事物的发展。时间序列分析是定量预测方法之一，它的基本原理：①承认事物发展的延续性。应用过去数据，就能推测事物的发展趋势；②考虑到事物发展的随机性。任何事物发展都可能受偶然因素影响，为此要利用统计分析中加权平均法对历史数据进行处理。该方法简单易行，便于掌握，但准确性差，一般只适用于短期预测。时间序列预测一般反映三种实际变化规律：趋势变化、周期性变化、随机性变化。

对于复杂系统，或由于一些变量难以直接观测，或由于系统的独立变量个数未知，或由于未知系统的最佳变量，故一般希望通过对一个主要时间变量的检测达到了解系统状态变化的目的。由于复杂系统中，各个构件之间的互相作用，使得各变量之间有联系，因此系统的一个主要时间序列将包含参与系统动态过程的全部变量痕迹的丰富信息，这就为通过一个（一些）主要时间变量来了解系统状态的变化提供了可能性。

时间序列是复杂系统外部信息的载体，与复杂系统的内在状态之间有着某种关联性，这种关联性成为设备状态职能监测与故障诊断技术的基本思想。

当采用单一特征辨识复杂系统状态时容易发生虚警，这是由于"复杂系统"在特征与状态之间具有复杂的关系，或一因多果，或多因一果，甚至多因多果，很少有一因一果的单纯情形。证据理论、神经网络、模糊数学、灰色系统等方法都能够进行信息融合来完成多证据的融合。

对于桥梁健康监测而言，无论是基础的响应数据还是通过系统辨识而获得的系统有关参数都是一个基于时域的信息。①在一个时间段内信息可以看做一个随机过程；②长期的若干考察时间段的信息就构成时间序列。其基本特性符合时间序列的特征。所以，可以利用 ARMA 模型等时间序列分析手段对监测考察信号进行分析。时间序列分析模型如下：

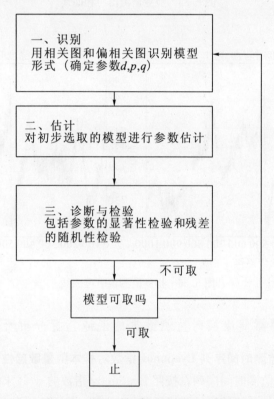

图 5.24　基于时间序列的 ARMA 模型

根据前面章节的分析，结合重庆马桑溪大桥的实时挠度监测信息对桥梁结构营运期动力响应的混沌性进行分析。马桑溪大桥挠度部分测点时程曲线如图 5.25、图 5.26 所示。

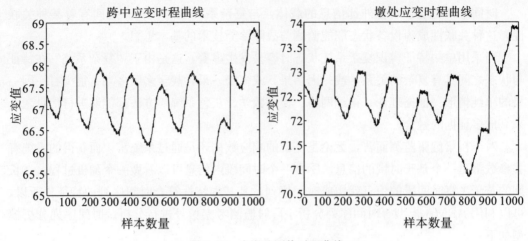

图 5.25 应变监测值时程曲线

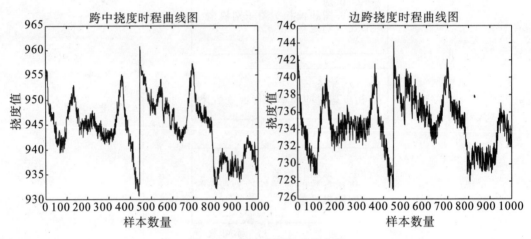

图 5.26 挠度监测值时程曲线

5.4.4 基于桥梁健康实时监测数据的混沌指标分析研究

5.4.4.1 桥梁监测时间序列 Lyapunov 指数对样本数量敏感性分析

针对以上的挠度监测时间序列，按照 Lyapunov 指数的 wolf 求解方法进行分析。随着桥梁营运时间的增长桥梁结构的非线性特征也将发生变化，同时，监测的数据也越来越多。为了能够较准确把握基于时间序列的 Lyapunov 指数对样本大小的敏感性，进行了相关实验。实验结果如图 5.27。

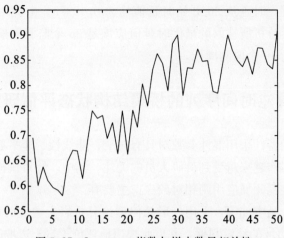

图 5.27　Lyapunov 指数与样本数量相关性

从上图可以看到，随着分析样本数量的增加 Lyapunov 指数也呈增长趋势。同时，每种样本容量情况下 Lyapunov 指数均大于 0。由此，根据混沌性判定的相关理论可以说明桥梁振动存在混沌性。

5.4.4.2　桥梁监测时间序列 Lyapunov 指数对样本时间延迟敏感性分析

以马桑溪大桥跨中应变的数据分析，分别选取时延 1~48 进行 Lyapunov 指数的分析。具体计算 Lyapunov 指数为：0.25562　0.26524　0.21682　0.18756　0.1983　0.15796　0.1766　0.17333　0.16691　0.13439　0.14097　0.18901　0.17035　0.17039　0.1466　0.14013　0.12697　0.11652　0.10274　0.12669　0.098948　0.14043　0.13383　0.14026　0.13332　0.13779　0.13629　0.13506　0.13774　0.13659　0.13644　0.13405　0.13142　0.13641　0.13641　0.10975　0.10975　0.10975　0.10975　0.10975　0.10975　0.10975　0.10975　0.10975　0.10975　0.10975　0.10975　0.10975

结果如下图所示：

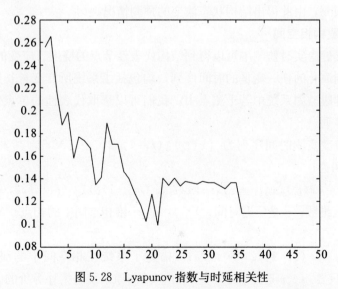

图 5.28　Lyapunov 指数与时延相关性

由图示可以发现在时延从 36 开始时延值均为 0.10975。由此，针对马桑溪大桥的监测系统进行混沌性分析所选取的最优时延值应该是 36 个监测周期。同时，说明此系统的可预测时间约为 10 个监测周期。

5.5　基于混沌时间序列的桥梁结构状态评估研究

基于混沌系统的特性采用混沌参数对具有时变、非线性、非平稳特性的工程系统性能进行评价所做的工作越来越受到科研人员的关注。其中，针对机械结构系统振动的应用较多。而在土木工程领域应用则相对较少，主要有：

中国工程院院士吴中如等人采用分形几何理论分析岩土边坡的稳定性，应用 Lipschitz 指数建立岩土边坡的稳定判据，并借此快速地评价了岩土边坡的稳定状态。

黄志全提出了滑坡预测预报的非线性时间序列方法，建立了滑坡失稳时间的协同－分岔模型，结合混沌理论和神经网络方法，研究了几种滑坡的混沌特性，并进行了后验预报，对边坡稳定性进行了评价。

唐明等人在分析比较了拓扑空间、分形空间以及拓扑维、分形维德基础上，用拓扑学和分形理论评价了混凝土材料的超细掺和料颗粒特征、粗集料表面特征、混凝土断裂表面特征以及混凝土空隙微结构等特征。

张雨等人利用混沌时间序列完成了对于汽车悬架隔振性能的分析和评价，取得了一定的研究成果。

5.5.1　基于混沌时间序列的桥梁结构状态评估及预测

桥梁是受结构自身演化以及外部环境激烈共同作用的复杂系统。其抗力的衰变过程不仅决定于结构材料的演化同时也与外部荷载有强烈关系。由此，可以将桥梁抗力的演化过程视为一种具有混沌特性的动力系统。在重构相空间中，其运动轨迹将收缩到奇异吸引子。根据混沌系统的短期可预测性，就可对基于实时监测结构响应数据活的的混沌指标系数进行预测，由此得出结构状态演变的预测情况。

5.5.1.1　重构相空间

在实际桥梁健康实时监测中可以得到结构代表性节点的挠度、应变的时间序列。对于决定系统长期演化的任一变量的时间序列，均包括了系统所有变量长期演化的信息。由此，在桥梁健康监测系统中若干测点中，我们可以选取代表性的单点作为考察对象，形成分析时间序列。

设单变量应变实测时间序列为 $\{x(t_i), (i=1, 2, \cdots, N)\}$，其采样时间间隔为 Δt。重构相空间为

$$Y(t_i) = (x(t_i), x(t_i+\tau), \cdots, x(t_i+(m-1)\tau)) \quad (i=1,2,\cdots,M) \quad (5.83)$$

式中，m 是嵌入维数；τ 是延迟时间；$Y(t_i)$ 是 m 维相空间中的相点；M 是相点个数，且 $M=N-(m-1)\tau$。

集合 $\{Y(t_i), (i=1, 2, \cdots, N)\}$ 描述了系统在相空间中的演化轨迹。根据 Takens 定理，只要 m、τ 选择合适，重构相空间与原系统是拓扑等价的。

5.5.1.2　基于最大 Lyapunov 指数的预报模式

根据混沌理论，Lyapunov 指数可以用来表征系统的混沌行为，系统在相空间中相邻轨道的指数发散，它刻画了相空间中相体积收缩和膨胀的几何特性，因此，可以通过 Lyapunov 指数来表述混沌系统的演化趋势。其预报模式[16]如下：

$$2^{k\lambda_1} = \frac{\|Y(t_M + T) - Y_{nbt}(t + T)\|}{\|Y(t_M) - Y_{nbt}(t)\|} \tag{5.84}$$

式中，$M = N - (m-1)\tau$；k 为步长；T 为系统提前预报的时间；$Y(t_M + T)$ 为中心点 $Y(t_M)$ 经过时间 T 后的演化值；$Y_{nbt}(t)$ 是 $Y(t_M)$ 的最邻近点，即有下式成立：

$$Y_{nbt}(t) = \{Y(t_i) \mid \min \|Y(t_M) - Y(t_i)\|\} \quad (i = 1, 2, \cdots, M-1) \tag{5.85}$$

显然只要 $T \leqslant \tau$，则 $Y(t_M + T)$ 中只有最后一个分量 $x(t_N + T)$ 是未知的，而其余 $m - 1$ 个分量都是已知的。由 5.84 式即可解出预测值 $x(t_N + T)$。

5.5.1.3　最大可预报时间

因为时间序列基于最大 Lyapunov 指数 λ 定量表征相空间两相邻轨线的分散问题，所以，λ_1 也表示运动随机性或非确定性的定量描述。但是，混沌运动是随机性与确定性的融合，即运动应该在一定的临界时间 t_0 内是可预测的。在运动过程中，设初始时刻两相邻轨道距离为 $\delta x(0)$，经过时间 t 后其距离的最大分量[17]为

$$\delta x(t) = \delta x(0) e^{\lambda_1 t} \tag{5.86}$$

设 $\dfrac{\delta x(t)}{\delta x(0)}$ 超过某一临界值 c 时，可以认为轨线发散到使运动不可预测了，这时所经历的时间就是临界时间 t_0。故有

$$c = \frac{\delta x(t_0)}{\delta x(0)} = e^{\lambda_1 t_0} \tag{5.87}$$

从而有

$$t_0 = \frac{1}{\lambda_1} \ln c \tag{5.88}$$

通常认为轨线分离达到原间距的数倍或十几倍（$c \sim 10$，$\ln c \sim 1$）时，轨道就不确定了。因此运动可预测的最大时间可简单地表为

$$t_0 \sim \frac{1}{\lambda_1} \tag{5.89}$$

由此可得到系统可预测时间即最大可预报时间。λ_1 越大运动可预测时间 t_0 越短，运动的可预测性越差，蝴蝶效应越强。

根据前面的实验分析（最大 Lyapunov 指数稳定值为 0.10975），可以得出桥梁振动分析在 1/0.10975（约为 10）个监测周期内系统可预测。

5.5.1.4　预测精度

为了评价预测精度，构造相对误差与综合误差进行分析。设 $x(t)$ 为实际监测数据，$\tilde{x}(t)$ 为预测值，则相对误差为

$$E_r = \frac{\tilde{x}(t) - x(t)}{x(t)} \times 100\% \tag{5.90}$$

综合误差为

$$E_g = \frac{\sqrt{\sum_{i=1}^{k}(\widetilde{x}(t) - x(t))^2}}{\sqrt{\sum_{i=1}^{k}x(t)^2}} \times 100\% \qquad (5.91)$$

由此，可以利用上面公式进行预测精度分析。

5.5.2 混沌在桥梁监测、评估与预测中应用展望

混沌非线性分析已广泛应用于机械振动、心电等领域，关于桥梁结构中的部分构件如拉索等也有部分相关研究，但针对桥梁整体结构的多自由度振动混沌非线性分析几乎处于研究的前沿。其中研究的难度主要涉及：

（1）桥梁整体振动式高自由度非线性系统，对于进行如 Melnikov 方法的数学层面的分析难度极大；

（2）动荷载状态下的桥梁振动将是一个非常复杂振动情况；

（3）营运期桥梁所受荷载是未知的随机荷载，对振动模型的分析难度较大。

混沌性在结构工程中的研究虽然存在很多困难，但其能够较好的揭示结构在环境激励下的随机性和确定性，尤其对于基于桥梁结构健康实时监测时间序列的结构安全评估和预测等具有广阔的研究前途。未来对于混沌性在桥梁结构健康监测领域的应用将从以下几个方面开展：

（1）桥梁结构振动出现混沌分叉的边界条件；

（2）结构参数对结构出现混沌的影响；

（3）振动分析中不同阶次（自由度）对结果的敏感性分析；

（4）针对混沌分析结果对系统进行相应控制；

（5）混沌的理论分析与基于时间序列获取的有关混沌指标（分维数、拉氏指数等）间的关系；

（6）提取基于结构混沌演变规律的指标来表达结构的状态及状态演变；

（7）混沌状态对结构状态的影响：从理论上说，按照用途来分，混沌既有好处也有坏处。但是对一个结构来说，混沌可能导致不规则运动，对材料有很大的破坏作用，大大降低结构的使用寿命。因此，要对混沌运动进行控制，由此带来了一个新的课题——混沌的控制。

5.6　小结

本章系统介绍了混沌动力学理论、混沌时间序列理论以及相关研究方法，揭示了混沌非线性以及时间序列的在桥梁健康监测领域应用理论和方法基础。同时，从已有研究的成果以及桥梁营运期的具体环境概念上分析了桥梁振动存在非线性的现实可能性。

另外，针对混沌性重要判据 Melnilov 方法进行了系统阐述，并以斜拉桥拉索为例子进行了分析研究，由此，可以说明在力学及数学层面上也存在混沌性。通过重庆马桑溪大桥的监测信息进行了最大 Lyapunov 指数以及时延敏感性等方面的实验分析，实验

结果表明桥梁结构健康监测的信息具有混沌的特征，并且在 10 个监测周期内系统存在可预测性。

最后，结合本小组的研究成果以及理论分析，本章提出了未来进一步研究桥梁健康监测混沌性分析研究的未来研究趋势和内容，为进一步开展相关研究提供了指导方向。

参 考 文 献

[1] 韩敏主编. 混沌时间序列预测理论与方法 [M]. 北京：中国水利水电出版社，2007

[2] 刘宗华主编. 混沌动力学基础及其应用 [M]. 北京：高等教育出版社，2006

[3] 吕金虎、陆君安、陈士华主编. 混沌时间序列分析及其应用 [M]. 武汉：武汉大学出版社，2005

[4] 张善文等编. Matlab 在时间序列分析中的应用 [M]. 西安：西安电子科技大学出版社，2007

[5] 陈逢时. 子波变换理论及其在信号中的应用 [M]. 北京：国防工业出版社，1998.

[6] 习彦华等. 基于小波变换模极大值的信号奇异性检测 [J]. 河北：河北工业科技，2004，24.

[7] 张雨主编. 时间序列的混沌和符号分析及实践 [M]. 长沙：国防科技大学出版社，2007

[8] Bogaert Van. Dynamic response of trains crossing large span doubletrack bridges [J]. Journal of Construction Steel Research，1993，24 (1)：575—74

[9] Y B Yang，J D Yau，L C Hsu. Vibration of simple beams due to trains moving at high speeds [J]. Engineering Structures，1997，19 (11)：936—944

[10] A V Pesterev，B Yang，L A Bergman，C A Tan. Response of elastic continuum carring multiple moving oscillators [J]. Journal of Engineering Mechanics，2001，127 (3)：260—265

[11] K H Chu，V K Garg，T L Wang. Impact in railway prestressed concrete bridge [J]. Journal of Structural Engineering，1986，112 (5)：1036—1051

[12] M A Foda，Z Abduljabbar. A dynamic Green function formulation for the response of a beam structure to a moving mass [J]. Journal of Sound and Vibration，1998，210 (3)：295—306

[13] Oded Rabinovitch. Nonlinear (buckling) effects in RC beams strengthened with composite materials subjected to compression [J]. Internation Journal of Solids and Structures，2004，41：5677—5695

[14] 王连华. 斜拉桥的非线性动力学分析 [D]. 湖南大学 2001 年，2001

[15] 朱志宇、蔡立勇、刘维亭主编. 基于 Melnikov 方法的电力系统混沌振荡参数计算 [J]. 江苏科技大学电子信息学院.

[16] Liu W Y，Zhu W Q，Huang Z L. Effect of bounded noise on chaotic motion of doffing oscillator under parametric excitation [J]. Choas，Solitons and Fractals 2001 (12)：527—537

[17] 杨绍普、李韶华、郭文武主编. 随机激励滞后非线性汽车悬架系统的混沌运动 [J]. 振动、测试与诊断，2005，25 (1)：22—25

[18] 刘曾荣主编. 混沌的微扰判据 [M]. 上海：上海科技教育出版社，1994

[19] 韩强、张善元、杨桂通主编. 一类非线性动力系统混沌运动的研究 [J]. 应用数学和力学，1999，20 (8)：776—782

第6章 基于桥梁健康监测信息的结构抗力衰变特征分析

6.1 概 述

早在上世纪 40 年代，国外已着手结构耐久性的研究，国内于上世纪 60、70 年代开始了对混凝土的碳化和钢筋锈蚀等耐久性基础理论的研究。对桥梁而言，国际上对其安全性、耐久性和使用寿命的讨论已近 30 多年。特别在上世纪之交，国际桥协组织了两次较大规模的国际会议，一是 1999 年的"为未来的结构（Structure for the Future）——质量搜索（The Search for the Quality）"，二是 2001 年的"安全、风险和可靠性（Safe，Risk and Reliability）——工程进展（Trends in Engineering）"。同济大学教授范立础院士在会上更是指出要加强"桥梁工程的安全性、耐久性、使用寿命及风险评估研究"。但是，长期以来国内外工程结构全寿命的系统研究进展不大，究其原因是该研究所涉及的学科甚广、难度极大，属世界难题之一。

国内外学者采用多元统计方法、模糊数学理论、神经网络技术等各种不同的方法对机械设备、仪器仪表、自动化装置等系统的寿命进行了深入的研究，并取得的了很多优秀的研究成果。总的来说，结构耐久性的研究大致可分为两个层次：①从材料机理上研究结构的老化、损伤及主要因素；②从结构全局出发，以对材料的耐久性研究为基础，研究耐久性设计、评估、维修决策与优化等一系列应用问题。由于混凝土碳化、钢筋锈蚀和混凝土冻融破坏是导致结构破坏、抗力降低的主要因素，他们成为近期研究的重点，处于应力状态下的混凝土碳化过程，冻融循环作用下混凝土宏观损伤模型的研究，均取得了一些研究成果。在钢筋锈蚀方面，研究主要集中在锈蚀钢筋的力学性能、钢筋锈蚀量的预测、裂缝对锈蚀的影响等方面。其主要成果如下：混凝土碳化深度计算模型通过快速碳化试验，建立了综合考虑粉煤灰掺量、养护龄期、荷载率、环境温度等多因素的寿命预测模型，在对大桥的箱梁和索塔进行了使用寿命预测，提出了提高大掺量粉煤灰混凝土寿命的实施措施；而混凝土的碳化寿命预测模型，主要是基于 Fick 定律的推导，即碳化深度与碳化时间的平方根成比例；中国建科院建立了多系数的碳化深度预测公式、，Jiang 等考虑了湿度、W/B、水泥掺量建立了大掺量粉煤灰混凝土的碳化模型，Jung 等考虑了温度、湿度，基于钢筋锈蚀建立了碳化寿命预测公式，而东南大学的刘志勇博士提出了冻融累计损伤的幂函数模型。

根据结构健康监测的基本原理，在获取结构营运期的结构响应数据必然蕴含结构自身参数特征以及演化规律，而若要通过这些信息对结构抗力进行评估必然需要建立结构参数与监测信息间的关系，同时，为了更加全面的反应结构真实状况，从不同角度通过监测信息提取不同的特征因子，多因子的融合评估也是需要进一步研究的内容。充分应用信息技术、数学模型以及结构力学的基本原理，本构理论是比较准确建立监测信息与结构参数的模型。另外，通过信息手段提取信息演化的特征因子也能较好反应结构抗力的演化。

6.2　结构本构关系理论[1~3]

桥梁实时监测信息中包含着多种因素的影响，其中结构抗力衰变的特征也隐含其中。现从结构材料的本构理论出发，分析出体现抗力衰变特征因子的动态规律，并建立单因子及多因子反映抗力变化趋势的模式。

桥梁的组成材料大体上可分为混凝土和钢材（包括普通钢筋、预应力钢筋、钢桥中的型钢等），对应它们的本构理论模型主要有四种：线弹性模型；非线弹性模型；塑性理论模型；其他力学理论类模型。

6.2.1　线弹性模型

这是最简单、最基本的材料本构模型。线弹性本构关系是弹性力学的物理基础，是迄今发展最成熟的材料本构模型，也是其他类本构模型的基础。考虑材料性能的方向性差异，可建立不同复杂程度的线弹性本构模型：

1. 各向异性本构模型

结构中任何一点有 6 个应力分量，相应的有 6 个应变分量。如果各应力和应变分量间的弹性常数都不同，其一般的本构关系式为

$$
\begin{Bmatrix} \sigma_{11} \\ \sigma_{22} \\ \sigma_{33} \\ \tau_{12} \\ \tau_{23} \\ \tau_{31} \end{Bmatrix} =
\begin{bmatrix}
c_{11} & c_{12} & c_{13} & c_{14} & c_{15} & c_{16} \\
c_{21} & c_{22} & c_{23} & c_{24} & c_{25} & c_{26} \\
c_{31} & c_{32} & c_{33} & c_{34} & c_{35} & c_{36} \\
c_{41} & c_{42} & c_{43} & c_{44} & c_{45} & c_{46} \\
c_{51} & c_{52} & c_{53} & c_{54} & c_{55} & c_{56} \\
c_{61} & c_{62} & c_{63} & c_{64} & c_{65} & c_{66}
\end{bmatrix}
\begin{Bmatrix} \varepsilon_{11} \\ \varepsilon_{22} \\ \varepsilon_{33} \\ \gamma_{12} \\ \gamma_{23} \\ \gamma_{31} \end{Bmatrix}
\tag{6.1}
$$

式中，σ_{ii}、ε_{ii} 分别为正应力和正应变；τ_{ij}、γ_{ij} 分别为剪应力和剪应变；c_{ij} 为刚度系数。

2. 正交异性本构模型

对于正交异性材料，正应力作用下不产生剪应变；剪应力作用下不产生正应变，且不在其他平面产生剪应变。本构模型可以简化为

$$
\begin{Bmatrix} \sigma_{11} \\ \sigma_{22} \\ \sigma_{33} \end{Bmatrix} =
\begin{bmatrix}
c_{11} & c_{12} & c_{13} \\
c_{21} & c_{22} & c_{23} \\
c_{31} & c_{32} & c_{33}
\end{bmatrix}
\begin{Bmatrix} \varepsilon_{11} \\ \varepsilon_{22} \\ \varepsilon_{33} \end{Bmatrix}
\quad \text{和} \quad
\begin{Bmatrix} \tau_{12} \\ \tau_{23} \\ \tau_{31} \end{Bmatrix} =
\begin{bmatrix}
c_{44} & 0 & 0 \\
0 & c_{55} & 0 \\
0 & 0 & c_{66}
\end{bmatrix}
\begin{Bmatrix} \gamma_{12} \\ \gamma_{23} \\ \gamma_{31} \end{Bmatrix}
\tag{6.2}
$$

若材料的弹性常数用熟知的工程量 E，ν，G 等表示，建立的本构关系即广义胡克定律如下

$$\begin{Bmatrix} \varepsilon_{11} \\ \varepsilon_{22} \\ \varepsilon_{33} \end{Bmatrix} = \begin{bmatrix} \dfrac{1}{E_1} & -\dfrac{\nu_{12}}{E_2} & -\dfrac{\nu_{13}}{E_3} \\ -\dfrac{\nu_{21}}{E_1} & \dfrac{1}{E_2} & -\dfrac{\nu_{23}}{E_3} \\ -\dfrac{\nu_{31}}{E_1} & -\dfrac{\nu_{32}}{E_2} & \dfrac{1}{E_3} \end{bmatrix} \begin{Bmatrix} \sigma_{11} \\ \sigma_{22} \\ \sigma_{33} \end{Bmatrix} \quad \text{和} \quad \begin{Bmatrix} \gamma_{12} \\ \gamma_{23} \\ \gamma_{31} \end{Bmatrix} = \begin{bmatrix} \dfrac{1}{G_{12}} & 0 & 0 \\ 0 & \dfrac{1}{G_{23}} & 0 \\ 0 & 0 & \dfrac{1}{G_{31}} \end{bmatrix} \begin{Bmatrix} \tau_{12} \\ \tau_{23} \\ \tau_{31} \end{Bmatrix}$$

$$(6.3)$$

式中，E_1，E_2，E_3 为三个垂直方向的弹性模量；G_{12}，G_{23}，G_{31} 为三个垂直方向的剪切模量；ν_{ij} 为泊松比。

3. 各向同性本构模型

各向同性材料在三个方向的弹性常数值相等，式(6.3)简化为

$$\begin{Bmatrix} \varepsilon_{11} \\ \varepsilon_{22} \\ \varepsilon_{33} \end{Bmatrix} = \begin{bmatrix} \dfrac{1}{E} & -\dfrac{\nu}{E} & -\dfrac{\nu}{E} \\ -\dfrac{\nu}{E} & \dfrac{1}{E} & -\dfrac{\nu}{E} \\ -\dfrac{\nu}{E} & -\dfrac{\nu}{E} & \dfrac{1}{E} \end{bmatrix} \begin{Bmatrix} \sigma_{11} \\ \sigma_{22} \\ \sigma_{33} \end{Bmatrix} \quad \text{和} \quad \begin{Bmatrix} \gamma_{12} \\ \gamma_{23} \\ \gamma_{31} \end{Bmatrix} = \dfrac{1}{G} \begin{Bmatrix} \tau_{12} \\ \tau_{23} \\ \tau_{31} \end{Bmatrix} \tag{6.4}$$

式中有三个弹性常数，即 E，ν 和 G。由于 $G = \dfrac{E}{2(1+\nu)}$，对式（6.4）求逆，可得刚度矩阵表示的应力-应变关系

$$\begin{Bmatrix} \sigma_{11} \\ \sigma_{22} \\ \sigma_{33} \\ \tau_{12} \\ \tau_{23} \\ \tau_{31} \end{Bmatrix} = \dfrac{E}{(1+\nu)(1-2\nu)} \begin{bmatrix} 1-\nu & \nu & \nu & 0 & 0 & 0 \\ \nu & 1-\nu & \nu & 0 & 0 & 0 \\ \nu & \nu & 1-\nu & 0 & 0 & 0 \\ 0 & 0 & 0 & \dfrac{1-2\nu}{2} & 0 & 0 \\ 0 & 0 & 0 & 0 & \dfrac{1-2\nu}{2} & 0 \\ 0 & 0 & 0 & 0 & 0 & \dfrac{1-2\nu}{2} \end{bmatrix} \begin{Bmatrix} \varepsilon_{11} \\ \varepsilon_{22} \\ \varepsilon_{33} \\ \gamma_{12} \\ \gamma_{23} \\ \gamma_{31} \end{Bmatrix}$$

$$(6.5)$$

这即是弹性力学中的一般本构关系。

6.2.2 非线弹性本构模型

非线弹性本构关系体系随着应力的加大，变形按一定规律非线性地增大，刚度逐渐减小；卸载时，应变沿原曲线返回，不留残余应变。这类本构模型的明显优点是，能够反映混凝土受力变形的主要特点。这类本构模型数量最多，下面对不同材料列举一种情况。

1. 各向同性本构模型

Kupfer-Gerstle 模型：根据混凝土的二轴和三轴受压试验中量测的主应力（σ_1，σ_2，σ_3）和主应变（ε_1，ε_2，ε_3），计算八面体正应力和剪应力（σ_{oct}，τ_{oct}），以及相应

的应变（ε_{oct}，γ_{oct}）值，计算混凝土的割线体积模量和剪切模量。

$$K_s = \frac{\sigma_{oct}}{\varepsilon_v} = \frac{\sigma_{oct}}{3\varepsilon_{oct}}, \quad G_s = \frac{\tau_{oct}}{\gamma_{oct}} \tag{6.6}$$

各向同性材料的二维本构方程用 K_s 和 G_s 表达式变换为

$$\begin{Bmatrix} \sigma_1 \\ \sigma_2 \\ \tau \end{Bmatrix} = \begin{bmatrix} 1 & \dfrac{3K_s - 2G_s}{2(3K_s - G_s)} & 0 \\ \dfrac{3K_s - 2G_s}{2(3K_s - G_s)} & 1 & 0 \\ 0 & 0 & \dfrac{3K_s + 4G_s}{4(3K_s + G_s)} \end{bmatrix} \begin{Bmatrix} \varepsilon_1 \\ \varepsilon_2 \\ \gamma \end{Bmatrix} \tag{6.7}$$

2. 正交异性本构模型

Darwin-Pecknold 模型：正交异性材料的二维应力-应变关系增量式为

$$\begin{Bmatrix} d\sigma_{11} \\ d\sigma_{22} \\ d\tau_{12} \end{Bmatrix} = \frac{1}{1-\nu^2} \begin{bmatrix} E_1 & \nu\sqrt{E_1 E_2} & 0 \\ \nu\sqrt{E_1 E_2} & E_2 & 0 \\ 0 & 0 & \dfrac{1}{4}(E_1 + E_2 - 2\nu\sqrt{E_1 E_2}) \end{bmatrix} \begin{Bmatrix} d\varepsilon_{11} \\ d\varepsilon_{22} \\ d\gamma_{12} \end{Bmatrix} \tag{6.8}$$

式中，$\nu = \sqrt{\nu_1 \nu_2}$；切线弹性模量 E_1，E_2 和泊松比 ν 随应力状态和其数值而变化。

6.2.3　弹塑性本构模型

在当前对结构弹塑性分析中，广泛采用增量理论，不仅可以反映结构的加载历史，也可以考虑卸载情况。设屈服函数为

$$F(\sigma_{ij}, K) = 0 \tag{6.9}$$

式中，K 是结构整体刚度矩阵。

在增量理论中，把材料达到屈服后的应变增量分为弹性增量和塑性增量两部分，即

$$\{d\varepsilon\} = \{d\varepsilon^e\} + \{d\varepsilon^p\} \tag{6.10}$$

其中弹性应变增量部分和应力增量之间仍满足线性关系，即

$$\{d\sigma\} = [D_e]\{d\varepsilon^e\} \tag{6.11}$$

式中，$[D_e]$ 是弹性矩阵。而塑性应变增量部分是应力的函数，表示为下列形式

$$\{d\varepsilon^p\} = \lambda \left\{ \frac{\partial F}{\partial \sigma} \right\} \tag{6.12}$$

即

$$\{d\varepsilon\} = [D_e]^{-1}\{d\sigma\} + \lambda \left\{ \frac{\partial F}{\partial \sigma} \right\} \tag{6.13}$$

对于混凝土材料，采用前两种本构模型较多，而对钢材最后的本构模型更适合。而大多数桥梁结构，是两种材料的组合体，上面的本构模型都有一定参考的价值。

由于结构在服役过程中，材料性能、作用效应是随时间改变。那么在加载时期 t 内的 t_0 时刻，混凝土在满足下面假定时：①应变较小；②整个变形是由各种因素引起的变形是可以叠加的；③不同龄期施加应力产生的应变可以叠加。本构关系为

$$\varepsilon_c^0(t,t_0) = \varepsilon_{sh}(t,t_0) + \varepsilon_T(t,t_0) + \frac{S_m\left[\dfrac{\sigma_c(t_0)}{f_c(t_0)}\right]}{E_M(t_0)} + S_{cr}\left(\frac{\sigma(t_0)}{f(t_0)}\right)C^*(t,t_0) \quad (6.14)$$

式中，$\varepsilon_c^0(t,t_0)$ 是总应变；$\varepsilon_{sh}(t,t_0)$ 是 t 时间段内产生的收缩应变；$\varepsilon_T(t,t_0)$ 是 t 时间段内产生的温度应变；$S_m\left[\dfrac{\sigma_c(t_0)}{f_c(t_0)}\right]$ 是考虑瞬时弹塑性的非线性应力函数；$\dfrac{\sigma(t_0)}{f(t_0)}$ 是 t_0 时刻的混凝土应力水平；$C^*(t,t_0)$ 是常应力条件下的徐变度。

钢材随时间的本构关系也可以类似式（6.14）表示。

依据弹性力学理论，结构中任一点应力分布状态如图 6.1 所示。对此建立的平衡微分方程及几何方程如下。

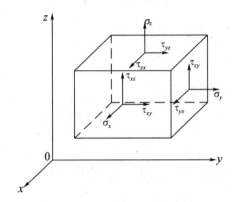

图 6.1　任意点应力状态

平衡微分方程：

$$\left.\begin{array}{l}
\dfrac{\partial \sigma_x}{\partial x} + \dfrac{\partial \tau_{yx}}{\partial y} + \dfrac{\partial \tau_{zx}}{\partial z} + f_x = 0 \\[2mm]
\dfrac{\partial \sigma_y}{\partial y} + \dfrac{\partial \tau_{zy}}{\partial z} + \dfrac{\partial \tau_{xy}}{\partial x} + f_y = 0 \\[2mm]
\dfrac{\partial \sigma_z}{\partial z} + \dfrac{\partial \tau_{xz}}{\partial x} + \dfrac{\partial \tau_{yz}}{\partial y} + f_z = 0
\end{array}\right\} \quad (6.15)$$

几何方程：

$$\left.\begin{array}{l}
\varepsilon_x = \dfrac{\partial u}{\partial x}, \qquad \varepsilon_y = \dfrac{\partial v}{\partial y}, \qquad \varepsilon_z = \dfrac{\partial w}{\partial z} \\[2mm]
\gamma_{yz} = \dfrac{\partial w}{\partial y} + \dfrac{\partial v}{\partial z}, \gamma_{zx} = \dfrac{\partial u}{\partial z} + \dfrac{\partial w}{\partial x}, \gamma_{xy} = \dfrac{\partial v}{\partial x} + \dfrac{\partial u}{\partial y}
\end{array}\right\} \quad (6.16)$$

式中，$\sigma_i(i=x,y,z)$ 是垂直于 i 轴的面上正应力；切应力 $\tau_{ij}(i,j=x,y,z)$ 的下标字母前一个表明作用面垂直的一个坐标轴，后一个表明作用方向沿着的一个坐标轴；偏微分表示由于坐标改变应力的变量；u，v 和 w 分别为沿 x、y、z 方向的位移。

6.3　影响桥梁抗力衰变的内、外因素分析[4~6]

桥梁在服役期间，由于外界环境侵蚀等因素的影响，桥梁结构的抗力是随时间变化而衰减的，其可靠性也随服役时间而变化。桥梁抗力是桥梁构件材料力学性能和几何关系的函数。其材料的力学性能和几何特征具有随机性，并受周围环境的影响变化明显，因此桥梁构件抗力受诸多因素的影响。一般来说，这些因素可以归结为三类：环境因素、荷载因素（以外因素考虑）和材料自身的因素（以内因素考虑）。表 6.1 列举了一般钢筋混凝土结构常见的影响机制。

表 6.1　钢筋混凝土桥梁结构抗力时变多因素影响机制

环境因素	荷载因素	自身因素
混凝土碳化	高周疲劳损伤	混凝土强度的时变性
钢筋的锈蚀	低周疲劳损伤	钢筋强度的时变性
侵蚀性气体、液体	高应力效应	碱—集料反应
高、低温		收缩、徐变等

根据《桥梁结构可靠性分析》提出的抗力衰减模型为

$$R(t) = K_p K_s R[f_{ci}(t), a_i] \tag{6.17}$$

式中 K_p 是计算模式不确定性随机变量；K_s 是钢筋混凝土协同工作系数；$R[\cdot]$ 是由材料参数和几何参数标准值计算得到的抗力随机过程。

根据上式的抗力衰减模型，及桥梁抗力时变影响因素的交互作用，下面以内因和外因两大方面对主要影响机制加以区别分析。

6.3.1　不确定性影响因素

1. 材料性能的不确定性

桥梁构件材料性能是指桥梁构件中材料的各种物理力学性能，如强度、弹性模量、泊松比、收缩、膨胀等。

桥梁构件材料性能的不确定性，主要是指由于材料品质以及制作工艺、受荷情况，外形尺寸，环境条件等因素引起的构件中材料性能的变异性。在桥梁工程问题中，各种材料性能的标准值是根据标准试件和标准试验方法确定的，并以一个时期内全国有代表性的生产单位的材料性能的统计结果作为全国平均生产水平的代表。由于标准试件本身的材料性能具有不确定性，不仅要考虑标准试件性能的变异，而且还要进一步考虑实际结构材料性能与标准试件材料性能的变异，构件实际工作条件与标准试验条件的差别产生的不确定性等。

2. 几何参数的不确定性

桥梁构件几何参数是指桥梁构件的截面几何特征，如高度、宽度、面积、混凝土保护层厚度、箍筋间距等。

桥梁构件几何参数的不确定性，主要是指制作尺寸偏差和安装误差等引起的桥梁构件几何参数的变异性。它反映了制作安装后的实际构件与所设计的标准构件之间几何上的差异。

3. 计算模式的不确定性

桥梁构件的计算模式的不确定性，主要是指抗力计算中采用的基本假设和计算公式的不精确等引起的变异性。例如，在建立计算公式中，常采用理想弹性、理想塑性、各向同性、符合平截面变形等假设条件，常采用矩形、三角形等简单应力图形来代替实际应力分布，边界条件也常简化为简支、固定等理想条件代替复杂的实际边界条件。所有这些处理，必然造成实际桥梁构件抗力与按公式计算抗力之间的差异。

6.3.2　收缩、徐变及松弛[1]

1. 收缩

经过调制和搅拌成的流态混凝土，以及湿养护期的成形混凝土，因饱含水分而体积基本不变。以后混凝土在空气中逐渐硬化，水分散发，体积发生收缩。

混凝土的收缩应变值超过其轴心受拉峰值应变的 3～5 倍，成为其内部微裂缝和外表宏观裂缝发展的主要原因。一些结构在承受荷载之前就出现了裂缝，或者使用多年后龟裂。此外，混凝土的收缩变形加大了预应力损失，降低构件的抗裂性，增大了构件的变形，并使构件的截面应力和超静定结构的内力发生不同程度的重分布等。这些都可能对结构产生不利影响。

混凝土在空气中凝固和硬化过程中，收缩变形是不可避免的。其主要原因是水泥水化生成物的体积小于原物料的体积（化学性收缩），以及水分蒸发后骨料颗粒受毛细管压力的压缩（物理性收缩）。已有试验说明，收缩变形是在混凝土开始干燥时发展较快，以后逐渐减慢，大部分收缩在龄期三个月内出现，但龄期超过 20 年后收缩变形仍未终止。

影响混凝土收缩变形的主要因素有：

（1）水泥的品种和用量。不同品种和质量的水泥，收缩变形值不等。如早强水泥比普通水泥的收缩约大 10％，混凝土中的水泥用量和水灰比（W/C）越大，收缩量增大。

（2）骨料的性质、粒径和含量。骨料含量大、弹性模量值高者，收缩量越小；粒径大者，对水泥浆体收缩的约束大，且达到相同稠度所需的用水量少，收缩量也小。

（3）养护条件。完善及时的养护、高温湿养护、蒸汽养护等工艺加速水泥的水化作用，减小收缩量，而养护不完善，存放期的干燥环境加大收缩。

（4）使用期的环境条件。构件周围所处的温度高，湿度低，都增大水分的蒸发，收缩量大。

（5）构件的形状和尺寸。混凝土中水分的蒸发必须经由结构的表面。故结构的体积和表面积之比，或线性构件的截面积和截面周界长度之比增大，水分蒸发量减小，表面碳化层面积也小，收缩量减小。

其他因素还有如配制混凝土时的各种添加剂、构件的配筋率、混凝土的受力状态等在不同程度上影响收缩量。

2. 徐变、松弛

混凝土在应力作用下产生的变形，除了在龄期时施加应力后即时的起始应变外，还在应力的持续作用下不断增大的应变。后者称为徐变。徐变主要是水泥凝胶体的塑性流（滑）动，以及骨料界面和砂浆内部微裂缝发展的结果。内部水分的蒸发也产生附加的干缩徐变。

与徐变相平行的现象是松弛。当混凝土在龄期时施加应力后产生应变。此后，保持此应变值不变，混凝土的应力必随时间的延长而逐渐较少，称应力松弛或松弛。

混凝土的徐变和松弛现象对工程结构产生一定的不利影响。例如混凝土的多年徐变可使其长期抗压强度降低约 20％；梁、板的挠度增大一倍；预应力结构的预应力损失达到约 50％；降低构件的抗裂性；构件的截面应力和内力发生重分布等。

影响混凝土徐变值和变化规律的主要因素有：

（1）应力水平。混凝土承受的应力水平越高，则起始应变越大，随时间增长的徐变也越大。

（2）加载时的龄期。加载时混凝土龄期越小，成熟度越差，起始应变和徐变都大，极限徐变要大得多。

（3）原材料和配合比。混凝土中水泥用量大、水灰比大和水泥砂浆含量大（或骨料含量小）者，徐变亦大；使用普通硅酸盐水泥比早强快硬水泥的混凝土徐变大。

制作和养护条件，混凝土振捣密实，养护条件好，特别是蒸汽养护后成熟快，可减小徐变。

（5）构件周围环境的湿度小，因水分蒸发的干缩徐变越大；从 $20°$ 至 $70°$，徐变随温度的升高而增大，但在 $71°$ 至 $96°$ 之间，徐变值反而减小。

（6）构件的尺寸。构件的尺寸和截面小者，或截面积与截面周界长度的比值小者，混凝土水分蒸发快，干燥徐变增大。

其它因素还有如粗骨料的品种、性质和粒径，混凝土内各种掺合料和添加剂，混凝土的受力状况和历时，环境条件的随机变化等。

6.3.3　碱-集料反应

碱-集料反应（简称 AAR）是指混凝土中的碱与骨料中活性组成成分之间发生的破坏性膨胀反应，这种反应引起明显的混凝土体积膨胀和开裂，改变混凝土的微结构，使混凝土的抗压强度、抗拉强度、弹性模量等力学性能明显下降，严重影响结构的安全适用性。该反应不同于其他混凝土病害，其开裂破坏是整体性的，尚未有有效的修补方法，被称为混凝土结构的"癌症"。

根据骨料中活性成分的不同，碱-集料反应可分为三种类型：碱-硅酸反应（简称 ASR）、碱-碳酸盐反应（简称 ACR）、碱-硅酸盐反应。

1. 碱-集料反应机理

碱-集料反应是混凝土中某些活性矿物骨料与混凝土孔隙中的碱性溶液之间发生的反应，促使这类反应发生一般要具备三个条件，即在混凝土中同时存在活性矿物骨料（活性二氧化硅、白云质类石灰岩或粘土质页岩等）、碱性溶液（氢氧化钾、氢氧化钠）和水。

通常水泥水化生成物中，除了硅酸二钙（C_2S）、硅酸三钙（C_3S）、铝酸三钙（S_3A）和铁铝酸四钙（C_4AF）之外，还有少量的 $Ca(OH)_2$，它们与骨料中的钾长石或钠长石反应置换出 KOH 和 NaOH，当 KOH 和 NaOH 的浓度很低时，不足以引起混凝土的破坏，研究表明，当含碱量小于 $0.6％$ 时，可不考虑碱-集料反应。当 KOH 和 NaOH 的浓度较高时，它们和二氧化硅颗粒表面及微孔中的氢离子，会破坏 $O-Si-O$

之间的结合键，使二氧化硅颗粒结构松散，并使这一反应不断向颗粒内部深入形成碱硅胶。这种碱硅胶会吸收微孔中的水分发生体积膨胀，水泥浆硬化时，这种膨胀因为受到约束而产生膨胀压力。当压力超过水泥浆的抗拉强度时，会引起混凝土的开裂，使结构发生破坏。碱-集料反应引起的体积膨胀量同混凝土中的含水量有关系，水分充足时体积可增大三倍。碱-集料反应式如下

$$2ROH + nSiO_2 \rightarrow R_2O \cdot nSiO_2 \cdot H_2O \tag{6.18}$$

式中，R 代表 Na 或 K。

碱-硅酸盐反应的机理和碱-硅酸反应的机理是类似的，只是反应速度较缓慢。碱-碳酸盐反应引起的混凝土破坏目前归结为白云石质石灰岩骨料脱白云石化引起的体积膨胀，白云石质石灰岩骨料在碱性溶液中发生的脱白云石反应式如下：

$$CaMg(CO_3)_2 + 4ROH \rightarrow Mg(OH)_2 + Ca(OH)_2 + R_2CO_3 \tag{6.19}$$

式中，R 代表 Na 或 K。

反应生成物同水泥水化生成的 Ca（OH）$_2$ 继续反应生成 ROH：

$$R_2CO_3 + Ca(OH)_2 \rightarrow 2ROH + Ca CO_3 \tag{6.20}$$

这样，ROH 还继续同白云石发生去白云石反应。在这个反应中碱被循环使用。去白云石反应本身并不引起体积膨胀，实际上白云石晶体中包裹有干燥的黏土，去白云石反应使白云石晶体受到破坏，黏土暴露出来，黏土吸水膨胀从而造成破坏。在这个机制中，干燥的黏土吸水是膨胀的本质根源，而去白云石化反应不过是提供了黏土吸水的前提条件。

1. 碱-骨料反应的影响因素

（1）骨料中的活性 SiO_2 含量。骨料中活性 SiO_2 含量同混凝土中的碱含量比值决定着化学反应产物的性质，从而决定混凝土的膨胀与破坏程度。当活性 SiO_2 含量多而 Na_2O 含量相对较小时，生成高钙低碱的硅酸盐凝胶，其吸水膨胀值较小，膨胀破坏不明显；当 Na_2O 含量较多而 SiO_2 含量相对较小时，凝胶逐渐转化为液态溶胶，容易在水泥石孔隙中流出，其膨胀破坏也不明显。Dent Glasser 的试验表明，当 SiO_2/Na_2O 的摩尔比为 4.75 时，溶胶中的 SiO_2/Na_2O 的摩尔比达到最大值 4.5，此时膨胀破坏能力达到最强。

（2）骨料颗粒大小。骨料颗粒大小对膨胀值也有影响，当骨料颗粒很细（$\leqslant 75\mu m$）时，虽有明显的碱-硅酸反应，但膨胀甚小。很多工程破坏实例表明，颗粒为 1～5mm 的活性骨料对膨胀开裂最不利。

（3）环境温、湿度。研究表明，对每一种反应骨料都有一个温度限制。在该温度以下，随着温度升高膨胀量增大，超过该温度限值时，反应膨胀量明显下降。碱—集料反应离不开水，一般低湿度条件下混凝土孔隙中的碱溶液增大会促进反应，但如果环境相对湿度低于 85%，就难以发生混凝土中反应胶体的吸水膨胀。所以环境温、湿度对碱—集料反应的影响是不容忽视的。

此外混凝土结构的受限力对碱—集料反应的膨胀性也有影响，包括外荷载压力、钢筋的限制作用、水泥浆的强度等。受限力越大，膨胀效应越小。

6.3.4　混凝土、钢筋强度的时变效应

在自然环境中，结构的材料随着时间的推移会逐渐老化，老化的结果是使材料的性能下降，强度降低。

1. 混凝土强度时变分析

一般来说，混凝土强度在初期随时间增大，但增长速度逐渐缓慢，在后期则随时间下降。而一般大气环境下，混凝土强度变化主要是碳化腐蚀引起的。碳化降低混凝土的碱性，随着时间的推移，碳化的发展，使混凝土失去对钢筋的保护作用，从而引起钢筋锈蚀。牛荻涛等在总结国内外暴露实验和实测的基础上，分析了一般大气环境下混凝土强度的历时变化规律，得到以下模型：

任意时点强度的平均值、标准差函数 $\mu_f(t)$、$\sigma_f(t)$ 取为

$$\mu_f(t) = \eta(t)\mu_{f0} \tag{6.21}$$

$$\sigma_f(t) = \xi(t)\sigma_{f0} \tag{6.22}$$

式中，μ_{f0} 是混凝土 28d 抗压强度平均值；$\eta(t)$ 是随时间变化的函数，表示混凝土强度平均值的变化规律，其可以表示为 $\eta(t) = 1.3988e^{[-0.0195(\ln t - 1.7322)^2]}$；$\sigma_{f0}$ 是混凝土 28d 抗压强度的标准差；$\xi(t)$ 是随时间变化的函数，表示混凝土强度标准差的变化规律，其可以表示为 $\xi(t) = 0.318t + 0.9881$。

2. 钢筋强度时变分析

钢筋锈蚀直接影响服役结构的承载能力，严重时可能造成结构提前失效甚至倒塌。由于混凝土材料的不均匀性、使用环境的不稳定性、钢筋各部位受力程度的不同等因素，钢筋大多为非均匀锈蚀状况，且随着钢筋锈蚀的发展，锈蚀不均匀性离散性增大，重量损失率与截面面积损失率的差异会更大。另外锈蚀钢筋的表面凸凹不平，受力后，缺口处产生应力集中，使锈蚀钢筋的屈服强度和极限强度降低。锈蚀钢筋的屈服强度可以表示为：

$$f_{ys} = f_y(1 - 1.077\eta_s) \tag{6.23}$$

式中，f_y 是未锈蚀钢筋的屈服强度；η_s 是钢筋锈蚀截面损失率（％），由钢筋锈蚀深度求得。

6.3.5　预应力损失

目前大多数桥梁为预应力结构，而在桥梁进入运营期的前几年，由于混凝土的收缩、徐变，钢筋的松弛、回缩，及锚具变形等原因造成预拉应力损失，使整个结构刚度的降低，承载能力下降。

1. 纵向预应力损失的影响

纵向预应力损失施加给混凝土的压力减小，其作用机理等价于在混凝土上施加一个反向的拉力。在这种反向拉力的作用之下，换算到各个截面的中性轴位置，会产生一个使结构向下弯曲变形的弯矩，如图 6.2 所示，即纵向预应力损失的作用结果是使得桥面下挠，抗力下降。

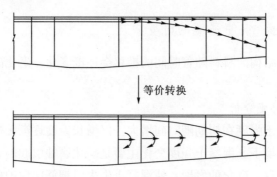

图 6.2　纵向预应力损失的力学模拟

2.　竖向预应力损失的影响

这种预应力钢筋一般长度较短，小的锚固间隙会预应力明显减小。在长期运营过程中，车辆荷载对桥面不断冲击，导致钢筋锚头逐渐松动，竖向预应力因锚固变形而减少，使结构的抗剪能力下降，主拉应力增大，腹板容易出现斜剪裂缝。再与纵向预应力损失等原因交互一起，致使某截面的抗力急剧下降，应力发生重分布，同时相邻截面的主拉应力增大、混凝土开裂。

对于钢桥，重在考虑钢材抗力的时变效应，部分基本影响因素可参考上面，另外影响钢桥抗力的因素还有母材内含有对力学性能有影响的化学成分、母材的生产工艺，焊接及栓空对原构件的削弱、及形成的应力集中，连接点受力的不确定性等等。

复杂环境中对桥梁有害物质的增加加剧了结构抗力的衰变，尤其空气中 CO_2、氯离子的侵蚀作用，及外荷载不断对结构的静、动力效应等。

6.3.6　混凝土的碳化

碳化对钢筋混凝土结构有两方面的不利影响：一是由于碳化生成物细度很高，与混凝土相比强度很低，因此碳化过程就是结构受力截面不断减小的过程；二是混凝土为碱性物质，其 pH 值一般在 13 左右，它可使钢筋表面形成一层钝化膜，以阻止钢筋的锈蚀，而碳化降低混凝土的碱度，促使钢筋去除钝化膜，导致钢筋锈蚀。

6.3.6.1　混凝土碳化机理

混凝土的基本组成是水泥、水、砂和石子，其中的水泥与水发生水化反应，生成的水化物自身具有强度，同时将散粒状的砂和石子粘结起来，成为一个坚硬的整体。在混凝土的硬化过程中约占水泥用量的三分之一将生成氢氧化钙，此氢氧化钙在硬化水泥浆体中结晶，或者在其空隙中以饱和水溶液的形式存在。因为氢氧化钙的饱和水溶液是 pH 值为 12.6 的碱性物质，所以新鲜的混凝土呈碱性。然而，大气中的二氧化碳时刻在向混凝土的内部扩散，混凝土中的氢氧化钙发生作用，生成碳酸钙或者其它物质，从而使水泥石原有的强碱性降低，pH 值下降到 8.5 左右，这种现象就称为混凝土的碳化。

混凝土碳化的主要化学反应式为

$$CO_2 + H_2O \rightarrow H_2CO_3 \tag{6.24}$$

$$Ca(OH)_2 + H_2CO_3 \rightarrow CaCO_3 + 2H_2O \tag{6.25}$$

$$3CaO \cdot 2SiO_2 \cdot 3H_2O + 3H_2CO_3 \rightarrow 3CaCO_3 + 2SiO_2 + 6H_2O \qquad (6.26)$$

$$2CaO \cdot SiO_2 \cdot 4H_2O + 2H_2CO_3 \rightarrow 2CaCO_3 + SiO_2 + 6H_2O \qquad (6.27)$$

混凝土碳化的速度主要取决于化学反应的速度、CO_2 向混凝土内扩散的速度和 CO $(OH)_2$ 的扩散速度。其中 CO_2 扩散速度是决定性因素。

混凝土碳化过程的物理模型见图 6.3。

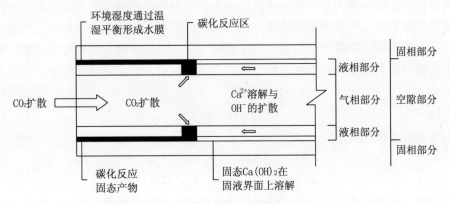

图 6.3　混凝土碳化过程的物理模型

6.3.6.2　碳化影响因素分析

由于混凝土碳化深度的影响因素是很复杂的，一般笼统地分为工艺因素和环境介质因素。

1. 工艺因素

（1）水灰比：混凝土的碳化速度随水灰比的减小而减低；

（2）水泥品种和水泥用量：一般情况下采用矿渣水泥时碳化较快，碳化深度与水泥用量成反比；

（3）外加剂：塑化剂、发泡剂、加气剂和快硬剂能减弱混凝土碳化作用；

（4）施工质量和养护条件：如果混凝土早期养护不良，其抗碳化的能力就降低；施工质量的不稳定，其碳化速度有成倍差别；

（5）混凝土的强度等级：碳化深度随混凝土强度等级的提高而下降。

2. 环境介质因素

（1）空气介质的相对湿度：在常遇大气条件下，碳化的深度随相对湿度的降低而增加；

（2）空气介质的温度：混凝土在炎热气候条件下的碳化速度比在温和气候中更快，零下温度时混凝土的碳化速度最慢，温度与压力的周期性变化会加速混凝土碳化；

（3）酸性介质的浓度：大气中的 CO_2 含量越高则碳化越快；

（4）外界风压：直接受风压作用面比不受风压面的混凝土碳化速度快；

（5）混凝土的应力状态：位于拉应力状态区域的其抗碳化能力弱。

6.3.7　钢筋的锈蚀

混凝土碳化致使钢筋失去保护的作用，而严重的锈蚀又将导致混凝土保护层的开裂、钢筋和混凝土之间的粘结强度降低，钢筋自身强度降低，有效受力截面减少，混凝土截面有效高度降低，进而造成结构抗力的严重衰变。

6.3.7.1 钢筋锈蚀机理

钢筋锈蚀属于电化学腐蚀，根据腐蚀电化学原理，混凝土中钢筋锈蚀发生必须具备三个条件：①在钢筋表面存在电位差，构成腐蚀电池；②钢筋表面的钝化膜破坏，处于活化状态；③在钢筋表面有腐蚀反应所需的水和融解氧。钢筋处于活化状态的原因一是氯离子侵蚀或混凝土中掺入过量氯盐，当钢筋表面氯离子浓度超过临界值，则使钢筋脱钝；二是混凝土碳化使保护层混凝土 PH 值降低，从而破坏钢筋表面的钝化膜。钢筋在混凝土结构中的腐蚀是在有水分子参与的条件下发生的，钢筋锈蚀的电极反应式为：

阳极 $\qquad\qquad\qquad Fe \rightarrow Fe^{2+} + 2e$ (6.28)

阴极 $\qquad\qquad\qquad O_2 + 2H_2O + 4e \rightarrow 4OH^-$ (6.29)

阳极表面二次化学过程为

$$Fe^{2+} + 2OH^- \rightarrow Fe(OH)_2 \qquad (6.30)$$

$$4Fe(OH)_2 + O_2 + 2H_2O \rightarrow 4Fe(OH)_3 \qquad (6.31)$$

在氧气和水汽的共同作用下，由上述电化学反应式的钢筋表面的铁不断失去电子而溶于水，从而逐渐被腐蚀，在钢筋表面生成红铁锈，引起混凝土开裂。

钢筋锈蚀过程可分为以下几个阶段：

(1) 腐蚀孕育期，从浇注混凝土到混凝土碳化层深达到钢筋，或氯离子侵入混凝土已使钢筋钝化，即钢筋开始锈蚀为止，这段时间以 t_0 表示；

(2) 腐蚀发展期，从钢筋开始腐蚀发展到混凝土保护层表面因钢筋锈胀而出现破坏（如顺筋胀裂，层裂或剥落等），这段时间以 t_1 表示；

(3) 腐蚀破坏期，从混凝土表面因钢筋锈胀开始破坏发展到混凝土严重胀裂，剥落破坏，即已达到不可容忍的程度，必须全面大修时为止，这段时间以 t_2 表示；

(4) 腐蚀危险期，钢筋锈胀已经扩展到使混凝土结构区域破坏，致使结构不能安全使用，这段时间以 t_3 表示。

一般，$t_0 > t_1 > t_2 > t_3$，具体腐蚀程度和时间的关系，如图 6.4 所示。

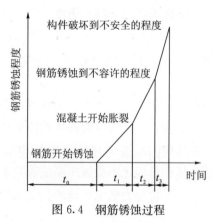

图 6.4　钢筋锈蚀过程

6.3.7.2　钢筋锈蚀的影响因素

1. 湿度的影响

混凝土的水分越多，混凝土的导电性能越好，钢筋的电化学腐蚀越快。对于混凝土中的钢筋来说，空气湿度达到 50%～60% 时就可使金属表面发生电化学腐蚀。湿度不仅直接影响钢筋的电化学腐蚀的速度，而且湿度还影响混凝土的碳化速度，从而间接地影响钢筋的腐蚀。

2. 保护层厚度的影响

在相同的环境下，保护层越厚，则其完全碳化所需的时间越长，钢筋的腐蚀程度越轻。根据实验结果分析，保护层厚度对钢筋的影响系数为

$$\varphi_a = 1.48 - 0.25a \tag{6.36}$$

式中，φ_a 是钢筋腐蚀厚度影响系数；a 是混凝土保护层厚度。由公式可见，保护层对钢筋锈蚀的影响呈线性关系。

3. 氯化物对钢筋锈蚀的影响

钢筋混凝土结构在使用寿命期间可能遇到的最危险侵蚀介质就是氯离子，对桥梁抗力的不利影响是多方面的。氯离子 Cl^- 和氢氧根离子 OH^- 争夺腐蚀产生的 Fe^{2+}，形成 $FeCl_2 \cdot 4H_2O$（绿锈），绿锈从钢筋阳极向含氧量较高的混凝土孔隙迁徙，分解为 $Fe(OH)_2$（褐锈）。褐锈沉积于阳极周围，同时放出 H^+ 和 Cl^-，它们又回到阳极区，使阳极区附近的孔隙液局部酸化，Cl^- 再带出更多的 Fe^{2+}。这样，氯离子虽然不构成腐蚀产物，在腐蚀中也不消耗，但是且为腐蚀的中间产物给腐蚀起了催化作用。反应式为

$$Fe^{2+} + 2Cl^- + 4H_2O \rightarrow FeCl_2 \cdot 4H_2O \tag{6.37}$$

$$FeCl_2 \cdot 4H_2O \rightarrow Fe(OH)_2 \downarrow + 2Cl^- + 2H^+ + 2H_2O \tag{6.38}$$

如果在大面积的钢筋表面上有高浓度的氯离子，则氯离子引起的腐蚀是均匀腐蚀，但是在混凝土中最常见局部腐蚀。一般来说，混凝土中氯离子的含量达水泥重量的 0.2% 时，混凝土中的钢筋就会被腐蚀。研究表明，氯离子在混凝土中渗透的过程可视为一个扩散过程，并遵循 FICK 渗透准则：

$$\frac{\partial C(x,t)}{\partial t} = \frac{D_c \, \partial^2 C(x,t)}{\partial x^2} \tag{6.39}$$

式中，D_c 是氯离子有效扩散系数，与混凝土水灰质量比有关；$C(x,t)$ 是混凝土接触氯离子源 t 时刻后，距表面 x 处的氯离子质量浓度；x 是渗透点到表面的厚度；t 是构件置于空气中的时间。

4. 硫酸盐对钢筋腐蚀的影响

硫酸盐中的硫酸根离子也会对钢筋产生腐蚀，所以当混凝土中掺加过多的硫酸盐类外加剂会加速钢筋腐蚀。实验表明，硫酸盐对钢筋的腐蚀影响比氯盐要小得多，但掺入 2% 的硫酸盐会加速钢筋的腐蚀。

综上所述，钢筋的腐蚀对桥梁抗力的影响是巨大的，在钢桥中构件的腐蚀机理可参考混凝土钢筋的腐蚀机理，但在钢桥中，尤其大跨度斜拉桥、悬索桥等结构，由于结构一直处于外荷载的交变作用下，形成的疲劳腐蚀对其更有致命的危险，对结构的抗力引起更大衰变。

6.3.8 结构裂缝

通过上述多因素对结构的不利因素的分析，结构的任何损伤与破坏一般首先表现为裂缝，裂缝越宽，对于混凝土中的钢筋锈蚀发生越早，锈蚀越严重。裂缝的间距和发展高度对结构抗力会产生一定的影响，在贺栓海的博士论文中，通过试验，证明了裂缝的宽度、高度、间距对钢筋混凝土结构的截面刚度影响。可见裂缝对结构的刚度，截面的应力和应变都有较大的影响，从而影响结构的抗力。

钢筋混凝土结构裂缝的成因复杂而繁多，大致可划分如下几种。

1. 荷载引起的裂缝：

钢筋混凝土桥梁在常规静、动载及次应力作用下产生的裂缝称为荷载裂缝。归纳起来主要有直接应力裂缝、次应力裂缝两种。

直接应力裂缝是指直接由外荷载引起的裂缝。其产生的原因有：

(1) 设计计算因素。结构计算或漏算；计算模型不合理；结构受力假设与实际受力不符；内力与配筋计算错误；结构的安全系数不够；设计不考虑施工的可能性；设计断面不足；钢筋设置偏少或布置错误；结构刚度不足等。

(2) 施工因素。不按设计图纸施工，随便更改施工顺序，改变结构受力模式；不对结构做施工条件下的疲劳强度验算等。

(3) 荷载因素。超出设计荷载的重型车过桥；受车辆、船舶的撞击；发生大风、大雪、地震、爆炸等。

次应力裂缝是指由外荷载引起次生应力产生的裂缝。产生的主要原因有：

(1) 在设计外荷载作用下，由于结构物的实际工作状态同常规计算有出入或计算时不考虑，从而在某些部位引起次应力导致结构开裂。

(2) 局部应力集中引起的裂缝。桥梁结构中经常需要凿槽、开洞、设置牛腿等，在常规计算中难以用准确的模式进行计算。

2. 温度变化引起的裂缝

混凝土具有热胀冷缩性质，当外部环境或结构内部温度发生变化时，混凝土将发生变形，若变形受到约束，则在结构内部产生应力，当应力超过混凝土抗拉强度时，就会产生温度裂缝。

3. 钢筋锈蚀引起的裂缝

因钢筋锈蚀物氢氧化铁体积比原来增长 2~4 倍，从而对周围混凝土产生膨胀应力，导致保护层混凝土开裂、剥离，沿钢筋纵向产生裂缝。

6.3.9 荷载效应

荷载（如汽车荷载、风载、地震荷载、及个别地区冻融形成的交变荷载等）是对结构安全和使用性有直接影响的一种主要的作用。荷载对结构的作用的方式有两种，一种是直接影响结构的安全，在结构设计基准期内，任意时刻的荷载效应大于抗力都会使结构失效；另一种是荷载对结构的累积损伤作用，累积损伤作用的后果是使结构抗力降低，从而降低结构的可靠度。

荷载对结构的累积损伤作用又可以分为两种，静态累积损伤作用和动态累积损伤作用。静态累积损伤作用是指在静态荷载作用下结构损伤随时间的累积。通过研究表明，在持续不变拉伸荷载的作用下，混凝土强度会降低，荷载作用时间越长，强度降低越多。另外，在持续不变荷载的作用下，结构构件的蠕变也是累积损伤的结果。

动态累积损伤主要是由结构在动态作用效应下的疲劳引起的。当材料或结构受到多次重复变化的荷载作用后，应力值虽然始终没有超过材料的强度极限，甚至比弹性极限还低的情况下就可能发生破坏，即为疲劳累积损伤的结果。对于混凝土和钢筋有不同的疲劳破坏机理。

1. 混凝土疲劳损伤原理

对混凝土材料微观结构的研究分析表明，在受荷前，混凝土材料内部的微弱界面——水泥石和骨料的界面之间就存在许多微小裂缝，这些微小裂缝是由于混凝土凝结和硬化过程中的泌水、干缩、水化热等因素产生的。在疲劳荷载的重复应力下，这些微小裂缝不断吸收能量，逐步发展、交叉、汇聚形成宏观裂缝而导致混凝土结构抗力的衰变。

钢筋混凝土构件在荷载反复作用下，内部微裂缝和损伤的发展分为三个相应的阶段。第一阶段为混凝土内部微裂缝形成阶段。由于混凝土内部初始缺陷的存在，在这一阶段中，随荷载重复次数的增加，在水泥石和骨料结合处以及水泥砂浆内部薄弱区迅速产生大量微裂缝，这表现在开始几周荷载重复时，混凝土的纵向残余变形发展较快，但随着重复次数的进一步增加，每周荷载循环形成的新裂缝的数目在逐渐减少，混凝土内部薄弱区域形成微裂缝的过程趋近于完成。这些已形成的微裂缝由于遇到其他骨料和水泥石的约束，不能迅速发展，在宏观上表现为混凝土应变增长速率逐渐降低。当混凝土内部应力高度集中的薄弱区域的微裂缝形成基本完成后，混凝土的疲劳损伤进入占疲劳寿命绝大部分的损伤发展的第二阶段。在此阶段，已形成的裂缝处于稳定扩展阶段。此时的线性累积损伤主要是在水泥砂浆中形成的新的微裂缝中进行累积。随损伤累积的增长，水泥砂浆的断裂韧度不断降低，当损伤达到一定程度后，这些微裂缝相互连接、扩展，并与骨料及砂浆间的粘结裂缝相贯穿，使这些贯穿的裂缝达到临界状态，从而导致裂缝的不稳定扩展，使疲劳损伤进入迅速增加的第三阶段。这一阶段，试件表面可以见到明显裂缝，随荷载的继续作用而不断开展，直至破坏。

2. 钢筋疲劳损伤原理

钢筋的疲劳损伤过程也分为三个阶段。

第一阶段形成初始裂纹。钢筋在冶炼、轧制和加工过程中可能在其内部和表面出现一些缺陷，如杂质、裂缝、刻痕等。荷载作用下，这些缺陷附近和表面横肋的凹角处产生应力集中。当应力过高时，钢材晶粒间发生滑移，形成初始裂纹。

第二阶段裂纹扩展。应力重复作用次数增加，裂纹逐渐扩展，损伤累积，有效截面积减小，抵抗外载能力下降。

第三阶段当钢筋的剩余有效截面积不再能承受既定的荷载时，会突然脆性断裂。

6.4 结构抗力衰变特征因子的分析

材料长期在多种作用效应的影响下，引起不同程度的劣化，使结构质量、强度、刚度、阻尼发生一定的改变，直接导致结构抗力的衰变。通过上述结构本构理论的分析，结构抗力的衰变不仅能够通过静态应变、静态位移来体现，同时，从动力理论分析，依据监测的动态信号，结构抗力衰变在模态参数上表现为频率的降低和位移的改变。现从两方面进行考虑。

6.4.1 静力特征因子

当采集时刻为晚上通车、人最少，且环境影响也较小时，经修正后可认为此时的数据为静力信息。文献[7]间接提出基于静态测量数据对结构抗力衰变量值估计具有较高的精度和稳定性。

1. 应变

应变是反映结构抗力发生衰变的直接特征量，其监测的数据相对也是比较稳定的。在桥梁结构中，以拉（压）、拉（压）弯构件为主，下面分别对它们的应变进行分析。根据材料力学理论

拉（压）构件应变

$$\varepsilon_N = \frac{\sigma_N}{E} = \frac{F_N}{EA} \tag{6.40}$$

拉（压）弯构件应变

$$\varepsilon_{NM} = \frac{\sigma_N}{E} + \frac{\sigma_M}{E} = \frac{F_N}{EA} + \frac{Mh}{EI} \tag{6.41}$$

式中，σ_N、σ_M 是轴向应力和弯曲应力；F_N、M 是轴向力和弯矩；E 是弹性模量；A、I 是监测位置截面的面积和惯性矩；h 是监测点到所在截面中性轴的距离。

随着结构抗力的衰减，弹性模量（E）和几何尺寸（A、I 等）都会发生一定的变化，相应在静力恒定作用下，应变值不断增大。

做一规定，任意时刻 $t \in (0, T)$，此 T 为桥梁使用寿命；监测采集的初始数据定为 t_0 时刻量值；字母下表 0、t 表明两时刻的数值，以下分析皆为此规定。

t 时刻的应变值为

$$\varepsilon_{tN} = \frac{\sigma_N}{E_t} = \frac{F_N}{E_t A_t} \tag{6.42}$$

$$\varepsilon_{tNM} = \frac{\sigma_N}{E_t} + \frac{\sigma_M}{E_t} = \frac{F_N}{E_t A_t} + \frac{Mh_t}{E_t I_t} \tag{6.43}$$

那么相对时刻应变的改变量为

$$\Delta\varepsilon_N = \varepsilon_{tN} - \varepsilon_{0N} = \frac{F_N}{E_t A_t} - \frac{F_N}{E_0 A_0} = F_N\left(\frac{1}{E_t A_t} - \frac{1}{E_0 A_0}\right) \tag{6.44}$$

$$\Delta\varepsilon_{NM} = \varepsilon_{tNM} - \varepsilon_{0NM} = F_N\left(\frac{1}{E_t A_t} - \frac{1}{E_0 A_0}\right) + M\left(\frac{h_t}{E_t I_t} - \frac{h_0}{E_0 I_0}\right) \tag{6.45}$$

由上式可知，当桥梁在抗力衰变过程中，$\Delta\varepsilon_N$、$\Delta\varepsilon_{NM}$ 就是在力不变的情况下也不断的增大，它们不仅体现抗力衰减的趋势，还可给出衰减的量值。

2. 静态位移

任意构件在恒荷载作用下，会产生一定的变化，对于受弯构件表现在挠度的改变；对于拉压构件表现在轴向位移；而受扭构件则表现在扭转角的改变。总之，监测点相对初始位置有一个位移的改变。位移与力关系基本表达式为

$$Ku = F \tag{6.46}$$

式中，K 是结构的刚度矩阵；u 是监测点位移；F 是结构受的作用力。则

$$u = K^{-1}F \tag{6.47}$$

设 t 时刻刚度相对初时刻改变量为 ΔK，那么位移的改变量为

$$
\begin{aligned}
\Delta u &= K_t^{-1}F - K_0^{-1}F \\
&= (K_0 + \Delta K)^{-1}F - K_0^{-1}F \\
&= [(K_0 + \Delta K)^{-1} - K_0^{-1}]F \\
&\approx K^{-1}\Delta K K^{-1}F
\end{aligned} \tag{6.48}
$$

通过监测有限点位移改变量，可建立与结构抗力衰变的关系，进而说明衰减动态趋势。

6.4.2　动力特征因子

结构的振动特性既可以用模态参数表示也可以用结构参数表示。模态参数是指对应于每阶固有频率的模态频率、模态阻尼和模态位移，结构参数是指结构的质量矩阵、刚度矩阵、柔度矩阵和阻尼矩阵。模态参数和结构参数都可以反映结构特性的变化，结构在外力及环境的不断作用下，其材料的微观成分就会随时间的推移而发生演变，其结果导致某些力学参数的降低，引起抗力的衰变，在结构参数上表现为刚度的降低和阻尼的升高，而在模态参数上则表现为模态频率的降低和结构位移模态的改变。

1. 固有频率

由结构动力特征方程可知，频率是结构整体刚度与整体质量的函数，是一个整体量。结构某个构件或某一部分的抗力改变，都会在固有频率的变化中体现。

对于绝大部分桥梁工程结构而言，抗力衰变体现在刚度和阻尼矩阵的影响较为明显，而在一般情况下，对于结构的质量矩阵的影响几乎很小，可以忽略不计。当不考虑结构阻尼时，初时刻的自由振动特征值问题由以下方程进行描述

$$(K_0 - \omega_0^2 M_0)\varphi_0 = 0 \tag{6.49}$$

式中，K_0、M_0 是结构的整体刚度矩阵和质量矩阵；φ_0 是正则化矩阵；ω_0 是结构的固有频率。

t 时刻，结构的整体刚度矩阵以及质量矩阵。必然产生一个小的改变量，同时 φ_0、ω_0 也会产生一个小的改变量，则结构动力方程的摄动方程为

$$[(K_0 + \Delta K) - (\omega_0^2 + \Delta \omega^2)(M_0 + \Delta M)](\varphi_0 + \Delta \varphi) = 0 \tag{6.50}$$

式中，ΔK、ΔM、$\Delta \varphi$ 分别为结构发生损伤后的刚度矩阵、质量矩阵以及振型的改变量。

由于质量矩阵的改变量可忽略不计，因此 $\Delta M = 0$，则式（6.50）展开后为

$$\Delta K \varphi_0 - \Delta \omega^2 M_0 \varphi_0 = -(K_0 - \omega_0^2 M_0)\Delta \varphi$$

对上式左乘 φ_0^T，并根据公式（6.49）可得

$$\Delta\omega^2 = \frac{\varphi_0^T \Delta K \varphi_0}{\varphi_0^T M \varphi_0} \tag{6.51}$$

由该式可以看出，整体刚度矩阵产生 ΔK 变化时，结构的固有频率将发生变化。即由监测到的频率相对初时刻的改变值反映了结构抗力的衰减过程。

2. 结构的阻尼比

结构的阻尼特性反映了结构耗能的性质。显然，材料劣化、裂缝等原因能改变结构振动能量的分布，自然也将改变结构耗能行为的分布，进而影响结构耗能的快慢程度。因此，阻尼比可作为结构抗力衰变的特征因子。

t_0 时刻结构的阻尼比 $\qquad \zeta_0 = \frac{1}{2\pi m(t_0)} \ln \frac{u_i}{u_{i+m(t_0)}} \tag{6.52}$

t 时刻结构的阻尼比 $\qquad \zeta_t = \frac{1}{2\pi m(t)} \ln \frac{u_i}{u_{i+m(t)}} \tag{6.53}$

取 $u_{i+m(t)} = u_{i+m(t_0)}$，则

$$\Delta\zeta = \zeta_t - \zeta_0 = \frac{1}{2\pi m(t)} \ln \frac{u_i}{u_{i+m(t)}} - \frac{1}{2\pi m(t_0)} \ln \frac{u_i}{u_{i+m(t_0)}}$$

$$= \frac{1}{2\pi} \ln \frac{u_i}{u_{i+m(t_0)}} \left(\frac{1}{m(t)} - \frac{1}{m(t_0)} \right) \tag{6.54}$$

式中，$m(t_0)$、$m(t)$ 是在初时刻和 t 时刻振动衰减曲线上量取的振动周期数；u_i 是在振动衰减曲线上量取的第 i 个振动周期的幅值，在这里考虑为各个时刻采用的值都相同；$u_{i+m(t_0)}$、$u_{i+m(t)}$ 是在初时刻和 t 时刻量取的衰减到一相等幅值。

由于结构性能的变化，振动幅值衰减的更快，所以 t 时刻 $m(t) < m(t_0)$，即相对初时刻阻尼差 $\Delta\zeta$ 反映了结构抗力衰变的动态规律。

3. 位移模态

结构的模态位移主要通过模态振型来体现，其监测的量值所含信息较为丰富，随着结构抗力的衰减，数值必然增大。现利用一个 n 自由度体系受到简谐荷载作用时来考虑，其结构的动力学方程为：

$$M\ddot{y} + C\dot{y} + Ky = F e^{j\omega t} \tag{6.55}$$

式中，M、C、K 是 $n \times n$ 维质量、阻尼和刚度矩阵；y 是 n 维位移列向量；F 是荷载的幅值；ω 是激励频率。

这里仍暂时忽略阻尼的影响，则初时刻动力方程为

$$M\ddot{y}_0 + Ky_0 = F e^{j\omega t_0} \tag{6.56}$$

假设结构质量没有变化，那么 t 时刻动力方程

$$M\ddot{y}_t + K_t y_t = F e^{j\omega t} \tag{6.57}$$

其中 $K_t = K - \Delta K$，$y_t = y_0 - \Delta y$，式（6.56）和（6.57）相比较，忽略高阶项影响可得

$$M\Delta\ddot{y} + K\Delta y + \Delta K y_0 = 0 \tag{6.58}$$

由于激励是简谐荷载，故稳态输出也是简谐的，则稳态位移应为

$$y_0 = Y e^{j\omega t_0} \qquad 和 \qquad \Delta y = \Delta Y e^{j\omega t} \tag{6.59}$$

式中，Y 和 ΔY 分别是 y_0 和 Δy 的稳态振动幅值，将式（6.59）代入式（6.58）中整理可得

$$(K - \omega^2 M)\Delta Y + \Delta K Y = 0 \tag{6.60}$$

也可表示为

$$\Delta K Y = -(K - \omega^2 M)\Delta Y \tag{6.61}$$

由上式可知，通过监测出 t 时刻的频率 ω，相对初始位移改变量 ΔY，即可知道结构刚度的改变量 ΔK，便反映出抗力衰变率。因此，位移模态是结构抗力衰变的特征因子之一。

4. 应变模态

结构特征参数相互间都是联系的，对应于每一位移模态 Φ_i 必有一个应变模态 Φ_i^ε，它们是同一能量平衡状态的两种表现形式，模态坐标相等。

根据 n 阶运动微分方程，令简谐荷载为 $F e^{j\omega t}$，应变可表示为

$$\varepsilon = \sum_{i=1}^{n} \frac{\Phi_i^\varepsilon \Phi_i^{\varepsilon T}}{k_i [1 - \bar{\omega}_i^2 + 2j\zeta_i \bar{\omega}_i]} F e^{j\omega t} \tag{6.62}$$

式中，ε 是应变响应列向量；k_i 是第 i 阶模态刚度；$\bar{\omega}_i$ 是第 i 阶频率比，即激励圆频率与第 i 阶固有频率之比；ζ_i 是第 i 阶模态阻尼比；F 是各点力向量。

根据本构理论中弹性理论，应变模态为

$$\Phi_i^\varepsilon = \frac{\partial}{\partial y} \Phi_i \tag{6.63}$$

式中，y 是位移响应列向量。

通过上一节对位移模态特征因子的分析，它能很好反映结构抗力衰变的动态规律。而应变模态是位移的一阶微分，对抗力衰变反映的更为灵敏。并且采用应变模态的优点在于可以直接研究某些关键位置的应变，如应力集中问题、局部结构变动对变动区附近的影响问题等。

5. 曲率模态

对于普通梁结构，根据材料力学理论，当梁在荷载作用下发生弯曲时，其弯曲变形的基本公式为

$$\frac{1}{\gamma} = \frac{M}{EI} \tag{6.64}$$

式中，γ 是梁结构中轴线发生变形后的曲率半径，$\frac{1}{\gamma}$ 是曲率；M 是梁承受的弯矩；EI 是梁的抗弯刚度。

当梁发生弯曲后，梁的平面曲线曲率为

$$\frac{1}{\gamma(x)} = \frac{y''}{(1 + y')^{3/2}} \approx y'' \tag{6.65}$$

式中，y 是梁发生弯曲变形后的位移。

可以看出，梁的变形曲率是位移的二阶导数，对应于每一阶的位移模态，并有与其对应的固有频率的分布状态，这种与位移模态对应的固有曲率分布状态称之为曲率模态

振型。曲率模态振型与所加荷载和初始条件等无关，是振动结构的固有属性，具有正交性和叠加性。

将式（6.65）代入（6.64）可得

$$y'' = \frac{M}{EI} \tag{6.66}$$

由式（6.66）可知，曲率是梁抗弯刚度的函数，与抗弯刚度成反比。如果结构抗力衰减，将体现在抗弯刚度降低，从而使曲率增大，曲率函数还会在衰变较大的位置发生突变，根据曲率函数的变化可以判断受弯构件抗力变化情况。

对于具有 n 个自由度的连续结构来说，其监测点的曲率模态振型曲线是结构连续曲率模态振型的折线近似。在实际操作中，用近似的由离散节点的曲率模态拟合而成的曲率模态曲线来进行分析。

令 y'' 和 y 分别表示测点的曲率模态振型和位移模态振型。由数值分析的差分理论可得

$$y'' = (y_{m+1} - 2y_m + y_{m-1})/l^2 \tag{6.67}$$

式中：y_{m+1}、y_m 和 y_{m-1} 是测点 $m+1$、m 和 $m-1$ 的位移；l 是测点间距。

将 t 时刻相对初时的曲率改变量定义为

$$\alpha = y''_t - y''_0 \tag{6.68}$$

式中，α 是计算位置的曲率模态差；y''_0 和 y''_t 是计算位置初时刻和 t 时刻的曲率模态。

振型曲率是对材料劣化、结构损伤较为敏感的参数，通过 α 的大小即可反映结构抗力的衰变动态规律。

6. 柔度矩阵

在模态按质量矩阵满足归一化的条件下，柔度矩阵是频率的倒数和振型的函数。并且随着频率的增大，柔度矩阵中高频率的倒数影响可以忽略不计。所以只要测量前几个低阶模态参数和频率就可以获得精度较好的矩阵。柔度矩阵的表达公式为

$$f = [f_{ij}] = \Phi\Omega^{-1}\Phi^T = \sum_{r=1}^{n} \frac{1}{\omega_r^2}\varphi_r\varphi_r^T \tag{6.69}$$

$$f_{ij} = \begin{cases} \sum_{r=1}^{n} \dfrac{1}{\omega_r^2}\varphi_{ir}\varphi_{jr} & (i \neq j) \\ \sum_{r=1}^{n} \dfrac{1}{\omega_r^2}\varphi_{ir}^2 & (i = j) \end{cases} \tag{6.70}$$

式中，r 是模态阶次；$\Phi = [\varphi_1, \varphi_2, \cdots, \varphi_n]$，其为振型矩阵，模态振型 φ_r 按质量矩阵 M 归一化处理，即 $\varphi_r^T M\varphi_r = 1(r=1, 2, \cdots, n)$；$\Omega = \mathrm{diag}[\omega_1^2, \omega_2^2, \cdots, \omega_n^2]$，其为固有频率矩阵；$f_{ij}$ 是柔度矩阵元素，物理意义在 j 点作用单位力时 i 点产生的位移，柔度矩阵的每一列即代表单位力作用下某一自由度的一组节点位移。

式（6.69）表明柔度矩阵随频率增加迅速收敛，因此只需要少数低阶模态就可以得到柔度矩阵较好的估计。

由上面的讨论知，结构材料的劣化、抗力的下降引起固有频率和振型改变，因此，从推导的公式看出柔度同时体现两种特征因子，即柔度也可以作为结构抗力衰变的特征因子。

结构在 t 时刻相对初时刻的柔度矩阵差值为

$$\Delta f = f_t - f_0 \tag{6.71}$$

式中，Δf 的每一列对应一个自由度的柔度相对差；f_0、f_t 是初时刻和 t 时刻的柔度矩阵。

当结构抗力随时间衰减时，必然在结构的局部刚度改变体现明确。刚度降低，对应的局部柔度就会增大，因此，通过 Δf 绝对值的量值，便判断出结构不同位置抗力衰变的情况，并可发现衰变严重的位置。

7. 模态应变能

在这里，结构抗力的衰变继续考虑为无质量损失，刚度减少，振型竖向位移增大，那么 t 时刻的运动方程

$$\left[(K_0 + \Delta K) - (\omega_{0i}^2 + \Delta \omega_i^2) M_0 \right] (\varphi_{0i} + \Delta \varphi_i) = 0 \tag{6.72}$$

设 t 时刻振型有如下关系

$$\varphi_{ti} = \varphi_{0i} + \Delta \varphi_i = \varphi_{0i} + \sum_{j=1}^{n} c_{ij} \varphi_{0i} \tag{6.73}$$

式中，φ_{0i}、ω_{0i} 是初时刻结构第 i 阶模态振型和频率；$\Delta \varphi_i$、$\Delta \omega_i$ 是由于结构损伤而引起的第 i 阶模态振型和频率的改变量；M_0、K_0 是初时刻结构的质量矩阵和刚度矩阵；ΔK 为由于结构损伤而引起的刚度矩阵的改变量；c_{ij} 是 j 单元第 i 阶模态振型相对初时刻的改变系数。

式（6.73）两边同乘以 φ_{0j}^T（其中 $j \neq i$），略去高阶次项，又由于

$$\varphi_{0j}^T K_0 = \omega_{0j}^2 \varphi_{0j}^T M_0 \tag{6.74}$$

则

$$(\omega_{0j}^2 - \omega_{0i}^2) \varphi_{0j}^T M_0 \Delta \varphi_i = -\varphi_{0j}^T \Delta K \varphi_{0i} \tag{6.75}$$

由式（6.74）、式（6.75）得

$$c_{ij} = \frac{-\varphi_{0j}^T \Delta K \varphi_{0i}}{\omega_{0j}^2 - \omega_{0i}^2} \tag{6.76}$$

当 $j = i$ 时，由振型正交性 $\varphi_{0j}^T M \varphi_{0i} = 1$，易知 $c_{ij} = 0$；当 $j \neq i$ 时，将式（6.76）代入式（6.74）得

$$\Delta \varphi_i = \sum_{j=1, j \neq i}^{n} \frac{-\varphi_{0j}^T \Delta K \varphi_{0i}}{\omega_{0j}^2 - \omega_{0i}^2} \varphi_{0j} \tag{6.77}$$

定义结构初时刻、t 时刻第 j 单元关于第 i 阶模态的单元模态应变能（MSE）为

$$\begin{cases} MSE_{ij}(t_0) = \varphi_{0i}^T K_{0j} \varphi_{0i} \\ MSE_{ij}(t) = \varphi_{ti}^T (K_j + \Delta K_j) \varphi_{ti} \end{cases} \tag{6.78}$$

式中，K_{0j} 是第 j 单元初时刻的刚度矩阵；$\varphi_{ti} = \varphi_{0i} + \Delta \varphi_i$；$\varphi_{0i}$ 是结构初时刻第 i 阶模态振型。

第 j 单元在 t 时刻相对初时的应变能差（$MSEC$）为

$$MSEC_{ij}(t) = MSE_{ij}(t) - MSE_{ij}(t_0)$$
$$= (\varphi_{0i} + \Delta \varphi_i)^T (K_{0j} + \Delta K_j) (\varphi_{0i} + \Delta \varphi_i) - \varphi_{0i}^T K_{0j} \varphi_{0i} \tag{6.79}$$

由于 t 时刻的单元刚度矩阵未知，可以近似采用初时刻的单元刚度来代替，其单元

模态应变能的变化对结构各个位置抗力衰变量值较为敏感。结构单元模态应变能变化简化(MSEC)为

$$MSEC_{ij}(t) = MSE_{ij}(t) - MSE_{ij}(t_0)$$
$$= (\varphi_{0i} + \Delta\varphi_i)^T K_{0j}(\varphi_{0i} + \Delta\varphi_i) - \varphi_{0i}^T K_{0j}\varphi_{0i} \tag{6.80}$$

将其展开,利用振型正交性,并略去高阶项后得到

$$MSEC_{ij}(t) = 2\varphi_{0i}^T K_{0j}\Delta\varphi \tag{6.81}$$

最后可得到第 j 单元关于第 i 阶模态的单元模态应变能相对差为

$$MSEC_{ij}(t) = 2\varphi_{0i}^T K_{0j} \cdot \left| \sum_{j=1,j\neq i}^{n} \frac{-\varphi_{0j}^T \Delta K \varphi_{0i}}{\omega_{0j}^2 - \omega_{0i}^2} \varphi_{0j} \right| \tag{6.82}$$

$MSEC_{ij}(t)$ 能够识别出结构抗力衰变严重的位置,其处数值较大,在相邻单元变化较小,在远离该单元处几乎没有什么变化。单元模态应变能变化可体现抗力的衰变情况。

8. 残余模态力

由式(6.50)及 t 时刻相对初时刻刚度和质量的改变量 ΔK、ΔM 特征方程可以写成下式

$$[(K_0 - \Delta K) - \omega_t^2(M_0 - \Delta M)]\varphi_t = 0 \tag{6.83}$$

式中,ω_t 是 t 时刻某阶固有频率;φ_t 是 t 时刻某阶模态向量。

将上式中带有变化矩阵的项移到等式右边,定义为剩余模态力 δ_F,整理得

$$\delta_F \triangleq (K_0 - \omega_t^2 M_0)\varphi_t = (\Delta K - \omega_t^2 \Delta M)\varphi_t \tag{6.84}$$

δ_F 为稀疏矩阵,其中非空元素在矩阵中的位置和大小反映了结构抗力发生衰变的位置和程度。

6.4.3 基于混沌非线性分析的信号特征因子

桥梁健康实时监测所获得的结构响应信息本质上是结构体在振动模式下结构的反应,其必然蕴含结构自身物理参数以及模态参数的变化。根据第四章的分析,在桥梁结构抗力衰变过程中,结构非线性特征将必然改变,而此非线性特征的体现无论结构何种参数其必然通过监测信息予以反映,由此可以通过信号分析信息自身的非线性特征指标来间接反映结构抗力的衰变。

时间序列的混沌非线性特征参数如第四章分析的最大 Lyapunov 指数、关联维数 D_2、K 熵等,这些指标特征不仅表征了系统的混沌特征,而且从宏观上对混沌吸引子进行了刻画。关联维数 D_2 反应了混沌系统的自相似性;K 熵则反映了系统的混沌程度;Lyapunov 指数反映了混沌系统对初始条件的敏感依赖性,它们是混沌系统的必要特征。

张雨等开展的基于混沌时间序列的汽车悬架隔振性能的混沌评价[7]中,对越野车前悬架进行振动试验并监测获取了振动响应信号,对振动信号所构成的时间序列进行混沌性的分析,得到如下结论:对于在用或定型的汽车来说,原始状况的悬架参数对应着设计良好的隔振性能。减少前悬架的钢板弹簧数量,其相应的隔振性能随之下降,而关联维数 D_2 和 K 熵值随之有增大的趋势、最小嵌入相空间维数随之具有下降的趋势,这

其中关联维数 D_2 增加了 111％，K 熵值增加了 84％。这种汽车前悬架系统隔振性能与关联维数 D_2、K 熵值、嵌入相空间维数之间的强对应性，可以用来区分钢板弹簧式非对立悬架的隔振性能。即对于对立悬架可以采用关联为数 D_2、K 熵最小嵌入维数来评价其性能的变化。

由此，通过桥梁健康监测动应变、动挠度所构成的时间序列提取这些反应系统混沌性的指标就能够反应桥梁结构系统混沌性的特征，由这些特征亦可完成对桥梁抗力衰变、演化规律的分析。

6.5　基于桥梁实时监测信息的抗力特征因子分析及提取

通过本章前述的分析，结构的静力、动力特征因子以及监测信号的混沌特征因子均能够从一定程度反映结构抗力的演化过程。其中，除了混沌特征因子外，动、静力特征因子均是提取的分析模型，并未直接将动、静力特征因子与桥梁时间监测的信息建立联系，并未实现之间由监测信息提取这些特征因子的模型。下面将就如何从实时监测信息中提取结构动、静力以及混沌特征因子进行详细分析。

6.5.1　基于桥梁健康监测信息的结构静、动力特征因子的提取

根据本章前部分的分析，桥梁在营运期的结构健康监测信息即蕴含结构相对"静力"信息和结构模态参数等动力信息。

6.5.1.1　结构静力特征因子提取

根据上述分析，我们针对马桑溪、向家坡长江大桥的健康监测数据进行相关分析。首先，为了更加准确把握结构静力状态，针对营运期实时健康监测系统选择温度稳定、每日车流量最少（几乎无车流）、风动平稳时刻的监测数据来模拟结构的静力状态。

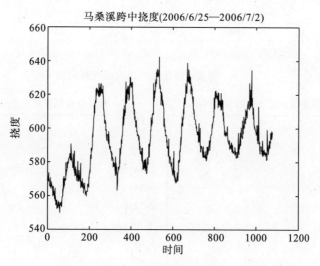

图 6.5　马桑溪大桥跨中挠度时程曲线图

由上图可以发现对于从每日 00：10 开始每 10 分钟一条数据形成的时程曲线上大约以 144 为周期出现最小值，可推算大约是在每日的 3～4 点左右。由此，可以选择每日

的凌晨 3~4 点作为从静力角度分析桥梁抗力的监测数据。由于所考察的是跨中挠度，所以也可以认为每日的最小值基本就是桥梁受外部荷载影响最小的状态。

另外，也可以通过一定时段监测的信息选择每日应变和挠度最小（大）值以及每日的最值差来模拟结构的静力特征。

下面以向家坡长江大桥跨中和墩处的监测数据进行分析，如图 6.6。

由图 6.6 和 6.7 可以看出：挠度日极值的变化比应变日极值的变化更敏感；由于每天的温度变化较大，有很大的随机性，应变、挠度日极值的时程曲线周期性不明确。

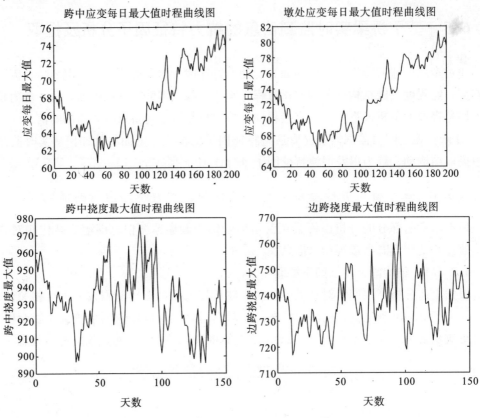

图 6.6　应变、挠度监测最大值时程曲线

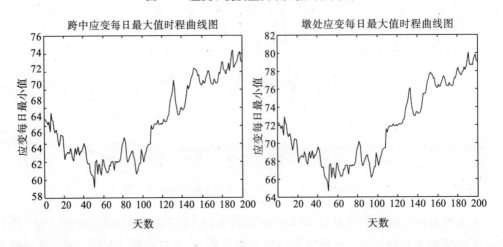

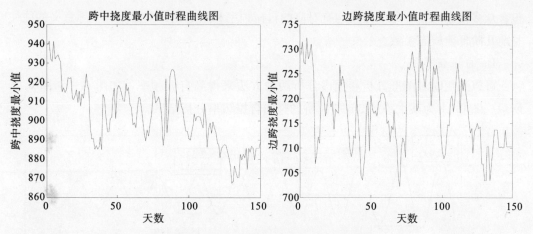

图 6.7　应变、挠度监测最小值时程曲线

从图 6.8 我们可以看到，跨中和墩处应变的最值差一般比较稳定，而挠度最值差则变化较大。在此，可以对已经过异常值处理后的监测信息利用最值差的方式产生一定有效时段应变或挠度变化的量，由此，根据本章前部分的分析，即可根据这样的变化量结合结构物理参数进行结构抗力的间接分析。

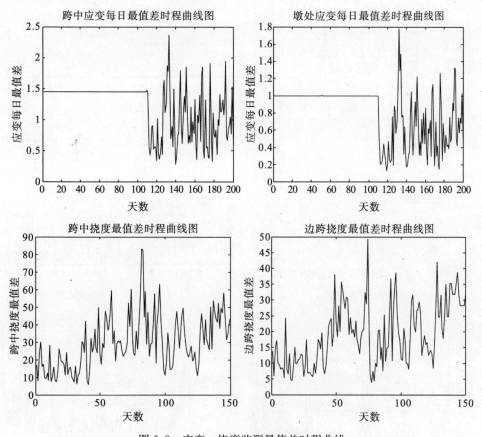

图 6.8　应变、挠度监测最值差时程曲线

6.5.1.2　基于实时监测信息的结构动力特征因子提取

桥梁结构动力特征因子提取主要是利用振动系统响应的原理来进行分析，振动系统

包含众多模态振型，每个振型均有对应的自振频率和阻尼比，具有工程实际意义的往往是前几阶低阶模态参数。

1. 自振频率

可以采用时域图形分析和频谱分析两种方法来得到自振频率，如图 6.9 和图 6.10 所示。图 6.11 为某主跨 330m 斜拉桥的竖向自振频率分析结果。

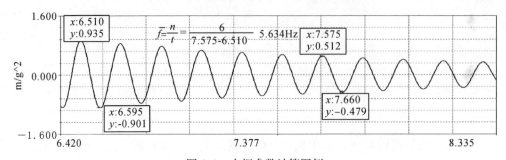

图 6.9　自振参数计算图例

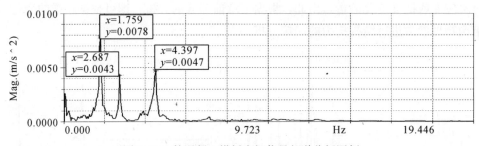

图 6.10　某混凝土拱桥自振信号频谱分析图例

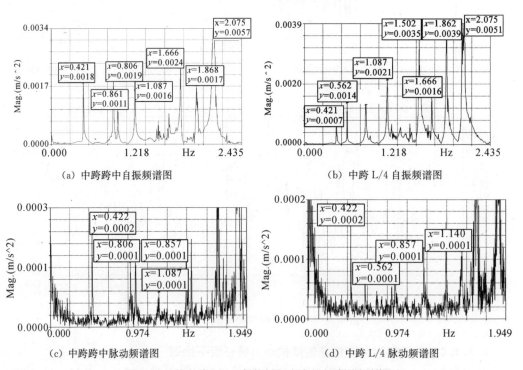

（a）中跨跨中自振频谱图　　　　　　（b）中跨 L/4 自振频谱图

（c）中跨跨中脉动频谱图　　　　　　（d）中跨 L/4 脉动频谱图

图 6.11　某主跨 330m 斜拉桥竖向自振频率分析结果

2. 阻尼特性

(1) 波形分析法

结构的阻尼特性一般采用对数衰减率或阻尼比来表示，自振信号中对数衰减率为

$$\delta = \ln \frac{A_i}{A_{i+1}} \tag{6.85}$$

式中，A_i 和 A_{i+1} 是相邻两个波的峰值。

为保证精度，通常取若干个波作平均计算，并取峰－峰以消除直流分量的影响，则对数衰减率为

$$\bar{\delta} = \frac{1}{n} \ln \frac{A_i - A_i'}{A_{i+n} - A_{i+n}'} \tag{6.86}$$

式中，A_i' 和 A_{i+n}' 是首波和第 n 个波的波谷值。

根据振动理论可知，则阻尼比 D 可近似为

$$D = \frac{\delta}{\pi} \tag{6.87}$$

图 6.9 所示的算例中，$\bar{\delta} = \frac{1}{6} \ln \frac{0.935 - (-0.901)}{0.512 - (-0.479)} = 0.1028$，$D = 0.0164$。

(2) 频谱分析法

利用频谱分析的能量平均原理计算阻尼比，具体方法为：将自振信号划分为两个数据块，对各数据块进行频谱分析，确定自振频率及幅值，根据两个数据块自振幅值变化情况、数据块时间长度计算各阶振型的阻尼比。当自振信号幅值较小时，应考虑扣除结构脉动的影响，此时可认为脉动信号幅值是平稳定，其影响量可以通过对脉动的频谱分析确定。图 6.12 中，

$$D_1 = \frac{1}{2\pi n_1} \ln \frac{A_{1i}}{A_{1i+n}} = \frac{1}{2\pi (4.096 \times 4.153)} \ln \frac{0.0277}{0.0045} = 0.0151$$

同理可得，

$$D_2 = \frac{1}{2\pi n_2} \ln \frac{A_{2i}}{A_{2i+n}} = 0.0123$$

3. 振型分析

振型是结构相应于各阶自振频率的振动形式，具体描述结构空间位置振动的幅值比例和相位关系。一个振动系统的振型数目与其自由度相等，结构通常是具有连续分布的质量体系，也是一个无限多自由度体系，因此其自振频率及相应的振型也有无限多个。但是对于一般工程结构，第一阶自振参数对结构的分析才是最重要的，对于复杂的动力分析问题，也仅需前几阶自振参数，因此在实测中，一些低阶振型才有实际意义。

振型测定一般采用两种方法，一种是根据理论振型及振型拟合精度的要求，在结构上布置足够数量的传感器，通过分析各测点的幅值和相位信息绘制振型，采用这种方法时要对所有传感器的灵敏度进行严格标定，并要求放大器具有相同的动态特性。另一种方法是采用两个（或两个以上）传感器，其中一个是参考测点，位置始终保持不变，其它几个根据需要改变测试部位，将各次测定的幅值和相位进行分析比较，得到结构的振型。

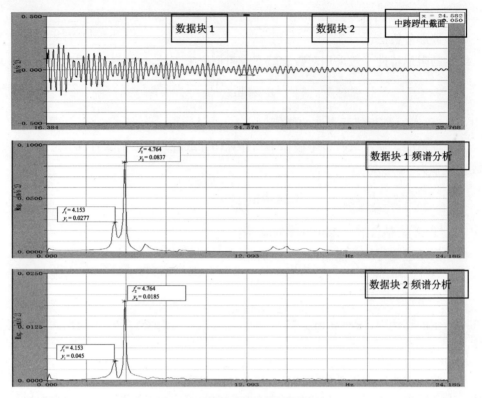

图 6.12　能量平均法计算阻尼比

随着测试手段和计算分析方法的完善，目前已出现利用环境随机激励，通过测定脉动信号来识别桥梁模态振型的方法，并在桥梁现场试验中得到成功的应用。图 6.13 为某 85m＋150m＋85m 连续刚构桥实测脉动频谱图，图 6.14 为采用脉动法实测某 145m＋2×260m＋145m 连续刚构的振型图。

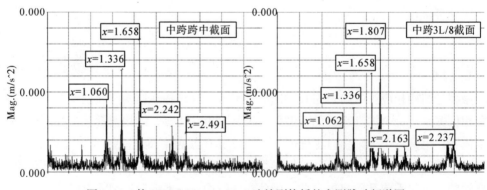

图 6.13　某 85 m＋150 m＋85 m 连续刚构桥的实测脉动频谱图

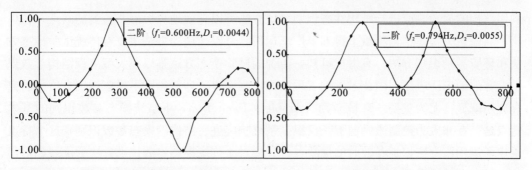

图 6.14　采用脉动法实测某 145m+2×260m+145m 连续刚构竖向振型图

以上是针对荷载试验环境下的结构动力特征的提取，然而，针对营运期桥梁的健康监测信息来完成结构模态的识别很显然又有别于一般的模态参数。其重要区别就在于结构在营运期受到实时的车辆、风、温度、地脉动等随机激励，而且此类激励又是未知的，由此必须应用环境激励下的模态参数识别方法。下面就环境激励下结构模态参数识别问题进行详细分析。

传统的结构试验模态分析，是建立在系统输入和输出信号可以测量得出的基础上，对这两者进行数学处理而得到频率响应函数或者传递函数，再根据这些函数从力学公式中推导出系统的频率、振型、模态阻尼。这种模态测试技术，在小尺寸的机械类结构或者尺寸虽然较大但是材料组成单一（可以有效地进行模态子结构拼结）的飞机、轮船等结构上获得了很大的成功，但是对于组成材料芸杂、边界条件复杂、尺寸庞大的大型工程结构，传统的模态识别技术往往难以实现。首先是难以对结构施加有效的、可控的、可测的人为激励，比如对一座长度超过千米的大桥，难以做到有效激励。其次是试验成本浩大，需要布置大量低频率传感器（由于现场环境恶劣，往往是一次有效试验该类仪器耗用量巨大），必须对结构进行一定的隔绝，如封闭大桥、楼、工作塔等，测量时间的限制也往往导致不能测得足够数量的数据。第三，不能够识别工作环境下的模态参数，也不能做到在线安全运行监测和在线健康状况评估，比如铁路大桥，当质量、动量较大的火车通过时，系统（桥梁——火车）的模态参数与常态下有显然区别。第四，人为激励作用下，大型工程结构的各测点上，其测试信号的信噪比不高，由于工程结构尺寸庞大，激励器作用的激励分布到各点上微弱，与环境激励相比差别有限，发生叠加和耦合，造成相干函数数值偏低的结果。第五，由于以上的因素，造成实现该类试验的技术要求和经济成本非常高，是一个复杂的系统工程，必须是经验丰富的专家主持才可以有效测量，比如钱塘江大桥火箭激励实验，而这又无形中抬高了进行该类研究人士的准入门槛。

由于设计、施工、挖潜、损伤、老化等因素，大型工程结构迫切需要进行有效、可靠的检测以确定目前情况下，该结构能否继续使用或者加固整治等。这类检测方法一般可以分为两类：静态检测、动态检测。前者是通过直接测量结构的外型尺寸（如相对沉降量、结构部件间的尺寸偏差量等），测量结构的材料强度和刚度、弹性模量等与其初始值作比较等方式，来确定结构的现况，但是对于已建成的大型工程结构，该方法存在应用条件限制（如内部隐蔽件无法测量）和工作效率相对较低的缺点；动态检测方法是利用结构的振动响应进行结构性态识别，该方法可以有效地克服静态检测的缺点，在桥梁、高塔、大楼等结构测试上得到了广泛运用，可以使用的方法主要有传统试验模态方法和环境激励识别方法。有上述可知，传统的试验模态方法难以在大型工程结构参数识别上有效地广泛应用，因此对大型工程结构检测而言，环境激励下模态识别方法的研究和应用就显得尤为重要。环境激励（Ambient Excitation）下系统模态参数识别的基本特点是，在非人为控制激励源下，仅根据系统响应进行结构的模态参数识别，这个特点决定了运用该方法识别参数时的优缺点，其相对于传统模态参数识别方法的优点如下：

（1）有效地识别出了大型工程结构的一些模态参数，如结构的振型，这一点对于由于无法施加人工有效激励，从而无法识别这些结构的模态参数的传统方法而言，是一个长足的进步，破解了一些亟待解决的工程问题。

（2）仅仅根据工程结构在环境激励下的响应数据，就可以进行模态参数识别，不需要对跨度大的桥梁（如巨型斜拉索桥）、工作塔（如电视转播塔）、高坝、摩天大厦、高速运转中的大型旋转机械等进行人为激励。以上这些结构，有的是难以在不损伤局部结构下进行有效激励，有的是虽然能够施加有效激励，但是施加激励后不满足边界条件或者工况要求。

（3）便捷迅速，经济性强。由于不需要施加人工激励，节省了激励设备的携带、安装、调试等费用、时间和相应工作人员的费用。采用传统的模态识别方法，随着结构尺寸增大等因素，选用的激励设备、传感器件等仪器昂贵，而且调试时间和激励时间增加，造成了检测费用的高昂。

（4）不打断工程结构的正常工作。环境激励包括自然激励和人为激励，这些激励已经足够进行结构的模态参数识别，这对许多大型工程结构至关重要，如某些矿山箕斗高塔，塔室内运转的大型卷扬设备，产生的激励使高塔产生具有明显振幅的振动，这种工况下的环境激励能够使结构的参数识别测试顺利进行。桥梁、炼钢高炉、大型水电站、核电站等大型工程结构，经济上或者安全上不允许打断正常工作，环境激励参数识别方法可以有效识别其模态参数。

（5）能够在不损伤结构的情况下，进行大型工程结构的在线安全监测和健康状况检测。对即将达到设计年限的铁路大桥进行寿命评估时，采用传统的模态测试方法，对结构施加的人为激励信号，显然不如正常运行中，火车对桥梁的冲击载荷有效、可靠。对于各种类型的结构，传统的模态测试方法一般存在损伤结构或者产生附加质量的可能性。

（6）由于（5）中所述原因，环境激励模态参数识别方法可以为工程结构的主动控制提供实时反馈信息。结构在工况条件下发生的模态参数信息变化，通过转化后可以反映出结构的位移、速度和加速度等变化，根据这类反馈的信息与初始阀值作比较，从而改变结构的刚度、质量、阻尼分布来控制这类变化，达到主动控制的目的。

环境激励下的参数识别方法具有以上优点，使它在土木建筑、航空航天、造船、汽车、机床制造等行业得到了广泛有效地运用，但是，环境激励毕竟是一种不可控、不可精确测量，难以运用合适的数学公式来表达的一种激励源，是一种"黑箱"元素。返回到力学公式上看，就是"输入——系统——输出"中的前两项都是未知量，这给理论上

和实际应用中的选用标准问题开辟了一个新的研究领域，国内外学者在这个领域中做出了许多建设性的贡献

6.5.2　基于实时监测时间序列的混沌特征因子提取

在将桥梁健康监测信息作为时间序列分析的情况，利用本书前面所述的混沌性分析的数值计算方法就可提取最大 Lyapunov 指数、关联维数 D_2、K 熵等

6.5.2.1　最大 Lyapunov 指数

下面就马桑溪大桥跨中挠度监测信息利用前述 Wolf 法对从 2005 年 12 月 3 日 13：00 开始的监测数据进行 Lyapunov 指数在不同样本段落计算的结果。关于计算过程的参数使用了第 4 章所讨论的结果，其中如时延时间选择 36 个监测周期。

由图 6.15 可以发现，在同样参数的情况下基于实时监测信息的 Lyapunov 随着样本的时间演化其值也进行演化。由于 Lyapunov 指数较好的反应了系统的非线性特征，因此进一步挖掘 Lyapunov 指数演化的蕴含信息必将能够对结构非线性演化的规律予以揭示。

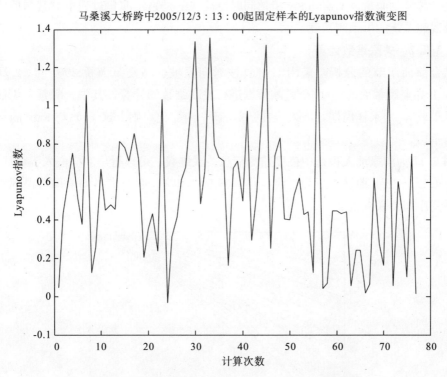

图 6.15　马桑溪大桥跨中采集样本 Lyapunov 指数演化

另外，对马桑溪大桥 2006 年 1 月 14 日 10：00 开始的挠度监测数据进行最大 Lyapunov 指数的识别。由于整个挠度监测分为 9 个截面部署，每个截面上下游各一个挠度传感器，共计 18 个。由此，采用同一时间长度的监测数据分别就 18 个测点的挠度监测信息进行最大 Lyapunov 指数的计算。计算结果如图 6.16 所示。其中，两条曲线分别为上下游各 9 个测点的计算结果。

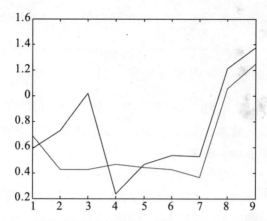

图 6.16　马桑溪大桥全桥挠度测点最大 Lyapunov 指数计算

由图可以发现在跨中（第 5 个测点）处上下游测点的最大 Lyapunov 指数一致性发生变化，前 4 个测点最大 Lyapunov 指数相关性不大，而后 4 个测点的最大 Lyapunov 指数的相关性较高比较一致。另外，从整体看基本上从跨中到两端其最大 Lyapunov 指数呈上升趋势。而最大 Lyapunov 指数同时也反映的是系统演化过程中对其初值的敏感性以及混沌系统的可预测长度。

6.5.2.2　关联维数计算

结合前面章节的分析，采用 G-P 算法对向家坡、马桑溪大桥 2005 年 12 月 3 日 13：00 开始典型截面的 1000 个监测数据进行关联维数的计算，其中，时延采用前述的分析成果取 36 个采样周期，嵌入维在 [2，15] 内变化，则 $\log C(r)$ 与 $\log r$ 的关系如下图所示。

图 6.17 为向家坡大桥跨中挠度监测信息关联维数，可以看出对应嵌入维数从 13 到 15，$\log C(r) \sim \log r$ 曲线接近为直线，且斜率近似相等。取斜率平均值即可得到桥梁监测的时间序列关联维数 2.9 。

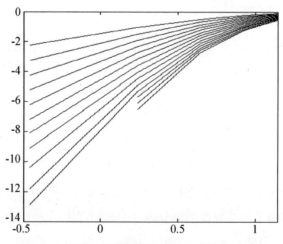

图 6.17　向家坡大桥跨中时间序列关联维数计算

图 6.18 为马桑溪大桥跨中挠度监测信息关联维数，可以看出对应嵌入维数从 12 到 15，$\log C(r) \sim \log r$ 曲线接近为直线，且斜率近似相等。取斜率平均值即可得到桥梁监

测的时间序列关联维数 3.8 。

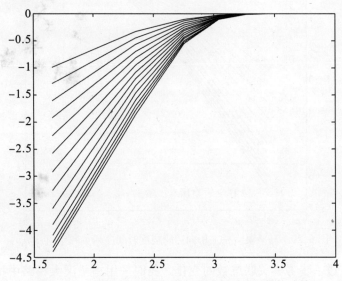

图 6.18　马桑溪大桥跨中挠度时间序列关联维数计算

图 6.19 马桑溪大桥边跨界石向挠度监测信息关联维数，可以看出对应嵌入为从 14 到 15，$\log C(r) \sim \log r$ 曲线接近为直线，且斜率近似相等。取斜率平均值即可得到桥梁监测的时间序列关联维数 6.5 。

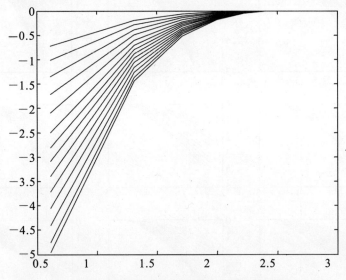

图 6.19　马桑溪大桥界石向边跨挠度时间序列关联维数计算

图 6.20 为马桑溪大桥边跨上桥向挠度监测信息关联维数，可以看出对应嵌入为从 12 到 15，$\log C(r) \sim \log r$ 曲线接近为直线，且斜率近似相等。取斜率平均值即可得到桥梁监测的时间序列关联维数 2.8 。

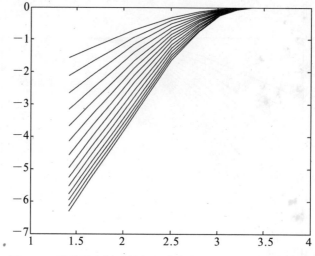

图 6.20　马桑溪大桥上桥向边跨挠度时间序列关联维数计算

另外，为了进一步考察关联维数的变化，我们采用马桑溪大桥跨中挠度从 2006 年 12 月 26 日起，按照每 1000 个样本利用 G-P 方法计算一次关联维数，得到的结果如下图所示。可以发现随着桥梁营运时间的增加其跨中挠度嵌入维数由下降的趋势，也就是说其信息的自相关性越来越低。

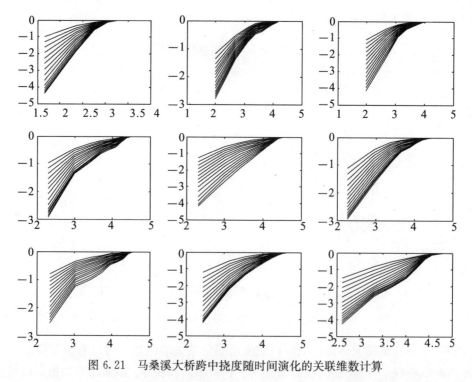

图 6.21　马桑溪大桥跨中挠度随时间演化的关联维数计算

最后，针对马桑溪大桥下游侧的从界石向到上桥的 9 个挠度测点依次针对同一时间段内的监测信息做关联维数的计算，计算结果如下图所示。由图发现对于同一个系统同一段时间起关联维数所反映的自相关性比较接近，除跨中外，其他两面各四个测点其关联维数比较接近，而跨中关联维数较小。

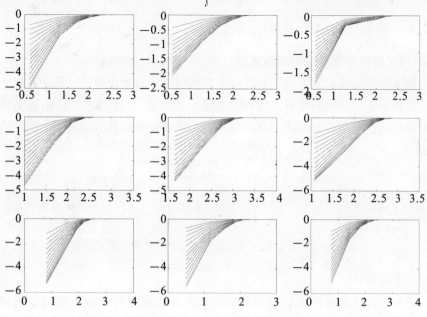

图 6.22　马桑溪大桥挠度下游向从界石向至上桥向同一时段关联维数计算

根据以上的实验分析，可以认为通过监测信息的混沌特性提取，关联维数以及最大 Lyapunov 指数能够较好的反应结构性能演化的过程。只是对于更进一步的确切关联性需要进一步研究。但这些指标作为描述结构性能的属性是能够很好反应结构性能特征的。

6.6　基于桥梁实时监测信息反演物理参数的结构抗力分析研究

系统识别是进行土木工程结构健康诊断、损伤识别和系统控制的重要方法，其最终目的是能够获得对结构当前状态的准确把握。对于桥梁、建筑等动力学系统，描述其结构特性的主要参数是模态参数和物理参数，相应地，系统识别可分为模态参数识别和物理参数识别。由于物理参数能够直观地反映结构状态特性，所以对于物理参数识别方法的研究具有极其重要的意义。

结构抗力 R 是指整个结构或结构构件承受作用效应（即内力和变形）的能力，如构件的承载能力、刚度等。混凝土结构构件的截面尺寸、混凝土强度等级以及钢筋的种类、配筋的数量及方式等确定后，构件截面便具有一定的抗力。抗力可按一定的计算模式确定。影响抗力的主要因素有材料性能（强度、变形模量等）、几何参数（构件尺寸）等和计算模式的精确性（抗力计算所采用的基本假设和计算公式不够精确等）。

结构抗力的评估就必须能够完成结构刚度、弹模等结构物理参数的识别。关于结构物理参数的识别可以划分为两个类别：间接法和直接法。所谓间接法即先利用频域或时域数据识别模态参数，再由模态参数识别结构物理参数。而直接法就是直接利用结构动力反应的时程测量信息来识别结构物理参数。

由此，结合本书第二章的分析在此用间接法和直接法分别进行识别结构物理参数的讨论，从而得到对营运期桥梁结构实时抗力状态信息。

6.6.1 桥梁结构物理识别法方法分析

6.6.1.1 结构物理参数识别频域法

结构物理参数频域识别方法主要有模态转换理论和对象化理论。其中，模态参数转换理论是指利用实测结构的模态参数（固有频率和振型），通过求解结构动力特征值的反问题识别结构物理参数的方法。是典型的获取结构物理参数的间接法。处理流程如图6.23所示。

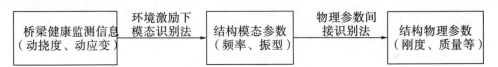

图6.23 基于结构监测信息的结构物理参数识别流程图

其主要手段包括：

（1）利用部分或全部模态信息识别结构刚度和质量矩阵的矩阵型直接识别法。比如，其对已知结构的任意两阶模态求结构物理参数以及已知原结构和结构顶层质量或刚度改变后的任意一阶模态求结构物理参数等问题比较适用；

（2）通过对结构理论分析所获得的质量和刚度矩阵进行修正来识别结构实际质量和刚度矩阵的矩阵型修正识别法；

（3）由实测前频率和阵型，直接识别刚度矩阵、质量矩阵和阻尼矩阵的 Newmark 法以及在获取理论分析 N 自由度结构质量矩阵和全部 N 阶固有频率及振型和通过测试获得结构的频率、阻尼来获取结构物理参数的参数型直接识别法；

（4）利用雅可比迭代识别法等进行的参数型迭代识别法。

以上方法均是利用结构实测模态参数或者由理论分析物理参数改变而改变的结构模态参数来识别结构物理参数。这些模型的处理均是高阶矩阵的大运算，其处理复杂程度依赖于结构自由度的个数。为了降低复杂度在计算时都可以通过有限元分析来适当降低自由度来降低计算的复杂性。

在实际的营运期桥梁健康实时监测系统中，要利用间接法完成结构物理参数的识别需要考虑以下问题：

（1）桥梁结构属于多自由度系统，无论采用哪种识别方法都需要已知各自由度的模态信息，而对于桥梁结果而言由于监测手段托原因很难获得如此完备的信息，由此对全桥整体进行识别很显然存在相当的难度；

（2）在进行物理参数识别时，桥梁结构外部激励的复杂性。

6.6.1.2 结构物理参数识别时域法

结构物理参数识别频域法主要是动力复合反演方法。结构动力系统研究包括三类基本问题：分析问题、参数识别问题与荷载反演问题。设 S 代表所研究的结构系统，U 代表系统输入（激励）、Y 代表系统输出（响应），θ 代表系统力学参数，则分析问题是指在系统 S 的数学力学模型已知条件下，根据系统输入 U 与系统力学参数 θ 求取系统输出（即系统响应）Y 的工作；参数识别问题则是指在已知系统输入 U 与系统输出 Y

的测量数据条件下，根据所取定的数学力学模型确立其中具体参数 θ 的工作；而依据系统输出 Y、系统力学参数 θ 以及系统的数学力学模型 S 求取系统输入（系统激励）信息的工作，一般称为荷载反演问题。而一般结构动力系统研究主要是致力于解决完备信息条件下的问题。

对于营运期桥梁实时健康监测而言，结构动力信息往往具有不完备性。例如：在结构分析问题中，某些结构力学参数可能因为约束条件或者边界条件不清晰而具有不确定性；在参数识别问题中，结构的激励信息与动力响应测量信息可能因为测量手段测试成本的限制而缺失；在荷载反演问题中，则可能不知道或不能准确地知道结构的物理力学参数。由此，如何在信息不完备情况来完成结构响应参数的识别成为研究重点。

动力复合反演问题即指系统输入信息与系统输出信息均不完备情况下的结构参数识别问题或结构力学参数未知条件下的荷载反演问题。

根据本书前面的分析，桥梁结构振动的动力方程表示为

$$M\ddot{Y} + C\dot{Y} + KY = F(t) \tag{6.88}$$

应用传统的参数识别算法结构参数 M，C，K 时，要求结构系统的输入 $F(t)$ 及所有自由度处的动力响应 $\ddot{Y}$，$\dot{Y}$，Y 均为已知；而求反演系统输入 $F(t)$ 时，则要求结构参数矩阵 M，C，K 和所有自由度的动力响应 $\ddot{Y}$，$\dot{Y}$，Y 均为已知。然而，在实际结构的动力检测中，往往无法测量输入 $F(t)$ 的时间历程，同时，受测试技术及成本的限制，通常也不可能记录结构所有自由度处的动力响应信息。因此，需要在系统输入未知或部分未知、系统响应仅部分已知的条件下，完成系统的参数识别或荷载反演任务。

对于营运期桥梁健康实时监测而言，桥梁系统所受荷载激励主要包括车辆荷载、风荷载、温度荷载、自重恒载等。其中，自重恒载可以从整个活载效应中有效分离出来（后面章节将做描述），自然环境下的车辆荷载、风以及温度等荷载很难给予确切的时程信息，很难观测，甚至有些在现有条件下无法观测的。然而，由于不同的激烈类型具有不同的物理、力学性质，将这些激励的物理、力学性质作为一类辅助条件引入到结构物理参数识别过程中[8]，就可以将整个桥梁系统的物理参数识别问题就转化为部分输入未知时或基底输入未知的物理参数识别问题。

在此引入文献中的全量补偿法进行基于实时监测动力响应的桥梁营运期结构参数的识别。

6.6.2　基于结构物理参数识别的结构抗力演变分析[8]

根据上述关于结构物理参数识别方法的分析，针对桥梁健康监测系统而言如何在实际工程中从实时获取的结构监测信息来有效获得结构的物理参数成为研究的重点和难点。测试信息完备情况下的结构识别方法目前已经得到了充分的研究，并已经得到了较完备的发展，在工程中也已经有许多成功的应用。在输入信息不完备而输出信息完备情况下的识别也已引起学者们的日益重视，并提出了许多好的算法。然而结构物理参数识别的另一个困难却是输出信息测试量的不足。

对土木结构而言，由于其体积巨大，结构复杂，其有限元模型自由度众多，要想测

试每个自由度上的响应信息就显得非常困难[9]。姑且不说复杂的结构形式使传感器难以布置，即便是能够测试这些输出信息，其代价也令人难以接受。因此除了研究输入信息测试不足情况下的识别方法外，输出信息不完备情况下的识别方法研究也是土木工程结构检测中的另一个现实问题。尽管这类问题最接近现实工程条件，但由于其复杂性，目前这一领域的研究成果还很少。从目前的研究来看，一方面学者们在积极研究测点不足情况下的识别算法，另一方面工程领域也在研究新的测试手段，例如光纤传感器等，这类传感器能够对待测结构进行分布式测量，并且比传统的传感器有更好的适应性。测点不足情况下的识别研究也可分为两个类：第一类研究的重点是如何重构测试中没有测到而传统的识别方法需要的信息；第二类则是如何直接利用仅有的测试信息进行参数识别。在时域信息重构方面，主要有微分算子变换法和积分算子变换法，以及转角未知条件下的重构法。都是将实际结构振型或实际振型与有限元计算得到的振型的差表示为有限元计算得到的振型的线性叠加，然后采用某种优化算法来求各个振型的叠加系数。除了进行信息的重构外，直接利用不完备的输出测试信息进行识别也是一个很有前途的研究方向。在这方面除了时域内的扩展卡尔曼滤波算法外，大部分算法都集中在频域内。其主要原因是：时域识别方法主要是以结构任意时刻的运动平衡方程为基础的，而结构整体参数的信息主要通过整个时间段上的信息来显示的，这就使大部分时域识别方法在测点信息不足时显得无能为力。而频域识别法主要是基于模态参数和传递函数的识别法。对于模态参数和传递函数来说，其本身就包含着结构的整体信息，因而可直接用于测点信息不足情况下的识别。

针对以上综合的分析，下面采用广义卡尔曼滤波方法结合不完备信息重构法进行桥梁监测截面的物理参数识别。

所谓滤波，就是从含有噪声的信号中提取有用信号。就数学而言，就是从含有误差的一系列数据中，经过优化处理获得各种最佳的参数估计。最小二乘类算法滤波原则上仅适用于线性参数系统的识别，卡尔曼滤波算法则是不仅适用于线性参数系统识别，也适用于非线性参数系统的识别。把桥梁结构看作一个"系统"，那么在用卡尔曼滤波在对其进行参数识别时采用的是非线性连续－离散系统，即状态方程式非线性连续方程，观测方程是非线性离散方程。根据本书第四章的分析可以发现桥梁结构其混沌性表明其具有典型的非线性动力学特征。所以，采用卡尔曼滤波进行桥梁结构物理参数识别就需要处理非线性特性。用于处理非线性系统的卡尔曼滤波被称为广义卡尔曼滤波[10]。

广义卡尔曼滤波基本公式

$$\dot{X}(t) = f[X(t), t]$$
$$Z(t_{i+1}) = h[X(t_{i+1}), t_{i+1}] + V(t_{i+1})$$

式中，$X(t)$ 是连续状态向量；$X(t_{i+1})$ 是 t_{i+1} 时刻状态向量；$Z(t_{i+1})$ 是 t_{i+1} 时刻观测向量；$V(t_{i+1})$ 是 t_{i+1} 时刻观测噪声向量，均值为零、协方差为 $E[V(t_i)V^T(t_j)] = R(t_i)\delta_{ij}$ 的高斯白噪声。

广义卡尔曼滤波由以下五个方程组成：

状态预测方程

$$\hat{X}(t_{i+1}/t_i) = \hat{X}(t_i/t_i) + \int_{t_i}^{t_{i+1}} f[\hat{X}(t/t_i,t)]dt$$

误差协方差矩阵预测方程

$$P(t_{i+1}/t_i) = \Phi[\hat{X}(t_i/t_i),t_{i+1},t_i]P(t_i/t_i)\cdot\Phi^T[\hat{X}(t_i/t_i),t_{i+1},t_i]$$

增益矩阵

$$K[\hat{X}(t_i/t_i),t_{i+1},t_i] = P(t_{i+1}/t_i)H^T[\hat{X}(t_i/t_i),t_{i+1}]\cdot\{H[\hat{X}(t_i/t_i),t_{i+1}]P(t_{i+1}/t_i)\cdot$$
$$H^T[\hat{X}(t_i/t_i),t_{i+1}] + R(t_{i+1})\}^{-1}$$

状态滤波方程

$$\hat{X}(t_{i+1}/t_{i+1}) = \hat{X}(t_{i+1}/t_i) + K[\hat{X}(t_{i+1}/t_i),t_{i+1}]\cdot$$
$$\{Z(t_{i+1}) - h[\hat{X}(t_{i+1}/t_i),t_{i+1}]\}$$

误差协方差矩阵滤波方程

$$P(t_{i+1}/t_{i+1}) = \{I - K[\hat{X}(t_{i+1}/t_i),t_{i+1}]\cdot$$
$$H[\hat{X}(t_{i+1}/t_i),t_{i+1}]\}P(t_{i+1}/t_i)$$

以上公式中，$\hat{X}(t_i/t_i)$、$P(t_i/t_i)$ 是 t_i 时刻的状态估计和误差协方差矩阵；$\Phi[\hat{X}(t_i/t_i),t_{i+1},t_i]$ 是从 t_i 时刻到 t_{i+1} 时刻的状态转移矩阵；$K[\hat{X}(t_{i+1}/t_i),t_{i+1}]$ 是增益矩阵；$H[\hat{X}(t_{i+1}/t_i),t_{i+1}]$ 是非线性向量函数 $h[\cdot]$ 的雅克比矩阵。

在结构动力学分析中，结构的动力平衡方程[15] 为

$$M\ddot{Y} + C\dot{Y} + KY = P(t) \tag{6.89}$$

式中，M、C、K 是质量矩阵、阻尼矩阵和刚度矩阵；$P(t)$ 是荷载向量；$\ddot{Y}$、$\dot{Y}$、Y 分别为节点加速度、速度和位移向量。

设 n 为结构单元数，则结构刚度矩阵为

$$K = \sum_{i=1}^{n} T_i^T k_i T_i \tag{6.90}$$

式中，k_i 是局部坐标下的单位刚度矩阵；T_i 是单元贡献矩阵。

$$T_i = T_{ai} T_{ci} \tag{6.91}$$

式中，T_{ai} 是单元坐标转换矩阵；T_{ci} 是单元定位矩阵。

对于任一单刚矩阵 k_i，提取识别刚度参数，即：$k_i = \theta_{ki}\bar{k}_i$ 式中 θ_{ki} 为待识别刚度参数，$\bar{k}_i$ 为提取 θ_{ki} 之后的单元刚度矩阵。则式（6.89）中的第三项可表示为

$$KY = \sum_{i=1}^{n} \theta_{ki} T_i^T \bar{k}_i T^i Y = \sum_{i=1}^{n} \theta_{ki} H_{ki} \tag{6.92}$$

式中，

$$H_{ki} = T_i^T \bar{k}_i T^i Y$$

若记

$$H_k = [H_{k1} H_{k2} \cdots H_{kn}]$$

$$\theta_k = [\theta_{k1}\theta_{k2}\cdots\theta_{kn}]^T$$

则有

$$KY = H_k\theta_k$$

同理有

$$M\ddot{Y} = \sum_{i=1}^{n}\theta_{mi}T_i^T T^i\ddot{Y} = \sum_{i=1}^{n}\theta_{mi}H_{mi} = \theta_m H_m \qquad (6.93)$$

式中，θ_{mi} 是待识别的质量参数；$H_{mi} = T_i^T \bar{m} T^i\ddot{Y}$。

如果采用 Rayleigh 阻尼，即

$$C = aM + bK \qquad (6.94)$$

则有

$$C\dot{Y} = (aM + bK)\dot{Y} = aH_{am} + bH_{bk} \qquad (6.95)$$

式中

$$H_{am} = [H_{am1}H_{am2}\cdots H_{amn}]$$

$$H_{bk} = [H_{bk1}H_{bk2}\cdots H_{bkn}]$$

$$H_{ami} = T_i^T \bar{m}_i T_i\dot{Y}$$

$$H_{bki} = T_i^T \bar{k}_i T_i\dot{Y}$$

令

$$Z(t) = P(t), \theta = (\theta_m ab\theta_k)^T$$

则

$$Z(t) = H_m\theta_m + H_k\theta_k + aH_{am}\theta_m + bH_{bk}\theta_k = h(\theta,t)$$

若以 $Z(t)$ 为观测对象，则有

$$Z(t) = h(\theta,t) + V(t) \qquad (6.95)$$

将观测方程离散化，得到结构系统离散的观测方程

$$Z(t_{i+1}) = h(\theta,t_{i+1}) + V(t_{i+1}) \qquad (6.96)$$

即结构系统的非线性离散观测方程。

取待识别的结构物理参数为状态变量，即

$$X(t) = \theta \qquad (6.97)$$

假设在滤波时间段内结构参数不发生变化，系统的状态方程：

$$\dot{\theta} = 0 \qquad (6.98)$$

由此即可识别结构物理参数 θ。

针对以上讨论，在实际桥梁结构，为了计算方便假定了外部荷载是具有明显统计特征的向量。而在营运期桥梁的健康监测时，桥梁结构所受到的外部荷载成份复杂不易对其进行统计分析。由此，可以过滤监测的结构响应的动力信息，分离结构所承受的车辆荷载、温度荷载、风荷载以及噪声，然后分别对这些荷载成份进行统计分析。根据实际应用的情况，很显然，可以通过对每日几乎无车流量的时段的监测响应信息比较容易获得风和温度荷载的情况，然后根据风和温度荷载周期尺度的不同可以较好的分离出风荷

载和温度荷载，详细情况参阅本书第六章。由此，可以在获取当地自然风的统计参数后，以风荷载的响应为观测数据，以结构物理参数为待识别参数进行广义卡尔曼滤波处理来识别结构物理刚度等参数。

卡尔曼滤波方法不仅使用于非线性系统，同时其非常适合于在线实时的分析。由此，针对桥梁健康监测系统进行结构抗力状态评估根据上面的方法我们选择一定的监测周期为样本单元即可启动卡尔曼滤波识别结构截面的实时刚度参数。设定一个合适"窗口"，随着监测信息的增加，不断移动窗口来实现实时的结构刚度参数识别。

具体过程如下

（1）由桥梁健康监测信息中提取车辆荷载最小状态下的结构动力响应信息，并过滤温度荷载影响。由此获得风荷载作用下结构振动的动力响应信号。

（2）分析并统计桥梁所在区域风荷载统计参数，构造风荷载模型。

令风荷载模型如下

$$v(z,t) = \bar{v}(z) - v_f(z,t) \tag{6.99}$$

式中，$\bar{v}(z)$ 是平均风速，$v_f(z,t)$ 为脉动风速。

根据风速与风压的关系，作用于结构物 z 高度处的风压 $\omega(z,t)$ 为

$$\omega(z,t) = \frac{1}{2}\rho\mu_s(z)v^2(z,t) \tag{6.100}$$

式中，$\mu_s(z)$ 是高度 z 处结构体型系数；ρ 是空气密度。

将（6.99）式代入（6.100）式，展开后将二阶微量 $v_f^2(z,t)$ 略去，可得

$$\omega(z,t) = \frac{1}{2}\rho\mu_s(z)\bar{v}^2(z) + \rho\mu_s(z)\bar{v}(z)v_f(z,t)$$

$$= \bar{\omega}(z)\left[1 + 2\frac{v_f(z,t)}{\bar{v}(z)}\right] = \mu_s(z)\mu_z(z)\left[1 + 2\frac{v_f(z,t)}{\bar{v}(z)}\right]\omega_0 \tag{6.101}$$

式中，ω_0 是 10 米高度处的标准风压；$\mu_z(z)$ 是风压高度变化系数。

在上式两端乘以 z 处的迎风面积 A_z，可得结构物在 z 高度处的风力荷载表达式

$$P(z,t) = A_z\mu_r(z)\mu_z(z)\left[1 + 2\frac{v_f(z,t)}{\bar{v}(z)}\right]\omega_0$$

$$= B(z)\left[1 + 2\frac{v_f(z,t)}{\bar{v}(z)}\right]\omega_0 \tag{6.102}$$

设脉动风的幅值与平均风速 $\bar{v}(z)$ 的比值为 β，则可将脉动风表示为

$$v_f(z,t) = \beta\bar{v}(z)v_f(t) \tag{6.103}$$

此处，$v_f(t)$ 为高度无关的规格化（幅值为1）的平稳过程，可称为标准脉动风。于是，可将（6.102）式进一步写成

$$P(z,t) = B(z)[1 + 2\beta v_f(t)]\omega_0 \tag{6.104}$$

上式即为结构物上风荷载的模型。由此，在进行卡尔曼滤波的计算中即可采用上述模型。

（3）为了实现实时对结构物理参数识别，同时满足在线计算的速度要求，选择合适的信息窗口函数。信息窗口函数可以构造为与采样频率有关的形式。

（4）以结构不同监测截面为考察对象，利用上述分析构造卡尔曼滤波模型识别结构

物理参数。

（5）绘制随时间演化的结构物理参数时程曲线。

另外，针对基于广义卡尔曼滤波理论进行的结构物理参数的识别，虽然具有非线性系统以及实时在线处理的优点，但在实际大型桥梁健康监测的工程应用中却依然存在结构自由度过多而导致的计算速度慢和计算结果容易发散等问题。由此，在利用此方法进行物理参数识别时就需要考虑降低结构自由度的问题。一般而言都是将桥梁结构划分为有限个单元，识别每个单元的物理参数，由此分布完成整个桥梁的物理参数识别。这种思路目前被称为"子结构法"。Oretahe Tanabe[16]将子结构应用于框架结构梁和柱单元参数的识别，实验表明该方法识别精度都很高，几乎接近于真值，收敛速度也很快，表明子结构方法的精确性和有效性。所以，利用上述方法进行识别时就采用不同监测截面进行识别，此思路就是采用了子结构的考虑。

在役结构的可靠性分析及结构的可靠性设计时，都必须建立结构的随机抗力与衰变抗力模型，即随机时变模型。然而，结构构件强度和刚度是描述抗力的两个重要指标。根据本章前面所提出的基于监测信息的结构物理参数识别过程，可以识别出随时间演化的结构总体刚度参数 $K(t)$

$$K(t) = \sum_{i=1}^{n} K_i(t) \tag{6.105}$$

式中，t 是以窗口函数确定的演化周期；n 是结构自由度数。

由于根据上述计算过程所获得结构刚度信息为构件的刚度矩阵，为了整体刻画结构刚度，在此引入总体刚度我们通过结构刚度的演化模型从而即可描述结构抗力的衰变模型。

$$R(t) \approx K(t) \tag{6.106}$$

由此，即可利用上述模型建立结构时变可靠度的模型，完成基于实时监测信息的结构抗力衰变的描述。

6.7　基于动力特征因子的结构抗力分析研究

由上述的分析可知，每种动力特征因子都可以反映结构抗力衰变的动态趋势，但因各种特征因子建立的指标灵敏度有所差别，针对目前的研究状况，可从三方面探讨。

6.7.1　单因子对结构抗力的反映

单因子对结构损伤、承载力的反映有相当多的分析。引用此思想，进行延伸，提出两种对结构抗力反映的方法。

6.7.1.1　均值法

假设一种特征因子建立的指标值为 Δ ，对同一刻或多阶模态中提取的数值，剔除偏移较大的量，建立的指标量值为

$$\Delta = \frac{1}{n} \sum_{i=1}^{n} \Delta_i \tag{6.107}$$

式中，Δ_i——每次或每阶采集的数值；

　　n——采集的次数．

再由计算出指标值建立与结构抗力的关系。

6.7.1.2　权重法

桥梁是一个各个构件组成的整体，它们相互之间都有联系，每处传感器对各种指标的敏感程度也是不同的，选取多个构件反映出的数值，评价一个位置的抗力状况是可行的，用公式表达为

$$\Delta = \beta_1\Delta_1 + \beta_2\Delta_2 + \cdots + \beta_n\Delta_n = \sum_{i=1}^{n}\beta_i\Delta_i \tag{6.97}$$

$$\sum_{i=1}^{n}\beta_i = 1 \tag{6.108}$$

式中，Δ_i 是第 i 个构件或监测点所得同一刻、同类型数值；β_i 是各个数值的权重，可有各位置监测数值的相关性分析得到，具体取值有待于研究。

由两种方法得到的特征因子指标值（大多为间接指标反映抗力衰减数值，如体现刚度减小的特征数值）反映结构抗力的框架模式如图 6.24 所示：

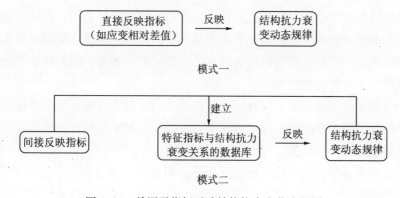

图 6.24　单因子指标反映结构抗力变化流程图

6.7.2　多因子对结构抗力的反映

因静力和动力特征因子对结构抗力衰变变化的反映各有优缺点，针对此提出多因子反映抗力的方法。

6.7.2.1　优势互补法

各特征因子由于监测信息本身、外界影响等因素的影响，存在如下的优缺点：

（1）静力特征因子包含的信息比较丰富，且能直接反映抗力随时间的衰变趋势。其缺点是只能对监测点位置做出评价，其他位置不能给予准确判断。

（2）动力特征因子因指标的不同，优缺点不同，具体为：

基于频率特征因子反映结构抗力变化的优点：一是频率是最易测得的结构动力特征；二是频率是当前技术测得最准的结构动力特征，低阻尼结构的频率识别的分辨率一般可达到 0.1%；三是频率与所选的测点位置无关，方法简单。而缺点是：一是对于具有相同频率的对称位置的损伤，检测起来比较困难；二是大量的模型和实际结构试验表

明结构导致的固有频率变化很小，固有频率对结构早期损失并不十分敏感；三是当损伤的位置在结构的高应力区域时，利用固有频率的变化进行损伤识别比较可靠，但是当损伤位置在结构的低应力区域时，利用固有频率的变化将很难进行损伤识别。

测量到的阻尼比，由于里面包含多种作用的叠加，不能准确得到其值。

采用位移模态特征因子时，其指标是比较灵敏的参数，但由于实际所测量的位移模态数控的精度相对于频率来说较低，且面临着测量模态不完整和噪声影响的问题因此测量误差是不应该忽略的一个重要因素。

应变模态的敏感程度大于结构位移模态和固有频率，并且能够很明显反映抗力衰变的具体量值和严重位置。对大多数模态，在抗力衰减严重位置应变模态有明显的峰值，且峰值大小随衰减程度的增加而增加。采用应变模态的另外优点在于可以直接研究某些关键点的应变，如应力集中问题、局部结构变动对变动区附近的影响问题。

曲率模态优处是有很好的定位能力。不足之处是需要非常邻近的测点，以便利用中心差分法求取曲率，并要求足够密的测点，或者要求精度非常好的差值扩阶模态，否则将增大曲率模态的误差。

因模态参数对柔度矩阵的贡献与自振频率成反比，则只需要较低阶模态参数，就可以较好的估计结构的柔度矩阵。而在实践中，由于测试误差的影响，往往只能准确地获得前几阶模态参数，而柔度矩阵也主要是由前几阶模态参数构成，这即是柔度特征因子反映结构抗力动态的优处。而在抗力衰减较严重部位的非对称、间距较近或各位置抗力变量不同的情况下评价精度较差。

模态应变能考虑了模态数据具有不完备的因素，并且在含噪音情况下抗力衰减严重位置的识别效果、稳定性较好；用低阶模态表示时，仅对动态项作近似逼近，仅用低阶模态即可获得较好的评价结果。

残余模态力包含的信息丰富，灵敏度较高。但监测误差及外界因素对其影响较大，正确信息容易被覆盖。

从各特征因子的特点出发，取用所长，建立不同组合下对结构状况的判断分析。

组合一：固有频率和单元应变能；

组合二：残余模态力和单元应变能；

组合三：曲率模态和单元应变能；

组合四：结构柔度和固有频率；

组合五：位移模态和固有频率；

组合六：曲率模态和结构柔度。

由于取优补短，通过不同特征因子的组合建立的指标反映出的结构抗力动态规律更具有真实性。对此建立的框架评价模式如图 6.25 所示。

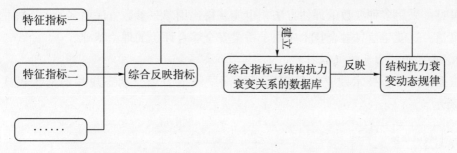

图 6.25　基于优势互补的多因子指标反映结构抗力变化流程图

6.7.2.2　基于信息融合技术的方法

桥梁监测系统采用多种传感器对结构进行观测，并获取了描述其健康状态的各类参数信息，通过上面分析给出了表现结构抗力衰减的特征因子。理论和实践证明：采用概率的方法表示结构的安全性能比定值的方法更加符合实际情况。因此，可按将各特征因子建立的指标对结构抗力的评价结果表示为概率形式，并通过一定的规则将它们进行组合，进一步减少不确定性，提高评价结果的准确性，这即是信息融合技术的方法。

1. 理论依据[13]

采用单一参数的评价方法无法完全利用整个系统提供的所有信息，使评价结果有失完整。为了使评价结果更加接近实际情况，提高可靠性，应充分利用系统提供的各种信息和参数。

考虑采用两种参数对系统进行评价。设 Z_1，Z_2 为评价特征矢量，Y 表示融合输出的特征量，$H(Y|Z_1,Z_2)$ 为融合条件熵，表示系统收到 Z_1，Z_2 后系统输出 Y 的平均不确定度。如果 Y 与 Z_1，Z_2 之间不独立，则融合系统的条件熵满足

$$
\begin{aligned}
H(Y|Z_1,Z_2) &= -\int_{R^r}\int_{R^m}\int_{R^n} p(z_1,z_2)p(y|z_1,z_2)\log(y|z_1,z_2)\mathrm{d}y\mathrm{d}z_1\mathrm{d}z_2 \\
&= -\int_{R^m}\int_{R^n} p(z_1,z_2)\mathrm{d}z_1\mathrm{d}z_2 \int_{R^r} p(y|z_1,z_2)\log(y|z_1,z_2)\mathrm{d}y \\
&\leqslant -\int_{R^m}\int_{R^n} p(z_1,z_2)\mathrm{d}z_1\mathrm{d}z_2 \int_{R^r} p(y|z_1,z_2)\log(y|z_1)\mathrm{d}y \\
&= -\int_{R^m}\int_{R^n}\left\{\int_{R^r} p(z_1,z_2)p(y|z_1,z_2)\mathrm{d}z_2\right\}\log(y|z_1,z_2)\mathrm{d}y\mathrm{d}z_1 \\
&= H(Y|Z_1)
\end{aligned}
\tag{6.120}
$$

同理，有 $H(Y|Z_1,Z_2)\leqslant H(Y|Z_2)$，故

$$
H(Y|Z_1,Z_2)\leqslant H(Y|Z_i)\quad(i=1,2)
\tag{6.121}
$$

进一步证明可以得到

$$
H(Y|Z_1,Z_2,\cdots,Z_n)\leqslant H(Y|Z_1,Z_2,\cdots,Z_m)\quad(m\leqslant n)
\tag{6.122}
$$

即条件多的熵不大于条件少的熵。由于融合条件熵表示系统输出的不确定度，所以采用多种参数融合的方法进行评估，系统输出可以获得比采用单一种方法更小的不确定度。

此外，由式（6.122）可得

$$
H(Y)-H(Y|Z_1,Z_2,\cdots,Z_n)\geqslant H(Y)-H(Y|Z_1,Z_2,\cdots,Z_m)\quad(m\leqslant n)
\tag{6.123}
$$

即

$$
I(Y|Z_1,Z_2,\ldots Z_n)\geqslant I(Y|Z_1,Z_2,\ldots,Z_m)\quad(m\leqslant n)
\tag{6.124}
$$

可见，采用多种参数的评估方法，也能获得比用单一参数方法更多的关于评估对象的信息量。这就是信息融合技术应用于桥梁安全综合评价的理论基础。

2. 多因子抗力反映流程图

根据信息融合技术建立起的多因子指标反映抗力衰变动态规律的框架模式如图6.26所示。

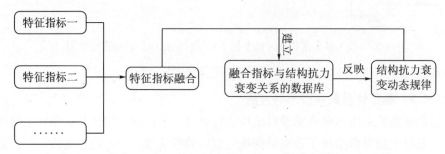

图 6.26　基于信息融合技术的多因子指标反映结构抗力变化流程图

6.7.3　基于 BP 神经网络的结构抗力评估研究

根据前面分析的结构动力特征因子以及混沌特征因子的分析，在此，我们可以认为这些特征因子均能在一定程度描述结构抗力。

拟建结构与在役结构的抗力均是一个随机量。拟建结构由于施工原因结构几何参数以及材料的随机性导致抗力的随机性；对于在役结构由于结构整体所受外部环境的影响其结构几何参数和材料演化均是随机性，由此也导致其必然的随机性。

一般来说，结构抗力随时间的变化是一维或多维非平稳随机过程。考虑到结构可靠度的实用分析，将非平稳随机过程平稳化，即建立随机时变结构抗力的平稳化随机过程模型。考虑静载作用，视为时间的缓变过程，可以按年计算，因此

$$R(n) = \varphi(n,k)R_0 \qquad (6.125)$$

式中，$R(n)$ 为结构使用了 n 年后的抗力，称为结构在第 n 年的剩余抗力；R_0 为结构的初始抗力；k 为结构抗力衰减函数中的参数；φ 为结构抗力的确定性衰减函数，与结构材料、类别、受力特点、使用条件、环境等因素有关。

但这些随机性的抗力必然以结构设计时的抗力为基准在某个范围内按照一种随机过程的变化，尤其是在结构营运初期。所以，可以根据结构设计抗力和观察的随机性产生结构营运期开始一定时期内的结构抗力。利用桥梁施工控制的抗力统计结果针对早期运行桥梁而言可以作为抗力目标值进行机器学习。由于抗力是统计参数所以其值可以使随机在某个范围内的统计值。

构建基于这些特征因子的特征属性集作为抗力的描述：

$$R(t) = [\omega_t, \xi_t, \varphi_t, \varphi_t^\varepsilon, \alpha_t, f_t, M_t, \zeta_t] \qquad (6.126)$$

上式中，$R(t)$ 为桥梁结构抗力，ω_t，ξ_t；φ_t，φ_t^ε，α_t，f_t，M_t，ζ_t 分别为固有频率、阻尼比、位移模态、应变模态、曲率改变量、柔度矩阵、模态应变能和残余模态力的时程信息。

对于描述结构抗力的以上 8 个属性我们都无法直接建立其与结构抗力直接的数学关

系，但很明显它们间存在一定的映射关系。由此，利用智能算法中的神经网络模型通过机器学习即可完成这种相互映射关系的建立。

BP 神经网络是在人类对大脑神经网络认识理解的基础上人工构建的能够实现某种功能的数学模型，它由大量简单元件相互连接而成的复杂网络，具有高度的并行性、高度的非线性全局作用[4]、良好的容错性和联想记忆功能、十分强大的自适应、自学习能力。BP 算法在于利用输出后的误差来估计输出层的直接前导的误差，再用这个误差估计更前一层的误差，如此一层一层的反传下去，就获得了所有其他各层的误差估计。这样就形成了将输出层表现出的误差沿着与输入传送相反的方向逐级向网络输入层传递的过程。使用 BP 算法进行学习的多级非循环网络称为 BP 网络，属于前向神经网络类型。虽然这种误差估计本身的精度会随着误差本身的"向后传播"而不断降低，但它还是给多层网络的训练提供了比较有效的办法，加之多层前向神经网络能逼近任意非线性函数，在科学技术领域中有很广泛的应用。

通过上面得分析，桥梁抗力状态可以通过其动力特征因子进行表述，而为了识别结构抗力，我们无法建立确切的抗力与动力参数的数学模型。但我们仍需要通过这些动力参数来完成结构抗力的识别，利用神经网络这样的智能算法建立相应网络结构，通过不断学习、进化使得动力特征因子与抗力的相互关系隐含于网络的权值中，从而完成动力特征因子与结构抗力状态的相互关系模型。

1. 隐层数及隐层节点数

Kolmogorov 定理：给定任一从 n 维空间的连续映射 $f: U \times U \times \cdots \times U \rightarrow R \times R \times \cdots \times R$，$f(x) = y$。这里 U 是一闭单位空间 $[0, 1]$，f 可以精确的用一个三层前向网络实现，此网络第一层（即输入层）有 n 个处理单元，中间层有 $2n + 1$ 个处理单元，第三层有 m 个处理单元。

Kolmogorov 定理[13]的诱人之处是保证了任一连续函数可以由一个三层神经网络来实现。认真研究 Kolmogorov 定理后，人们发现 BackproPagation 神经网络，即所谓的 BP 网络可以在任意希望的精度上实现任意的连续函数。

BP 定理[14,15]：给定任意 $\varepsilon > 0$ 和任意一个从 n 维空间到 m 维空间的 L_2 函数 f：$[0, 1] \times \cdots \times [0, 1] \rightarrow R \times \cdots \times R$，存在一个三层 BP 网络，它可以在任意平方误差精度内逼近连续函数 f。

对于桥梁结构而言，一个具有 n 个设计变量（其集合为 X），m 个应力、位移等响应量（其集合为 Y）的结构，其评估模型可以用一个输入层有 n 个神经元（输入量为 X），隐层有 $f(n)$ 个神经元，输出层有 m 个神经元（输出量为 Y）的三层神经网络来描述，该神经网络可以精确表达 X 与 Y 的映射关系。所以，我们可以利用神经网络建立桥梁可靠度评估模型。

任意一个连续函数都可用有一个隐层的网络以任意精度进行逼近。而有 2 个隐层的网络可以获得要求输入是输出任意的连续函数。增加隐层数可增加网络的处理能力，但要求增加训练样本数目使训练复杂。设计时应首选有一个隐层的网络，然后以调整结点的数量方式来调整网络的能力，而隐层结点数是网络的关键。隐层结点数少，网络所获得解决问题的信息少，难以处理较复杂的问题；隐层结点数多，不仅使训练时间急剧增加，且容易造成训练过度，将训练样本中无意义的信息加以记忆，网络难以分辨样本中真正的模式。对只有一个隐层的网络，若输入结点数为 n，输出结点数为 m，则理想的隐含层结点估计数为：

$$n_H = \sqrt{n+m} + L \tag{6.127}$$

式中，n_H 是隐含层结点数；L 是 $1\sim10$ 之间的整数。

$$s = \sqrt{0.43mn + 0.12n^2 + 2.54m + 0.77n + 0.35} + 0.51 \tag{6.128}$$

式中，s 是隐含层结点数。

以上两式为经验公式，使用时可根据实际状况选择其中之一来估算隐含层的结点数。

用网络的权值和阀值总数 n_w 表征其信息容量，研究表明，训练样本数 P 与给定的训练误差 ε 之间满足匹配关系为

$$P = \frac{n_w}{\varepsilon} \tag{6.129}$$

当不能提供较多的样本时，为降低训练误差，要控制网络信息容量 n_w。

2. 输入层的节点数

网络的识别性能的好坏，很大程度上取决于参数选择的好坏。特定参数的选择不仅影响网络的学习时间，而且对网络的泛化推理性能也影响巨大。运用神经网络进行损伤检测时，经常选用的神经网络特征参数有：位移、应变、速度、频率、频率变化比、模态、模态应变能变化比等等，采用什么参数作为神经网络的输入向量最合理，一直是一个难题，针对不同的模型，不同的识别对象选用的数据可能不同，有关输入层节点数由描述抗力的属性个数确定，此处我们考虑固有频率、阻尼比、位移模态、应变模态、曲率改变量、柔度矩阵、模态应变能和残余模态力来表示抗力，所以输入层的节点数为 8。

3. 输出层的节点数

将桥梁抗力作为网络识别的结果，采用桥梁建设期所计算的抗力值及其统计特性，产生符合该统计特性的随机抗力值。故此，本模型只有一个输出节点。

4. 隐层的节点数

本实验中，首先根据经验公式确定隐层节点个数。

5. 传输函数

BP 网络中的传输函数通常采用 S（sigmoid）型函数。

根据上述分析，使用基于 BP 神经网络方法对结构抗力状态进行评估从理论分析层面是可行的，符合神经网络算法识别目标的原理。但针对在役桥梁而言在有限的监测时期内无法获取结构抗力状态衰变的"负"样本，基于桥梁健康实时监测而获取的结构实时响应信息所能提取的均是结构"正"样本，由此对于神经网络的学习就存在问题，如果采用大量的"正"样本学习必然导致网络适应能力差等问题，由此，针对目前我们的桥梁健康监测系统而言使用神经网络进行学习识别还需要进一步的研究。

针对上述问题，如果在实验室环境下建立相应的结构模型，并对模拟其抗力状态衰变的情形，由此获得"负"样本就可以完成神经网络的学习。此方面工作有待进一步推进。

　　另外，在考虑使用多属性对结构抗力演变进行分析时，为了降低计算复杂度、提高计算效率，我们可以考虑对多属性的有效性进行分析。由此，利用粗糙理论进行数据清洗就成为一种重要手段。

　　以上所分析的基于动力特征因子的结构抗力的神经网络识别中，由于所使用的特征因子一共有 8 个，但根据结构动力学的分析其中这些参数间存在对抗力描述的敏感性问题，即有些因子可能多余。由此，我们可采用基于粗糙集理论的数据清洗模型以便更加有效的识别抗力。

　　数据清洗的目的在于从大量的数据中清除那些和决策无关或者相关性不是很大的属性，发现那些令人感兴趣的规则这些规则在表现形式上应比较简洁，并且不影响决策的正确做出，不会因为数据的丢失而失去经济发展的机会。在实际问题中，待处理的数据常有某种程度的不完备，造成这种情况的原因可能有以下的几个原因：①信息不对称造成的；②获取数据的代价很大；③实时性要高，要求决策部门能很快地做出决策。

　　假设有 n 个条件属性，则首先计算出所有条件属性完备情况下的一条规则，然后提取一个属性对剩下的 $n-1$ 个属性计算出不完备属性的一条规则……如此依次类推，得到系统在各种信息不完备情况下的规则集合。运用这个模型进行推理或决策，在信息不完备的情况下也可以给出一个很好的结果。具体数据清洗的思路是：给定目标规则的属性对于决策的重要性的量度 α_0，从样本数据出发，根据粗糙集理论，做出在不同的简化层符合重要性量度要求的规则，当一个属性的重要性量度 $\alpha_x < \alpha_0$ 时，则清洗掉这个属性，运用剩下的属性集粗糙分类得到简化规则进行推理或决策，达到了简化决策复杂度的目的。

6.8　基于混沌特征的桥梁结构抗力状态辨识研究

　　众所周知，非线性现象是复杂机械系统的固有属性，在桥梁健康监测系统中由传感器检测的振动时间序列信号是对桥梁结构振动状态的一种表征，因而也会表现出很强的非线性特性。但目前所使用的特征提取技术主要是以频谱分析为主的线性分析方法，其对桥梁结构明显具有非线性特性的特征，其发生抗力演化过程必然也存在非线性。由此，传统线性的分析方法识别抗力往往具有很大的局限性。而混沌时间序列分析为动力学系统的非线性信号分析、为更加准确评估抗力状态提供了一条全新的途径。

　　由于混沌特征分维对奇异吸引子的不均匀性反映敏感，与其他量相比更能反映吸引子的动态结构。如果系统偏离正常的工作状态，即发生异常时，该系统的吸引子也要发生相应的变化，从而反映该吸引子复杂程度的分形维数特征量也要随之发生变化。在众多的分形维中，关联维计算简单方便、易于操作和自动计算。因此，可以把关联维作为故障特征量，通过系统关联维对系统异常的敏感性来实现系统特征的提取成为必然。

　　根据本书第四章关于桥梁健康监测信息的最大 Lyapunov 指数、关联维数等混沌指标的分析，结构在演化过程中其混沌性特征能很好反应结构状态的演化。由此，可以构建以最大 Lyapunov 指数为指标的结构状态演化评估模型。

　　由于桥梁结构抗力状态演变缓慢，在实时短时期内监测的桥梁信息中我们无法很明显看到结构发生衰变，由此，我们以 ASCE Benchmark[11] 框架结构所获取的监测信息进行最大 Lyapunov 指数进行分析。

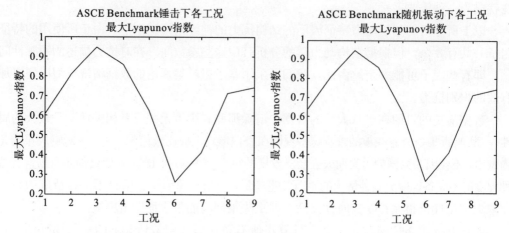

图 6.27　ASCE Benchmark 锤击激励下各工况最大 Lyapunov 指数

由上图可以发现 ASCE Benchmark 框架结构有明显的混沌特征。另外，在各种工况下最大 Lyapunov 指数有明显变化，所以说明最大 Lyapunov 指数对于结构状态改变比较敏感。

另外，由于嵌入维数与系统混沌特性有明显关系，为了综合考虑结构整体的混沌性可以引入最大 Lyapunov 指数谱熵[12] 的概念来对结构整体混沌性进行刻画。

$$H_L = -\sum_{i=1}^{m} L_i \log(L_i) \qquad (6.130)$$

式中，m 是嵌入维数。

我们仍以 ASCE Benchmark 随机激励下 9 种工况的动力监测信息为研究对象，对其进行最大 Lyapunov 指数谱熵的识别，结果如图 6.28 所示。

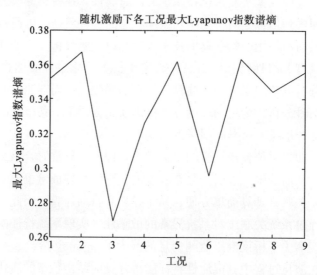

图 6.28　ASCE Benchmark 随机激励下各工况最大 Lyapunov 指数熵

根据上面的分析，最大 Lyapunov 指数熵能够整体刻画结构状态随时间的演化过程，而结构随服役时间演化结构衰变的主要因素就是结构抗力的衰变，由此，利用最大 Lyapunov 指数熵对结构抗力演化进行刻画成为可能。令 $R(t)$ 为结构抗力，$H_l(t)$ 为时变最大 Lyapunov 指数，则可建立下式模型：

$$R(t) \leftrightarrow H_l(t) \tag{6.131}$$

其中，$\leftrightarrow$ 表示映射关系，此映射关系可以通过实验室进行标定。

6.9　小结

结构抗力衰变的分析研究是基于桥梁健康监测的结构安全评估的核心问题，本章以结构本构理论为基础分析了结构实时响应数据与结构自身参数的关系模型。分别从静力、动力以及信号三个方面分析了结构抗力衰变的特征因子，为进一步在具体监测方案的情况下分析、评估结构抗力提供了理论基础。

为了能够全面对结构抗力进行评估，本章分别分析了基于环境激励的结构模态参数识别方法和利用间接法通过模态参数识别结构物理参数，尤其是对未知输入激励下的结构物理参数识别进行了详细分析。分析并研究了广义卡尔曼滤波方法进行基于桥梁健康监测信息的结构物理参数的流程，构造了以时变结构刚度参数刻画结构时变抗力的模型，为后续进行时变可靠度评估奠定了基础。

另外，结合结构响应的混沌特征指标演化的规律本章也提出了基于最大 Lyapunov 指数熵的结构时变抗力描述模型及其研究思路。

针对反应结构抗力的多种因子本章提出了多种多因子融合评估模型，为综合评估结构抗力提供了参考。其中，对于结构响应的信号特征因子涉及到结构动力学以及混沌理论，其作为从信号特征评价结构非线性特征的重要指标，能够较好反应结构性态的演化，对于结构抗力的反应具有一定的研究价值。

参 考 文 献

[1] 过镇海. 钢筋混凝土结构原理 [M]. 北京：清华大学出版社，1999.

[2] 周建民. 考虑时间因素的混凝土结构分析方法 [D]. 上海：同济大学，2006.

[3] 徐芝纶. 弹性力学简明教程 [M]. 北京：高等教育出版社，2002.

[4] 焦鹏飞. 在役混凝土桥梁剩余使用寿命预测研究 [D]. 西安：长安大学，2004.

[5] 王晓佳. 钢筋混凝土梁桥的退化模型与预测 [D]. 上海：同济大学，2006.

[6] 邢尚青. 既有钢筋混凝土梁桥使用寿命的仿真研究 [D]. 武汉：武汉理工大学，2003.

[7] 张雨. 时间序列的混沌和符号分析及实践 [M]. 长沙：国防科技大学出版社，2007.

[8] 李国强，李杰. 工程结构动力检测理论与应用 [M]. 北京：科学出版社，2008.

[9] 王建有等. 基于有限测点模态信息的结构物理参数识别 [J]. 世界地震工程，2008 年第 9 期.

[10] 樊素英. 基于广义卡尔曼滤波的桥梁结构物理参数识别 [J]. 计算力学学报，2007，24 (4). 472—476.

[11] 李爱群. 工程结构损伤预警理论及应用 [M]. 北京：科学出版社 2007.

[12] 徐可君等，基于 Lyapunov 指数谱的航空发动机故障诊断研究 [J]. 应用力学学报，2006，23 (3). 488

－492.

[13] 孙即祥. 现代模式识别 [M]. 长沙：国防科技大学出版社，2002.

[14] 崔飞，袁万城，史家钧. 基于静态应变及位移测量的结构损伤识别法 [J]. 同济大学学报，2000，28（1）：5－8.

[15] Jazwinski A H. Stochastic Processes and Filtering Theory [M]. New York：Academic Press 1970

[16] Oreta A C，Tanabe T. Element identification of member properties of framed structures [J]. Journal of Structural Engineering，1994，120（7）：1961－1976.

[17] R Norega，H Wang. A direct adaptive neural network control for unknown nonlinear systems and its application [J]. IEEE trans Neural Network. 1998，19（1）：27－34.

第 7 章　桥梁营运期随机荷载效应及其演变分析

桥梁结构损伤可分为突然损伤和累积损伤，鉴于前者是由于突发事件如地震、撞击等引起，其发生时间甚至部位可知，因此可以及时封闭桥梁进行检查和加固。而累积损伤是逐渐发展起来的，在初期它并不危及桥梁安全，但发展到一定程度就会使结构抗力低于一定限值并引起重大事故。由于它的发展是渐进的、隐蔽的，事先并不知道结构抗力在什么时候降低到什么程度，而桥梁又是全天候连续工作并承受疲劳荷载，因此累积损伤是桥梁结构的主要损伤形式。传统的人工检查和荷载测试难以发现这种损伤（特别是对特大桥梁），就更不用说评估其后果了。正是在这个前提下，桥梁结构健康监测系统应运而生，其主要目的就是为了在无需中断交通的情况下及时发现桥梁结构的累积损伤并进一步评价结构的安全状况。

由于旧桥资料的严重缺失以及桥梁结构参数在运行中的不断变化，使得建立桥梁结构的精确模型非常困难，加上桥梁结构健康监测中环境随机激励的未知性，采用基于模型的健康诊断方法将难以取得令人满意的效果。随着桥梁结构健康监测系统的深入应用，系统在长期的监测中采集了大量的结构响应的历史数据，由于结构的累积损伤和结构性能的劣化都是逐渐发展起来的，其演化规律与时间变化紧密相关，因此它必然能够体现在结构响应历史数据的时程变化中。因此，只要从这些海量的历史数据中提取反映结构安全的特征信息，挖掘出结构性能随时间的具体变化规律，就可以判断结构的安全情况。显然，海量的历史数据构成了庞大的数据样本，而从样本的变化中寻找某种规律的过程无疑就是统计分析的过程。以下从理论上阐明这种无需结构模型的健康诊断方法的力学基础和统计原理。

7.1　桥梁营运期荷载效应特性分析

在所有桥梁中，混凝土斜拉桥和连续刚构桥由于其跨越能力强、经济性能明显优于其他形式的桥梁，因而得到了快速的发展。而且其结构特殊，受力情况较复杂，对其他形式的桥梁结构具有很好的借鉴意义，因此可作为代表性的桥梁结构进行分析。

7.1.1　主梁挠度和应变的主要影响因素分析

在所有桥梁结构中，主梁挠度和应变（应力）都是反映桥梁结构安全状况的两个重要参数，通过监测它们在荷载作用下的变化，可以及时发现桥梁结构状态的变化信息，而且随着光电子技术、精密测量技术的快速发展，对这两种参数的测量的精度已经日益提高，完全能够满足安全评价的需要。此外，考虑到结构动力特性参数的变化易被环境噪声淹没或对结构损伤不敏感的问题，在此以主梁挠度和应变作为结构安全评价的特征参数，通过分析其在各种作用下的变化（响应），寻找与结构安全有关的特征信息及其演化规律，进而判断桥梁结构的安全状况。下面以斜拉桥和连续刚构桥为例进行具体分析。

7.1.1.1　斜拉桥主梁挠度和应变的活载效应

在活载作用时，斜拉桥拉索已有相当大的拉力存在，因此计算主梁活载内力可不考虑拉索非线性和活载对徐变的影响，可按线性结构荷载变形理论计算。在斜拉桥拉索的锚固点处，加劲梁可看成是被弹性支撑着的，若将拉索的弹性支承力平均分配到加劲梁上，则可得到一个连续弹性支承的梁。当斜拉桥主跨长度满足一定条件时，不管哪一种体系，其主梁的受力情况均可近似为一根无限长的弹性地基梁，可用弹性地基梁的基本公式推导活载引起的内力和变形[1]，在忽略振动响应的耦合作用下，求得无限长梁的挠度和内力（弯矩）。

挠度：

$$y = \frac{P_n \beta}{2K} e^{-\beta x} (\cos \beta x + \sin \beta x) \tag{7.1}$$

弯矩：

$$M_P = -EI \frac{d^2 y}{dx^2} = \frac{P_n}{4\beta} e^{-\beta x} (\cos \beta x - \sin \beta x) \tag{7.2}$$

由此，可得距主梁中性层距离为 y_0 的某点处的应变

$$\varepsilon = \frac{y_0}{\rho} = \frac{M_P}{EI} \cdot y_0 = \frac{y_0}{EI} \cdot \frac{P_n}{4\beta} e^{-\beta x} (\cos \beta x - \sin \beta x) \tag{7.3}$$

式中，

$$\beta = \sqrt[4]{\frac{K}{4EI}} \tag{7.4}$$

式中，EI 是斜拉桥主梁的抗弯刚度；K 是斜拉桥主梁的弹性系数，

$$K = \frac{P_n}{\Delta y} = \frac{1}{\dfrac{l_n}{E_c A_c \sin^2 \alpha_n} + \dfrac{l_0 \operatorname{ctg}^2 \alpha_0}{E_c A_c \cos^2 \alpha_0}} \tag{7.5}$$

其中，$l_0, l_n, A_c, E_c, \alpha_0$ 为只与桥梁材料和结构有关的参数。

主梁其他各截面的活载效应分析与上述方法类似。从（7.1）和（7.2）可以看出，在斜拉桥结构一定时，在活载作用下，主梁某点（x 一定）的挠度和应变只与荷载 P_n 以及反映结构性能变化的材料参数有关。在结构正常时，一旦荷载 P_n 消失，结构即恢复到原来的状态。当结构损伤或出现安全问题后，主梁的弹性系数 K 出现变化，由于荷载 P_n 的随机性，挠度和应变必将随着 K 而变化（在斜拉桥结构中，一般只考虑拉索的损伤，而假定其主梁本身的抗弯刚度 EI 不变）。

7.1.1.2　连续刚构桥主梁挠度和应变的活载效应

在连续刚构桥中，活动荷载对主梁挠度和应变的影响分析可采用等效简支梁比拟法（如果为变截面，首先需要将变截面等效为常截面）。在活动荷载作用下，其跨中挠度可表示为

$$y = \frac{l^3}{N_0} \frac{P_n}{EI} \cdot g(x) \tag{7.6}$$

式中，N_0 是与连续刚构桥的构造和计算跨长有关的常数；E 是主梁的弹性模量；I 是该处的惯性矩；l 是跨长；P_n 是荷载；$g(x)$ 是仅与位置有关的函数。其余各处的挠度表达式与（7.6）类似，只是位置 x 不同，具体数值不一样而已。

应变的活载效应的形式与挠度相似，即

$$\varepsilon = \frac{y'}{\rho} = \frac{M_P}{EI} \cdot y_0 = -EI \cdot \frac{d^2 y}{dx^2} \cdot y_0 = -\frac{l^3 y_0}{N_0} \frac{P_n}{EI} \cdot \frac{d^2 g(x)}{dx^2} \tag{7.7}$$

式中，y_0 是测点到中性层的距离。可见，连续刚构桥主梁挠度和应变的活载效应的变化情况与斜拉桥类似，当结构一定，测点一定时，其活载效应与活载和结构性能变化有关。因此可对其结构安全采用相似的方法进行评价。

7.1.1.3　主梁挠度和应变的劣化效应、温度效应

在混凝土桥梁中，除了活动荷载（车辆、人群等）外，影响主梁挠度和应变的主要因素还有温度、风、偶然荷载（地震、撞击等）、混凝土结构收缩徐变以及在各种作用下结构本身的性能变化（劣化效应）等。

在正常情况下，混凝土收缩和徐变效应主要发生在桥梁建成的第一年，因此对成桥一年后的桥梁而言，此因素可以忽略。此外，风的作用与活载作用相比较小，一般也可以忽略。所以，在不考虑突然灾害的情况下，对斜拉桥主梁上某一点而言，其竖向挠度可由下式确定

$$y = f[EI, E_c A_c, T, P(x)] \tag{7.8}$$

式中，EI 是主梁的抗弯刚度；E_c、A_c 是拉索的弹性模量和截面积；T 是温度；$P(x)$ 是活动荷载，是沿桥长方向位置 x 的函数。

应变的影响因素与挠度类似，并均与时间 t 的变化密切相关，且由于 EI、$E_c A_c$ 的变化形式相似，因此它们可表示为如下形式：

$$z = f[D(t), T(t), P(x,t)] \tag{7.9}$$

式中 $D(t)$ 表示 EI、$E_c A_c$ 的任意组合，为反映结构性能的参数，其变化引起的效应 $z_D(t)$ 称为劣化效应。显然，在斜拉桥中，由于 EI 不变，$D(t)$ 表示 $E_c A_c$，而在连续刚构桥中，没有拉索，故 $D(t)$ 表示主梁的抗弯刚度 EI。温度 T 引起的变化为温度效应；活动荷载 $P(x)$ 引起的变化为活载效应。当忽略以上各效应的相互耦合作用时，上式可表示为

$$z = z_D(t) + z_T(t) + z_L(x,t) \tag{7.10}$$

其中，主梁某点的劣化效应 $z_D(t)$ 由结构本身的物理性能决定，在桥梁结构一定且忽略阻尼时，其变化只与反映结构性能的参数 $D(t)$ 有关（恒载不变）；活载效应 $z_L(t)$ 除了与上述因素有关外，还与活荷载 $P(x, t)$ 有关；而温度效应 $z_T(t)$ 由温度 $T(t)$

和结构的热物理特性确定。

7.1.2 营运期桥梁荷载效应特性演变分析

由以上分析可知，结构性能变化只反映在结构劣化效应和活载效应中，而与温度效应无关。因此，在进行结构安全评价时，只需分析活载效应和劣化效应的变化情况。以下进行具体分析。

当结构处于正常运行状态时，桥梁结构的各个物理参数并不变化，例如混凝土的弹性模量 E 在经过第一年后，在正常状态下，其变化十分缓慢，几乎可认为是恒定的，如图 7.1(a)[2]。而当结构出现损伤，例如疲劳损伤时，其弹性模量 E 随着时间的推移将出现持续的下降，如图 7.1(b)[3]。也就是说反映结构性能变化的参数 $D(t)$ 将出现一个单向的变化趋势。因此，由式（7.1）和（7.3）可知，当结构正常时，由于 $D(t)$ 不变，活载效应由只由活荷载 $P(x, t)$ 确定。而活荷载是随机变化的，其引起的效应必然围绕某一个平衡点进行小幅度的上下波动，当活荷载消失时，主梁即恢复到其正常的状态，此时的平衡点即为过程的均值。

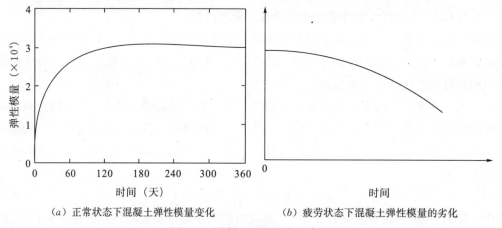

（a）正常状态下混凝土弹性模量变化　　　　（b）疲劳状态下混凝土弹性模量的劣化

图 7.1　混凝土刚度变化示意图

当结构出现损伤，例如拉索损伤时，其截面积 A_c 与弹性模量 E_c 的乘积 $A_c E_c$ 持续减小，故主梁的弹性系数 K 必然持续下降，由于活荷载 $P(x, t)$ 的随机性，此时由活荷载引起的效应必然不断增大，并最终偏离正常状态的平衡点。同样，在连续刚构桥中，结构有损伤时，主梁的抗弯刚度 EI 出现持续的减小，故也会造成活载下的作用效应不断增大。而且，即使荷载消失，结构也恢复不到原来的状态。因此，只要监测过程的当前均值偏离原来正常状态平衡点的程度，即可判断结构是否处于安全状态。

同理，在结构处于正常情况时，由于 $D(t)$ 不变，结构性能变化所引起的劣化效应 $z_D(t)$ 几乎为 0，但由于信息获取过程和劣化效应提取过程的随机误差的影响，其过程的具体样本值并不一定为恒值，而是过程均值为一固定的恒值；而当结构出现损伤或安全问题时，$D(t)$ 出现单向的变化趋势，在恒荷载的作用下，结构响应 $z_D(t)$ 将有一个不可恢复的缓慢增长。因此，只要监测此过程在某一设定周期的均值不为恒定的值，而是出现了单向的不可恢复的趋势，即可判断结构进入了不安全状态。

综上所述，桥梁结构的活载效应和劣化效应的历史信息分别构成一个随机过程 $z = \{z_0, z_1, z_2, \cdots, z_n, \cdots\}$，不妨表示为

$$Z_i = \mu + \xi_i \tag{7.11}$$

式中，μ 是过程均值；ξ_i 是随机变化的参量。

如图 7.2，当结构处于正常状态时，μ 不变，ξ_i 呈随机变化，整个过程没有明显的趋势。当结构出现损伤或有安全问题时，Z_i 的变化幅度持续增大，过程均值出现持续的不可恢复的单向变化趋势。因此，通过对这个过程的统计分析，监测这个过程均值是否出现不可恢复的单向变化趋势，即可评价桥梁结构的安全情况。

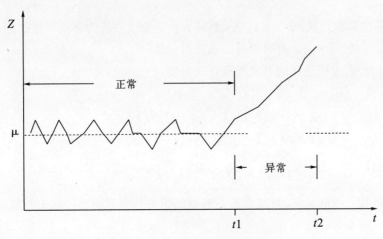

图 7.2　桥梁结构状态示意图

7.1.3　营运期桥梁荷载效应特性指标的构建

由以上分析可知，由于活荷载的随机性和温度效应剔除过程的随机误差，结构响应的活载效应信息和劣化效应信息均呈随机变化，可分别看作是一个随机过程，且在结构处于正常状态时，其均值近似为一个恒值，相当于统计过程的受控变化；而当结构出现安全问题时，其数值将出现持续的单向变化（增大或减小），其波动幅度将持续增大，并偏离平衡点（即均值），即打破了原来正常状态的变化，此变化过程类似统计过程的失控。因此，可以采用控制图的方法，分别对各测点的桥梁结构的活载效应信息和劣化效应信息的变化过程进行监测，根据各数据点的统计量在控制图上的分布，判断过程是否失控，从而能够追踪相应均值的变化趋势。

另外，桥梁结构在服役期间，结构响应的活载效应信息和劣化效应信息均与结构材料的性能参数有关。在服役初期，材料性能稳定，活载效应信息和劣化信息的波动范围基本一定，但随着服役期的延长，材料性能参数出现缓慢变化，从而使其波动范围也出现相应的变化。为了及时正确反映这种变化，所构建的控制图必须具有相应的特点，能够充分利用历史信息，并使得距离当前时刻越近的信息，越能够反映结构的状态变化。因此，需要对各种控制图的性能和特点进行分析，选择合适的控制图，构建反映桥梁结构状态的荷载效应特性指标。

虽然常用的控制图类型有 Shewhart 控制图、CUSUM 控制图及 EWMA（Exponentially Weighted Moving Average）控制图等，但 Shewhart 控制图以最近一次的观测数据为监测信息，而不考虑此前的所有信息。实际上是忽略了系统的时域特征，浪费了大量的历史信息。而 CUSUM 控制图虽然考虑了过程的历史信息，但由于它将各历史信息的权重均赋予相同的值，过多地考虑了时域信息，常常会导致虚发警报，降低了系统的监测性能。为了克服这一缺点，Robert[4]在 1959 提出了 EWMA 控制图，现已广泛应用过程监测、预测和质量控制等领域。EWMA 控制图定义如下。

对某一均值为 μ，标准差为 σ 的统计过程 $\bar{X}_1$，$\bar{X}_2$，…，单变量 EWMA 控制图的控制量由下式确定

$$Z_i = \lambda \bar{X}_i + (1-\lambda)Z_{i-1} \tag{7.12}$$

式中，λ 是平滑参数，且 $0 < \lambda \leqslant 1$；$\bar{X}_i$ 是第 i 次观测值（若为多次测量，则是其均值）。Z_0 为初始值，一般等于 μ，有时也可以选择目标值。

将（7.12）右边按迭代的方式展开，还可得：

$$\begin{aligned}
Z_i &= \lambda \bar{X}_i + (1-\lambda)Z_{i-1} \\
&= \lambda \bar{X}_i + (1-\lambda)[\lambda \bar{X}_{i-1} + (1-\lambda)Z_{i-2}] \\
&= \lambda \bar{X}_i + \lambda(1-\lambda)\bar{X}^{i-1} + (1-\lambda)^2 Z_{i-2} \\
&= \lambda \sum_{j=1}^{i-1}(1-\lambda)^j \bar{X}_{i-j} + (1-\lambda)^i Z_0
\end{aligned} \tag{7.13}$$

由上式可知，控制量 Z_i 可以看作是各观测值的加权累积和，其中数据项 $\bar{X}_{i-j}$ 的权重为

$$\lambda \sum_{j=1}^{i-1}(1-\lambda)^j = 1 - (1-\lambda)^i \tag{7.14}$$

由此可知，控制量 Z_i 的展开式的各项的权重之和为

$$\lambda \sum_{j=1}^{i-1}(1-\lambda)^j + (1-\lambda)^i = 1 \tag{7.15}$$

如果将 Shewhart 控制图、CUSUM 控制图、EWMA 控制图均看成是各观测值的加权累积和，则当 $\lambda \to 0$ 时，观测值各项的权重近似相等，这时的控制图近似为 CUSUM 图；当 $\lambda = 1$ 时，只有第 i 项的观测值的权重为 1，其余各项的权重均为 0，这时的控制图就变成了 Shewhart 控制图中的 $\bar{X}$ 图；当 $0 < \lambda < 1$ 时，为 EWMA 控制图，距离当前观测值越远的数据项，其权重越小。当 λ 越接近 0 时，EWMA 控制图可监测到越小的过程均值偏移，当 λ 接近 1 时，EWMA 控制图可监测到较大的过程均值偏移。

根据 EWMA 控制图统计量的权重分布特点，可以得到其统计特征。设每次所取样本容量为 n，则统计量 Z 的数学期望为

$$E(Z) = E(\bar{X}) = \mu \tag{7.16}$$

统计量 Z 的方差为

$$D(Z) = \frac{\lambda}{n(2-\lambda)}[1-(1-\lambda)^{2i}]D(\bar{X}) \tag{7.17}$$

标准差为

$$\sigma_R = \sqrt{D(Z)} = \frac{\sigma}{\sqrt{n}}\sqrt{\left(\frac{\lambda}{2-\lambda}\right)[1-(1-\lambda)^{2i}]} \tag{7.18}$$

EWMA 控制图的控制限为

$$UCL = \mu + k\sigma_R = \mu + k\,\frac{\sigma}{\sqrt{n}}\sqrt{(\frac{\lambda}{2-\lambda})[1-(1-\lambda)^{2i}]} \tag{7.19}$$

$$LCL = \mu - k\sigma_R = \mu - k\,\frac{\sigma}{\sqrt{n}}\sqrt{(\frac{\lambda}{2-\lambda})[1-(1-\lambda)^{2i}]} \tag{7.20}$$

其中，k 为一常量，用以定义过程处于受控状态的控制限的宽度。由上式可以看出，由于根号内的数值是随着 i 在一定范围内的增大而增大，所以 EWMA 控制图的控制限也是越来越宽，并逐渐趋于一个稳定的范围，如下图 7.3。

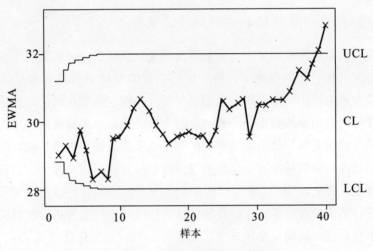

图 7.3　EWMA 控制图示意

当 i 较大时，为了简化起见，EWMA 控制图的控制限可采用（7.19）和（7.20）的极限形式，即

$$UCL = \mu + k\,\frac{\sigma}{\sqrt{n}}\sqrt{\frac{\lambda}{2-\lambda}} \tag{7.21}$$

$$LCL = \mu - k\,\frac{\sigma}{\sqrt{n}}\sqrt{\frac{\lambda}{2-\lambda}} \tag{7.22}$$

式中，λ、k 是获得过程受控 ARL（Average Run Length：平均运行链长）的参数；n 是样本子集的大小。

这时 EWMA 控制图的控制限为一个固定区间范围。EWMA 控制图的突出特点是能够充分利用过程的历史信息，并对距离当前越近的历史信息赋予越大的权重，距离越远的信息则赋予越小的权重。由于桥梁结构在服役期间，结构响应的活载效应和劣化效应信息分别由活动荷载和结构性能劣化引起，距离当前越近的信息，就越能反映结构当前的状态，因此对其赋予相对较大的权重也是十分合理的。针对这种突出特点，本文采用 EWMA 控制图对结构响应的活载效应和劣化效应信息所形成的过程进行监测，其统计量即为所需构建的荷载效应特性指标。

7.2 活载效应和劣化效应信息的提取技术

桥梁在运营期会受到来自结构内部和外部因素的影响，因此，桥梁结构监测系统采集到的结构响应监测信息也必然包含了各种因素所引起的变化，例如温度效应以及其它随机噪声，这些附加信息的存在混淆甚至淹没了结构性能的真实信息，使得结构的安全评价不能有效进行。为了提取反映结构安全性能的活载效应和劣化效应信息，必须将其他各种无用的"噪声"信息剔除。

7.2.1 结构响应监测信息的时间多尺度特点

在结构响应的各种影响因素中，它们各自的变化快慢不一，也就是说它们具有不同的时间尺度，因此在它们的作用下，桥梁结构响应的变化必然具有多尺度的特点。例如：活动荷载和风的作用尺度较短，它们引起的结构响应的变化较快，而温度变化引起的效应变化较慢；结构突然损伤会导致响应的突然变化，而环境侵蚀、结构材料的性能下降等更长尺度的因素所导致的结构响应的变化则非常缓慢。也就是说，隐含于结构监测信息（作用效应）中的桥梁安全信息不仅分布在较短的时间尺度上，而且还分布在很宽的时间尺度上。因此，为了正确提取反映结构安全状态的特征信息，实现桥梁结构安全的有效评价，必须要对桥梁结构的监测信息进行时间多尺度分析。其目的就是要从这些监测信息中提取反映结构安全状态的活载效应 $z_L(t)$ 和劣化效应 $z_D(t)$。

尽管温度效应 $z_T(t)$ 和活载效应 $z_L(t)$ 都含有多个时间尺度的信息，但就算相对最小尺度的 $z_T(t)$ 和结构损伤后的劣化效应 $z_D(t)$ 而言，活动荷载引起的瞬时效应仍然是一种瞬变信息，其时间尺度要短得多。此外，温度效应 $z_T(t)$ 中的年温温差的影响尺度和 $z_D(t)$ 的时间尺度相近，并可能有重叠的部分。因此，可以认为主梁某一点的总效应由缓变信息和瞬变信息构成。即

$$z(t) = z_{Am}(t) + z_{Dm}(t) \tag{7.23}$$

式中，$z_{Dm}(t)$ 是结构响应的瞬变信息，即活载效应；$z_{Am}(t)$ 是结构响应的缓变信息，由温度效应 $z_T(t)$ 和劣化效应 $z_V(t)$ 构成，即

$$z_{Am}(t) = z_V(t) + z_T(t) \tag{7.24}$$

此外，为了实现桥梁结构安全的有效评价，要求所采用的样本信息必须能够充分体现不同时间尺度下的桥梁结构性能的变化情况，因此必须有足够的采样精度和样本空间，即需要根据仙农采样定理以及桥梁结构参数的时间多尺度变化特点，选择合适的采样间隔和样本量。

所以，在进行桥梁结构安全评价前，首先要对健康监测系统采集的结构响应的时程信息进行时间多尺度分析和预处理，将缓变信息和瞬变信息分离，并提取其中的瞬变信息作为安全评价信息之一。但是，由于 $z_T(t)$ 和 $z_V(t)$ 的时间尺度相近，用多尺度分析的方法很难奏效，因此，只能根据缓变信息的特点采用其他相应的方法剔除温度效应 $z_T(t)$，提取结构的劣化效应 $z_V(t)$ 作为结构安全的另一评价量信息。

7.2.2　小波分析理论[5]

在信号处理领域，近年来得到广泛应用的小波分析由于具有比传统傅立叶变换更加优越的时间－频率局部化分析的性能而备受青睐。它能够以任意的尺度聚焦到信号的细节进行分析，因而又有"数学显微镜"的称号。利用小波分析在时间－频率域同时局部化的这种独特性质，可以将信号按任意的尺度进行逐级分离，力求将测量信息分解为"信号"和"噪声"，而无需知道信号的具体频率范围，非常适合于含有多种频率成分的信号的分析和处理[6]。所以，需要研究利用小波理论对结构安全评价中的实测信号进行多尺度（分辨率）时－频分析的原理，进而实现活载效应和劣化效应信息的分离和提取。

7.2.2.1　连续小波变换

对任一能量有限信号 $f(t) \in L^2(R)$，其连续小波变换定义为

$$Wf(a,b) = \frac{1}{\sqrt{a}} \int_R f(t) \overline{\psi\left(\frac{t-b}{a}\right)} dt = \langle f(t), \psi_{a,b}(t) \rangle \tag{7.25}$$

式中，a 是尺度因子；b 是位移因子 l；时间函数 $\psi(t)$ 称为母小波或基小波，通常简称为小波。小波是一种持续时间很短的波，满足容许性条件

$$\int_R \psi(t) dt = 0 \tag{7.26}$$

此时，连续小波变换的逆变换存在，即

$$f(t) = \frac{1}{C_\psi} \int_0^\infty \int_{-\infty}^\infty Wf(a,b) \psi_{a,b}(t) \frac{dadb}{a^2} \tag{7.27}$$

7.2.2.2　离散小波变换

在一定条件下，a 和 b 可以离散化而不丢失信息，其中最有意义的是 a 按 2 的整数次幂变化，即 $a = 2^{-m}$，$m \in Z$，由于 b 应与 a 成正比，故取 $b = 2^{-m}n$，$n \in Z$，即按步长 2^{-m} 作整数平移。这样，分析小波表示为

$$\psi_{mn}(t) = 2^{\frac{m}{2}} \psi(2^m t - n) \quad (m, n \in z) \tag{7.28}$$

式中，m 是伸缩参数或尺度参数，$m > 0$ 表示将 $\psi(t)$ 沿时间轴压缩，尺度更精细；$m < 0$ 表示将 $\psi(t)$ 沿时间轴拉伸，尺度更粗糙；n 是沿时间轴的平移参数，$m > 0$ 时平移步长 $b = 2^{-m}n$ 小，而 $m < 0$ 时平移步长 $b = 2^{-m}n$ 大。这时（7.27）式定义的小波变换也离散化为[17]

$$c_{mn} = <f(t), \psi_{mn}(t)> \tag{7.29}$$

而小波函数族构成正交归一系，即

$$<\psi_{mn}(t), \psi_{lk}(t)> = \delta_{ml}\delta_{nk} \tag{7.30}$$

则任意 $f(t) \in L^2(R)$ 的离散小波变换表达式为

$$f(t) = \sum_{m,n} <f(t), \psi_{mn}(t)> \psi_{mn}(t) = \sum_{m,n} c_{mn}\psi_{mn}(t) \tag{7.31}$$

式中，二维系数 c_{mn} 称为 $f(t)$ 的离散小波变换或离散小波系数。（7.29）是函数 $f(t)$ 的离散小波变换，而（7.31）则是离散小波变换的逆变换。

离散小波变换 c_{mn} 同样也是对信号的时—频局域化分析，其中 m 表示尺度或者频

率，而 n 表示时间。由于小波在时—频域都是局域化的，所以只有少量的系数 c_{mn} 较大，而其它系数都很小甚至为零，尤其对暂态的、非平稳的信号更是如此。离散小波变换的计算可采用快速算法，即下面的 Mallat 算法。

7.2.3 多尺度分析及 Mallat 算法[7]

基于多分辨率（多尺度）分析，Mallat 提出了离散小波变换的快速算法，即 Mallat 算法。

7.2.3.1 多分辨率分析

多分辨分析的基本思想是构造一系列相继的线性函数空间 V_m，$m \in Z$ 表示不同的分辨率，V_m 是在分辨率为 2^m 时对 $L^2(R)$ 的逼近，分辨率越高，逼近程度越高。多分辨率分析实际上是尺度函数空间不断递推分解的过程。假定我们从 V_0 出发，将 V_0 分解为 V_{-1} 和 W_{-1}，又将 V_{-1} 分解为 V_{-2} 和 W_{-2}，再将 V_{-2} 分解为 V_{-3} 和 W_{-3}，如此递推分解下去，直到将 $V_{-(M-1)}$ 分解为 V_{-M} 和 W_{-M}。于是，多分辨率分析可以表示为

$$V_0 = W_{-1} \oplus W_{-2} \oplus \cdots \oplus W_{-M} \oplus V_{-M} \tag{7.32}$$

7.2.3.2 Mallat 分解算法

根据多分辨率分析的有关定理，任一能量有限信号 $f(x)$ 在 V_m 上的正交投影可写为如下正交展开式

$$A_m f(x) = \sum_n \langle f(u), \varphi_{mn}(u) \rangle \varphi_{mn}(x) \tag{7.33}$$

式中，$\varphi(x) \in L^2(R)$，称为多分辨逼近 $\{V_m, m \in Z\}$ 的尺度函数，$\varphi_{mn}(x) \in V_m$，可由 $\varphi(x)$ 经过二进伸缩和平移得到。

由于 $\varphi_{mn}(x) \in V_m$，而 $V_m \subset V_{m+1}$，故 $\varphi_{mn}(x)$ 可按 V_{m+1} 的正交归一基展开为

$$\varphi_{mn}(x) = \sum_k \langle \varphi_{mn}(u), \varphi_{m+1,k}(u) \rangle \varphi_{m+1,k}(x) \tag{7.34}$$

令

$$a_m(n) = \langle f(u), \varphi_{mn}(u) \rangle \tag{7.35}$$

则

$$\langle \varphi_{mn}(u), \varphi_{m+1,k}(u) \rangle = \widetilde{h}(2n - k) \tag{7.36}$$

其中

$$\widetilde{h}(n) = 2^{1/2} \int_R \varphi(x) \varphi(2x + n) dx \tag{7.37}$$

故

$$a_m(n) = \sum_k \widetilde{h}(2n - k) a_{m+1}(k) \tag{7.38}$$

此式为两相邻分辨率的离散逼近信号之间的递推关系式。即 $a_{m+1}(n)$ 经过冲激响应为 $\widetilde{h}(n)$ 的数字滤波器之后再抽取偶数样本就得到 $a_m(n)$。

同样，根据多分辨率分析的另一定理，$f(x)$ 在 W_m 上的正交投影可写为

$$D_m f(x) = \sum_n \langle f(u), \psi_{mn}(u) \rangle \psi_{mn}(x) \tag{7.39}$$

式中，$\psi_{mn}(x)$ 由 $\psi(x)$ 二经伸缩及整数平移后得到。令

$$d_m(n) = \langle f(u), \psi_{mn}(u) \rangle \tag{7.40}$$

$d_m(n)$ 定义为分辨率为 2^m 时的离散细节信号，又称为小波系数。经过和上面类似的推导，可得

$$d_m(n) = \sum_k \tilde{g}(2n - k) a_{m+1}(k) \tag{7.41}$$

式中

$$\tilde{g}(n) = 2^{\frac{1}{2}} \int \psi(x) \varphi(2x + n) dx \tag{7.42}$$

为一数字滤波器，它和小波函数 $\psi(x)$ 紧密相连。即 $a_{m+1}(n)$ 经过数字滤波器 $\tilde{g}(n)$ 之后再抽取偶数样本就得到 $d_m(n)$。

设原始信号对应分辨率参数 $m=0$，记为 $a_0(n)$，按分解算法逐次降低分辨率将信号分解为离散逼近信号和离散细节信号，如图 7.4 所示，最后得到如下一组离散信号。此即为 Mallat 分解算法。

$$\{a_{-M}; d_m \quad (-1 \leqslant m \leqslant -M)\} \tag{7.43}$$

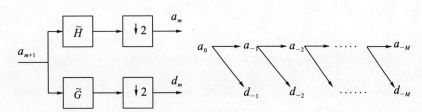

图 7.4 小波信号分解

7.2.3.3 Mallat 重构算法

小波重构即是用（7.43）式所示的一组离散信号重构 a_0，如图 7.5 所示。

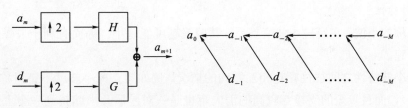

图 7.5 小波信号重构

7.2.4 活载效应信息的提取

由本书前面分析可知，在桥梁结构响应的实际测量信息中，活载效应是一种高频信息，而温度效应及劣化效应则是低频信息，高频信息的最低频率比低频信息的最高频率仍然高得多。鉴于无法获知其具体的频率范围，因此采用小波理论的多尺度分析工具直接对结构响应信息进行多尺度分析，提取其中的活载效应。其具体步骤为：

首先选择合适的正交小波基和分解层数 J，对结构响应信息进行小波变换，分解到 J 层；然后，用分解到 J 层的逼近系数重构信号的低频信息；最后，用原信息与重构的低频信息相减，得到信号的高频信息。

7.2.4.1　小波函数的选取。

小波函数种类繁多,性质各异,适合不同的应用场合。在进行结构响应历史数据的高、低频信息的分离时,选择不同的小波函数,将具有不同的分离效果。因而选取适当的小波函数是很重要的。这可以通过分析与信号分离关系密切的小波函数的特性来确定。

1. 紧支撑性

如果描述尺度函数的低通滤波器组 $h(n)$ 可表征为 FIR 滤波器,那么尺度函数和小波函数只在有限区间非零,此时称小波函数具有紧支撑性。支撑宽度越小,小波的局部分辨能力越好,除噪更精细。

2. 正交性

具有正交性的小波函数一方面消除了冗余,保持小波系数间的不相关性,因而可提高除噪性能;另一面正交性或双正交性是可实现快速离散小波变换的条件。由于信号的分离过程需将原信号在多个层次(尺度)上进行分解,因此这个特性是必须首先考虑的。

3. 消失矩

如果

$$\int \psi(t) \cdot t^m dt = 0 \quad (m = 0,1,\cdots,M-1) \tag{7.44}$$

则称小波具有 M 阶消失矩。消失矩特性使小波展开时消去信号的高阶平滑部分,也即函数展开为多项式时的前 $M-1$ 项对应函数的光滑部分的小波系数将非常小,其小波变换仅仅反映函数的高阶变换部分,因此反映信号奇异性的能力强。针对实际测量的监测信息序列具有突变性的特点,一定的消失矩是需要的。但需注意,若信号中奇异点比较多时,太高的消失矩会导致在对小波系数进行阈值处理后,重构失真度可能增大。

4. 对称性

越对称的小波,在经过小波变换后,其偏差越可能越小。因而有利于去噪后信号的恢复和重建。

由于小波特性之间往往存在相互制约的情况,例如紧支撑小波就不是对称的(haar 小波除外),而且较短的支撑与较高的消失矩也是一对矛盾。因此找到一个上述各方面特性都同时达到最优的小波基是不可能的。为此,可通过有针对性地考察分析常用小波函数的特性,然后综合考虑各特性在应用中的具体要求,选择一个折中的方案。表 7.1 所示为一些常用小波基的特性。

表 7.1　一些常用小波基的特性

小波基	紧支撑	支撑宽度	对称性	正交性	消失矩
gaussian	no	inf	yes	no	
haar	yes	1	yes	yes	1
dbN	yes	$2N-1$	far	yes	N
symN	yes	$2N-1$	near	yes	N
coifN	yes	$6N-1$	near	yes	$2N$

（续表）

小波基	紧支撑	支撑宽度	对称性	正交性	消失矩
morlet	no	inf	yes	no	
mexcan	no	inf	yes	no	1
meyer	No	inf	yes	yes	Inf
sinc	no	inf	yes	yes	No
BoirNr. Nd	yes	2Nr+1, 2Nd+1	yes	no	Nr

综合上述分析可知，dbN（即 Daubechies 系列小波）、symN（即 Symlets 系列小波）、coifN（即 Coiflet 系列小波）都比较合适，但相对而言，symN 小波系列具有较好的紧支撑性、正交性和对称性以及足够的消失矩，是最佳的选择。此外，由于活载效应的变化有一定的奇异性，可选择消失矩阶数稍高一点，即对应小波序列 N 取 4～6 为宜。

7.2.4.2　分解层数的选择。

根据小波多分辨率分析理论，高层分解的小波系数对应的是低频部分。因此分解层次越高，小波系数对应的低频部分的频率就越低。但具体分解到哪一层，需要根据所分析信号的尺度构成情况以及实际要求来确定。由于离散小波变换的多分辨率分析实质上是对频率域的划分，而且是按 2 的整数次幂逐次降低分辨率，如图 7.6。因此，如果信号的频率范围为 $0～f_n$，而需要分离的低频信号的频率范围为 $0～f_m$，则分解层数为

$$J = \lceil \log_2(f_n/f_m) \rceil \tag{7.45}$$

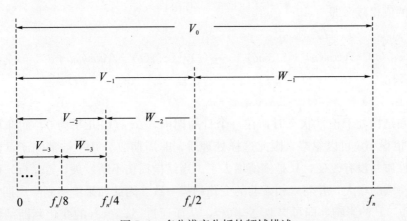

图 7.6　多分辨率分析的频域描述

式中，$\lceil X \rceil$ 表示不大于 X 的最大整数。可见，只需知道 f_n 和 f_m 的相对值，就可以采取相应的分解层数，将所需信号分离出来。本文多尺度分析的目的旨在将信号的高频部分和低频部分分离，提取相应的活载效应信息，因此只要获知活载效应的最大尺度与系统的基本采样尺度的比值，即可按上式计算分解层数，将活载效应分离并提取出来。

小波函数和分解层数确定后，即可对实际测量的结构监测信息进行有效分离并提取活载效应。经分析计算分解层数为 J，设实际测量的挠度信号为 $z(t)$，经过小波变换分解到第 J 层，然后将变换后的低频系数重构第 5 层的低频信息 $z_A(t)$，则分离后挠度信号的高频信息（瞬变信息）为下式表示。它反映了结构响应在动荷载作用下的瞬态变

化情况。

$$z_L(t) = z(t) - z_A(t) \tag{7.46}$$

7.2.5 劣化效应信息的提取

从上一章的分析可知，斜拉桥结构温度效应主要体现在温度对斜拉索的线性影响以及对主梁混凝土结构本身和索塔的非线性影响。在缓变信息中，除了温度效应外，还包含了结构自身在荷载的作用下产生的缓慢变形，但恰恰这种变形反映了结构自身安全状态的变化情况，即劣化效应。所以，为了提取结构的劣化效应，必须将温度效应剔除。

由于温度效应和劣化效应的变化尺度有相近甚至重叠的部分，因此采用多尺度分析难以奏效，故只能寻找其它方法。显然，剔除温度效应的一种有效方法是建立其以温度（或与温度直接相关的量）为自变量的方程表达式，从而利用测量的温度值计算出温度效应，然后将之从总的效应中去除。

由上一章分析可知，缓变信息由温度效应 $z_T(t)$ 和结构劣化效应 $z_D(t)$ 组成，即

$$z_A(t) = z_D(t) + z_T(t) = z_D(t) + A\cos(\omega t + \psi_0) + z_{T2}(t) \tag{7.47}$$

式中，$z_D(t)$ 是非周期变量，且在结构处于正常状态时，结构这种缓慢的变化几乎为 0；$z_{T2}(t)$ 是由于各种约束的影响而呈非线性非周期变化的部分。显然，如果直接建立温度和温度效应的回归方程，由于 $z_{T2}(t)$ 的非线性非周期影响，难以取得满意的结果。

考虑到非线性部分的挠度变化 $z_{T2}(t)$ 随时间跨度的增大差异很大，而在一天内则变化不太明显。因此，为了提取结构运行中 $z_D(t)$ 的变化，可将缓变信息的当前值与半个周期前的值相减，即

$$
\begin{aligned}
\Delta z_A(t) &= z_{A2}(t) - z_{A1}(t) \\
&= z_{D2}(t) + A\cos(\omega t + \psi_0 + \pi) + z_{T22}(t) - (z_{D1}(t) + A\cos(\omega t + \psi_0) + z_{T21}(t)) \\
&= (z_{D2}(t) - z_{D1}(t)) + (z_{T22}(t) - z_{T21}(t)) - 2A\cos(\omega t + \psi_0) \\
&= \Delta z_D(t) + \Delta z_{T2}(t) - 2A\cos(\omega t + \psi_0)
\end{aligned} \tag{7.48}
$$

由于在结构处于正常状态时，在一个日周期内，$\Delta z_D(t)$ 几乎为 0，而非周期部分 $\Delta z_{T2}(t)$ 也很小，可以忽略。因此这样处理后，非周期成分几乎被消除了，而周期线性信号的性质并没有改变，只是幅值增大了。当结构损伤不断发展，$\Delta z_D(t)$ 的变化幅度将出现持续的增大，并与未相减前的变化趋势一致。因此如果能够剔除周期变化部分（$\cos(\omega t + \psi_0)$）的影响，即可提取 $\Delta z_D(t)$，从而通过 $\Delta z_D(t)$ 的变化判断结构的安全情况。

显然，结构在正常时，其温度的变化与上式一致，即半个日周期的温度效应与相应的温度差呈一次线性关系。因此，可利用相应时间间隔内的温度差 T_d，进一步建立 $\Delta z_A(t)$ 与 T_d 的回归方程。从而剔除温度效应，提取 $\Delta z_D(t)$。这是利用缓变信息相位的移动来消除非周期成分，与相应的温度差建立回归方程，从而达到剔除温度效应的目的。因此可称为"相移回归分析"。

基于以上分析，可令

$$\Delta z_{Am} = b + a \times T_d \tag{7.49}$$

式中，a、b 是待定系数；T_d 是半个日周期（12 小时）的温差；Δz_{Am} 为相应的效应

差。利用所给的效应差和温度差的样本值，采用最小二乘法对 a 和 b 的值进行估计，从而得到 Δz_{Am} 的估计值，即：

$$\Delta \hat{z}_{Am} = \hat{b} + \hat{a} \times T_d \tag{7.50}$$

因此，如果以实际测量的效应差与回归方程的计算值相减，即可将温度作用造成的效应差变化消除，余下的差值只保留了恒荷载对效应差的影响，即结构的劣化效应的差值。

$$\Delta z_D = \Delta z_{Am} - \Delta \hat{z}_{Am} \tag{7.51}$$

在结构状态正常时，劣化效应差 Δz_D 近似为 0，只是由于随机误差的影响，这个效应呈现一种均值近似为恒值的随机变化，没有明显的趋势；而当结构出现损伤甚至安全问题时，结构劣化效应差出现持续的单调增大的趋势，通过监测和分析这种持续的变化趋势，即可实现对桥梁结构的安全评价。

7.3　基于实时监测信息的桥梁结构荷载效应演变规律分析

7.3.1　马桑溪长江大桥健康监测系统

本书第 3 章已全面介绍了重庆马桑溪大桥及其监测系统，下面就以马桑溪大桥结构健康监测系统及其监测信息为研究对象对结构荷载效应演变规律进行分析。

根据桥梁结构的力学性能分析，马桑溪长江大桥所需监测的主要参数确定为结构应变、主梁挠度、主塔变形、拉索索力以及主梁温度、环境湿度等。同时，根据监测的具体要求，进一步确定传感器的类型、数量、精度、测量范围等，具体如表 7.2：

表 7.2　监测参数、传感器类型及数量、性能参数

	监测参数	传感器类型	数量	量程	分辨力
1	主梁及塔底应变	光纤 F−P 应变传感器	44	$750\mu\varepsilon$	$1\mu\varepsilon$
2	主梁/主塔温度	数字式温度传感器	35	80℃	0.5℃
3	主梁挠度	自标定光电挠度传感器	18	900mm	3.3 mm
4	主塔二维变形	激光挠度传感器	4	900mm	1.1 mm
5	主梁内外湿度	湿度传感器	4	100%RH	2%RH
6	拉索索力	超低频加速度传感器	4	0.1~2000Hz	0.01Hz

在挠度传感子系统中，分别在主跨的 5 个断面、边跨的各 2 个断面处，在箱梁的翼梁外缘处，上、下游各安装一只带电源器防雷设备的测量标靶，参见本书 89 页（图 3.23），而在南北两塔横梁上，与每只测量标靶相对地安装带电源器防雷设备的特种自标定数字摄像机，两者要求能无遮挡地对视。摄像机、测量标靶各有 18 只（参见本书图 3.24）。

7.3.2　荷载效应的提取及其演变规律分析

马桑溪长江大桥健康监测系统于 2004 年 12 月正式投入运行，经过一段时间的考验表明，整个系统的运行正常，各传感器能正确采集相应的结构状态数据，并通过远程网络实现了桥梁结构的在线监测和安全评价。以下是部分测点的监测数据及用软件进行安全评价的部分结果。

7.3.2.1 主要监测数据

图 7.7 至图 7.11 分别为挠度测点 s1 和 s6、s4 和 s9、s5 和 n5、n6 和 n1、n9 和 n4 从 2005 年 6 月 25 日至 7 月 2 日的实际测量挠度值。其方向为：向上增加为正，向下增加为负。从图中可以看出，主梁上、下游对应的测点的挠度变化呈现出极为相似的趋势，跨中测点挠度变化幅度明显大于其他位置的测点的测量值。

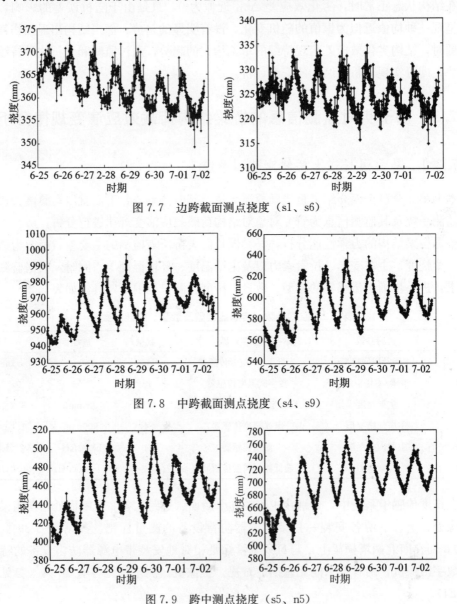

图 7.7　边跨截面测点挠度（s1、s6）

图 7.8　中跨截面测点挠度（s4、s9）

图 7.9　跨中测点挠度（s5、n5）

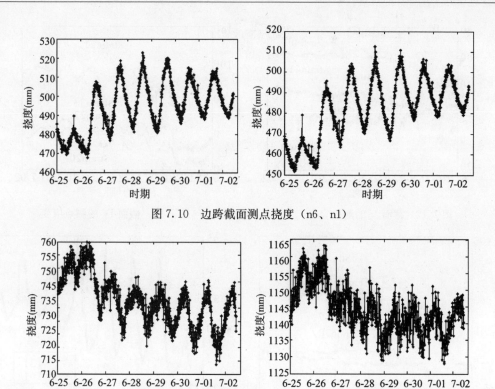

图 7.10　边跨截面测点挠度（n6、n1）

图 7.11　边跨截面测点挠度（n9、n4）

图 7.12 至图 7.14 分别为主梁截面 V、IV、O 中的上下位置测点的应变测量值，其方向为：受拉的应变为正，受压的应变为负。挠度和应变的测量均以初次安装后的标定值为基准，以后的测量值是以此为基准的相对值。

图 7.15 为部分温度测点的测量值，是相应测点混凝土表面的温度值。

从所有测量结果来看，挠度的变化与相应位置的温度测量值的变化呈现密切的相关关系。在中跨，随着温度的不断升高，所有测点的挠度均出现不同程度的增大趋势，即主梁有下挠的变化趋势，而在边跨，情况则刚好相反，即温度的升高会导致 s1、s2、s6、s7 及 n3、n4、n8、n9 等测点位置的上挠。

此外，应变的变化与温度的关系也十分密切，随着温度的不断上升，应变测量值也有不断增加的趋势，这是混凝土受热膨胀变形的结果。但由于应变是一个局部变量，而且影响应变的因素非常多，又非常复杂，因此即使在同一个截面，也有可能相差很大。这种情况从测量结果图也可以看出。

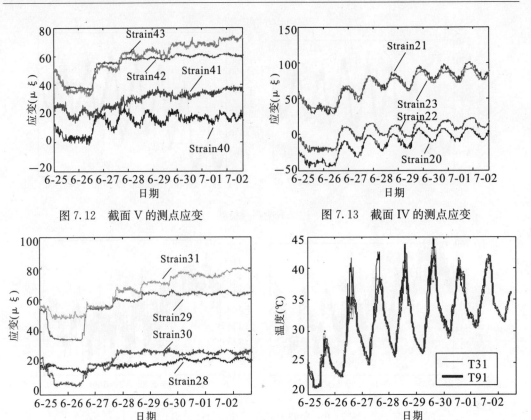

图 7.12　截面 V 的测点应变　　　　图 7.13　截面 IV 的测点应变

图 7.14　截面 O 的测点应变　　　　图 7.15　温度 T31、T91

7.3.2.2　活载挠度信息的提取结果

以下是对马桑溪长江大桥跨中上游 4 个测点的挠度信号进行小波分析从而实现对其瞬变、缓变信息进行分离的结果。

其中，图 7.16 和图 7.17 分别为主梁中跨截面上、下游测点 n5 和 s5 的挠度信号的分离情况；图 7.18 和图 7.19 分别为主梁边跨测点 s1 和 n9 的挠度信号高低频信息的分离情况。从分离结果看，中跨跨中的测点的瞬变信息大部分的值在 -15mm 至 $+15\text{mm}$ 之间，其波动范围与荷载测试的动挠度正好吻合；而边跨测点的情况也是这样。即分离后的瞬变信息正好反映了结构在动荷载作用下的挠度变化情况。

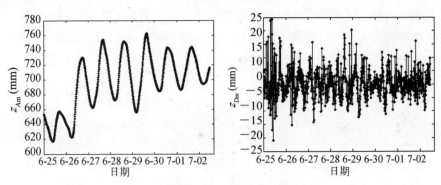

图 7.16　挠度 n5 的缓变信息和瞬变信息

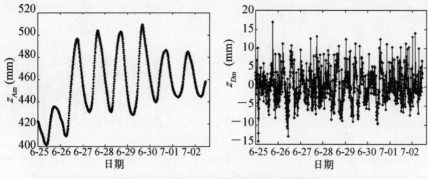

图 7.17　挠度 s5 的缓变信息和瞬变信息

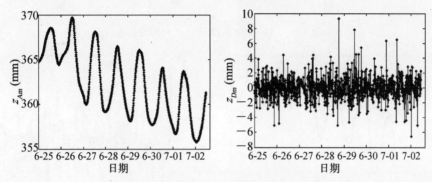

图 7.18　挠度 s1 的缓变信息和瞬变信息

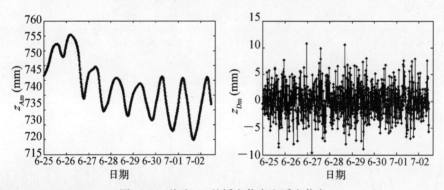

图 7.19　挠度 n9 的缓变信息和瞬变信息

7.3.2.3　活载应变信息的提取结果

图 7.20 至图 7.22 是对 2005 年 6 月 25 日至 7 月 2 日马桑溪长江大桥主梁截面 IV 的应变 20 和应变 22 以及截面 O 的应变 30 的高低频信息进行分离的结果。从分离结果可以看到，瞬变信息的变化幅度与荷载测试的动应变变化幅度一致，真实地反映了在活动荷载下的应变变化情况。

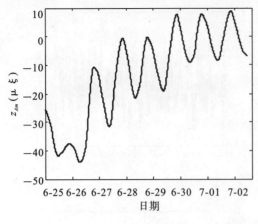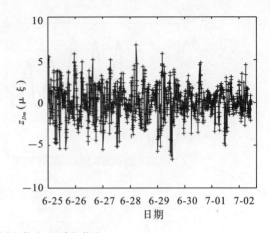

图 7.20　应变 20 的缓变信息和瞬变信息

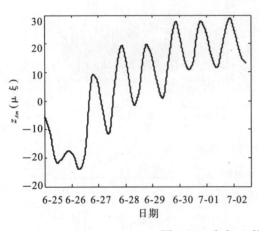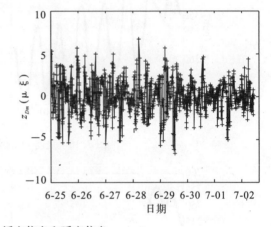

图 7.21　应变 22 的缓变信息和瞬变信息

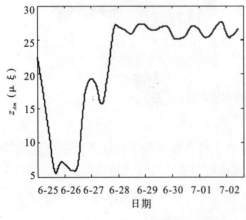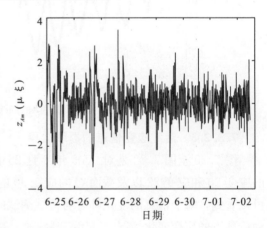

图 7.22　应变 30 的缓变信息和瞬变信息

7.3.2.4　劣化效应的提取结果

以挠度为例，利用相关系数公式对马桑溪长江大桥主梁挠度测点 s5 和 n1 从 2005 年 6 月 25 日至 7 月 2 日之间的实测挠度数据的缓变信息各自在 12 小时之间挠度差的和相应的温度差计算的相关系数分别达到 0.982 和 0.984，表明它们之间具有极强的线性相关关系。因此可根据以上方法建立相应的回归方程，剔除温度效应。

　　以下为对马桑溪长江大桥主梁挠度测点 s5 和 n1 的缓变信息进行温度效应剔除的结果。其中，图 7.23 为测点 s5 的挠度缓变信息半个日周期之间的差值（简称挠度差）与相应温度差的关系的散点图和回归拟合直线，图 7.24 为剔除温度效应后的挠度差的变化情况；图 7.25 和图 7.26 为测点 n1 的相应处理结果。从图中可以看到，挠度差与温度差的关系近似为一次直线关系，剔除温度效应后的挠度差在结构处于正常状态时呈随机变化趋势，其均值近似为一个恒值。

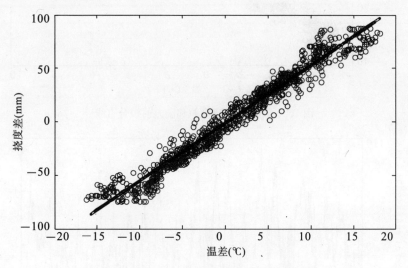

图 7.23　测点 s5 挠度差和温差的拟合直

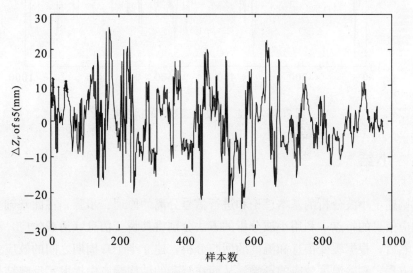

图 7.24　测点 s5 剔除温效应的挠度差

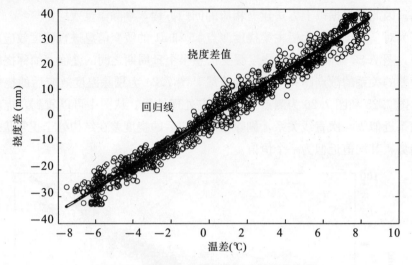

图 7.25　测点 n1 挠度差和温差的拟合直线

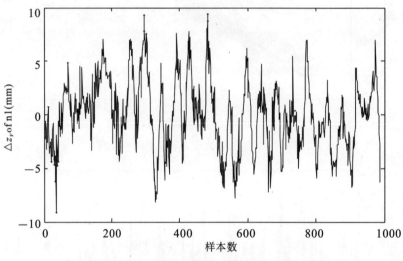

图 7.26　测点 n1 剔除温效应的挠度差

7.4　小结

　　本章阐述了小波分析的基本理论和进行信号分离的原理、步骤，在此基础上针对桥梁结构响应信息的特点，利用小波分析的方法分别将其瞬变信息（活载效应）和缓变信息分离；然后，根据缓变信息和温度的回归分析，建立半个日周期之间的效应差和温度差的回归方程，剔除温度效应的影响。从而在复杂的结构响应中提取了反映结构安全状况的活载效应和劣化效应信息，为桥梁结构的安全评价提供了重要的数据基础。

参 考 文 献

[1] Zhang Q W. Model updating and damage detection for bridge structures [D]. Shanghai: Tongji University, 1999.

[2] Samman M M. Vibration testing for nondestructive evaluation of bridges [J]. Journal of Structural Engineering, 1994, 120 (1): 269—306.

[3] 秦权. 桥梁结构的健康监测 [J]. 中国公路学报, 2000, 13 (2): 37—42.

[4] Montgomery D C. Introduction to Statistical Quality Control, 4th ed [M]. New York: John Wiley, 2001.

[5] Hou Z K, M Noori. Application of wavelet analysis for structural health monitoring, Proceedings of 2nd International Workshop on Structural Health Monitoring, Stanford University, Stanford, CA, 1999: 946—955.

[6] Hou Z K, etc. Wavelet-based approach for structural damage detection [J]. Journal of EM, ASCE, 2000, 126 (7), 677—683.

[7] Adriana H, Zhikun H. Wavelet-based approach for ASCE structural health monitoring benchmark studies [J]. Proceedings of the 3rd International Workshop on Structural Health Monitoring, Stanford University, Stanford, CA, 2001: 12—14.

第8章 桥梁营运期使用寿命评估及预测研究

8.1 在役桥梁剩余寿命概述

8.1.1 结构寿命的定义[1]

工程结构与其他产品一样，都具有使用寿命，建筑结构的使用寿命可以分为自然寿命和无形寿命。工程结构的自然寿命也称为结构的使用寿命或耐久年限，是指工程结构在正常使用和正常维护条件下，仍然具有其预定使用功能的时间。对于已经使用一个时期的在役结构物，将在正常使用和正常维护条件下，仍然具有其预定使用功能的时间称为结构的剩余使用寿命或剩余耐久年限。

结构的无形寿命是指结构物尚未达到其自然寿命之前，由于种种原因终止其原有使用功能的时间。使用寿命可以从不同的角度予以定义和分类。在英国的建筑结构耐久性标准中提出了要求使用寿命、预期使用寿命（根据经验、试验或制造商提供资料所估计的寿命）、设计寿命（设计人预定据以进行设计的寿命）的不同概念。对钢筋混凝土结构而言，有种种原因可造成使用寿命的终结，例如，因材料劣化导致结构承载力降低而不能满足安全要求；因氯离子渗透到钢筋表面且其浓度超过一定阈值使钢筋锈蚀的危险性达到难以捉摸的地步，因继续进行维修的费用过大达到难以承受的程度，因外观陈旧达到不能接受的程度；因桥梁结构使用等级、宽度等发生改变，而原结构不能满足要求等。从使用寿命终结的角度出发，将使用寿命分成以下三类：

(1) 技术性使用寿命：是结构使用到某种技术指标（如结构整体性、承载力等）进入不合格状态时的期限，这种状态可因混凝土剥落、钢筋锈蚀引起。

(2) 功能性使用寿命：与使用功能有关，是结构使用到不再满足功能实用要求的期限。如桥梁的行车能力已不能适应新的需要、结构的用途发生改变等。

(3) 经济性使用寿命：是结构物使用到继续维修保留已不如拆换更为经济时的期限。

8.1.2 钢筋混凝土结构寿命预测的准则

随着在役公路钢筋混凝土桥梁的逐步老化，对其进行准确的可靠性评估以预测其剩余寿命，从而对在役桥梁进行合理投资，进行有效的加固改造，已显得日益重要。但是，在役结构的可靠性分析与拟建结构有许多差别，首先，在可靠性分析的三要素（即预定使用时间、预定条件和预定功能）中，预定使用时间不再是设计基准期，而应是以当前时刻 t1 为起点，到结构的服役基准期（T 由结构状况和使用要求决定，与设计基准期不同）为止，即后续使用期 [t1，T），这就使得荷载的统计信息不同于设计基准期的取值，而结构的预定条件和预定功能也会由于结构投入使用后的条件限制而发生很大变化；其次，在役结构的许多随机因素，如荷载、荷载效应、材料性能和几何参数等的不确定性程度比拟建结构有所降低；另外，在役结构的抗力在后续使用期内由于环境因素、材料因素和荷载因素的影响，会进一步发生劣化。

结构的使用寿命或耐久年限的定义为建筑结构在正常使用和正常维护条件下，仍然具有其预定使用功能的时间。根据这一定义，在进行结构寿命预测之前，首先必须明确结构的预定功能是什么，如何判断结构的功能失效，即极限状态的定义，这是结构寿命预测与剩余寿命评估的关键。

8.1.3　桥梁寿命评估及预测方法

目前，关于桥梁结构寿命一般都是从技术寿命角度考虑。而技术寿命重要的指标就是桥梁的承载力状态。承载力寿命理论考虑钢筋锈蚀等原因引起结构抗力的退化，以构件的承载力降低到某一界限值（最低可靠度指标）作为结构寿命终结的标志。当前关于桥梁结构寿命预测的方法主要有如下几种。

1. 基于混凝土碳化的桥梁剩余寿命预测方法

此方法是通过大量的测试，建立混凝土碳化深度模型，将混凝土保护层完全碳化作为结构失效的极限状态，来预测桥梁结构的剩余使用寿命。目前国内外常用的混凝土碳化深度模型为

$$D(t) = k\sqrt{t} \tag{8.1}$$

式中，$D(t)$ 是对应于 t 时间的混凝土碳化深度；t 是混凝土碳化时间；k 是混凝土碳化系数。

碳化系数综合反映了混凝土的抗碳化能力，与水泥品种、水泥用量、水灰比、养护条件、混凝土质量及环境因素等有关。该方法虽然能比较准确的预测混凝土保护层的碳化时间，但是它并不能全面描述桥梁结构的整体状况，因此有一定局限性。

2. 基于结构累计疲劳损伤的桥梁剩余寿命预测方法

此方法是随着疲劳只是得积累、疲劳理论研究的深入根据旧桥的使用状况并对当前状态下结构的应力状态进行观测，通过疲劳累计损伤的原理对把变应力幅换算成等效等幅的应力幅，对结构的疲劳剩余寿命进行预测。

3. 基于结构性能衰减的桥梁剩余寿命预测方法

由于影响结构性能衰减的因素非常的多，因此把结构这些因素当成随机变量来处理，通过建立这些影响因素的时变规律得到整个结构的时变规律，来预测结构的剩余寿命。

4. 基于结构演化的时变可靠度桥梁剩余寿命预测

结合工程结构可靠度理论通过统计分析结构材料等结构固有参数的演化来分析结构抗力的衰变形态和荷载效应，由此，在时间演化过程中不断评估结构可靠度指标，通过

与相关规范规定的结构安全可靠度指标的阈值来完成寿命预测。

以上四种方法是目前关于桥梁结构寿命评估及预测方面的常见手段，其共同点：（1）基于数理统计的方法对结构相关参数进行统计分析；（2）只考虑了结构在自然环境下的统计性演化概率，无法真实反映结构营运期的实时信息。由此，结合以上四种方法的思路，将针对桥梁结构营运期的实时监测信息更好的融入评估体系，动态将能够更好的反应结构在服役期间的演化规律。

本章针对上述思路将结构可靠度理论与桥梁实时监测信息所形成的时间序列建立联系，同时评估过程不仅考虑结构的固有参数同时将基于信息论提取的信号特征也纳入了考虑因子，这样能够从多维度完成对结构寿命的评估和预测。另外，基于实时监测信息的结构寿命评估可以在结构营运期不断动态调整和修正已建模型，由此，更加符合结构营运期演化的需要。

8.2 大型在役桥梁结构时变可靠度分析

8.2.1 可靠度理论

8.2.1.1 可靠度分析基本概念

1. 结构可靠分析的基本概念[2]

（1）结构可靠度。结构可靠度的定义为：结构在规定的时间内，在规定的条件下完成预定功能的概率。工程结构可靠度理论按考虑时间与否分为两大类，一类是与时间变量无关（或称为时不变性）的构件或结构体系的可靠度，即时不变可靠度理论；另一类则是与时间变量有关（或称为时变性）的构件或结构体系的可靠度，即时变可靠度理论。

（2）极限状态。结构的极限状态是指结构的整体或结构的某一部分超过某一特定状态，就不能满足设计规定的某一功能要求的特定状态。极限状态是区分结构工作状态为可靠与失效的标志。一般情况下，结构的极限状态可以分为下列三种类型：

①承载能力极限状态，这种极限状态对应于结构或结构构件达到最大承载能力或出现不适于继续承载的变形。通常认为超过了承载能力的极限状态有：整体结构或结构的一部分作为刚体失去平衡；结构构件或其连接，因超过材料的强度而破坏（包括疲劳破坏），或过度塑性变形，而不适宜继续承载；结构变为机构；结构或其构件丧失稳定等。

②正常使用极限状态，这种极限状态对应于结构或结构构件达到正常使用或耐久性能的某项规定限值。通常认为超过了正常使用的极限状态有：影响正常使用或外观的变形；影响正常使用或耐久性能的局部损伤（包括裂缝）；影响正常的振动和影响正常的各种特定状态等。

③条件极限状态，这种极限状态对应于已出现局部破坏的结构的最大承载能力或指结构在偶然因素作用下造成局部破坏后，其余部分未发生连续倒塌的状态。偶然因素作用，包括超过设计烈度的地震、局部的爆炸、车辆撞击、地基沉陷等。这类极限状态对于抗震结构的可靠性分析十分重要。

（3）极限状态方程。工程结构的可靠度通常受各种作用效应、材料性能、结构几何参数、计算模式准确程度等诸多因素的影响。在进行结构可靠度分析和设计时，应针对所要求的结构各种功能，把所有这些因素作为基本变量 X_1，X_2，$\cdots$，X_n 来考虑，由基本变量组成的描述结构功能的函数 $Z = g(X_1，X_2，\cdots，X_n)$ 称为结构功能函数。同时将若干基本变量组合成综合变量，即将作用效应基本变量组合成综合作用效应 S，将抗力基本变量组合成综合抗力 R，结构的功能函数可表示为 $Z = R - S$。

从结构的功能函数看，可能出现三种情况：

①$Z = R - S > 0$，其概率为 $P_s = P(Z > 0)$ 表示结构或结构构件处于可靠状态；

②$Z = R - S < 0$，其概率为 $P_f = P(Z < 0)$ 表示结构或结构构件处于失效状态；

③$Z = R - S = 0$，表示结构或结构构件处于极限状态。

通常把 $Z = R - S = 0$ 称为极限状态方程，它是结构可靠度分析的重要依据。

因结构的可靠和失效为两个互不相容事件，其可靠概率与失效概率是互补的，依据概率论，可求得

$$P(Z > 0) + P(Z < 0) = P_s + P_f = 1 \tag{8.2}$$

若基本随机变量的概率函数为 $f_x(X_1，X_2，\cdots，X_n)$，结构的失效概率表示为

$$P_f = P(Z < 0) = \iint\limits_{Z<0} \cdots \int f_x(x_1, x_2, \cdots, x_n) dx_1 dx_2 \cdots dx_n \tag{8.3}$$

当随机变量 X_1，X_2，$\cdots$，X_n 相互独立时，上式为

$$P_f = P(Z < 0) = \iint\limits_{Z<0} \cdots \int f_{x_1}(x_1) f_{x_2}(x_2) \cdots f_{x_n}(x_n) dx_1 dx_2 \cdots dx_n \tag{8.4}$$

若抗力和荷载效应的概率密度函数分别为 $f_R(r)$ 和 $f_S(s)$ 时，其概率分布函数分别为 $F_R(r)$ 和 $F_S(s)$，并假设 R 和 S 相互独立，结构的失效概率为

$$P_f = P(Z < 0) = \int_0^{+\infty} f_S(s) \left[\int_0^s f_R(r) dr \right] ds = \int_0^{+\infty} F_R(s) f_S(s) ds \tag{8.5}$$

或

$$P_f = P(Z < 0) = \int_0^{+\infty} f_R(r) \left[\int_r^{+\infty} f_S(s) ds \right] dr = \int_0^{+\infty} [1 - F_S(r)] f_R(r) dr \tag{8.6}$$

上述公式是对时不变可靠理论的失效概率模式分析，也是目前比较成熟的研究。

2. 时变可靠度

因结构在使用过程中长期受力、环境干扰、腐蚀及材料性能蜕变等因素作用，结构或结构构件的抗力发生变化，即抗力的衰减，它是与时间相关的函数；同时，荷载效应也随着交通量的改变、环境的恶化等因素的影响随时间不断变化，如图 8.1 所示。当考虑任意变量的时间性时即为时变可靠度分析。

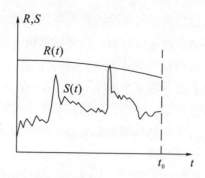

图 8.1　荷载效应与抗力的时变特性

用 $R(t)$ 表示结构抗力时变的随机过程；用 S_G 表示结构永久荷载的随机变量，不考虑其随时间的变化量；用 $S_Q(t)$ 表示可变荷载效应的时变随机过程，则结构极限状态的功能函数可以表示为

$$Z(t) = g[R(t), S(t)] = R(t) - S(t) = R(t) - S_G - S_Q(t) \tag{8.7}$$

因结构抗力和荷载效应的时变性同时得到比较困难，可只采用单变量的时间性，把两变量随时间的改变量用其中之一表示，其分析思想如图 8.2 所示。

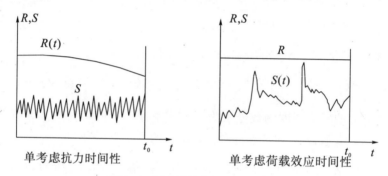

单考虑抗力时间性　　　　　　　　　　单考虑荷载效应时间性

图 8.2　两种计算模式的时变特性

具体的表达公式为：

单抗力时变时　　　$Z(t) = g[R(t), S] = R(t) - S = R(t) - S_G - S_Q \tag{8.8}$

单荷载效应时变时　$Z(t) = g[R, S(t)] = R - S(t) = R - S_G - S_Q(t) \tag{8.9}$

　　3. 疲劳可靠度[2]

结构在长期的动力随机荷载作用下，其动力反应在不高的界限（低于或远低于首超破坏界限）上多次重复，最后由于累积损伤或裂纹扩张达到某一界限值而发生破坏即为疲劳破坏。钢桥、斜拉桥拉索和悬索桥吊杆等的疲劳寿命往往决定了全桥寿命，为此有必要对疲劳可靠性进行说明。疲劳可靠性分析有以下三种极限状态方程模式

　　（1）材料（或构造细节）的极限应力模式

$$\Delta Z = \Delta \sigma_R - \Delta \sigma_e \tag{8.10}$$

式中，$\Delta \sigma_R$ 是材料（或构造细节）在变幅重复应力作用下的疲劳强度，即抗力随机变量；$\Delta \sigma_e$ 是结构构件（或构造细节）在相应的变幅重复应力作用下的等效应力幅，即荷载效应随机变量。

　　（2）疲劳承载力模式

$$Z = R - S \tag{8.11}$$

式中，R 是结构构件在相应的变幅重复荷载效应作用下的疲劳承载力；S 是结构构件承受的变幅重复荷载效应（弯矩、扭矩、剪力等）随机变量。

（3）材料（或构造细节）极限损伤度模式

$$\Delta = a - D \tag{8.12}$$

式中，a 是材料（或构造细节）的极限损伤指标，一般可取为 1.0；D 是材料（或构造细节）的累积损伤度。

4. 可靠指标[2]

直接计算结构失效概率比较困难，工程中多采用近似计算，即引入了结构可靠指标的概率。

若 R、S 服从均匀正态分布，其均值和标准差分别为 μ_R、μ_S 和 σ_R、σ_S，则 Z 也是正态随机变量，并具有均值 $\mu_Z = \mu_R - \mu_S$，标准差 $\sigma_Z = \sqrt{\sigma_R^2 + \sigma_S^2}$。$Z$ 的概率密度函数为

$$f_Z(z) = \frac{1}{\sqrt{2\pi}\sigma_Z} \exp\left[-\frac{1}{2}\left(\frac{z - \mu_Z}{\sigma_Z}\right)^2\right] \quad (-\infty < z < +\infty) \tag{8.13}$$

失效概率为

$$P_f = \int_{-\infty}^{0} f_Z(z) dz = \int_{-\infty}^{0} \frac{1}{\sqrt{2\pi}\sigma_Z} \exp\left[-\frac{1}{2}\left(\frac{z - \mu_Z}{\sigma_Z}\right)^2\right] dz \tag{8.14}$$

现把 Z 的正态分布 $N(\mu_Z, \sigma_Z)$ 转换为标准正态分布 $N(0, 1)$。

令 $t = \dfrac{z - \mu_Z}{\sigma_Z}$，则有 $dz = \sigma_Z dt$ 以及 $z = -\infty$，$t = -\infty$ 和 $z = 0$，$t = -\dfrac{\mu_Z}{\sigma_Z}$，代入上式后得

$$P_f = \frac{1}{\sqrt{2\pi}} \int_{-\infty}^{-\mu_Z/\sigma_Z} e^{-t^2/2} dt \tag{8.15}$$

可见用于换元法中的随机变量 t 是一标准正态变量。

$$P_f = \Phi\left(-\frac{\mu_Z}{\sigma_Z}\right) \tag{8.16}$$

引入符号 β，并令 $\beta = \dfrac{\mu_Z}{\sigma_Z}$，得

$$P_f = \Phi(-\beta) \tag{8.17}$$

式中，β 是一无量纲系数，称为可靠指标。

式（8.17）表示了失效概率与可靠指标的关系。还可导出可靠指标 β 与可靠度 P_s 的关系为

$$P_s = 1 - P_f = 1 - \Phi(-\beta) = \Phi(\beta) \tag{8.18}$$

如果 R 或 S 非正态分布，但能算出 Z 的均值和标准差 μ_Z 和 σ_Z，则算出的 β 值是近似的，但仍可在工程中参考。

5. 结构可靠度的近似计算方法

影响结构可靠度的因素即多又复杂，很难用统一的方法准确确定各随机变量的概率分布，并不能直接计算可靠指标，这时需要些近似的方法，如中心点法、验算点法

(JC 法)和蒙特卡洛模拟法等。

8.2.1.2　结构时变失效概率模式[3]

在结构时变可靠性分析中极限状态的功能函数随机过程为

$$Z(t) = g[R(t), S(t)] = R(t) - S(t) \tag{8.19}$$

式中，$R(t)$、$S(t)$ 分别是结构抗力和荷载效应随机过程。则在设计基准期 T 内结构可靠概率为

$$P_s(T) = P\{Z(t) > 0, t \in [0, T]\} = P\{R(t) > S(t), t \in [0, T]\} \tag{8.20}$$

上式说明，在 $[0, T]$ 内每一时刻的 $R(t) > S(t)$ 时，才能使结构处于可靠状态，其相应的失效概率为

$$P_f(T) = 1 - P_s(T) = P\{R(t_i) > S(t_i), t_i \in [0, T]\} \tag{8.21}$$

假设当前时刻为 τ_0'，服役结构的永久荷载效应为 G，可变荷载效应为 $Q(t)$，则在未来继续服役期 $[\tau_0', \tau_0' + T']$ 内的失效概率可表示为

$$P_f(T') = P\{R(t_i) - G - Q(t_i) < 0, \ t_i \in [\tau_0', \tau_0' + T']\}$$
$$= P\{\min[R(t_i) - G - Q(t_i)] < 0, \ t_i \in [\tau_0', \tau_0' + T']\} \tag{8.22}$$

式中，$R(t_i)$ 是服役构件任一时刻 t_i 的抗力；$Q(t_i)$ 是任一时刻 t_i 的可变荷载效应。

将结构继续服役的目标基准期 T' 等分成 n 个时段，时段长 $\tau = T'/n$，可变荷载相应随机过程 $Q(t)$ 和抗力随机过程 $R(t)$ 离散为 n 个随机变量 $Q(t_i)$ 和 $R(t_i)$，如图 8.3 所示。其中，$R(t_i)$ 可以取第 i 个 τ 中的抗力平均值或取 $t_i = (i - 0.5)\tau$ 时刻的抗力值；$Q(t_i)$ 为 τ 内的荷载效应最大值。

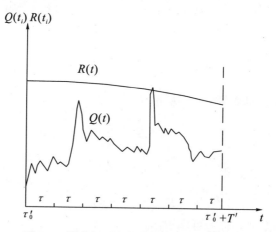

图 8.3　抗力与可变荷载效应的等时段离散

由此，式（8.22）改写为

$$P_f(T') = P\{\min R(t_i) - G - Q(t_i) < 0\}$$
$$= \{P \bigcup_{i=1}^{n} [R(t_i) - G - Q(t_i) < 0], \ t_i \in [\tau_0', \tau_0' + T']\} \tag{8.23}$$

上式相当于等时段 τ 的 $m_{T'}$ 个静可靠度串联问题。由于 $R(t_i)$ $(i = 1, 2, \cdots, m_{T'})$ 是相关的，上式计算比较困难。若设 $Q(t_i)$ 相互独立，此时式（8.23）可变为

$$P_f(T') = 1 - P\{\bigcap_{i=1}^{n} R(t_i) - G - Q(t_i) \geqslant 0\} = 1 - P\{\bigcap_{i=1}^{n} Q(t_i) \leqslant R(t_i) - G\}$$

$$= 1 - P\{\bigcap_{i=1}^{n} Q(t_i) \leqslant r_i - g \,|\, R(t_1) = r_1, R(t_2) = r_2, \cdots, R(t_n) = r_n, G = g\}$$

$$\times P\{R(t_1) = r_1, R(t_2) = r_2, \cdots, R(t_n) = r_n, G = g\}$$

$$= 1 - \int_0^\infty \cdots \int_0^\infty \prod_{i=1}^{n} F_{Q_\tau}(r_i - g) f_{R_1, \cdots, R_n}(r_1, \cdots, r_n) f_G(g) dr_1 \cdots dr_n dg \quad (8.24)$$

式中，$F_{Q_\tau}(\cdot)$ 是 $Q(t_i)$ 的概率密度函数；$f_G(g)$ 是 G 的概率密度函数；$f_{R_1, \cdots, R_n}$ $(r_1, \cdots, r_n)$ 是 $R(t_1)$，$\cdots$，$R(t_n)$ 的联合概率密度函数。

同样结构的可靠指标 $\beta(t)$ 也是一个动态变化过程。由于桥梁在任一时段 $[\tau_0', \tau_0' + t]$ 内的失效概率为

$$P_f(t) = P_f(\tau_0' + t) - P_f(\tau_0') \quad (8.25)$$

式中，$P_f(\tau_0')$ 是桥梁在 $[0, \tau_0']$ 时段内的失效概率；$P_f(\tau_0' + t)$ 是桥梁在 $[0, \tau_0' + t]$ 时段内的失效概率。相应地，可靠指标为

$$\beta(t) = \Phi^{-1}[1 - P_f(t)] \quad (8.26)$$

式中，$\beta(t)$ 是 $[0, t]$ 时段内的可靠指标；$\Phi^{-1}[\cdot]$ 是正态分布函数的逆函数。则，桥梁在任一时段 $[\tau_0', \tau_0' + t]$ 时段内的可靠指标可以用下式表示

$$\begin{aligned} \beta(t) &= \Phi^{-1}[1 - P_f(t)] \\ &= \Phi^{-1}[1 - P_f(\tau_0' + t) + P_f(\tau_0')] \\ &= \Phi^{-1}[1 - \Phi(-\beta(\tau_0' + t)) + \Phi(-\beta(\tau_0'))] \end{aligned} \quad (8.27)$$

式中，$\beta(t)$ 是桥梁在 $[\tau_0', \tau_0' + t]$ 内的可靠指标；$\beta(\tau_0')$ 是桥梁在 $[0, \tau_0']$ 时段内的可靠指标；$\beta(\tau_0' + t)$ 是桥梁在 $[0, \tau_0' + t]$ 时段内的可靠指标。

从实用观念出发，若 t_0' 为桥梁已安全使用的年限，则：

(1) $0 < t_0' \leqslant t_0$ 时，桥梁在 $[0, t_0]$ 时段和 $[0, t_0 + T]$ 时段内的失效概率为一条件概率，得

$$\begin{aligned} P_f(t_0) &= P\{Z(t) < 0, t \in [t_0', t_0] \,|\, Z(t) > 0, t \in [0, t_0']\} \\ &= 1 - \frac{P\{Z(t) > 0, t \in [0, t_0]\}}{P\{Z(t) > 0, t \in [0, t_0']\}} \\ &= 1 - \frac{\Phi(\beta(t_0))}{\Phi(\beta(t_0'))} \end{aligned} \quad (8.28)$$

此时

$$\beta(t_0) = \Phi^{-1}[1 - P_f(t_0)] = \Phi^{-1}\left[\frac{\Phi(\beta(t_0))}{\Phi(\beta(t_0'))}\right] \quad (8.29)$$

同理可求得

$$\beta(t_0 + T) = \Phi^{-1}[1 - P_f(t_0 + T)] = \Phi^{-1}\left[\frac{\Phi(\beta(t_0 + T))}{\Phi(\beta(t_0'))}\right] \quad (8.30)$$

式中，$\beta(t_0')$ 是桥梁在已使用年限 $[0, t_0']$ 时段内的可靠指标。

(2) 若 $t_0' = 0$，则：

$$P_f(t_0) = P\{Z(t) < 0, t \in [0, t_0]\} \quad (8.31)$$

$$P_f(t_0 + T) = P\{Z(t) < 0, t \in [0, t_0 + T]\} \quad (8.32)$$

8.2.1.3 桥梁结构抗力及作用效应的模式

1. 结构抗力时变模式

(1) 结构抗力时变的实质模型[4]

抗力的衰变对结构本身主要表现在混凝土抗压强度、钢筋的锈蚀程度、钢筋屈服强度、锈蚀钢筋-混凝土协同工作系数等的降低及混凝土碳化深度不断增加。因此从实质上说，在役桥梁构件的抗力衰减概率模型可以表示为

$$R(t) = K_{TF}(t)K_P R_P (f_{ci}(t), a_i(t), k_{bi}(t)) \tag{8.33}$$

式中，$R(t)$ 是构件抗力随机过程；$K_{TF}(t)$ 是考虑抗力参数测试及预测影响的随机过程，下标 T 和 F 分别表示测试和预测；K_P 是抗力计算模式不不定性随机变量；R_P(·) 是规范规定的抗力函数；$f_{ci}(t)$、$a_i(t)$ 是第 i 种材料性能和几何参数的测试值及预测值；$k_{bi}(t)$ 是第 i 根钢筋协同工作系数的测试值及预测值。

以下示例给出矩形截面部分抗力模型：

① 斜截面受剪抗力时变概率模型

$$R_Q(t) = K_{TF}(t)K_P \left[\alpha_1 \alpha_3 0.45 \times 10^{-3} b(t)h_0(t) \right.$$

$$\times \sqrt{(2 + 0.6p(t)k_{bs}(t)k_{ys}(t))} \sqrt{k_c(t)f_{cu,k}} \rho_{sv}(t)k_{bsv}(t)k_{ysv}(t)f_{svk}$$

$$\left. + 0.75 \times 10^{-3} k_{bsb}(t)k_{ysb}(t)f_{sk} \sum (1 - \eta_{sb}(t))A_{sb} \sin\theta_s \right] \tag{8.34}$$

式中，$p(t)$ 和 $\rho_{sv}(t)$ 的计算分别用到 $\eta_s(t)$ 和 $\eta_{sv}(t)$；$\eta_s(t)$、$\eta_{sv}(t)$、$\eta_{sb}(t)$ 分别是 t 时刻纵向受拉主筋、箍筋以及弯起钢筋的截面锈蚀率；$k_{ys}(t)$、$k_{ysv}(t)$、$k_{ysb}(t)$ 分别是 t 时刻纵向受拉主筋、箍筋以及弯起钢筋的屈服强度降低系数；$k_{bs}(t)$、$k_{bsv}(t)$、$k_{bsb}(t)$ 分别是 t 时刻纵向受拉主筋与混凝土、箍筋与混凝土以及弯起钢筋与混凝土的协同工作系数；$k_c(t)$ 是 t 时刻混凝土抗压强度修正系数；f_{svk} 是箍筋的抗拉强度标准值。

其它参数的意义见规范。

② 正截面受弯抗力时变概率模型

$$R_M(t) = K_{TF}(t)K_P \left[k_{bs}(t)k_{ys}(t)f_{sk}(1 - \eta_s(t))A_s \left(h_0(t) - \frac{1}{2}x(t)\right) \right] \tag{8.35}$$

式中的参数意义同前。

③ 偏心受压抗力时变概率模型

$$R_N(t) = K_{TF}(t)K_P \left[k_c(t)r_{atio}f_{ck}b(t)x(t) + k'_{ys}f'_{sk}(1 - \eta'_s(t))A'_s \right.$$

$$\left. - k(t)\sigma_s(1 - \eta_s(t))A_s \right] \tag{8.36}$$

式中，r_{atio} 是受弯构件受压区混凝土矩形应力图所取应力与混凝土轴心抗压标准强度的比值；k'_{ys} 是 t 时刻受压区普通钢筋的屈服强度降低系数；$\eta'_s(t)$ 是 t 时刻受压区普通钢筋的截面锈蚀率；其它参数意义同前。

(2) 结构抗力时变的反映模型

桥梁健康监测信息间接反映了结构抗力时变的过程，但以现在的监测手段，由于传感器本身的缺陷及受外界的影响，许多误差产生在所难免。因此，在役桥梁构件抗力的特征因子反映统计模型可表示为

$$R(t) = \xi_t R(\Delta_t, t) = R_0 \xi_t \varphi(\Delta_t, t) \tag{8.37}$$

式中，$R(t)$ 是 t 时刻的结构抗力；ξ_t 是监测信息中误差的修正系数；R_0 结构初始的抗

力；$\varphi(\cdot)$ 是表现抗力时变函数；Δ_t 是 t 时刻特征因子的反映指标，可由它们建立时间序列模型，如 AR 模型：$\Delta_t = \varphi_1 \Delta_{t-1} + \varphi_2 \Delta_{t-2} + \cdots + \varphi_p \Delta_{t-p} + a_t$，那么式（8.37）带有预测性。

对于一般结构构件的破坏大多表现在：受拉区不考虑混凝土强度，钢筋应力达到屈服值；受压区混凝土和钢筋应力达到屈服值，同时它们都对应一个屈服应变。如果以屈服应变为抗力极限时刻值，则

$$R(t) = \xi_t R(\varepsilon_t, t) = \xi_t R(\varepsilon_0 \eta_t, t) \tag{8.38}$$

式中，ε_0 是初时刻的极限应变；ε_t 是 t 时刻相对初时刻的极限应变；η_t 是为初始极限应变的折减率，

$$\eta_t = \Delta\varepsilon/\varepsilon_0 = [\varepsilon_0 - (\varepsilon - \varepsilon_G - \varepsilon_Q)]/\varepsilon_0$$

其中，$\Delta\varepsilon$ 为静态应变的改变量，ε 为监测应变值，ε_G、ε_Q 分别为永久荷载和活载产生的应变。

同样，$\Delta\varepsilon$、η_t 也可以建立时间序列模型，该式具有预测功能。

若以正常使用极限状态建立抗力模型，依照规范对结构限定的挠度位移 u_0 为极限状态，可以建立类似式（8.38）的模型。

由第五章的结论得知，结构抗力时变在动力方面由固有频率、阻尼比、位移模态等特征因子体现，根据研究的某种关系可建立与式（8.37）类似的模型。

1. 结构作用效应时变模式

（1）恒载效应时变模式

对于混凝土结构，因材质的离散性，几何尺寸的多样性，并且对材料容重和结构尺寸的现场量测只能抽样进行，真实的恒载效应需要对设计标准值修正。结构恒载效应的统计模式可表示为

$$S_G = r_z r_d r_t S_{GK} \tag{8.39}$$

式中，r_z 是折减系数，是由任何一座桥梁的恒载效应与统计标准值存有一定差别引起的；r_d 是考虑设计变更和维修加固改造等对恒荷载标准值的影响系数；r_t 是考虑桥梁结构在服役期间因破损、自然老化等因素引入的折减系数，随服役时间而改变；S_{GK} 是统计的恒载效应标准值。

（2）活载效应时变模式

第 6 章对桥梁作用的活载效应进行了详细分析，并在原始监测信息中提取出荷载的效应。桥梁健康监测信息包含了作用于结构的所有活载效应，提取其每天绝对最大值进行离散分析，剔除异常值，分离出年绝对最大荷载效应值，如图 8.4 所示，寻找它们的动态规律，建立实际活载模型。在此表示为：

$$S_Q(t) = \lambda_t S_Q(\max(S_i), t) \tag{8.40}$$

式中，λ_t 是监测误差修正系数；$\max(S_i)$ 是活载效应年最大值，S_i 为每天的活载效应最大值；t 是已服役的年数。

为预测未来活载效应动态趋势，对现有监测活载年绝对最大值建立时间序列模型（如 AR 模型）

$$S_Q(t) = \varphi_1 S_Q(t-1) + \varphi_2 S_Q(t-2) + \cdots + \varphi_p S_Q(t-p) + A_t \tag{8.41}$$

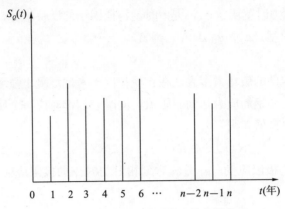

图 8.4 活载效应年绝对最大值离散模式

（3）活载疲劳效应时变模式

桥梁健康监测可方便采集到构件作用的应力谱，为实现某些构件（如斜拉桥拉索的疲劳损坏）疲劳寿命决定全结构寿命的预测创立了条件。桥梁中重复作用的活载一般并不是常幅循环，而是变幅循环，且活载的历程很不规则，如图 8.5 所示。

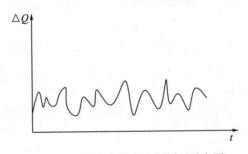

图 8.5 活载应力效应变幅循环示意图

根据 Miner 准则将疲劳过程想象为[1]：从重复交变荷载一开始作用时，损伤就一点点地累积起来，每次循环应力都造成一定是损伤，直到最后破坏。如果将监测到的应力幅分为若干级，每一级分别记为 $\Delta\sigma_1$，$\Delta\sigma_2$，$\cdots$，$\Delta\sigma_i$，它所对应的循环次数 n_1，n_2，$\cdots$，n_i。又假设当 $\Delta\sigma_1$，$\Delta\sigma_2$，$\cdots$，$\Delta\sigma_i$ 为常幅时相对应的疲劳寿命是 N_1，N_2，$\cdots$，N_i。N_i 表示在常幅疲劳中 $\Delta\sigma_i$ 循环作用 N_i 次后，构件产生损伤，引起结构寿命终结。

这样，应力幅 $\Delta\sigma_1$，$\Delta\sigma_2$，$\cdots$，$\Delta\sigma_i$ 各占的损失率为 $\dfrac{n_1}{N_1}$，$\dfrac{n_2}{N_2}$，$\cdots$，$\dfrac{n_i}{N_i}$。那么活载疲劳损伤累积效应可表示为

$$D(t) = \frac{n_1}{N_1} + \frac{n_2}{N_2} + \cdots + \frac{n_i}{N_i} \tag{8.42}$$

式中，n_i 是对应于 $\Delta\sigma_i$ 的实际循环次数；N_i 是在常幅应力 $\Delta\sigma_i$ 作用下的疲劳破坏次数。

8.2.1.4 在役桥梁系统可靠性分析及可靠指标的确定

1. 基本系统

对于任何一个复杂的结构系统，可根据各失效模式间的关系将其简化为基本系统，

基本系统大致可归纳为以下三种：

（1）串联系统，由若干个单一构件组成的结构系统，如果其中任意一个构件破坏，就会导致整个系统的破坏，则可将其模型化为一个串联系统。

（2）并联系统，对于超静定结构系统，如果其中一个构件破坏，其它尚未破坏的构件仍能继续承受荷载重新分配后的最大荷载，只有使结构形成"机构"的一组构件被破坏，才能导致整个结构系统的破坏。这一组构件的破坏就称为结构系统的一个失效模式。这种失效模式可以模型化为一个并联系统。

（3）混联系统，实际的超静定结构系统，通常有许多种失效模式，每一种失效模式都可以用一个并联系统来表示，每一个并联系统的失效都将导致整个系统的破坏，这些并联系统又可以组成一个串联系统。这就是结构的混联系统。在混联系统中，不仅各构件之间有相关性，且各失效模式之间也存在相关性。

桥梁是由上部和下部主体结构组成。下部结构包括桥塔、桥墩、墩台基础等；上部结构包括主梁、桥面铺装、索体系等。总体上桥梁是一个复杂的结构体，要判断其失效模式，也可按照上面的简化方法处理。

2. 桥梁系统综合可靠度估算方法[4]

直接积分法求解相关失效模式的结构系统可靠度是非常困难的，不便实用。这里介绍几种典型的系统可靠度估算算法。

（1）界限理论

Cornell 提出的简单界限理论仅利用模式失效概率信息，为考虑模式间相关性的影响。定义第 i 种失效模式发生的概率为 P_{fi}，系统失效概率为 P_{fs}，则

串联系统失效概率的上下界为：
$$\max_{i \in \langle 1,n \rangle} P_{fi} \leqslant P_{fs} \leqslant 1 - \prod_{i=1}^{n} (1 - P_{fi}) \tag{8.43}$$

并联系统失效概率的上下界为：
$$\prod_{i=1}^{n} P_{fi} \leqslant P_{fs} \leqslant \min_{i \in \langle 1,n \rangle} P_{fi} \tag{8.44}$$

由于简单界限理论没有考虑模式间相关性的影响，系统失效概率估值区间往往过宽，为此 Ditlevsen 提出了二阶界限理论以考虑两两失效模式间相关性的影响。

（2）点估计法

①串联系统失效概率的一种近似算法

系统 s 种失效模式的可靠指标分别为 β_1，β_2，$\cdots$，β_s 且存在 $\beta_1 \leqslant \beta_2 \leqslant \cdots \leqslant \beta_s$ 的关系，相应的可靠概率 $P_{r1} \leqslant P_{r2} \leqslant \cdots \leqslant P_{rs}$。

$$P_{rs} = \begin{cases} \prod_{i=1}^{s} P_{ri} + 1.67\rho_{12}\left(P_{r0.6} - \prod_{i=1}^{s} P_{ri}\right) & (0 \leqslant \rho_{12} \leqslant 0.6) \\ P_{r0.6} + 2.5(\rho_{12} - 0.6)(P_{r1} - P_{r0.6}) & (0.6 \leqslant \rho_{12} \leqslant 1) \end{cases} \tag{8.45}$$

式中 $P_{r0.6}$ 按下式确定：

$$P_{r0.6} = 0.5\Big\{(1 + \prod_{i=3}^{s} P_{ri})\big[P_{r1} - (1 - P_{r2})\Phi(1.25\beta_1 - 0.75\beta_2)\big]$$
$$+ (1 + P_{r1})\prod_{i=3}^{s} P_{ri}\Phi(0.75\beta_1 - 1.25\beta_2)\Big\} \tag{8.46}$$

②并联系统失效概率的一种近似算法

对于由 n 个线性失效模式组成的并联体系，记体系失效概率为 P_{fs}，则有：

$$P_{fs} = P[E_1^0 \cap E_2^0 \cap \cdots \cap E_n^0] \tag{8.47}$$

式中，$E_i^0(i=1, 2, \cdots, n)$是并联体系的第 i 个线性失效模式。

根据条件概率的基本理论，式（8.47）可以表示为

$$P_{fs} = P[E_1^0]P[E_2^0 \cap E_3^0 \cap \cdots \cap E_n^0 | E_1^0] \approx P[E_1^0]P[E_2^1 \cap E_3^1 \cap \cdots \cap E_n^1]$$
$$\tag{8.48}$$

式中，$E_i^1(i=2, 3, \cdots, n)$是条件失效模式 $E_i^0 | E_1^0$ 的线性等价失效模式。

如果我们记 $E_i^j(i=j+1, j+2, \cdots, j+n, j=1, 2, \cdots, n-1)$为条件失效模式 $E_i^{j-1} | E_j^{j-1}$ 的线性等价失效模式，式（8.48）可以表示为

$$P_{fs} \approx P[E_1^0]P[E_2^1]\cdots P[E_n^{n-1}] \tag{8.49}$$

经过上式的处理，求解一组失效模式交集失效概率的复杂问题就转化为求解一组线性等价失效模式失效概率乘积的简单问题。

求解条件失效模式的等价失效模式，简化公式如下

$$C \sim B | A \tag{8.50}$$

其中，符号"$\sim$"表示"等价于"。失效模式 A、B、C 分别为

$$\begin{cases} A: a_1 z_1 + a_2 z_2 + \cdots + a_m z_m + \beta_1 \leqslant 0 \\ B: b_1 z_1 + b_2 z_2 + \cdots + b_m z_m + \beta_2 \leqslant 0 \\ C: c_1 z_1 + c_2 z_2 + \cdots + c_m z_m + \beta \leqslant 0 \end{cases} \tag{8.51}$$

式中，$z_k(k=1, 2, \cdots, m)$是失效模式中互不相关的标准正态随机变量；β_1、β_2、β 为失效模式 A、B、C 的可靠指标；a_k、b_k、c_k 是失效模式 A、B、C 中随机变量 z_k 的系数，且有

$$\sum_{k=1}^m a_k^2 = 1, \sum_{k=1}^m b_k^2 = 1, \sum_{k=1}^m c_k^2 = 1 \tag{8.52}$$

根据可靠度的基本原理，有

$$\rho = \sum_{k=1}^m a_k b_k \tag{8.53}$$

$$\Phi(-\beta) = \frac{\Phi_2(-\beta_1, -\beta_2, \rho)}{\Phi(-\beta_1)} \tag{8.54}$$

式中，$\Phi(x)$和$\Phi_2(x, y, \rho)$分别是一维和二维标准正态分布的累积分布函数；ρ 是失效模式 A、B 之间的相关系数。

$$c_i = \frac{r a_i + s b_i}{\sqrt{r^2 + s^2 + 2rs\rho}} \tag{8.55}$$

$$r = e^{-\frac{1}{2}\beta_1^2}\left[\Phi\left(\frac{\rho\beta_1 - \beta_2}{\sqrt{1-\rho^2}}\right) - \frac{\Phi_2(-\beta_1, -\beta_2, \rho)}{\Phi(-\beta_1)}\right] \tag{8.56}$$

$$s = e^{-\frac{1}{2}\beta_2^2}\left[\Phi\left(\frac{\rho\beta_2 - \beta_1}{\sqrt{1-\rho^2}}\right)\right] \tag{8.57}$$

由式（8.53）～（8.57）所求得的等价失效模式，并结合式（8.49），就可以通过递归算法计算出 n 个线性失效模式交集的失效概率。

③二维标准正态分布联合失效概率的近似计算

$$P_{fs} = \max\left[P_A, P_B\right] + \min\left[P_A, P_B\right]\left(\frac{\pi - 2\theta}{\pi}\right) \tag{8.58}$$

其中

$$\begin{cases} P_A = \Phi(-\beta_1)\Phi\left(-\dfrac{\beta_2 - \rho_{12}\beta_1}{\sqrt{1-\rho_{12}^2}}\right) \\[3mm] P_B = \Phi(-\beta_2)\Phi\left(-\dfrac{\beta_1 - \rho_{12}\beta_2}{\sqrt{1-\rho_{12}^2}}\right) \end{cases} \tag{8.59}$$

$$\theta = \arccos(\rho_{12}) \tag{8.60}$$

在役桥梁结构构件的目标可靠指标、最低可靠指标是确定其使用寿命是否终结的重要标志。目标（或最低）可靠指标，理论上应根据结构的重要性、失效后果、破坏性质、经济指标等因素以优化方法分析确定，但实际上定量分析方法是很难找到的。目前对这方面的研究成果如表 8.1 所示。

表 8.1　在役结构的目标（或最低）可靠指标研究状况[4]

文　献	目标（或最低）可靠指标	备　注
Allen D. E.	/	引入生命安全准则，考虑检测情况、结构破坏性质、风险种类 3 个因素，通过对原设计的目标可靠指标进行调整，确定在役结构构件的可靠指标。
ISO/CD 13822	目标可靠指标：2.3~4.3	基于现行规范、总费用最小原则和（或）与社会其它风险相比较而综合确定，应该反映结构的类型和重要性、可能的失效后果以及社会经济条件。
赵挺生、张跃松等	最低可靠指标：$\beta_{0.25}$	相应于 β_T 降低 0.25 水平，β_T 为设计基准期内的目标可靠指标。
GB50292−1999 赵国藩	最低可靠指标：$0.85\beta_T$	/
周建方等	最低可靠指标：大型闸门 $0.8\beta_T$；中型闸门 $0.9\beta_T$；小型闸门 $0.85\beta_T$	基于"经验校准法"确定在役钢闸门结构的最低可靠指标。
牛荻涛	/	直接采用 β_T 用于在役结构可靠性评价
孙文静等	最低可靠指标：$\alpha(B)\beta_T$	B 为结构受腐蚀损伤的模糊等级评判向量；$\alpha(B)$ 为折减系数；$\alpha(B)=1/\gamma\lambda$，$\lambda$ 为考虑在役结构在条件荷载作用下发生边界改变的可靠指标修正系数，γ 为可虑锈蚀非胀裂损伤度的可靠指标修正系数。
Frangopol D. M.	不同类型构件的安全指标 β 通常介于 2~4 之间	/
Maria M. S., et al	目标可靠指标：4.0 最低的目标可靠指标：3.5	分别采用目标可靠指标和最低的目标可靠指标对矩形截面偏压柱的抗力折减系数进行研究。

表 8.2　公路桥梁结构目标可靠指标的建议值

项　目	一级		二级		三级	
	延性破坏[2)	脆性破坏	延性破坏	脆性破坏	延性破坏	脆性破坏
主要组合[1)	4.7	5.2	4.2	4.7	3.7	4.2
附加组合	4.2	4.7	3.7	4.2	3.2	3.7

注：1）主要组合系指汽车、人群、结构 和土引起的或其中部分引起的效应组合；附加组合系指在主要组合基础上再加上其它作用效应的组合；

2）延性破坏是指结构构件在破坏前有明显变形或其它预兆；脆性破坏是指结构构件在破坏前无明显的变形或其它预兆。

表 8.3　桥梁结构的设计安全等级[5]

安全等级	桥梁结构
一级	特大桥、重要大桥
二级	大桥、中桥、重要小桥
三级	小桥

8.2.2　基于 BP 神经网络的桥梁可靠度分析

单个结构点的可靠度计算方法现在研究的已经比较完善，但是在桥梁可靠度评估中，由于桥梁结构复杂，各构件相互之间的作用也很复杂，体系的可靠度由组成该结构的所有构件的极限状态决定，导致精确计算其可靠度非常困难，因此一般做近似的计算。具体计算方法有 PENT 法、蒙特卡罗法、保守最小取值法[2]等。但是这些分析方法均在一定的不足：

（1）对于大型复杂结构，其功能函数一般不能以显示表达，大多具有高次非线性特征且必须由专家参与设计[6]。

（2）随着桥梁运营时间的增加其结构状况发生变化，其功能函数也会发生一定程度的变化，专家建立的功能函数不能满足这种随时间动态变化的需要。

（3）目前广泛应用基于专家经验的蒙特卡罗法对桥梁可靠度进行评估。这种方法具有精度高的优点，但是极限状态方程是基于专家经验构建的。由于专家主观因素影响大，在大跨度桥梁中构建极限状态方程又过于复杂和繁琐，因此，其研究成果在不同桥梁中不可移植。

BP 神经网络是在人类对大脑神经网络认识理解的基础上人工构建的能够实现某种功能的数学模型，它由大量简单元件相互连接而成的复杂网络，具有高度的并行性、高度的非线性全局作用[7]、良好的容错性和联想记忆功能、十分强大的自适应、自学习能力，如图 8.6 所示。

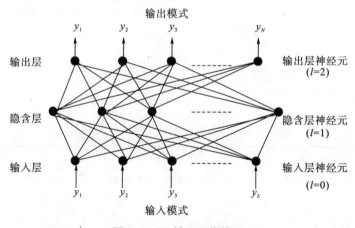

图 8.6　BP 神经网络模型

由于这些突出的优点，结合桥梁可靠度评估的特点和当前可靠度评估方法存在的问题，本文认为 BP 神经网络在桥梁可靠度评估中的应用是可行的。结合 BP 神经网络理论和桥梁可靠度评估理论，BP 神经网络构建桥梁可靠度评估方法的结构设计为

(1) 确定网络层数。如果样本空间过大，应建立两个以上的隐层；由于隐层增多会影响计算速度，一般情况下，只需一个隐层，本实验采用一个隐层。

(2) 输入层的节点数。输入层节点数是由影响桥梁结构可靠性的因素决定的。为了分析影响桥梁结构可靠度的关键位置和参数，本实验在墩台与基础、塔、上部结构、拉索等关键位置布设传感器采集应力（应变）、挠度、温度等指标[8,9]，将这些指标进行归一化处理后，作为输入层节点的样本，样本空间大小即为输入层的节点数。

(3) 输出层的节点数。桥梁可靠度是通过可靠指标进行衡量的。本实验就以可靠度指标 β 为输出层神经元。故此，本模型只有一个输出节点。

(4) 隐层的节点数。本实验中，首先根据经验公式确定隐层节点个数。在实验中不断根据结果进行调整，寻找最佳结果。

(5) 传输函数。BP 网络中的传输函数通常采用 S（sigmoid）型函数[10]。

针对马桑溪大桥的挠度、加速度、应变等监测信息，按照上述分析可以设计实验。试验在 Pentium(R)4 CPU 2.80GHz、512M 内存电脑上运行，用 Mat lab 8.0 自带的神经网络工具箱建立 BP 神经网络模式进行学习和测试。采取 14 个因素作为输入节点参数（加速度、湿度、温度、应变、挠度），以可靠度指标作为输出节点参数。这里，我们希望通过对 BP 神经网络模型中学习样本数、隐层节点数、学习率等重要参数的测试和试验，说明其对建立 BP 神经网络模型的影响，并对 BP 神经网络模型在其它桥梁可靠度评估模型的建立，提供一定的参考经验。

① BP 神经网络学习样本

根据马桑溪大桥的失效模式分析，由此可以选取得到马桑溪大桥的关键位置的重要监测参数为：应力加速度、温度、挠度、湿度和应变。数据采集的频率为 10 分钟每条，自 2004 年 7 月以来以产生了大量的监测数据。具体样本示例见马桑溪大桥监测数据，见表 8.4。

表 8.4 马桑溪大桥监测数据

日期	加速度 1	加速度 2	加速度 3	加速度 4
2004−12−14 13：30	0.977	0.977	1.001	0.977
2004−12−14 15：20	0.977	0.952	0.977	1.001
2004−12−14 15：30	0.977	0.928	0.952	0.977
2004−12−14 15：40	0.977	0.977	1.025	0.952
2004−12−14 15：50	0.952	0.977	0.952	0.977
2004−12−14 16：00	0.977	1.001	0.952	0.977
2004−12−14 16：10	0.952	0.977	0.977	0.977

本实验构造神经网络学习样本的思路是利用已实现的桥梁安全可靠度评估系统对这些样本计算出的体系可靠度指标作为期望输出。然而，在传统计算方法中是对一定数量

的监测参数进行分布拟合后产生百万组的随机样本输入后得到可靠度指标。而本实验需要每一组样本就要对应一个期望输出。针对这个问题，在咨询相关桥梁专家后的结论是：传统方法利用的是概率论的思想，反映整体样本的信息，对单个样本在不失有效性的情况下可以将计算的可靠度指标作为每组有效样本的期望输出，但要给予安全范围内的误差即可。

故此，本实验就是针对某个时间段内的监测数据利用基于传统蒙特卡罗评估方法的软件系统进行可靠度指标的计算，然后将此计算结果作为网络学习的期望输出。利用传统方法计算的马桑溪大桥可靠度一般在 4.6 左右（2004－12－14　13：30：00 到 2005－03－14　13：30：00 共计 13392 组数据进行模拟得到）。

②学习样本数对评估桥梁可靠度模型影响

学习样本数对 BP 神经网络模型的收敛速度有较大的影响[11]，样本数越多，收敛步数越少，见图 8.7 和表 8.5 所示。为了得到较好的收敛效果，应采用较大的样本数。对于结构复杂的桥梁而言，必须通过大量样本的学习才能较精确的反映桥梁的结构状态可靠度。根据试验分析，本试验设计建议学习样本取 300 组数据。

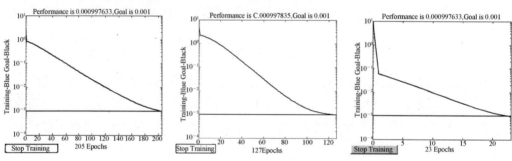

图 8.7　学习样本数对模型收敛速度的影响（从左至右为实验一、二、三）

表 8.5　试验结果统计

试验	样本数	隐层节点数	学习率	目标误差	收敛步数	MSE
试验一	30	16	0.005	0.001	205	0.000997633
试验二	300	16	0.005	0.001	127	0.000997835
试验三	1000	16	0.005	0.001	23	0.000980663

③学习率对评估桥梁可靠度模型的影响

学习率对评估桥梁可靠度模型的收敛速度有很大的影响，学习率越小，收敛速度越慢，反之，学习率越大，收敛速度越快；学习率的取值也影响到收敛曲线的光滑性，学习率越小，曲线越光滑，学习率越大，曲线起伏比较大，见图 8.8 和表 8.6 所示。为了取得比较好的收敛速度和曲线的光滑性，根据试验分析，本试验设计建议学习率取 0.005。

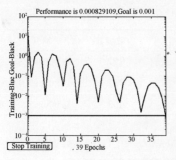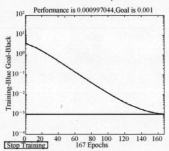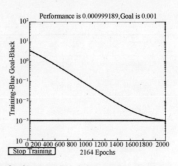

图 8.8　学习率对模型收敛速度的影响（从左至右为实验四、五、六）

表 8.6　试验结果统计

试验	样本数	隐层节点数	学习率	目标误差	收敛步数	MSE
试验四	300	16	0.05	0.001	39	0.000997044
试验五	300	16	0.005	0.001	167	0.000997044
试验六	300	16	0.00005	0.001	2164	0.000999189

④隐层节点数对评估桥梁可靠度模型的影响

隐层节点数对收敛速度的影响比较大，隐层节点数越多，收敛所需步数越少。增加隐层节点数虽然收敛步数会减少，但数据样本容量比较大时，会使计算速度变慢，见图 8.9 和表 8.7 所示。根据试验分析，本试验设计建议隐层节点数取 16 比较合理。

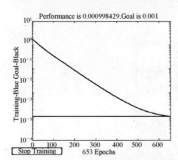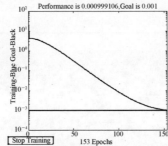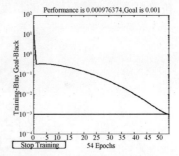

图 8.9　隐层节点数对模型收敛速度的影响（从左至右为实验七、八、九）

表 8.7　试验结果统计

试验	样本数	隐层节点数	学习率	目标误差	收敛步数	MSE
试验七	300	6	0.005	0.001	653	0.0009998429
试验八	300	16	0.005	0.001	153	0.000999106
试验九	300	24	0.005	0.001	54	0.000976374

⑤初始权值对评估桥梁可靠度模型的影响

即使所有参数均相同，用 Mat lab 8.0 自带的神经网络工具箱建立 BP 神经网络模式进行学习时，得到的结果都不完全相同，见表 8.8 所示。

表 8.8　试验结果统计

试验	样本数	隐层节点数	学习率	目标误差	收敛步数	MSE
试验二	300	16	0.005	0.001	127	0.000997835
试验五	300	16	0.0005	0.001	167	0.000997044
试验八	300	16	0.005	0.001	153	0.000999106

试验二、试验五、试验八都是样本数为 300 个，隐层节点为 16 个，误差为 0.001，学习率为 0.0005 时学习得到的结果，但收敛步数分别为 127 步、167 步、153 步，收敛步数都不相同，这是由于 Mat lab 8.0 自带的神经网络工具箱建立 BP 神经网络模式时，初始权值是随机取值的，这对 BP 神经网络学习的收敛步数有一定的影响，在数值计算中这是很正常的，好的初始权值会使收敛速度加快，不好的初始权值会使收敛速度变慢。但结果都是收敛的，精度也达到要求，所以初始权值的影响可以忽略[12]。

⑥对最优 BP 神经网络模型的测试

通过以上的分析，马桑溪大桥可靠度评估的 BP 神经网络模型参数应该选取样本数为 300、学习率为 0.005、隐层节点单元数为 16 个的三层 BP 神经网络模型。为了验证模型的合理性和科学性，选取了 700 组样本数据进行测试。

图 8.10 为测试结果，横轴为测试样本序号，纵轴为误差值，可见误差基本在 $[-0.04, 0.06]$ 之间，测试误差平均值为 0.0111，误差方差为 0.0008652，误差满足桥梁可靠度评估所要求的精度。

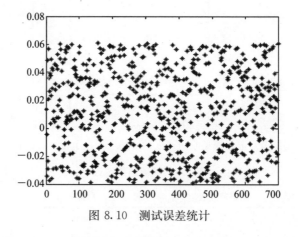

图 8.10　测试误差统计

桥梁安全可靠度评估是对桥梁安全状况进行评估和预测，是为桥梁管养提供决策依据的重要手段。本文在马桑溪大桥监测数据的基础上，通过九个实验就 BP 网络拓扑结构及网络参数对评估效率、准确度上进行了比较分析，最后建立了一个 14-16-1、学习率为 0.005、学习样本数为 1000 组的网络模型。此研究表明在桥梁可靠度评估中对样本数的在考虑不过度训练的情况下，样本数尽量大，其它参数必须在具体桥梁结构和评估截面的要求下进行实验确定。此研究为 BP 网络在桥梁可靠度评估中的应用提供了实验过程，为日后在此方面的研究给予了经验参考。

8.2.3　GA-BP 神经网络在桥梁可靠度评估中的应用

遗传算法[13]GA（Genetic Algorithms）搜索始终遍及整个解空间，容易得到全局最优解，尤其适用于处理传统搜索方法难以解决的复杂问题和非线性问题。因此，用遗传算法优化 BP 神经网络模型，不仅可以解决 BP 神经网络模型的缺点，还能发挥二者的长处，是一种更加精确、有效的可靠度评估模型。

基于实数编码的 GA-BP 神经网络模型基本步骤[14]：

第一步，根据前述实数编码方案及初始种群选择策略，生成一定大小的初始种群。

第二步，用所有训练样本对群中个体所代表的神经网络进行前向计算，获得每个个体对应的输出，再根据样本的期望输出，计算出整个样本集的均方误差，根据前述适应度函数确定出个体适应度值。

第三步，根据适应度值，采用赌轮选择策略从当前代中选择较优个体，根据前述遗传算子的确定公式，分别对其进行交叉、变异操作，产生交叉、变异子代，再根据选择算子，确定下一代种群。

第四步，重复二、三步，直到种群中适应度最大的个体的性能指标 $E < \varepsilon$，其中 ε 为期望的网络性能指标，则该个体为所求，它表示一个具有最佳权值分布、性能最优的前向神经网络模型。

建立三层 BP 网络，I_i 为输入层中第 i 个结点的输出；H_i 为隐含层中第 i 个结点的输出；O_i 为输出层中第 i 个结点的输出；WIH_{ij} 为输入层中第 i 个结点与隐含层第 j 个结点的连接权值；WHO_{ji} 为隐含层中第 j 个结点与输出层第 i 个结点的连接权值。

1. 遗传算法学习 BP 网络的步骤

①初始化种群 P，包括交叉规模、交叉概率 P_c、突变概率 P_m 以及对任一 WIH_{ij} 和 WHO_{ji} 初始化；在编码中，采用实数进行编码，初始种群取 30；

②计算每一个个体评价函数，并将其排序；可按式（8.61）概率值选择网络个体

$$P_s = f_i / \sum_{i=1}^{N} f_i \qquad (8.61)$$

式中，f_i 是个体 i 的适配值，可用误差 E 的平方和来衡量，即

$$f = 1 / \sum_{i}^{N} E_i^2 \qquad (8.62)$$

式中，E_i 是网络返回误差，即

$$E(i) = \sum_p \sum_k (V_k - T_k)^2 \qquad (8.63)$$

式中，$i = 1, \cdots, N$ 为染色体数；$k = 1, \cdots, 4$ 为输出层节点数；$p = 1, \cdots, 5$ 为学习样本数；T_k 为教师信号。

③以概率 Pc 对个体 G_i 和 G_{i+1} 交叉操作产生新个体 $G_i{'}$ 和 $G_{i+1}{'}$，没有进行交叉操作的个体进行直接复制。

④利用概率 Pm 突变产生 G_j 的新个体 $G_j{'}$。

⑤将新个体插入到种群 P 中，并计算新个体的评价函数。

⑥如果找到了满意的个体，则结束，否则转③。

达到所要求的性能指标后，将最终群体中的最优个体解码即可得到优化后的网络连接权系数。实验并调整交叉规模、交叉概率、变异概率[15,16]，从而建立一个比较完善的 GA-BP 神经网络算法模型来分析马桑溪大桥桥梁结构的可靠度。

将实测的大量数据样本代入设计好的 GA-BP 神经网络算法模型，计算可靠度指标。

本试验采取 14 个因素作为输入节点参数（加速度、湿度、温度、应变、挠度），以可靠度指标作为输出节点参数，根据经验公式计算出隐含层神经结点数为 9~18，通过试验分析比较，采用 16 个隐层节点数效率最高。试验采用样本数为 300 个，误差为 0.001，学习率为 0.0005 时，GA-BP 神经网络模型学习时得到的结果，如图 8.11 所示，收敛步数分别为 23 步。

为了检验 GA-BP 神经网络模型的合理性，用 700 组样本代入学习好的 GA-BP 神经网络模型进行测试，图 8.12 为 GA-BP 算法的测试误差的结果，横轴为测试样本序号，纵轴为误差值，如图所示误差基本在 $[-0.0311, 0.0433]$ 之间，测试误差的平均值为 0.007，误差方差为 $4.618E-4$。与传统 BP 算法相比，精度有明显的提高，误差满足桥梁可靠度评估所要求的精度[12]。

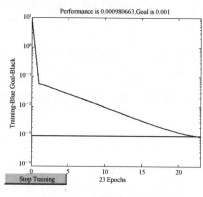

图 8.11 误差收敛分析

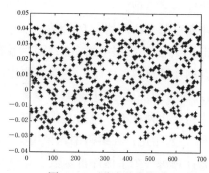

图 8.12 测试误差统计

将同样的 700 组样本分别代入传统 BP 神经网络模型和基于实数编码的 GA-BP 神经网络模型进行测试，对比两种测试结果，如表 8.9 所示：

表 8.9 误差对比分析

	误差范围	误差平均值	误差方差
传统 BP 神经网络	$[-0.04, 0.06]$	0.0111	$8.652E-4$
GA-BP 神经网络	$[-0.0311, 0.0433]$	0.007	$4.618E-4$

大跨度桥梁结构构件多、受力复杂导致精确评估桥梁可靠度出现复杂状况。应用 GA 优化 BP 神经网络模型评估桥梁可靠度不仅体现了 BP 网络的效率及非线性映射的能力，同时利用 GA 的全局最优能力克服 BP 固有的局部最优等缺点。本研究通过马桑溪大桥的监测数据进行实验分析表明 GA-BP 神经网络在计算精度上比 BP 更高。

8.3　基于结构物理参数和荷载效应的时变可靠度结构寿命评估及预测

目前，结构健康寿命预测从研究内容方面主要是：基于抗力演化和荷载效应演化。研究所采用信息的来源方面主要有：专家调查、荷载试验以及桥梁健康实时监测三种，其中，基于桥梁健康实时监测信息的桥梁寿命评估与预测研究相对较少，也没有形成成熟的模式。研究所采用的基础理论上主要有：数理统计分析（抗力统计分析和荷载效应统计分析即可靠度理论）和结构力学分析（结构累计损伤理论）两种。

从本质上讲结构寿命的预测其实就是构造能反映结构状态的时变指标以及该结构寿命"终结"时该指标的临界值，同时，在时间演化过程中预测指标的值与临界值进行比对，当指标值达到临界值时所经历的时间即为结构的寿命时间。所以，结构寿命研究的重点主要在于以下几个方面：（1）结构状态指标的构造；（2）指标临界值的确定；（3）指标演化规律分析及预测方法。目前，基于时变可靠度理论的结构寿命评估与预测就是构造了以可靠度指标为结构状态指标，根据相关规范设定了允许最小可靠度指标为指标临界值，从而完成结构寿命的评估及预测。

8.3.1　基于桥梁健康监测信息动态调整的时变可靠度寿命评估预测

可靠度理论的核心是结构时变抗力和荷载效应的统计分析。其中，根据研究所考虑抗力影响因素的不同结构抗力概率模型有不同的模式，但无论哪种模式都是针对结构材料、几何参数的实验室统计分析结构进行构造。同样，荷载效应也是根据影响荷载效应的汽车荷载、恒载以及人荷载等的统计参数进行构造。这种基于影响因素统计分析构造的抗力和荷载效应模型均存在以下不足：

（1）由于模型所采用的统计分析结果均为实验室统计分析以及纯理论统计的结果，无法针对在役桥梁实际营运期间结构自身现实、当前的状态动态调整模型。统计分析所形成的随机过程其演化过程是基于理论分析和历史信息的概率分析，而在役桥梁已成为"现在"，其自身特性已成为实际存在，营运期所受荷载也会是实实在在的现实，而这些信息无法纳入抗力与荷载效应的模型中，由此必然对结构寿命分析存在一定的误差。

（2）桥梁结构是大体量、高度复杂的结构体，其建造材料多样、结构形式多样以及施工过程的不确定，对于主要是从结构材料、构件几何参数分析的结构抗力模型构建方法而言，无法针对整个结构体进行整体分析。目前的研究思路主要是针对构件单元进行分析，然后利用系统可靠度分析理论在进行结构整体分析。由此，如何划分构件（材料、几何参数一致）以及不同构件采用不同抗力模式均存在问题。

由此，基于时变可靠度理论的结构寿命预测方法仍需进一步研究。

随着结构健康监测系统的数据采集设备、数据通讯以及信息技术的不断发展和应用，大型在役桥梁营运期结构状态信息越来越精确、丰富、实时。结合结构健康监测信息构建具有：

（1）基于结构健康监测信息的评估模型动态更新机制；

（2）基于结构健康监测信息的反应结构整体系统状态指标的提取机制等将成为未来

研究的方向。

针对上述时变可靠度理论存在的不足，我们可以从结构监测信息自身的动态演化过程中提取其形态性的特征，并形成相应对可靠度的调整参数。

利用了 Bayesian 对结构监测数据进行了预测。处理监测数据最大的挑战是如何考虑监测数据超越用户已给定或结构需要的约束，比如钢结构的应变或应力。在对单个给定的约束外，更大重点应该是评估多个传感器监测值的不同所设定的约束，这反应了这些测量的普通关系。一般而言，通过目前的传感器测量去在合理的置信区间预测物理量的可能性很大。比如，桥梁结构部分的应力在自重和交通的影响下一般变化不大，除非有局部很大的荷载或结构失效。因此，在桥梁上应变传感器能够使用目前的交通和自重去预测未来应变，比如通过监测刚劲锈蚀程度来预测钢筋寿命。因此，为已使用的传感器设计预测函数是可能的。比如，结构倾斜角、温度等等。当考虑识别不希望出现的异常值以及期望监测数据按照预测模式进行变化的时候，预测函数就会更加重要。

预测函数可有很多方法来构造，如最小二乘法、Kalman filtering 等。预测函数主要是识别结构应变性质，比如连接部分。预测函数中的阈值一般可以通过测试、力学计算或用户规定的方式获取。此文主要完成结合监测数据的结构构件可靠度的评估、更新预测函数的方法和监测中断的条件以及利用历史监测数据完成可靠度评估的 Bayesian 方法的研究。

这里主要是通过最小二乘法对桥梁一个传感器所监测的数据进行一定时间间隔内的拟合，然后利用连续间隔进行监测数据发展的趋势进行预测。其中，考虑的间隔内可接受异常数据个数、置信度、3σ 原则等概念。

关于结构退化过程的不确定性、相关描述参数以及有限的资金需要有成熟的模型来评估退化过程、概率描述退化过程、寿命预测以及投资策略优化等问题的研究。

监控系统会提供大量的监测数据，这些数据数量和监控频率、数据采集器以及传感器数量有关。然而，影响监控频率的因素主要是：结构需要调查的物理量数量、物理量在时间和空间上需要的变异、计划监测的持续时间、预算约束等。监测到的极值包括不同类型的信息，因此可以来评估结构的屈服强度、疲劳强度和变形等特征。此文提出的预测方法主要是结构在一定位置的应变特性，比如在力学高荷载（自重荷载和动荷载）部位。对于结构特性的预测函数 f_p 和现在、过去的监测的应变或应力 E_p。在此，没有必要用到所有的监测数据，只需要关注在时间阶段 P_i 中监测到的极值 $E_{p,i}$ 即可。在样本集合中的极值组需要考虑该物理量的阈值 f_T。可以使用图表方法对样本数据的集中性、变化趋势进行分析。图表方法将连续样本的分布分为稳定和非稳定过程（稳定过程：导致过程改变的原因不随时间变化而变化；非稳定过程：导致过程改变的原因随时间随机变化），桥梁工程有许多环境因素影响监控的数据（如温度、太阳辐射、交通流等），所以，桥梁监测的数据一般都是非稳定过程。因此，单纯使用图表方法无法完成数据预测。有许多不考虑监测极值的预测结构衰变的预测函数，这些方法中大部分是高级的分析公式。然而。现在非常需要能够通过监测数据来预测的方法。一阶、二阶或高阶一般可用于预测。比如

$$f_p = \sum_{k=0}^{w} a_k \cdot t^k \quad (w = 1,2,3) \tag{8.64}$$

式中，a_k 是系数；w 是多项式阶次；t 是时间。

a_k 求解步骤：

①计算与预测函数有关的监测周期 $P^{(t_i)}$。将 $P^{(t_i)}$ 分为相等的若干个周期 P_i，这个周期与监测频率、数据性质、预测函数的公式以及整个监测周期有关。可以通过设定在 $P^{(t_i)}$ 中的每个 P_i 内允许监测极值超过预测值的概率 p 和这个概率的置信水平 $C = 1 - \lambda$。

$$\sqrt{P_i^{(t_i)}} \cdot \left[\varphi^{-1}(p) - \varphi^{-1}(m) \right] = \varphi^{-1}(1 - \lambda) \tag{8.65}$$

式中，$m = S_p / P_i^{(t_i)}$；S_p 是监测值超过（大于或小于）预测值的个数。由此，以上公式可以转化为

$$\sqrt{P_i^{(t_i)}} = \frac{\varphi^{-1}(1 - \lambda)}{\varphi^{-1}(p) - \varphi^{-1}(S_p / P_i^{(t_i)})} \tag{8.66}$$

②计算预测函数。利用最小二乘法获得在周期 P_i 中的系数 a_k，此时获得的是监测极值的趋势

$$f_p = f_p' = \sum_{k=0}^{w} a_k' \cdot t^k \quad (w = 1,2,3) \tag{8.67}$$

为了满足前面所定义的周期内监测值超过预测的条件，并计算整个监测周期 $P^{(t_i)}$ 内的预测函数就必须更新预测函数。

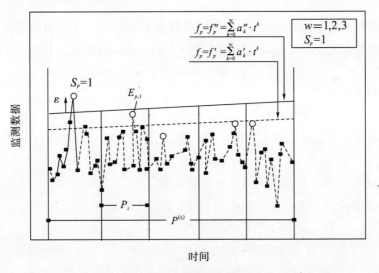

图 8.13　预测函数更新

有上图可以看到，在对于 P_i 周期内最多有一个监测值大于 f_p，随着周期推移，在 $P^{(t_i)}$ 内却有多个超越值，为了保证 $P^{(t_i)}$ 内也只有一个超越值，就必须重新扩大周期。故此，P_i、$P^{(t_i)}$ 只是个相对概念，由此可以完成更新过程的预测。

③预测函数更新的时机选择。

可以利用 $\Delta f_p = |f_p - f|$ 表示评估值与监测值的差值幅度，由此利用均值图表来考察是否需要进行预测更新。

$$CL_{mean} = (\sum_{i=1}^{k} \Delta f_i)/k \tag{8.68}$$

$$UCL_{mean} = CL_{mean} + 3S_x \tag{8.69}$$

$$LCL_{mean} = CL_{mean} - 3S_x \tag{8.70}$$

式中，S_x 是 Δf 的标准差；k 是 P_i 周期内的数据个数。

对于非稳定过程而言，当预测与预测数据变换幅度超过 $3S_x$ 原则时就需要更新预测函数系数。

最后，为了更加贴近实际监测这种连续的情况，预测不仅要考虑现在数据，还要考虑过去数据。所以，在预测周期 P_i、$P^{(t_i)}$ 的选择可以完成整个监测周期的预测。

另外，通过时变可靠度指标 $\beta(t)$ 和目标可靠度指标 β_0 来计算必要的监测周期。若假设在监测周期 $P^{(t_i)}$ 内超出预测值的监测数据个数 α 服从泊松分布，则直到时间 t 都未再出现"异常"数据的概率可以用下式表示：

$$F_{T_1}(t) = P(T_1 \leqslant t) = 1 - e^{-vt} \tag{8.71}$$

式中，$v = \alpha/n$；n 是周期 $P^{(t_i)}$ 内的单元周期 P_i 的个数；T_1 是"异常"再次出现的时间。

由此，假设从 $P^{(1)}$ 到 $P^{(t_i)}$ 有 α 个监测数据超出预测值，那么在下一个周期 $P^{(t_{i+1})}$ 内出现异常值的概率就很容易计算。

8.3.2 传统桥梁结构寿命预测模式分析

设桥梁的计算恒荷载效应为 S_G，并引入修正系数，为一不变值，监测活载效应为 $S_Q(t)$，则在基本组合下桥梁某一时刻极限状态的功能函数随机过程为

$$Z(t) = R(t) - S_G - S_Q(t) \tag{8.72}$$

桥梁第 i 年的失效概率为

$$P_f(t_i) = P\{R(t_i) - S_G - S_Q(t_i) < 0\} \tag{8.73}$$

由上面的分析知，活载所取值为监测年最大值，因此失效概率模型可表示为

$$P_f(t_i) = P\{R(t_i) - S_G - S_{Q,year}(t_i) < 0\} \tag{8.74}$$

式中，$S_{Q,year}(t_i)$ 是第 i 年监测活载效应年极大值。

对于已服役 t_0 年的在役桥梁，在第 $t_0 + t$ 年的失效概率为

$$P_f(t_0 + t) = P\{R(t_0 + t) - S_G - S_{Q,year}(t_0 + t) < 0\} \tag{8.75}$$

式中，$R(t_0 + t)$ 是由 t_0 年内监测抗力反映模型对 $t_0 + t$ 年的预测抗力值；$S_{Q,year}(t_0 + t)$ 是由 t_0 年内监测活载效应信息模型对 $t_0 + t$ 年的预测活载效应值。

相应的功能函数为

$$Z = R(t_0 + t) - S_G - S_{Q,year}(t_0 + t) \tag{8.76}$$

若确定的最低可靠指标 β_{min} 是合理的，桥梁容许失效概率为：

$$P_{f,[year]} = \Phi(-\beta_{min}) \tag{8.77}$$

只要满足 $P_f(t_0 + t) < P_{f,[year]}$，就可以认为桥梁承载力是满足最低可靠性要求。即

$$P_f(t_0 + t) < P_{f,[year]} = 1 - \Phi(\beta_{min}) \tag{8.78}$$

$$\Phi^{-1}(1 - P_f(t_0 + t)) > \beta_{min} \tag{8.79}$$

$$\beta(t_0 + t) > \beta_{\min} \tag{8.80}$$

式中，$\beta(t_0 + t)$ 是桥梁服役后 t 的预测可靠指标，在剩余使用寿命期内，满足最低可靠指标的要求；当 $t = T'$，$\beta(t_0 + T') = \beta_{\min}$，则在役桥梁的剩余使用寿命为 T'。

8.3.3 基于结构物理参数和荷载效应的时变可靠度结构寿命评估

根据上节传统结构寿命预测的分析，利用时变可靠度进行桥梁结构寿命预测是目前应用最广泛的一种思路。但此类研究所构建的结构抗力和荷载效应模型均是来自于经验以及实验分析的统计参数，未能将在役结构实时营运过程的信息融入模型中，使得可靠度的计算也存在一定的不可靠度。由此，利用在役桥梁实时监测信息构建时变可靠度模型中的抗力、荷载效应模型成为研究的重点。

本书第六章已经分析并研究了基于结构物理刚度指标的抗力衰变模型以及最大 Lyapunov 指数熵的时变抗力模型。第七章提出了利用小波分析以及控制图的结构荷载效应指标。在此，我们利用前面所提出的模型和指标在此可以构建基于桥梁健康监测信息和时变可靠度理论的桥梁寿命预测模型。

剩余使用寿命评估流程：

第一部分：结构抗力

（1）通过监测信息利用 Next 法完成基于环境激励下的结构的模态参数获取；

（2）利用广义卡尔曼滤波完成基于未知输入的结构物理参数（刚度）的识别，计算总体刚度参数 $K(t)$

$$K(t) = \sum_{i=1}^{n} K_i(t) \tag{8.81}$$

（3）利用模型 $R(t) \approx K(t)$，构造结构抗力的时变模型。

第二部分：结构荷载效应

采用 EWMA 控制图对结构响应的活载效应和劣化效应信息所形成的过程进行监测，其统计量即为所需构建的荷载效应特性指标。

根据 EWMA 控制图统计量的权重分布特点，可以得到其统计特征。设每次所取样本容量为 n，则统计量 Z 的数学期望为

$$E(Z) = E(\overline{X}) = \mu \tag{8.82}$$

统计量 Z 的方差为

$$D(Z) = \frac{\lambda}{n(2-\lambda)}[1 - (1-\lambda)^{2i}]D(\overline{X}) \tag{8.83}$$

标准差为

$$\sigma_R = \sqrt{D(Z)} = \frac{\sigma}{\sqrt{n}}\sqrt{(\frac{\lambda}{2-\lambda})[1 - (1-\lambda)^{2i}]} \tag{8.84}$$

EWMA 控制图的控制限为

$$UCL = \mu + k\,\sigma_R = \mu + k\frac{\sigma}{\sqrt{n}}\sqrt{(\frac{\lambda}{2-\lambda})[1 - (1-\lambda)^{2i}]} \tag{8.85}$$

$$LCL = \mu - k\sigma_R = \mu - k\frac{\sigma}{\sqrt{n}}\sqrt{(\frac{\lambda}{2-\lambda})[1 - (1-\lambda)^{2i}]} \tag{8.86}$$

根据第 7 章所完成的基于桥梁健康监测信息荷载效应的提取，其获取的基于监测应变等的统计信息，其本质上还是反应的响应信息。为了将荷载效应和抗力统一到同一个量级和内涵体系，在此利用第 5 章的本构理论讲响应应变信息演算出结构的应力，由此与抗力统一起来。

根据第 6 章的分析，在增量理论中，把材料达到屈服后的应变增量分为弹性增量和塑性增量两部分，即

$$\{d\varepsilon\} = \{d\varepsilon^e\} + \{d\varepsilon^p\} \tag{8.87}$$

其中弹性应变增量部分和应力增量之间仍满足线性关系，即

$$\{d\sigma\} = [D_e]\{d\varepsilon^e\} \tag{8.88}$$

式中，$[D_e]$ 是弹性矩阵；$d\sigma$ 是应力增量；$d\varepsilon$ 是应变增量。

由此，我们可以通过 EWMA 控制的应变信息统计参数均值、方差、控制比例参数按照上述模型转化为应力的参数

$$\sigma(t) \rightarrow (\varepsilon_{均值}, \sigma_{方差}, \lambda_{比例}) \tag{8.89}$$

由此，我们可以将结构在荷载作用下的应变转化后的应力增量等价于荷载效应，由此构造荷载效应的模型如下

$$S(t) \approx \sigma(t) \tag{8.90}$$

第三部分：时变可靠度指标

根据时变可靠度指标的概念

$$\beta(t) = \frac{\mu_R(t) - \mu_S(t)}{\sqrt{\sigma_R^2(t) + \sigma_S^2(t)}} \tag{8.91}$$

由此即可在时间序列上形成基于桥梁健康监测的时变可靠度指标的序列。

第四部分：寿命分析及预测

根据前面的步骤，我们已经完成了基于时间演化的结构可靠度指标的计算，由此，利用相关预测方法就可获得可靠度表低于某个临界值的时间即结构使用寿命。

8.4　基于"一类学习"模式识别的桥梁寿命预测分析

根据上一节的分析，利用桥梁健康监测信息实现提取反应结构整体状态特性指标以及在桥梁结构营运过程中根据实时监测信息动态调整评估模型是研究结构寿命的新方向。

下面本节结合本书前面章节所讨论的结构混沌指标以及动、静力因子等内容就桥梁健康寿命评估及预测进行相关讨论。

8.4.1　基于一类 SVM 模式识别的桥梁寿命预测分析

由上述模型寿命临界点就可以看作模式识别中的临界面问题。即可利用模式识别的基本理论完成在时间演化过程中的分类问题。其中，但出现"负"样本时所耗费的基于的时域信息即为桥梁寿命。

从信息技术角度看，桥梁状态监测与健康评价的实现过程具有"特征提取"和"模

式分类"等基本属性,因此可以视为模式识别在结构工程领域的应用与延拓。参数识别、动力指纹构造等工作是模式特征的提取与转换过程,动力学参数作为模式特征将桥梁状态影射到特征矢量张成的"状态空间"而损伤监测和健康评价则是"状态空间"上的模式分类问题。作为模式识别问题,"样本不对称"是桥梁状态监测的突出特点,正常状态的样本非常丰富而各类异常状态的样本却很难获得。

8.4.1.1　基于支持向量机的模式识别

SVM 在解决小样本、非线性及高维模式识别问题中表现出许多特有的优势,并能够推广应用到函数拟合等其他机器学习问题中。

非线性可分情形:当用一个超平面不能把两类点完全分开时(只有少数点被错分),可以引入松弛变量 $\xi_i (\xi_i \geqslant 0, i=1, \bar{n})$,使超平面 $w^T x + b = 0$ 满足

$$y_i(w^T x_i + b) \geqslant 1 - \xi^i \tag{8.92}$$

当 $0 < \zeta_i < 1$ 时,样本点 x_i 仍旧被正确分类,而当 $\zeta_i \geqslant 1$ 时,样本点 x_i 被错分。为此,引入以下目标函数:

$$\psi(w, \xi) = \frac{1}{2} w^T w + C \sum_{i=1}^{n} \xi_i \tag{8.93}$$

其中,C 是一个正常数,称为惩罚因子。此时 SVM 可以通过二次规划(对偶规划)来实现

$$\begin{cases} \max \sum_{i=1}^{n} a_i - \frac{1}{2} \sum_{i=1}^{n} \sum_{j=1}^{n} \alpha_i \alpha_j y_i y_j (x_i^T x_j) \\ s.t \quad 0 \leqslant a_i \leqslant C \quad (i = 1, \cdots, n) \\ \sum_{i=1}^{n} a_i y_i = 0 \end{cases} \tag{8.94}$$

支持向量机(SVM)的核函数:若在原始空间中的简单超平面不能得到满意的分类效果,则必须以复杂的超曲面作为分界面。

首先通过非线性变换 Φ 将输入空间变换到一个高维空间,然后在这个新空间中求取最优线性分类面,而这种非线性变换是通过定义适当的核函数(内积函数)实现的,令

$$K(x_i, x_j) = \langle \Phi(x_i) \cdot \Phi(x_j) \rangle \tag{8.95}$$

用核函数 $K(x_i, x_j)$ 代替最优分类平面中的点积 $x_i^T x_j$,就相当于把原特征空间变换到了某一新的特征空间,此时优化函数变为

$$Q(a) = \sum_{i=1}^{n} a_i - \frac{1}{2} \sum_{i=1}^{n} \sum_{j=1}^{n} \alpha_i \alpha_j y_i y_j K(x^i, x_j) \tag{8.96}$$

而相应的判别函数式则为:

$$f(x) = \text{sgn}[(w^*)^T \varphi(x) + b^*] = \text{sgn}\left(\sum_{i=1}^{n} a_i^* y_i K(x_i, x) + b^*\right) \tag{8.97}$$

式中,x_i 是支持向量;x 是未知向量。

式(8.97)就是 SVM,在分类函数形式上类似于一个神经网络,其输出是若干中间层节点的线性组合,而每一个中间层节点对应于输入样本与一个支持向量的内积,因此也被叫做支持向量网络,如图 8.14。

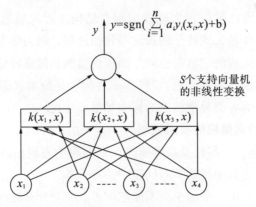

图 8.14 支持向量机学习

8.4.1.2 基于 SVM 的多因子模式识别的桥梁寿命评估与预测

根据本书第 6 章的分析，桥梁结构在营运期可以通过结构静力、动力以及结构响应信息自身等方面所提取的特征因子能够从不同角度、不同程度反应结构抗力演变。也就是说，这些特征因子可以作为描述结构抗力演化过程的"属性"。由此，我们可以构建以这些特征因子为属性集的结构抗力演化模式识别。

结构寿命可以视为结构抗力衰变至某一阈值，此阈值即是结构最劣情况的抗力。而结构抗力达到此阈值（即负样本）的过程必然极少出现，由此，我们可以通过特征因子构建的属性集按照一类学习问题，结合前面的分析，使用支持向量机进行结构寿命的评估和预测。

具体评估预测过程如下：

（1）构建抗力特征因子属性集。此部分主要考虑结构动力模态参数以及结构响应的混沌非线性指标等；

（2）分析特征因子间的相关性，对于相关性较高的因子应予以优化，从而降低问题空间维数；

（3）结合桥梁结构设计相关规范，对不同结构截面获取抗力阈值；

（4）进行支持向量机学习。

8.4.2 基于信息几何混沌 SVM 桥梁寿命预测模型修正

对于混沌时间序列使用支持向量机进行分类预测存在核函数确定困难的问题。对此，可以利用信息几何理论、支持向量机理论和重构相空间理论，通过混沌支持向量机 CSVM，对含有混沌现象的时间序列进行预测。

信息几何是采用（Riemann 流形上的）微分几何方法来研究统计学的理论。设 m 维样本空间上随机变量 X 的概率分布（参数）簇 $S = \{p(X \mid \theta) \mid \theta \in \Theta\}$，其中 θ 为该分布簇的参数向量，Θ 为 n 维欧式空间 Rn 的一个开集。在 p 满足一些正则条件的情况下，S 形成一个微分流形，称为统计流形，θ 称为统计流形的自然坐标。

对于一个带参数 θ 的概率分布 $p(X \mid \theta)$，其对数似然函数记为

$$l(X \mid \theta) = \log p(X \mid \theta) \tag{8.98}$$

式中，$\theta = (\theta_1, \theta_2, \ldots, \theta_n)$，为 n 维欧式空间的向量。

记 $\partial_i = \dfrac{\partial}{\partial \theta_i}$，$\partial_i l = \dfrac{\partial l(X \mid \theta)}{\partial \theta_i}$，则该概率分布的 Fisher 信息矩阵 $I = [g_{ij}(\theta)]$ 定义为

$$g_{ij}(\theta) = E_\theta [\partial_i l \partial_j l] = \int_x \partial_i \log p(X \mid \theta) \partial_j \log p(X \mid \theta) p(X \mid \theta) dx \tag{8.99}$$

在自然坐标 θ 下，Fisher 信息矩阵成为此概率分布所对应的流形 S 的 Riemann 度量。事实上，从保持充分统计量变换下度量不变的意义上说，Fisher 信息矩阵是统计流形上唯一合适的 Riemann 度量[17]。与欧式空间的距离不通，该度量具有相对坐标变化的不变性，从而在很大程度上体现了样本分布的内在特征。

从几何的观点看，非线性映射是一个子流形，它定义了从输入空间 s 到特征空间 F 的一个嵌入，一般 F 为再生核 Hilbert 空间（RKHS），RKHS 是 Hilbert 空间的子空间。因此，可在 s 空间中引入一个黎曼度量。这个黎曼度量可用核函数 $K(x, x')$ 近似地表示为

$$G_{i,j} = \frac{\partial}{\partial x_i} \frac{\partial}{\partial x_j'} K(x, x') \mid x' = x \tag{8.100}$$

此时黎曼度量为

$$G_{i,j}(x) = \frac{\delta_{i,j}}{\sigma^2} \tag{8.101}$$

式中，σ 是归一化参数，$\delta_{i,j} = \begin{cases} 1, & i = j \\ 0, & i \neq j \end{cases}$。下面在核函数中引入一个保角映射 $D(x)$，得新的核函数为

$$K(x, x') = D(x) D(x') K(x, x') \tag{8.102}$$

由上式可得到变换后的黎曼度量

$$\tilde{G}_{i,j}(x) = \frac{\partial D(x)}{\partial x_i} \frac{\partial D(x')}{\partial x_j'} + [D(x)] G_{i,j}(x) \tag{8.103}$$

基于上述讨论，如果适当选取一个保角映射，就可以在保持原来空间拓扑结构不变的情况下，对非线性数据中的重要样本点附近的区域实现有效放大，从而提高预测效果。

将混沌优化方法应用于支持向量机中参数的选取具体步骤如下[18]：

(1) $k = 1$ 给定优化 向量 x^1 作为支持向量机的核函数参数和惩罚函数，允许搜索的最大迭代次数 T，求 $f(x^1)$，$t_i^1 = \dfrac{x_i^1 - a_i}{b_i - a_i}$，$f(x)$ 是支持向量机在参数 x 下对预测样本的输出误差；a_i、b_i 是向量 x 的分量的取值范围，令 $x^* = x^1$，$f^* = f(x^1)$；

(2) 采用 Logistic 混沌映射，分别产生混沌变量 $t_i^{k+1} = 4t_i^k(1 - t_i^k)$（此映射已经证明是"单片"混沌，几乎遍历 $(0, 1)$ 之间的所有状态）和 $x_i^{k+1} = a_i + (b_i - a_i) t_i^{k+1}$，计算 $f(x^{k+1})$；

(3) 比较 $f(x^k)$ 和 $f(x^{k+1})$，若 $f(x^k) > f(x^{k+1})$ 则 $k = k + 1$ 转向 (2)；否则令 $x^* = x^{k+1}$，$f^* = f(x^{k+1})$ 转 (4)；

(4) 若 $k < T$，令 $k = k + 1$ 转向 (2)；否则，输出结果 x^* 就是最优的支持向量机参数。

具体流程图如下

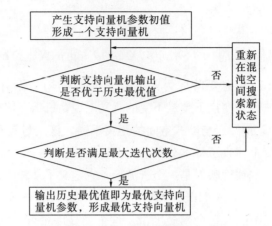

图 8.15　混沌优化支持向量机算法流程图

由此，针对前面章节的分析可以构造表达结构演化的基本静力、动力和信号特征因子，由这些因子构成表述结构的基本属性向量，根据一类学习的模式识别方法进行结构寿命预测。不过，此方面研究需要进一步深入。

8.5　基于最优停时理论的桥梁抗力及寿命演变研究

桥梁健康监测系统所获取的结构监测信息就是桥梁结构在随机环境激励下的实时结构反应，结构自身参数的随机性以及外部激励的随机性自然就决定相信信息的随机性。长期监测的信息构成的随机序列成为进行结构安全评估的重要素材。本章前面所分析的可靠度理论、基于特征因子的一类学习方法等均是结合结构参数与信息特征的研究路线。然而，单纯从结构响应信息所构成的随机序列的角度进行结构寿命分析，利用监测序列的演化情况来反演结构寿命也是一种值得分析研究的思路。

最优停时理论作为对考察随机序列第一次出现某种特定事件的重要手段，已经成功应用于房地产投资、股票投资等方面。对于研究桥梁出现比如抗力衰变凸现点等重点关注的事件也可以应用最优停时理论进行分析研究。

8.5.1　最优停时理论[19]

最优停时理论作为一套由随机序列、Markov 链、鞅、半鞅等众多基础理论进行支撑的理论，在这里，我们只简单从鞅和最优停时两个概念出发进行介绍，详细内容可以参考相关专业资料。

8.5.1.1　鞅

假定 $(S_n)_{n \in Z_+}$ 是滤波空间 $\{\Omega, \mathscr{F}, P, F\}$ 上的一个 F_n-适应过程，如果：

（1）无条件的数学期望是有限的，即

$$E(S_n) < \infty, n \in Z_+ \tag{8.104}$$

（2）对于一时刻的预测就是现在观察到得数据，即

$$E(S_{n+1}|F_n) < S_n, n \in Z_+ \tag{8.105}$$

则称 $(S_n)_{n \in Z_+}$ 为（F 下的）离散时间鞅或者简称离散鞅。

因此，鞅实际上就是未来变化完全无法预测的随机过程。不妨假设 $(S_n)_{n \in Z_+}$ 是一个鞅，在一个单位时间间隔内，S_n 的预期变化为

$$E[(S_{n+1} - S_n)F_n] = E_n(S_{n+1}F_n) - E_n(S_nF_n) \tag{8.106}$$

由于 S_n 是鞅，$E_n(S_{n+1})$ 等于 S_n，而根据定义 S_n 是 F_n 可测的，所以 $E_n(S_n)$ 在 n 时刻是已知的，也等于 S_n，所以

$$E_n(\Delta S_n F_n) = 0 \tag{8.107}$$

因此，对 S_n 在下一时间内变化的最好预测就是 0。换句话说，该随机变量的未来运动方向和大小是不可预测的，这就是所谓的鞅性（martingale program）。

上式中的 ΔS_n 被称为鞅差（martingale difference）。显然，鞅差的部分和也是鞅，即

$$E_n\Big[\sum_{k=1}^{n} \Delta S_n F_n\Big] = 0 \tag{8.108}$$

根据随机序列过程的相关定理，我们从连续适应过程⇒RCLL 过程⇒循序可测过程⇒可测过程。因此，可料过程和可选过程必然是循序可测过程，所以上面的 σ 域之间有以下嵌套关系

$$Pr \subset Op \subset PM \subset F \otimes B[0, T] \tag{8.109}$$

由此可以定义连续鞅。

定义：假定 $(S_t)_{t \in [0, \infty]}$ 是滤波空间 $\{\Omega, \mathscr{F}, P, F\}$ 上的一个适应过程，如果

(1) $E(S_t) < \infty$，$t \in [0, \infty)$；

(2) $E_t(S_T F_t) = S_t$，$\forall T > t$。

则称 S_t 为连续时间鞅或者简称鞅。

可以证明如果滤波满足常规条件，每一个上（下）鞅都存在一个 F_t 适应的右连左极的修正。因此当我们谈到连续时间鞅的时候，指的均是它们的 RECLL 版本。

8.5.1.2　停时定义

假设 t 是时间，F_t 代表积累到 t 时刻的信息。停时可以理解为某一随机事件第一次发生的时刻。比如我们对某些特定现象的发生感兴趣，例如某个"黑色星期五"的出现，我们对这些特定现象第一次出现的时刻 $T(\omega)$ 给予特别的注视。很明显事件 $\{\omega, T(\omega) \leq t\}$ 的发生，当且仅当这一现象出现在 t 时刻上或者 t 时刻之前。它应当是积累到那个时刻的信息集的一部分。

例如一个赌徒决定在他赌赢 100 次后就收手，那么他停止赌博的时刻就是一个随机变量 $T = n$，而就是说当他赌到 n 次时，他才赢足 100 次，F_n 是他赌到第 n 次所能掌握的全部信息。故 T 是否等于 n 是依赖他赌到第 n 次才能知道的。从这个角度体会，它似乎有点"你到时就知道了"那种无奈的意味。

正式的，停时是一个定义在滤波空间 $\{\Omega, \mathscr{F}, P, F\}$ 上的随机变量

$$T: \Omega \rightarrow [0, \infty) \cup \{\infty\}$$

对于任何 $t \in R_+$，它满足：

$$\{T \leqslant t\} = \{\omega, T(\omega) \leqslant t\} \in F \tag{8.110}$$

显然任意非负的常值随机变量 $T = t$ 是一个停时，而且 $T + s$，（$s \geqslant 0$）也是停时。容易知道：

（1）如果 T_1，T_2 是停时，则 $T_1 + T_2$，$T_1 \wedge T_2$，$T_1 \vee T_2$ 也都是停时。

（2）如果 $(T_n)_{n \geqslant 1}$ 是停时序列，则 $\vee_n T_n = \sup_n T_n$、$\wedge_n T_n = \inf_n T_n$、$\limsup\limits_{n \to \infty} T_n$、$\liminf\limits_{n \to \infty} T_n$ 也都是停时.

我们同时定义

$$F_T = \{A \in F, \forall t \leqslant \infty, A \cap T \leqslant t\} \in F_t$$

注意此时集合 F_T 称为停时前的 σ-代数。如果 T_1，T_2 是停时，而 $T_1 \leqslant T_2$，则有：

①$F_{T_1} \leqslant F_{T_2}$。

②如果 $A \in T$，则 $A \cap \{T_1 \leqslant T\} \in F_{T_2}$。

8.5.1.3 最优停止定理

定理：如果是在 $(M_n)_{n \in Z_+}$ 随机基 $\{\Omega, \mathscr{F}, P, F\}$ 上的一个 F_n-适应的离散鞅；$T < \infty$ 是一个有界停时，则有

$$E[M_T | F_0] = M_T \tag{8.111}$$

以及

$$E(M_T) = E(M_0)$$

证明：考虑这样一个随机序列 θ_n

$$\theta_n = 1_{T \geqslant n} (n \geqslant 1)$$

它是可料的。因此，如果 $(M_n)_{n \in Z+}$ 是鞅，则鞅变换 $(\theta \cdot M)_n$ 也是鞅，但是

$$(\theta \cdot M)_n = \sum_{k=1}^{n} 1_{(T \geqslant k)} (M_k - M_{k-1}) = M_T \wedge n - M_0 \tag{8.112}$$

如果 $\tau \leqslant n$，则

$$(\theta \cdot M)_n = M_{T \wedge n} - M_0 = M_\tau - M_0 \tag{8.113}$$

因此就有

$$E[(\theta \cdot M)_n | F_0] = E[M_\tau - M_0 | F_0] = E[M_T | F_0] - M_0 = 0 \tag{8.114}$$

这是选取样定理的最简版本。它还有其他的形式，例如假定 $\tau_1 \leqslant \tau_2$ 为两个有界停时

（1）如果 $(M_n)_{n \in Z_+}$ 为一个上鞅，则 $E[M_{T_2} | F_{T_1}] \leqslant M_{T_1}$；

（2）如果 $(M_n)_{n \in Z_+}$ 是鞅，则 $E[M_{T_2} | F_{T_1}] = M_{T_1}$。

对鞅过程的停止相当于某种形式的鞅变换。

8.5.2 基于最优停时理论的桥梁结构寿命演变研究

根据信息论对于时间序列上的随机过程即可构造其 Markov 链，Markov 链所反应的是随机状态间迁移的过程，根据最优停时理论对于整个时间序列上状态的迁移进行最优时间预测。

假定系统具有 $M + 1$ 个可以区分的性能指标，在完善工作状态时，定义状态为 M，而当其完全失效时，定义状态 0。在 0 和 M 之间的正整数代表系统处于完善工作状态和完全失效状态之间的中间状态。系统的状态从 M 到 0 逐步退化。这种状态的转移时

随机的，实际是一个随机事件变化的随机变量。

马尔科夫过程的定义：在时刻 t_0 系统处于 i 状态的条件下，在时刻 $t(t \geqslant t_0)$ 系统所处的状态和时刻 t_0 以前所处的状态无关，只与时刻 t_0 所处的状态有关。对于马尔科夫过程，可以将从时刻 t_i 的状态 n 变为时刻 t_{i+1} 的状态 m 的条件概率表示为

$$P_{nm}(t_i) = P\{X(t_{i+1}) = m \mid X(t_i) = n\} \quad (0 \leqslant n, m \leqslant M, i = 0, 1, 2, \cdots) \tag{8.115}$$

称 $P_{nm}(t_i)$ 为状态转移概率。由概率论定义可知

$$0 \leqslant P_{nm}(t_i) \leqslant 1 \tag{8.116}$$

$$\sum_M P_{nm}(t_i) = 1 \tag{8.117}$$

如果 $P_{nm}(t_i)$ 只与时间差 $t_{i-1} - t_i$ 有关，而与时间起点 t_i 无关，则称为齐次马尔科夫过程。

按照马尔科夫过程理论，有

$$P(t_{i+1}) = P(t_i)[\pi] \tag{8.118}$$

式中，$[\pi]$ 是系统性能从时刻 t_i 状态转移到时刻 t_{i+1} 状态的一步转移概率矩阵。即

$$[\pi] = [P_{nm}(t_i)] \tag{8.119}$$

系统性能在时刻 t_i 的状态概率分布向量为

$$P(t_i) = (p_1(t_i), p_2(t_i), \ldots, p_M(t_i)) \tag{8.120}$$

系统在任何时刻的状态概率是由系统初始状态概率分布向量和转移概率矩阵确定的，马尔科夫过程的核心问题就是求初始状态概率分布向量和转移概率矩阵。

在基于桥梁健康监测信息的桥梁营运状态评估的研究中，我们将桥梁结构看作一个随时间演化的系统，其可靠度状态在评估中在每个评估周期所完成的结构状态评估结果即可作为下一状态的初始状态，由此可以认为在以评估周期为间断的过程中，当前的可靠度状态与上一次评估前的状态无关，由此可以将在役桥梁可靠性状态的转移过程看作是马尔科夫过程。由上述推论，桥梁结构可由初始可靠度性概率分布向量和一步转移概率矩阵求得任何时刻的可靠性概率分布向量。

综上所述，根据最优停时理论的构造过程结合桥梁状态马尔科夫的构造过程就可以利用最优停时理论进行桥梁寿命的评估和预测。虽然在理论上此项研究具有可行性，但在实际工程实践中却需要进一步的研究和实验。在此提出整个思考过程希望能为未来此项研究提供借鉴。

8.6　小结

桥梁结构使用寿命评估与预测是目前开展基于桥梁监测系统来完成结构健康状态评估和预测的一项重大难题。目前关于桥梁使用寿命主要是通过结构材料衰变、结构演化以及荷载的统计分析进行评估和预测，其使用的理论主要有时变可靠度以及疲劳累计损伤等。但这些方法均存在先验性以及基于实验室提取参数的局限，未能更好的完成在桥梁营运期动态演化过程的刻画。本章在综合本书第 6 和第 7 章研究的基础上，提出并分析研究了基于桥梁健康监测信息的桥梁物理参数（刚度）和荷载效应（EWMA 图统计

参数）的结构时变可靠度评估及寿命预测方案。同时，针对前面章节所分析研究的结构动力特征因子以及混沌非线性指标，本章构造了以这些因子为属性集合的结构状态评估模型，提出了利用一类学习方法（SVM）对桥梁寿命进行评估及预测的研究思路和实施过程。最后，本章根据桥梁结构演化的规律，分析并构造了基于桥梁监测信息的桥梁状态演化马尔科夫过程，通过最优停时理论结合马尔科夫过程提出了利用最优停时理论的桥梁使用寿命评估和预测的研究思路，为进一步开展此项研究奠定了理论基础。

参 考 文 献

[1] 清华大学土木工程系组. 简明土木工程系列专辑——在役桥梁检测、可靠性分析与寿命预测 [M]. 中国水利出版社，2006.

[2] 常大民，江克斌. 桥梁结构可靠性分析与设计 [M]. 北京：中国铁道出版社，1995.

[3] 张俊芝. 服役工程结构可靠性理论及其应用 [M]. 北京：中国水利水电出版社，2007.

[4] 吕颖钊. 在役混凝土桥梁可靠性评估与寿命预测研究 [D]. 西安：长安大学，2006.

[5] JTG D60. 公路桥涵设计通用规范 [S]，2004.

[6] 贡金鑫，仲伟秋，赵国藩. 结构可靠度指标的通用计算方法 [J]. 计算力学学报，2003，1 (20)：13−18.

[7] 焦李成. 神经网络系统理论 [M]. 西安：西安电子科技大学出版社，1992.

[8] Tom M. Mitchell. Machine Learning [M]. 机械工业出版社，2003.

[9] R Norega，Hong wang. A direct adaptive neural network control for unknown nonlinear systems and its application [J]. IEEE trans Neural Network. 1998，19 (1)：27−34.

[10] 阎平凡，张长水. 人工神经网络与模拟进化计算 [M]. 北京：清华大学出版社，2005.

[11] ASCE. Artificial neural networks in hydrology. Hydrology applications [J]. Journal of hydrological engineering，ASCE，2000，2 (5)：124−137.

[12] 秦权. 桥梁结构的健康监测 [J]. 中国公路学报，2000，(2)：37−42.

[13] 陈国良，王煦法等. 遗传算法及其应用 [M]. 北京：人民邮电出版社，1996.

[14] 叶德谦，唐建红，杨樱. 实数编码遗传算法的前向神经网络优化设计 [J]. 计算机工程，2005，16 (31) 6：163−164.

[15] Thierens D. Analysis and design of genetic algorithms. doctoral disseration，leuven. Belgium，1995.

[16] 王文义，任刚. 多种群退火贪婪混合遗传算法 [J]. 计算机工程与应用，2005，41 (23)：60−62.

[17] 毛应生，高中俊. 旧桥结构的可靠性评价 [J]. 中国市政工程，1993.

[18] 宋志宇，李俊杰. 基于混沌优化支持向量机的大坝安全监控预测 [J]. 武汉大学学报，2007.

[19] 邵宇，刁羽. 微观金融学及其数学基础 [M]. 清华大学出版社，2008，5.